COL

Blaise Cendrars

Bourlinguer

Denoël

AMA ET FAC QUOD VIS !
SAINT-AUGUSTIN.

FAISC QUE VOULDRAS !
RABELAIS.

C'est une humeur melancolique, et une humeur par consequent tres-ennemie de ma complexion naturelle, produite par le chagrin de la solitude en laquelle il y a quelques années que je m'estoy jetté, qui m'a mis premièrement en teste cette resverie de me mesler d'écrire. Et puis, me trouvant entièrement desgarny et vuide de toute autre matiere, je me suis présenté moy-mesmes à moy pour argument et pour subject. C'est un dessin farouche et monstrueux. Il n'y a rien non plus en cette besoingne digne d'estre remarqué que cette bizarrerie : car a un subject si vain et si vil le meilleur ouvrier du monde n'eust sceu donner forme et façon qui mérite qu'on en fac conte.

Montaigne.

AMA UT PULCHRA SIT !
GODDESCHALCK.

I

Venise

LE PASSAGER CLANDESTIN

*À mon plus ancien copain des Lettres, à
t'SERSTEVENS*

B.C.

Je ne souffle mot. Je regarde par la fenêtre Venise. Venise. Reflets insolites dans l'eau de la lagune. Micassures et reflets glissants dans les vitrines et sur le parquet en mosaïque de la Bibliothèque Saint-Marc. Le soleil est comme une perle baroque dans la brume plombagine qui se lève derrière les façades des palais du front de l'eau et annonce du mauvais temps au large, crachin, pluies, vents et tempête. Je ne souffle mot. À la place du *vaporetto* qui passe devant la *Dogana di Mari*, appareille une tartane. C'est le 11 novembre 1653...

Le 11 novembre 1653 une tartane appareillait de Venise à destination de Smyrne, et, malgré l'approche du mauvais temps dont les premiers effets se faisaient déjà violemment sentir au débouquer, matelots et marchands faisaient cercle autour de l'unique mât au pied duquel un passager clandestin était attaché torse nu et recevait une raclée. C'était un gamin de quatorze ans que les gardes-marine avaient découvert à fond de cale et amené au patron de la barque.

— Vingt coups de garcette, s'était écrié le capitaine, et flanquez-le-moi par-dessus bord !

Le pauvre gosse se tortillait de la croupe, hurlait, invoquait la Sainte Vierge. Un Anglais qui voyageait incognito à bord et qui n'était personne d'autre que le vicomte Bellomont (Henry Bard), l'ambassadeur extraordinaire du roi Charles II auprès du shah de Perse et de l'empereur des Indes, à la cour desquels le roi d'Écosse en exil au Louvre l'adressait avec la mission secrète et absurde d'obtenir un emprunt et de faire alliance pour reconquérir son trône, un Anglais qui voyageait incognito à bord de la tartane s'avança et réclama le gamin comme étant de sa suite, son valet de chambre…

Cinquante ans plus tard, vers 1703, un vieil aventurier vénitien, qui était arrivé aux Indes *via* la Perse et qui, durant un demi-siècle, avait tiré ses groles à l'intérieur du pays, tour à tour comme simple artilleur dans l'armée d'Aurangzeb, l'empereur-conquérant, et dans celles des princes du sang et des rajahs révoltés ou entrés en dissidence à la suite de l'eunuque Bassant pour s'attacher finalement à la fortune du prince héritier en qualité de chef de son artillerie à 80 roupies par mois ; déserter ; bourlinguer sur les côtes orientales et occidentales dans les établissements des Européens auxquels il sert de négociateur, d'interprète, de correspondant, d'intermédiaire plus ou moins avoué dans leurs différends avec les petits et grands chefs mahométans et les principicules et roitelets hindous ; retourner à la cour, à Agra et à Delhi, suivre les armées, s'improviser médecin à Lahore, guérir la sultane d'un abcès dans l'oreille, être attaché en qualité de chirurgien au harem du prince héritier qui s'éprend d'une singulière amitié pour lui, trahir cette amitié en passant dans l'armée de Jai Sing, le célèbre sabreur ; retourner chez son maître pour accompagner Shah Alam dans son expédition contre Jodhpur et, fatigué de la vie des camps, déserter encore, passer à l'ennemi, et du royaume de Golconde se réfugier à Goa, chez les Portugais ; négocier pour le vice-roi, le comte de Alvor, être décoré par le roi du Portugal de l'ordre de San Jago le 29 janvier 1684, perdre ses économies dans une mauvaise spéculation, se bagarrer avec les Jésuites et prendre passionnément parti dans leurs démêlés avec les Capucins au sujet du « *rite de Malabar* », les fameux « Accommodements », concessions supposées des Jésuites aux cérémonies des païens dans la célébration de la messe, échapper de justesse à l'Inquisition et, déguisé en Carmélite, aller derechef chercher fortune à la cour de Lahore, chez son ancien maître qui le fait arrêter, cette fois, et menace de le faire décapiter comme déserteur, avoir la vie sauve, rentrer en grâce et dans ses prérogatives de médecin personnel du prince aux appointements de 300 roupies par mois, titre et rang à la cour du Roi des Rois qui lui donne droit à un cheval et à une suite montée ou escorte, s'enfuir encore de guerre lasse ; aller s'établir à Fort-Saint-Georges, au nord de Madras, chez les Anglais, comme médecin, marchand d'orviétan et faire fortune avec la pierre de Goa ou pierre de Lune, un caustique contre le choléra, dont il a surpris le secret aux Jésuites, et un cordial de son invention, dont il est immensément fier, probablement un aphrodisiaque qu'il vendait aux indigènes, le plus clair de son revenu ; se marier avec la veuve portugaise d'un colon anglais ; reprendre ses vagabondages dans les royaumes et les principautés en qualité d'émissaire occulte de William Pitt, alors gouverneur de la Compagnie royale des Indes, puis prétextant de ses infirmités et d'un commencement de cécité, quitter cet harassant service où l'on est toujours sur le qui-vive de négociateur, de porteur de firman, d'ambassadeur blackboulé, d'agent secret à la merci d'un coup de poignard sous le manteau pour aller s'établir à Pondichéry, auprès de son vieil ami François Martin, le délégué de Colbert à la tête de la Compagnie française des Indes, et du gendre de ce dernier, Deslandes-Boureau, le fondateur de la ville de Chandernagor, à l'instigation de qui notre Vénitien, qui a échappé à tous les dangers du climat, de la guerre, des aventures, des rivalités, de la politique, des intrigues, des jalousies, du favoritisme, dont les moindres embûches n'étaient pas toujours celles tendues à la cour du Grand Mongol, où les empoisonnements et les distributions «d'eau d'opium», les disparitions mystérieuses étaient quotidiens, le vieux roublard, qui en a vu de toutes les couleurs et qui est revenu de tout, s'assoit pour écrire les Mémoires de sa vie, convaincu qu'il est que l'heure est enfin venue pour lui de se retirer des affaires actives, d'autant plus que Louis XIV vient de lui faire remettre un lot de médailles pour le remercier de ses services dans l'établissement des Français ; et notre vieux fourbe sourit en pensant à l'escapade d'un gamin embarqué en douce à bord d'une tartane en partance, il y a de cela une cinquantaine d'années ; et le vieux médecin, habillé à l'orientale, portant robe et babouches et, chaque fois, une drôle de casquette sise bien en arrière sur la tête comme on peut le voir au Cabinet des Estampes de la Bibliothèque nationale à Paris dans un volume de miniatures musulmanes (*O.D. N° 45 – Réserve*), où son ami, à qui il avait commandé au temps de sa splendeur à la cour des Indes cette suite

de portraits, le peintre Mir Muhammad, l'a fait figurer deux fois au milieu des rois et des empereurs
trônants ou en parties de chasse, donnant audience
dans leurs jardins secrets ou sur leurs terrasses, ca-
ressant distraitement leurs animaux favoris en
conseil avec leurs grands vizirs ou montant d'admirables chevaux sur les chemins de la guerre, suivis des princes du sang, des plus fameux généraux
et guerriers, des concubines, danseuses, musiciennes et autres dames du harem, dont la matrone,
des éléphants de guerre les plus chevronnés, ac-
compagnés des derviches et astrologues les plus célèbres, s'arrêtant et interviewant les yogis les plus
saints, visitant les idoles païennes les plus mons-
trueuses, les plus sanguinaires, les plus folles, une
première fois, probablement à ses débuts, la barbe
hérissée, l'œil inquiet, efflanqué comme un chat
maigre, cueillant des plantes, des simples dans la
solitude, la deuxième fois, rasé de près, ventripo-
tent, l'air satisfait, prenant le pouls d'un indigène
avec autorité, chacune de ces deux actions faisant
allusion à sa profession, le vieux médecin, volontiers prolixe, bavard, goguenard quand il parle des
avatars de sa carrière ou conte en riant des anecdotes du sérail, un tantinet radoteur et furieusement
dévot quand il se vante de ses interminables dis-
putes avec les Jésuites, le vieux médecin écrit avec
bonhomie : « *Quand j'étais gosse, j'avais envie d'aller
faire le tour du monde, mais comme mon père ne voulait pas en entendre parler, j'avais décidé de quitter
Venise, ma ville natale, à la première occasion et de partir par n'importe quel voie ou moyen. Un jour, ayant
appris qu'une tartane appareillait sur le port pour je ne
savais quelle destination, je réussis à me glisser à bord.
J'avais quatorze ans...* »

En effet, c'est par ces simples phrases si profondément humaines que s'ouvre la *Storia do Mogor,* un livre d'une telle nouveauté par son sujet qu'il mit l'Orientalisme à la mode, à la cour et à la ville, et eut un tel succès à Paris et parmi le public lettré de toute l'Europe qu'il n'eut pas moins de six éditions en France et à La Haye entre 1705 et 1715, sous le titre de *Histoire générale de l'empire du Mogol,* dont le Père François Catrou, de la Compagnie de Jésus, entre les mains de qui le manuscrit de notre vieil aventurier ennemi de l'ordre des Jésuites avait fini par tomber, prétend être l'auteur, mentionnant tout juste le nom du Vénitien dans sa préface à la première édition, puis passant ce nom complètement sous silence dans les éditions subséquentes ; lui qui a massacré, tripatouillé, remanié jusqu'à la méconnaissance le texte qu'il publiait ; lui qui a faussé l'esprit des Mémoires d'un homme qui avait passé sa vie aux antipodes, dans un pays à la nature et aux mœurs étranges dont cet homme en toute bonne foi s'était fait le peintre, l'historien, le chroniqueur et l'anecdotier pour ne conserver de ce document extraordinairement vivant et plein de péripéties que la ligne générale de l'histoire d'un grand empire d'Orient et la chronologie de la domination des Mahométans aux Indes, de Tamerlan à Aurangzeb, la partie la plus faible de l'ouvrage ; lui qui a mis en exergue des citations savantes et introduit dans son exposé des passages entiers d'auteurs et de voyageurs absolument étrangers à l'original ; lui qui a détourné le cours du récit en excluant soigneusement de sa publication tout ce qui concernait la vie, les aventures réelles, les observations pertinentes et par trop malicieuses de notre vieux médecin, effacé ses réflexions, ses vues personnelles, surtout en matière

de religion, et expurgé son vocabulaire ; lui qui a af-
fadi avec emphase un style primesautier, cru, direct,
ce style qu'ils employaient tous à la grande époque
les voyageurs, les marins, les hommes d'armes, les
découvreurs, tous aventuriers pas très forts sur la
grammaire, chancelant sur l'orthographe d'une
langue encore instable, mais qui écrivaient comme
ils parlaient, les bougres, parce qu'ils étaient des
grands vivants, ne faisaient de rhétorique, mais
avaient quelque chose à dire et le monde entier à
raconter ; lui, ce prêtre polygraphe qui se moque de
sa victime quoique reconnaissant à l'auteur qu'il pla-
gie et détrousse *« un certain feu dans l'esprit »* – et c'est
le monument de ce cuistre officiel qui pontifiait dans
les milieux académiques de Paris et se pavanait
jusqu'à Versailles en se parant des plumes du
paon, c'est l'*Histoire générale de l'empire du Mogol*
du Père Catrou qui fut traduite trois fois en
Angleterre (en 1709, en 1722 et... 1826), une fois
en italien (en 1731), et probablement aussi en portugais, et non pas la *Storia do Mogor*, les Mémoires
de notre vieil aventurier et médecin qui s'était im-
provisé auteur pour finir sa vie en paix et qui, oublié de l'autre côté des mers, perdu dans ce pays
grouillant et dévorant des Indes, ayant eu vent de
ce qui se publiait à Paris et circulait en Europe sans
son assentiment, se mourait de male rage, mau-
dissant le Père Catrou qui l'avait dépouillé, pro-
testant contre la mauvaise foi des Jésuites, qui
voulaient depuis longtemps se saisir de ses papiers,
s'épuisant à rédiger une nouvelle version de son ouvrage qu'il faisait parvenir aux Sérénissimes Princes
du Sénat de Venise, en les suppliant de bien vouloir accepter et publier l'œuvre d'un enfant de la
République comme s'il se fût soudainement rappelé

sur ses vieux jours qu'il appartenait à sa lointaine
petite patrie, travaillant avec entêtement, complé-
tant son ouvrage, ajoutant de nouveaux et de nouveaux chapitres à ses Mémoires, tenant sa
chronique à jour jusqu'aux commérages et jusqu'à
son dernier souffle, s'étant ruiné en frais de copistes,
de scribes et de secrétaires, devenant fol dans ses
écritures, obligé qu'il était dans ce maudit pays des
Indes de tenir compte non pas tant du degré d'ins-
truction que de la nationalité d'origine des *ama-
nuensis* qu'il pouvait trouver sur place, ce qui
contraignait le vieillard d'écrire ou de dicter ou de
s'expliquer tantôt en français, tantôt en portugais
et tantôt en italien, les trois langues classiques en
lesquelles en effet ses manuscrits sont rédigés. Il est
mort à la peine, octogénaire (vers 1717?). Selon un
rapport tiré des archives de l'Office des Indes il aurait laissé une fortune de 300 000 pagodes, soit 10
000 livres sterling; mais lui-même se plaignait sur
ses derniers jours *d'être riche en dettes*, ce qui devait
être vrai puisqu'il est établi aujourd'hui qu'il n'a pas
pu payer les funérailles de sa femme et que la
Compagnie royale des Indes lui fit cadeau des
deux, trois derniers termes de sa maison d'agrément,
sise au nord de Madras, *extra-muros*, entre le jardin de l'Éléphant, l'enceinte de Black-Town, le jardin de Mantangaura et quelques misérables
bicoques de parias, que la Compagnie lui louait depuis des années et que l'écrivain moribond n'arrivait plus à payer. C'est ainsi que les Anglais surent
reconnaître les mérites d'un vieil original, solitaire
et protestataire, qui ne les aimait pas, mais qui avait
été un temps fidèle à leur service en souvenir de ses
débuts dans la vie et de cet Anglais inconnu qui l'avait
pris, gamin, à sa suite, comme valet de chambre.

Habent sua fata libelli. C'est encore grâce à la générosité de l'Office des Indes que le public lettré du monde peut, depuis 1907, lire la *Storia do Mogor*, non plus l'arrangement inavouable du Père Catrou, mais le texte même et in extenso que le Vénitien avait destiné à l'Europe et fait parvenir à grande peine et à grands frais au Sénat de Venise deux siècles auparavant. Cela fait 4 vol. in-8°, illustrés de nombreuses reproductions en noir et blanc des miniatures de Mir Muhammad, des *Indian Texts Series,* collection publiée à Londres, chez John Murray, éditeur. Cela fait une très belle édition, mais... Mais j'en ai menti. Ce n'est pas son texte même, ni son texte in extenso, le vieil écrivain méconnu n'a pas cette chance, même pas au bout de deux cents ans, ça serait trop beau, et la vie posthume, quoi qu'on en dise, n'est pas un lit de justice !

Je m'empresse de rendre hommage à l'éditeur moderne de la *Storia do Mogor*, à sa sagacité, à son érudition émouvante, à sa prudence, à son flair, à son entêtement de chasseur de texte qui lui fit découvrir les manuscrits du Vénitien à la Kœnigliche Bibliothek de Berlin, celui qui avait servi au Père Catrou, les trois premiers livres, et celui de la Bibliothèque Saint-Marc à Venise, cinq livres jusqu'alors inconnus et inédits, ce dernier manuscrit truffé de lettres de l'auteur, et qui le mit sur la piste de l'exemplaire contenant les admirables miniatures de Mir Muhammad qui avait été enlevé à la bibliothèque de Venise comme butin de guerre par des officiers français de l'armée d'Italie, en 1797, et qui se trouva être précieusement conservé au Cabinet des Estampes à Paris, je rends hommage à sa longue patience, à son sens critique, à sa

science, à son travail de mise au point, à tout ce qu'il
a apporté de soin et de dévotion dans cette affaire,
mais... Mais pourquoi William Irvine, l'éditeur
moderne auquel je rends hommage, un fonctionnaire retraité du Service civil du Bengale, qui a consacré dix ans de sa vie pour établir cette édition
(juste autant de temps que le vieil auteur en avait
mis pour écrire son ouvrage) et qui a étayé son édition d'une infinité de notes historiques, captivantes,
pertinentes, pittoresques, pétillantes, puisées dans
les archives et la correspondance secrète de l'Office
des Indes et qui font mon admiration et ma joie par
tout ce que ces vieux bouts de papier recèlent de
vie condensée, mais pourquoi est-ce que l'honorable
gentleman que j'aurais tant voulu rencontrer pour
le remercier de m'avoir mis entre les mains un si
beau livre, pourquoi est-ce que lui, qui a fait sa carrière aux Indes et qui doit conséquemment savoir
de quoi il en retourne quand dans un mess on se
met à parler d'une *dancing-girl* indigène, pourquoi
s'est-il permis de couper dans le texte tous les passages que le puritanisme anglo-saxon ou l'hypocrisie de ses compatriotes lui fait considérer comme
scabreux, coupures qui jettent un discrédit moral
sur un vieux chroniqueur qu'il vient de sortir de
l'obscurité, lui qui connaît l'homme mieux que personne? Si le Vénitien sait trousser une anecdote très
leste, il ne le fait jamais par libertinage comme son
compatriote Casanova qui écrivait également en plusieurs langues, dont un français macaronique, mais
par délassement comme beaucoup de ses confrères
médecins font, et il la conte avec indulgence et le
verre à la main. Il ne commet jamais une indiscrétion, lui, l'homme de cour qui connaît tous les détours du sérail. Ce sont plutôt propos de table que

propos à scandale. Sauf quand il vitupère les mœurs dissolues et la décadence des Portugais aux Indes et de certains prêtres. Mais je crois qu'il y avait de quoi en son temps. Du reste, ce ne sont là que broutilles car ces coupures sont peu nombreuses quoique très symptomatiques pour nous modernes.

Ce qu'il a de beaucoup plus grave dans cette édition monumentale, c'est que malgré sa prudence, sa conscience, sa critique jamais en défaut, son expérience professionnelle dans l'utilisation des archives et sa haute probité William Irvine ne nous donne pas le texte authentique de notre auteur et c'est bien là le pire malheur qui pouvait accabler au bout de deux cents ans d'étouffement un écrivain déjà pillé de son vivant et que l'on peut croire aujourd'hui être condamné pour l'éternité. Un auteur, dans la grande tradition des chroniqueurs français, italiens et portugais qui ne peut être lu qu'en anglais, c'est une ironie du sort ou une malédiction ! Et dans quelle traduction, consciencieuse, certes, mais amorphe, William Irvine avoue dans sa préface ne pas connaître le portugais et n'avoir parcouru que superficiellement le texte italien. Pour la traduction de ces deux langues qui représentent les deux tiers du manuscrit de Venise il dit s'être adressé à des spécialistes qui lui avaient été recommandés par la direction de la bibliothèque ; on sait ce qu'en vaut l'aune, surtout au point de vue du style. Lui-même s'est attaché à la traduction de la partie en français du manuscrit de Berlin qui avait déjà servi au Père Catrou, et qui est la plus brillante, mais aussi la moins vivante parce qu'elle vise à l'exposé de l'histoire officielle de l'empire d'Aurangzeb et non pas à l'histoire de l'homme, des hommes, de l'auteur et de ses contemporains. C'est aussi la partie la plus démodée aujourd'hui parce que nous possédons sur le sujet une meilleure et plus ample documentation et tout un arsenal d'études historiques.

Si j'avais eu l'honneur de rencontrer le vieil érudit responsable de cette erreur littéraire, je lui aurais demandé :

— Dites-moi, Sir, pourquoi avez-vous fait traduire Niccolao Manucci en anglais ?

Voici que le nom de l'auteur m'échappe.

Il ne figure dans aucun dictionnaire français [1].

Je l'orthographie tel que je déchiffre sa signature apposée au bas de sa lettre d'envoi aux « *Sérénissimes Princes* » quand il confie à Venise le soin de publier l'œuvre de sa vie, la *Storia do Mogor* :

NICOLAO MANUCI

En vertu de quoi j'ai rédigé la présente Notice pour le futur, *ad usum Encyclopaedie*… et, peut-être, pour tenter un éditeur français, portugais ou…vénitien !

NOTES

(pour le Lecteur inconnu).

N. -B. — Je reprends dans le présent ouvrage les Notes *rédigées à l'intention du* Lecteur inconnu, *inaugurées dans le* Vieux Port *en 1946 et qui m'ont valu de la part de certains Inconnus diligents un curieux courrier, grâce auquel j'ai échappé à cette sensation d'écrire dans le vide, sensation vertigineuse à la longue, qui est trop souvent le lot de l'Auteur. Merci, donc, à l'Inconnu qui m'accompagne et reste en communication.*

B.C.

1. Le nom de Manucci ne figure pas dans la *Biographie Universelle* de Michaud ; la citation qui en est faite dans *la Nouvelle Biographie générale*, XXXIII (Didot, 1860) est singulièrement erronée et gratuite dans certaines précisions qu'elle prétend pouvoir avancer (que Manucci rentra en Europe en 1691, qu'il se retira au Portugal, qu'il fit imprimer son ouvrage, etc.), toutes choses insoutenables depuis que les documents publiés par William Irvine prouvent le contraire. De même, la date de sa mort, 1710, est fausse puisqu'il est prouvé par une lettre de la main de Manucci qu'il vivait encore en 1712, à Madras. Foscarini (Marco-Nicolo), Doge de Venise et ex-conservateur de la Bibliothèque Saint-Marc, déclare dans son

ouvrage *Della Litteratura Veneziana...* (in-f°, Padua, 1752) qu'il a entendu dire que Manucci, dont la vie «*fu piena d'accidenti curiosi*», était mort quelque part aux Indes en 1717, octogénaire.

II

Naples

UNE CANAILLE

*Au dégueulasse et génial Curzio
MALAPARTE, auteur de* Kaputt,
*en souvenir de la Légion,
en hommage au jeune Garibaldien
en chemise rouge de la forêt de
l'Argonne, au fantassin de la montagne de Reims,
et ma main amie au déporté des Lipari*

Blaise Cendrars
(Napolitain d'occasion.)

Naples, où j'ai passé ma plus tendre enfance Naples, où j'ai usé mes premiers fonds de culotte sur les bancs de la *Scuola Internazionale* du docteur Plüss *(sic)*. Encore un Allemand. Qu'ils aillent donc tous au diable !

À Naples il n'y a pas seulement le peuple du Basso-Porto qui peine et qui souffre à en avoir le souffle coupé dans la cuisine du démon païen qu'est le dédale des sombres ruelles du vieux quartier, la solfatare *del Vomero,* aménagée par mon père en lotissement moderne, a des sursauts, flambe et gronde et lâche des bouffées de vapeur entre deux éruptions du Vésuve, la lave giclant des caves où elle fermente depuis l'Antiquité, la fleur de soufre maculant les fleurs des orangers et les grappes et la pampre dans les jardinets, mais même en haute mer, dans cette lourde cuve d'indigo, les grands paquebots qui se dirigent vers le port peinent et travaillent et s'ébrouent et tirent à hue et à dia pour ne pas aller par le fond, se laisser aller par l'arrière et couler, descendre obliquement jusqu'à la forge sous-marine où Neptune magnétisé rêve et délire, l'esprit foudroyé par les feux, la cervelle servant de pâture à l'appétit vorace des poissons abyssaux, ces monstres antémythologiques.

Au départ d'Alexandrie notre père nous avait présentés au commandant Agostini, un Sarde malingre, fébrile, à la barbe et aux cheveux se rejoignant avec ses épais sourcils très noirs pour lui faire un masque pileux sous sa haute casquette dorée, et le commandant m'avait confié à un matelot de pont, Domenico, un géant, cependant que mon frère et ma sœur jouaient dans les salons du grand vapeur et que maman faisait chaise longue dans l'habitacle d'Agostini qui donnait sur la passerelle.

Nous étions à bord de l'*Italia*, le premier transatlantique italien qui, partant de la tête de ligne Alexandrie, faisait escale au Pirée, à Salonique, Brindisi, Naples (où nous devions descendre à terre, notre père devant venir nous rejoindre par un prochain bateau), filait à Gênes, son port d'attache, faire le plein, touchait Marseille, Barcelone, Malaga, d'où il s'élançait vers New York à une allure record (11 jours pour la traversée!) et il était bien entendu, entre Domenico et moi, qu'à Naples, le matelot qui avait ma garde me cacherait quelque part à bord pour débarquer avec moi à New York où nous habiterions, le géant et moi, incognito, dans le plus haut des gratte-ciel. Je lui avais donné ma petite bourse d'enfant et vidé ma tirelire.

Nous étions en 1891 ou 1892, j'avais 4 ou 5 ans, et l'on ne voyait que moi à bord, escorté de mon matelot, ce bon géant qui faisait mes trente-six volontés, me montant au nid de corbeau du mât de misaine, me descendant à fond de cale par le trou d'homme de l'écubier, me promenant dans les machines et jusqu'au bout du tunnel des arbres de couche, là où il faut se glisser en rampant pour atteindre le point où l'on sent gargouiller les hélices, vibrer la coque comme une membrane, couler l'eau profonde de la mer à l'intérieur de l'oreille et, assis au centre de ce point idéal et d'équilibre instable, on participe à tous les mouvements du navire qui, comme une bête rétive, appuie à gauche, appuie à droite, fait grincer les guindeaux du gouvernail, reçoit des gifles, des coups, des chocs, fonce en avant pour ne pas se cabrer, s'affaisser par l'arrière, couler, s'arrache, peine et travaille. Et au fin fond de ce tunnel, sous une ampoule électrique qui l'éclaire et s'y reflète, on voit miroiter une eau lourde dans un puisard qui se remplit de l'eau de mer qui suinte à travers les joints et les presse-étoupe des hélices et de l'huile chaude qui dégouline goutte à goutte des arbres de couche, c'est la souille, *où l'on jette les petits enfants pas sages*, me disait Domenico avec un air de croque-mitaine. Mais je n'avais pas peur, le géant me tenait fortement par la main – et n'était-il pas mon complice ? Ne devions-nous pas visiter New York ensemble ? N'étions-nous pas amis, tous deux ?

Domenico me parlait beaucoup de New York quand nous prenions les quatre heures à la cambuse où il y avait toujours deux, trois matelots en train de fumer la pipe, qui l'écoutaient parler, mais je n'en ai rien retenu, distrait que j'étais par ces hommes tous plus ou moins barbus qui se faisaient tous la tête inquiétante du commandant. En revanche, je n'ai rien oublié de ce que Domenico racontait de son pays natal, Taormina, la ville peinte, le soir, quand j'avais obtenu la permission d'aller coucher avec lui au poste de l'équipage après avoir fait une scène à maman.

— C'est la ville des monstres, disait-il en étrennant sa chique qu'il avait longuement malaxée

entre ses paumes et qui devait durer toute la nuit
et jusqu'au lendemain soir, c'est la ville des
monstres marins comme on peut en voir des vivants,
à Naples, à l'Aquarium, et partout ailleurs dans le
monde, dans les baraques foraines où l'on expose,
les petits, à l'état de mort dans des locaux gélati-
neux ou à l'état desséché, les plus grands, sur un
lit de varech derrière une vitrine avec défense d'y
toucher! À Taormina, il n'y a pas de caves à vin.
Chez nous, sous chaque maison s'étend une grotte
sous-marine pleine du va-et-vient et du frissoulis ou
du mugissement des vagues. Ces grottes sont pro-
fondes. Depuis toujours on y jette les petits enfants
qui viennent au monde. Ceux qui ne savent pas
nager sont mangés par les murènes. Les autres se
sauvent au large et reviennent adultes sur les côtes;
ce sont les thons, les marsouins, les narvals, tous
ces mabouls qui rigolent dans la tempête et qui se
laissent prendre par temps calme par centaines de
mille. Les filles qui sont malignes se laissent couler à pic et remontent à la surface quand elles sont
nubiles. Elles ont alors la tête molle, les dents
pourries, un drôle de museau et une voix d'or. On
les appelle les sirènes, et elles passent pour être princesses. Mais malheur au pêcheur qui fait l'amour
avec une sirène, il engendre le requin-marteau, le
poisson-scie ou à vilebrequin, rien que des êtres à
deux têtes car les sirènes n'ont pas de cervelle et
chantent des foutaises. Quant aux petits enfants qui
reviennent dans leur berceau après avoir livré combat aux murènes, ils sont souvent défigurés pour le
restant de leurs jours, ou portent d'étranges cicatrices, ou font d'étranges maladies qui leur marbrent
le corps, mais les survivants forment plus tard
les meilleurs marins de la Méditerranée et les plus

hardis pilotes, et, quand ils reviennent, hommes, de leur longue circumnavigation pour prendre femme à Taormina, ce sont eux qui peignent les maisons et couvrent les murs de la ville de graffiti indéchiffrables qui racontent leurs aventures de mer et sont des prophéties. Mais Taormina se dépeuple. L'eau est un songe, et le ciel et tout ce qu'il contient matin et soir d'astres, de vents, d'oiseaux et de fumées est un leurre qui trompe sur la fuite du temps. Il y a des hommes de chez nous qui sautent par-dessus bord pour aller chercher une étoile dans l'eau. L'océan est un mensonge...

Mais l'équipage se moquait de lui, tous ces hommes qui couchaient nus à cause de la nuit chaude et qui étaient velus par-devant et par-derrière comme si l'équipage réuni à bord de l'*Italia* eût été la progéniture d'Agostini, car mon bon géant était glabre et n'avait pas un poil au ventre ni sur la poitrine. Il avait un tatouage sous le sein gauche, en forme de petite bouche humaine. Lui prétendait que c'étaient les traces de la morsure d'une murène qui lui avait insufflé son venin au cœur alors que, comme Hercule enfant, il avait en dormant étranglé le serpent de mer qui était venu se glisser jusque dans son berceau, venin qui lui avait fait tomber plus tard poils et cheveux – et sans souci des quolibets Domenico ouvrait son coffre de matelot dont il extrayait petits pots et petits flacons de pommades et d'eaux vénériennes avec quoi il se badigeonnait et oignait partout. Mais il sortait également de son coffre les pièces de son trésor intime : un bateau dans une bouteille dont il m'expliquait la construction, des vues sur cartes postales de villes et de ports asiatiques, une étoile de mer, un hippocampe, une branche de corail qu'il me pressait

dans les mains, un grand coquillage des mers du Sud
qu'il m'appliquait contre l'oreille, et je finissais tout
de même par m'endormir malgré les rires, les jurons, les interpellations, les traînements de pieds,
la forte odeur d'urine et de sueur, le remugle du poste
de l'équipage où l'on avait du mal à respirer, et l'inévitable air de mandoline sur le seuil, et la voix du
tenorino :

> *Vieni sul mar !*
> *Vieni a vogar !*
> *Senterai lebre e d'sar*
> *Con il tuo marinar...*

Aux atterrages de Naples, comme convenu, le cher
Domenico me cacha dans le poste désert, me dissimulant dans sa couchette, et, pour que la petite
bosse que je formais sous la couverture ne se re-
marquât pas, il jeta par-dessus suroît et maillots sales,
comme s'il venait de changer de tenue, et, avant de
sortir, il ajouta encore au tas la guitare de l'uni-
jambiste. Je ne pouvais pas bouger, et c'est le cœur
battant et l'oreille tendue que j'entendis le tambour
du cabestan se dérouler avec fracas juste au-dessus
de ma tête, une ancre tomber à l'eau, des coups de
sirène et de sifflet, des cris et des appels, le chuintement des vedettes à vapeur des autorités du port
qui accostaient le navire, le tapage des treuils, puis
les colloques et les longs marchandages des bate-
liers qui venaient embarquer les passagers car à cette
époque lointaine un transatlantique du tonnage de
l'*Italia* n'allait pas encore à quai ; puis, à deux ou
trois reprises, et je ne sais pas au bout de combien
de temps car le temps me paraissait terriblement
long, il me sembla que l'on m'appelait par mon nom,

mais je suffoquais et m'endormis, asphyxié par
l'odeur des pieds du géant et les émanations pharmaceutiques des onguents et des liquides dont il faisait un si furieux usage et qui imprégnaient sa
couchette.

Par la suite, notre père narrait souvent cette
aventure napolitaine et affirmait avec preuves à
l'appui que j'avais failli être victime d'un rapt exé-
cuté par un membre de la *Mano Nera* ; mais que savait-il de la *Main Noire,* notre pauvre père, lui qui,
quelques années plus tard, fut dépossédé par un
simple jeu d'écritures de son lotissement *del Vomero*
par son comptable en qui il avait placé toute sa
confiance et qui était un affilié de cette association
secrète, lui qui fut ruiné légalement par des avocats
napolitains qui lui avaient été recommandés en haut
lieu et qui devaient être les membres dirigeants de
la confrérie. Seule, maman, qui avait donné à
Domenico, dix, vingt, cinquante pièces d'or, un,
deux, trois rouleaux de souverains pour qu'il me re-
trouvât et qui ne soufflait jamais mot de cette aventure, avait deviné une partie de la vérité et que j'avais
le cœur ulcéré de la trahison du matelot ; aussi resta-
t-elle toujours inquiète à mon sujet.

… Je me souviens que lorsque Domenico vint me
tirer de mon sommeil je nous croyais arrivés à
New-York et que ma désillusion fut immense
lorsque Domenico, qui me serrait fortement dans
ses bras, traversa le pont avant et se mit à gravir
l'échelle qui menait à la passerelle éclairée de l'*Italia*
où m'attendaient maman, l'horrible commandant
à la face de chien, deux, trois officiers du paquebot, dont le commissaire. Il faisait nuit. Un autre
enfant se fût débattu, eût pleuré, crié, égratigné avec
les ongles le visage de cette canaille de matelot qui

avait trahi. Certes, l'envie ne me manquait pas de
lui mordre les oreilles, de lui faire jaillir comme un
sang noir la chique hors de la bouche en lui appli-
quant un bon coup de poing à la pointe du menton, de lui bourrer le bas-ventre de coups de pied ;
mais je ne disais rien, je retenais mon souffle et,
comme le géant gravissait l'échelle, je me faisais de
plus en plus lourd entre ses bras, marche par
marche, lourd comme ce bambin dont parle saint
Christophe qui le réveilla une nuit de pluie pour être
passé sur l'autre rive d'un fleuve débordant, qu'il
hissa sur son épaule et qui, une fois au milieu du
fleuve, se fit si lourd, si lourd que saint Christophe
crut ne jamais pouvoir arriver. Et le bon passeur
d'ajouter : *Cette nuit-là j'ai dû porter toute la Douleur
du monde.*

Ma mère me serrait sur son cœur.

J'étais malheureux.

Puis je tombai malade.

— Vous savez, ce n'est rien, dit le docteur. Une
simple maladie d'enfant. C'est classique. Rien de
grave. Du lait, du repos, du sirop et on lui redon-
nera ses couleurs. Une infusion le soir ou un peu
d'eau de fleur d'oranger, quelques gouttes, ça suffit, ça fait dormir…

III

La Corogne

LE DÉMON DE LA PEINTURE

À Polo Picasso, junior.
diadia Blaise.

Depuis que les pompeuses escadres des rois de France et d'Angleterre ne se livrent plus des batailles d'exterminations au large, que les vaisseaux de deux et de trois points démâtés et les vigilantes frégates ne viennent plus y faire relâche pour réparer leurs avaries, se défaire de leurs prises ou s'embouquer vingt-quatre heures pour voler vers de nouveaux combats, les ports de la côte des Asturies ou de Galice se ressemblent tous, ils sont déglingués et misérables, avec de beaux restes, des morceaux d'architecture, remparts démantibulés, forts transformés en prisons, hôtels de ville sans toiture, palais pouilleux, églises somptueusement pauvres, cathédrales vétustes, couvents repeints à neuf, ermitages retapés par la ferveur populaire, chapelles blanches sur les hauteurs, et ce qu'on a pu dresser d'accessoires modernes dans leur équipement depuis l'emploi de la vapeur et de l'électricité dans l'aménagement des ports n'a pu ajouter au délabrement de ces vieilles cités maritimes que de la laideur, du désordre et des pauvretés de terriens : rames de wagons, palissades couvertes d'affiches politiques autour des entrepôts où semble régner perpétuellement la menace d'une grève générale, barbelés, terrains vagues, mâts tripodes au bout desquels brûle en plein jour une lampe à arc (ce luxe de la voirie espagnole), baraques, garages et cinémas, rouille et charbon. Tout y est à l'abandon, même les camions *Ford* qui démarrent en klaxonnant et les misérables ou ridicules petits tramways couverts de panneaux de publicité qui tressautent sur les rails en tintinnabulant dans leur auréole de poussière. Je ne dirai rien des gens, ce sont des ports par lesquels les gens émigrent, s'en vont. Nulle part en Europe je n'ai vu le peuple aussi mal traité par les autorités qu'en Espagne. On n'a aucune envie d'aller à terre, même pas pour meubler une escale en tuant le temps n'importe comment, devant une bouteille ou avec une femme.

LA CORUÑA

Un phare attendri comme une madone géante
De l'extérieur c'est une jolie petite ville espagnole
À terre c'est un tas de fumier
Deux trois gratte-ciel y poussent...

La troisième ou quatrième fois que je faisais escale à La Corogne, je me laissai tout de même tenter d'aller faire un tour à terre. Il pleuvait comme il pleut en Galice, et je grelottais dans mon imperméable. J'errai donc toute la journée par des rues sales, dans une ville où il n'y avait même pas moyen de faire un bon repas, de stationner dans les églises glaciales, de visiter le Musée ou de feuilleter les catalogues de la Bibliothèque car ce n'était pas jour ouvrable, d'entrer dans un cinéma dont les programmes étaient décourageants, de flâner devant les vitrines embuées derrière lesquelles, d'ailleurs, on ne découvrait rien que friperie, bric-à-brac, à part celles des pharmaciens qui me paraissaient approvisionnés à profusion de produits *Made in Germany*, escorté partout dans mes déambulations par une bande de gamins faméliques et teigneux que j'entraînais de petit café en petit café pauvre et en taverne encore plus pauvre, enfumée, chagrine, les mioches refusant le boire et le manger que je leur offrais pour me quémander des cigarettes et exiger des sous, au point que, la nuit venue, je fus heureux de profiter de la *lancia* des émigrants pour regagner le bord, alors que j'avais eu l'intention d'assister à un meeting populaire placardé dans toute la ville.

> *… Le port est un fleuve déchaîné*
> *Les pauvres émigrants qui attendent que les autorités*
>   *viennent à bord sont rudement secoués dans de pauvres*
>   *petites barques qui montent les unes sur les autres sans*
>   *couleur*
> *Le port a un œil malade l'autre crevé*
> *Et une grue énorme s'incline comme un canon à longue*
>   *[portée…*

Et c'est ainsi que j'ai perdu toute une journée de ma vie à La Corogne, cet Escurial à rebours, où Picasso, ce Philippe II de la peinture moderne, a reçu de son père qui abdiquait le sacre et *un empire où le soleil ne se lève pas*, ainsi que vient de me l'apprendre Jaime Sabartés dans un livre qui met en relief chez Picasso l'Espagnol et le décadent.

Picasso, *Pablo, Diego, José, Francisco de Paula, Juan, Nepomuceno, Crispin, Crispiniano de la Santisima Trinidad Picasso*, entre les mains de qui son père, don José Ruiz Blasco, remit pinceaux et couleurs. La scène se situe en 1894. Ah! si j'avais su! j'aurais recherché traces de l'événement et serais monté Calle Payo Gomez, n° 14, au deuxième étage, où l'on achetait des pigeons de race et qui était, en son temps, le domicile de la famille Picasso à La Corogne.

Voici comment Jaime Sabartés raconte l'abdication du père. C'est de la démonologie et l'on comprend que parrain et marraine, mus par un étrange pressentiment, aient attribué tant de saints patrons au petit catholique que l'on baptisait et qui devait néanmoins devenir le démon personnifié de la peinture contemporaine, un possédé. (Je résume la scène tirée du chapitre premier d'un livre par ailleurs fort amusant; cf. *Picasso, Portraits et Souvenirs par Jaime Sabartés, éditeurs Louis Carré et Maximilien Vox, Paris,* 1946):

«Tout le monde sait que Picasso est né à Malaga (le 25 octobre 1881, à 9 h 30 du soir)... En acceptant, à Malaga, un poste de professeur de dessin à l'École des Arts et Métiers..., le père de Picasso prend une assurance sur la vie: la garantie d'un traitement mensuel jusqu'à la fin de ses jours... Au poste de professeur, il peut ajouter celui de conservateur du Musée municipal, à charge de restaurer les toiles détériorées.

«Picasso me parle parfois de ce temps et me raconte que son père allait peindre à l'atelier du Musée. Ce Musée était en général toujours fermé:

«"Cet atelier-là était une pièce comme une autre, sans rien de spécial; un peu plus sale, peut-être, que celle qu'il y avait à la maison, mais voilà: il y était tranquille!...

«"Mon père peignait des tableaux pour salle à

manger, ceux où l'on voit perdrix et pigeons, lièvres et lapins : Poil et plume… Ses spécialités étaient les oiseaux et les fleurs. Surtout les pigeons et les lilas. Lilas et pigeons. Il peignait aussi d'autres animaux. Ainsi, un renard. Je le vois encore. Un jour, il fit une toile immense représentant un pigeonnier garni de pigeons juchés sur leur perchoir… Figure-toi une cage avec des centaines de pigeons. Avec des milliers de pigeons. Avec des millions de pigeons… Des milliers et des millions, dit-il… Des centaines de pigeons par files. Des centaines de milliers de pigeons. Des millions de pigeons…"

« Il regarde en lui-même, il insiste sur ces chiffres.

« "Ils étaient rangés, en files, comme dans un pigeonnier ; un pigeonnier énorme. Ce tableau était au musée de Malaga, je ne l'ai plus revu…"

« … En quittant Malaga pour La Corogne, à la mi-septembre 1891, Pablo a dix ans. Au moment du voyage ils sont cinq : le père, la mère, Pablo, Lola et la cadette Conception… On peut dire que don José laisse à Malaga la joie de peindre. S'il entreprend encore quelques toiles à La Corogne, c'est sans enthousiasme…

« "À La Corogne, mon père ne sort pas, dit Picasso, si ce n'est pour aller à l'École des Arts et Métiers. À son retour, il peint. Mais sans plus. Le reste du temps, il regarde par la fenêtre tomber la pluie…

« Parfois don José emporte un pigeon au Musée pour le peindre…

« Pour ne pas sortir de chez lui, don José manque même les courses de taureaux. Il s'ennuie dans sa maison. La peinture pourrait le distraire mais elle le fatigue aussi. Si, de temps en temps, il prend un pinceau, c'est pour peindre un pigeon, mais il n'a pas la patience de fignoler les détails, les pattes, par exemple, qu'il laisse à l'enfant.

«— Comment faisais-tu?

«— Mon père coupait les pattes d'un pigeon mort, il les clouait avec des épingles sur une planche, dans la position qui convenait, et je les copiais minutieusement jusqu'à ce qu'elles lui plaisent.

«À la fin, don José abandonna définitivement la peinture. Pourquoi pas d'ailleurs? Pablo le remplace. «"Alors il me donne ses couleurs et ses pinceaux et plus jamais il ne peint…"»

. . . .

Encore un de ces drames secrets entre un père et un fils. Moi, à quatorze ans, je m'étais saisi d'un couteau de cuisine. C'est pourquoi je me suis mis à bourlinguer. C'était pourtant le meilleur père du monde. Je ne devais le revoir qu'après mon amputation, quand on m'a eu coupé la main droite. C'était la guerre. Mon père avait dû remuer ciel et terre pour apprendre dans quel hôpital militaire j'étais soigné. Assis au chevet de mon lit il me regardait sans rien dire. Une grosse larme se frayait un chemin parmi ses rides, une seule…

Je n'en dis pas plus.

IV

Bordeaux

LA GROSSE GALETTE

*À John Dos Passos,
en souvenir de la corne
d'aurochs de la Valentine
que nous avons fait reten-
tir aux Eyzies...
et à la mémoire de Kate.*

l'ami Blaise.

Qui n'a jamais donné un million à une femme ne les connaît pas, mais celui qui n'a jamais bouffé la dot de sa légitime ne les connaît pas non plus.

C'était un samedi. Le *Lutetia* levait l'ancre à midi. Il était onze heures passées comme je sortais de la Trésorerie fédérale, une valise à la main. Il était trop tard. Les banques faisaient semaine anglaise. C'était la dernière nouveauté à Rio. Le samedi, les banques fermaient à onze heures. Je n'y trouverais plus personne. Impossible de changer tout ce pèze brésilien contre une lettre de change à Paris. Tant pis. Alors je dis au chauffeur de taxi qui m'attendait de me conduire au port. Le chauffeur installa la valise à côté de lui. C'était une valise d'une taille respectable. Elle était bourrée de billets de banque. Des liasses de cent billets de mille milreis soit d'un conto tout neufs, paraphées, timbrées, cachetées comme elles le sont quand elles sortent de la caisse de l'État. Il y en avait pour plusieurs millions. Tant pis, j'allais perdre du 15 à du 25 % en ne les changeant pas à Rio, mais j'étais impatient de rentrer à Paris.

Le *Lutetia* était à quai, vibrant, chuintant, un jet

de vapeur entortillant comme un pansement de co-
quelucheux la sirène du paquebot placée à mi-hauteur de son tube avant et qui, tout à l'heure, allait
mugir et avoir une quinte enrouée. Il y avait foule
sur le quai. Je me frayai un chemin et gravis la passerelle, l'encombrante valise me battant les jambes.
Le commissaire du bord me reçut jovialement à la
coupée et m'attribua la cabine n° 13, la seule qui
soit toujours libre jusqu'à la dernière minute car les
passagers sont gens superstitieux au point qu'à
bord de maints navires le 13 est numéroté 12 *bis*.
C'était une grande cabine de luxe, à deux lits. Je
jetai ma valise sur un lit et je sonnai le garçon.

Entra un garçon de cabine dépeigné et sale.

— Ouvre cette valise, lui dis-je.

Le garçon ouvrit la valise et eut un mouvement
de recul.

Il était grotesque.

— Comment t'appelles-tu? lui demandai-je.

— Guichaoua, Auguste, matricule 107, me répondit-il.

— Tu es Breton?

— Woui, m'sieu.

— De la Bretagne bretonnante?

— Woui, m'sieu. De Tréboul, sur la baie des
Trépassés.

— Encore un pays de pirates! Eh bien, Auguste,
tu as vu ce qu'il y a dans cette valise?

Le garçon se fourrageait la tignasse, sans me regarder, ne répondant ni oui ni non et se frottant alternativement un pied puis l'autre contre le mollet
de l'autre jambe comme s'il avait eu une crampe dans
les doigts de pied. Mais il souriait.

Eh bien, Auguste, si tu as besoin d'argent, sers-
toi, mais tout de suite, là, devant moi, car je n'aime

pas être volé, tu as compris?... Tu n'en veux pas,
tu n'as pas le courage de te servir?... Alors, referme
ça et fais bonne garde, je vais au bar, tu ne perdras
rien pour attendre...

Au bar, je me saisis du téléphone. Autour de moi
des groupes surexcités par l'imminence du départ trin-
quaient bruyamment. Des femmes portaient le mouchoir aux yeux. Les bouchons de champagne
partaient. Des hommes s'envoyaient des bourrades
dans le dos. Des rires fusaient. Des femmes avec des
gerbes de fleurs et les mains embarrassées de petits
paquets et de cadeaux. Une bousculade. Des couples
réussissaient à s'isoler dans ce brouhaha. J'appelai
d'abord Rodolphe, le concierge du Copacabana, pour
lui dire de m'apporter mon fourre-tout à bord et ma
note d'hôtel, et de se dépêcher, que je partais; puis
je sonnai Kéroual, au bar du Palace, chez lui, à son
bureau et dans une demi-douzaine d'autres bars où
j'avais des chances de le trouver à cette heure de l'apéritif pour lui faire savoir que je partais et lui dire de
venir me rejoindre illico et lui annoncer que je l'em-
menais. Comme un fait exprès l'ami Kéroual n'était
nulle part. L'heure pressait. Je m'impatientais. Alors
je chargeai les barmen d'alerter toute la ville et
d'envoyer leurs petits chasseurs à la recherche de
Kéroual qu'il me fallait coûte que coûte.

Mais Kéroual était à bord qui trinquait avec le
commandant.

Que n'y avais-je pensé plus tôt!

Depuis dix ans qu'il était à Rio de Janeiro jamais
Kéroual n'avait raté l'arrivée ou le départ d'un bateau de France. Il montait à bord, non pas tant pour
recevoir ou remettre son courrier et des plis, mais
pour manger et boire, fumer du bleu, bavarder, se
retremper dans l'ambiance du pays car, depuis dix

ans qu'il était à Rio, Kéroual avait le mal du pays, et, moi-même, chaque fois que je débarquais, comme j'apportais une bouteille de calvados au président de la République, un jéroboam, j'avais dans mes bagages une caisse de muscadet pour Kéroual, car Kéroual était de Nantes.

Mon vieux Kéroual, lui dis-je quand je lui eus mis le grappin dessus, je ne te lâche plus. Tu vas partir avec moi.

— Tu veux rire, Blaise ?

— Non, mon vieux, c'est sérieux. Viens avec moi dans ma cabine, j'ai deux mots à te dire.

Rendus dans ma cabine, j'en fermai la porte à clé et fourrai la clé dans ma poche, non sans avoir remarqué Auguste, le garçon, qui m'avait fait une grimace au passage comme un bon chien de garde.

— Tiens, dis-je à Kéroual, regarde-toi dans l'armoire à glace. Tu es violet, congestionné, apoplectique et l'on dirait que ton ventre va crever. Je ne t'en donne pas pour un mois si tu restes plus longtemps ici. Je t'emmène avec moi. Je te paie une cure à Vichy.

— Tu veux rire...

— Non, mon vieux, c'est sérieux et il faut que je t'engueule. Tu mènes une vie de bâton de chaise. Tu te perds. On n'a pas idée de rester dix ans à Rio sans jamais prendre un jour de vacances. Tu travailles trop, et c'est un sale climat. Tu finiras par y laisser la peau. Regarde, tu as les yeux injectés, le teint jaune, le ventre qui fout le camp, les jambes molles, et je ne dis rien de ton foie, je ne suis pas médecin, mais tu dois faire une belle cirrhose. Les cocktails et le tropique.

— Tu as raison, vieux Blaise, mais qu'y puis-je ? Les affaires...

— Ta, ta, ta. Tu me la bailles belle. Tu m'as promis dix fois de rentrer avec moi en France.
Aujourd'hui c'est ta dernière chance. Ta femme, tes
filles te réclament, et tes associés à Paris…

— Mais, mon vieux, je ne peux pas partir. Tiens,
j'ai une échéance à la fin du mois.

— Je m'en fous. Tu es mon prisonnier. Je te garde.
Je ne te rendrai ta liberté qu'une fois au large. Allez,
va te coucher. J'ai pris exprès une cabine à deux lits.
Balance la valise qui est là-dessus, allonge-toi,
prends sa place.

— Mais je ne peux pas partir comme ça, Blaise.
Je te dis que j'ai une échéance dont je n'ai pas le
premier sou.

— Je m'en fous. Je ne te lâche pas. Je ne veux pas
que tu crèves ici. Va te coucher. Elle est de combien ton échéance? Ouvre cette valise. Il y a de
quoi…

— Mais je ne peux pas partir comme ça. Blaise!
L'échéance Michelin, je suis sûr de pouvoir y faire
face car j'ai une grosse rentrée à la fin du mois, tu
sais, mes moteurs Bréguet; mais tu sais comment
ils sont au Gouvernement, si je ne suis pas là pour
les relancer tous les jours, ils ne paieront pas.
Justement j'ai rendez-vous demain avec le ministre
de l'Air. Et puis j'ai une grosse commande en train
avec la Compagnie du gaz, 10 000 kilomètres de
tuyauterie. Non, je ne peux pas partir maintenant,
je ne veux pas rater cette affaire qui me serait soufflée par les Belges qui sont également dessus. Mais
cette affaire faite je te jure que j'embarque sur le prochain long-courrier, tiens, le *Massilia* part le 3
mars, car tu as raison je me sens très mal fichu, et
mon foie…

— Non, mon vieux, je ne te lâche pas, tu es mon

prisonnier. Tu sais très bien que tu ne prendras pas
le *Massilia,* tu l'as trop souvent promis! Non, les
affaires ne sont pas les affaires. Autant me donner
les dimensions de ton cercueil et le commander tout
de suite, par téléphone. Cela devient urgent. Tu n'en
as pas pour huit jours. Mais regarde-toi donc dans
la glace, tu as l'air…

À ce moment je fus interrompu par la sirène du
bateau qui se mit à mugir, à râler comme un tau-
reau malade. Mon ami pâlit. On entendait derrière
la porte et devant la fenêtre les garçons de cabine
et les grooms parcourir les couloirs et les coursives
en agitant leur sonnette pour faire évacuer les visiteurs et des profondeurs du navire montait le bruit
sourd des machines comme soudainement haussé
d'un cran. L'électricité blêmit. On avait dû mettre
un purgeur en marche pour amorcer les turbines.

J'avais sorti la clé de ma poche:

— Tu vois, dis-je à Kéroual, la porte est fermée
à clé, et je remets la clé dans ma poche. Tu devras
me passer sur le corps si tu veux sortir…

Alors nous nous lançâmes dans une violente discussion métaphysique sur les affaires, leur sens, leur
portée, le faux sentiment de puissance et de sécu-
rité qu'elles donnent, Kéroual hurlant que je n'y entendais rien, que je n'en faisais pas de régulières, que
je ne connaissais ni les chiffres ni les hommes, que
je n'étais tout au plus qu'un amateur et que je
n'avais pas le droit d'intervenir tout à coup dans sa
vie, les responsabilités qu'il avait assumées, et, moi,
l'exaspérant en lui affirmant tranquillement qu'il était
un ivrogne, que les chiffres le saoulaient, qu'il était
esclave d'une passion mesquine malgré l'immensité
des intérêts qu'il déplaçait, qu'il fallait savoir s'arrêter et que cela ne rimait à rien du tout de gagner

de plus en plus d'argent, à preuve : c'est qu'il ne pouvait même pas se payer des vacances et qu'il allait crever comme une outre ou un sac d'écus...

Je ne sais pas où cette dispute nous aurait menés si elle n'avait été interrompue par des coups frappés à la porte. C'était le portier du Copacabana qui m'apportait mon fourre-tout et ma note d'hôtel. Alors je pris deux liasses de billets dans la valise, sortis de la cabine en refermant soigneusement la porte et, avant d'entraîner Rodolphe au bar pour régler nos comptes, je dis à Auguste d'aller mettre le volet de fer sur la fenêtre de ma cabine, volet qui se fermait de l'extérieur et que l'on ne boucle que par gros temps, et de veiller à ce que l'individu enfermé là-dedans ne se sauvât pas.

Rodolphe est un ami. Nous bûmes une bouteille de champagne. Nous bavardâmes. Il était content pour moi. Durant les six mois que je venais de passer au Copacabana, ce palace d'hyper-grand luxe où j'avais été obligé de descendre pour réussir avec l'Office de la propagande les affaires de publicité – café, tourisme – pour lesquelles j'étais venu au Brésil, c'est ce portier, d'origine hongroise, qui m'avait défrayé de tout et payé chaque fois ma note d'hôtel en fin de semaine. Je lui devais une fière chandelle. Sans lui et la confiance qu'il avait mise en moi, je n'aurais rien pu faire. Je le remboursai donc avec usure de ses débours et lui ajoutai une belle dot pour sa fille. Nous bavardions comme des vieux compères quand la deuxième sirène retentit, chevrotante et désespérée. Trop de pression. Des ratés. J'accompagnai Rodolphe à la coupée, et nous prîmes congé, avec des vœux et la promesse de nous revoir bientôt à Paris, le portier jurant d'envoyer tout valser et de rentrer dare-dare prendre sa retraite dans son village natal des Carpathes, et qu'il passerait par Paris, et que nous ferions une noce à tout casser, un gueuleton monstre, etc.

Mais comme je m'en retournais vers ma cabine voir comment Kéroual se comportait, le haut-parleur du bord, au milieu des embrassades générales, se mit à crier : *On demande M. Blaise Cendrars à la coupée pour prendre livraison d'un tigre !* Je me penchai sur la lisse. En effet, au pied de l'échelle, deux paysans noirs, vêtus de cotonnade blanche lavée de frais, les pieds nus, le chef ombragé d'un de ces grands chapeaux en feuille de palme comme en portent tous les nègres dans les plantations de l'intérieur, attendaient avec un charreton chargé d'une grande caisse à travers les barreaux de laquelle on apercevait, non pas un tigre, il n'y en a pas au Brésil, mais un magnifique jaguar, et, comme le haut-parleur du bord m'appelait d'une façon de plus en plus intempestive, il me revint à l'esprit que, quelques semaines auparavant, étant en partie de chasse avec le «coronel» Limeiro, je lui avais raconté qu'à la veille de mon départ pour le Brésil, Xavier, le doyen des garçons *Chez Francis*, place de l'Alma, m'avait prié de bien vouloir lui rapporter «un jeune tigre» pour ses petites filles, dont j'avais fait entrer l'aînée qui avait onze ans comme rat à l'Opéra de Paris. Le «coronel» m'avait alors demandé quand je pensais retourner en France, et, à tout hasard, je lui avais répondu que j'embarquerais à bord du *Lutetia*. Et voilà maintenant que cet imbécile de «coronel» m'envoyait une *onça* digne d'une ménagerie ! Pour ne pas avoir à prendre livraison de cette sale bête, je courus m'enfermer dans ma cabine.

Auguste montait fidèlement la garde devant la porte.

J'ouvris la porte précautionneusement.

Kéroual était à genoux au milieu de la cabine. Il était en larmes. Un chapelet lui nouait les mains.

— Je t'en supplie, Blaise, laisse-moi sortir !...

— Non, mon vieux.

— Je viens de faire un vœu à Notre-Dame d'Auray. Je te jure que je partirai par le prochain bateau !... Tu ne sais pas... Tu ne peux pas comprendre...

— Rien à faire, vieux, je t'emmène. Tu pars...

— Mais je ne peux pas ! gémit Kéroual.

Et il se mit à sangloter, m'étreignant, s'accrochant à mes épaules, me murmurant, me soufflant à l'oreille, m'avouant comme à confesse :

— Mais tu ne sais pas, Blaise, tu ne peux pas comprendre... J'ai... c'est une honte !... J'ai bouffé la dot de ma femme... Je ne puis pas rentrer comme ça, après dix ans, sans l'avoir remboursée... Je te demande vingt jours... Je te jure que je serai à bord du *Massilia*, le 3...

— Tiens, lui dis-je en ouvrant la porte. Va-t'en. Tu me dégoûtes. Tu n'es pas un homme...

La troisième sirène retentissait, des coups longs, graves et, cette fois, purs, l'appel du large. Kéroual dégringola l'échelle. Il était temps. On était déjà en train de la relever.

La traversée s'était effectuée sans incidents, sauf qu'à Lisbonne nous étions arrivés avec vingt-quatre heures de retard, ennuis de machine, histoire de chauffe, ce qui était fréquent à bord du *Lutetia* ainsi qu'à bord de son *sistership* le *Massilia*, les deux magnifiques paquebots de la Sud-Atlantique étant surmenés, à bout, mais marchant toujours ; et voici que nous avions manqué le flux et qu'il nous fallait

encore perdre douze heures avant de pouvoir franchir l'estuaire de la Gironde avec la marée montante
et remonter la Gironde jusqu'à Bordeaux, ce qui
nous mettrait à quai vers minuit. Tout le monde était
de mauvaise humeur. Nous étions immobilisés
dans une purée de pois, sur une mer assez dure, cas-
sante, et toutes les trois minutes la sirène du bord
meuglait lamentablement dans le brouillard, et
d'autres sirènes, plus ou moins proches et de plus
en plus nombreuses au fur et à mesure que l'après-
midi s'écoulait, lui répondaient sur des tons allant
du grave à l'aigu et avec des voix toutes également
désorientantes, trompeuses.

Enfin nous pénétrâmes dans l'embouchure du
fleuve et pûmes le remonter à petite vapeur. Nous
étions les premiers à passer mais, Dieu, que c'était
long, lent, lassant! La nuit était tombée, et il s'était
mis à pleuvoir. On ne voyait rien des rives ni du paysage. Il faisait triste et noir. Enfin, un halo, des lumières dispersées et c'est Bordeaux, BORDEAUX, sa
platitude, son ennui, sa pluie, ses quais déserts, ses
grues efflanquées, ses lampadaires et personne, vu
l'heure avancée, pour accueillir les voyageurs, sauf
un groupe de trois qui s'étaient mis à l'abri du vent
et de la pluie sous la porte entrouverte d'un hangar, au coin duquel stationnait un taxi. Mais déjà
j'avais reconnu la précieuse silhouette si parisienne
de Raymone. Chère fille, combien de fois n'était-
elle pas déjà venue m'attendre à l'arrivée d'un bateau, à Bordeaux, à Cherbourg, au Havre, mais, cette
fois, c'était exagéré, un jour et demi de retard, la
pauvre. Elle avait dû s'amuser! Le chauffeur de taxi
battait la semelle derrière elle, et elle était accom-
pagnée d'une très grande femme, une espèce de gendarme en jupon. Qui était-ce? Je dégringolai dans

le hall, où les bagages étaient alignés depuis longtemps pour la visite de la douane, et je courus
prendre ma place car tout le monde était impatient
de débarquer. J'étais le premier à passer, je n'avais
que mon fourre-tout comme bagage et la valise
qu'Auguste ne quittait pas de l'œil. Il s'était dé-
brouillé pour se mettre en tête de file.

— Vous n'avez rien à déclarer?

— Vous savez bien, dis-je au préposé des
douanes, vous savez bien que l'on a toujours
quelque chose à déclarer quand on revient de ces
pays d'outre-mer, mais, aujourd'hui, je n'ai rien
d'autre que mon fourre-tout. Je vous déclare un py-
jama, trois liquettes et ma trousse de toilette. C'est
tout.

— Et cette grosse valise, elle n'est pas à vous?

— Cette valise? Bien sûr qu'elle est à moi.

— Alors, qu'est-ce qu'elle contient?

— Du fric.

— Vous dites?

— Je dis qu'elle est pleine de pèze. Est-ce que ça
se déclare?

— Tout se déclare, monsieur. Ouvrez-la.

— Alors je vous déclare de la bonne galette! dis-
je en éclatant de rire. C'est mon porte-monnaie.

Je dis à Auguste d'ouvrir la valise.

— Je vous ferai remarquer que le stock est entamé et que tout cela est pour mon usage courant,
ajoutai-je encore.

Le préposé aux douanes n'y mit pas la main. Il
n'eut pas un tic. C'était un pâlot, boutonné dans
un mince imperméable. Il avait la moustache mal
plantée. Il ressemblait à Joseph Delteil. Il me regarda
d'un œil sévère et me demanda:

— Vous n'avez pas d'autres bagages, monsieur?

Manifestement il faisait un effort pour ne pas
perdre son sang-froid.

— Est-ce que cela ne vous suffit pas? m'excla-
mai-je. Vous savez, l'on m'attend!...

Alors le préposé aux douanes rabattit le couvercle
de la valise, y fit un signe cabalistique à la craie et
me dit :

— Vous pouvez disposer. Passez!

Auguste se marrait.

— Tiens, bon et fidèle serviteur, lui dis-je en faisant sauter une liasse de ces billets de banque exotiques et en lui en donnant une pincée. Tu en as
pour une quarantaine de mille francs. Est-ce que
cela te suffit?

Et nous franchîmes la passerelle en nous bousculant comme deux gosses.

— Raymone!...

— Blaise!... Viens que je te présente à Mme de
Kéroual qui attend son mari. Sais-tu s'il est à bord?

— Madame.

— Monsieur. Est-ce que vous pouvez me dire si
mon mari est à bord? M. de Kéroual, Jean de
Kéroual, de Rio de Janeiro. Il m'a câblé le 5 qu'il
embarquait à bord du *Lutetia,* mais comme il n'a
répondu à aucun de mes télégrammes — je lui ai
adressé plus de dix radios à bord —, je me demande
s'il a réellement embarqué? Il doit avoir une vieille
maîtresse là-bas. C'est un tel coureur. Un jupon lui
fait perdre la tête.

— Croyez, madame, que je le regrette mais je n'ai
point l'honneur de connaître M. de Kéroual.

— Comment, monsieur, vous dites arriver de Rio
et vous ne connaissez pas mon mari? Mais toute la
colonie française le connaît à Rio de Janeiro. On
ne parle que de lui. C'est un pilier de cabaret, et il

fréquente toutes les boîtes de nuit. C'est une honte. J'ai pris mes renseignements, vous savez, depuis dix ans que je l'attends.

— Je le regrette, madame…

Vraiment, sa femme avait raison, mon ami ne devait pas avoir la tête bien solide pour avoir épousé un pareil gendarme en jupon, une géante, avec des seins, des miches, des hanches, des mains, des pieds étonnants, le tout engoncé dans une capeline à carreaux dégoulinante de pluie et ornée d'une guimpe en poils de singe qui lui chatouillaient les oreilles sans arriver à la faire sourire sous son bibi invraisemblable, également en poils de singe longs et détrempés et qui lui faisaient comme une tignasse lui retombant sur ses yeux courroucés. Ses sourcils noirs étaient épais, ses joues sanguines avec de fortes amorces de moustache aux coins des lèvres, son visage était altier et sa physionomie mauvaise avec son triple menton, son nez aquilin, sa large bouche, ses grosses dents espacées, sa voix colère, ses yeux de braise et, à la façon dont elle dévisageait un à un les passagers qui débarquaient à travers un face-à-main suspendu à son cou puissant par une longue chaîne de jais et qu'elle braquait à bout de bras avec une moue de mépris, on devinait qu'elle détestait les hommes. Pauvre Kéroual, quelle chance qu'il ne fût pas là, je crois que sa légitime l'eût rossé ! Et je commençais à comprendre pourquoi le mari de la dame ne tenait pas à rentrer. Quant à la dot, si cette histoire était vraie, elle avait dû être fameuse, et mon ami avait eu raison de la manger. On s'accuse d'une infamie plutôt que d'avouer une femme pareille quand on est le Français le plus répandu de Rio, Kéroual le fêtard, Kéroual le brasseur d'affaires, Kéroual en voie de faire fortune ou en train

de faire la culbute. Je me mis à douter de tout, sauf
de sa cirrhose du foie qui, elle, était réelle. Pauvre
Kéroual, pourquoi n'était-il pas venu?...

— Madame, dis-je, je suis aux regrets. Voulez-
vous profiter de mon taxi? Il se fait tard. Puis-je vous
déposer quelque part en passant?

— Merci, monsieur, me répondit cette bourgeoise
majestueuse. Le rôle d'une épouse et d'une mère
est d'attendre son mari jusqu'à la dernière heure,
ne serait-ce que pour ramener un père à ses enfants.
J'ai deux grandes filles, monsieur. Je veux voir débarquer le dernier passager, dussé-je y passer la nuit.
Je veux en avoir le cœur net. M. de Kéroual est-il
à bord, oui ou non?

— Il serait peut-être plus simple de vous renseigner auprès du commissaire du bord, insinuai-je
doucement. Raymone, tu viens? Bien le bonsoir, madame.

— Au revoir, madame!

— Adieu, monsieur. Bonne nuit, pauvre petite.
À demain! jeta le gendarme en jupon en se dirigeant
vers la passerelle pour continuer son inquisition à
bord.

Auguste avait disparu, mais la valise était dans
le taxi, à côté du chauffeur.

— Quel chameau! fis-je en claquant la portière.

— Oui, quel casse-pieds! Imagine-toi, Blaise, que
voici deux jours que je l'ai sur le dos et qu'elle n'a
pas arrêté de me raconter des horreurs sur son mari.
Dire qu'il y a des femmes pareilles et que la Terre
tourne!

— Mais dis-moi, Raymone, qu'est-ce qu'elle a
bien pu sous-entendre en te disant à demain?

— C'est qu'elle est descendue au même hôtel.

— Comment, au Royal-Gascogne?

— Oui, au Royal-Gascogne.

— Ah ! zut alors, non ! Je ne tiens pas à la revoir. Si tu veux bien, Raymone, on partira demain matin de bonne heure. Je louerai une voiture, et nous rentrerons à Paris par la route. Tu ne vois pas qu'on la retrouve dans le train !

— Comme tu veux, mon ami.

— Tu sais, en partant sur le coup de dix heures on aura largement le temps d'arriver pour déjeuner à Ruffec.

— Ah ! oui, les truffes de l'Hôtel de France. Je les adore.

— Oui, les truffes sous la cendre...

Moins d'un mois plus tard je me retrouvais sur le quai de Bordeaux, exactement au même emplacement devant le hangar et je suivais des yeux les évolutions d'un grand fourgon-limousine de la Maison Borniol qui manœuvrait entre des monticules de tonneaux et faisait de la marche arrière pour se mettre sous la perpendiculaire de la grue à volée fixe avant du *Massilia* qui pivotait en l'air, un cercueil pendant à son crochet. C'était Kéroual qui débarquait. Un câble de Rio, signé *Saloméâ*, m'avait prié d'aller réceptionner le corps et d'assister à l'enterrement. Mais je n'avais pas à intervenir, la famille était là qui s'extrayait du fourgon-limousine Borniol, la veuve de mon ami venue reprendre possession de son mari, plus encombrante et déplaçant plus d'air que jamais dans ses grands voiles de deuil et les deux beaux-frères, deux faux témoins calés dans les fauteuils de la voiture fumant des cigarettes et qui laissaient agir leur sœur au verbe impératif, ses deux associés de Paris, ses commanditaires, deux requins pour lesquels Kéroual s'était crevé à Rio, de cela j'en avais de multiples preuves, et dont il avait fait l'immense fortune. (La firme *Kéroual & C°*, *Importation-Exportation*, *Commission*, est toujours une des premières de la place, à Rio de Janeiro et à Paris. C'est ce qu'on appelle de la grosse galette en Amérique.)

Maintenant, le corbillard-limousine s'était remis en marche, il évoluait avec précision autour des monticules de tonneaux de vin amassés sur le quai, longeait le quai désert, car il était grand matin, accélérait pour aller passer le pont et rejoindre la route de Paris et, comme je perdais de vue le véhicule noir, des vers me revinrent à la mémoire, la fin d'un sonnet, mais comment était-ce donc? je n'arrivais pas à retrouver le texte en portugais, la fin d'un beau sonnet verbal, des vers de Saloméâ, Saloméâ la seule fille de couleur qui fût jamais admise comme cliente au bar du Palace à Rio et que seul un Kéroual avait pu imposer dans ce bar ultra-chic, un être exquis, délicieux, fragile, passionné, vicieux, intoxiqué, jaloux, intelligent jusqu'à la folie parce que superstitieux et s'adonnant à la magie, comme toutes les mulâtresses de Rio font, une venimeuse petite *carioca* que Kéroual entretenait sur un pied de princesse.

Mais comment était-ce donc, ces vers en portugais?...

Il faisait frisquet. J'entrai dans un bistrot du port. Je buvais debout, distraitement. Petit à petit le quai s'animait et à travers la vitre je suivais le manège sur la berge d'hommes qui chargeaient et déchargeaient des barriques, les entassaient, faisaient stopper, pivoter, rouler de champ, se mettre debout des tonneaux de vin avec une adresse et une aisance prodigieuses. Et je me récitais mentalement:

Contrairement aux vins qui se bonifient en vieillissant.
Plus un amour est jeune, meilleur il est.

Mais ce n'était pas ça.

Si jamais le texte portugais de ce sonnet ironique me revient à la mémoire dans toute son ampleur et sa sonorité, j'irai en graver les paroles grandiloquentes sur la pierre tombale de mon ami Kéroual, cimetière du Montparnasse.

Malheureusement, je n'ai pas la mémoire des vers.

Ah ! s'ils avaient été mis en musique, je m'en souviendrais...

V

Brest

COCOTTE EN PAPIER BUVARD

À Paul DESFEUILLES, bibliothécaire de la
Chambre, général à Berlin,
Auvergnat d'élection à vie,
heureux propriétaire-paysan de
Mirefleurs,
parfait convive à table,
grand amateur de blanquette de
Limoux,
surprenant hôte du Bossu en l'Isle,
éditeur d'Yggdrasill, revue mondiale
de poésie, imprimée for the happy
few,
fils de grammairien, père de mon
mousse, ami de toujours

Blaise Cendrars,
commandant et le mousse,
Henry.

Brest est par terre aujourd'hui et j'ai peine à imaginer la masse énorme de ses décombres.

Certains conserveront le souvenir du port de guerre, de l'Arsenal, des tourelles géantes, des ponts blindés, des canons à longue portée des plus modernes cuirassés de sa flotte de haute mer qui était un bel appoint pour l'Angleterre en juin 1940. Pour moi, Brest, BREST est une séquence essentiellement féminine.

Cela commence par *La Belle-Poule,* cette nef royale de haut-bord et à trois ponts, galbée, stylisée, pleine de voussures et de dorures, pompeuse de la pomme du grand mât à la quille, et qui livra sous Louis XVI un si galant combat aux Anglais et qui explosa en rade de Brest, le feu à la sainte-barbe, ses batteries tirant à boulets rouges, toutes voiles dehors, la fleur de lys, la banderole, la flamme au vent. Cela se continue par la rue de Siam un jour de noroît quand les brise-bise et les stores des cafés, les jupes blanches, les dessous transparents, les plumes des grands chapeaux des petites amies des officiers de marine, le drapeau de la Préfecture maritime claquent au vent et que les femmes du peuple tiennent leur coiffe à deux mains dans une grande envolée de robes noires et

de fichus. Et cela se termine par ce jeune lieutenant
de vaisseau, aux yeux fiévreux, qui sauta certain soir
en coup de vent dans l'express de nuit qui démarrait déjà et prenait de la vapeur, qui débarqua le lendemain matin incognito gare Montparnasse, qui
conquit la capitale en un tour de main et devint la
reine de Paris – j'ai nommé Mme Pourpre, alias
Liane de Pougy, mon premier amour d'homme.

J'avais onze ans.

Chaque jour je m'arrangeais de me trouver à sa
porte, avenue Victor-Hugo, quand vers une heure
Liane sortait pour faire quelques pas aux Acacias.
Comme elle (mais pour elle!) je m'étais peigné,
brossé, cosmétiqué, ma raie était impeccable, je
m'étais lavé les mains et fait les ongles, j'avais mis un
col propre, une cravate esbroufante, choisi une paire
de gants neufs et, quand elle descendait l'escalier de
son entresol, je lui cédais le pas en m'écrasant contre
le mur et je lui tirais un grand coup de chapeau en rougissant jusqu'à la racine des cheveux, je m'inclinais profondément pour cacher mon émotion mais aussi pour
suivre des yeux sa robe froufroutante qui bouillonnait
derrière elle, cascadant d'une marche sur l'autre
jusqu'au bas de l'escalier tournant, ce qui me remplissait
d'un trouble fait d'admiration et de consternation et
me faisait plus sûrement tourner la tête que le vertige
de ses effluves tourbillonnant dans son sillage.

Quelle belle frégate!...

Il est peut-être inutile de dire que «mon ange»,
comme l'écrit Balzac, ne m'a jamais remarqué.

. . . .

Nos pères, ces géants! s'écrie Paul Morand. À quoi
j'ajouterai volontiers pour spécifier nos mères: *Sa
Majesté, la Femme 1900!*

VI

Toulon

LE HOWDAH

À mon cher vieux RIBEIRO COUTO,
ministre du Brésil à Belgrade, guéris-
seur et devin

Com saudades
Blaise.

… Comme j'ai eu 27 domiciles en France, j'ai eu fatalement, comme tout le monde et comme il se doit, moi aussi un foutoir à Toulon. Je payais 800 francs par an le loyer de cette chambre haut suspendue. La fenêtre donnait sur la Darse. Il y avait pour quatre sous de meubles. Cela se composait d'un carré-salle à manger, d'une alcôve avec un vaste et profond divan où l'on pouvait se perdre à trois, d'une cuisine grande comme une coquille d'œuf et d'un appareil à douches mais, comme il n'y avait pas d'eau à l'étage, matelot allait la quérir à la borne-fontaine de l'Arsenal.

Je n'ai rien à raconter de cette chambre où il ne m'est jamais rien arrivé d'autre que d'y faire occasionnellement l'amour, et des amis, qui débarquaient de grandes automobiles de Paris et qui avaient le mot de passe, allaient prendre la clé chez la concierge (neuf fois sur dix je n'y étais pas) et montaient, également pour y faire l'amour, et eux non plus ne m'ont jamais rien raconté de particulier sur cette chambre. Mais il leur est arrivé, à Paris ou ailleurs, quand je les rencontrais, de me présenter à leur compagne, maîtresse ou légitime; alors je devinais à la façon dont la femme me dévisageait, qu'elle pensait à ma garçonnière, bien sûr pas au divan, mais à ma cave à liqueurs qui lui avait fait tourner la tête et qui était toujours aussi bien garnie que celle d'un corsaire retour des Iles. Les liqueurs exotiques sont une excuse...

Le howdah, parce que le divan avait le mouvement et le ressort d'un éléphant qui se relève brusquement et vous fait chavirer comme une barque. Aucune dame ne m'a jamais demandé de qui je tenais ce meuble extraordinaire et quasi vivant. Je louais la chambre à un amiral. Mais peut-on compromettre un amiral ? Quand Jules Verne voulait se moquer d'un marin, il le juchait avec humour à dada sur un âne, un mulet, une rosse de louage, mais jamais sur un éléphant, même mécanique, et jamais le personnage qui tombait de selle ou qui se cramponnait à la crinière de sa monture pour ne pas être désarçonné par un temps de galop ne dépassait le grade de capitaine au long cours ou de commandant d'embarcation. Puis-je me moquer d'un amiral qui se trouvait dans la nécessité de me sous-louer entre 1936 et 1939 un dos d'éléphant à ressorts grinçants ? Le malheureux...

... TOULON est noyé comme dans un rêve d'opium. C'est une honte et une tragédie. Il n'y a pas de souvenirs qui tiennent...

Adieu, belles estivantes et jeunes fous, et vous, garçonnes au pied marin qui vous laissiez désarçonner, d'impromptu, par la volupté !

VII

Anvers

FAIRE LA RIPE

Un cafard de Paris, comme il y en a tant parmi ces garçons qui, sous prétexte d'admiration et de l'intérêt qu'ils portent à votre œuvre et à votre travail, viennent vous rendre visite à la campagne et vous relancer jusque dans le Midi quand on n'habite plus la capitale, qui se piquent de littérature et vous font perdre votre temps en ne vous rapportant que des vieux ragots et des potins venimeux, un cafard me dit que t'Serstevens raconte des horreurs sur mon compte.

— Cela m'étonne de la part de t'Serstevens qui est un vieux copain, lui dis-je. Que raconte-t-il donc?

— Il paraît que vous êtes si fort, Cendrars, que t'Serstevens prétend n'avoir jamais connu un autre homme capable, comme vous, d'avoir une ardoise dans un bordel et de consommer à crédit.

Je mets le jobard à la porte et j'écris à t'Serstevens pour savoir de quoi il en retourne et t'Ser, qui est en effet mon plus ancien copain des lettres, me rappelle par retour du courrier lui avoir raconté en 1912 ou en 1913 que je fréquentais le petit bordel de la rue Mazet et couchais à l'œil.

Il y a confusion, cela m'est arrivé en 1910, *Chez*

Julia, à Anvers, sur le port, et non pas rue Mazet, où il n'y avait qu'une seule femme sous presse, Madeleine les Ciseaux, une Juive boiteuse comme la Vénus espagnole, et vindicative, et intéressée, qui expédiait ça en vitesse car, étant seule, elle n'avait pas de temps à perdre entre deux coups de sonnette, et les peintres du quartier faisaient queue chez elle, c'est bien le cas de le dire, Madeleine les Ciseaux étant une ravaudeuse à la Goya ; mais *Chez Julia*, à Anvers, en 1910, cela se passait à la bonne franquette, la maison était achalandée, on n'y poussait pas à la consommation, on avait le temps, on bavardait avec les filles qui tricotaient comme en famille, il y avait de l'amitié et de la rigolade, on sortait même avec les filles, on allait se promener en ville et à la campagne, et je vais dire tout de go de quel genre de crédit je jouissais *Chez Julia* : j'y avais une chambre, une chambre mise à ma disposition par Madame grâce à l'intercession d'une fille, une chambre que l'on me louait par principe et que je ne payais pas car je n'avais pas le rond, une chambre, j'avais une chambre à crédit dans un bordel du port, mais j'y couchais seul car dans tous les pays du monde la charité, le bon cœur, la sensiblerie des filles, voire le béguin que l'une d'elles peut avoir pour vous ou l'intérêt romanesque qu'elle peut porter à un client s'arrête au déduit, aux bagatelles de la porte, si j'ose dire. Que voulez-vous, *le business c'est le truc*, et l'on a des principes chez les filles, et il faut être Tolstoï pour croire le contraire. Ah ! ces hommes de lettres et de cabinet, ce qu'ils vont imaginer ! Vous pouvez baiser à l'œil la terre entière, mais pas une putain en maison, à moins d'être son maquereau, ce qui est encore être un soutien de l'ordre et ce que nous n'étions assurément pas, moi et mon copain

Korzakow, avec qui je faisais la ripe en Belgique,
en 1910, rigolant, rouspétant, nous bagarrant, nous
moquant de tout, libres comme des affranchis, et
préférant cyniquement une bouteille de cognac,
même sans millésime, à une lanterne à gros numéro,
la bouteille nous tenant lieu de phare et de
conscience. Néanmoins, c'est au début de cet hiver-
là, en 1910, à Anvers, que mon copain Korzakow
devait me lâcher, prendre femme et, comme on dit,
se ranger. Quant à moi, après avoir joui un certain
temps de la fameuse chambre *Chez Julia,* je devais
trouver de l'embauche à l'*Uranium Steam-Ship C°,*
dont le siège social était à Anvers, conduire les plus
misérables émigrants d'Europe de Libawa à New
York, ce qui me fit passer le réveillon de Noël de
cette année-là à Saint-Jean-de-Terre-Neuve. Mais
cela, c'est une autre histoire. Mais c'est ça la beauté
d'un port, c'est que sorti de ses estacades un navire
peut vous mener partout, aux antipodes, faire le tour
de la planète avant de vous ramener en vue de son
phare qui scintille comme une lampe dans un cercle
de famille, une lanterne avec un gros numéro ou une
bouteille de cognac sans millésime. Et c'est Anvers
dans le brouillard, l'on est de retour à ANVERS…

1

C'était un marin de la mer Noire qui avait pris
part à la révolte du *Kniaz Potemkine* et qui avait déserté (il me parlait souvent du lieutenant Schmit et
de Maria Spiridonowa, dont il avait même la photo
sur soi ; mais quel est le Russe à l'époque qui

n'avait pas été mêlé de près ou de loin à la révolution de 1905-08, et la photo de l'héroïque martyre se vendait en carte postale au bénéfice de la caisse de secours des émigrés socialistes-révolutionnaires). Je ne me souviens plus du tout comment ni pourquoi je m'étais acoquiné avec Korzakow. C'était un pilier du bar de la rue Cujas, du bar des «faux-monnayeurs»; j'en étais un autre, et nous étions bien une centaine, tous plus ou moins suspects, à avoir nos habitudes dans cet établissement, entrant, sortant, stationnant jour et nuit dans la salle latérale du bar, debout, le chapeau sur la tête comme dans une synagogue (l'élément juif était très fort), faisant la haie autour des tables où les parties de cartes étaient enragées, les discussions anarchistes glapissantes et sans cesse renaissantes comme un feu ardent, les chauffeurs des taxis de nuit en mystérieux conciliabules, les books de la Sorbonne en pleine épuration des comptes, les femmes absentes, sauf les soldates minaudières de l'Armée du Salut qui essayaient de nous refiler leur torche-cul et les aboyeuses sibyllines et sibilantes, les «camarades» qui vendaient des brochures sur le malthusianisme et les revendications des filles mères, les noctambules du Boul'Mich'aphones, poisseux, éméchés, puant l'absinthe et les crève-la-faim plus nombreux que les veinards qui consommaient une choucroute, un sandwich, une assiettée de moules marinières, une soupe à l'oignon, des saucisses chaudes, deux sous de frites dans un cornet ou des bigorneaux dans une soucoupe, les tapeurs mâchant fébrilement des coquilles de cacahuètes pour apaiser leur fringale chronique, les voleurs se mettant sous le vent d'un fumeur pour happer la fumée d'une pipe qu'on allumait et certains miséreux si fatigués d'avoir marché jour et nuit sous la pluie dans les rues interminables de Paris qu'à peine entrés dans le local surchauffé, ils pissaient sous eux d'épuisement. Ils dégoulinaient. C'était la mistoufle. Un sédiment. De la substance humaine floconneuse en suspension.

La nuit, à la porte du bar des «faux-monnayeurs» se tenait en permanence, non pas André Gide, qui en a écrit, mais un des plus louches individus du Maubert que j'avais surnommé Socrate, non pas qu'il fût accoucheur d'âmes, mais accoucheur de toutes les chiennes du quartier, et il se tenait là jusqu'au petit jour, en tablier gros-bleu, la poche de son tablier pleine de petits chiots, soulevant le rideau du doigt, jetant un œil à l'extérieur et, dès qu'il voyait passer un couple se composant d'une poule de luxe qui sentait l'éther et d'un jeune crevé sortant de la taverne du *Panthéon*, il se précipitait dehors, se maintenait dans leur sillage, leur offrant, non pas un chiot de luxe (les petits chiens de luxe, tout comme la drogue, ne sont redevenus à la mode que des années et des années plus tard) mais un de des horribles bâtards venus au monde dans une loge de concierge, ratier, roquet, loulou, une boule de poils aveugle et geignante, sans race et sans nom, dont il avait les mains pleines et qu'il fourrait jusque sous le nez de la belle éthérée, avec un sourire ignoble et un boniment des plus irrespectueux. Puis le dégueulasse revenait au bar essoufflé, s'envoyait un picon citron bien tassé et se remettait à l'affût, toujours près de la porte.

Soudain les pigeons du Luxembourg s'abattaient sur la place et s'envolaient au passage du petit train qui remontait des Halles.

L'aube était bleue.

…Et j'étais déjà si mauvais poète
Que je ne savais pas aller jusqu'au bout.

2

Au bar des «faux-monnayeurs» Korzakow passant pour un escroc de mauvaise foi (il y a des fi-
lous scrupuleux!) et un fameux tricheur aux cartes
(il n'était pas le seul!). D'une façon générale il était
craint car on prétendait qu'il n'avait pas toute sa
tête. On chuchotait qu'il y avait eu une femme dans
sa vie, une femme qui l'avait roulé, grugé, trahi, une
créature de police qui l'avait donné et fait épingler,
ce qui l'avait rendu «sauvage» comme on dit en argot
de traite des blanches d'un trafiquant qui a été mar-
qué par une femme et ne peut plus de ce fait espé-
rer faire jamais partie des «réguliers», mais il était
aussi respecté au bar, et pour sa science, car il passait rue Cujas pour avoir été étudiant en chimie ou
en électrophysique, et l'on chuchotait qu'il savait
fabriquer les bombes et manier les explosifs. Avait-
il trempé ou non dans l'affaire des faux louis d'or
en cristal qui avait révolutionné le quartier Latin par
la qualité des fils de famille compromis et donné son
lustre au bar de la rue Cujas, où la bande hétéro-
clite des fabricants et des étudiants-démarcheurs se
réunissait, on le disait; mais que n'insinuait-on pas
dans ce bar plein d'indics et de condés, et j'aurais
payé cher pour savoir ce que l'on pouvait raconter
sur moi, qui y faisais figure, – de quoi? je me le
demande encore aujourd'hui! Quoi qu'il en soit,
je me souviens que l'on m'avait adressé à lui pour

déménager à la cloche de bois une étudiante russe qui voulait quitter son amant. (Sacrée Xénia, qu'elle était belle à l'époque ! Je l'ai rencontrée trente ans plus tard tenant boutique quartier de l'Étoile, une galerie de tableaux modernes, et si elle s'était un peu avachie depuis le temps, elle avait toujours ses yeux pervers et sa voix roucoulante, cette voix chaleureuse des femmes russes qui semble monter du plus profond de leur chair intime et qui est leur seul charme, car on ne se lasse pas de les entendre parler, même si l'on ne comprend pas leur langue !) Bref, j'avais pris rendez-vous avec Korzakow et m'étais chargé de faire le guet.

Il était onze heures du soir. Je faisais le guet à deux pas du commissariat, place du Panthéon. Korzakow s'amena avec une demi-douzaine de matelots à lui et trois voitures à bras qu'ils mirent en stationnement sur le trottoir. Et l'équipe s'engouffra dans l'*Hôtel des Grands Hommes*. Un instant plus tard des volets claquaient contre la façade, et une fenêtre s'éclairait au quatrième étage, et l'équipe à Korzakow se mit à couler au bout de longues cordes les bagages de Xénia, cependant que des valises et des malles descendaient par d'autres fenêtres ouvertes à différents étages, que d'autres volets claquaient, que d'autres lumières s'éclairaient et s'éteignaient, et qu'un homme de l'équipe resté en bas sur le trottoir entassait tout ce qui arrivait à sa portée pêle-mêle dans les voitures à bras. Moi, qui regardais ce remue-ménage, j'avais l'impression que l'hôtel était mis à sac et déménagé. Mais je n'eus pas le temps de m'ébahir. Déjà l'opération était terminée, les charrettes évanouies, les types se cavalant, et nous nous retrouvâmes tous chez un bougnat de la rue Dupeyron, derrière l'École de

Médecine, chacun un verre à la main et quelques écus en poche ; puis Xénia arriva dans un fiacre avec le sourire et tous ses bagages bien ordonnés, et Korzakow sauta dans la voiture et, fouette cocher ! enlacés comme des amoureux, ces deux-là disparurent en direction de la place Danton... Cela tenait de la pantomime et de la prestidigitation. Jamais je n'ai vu une pièce aussi bien jouée... On nous mit à la porte, et le bougnat accrocha ses volets et tourna le gaz. Les types s'égaillèrent. Ni vu ni connu. Toute l'affaire n'avait pas duré une demi-heure... Je restai seul dans cette sorte d'impasse. Un chat noir se frottait contre ma jambe et ronronnait...

3

En vérité je ne saurais dire comment cet acoquinement s'était fait, ni comment ni pourquoi ni à quel propos j'avais décidé Korzakow à quitter Paris et à m'accompagner en Belgique.

À l'époque j'étais étudiant en médecine, mais j'étais plus souvent à Paris, à Londres, à Berlin, voire à Saint-Pétersbourg, où j'avais toujours un pied-à-terre, qu'à Berne, où j'avais pris mes inscriptions à la Faculté et étais censé faire ma quatrième année. Tout m'intéressait. Mais la vie indépendante que j'avais déjà menée depuis 1904 en Chine, en Perse, en Russie, le premier million que j'avais déjà gagné dans le négoce de la bijouterie et que j'avais déjà dépensé en voyages autour du monde ou claqué dans la vie nocturne des capitales, mes aventures faisaient que je ne pouvais me plier à aucune

discipline et que la vie universitaire et mes condis-
ciples, malgré la présence dans les Facultés d'un
fort contingent de merveilleuses étudiantes russes,
un essaim de filles enthousiastes, dont beaucoup
valaient la peine que l'on s'occupât d'elles (ce que
je n'avais pas manqué de faire), m'ennuyaient, à
l'exception de la lecture dont j'ai toujours été et suis
encore assoiffé ; mais la lecture savante n'ajoutait
qu'un nouveau désordre, un désordre de luxe, le
désordre de l'esprit, à ma vie désordonnée. Alors,
quand j'en avais marre des cours, des grands livres
qui ne se lisent que dans les bibliothèques, des mac-
chabées des amphithéâtres, des malades de l'hôpital, des examens, je faisais un plongeon dans les
bas-fonds ou prenais la mer…, mais j'emportais mes
livres partout avec moi, des livres que j'avais ache-
tés dans le monde entier, dix caisses immenses et
immensément lourdes, que j'ai trimbalées dans tous
mes voyages durant des années et pour le transport
desquelles j'ai dépensé une fortune à la tonne ki-
lométrique. Et c'est Korzakow qui devait m'en débarrasser…

Lors de mon dernier passage à Saint-Pétersbourg
j'avais eu l'occasion d'embarquer ces caisses sur un
cargo à destination d'Anvers, en port dû, et je
n'avais pas pu les dédouaner à l'arrivée, n'ayant plus
d'argent, et depuis…, depuis les frais de magasinage
à Anvers s'étaient multipliés, près d'un an s'étant
écoulé, et je venais de recevoir avis que les Autorités
du port allaient les faire passer en vente publique
et je m'étais dit que peut-être pourrais-je racheter
mes bouquins en douce et pour moins cher que le
montant des frais, les amateurs de livres n'étant pas
précisément les habitués des ventes de warrants, et
c'est probablement ainsi, en faisant luire à ses yeux

les résultats d'une magnifique opération de ca-
rambouillage qui nous rapporterait des mille et des
cents, ce qui nous dépannerait tous les deux, que
j'avais dû arriver à convaincre Korzakow de m'accompagner à Anvers, où nous traînions sur le port
depuis des semaines, le ventre vide, les pieds vannés, sales et hirsutes (une partie du trajet Paris-
Anvers s'était faite à pinces, l'autre, en brûlant le
dur), couchant dans les docks vides et sans espoir
de trouver les quatre sous dont j'avais besoin pour
dédouaner ou racheter mes bon Dieu de bouquins,
sans aucune envie, ni lui ni moi, d'aller nous mêler
aux débardeurs, d'en mettre un coup ou d'y donner la main, ayant tous les deux le travail en horreur, ne voulant pas nous soumettre, flânant,
baguenaudant sur le port, guettant l'occase, nous
demandant sous quel travestissement de hasard l'occasion allait se présenter, nous moquant de nous-
mêmes, injuriant tout le monde, rigolant, ayant
épuisé notre crédit dans tous les estaminets des quais,
ne rencontrant plus personne pour nous payer un
verre, les gonzesses se foutant de nous, surtout celles
de *Chez Julia*, où Korzakow prétendait avoir fait une
touche le soir de notre arrivée, n'arrivant plus à frei-
ner le moulin à paroles qui nous avait déjà intoxiqués et fait bavarder à perte de vue tout le long de
la route et nous raconter des histoires comme les
Slaves font pour s'étourdir, en ville, à la campagne,
au bivouac, sur le trimard, jour et nuit durant l'interminable voyage du transsibérien ou la lente, la
longue, la monotone descente du Volga en bateau
à vapeur, parlant de Dieu, de l'univers, de l'amour,
de la vie, la fameuse *govoretschka* qui fait que pour
un étranger l'immense Russie n'est qu'un inquié-
tant meeting qui remet tout en question, un camp

volant, *govoretschka* à laquelle je m'étais entraîné en
pratiquant trois années de suite la foire de Nijni-
Novgorod, avec Rogovine, mon ancien patron, qui
m'avait associé à ses affaires de bijoux, ce qui me
permettait de tenir tête à Korzakow, qui, sinon,
m'eût possédé... Mais cent fois, entre Paris et
Anvers, je m'étais dit que seule l'épaisseur du petit
volume que j'avais dans ma poche (c'était les
Testaments de Villon) me séparait de mon compagnon et m'empêchait de devenir une parfaite canaille, comme lui... Mais sait-on jamais ? Peut-être
que je me trompais. On n'est pas fait d'une pièce.
Et cent fois tout le long de la route j'avais pu me
rendre compte par quoi Korzakow m'attirait...

Me séduire ? Difficilement...

Devenir un ami ? Franchement, non, mais un
compagnon de route, pas un compagnon de route
ordinaire, mais un compagnon de route du tonnerre
de Dieu, et dont il y aurait un jour à se garer...

Il y avait d'abord son merveilleux mépris des
contingences, une absence absolue du sens de la propriété, son insouciance, son appétit, son ivrognerie (j'étais épaté, il était capable de boire presque
autant que moi !), son cynisme transcendantal qui
n'était pas l'aboutissant d'une philosophie mais un
jet spermatique de son esprit, sa façon d'être, sa
façon de se débrouiller avec les femmes et d'obtenir d'elles tout ce qu'il voulait (même de l'argent,
et je ne parle pas de la nourriture qu'il rapportait
des fermes à chaque détour du chemin), sa bonne
humeur, son rire de géant, sa force physique, animale,
sa bonne santé, mais il avait aussi des qualités fon-
damentales, des qualités de race : l'art de vagabon-
der, auquel je suis si sensible et qui est un art sacré
chez les Russes, construire un feu, se débrouiller dans

la nature, le sentiment de la nature, une foi naïve
en communion avec la Terre et l'amour de la vie,
quelle qu'elle soit...

Au physique c'était un colosse bien propor-
tionné, pas trop lourd comme souvent les Russes
sont, sauf que ses mains d'ancien quartier-maître
de la marine impériale étaient déformées, puissantes,
poilues comme les paturons et rondes et dures
comme les sabots d'un brabançon. Il avait une
grande tête de jeu de massacre, les dents plantées
de travers, quelques traces de petite vérole dans le
visage, l'œil aigu, l'air narquois, un pif comme un
nœud, la bouche goulue. Son rire avait les éclats de
Chaliapine dont il avait aussi la voix de basse, de
ventre.

Avec ça il était leste comme un gamin et avait l'esprit fertile, inventif comme tous les aigrefins.

— Tes livres, tes sales bouquins, comment faire
pour les faire sortir de là et les ravoir?... disait-il en
se grattant le crâne tantôt d'un côté tantôt de
l'autre, et faisant virer son vieux chapeau de feutre
cabossé.

Nous étions plantés devant la façade rébarbative
du garde-meuble des Magasins généraux dont les
grands bâtiments tout neufs, en béton armé et per-
cés d'aucune fenêtre barraient le bout des quais au
fond du port et nous attiraient irrésistiblement. Nous
venions nous planter là tous les soirs. La grille était
fermée. Derrière la grille le concierge et les veilleurs
de nuit cassaient la croûte autour d'une petite table
qu'ils avaient mise en plein air car on était encore
en la belle saison, buvaient des seaux de bière, allumaient leur pipe, échangeaient des propos. Une
affiche administrative était fixée au tableau noir réservé aux annonces officielles des Ventes publiques.

Une vente était annoncée pour la fin du mois. Il n'y avait plus de temps à perdre. Dans une longue énumération de marchandises hétéroclites, avariées ou en souffrance, l'affiche mentionnait dix caisses de livres. Mes livres.

— ... Rien à faire, disait Korzakow. Allons-nous-en.

Et l'on s'en retournait en longeant les quais, à la recherche d'un gîte incertain.

On n'avait pas le rond.

On la sautait.

La faim nous giclait des yeux ; mais le plus dur, c'est que les yeux nous sortaient de la tête d'horreur et de dégoût quand nous contemplions toute cette eau de l'Escaut, vineuse au soleil couchant, trouble comme une absinthe dorée, chatoyante et moirée comme si tous les alcools des bars s'étaient déversés en elle et non le mazout et les autres pisses des bateaux qui faisaient taches d'huile, et que, nous deux, nous ne trouvions rien à boire, rien de potable.

On la séchait.

Cela ne pouvait continuer.

4

Je meurs de soif auprès de la fontaine...

— Tiens, dis-je à Korzakow. On va faire un brin de toilette. Puis je t'enverrai faire une commission en ville.

Nous étions à la fontaine derrière la halle aux poissons. Nous nous mîmes le torse nu et commençâmes un grand lavage sans nous occuper des commérages et sans répondre aux interpellations et aux quolibets goguenards des femmes du peuple qui passaient et des poissonnières qui à Anvers ont la langue aussi bien pendue que partout ailleurs et, notamment, à Marseille. Korzakow avait le buste couvert de tatouages, c'est dire que nous en entendîmes de raides.

Mais j'avais mon idée.

La toilette faite et l'esprit bien lucide, j'entraînai Korzakow dans un bon restaurant en face la gare. De l'autre côté de la gare est le quartier des Juifs, pas un ghetto mais un quartier cossu où habitent les diamantaires.

— Qu'est-ce qui te prend? me dit Korzakow. Tu as touché un héritage?

— T'en fais pas. Assieds-toi. On va d'abord croûter, lui répondis-je. Après, on verra…

Et je commandai un bon déjeuner et quelques bonnes bouteilles.

Korzakow mangeait comme quatre et moi itou. Il était onze heures du matin quand nous nous étions mis à table; à trois heures de l'après-midi, quand je commandai le café, les liqueurs, des cigares et de quoi écrire, nous n'avions pas encore apaisé notre fringale.

— Ça va mieux, dit Korzakow en rotant à l'orientale. Et, maintenant, qu'est-ce qu'on fait?

— On prend le café.

— T'es pas louf? dit Korzakow. On les met, on fonce?…

La salle était aux trois quarts déserte. Le garçon à l'office. La caissière enfermée dans son cagibi. Le maître d'hôtel bavardait avec un dernier client, un vieux monsieur décoré qui pliait sa serviette. On

pouvait filer ! Et Korzakow clignait de l'œil vers la
porte ouverte.

— Non, lui dis-je. Je reste. Je vais te faire un mot.
Tu iras le porter en ville. On verra bien...

Il rigolait. Il avait reculé sa chaise. Il avait son cigare planté de traviole. Il s'envoyait des petits
verres de vieille chartreuse. Il préférait la verte à la
jaune. Il plaisantait avec le garçon qui avait fait un
stage à Paris et qui lui demandait des nouvelles de
je ne sais plus quelle boîte à Montmartre, après avoir
flambé une allumette.

— Tiens, dis-je à Korzakow en lui tendant la lettre
que je venais de cacheter. Va la porter à l'adresse
indiquée. C'est à deux pas, de l'autre côté de la gare,
et tâche de me ramener le type ou le pèze, tu lui remettras ce petit bouquin...

Je sortis de ma poche le petit volume de Villon.
Le garçon s'était écarté. Je me penchai vers
Korzakow :

— Cela vaut dans les 2 000 balles. Ne fais pas le
mariole et grouille-toi...

Korzakow me regarda, étonné. Il retournait le petit
Villon dans ses pattes énormes. C'était une édition ancienne, *Lyon 1532*. Il ne paraissait pas savoir qu'en faire.

— Gy ! lui fis-je. Fourre ça dans ta poche et fous
le camp...

Il s'empara de son vieux chapeau, se le plaqua
sur la tête et sortit en coup de vent.

— C'est un numéro, me dit le garçon.

— Oui, c'est un numéro.

— Est-ce que Monsieur désire quelque chose ?
me demanda encore le garçon.

— Donnez-moi encore un cigare.

Est-ce que Korzakow allait revenir ou finirais-je
la journée en prison ?

— Vous n'avez pas un journal? demandai-je au garçon.

J'allumai mon cigare.

Le garçon m'apporta les journaux.

Cela s'appelle de la grivèlerie, quel joli mot! Cela s'écrit-il avec un ou deux *l*? me disais-je en tirant sur mon cigare.

Il me semblait que le garçon me surveillait maintenant du coin de l'œil. Je me plongeai dans les journaux. Mais j'étais distrait et, bientôt, je les repoussai pour m'adosser bien confortablement contre la banquette, tirer sur mon cigare et envoyer devant moi des ronds de fumée bleue.

C'est alors seulement, étendant les jambes, que je remarquai que mes souliers étaient déchirés et sales et que je me rendis compte combien je marquais mal.

Mais tout m'était égal.

J'avais une furieuse envie de roupiller.

La paille humide des cachots. Cela valait peut-être mieux qu'une balle de coton ou le lit d'un emballage éventré dans un entrepôt plein de courants d'air.

J'avais réellement envie de dormir.

Ces gens de l'hôtellerie et de la limonade manquent de psychologie: ils prennent un chevalier d'industrie avec de faux bijoux à tous les doigts pour un prince authentique et pour un monarque incognito un roi de jeu de cartes qui fait de l'épate avec un jeu de valises frappées d'une couronne. Ça se lit tous les jours dans le journal. Mais moi?...

— Garçon!

— Monsieur?

— L'addition!

Je ris en pleurs auprès de la fontaine...

L'heure tournait.

En Belgique c'est un peu comme en Russie, on mange à peu près à toutes les heures, mais, à Anvers, il y a deux coups de feu dans les restaurants, à onze heures, avant l'heure de l'ouverture de la Bourse aux grains, qui est à midi, et à cinq heures du soir, l'heure où les diamantaires ont fini leur travail. Et voici que les diamantaires arrivaient.

... Mais je ne payais toujours pas l'addition, Korzakow n'étant toujours pas revenu.

Ah! le salaud!

5

... En 1920, exactement dix ans plus tard, je devais subir le même genre de panique, et cela dans le même restaurant d'Anvers, dont j'avais loué les trois salons du premier étage pour offrir à souper aux quatre fils Aymon, comme l'on avait surnommé ces quatre fils d'armateur à qui j'avais acheté le matin même par téléphone de Paris la cargaison de leurs trois bateaux, l'*Albion*, l'*Alcyon* et l'*Aldion*, soit trois fois trois millions d'œufs que je tâchais maintenant, descendant d'auto, de revendre par téléphone, alors que mes quatre vendeurs et leurs invités, rien que des gros bonnets de la Bourse et leurs épouses, des tours et des citadelles, dansaient aux sons d'un orchestre nègre et que leurs trois navires luttaient dans la tempête, l'un engagé dans la Manche, l'autre, en plein golfe de Gascogne, le troisième, au débouché de Gibraltar, venant de Chine, et ne répondaient pas à mes radios qui tentaient de les dérouter sur Londres, où je jouais à la hausse à découvert, me contentant d'un sou de bénéfice par œuf, tout le petit personnel du restaurant étant à ma disposition, de la dame du vestiaire, qui s'affolait au téléphone pour maintenir la communication avec l'Angleterre, aux grooms et aux petits chasseurs, qui faisaient la navette à l'Office du télégraphe…, et ce n'est qu'à la fin de la nuit, l'affaire faite, le coup réussi, les bateaux déroutés, le bénéfice empoché (c'était le premier gros fric que je ratissais depuis 1914) que je pus enfin m'engouffrer, avec un soupir de soulagement, dans la *Mercédès-Benz* de rupin mise à ma disposition par un admirateur d'Yvonne George qui m'avait également avancé l'argent nécessaire aux faux frais de l'opération, cet admirateur d'Yvonne n'étant pas un prince des *Mille et une Nuits*, mais un barman américain, et je rentrai à temps à Paris pour offrir un bijou à l'émouvante chanteuse à la voix brisée qui faisait en matinée ses débuts à l'Olympia et qui devait devenir si populaire par la suite. Hélas ! sa carrière fut trop brève. Yvonne George était à Anvers et c'est à cette occasion qu'elle devait me raconter le drame de sa vie. Le drame d'une chanteuse. Mais c'est une autre histoire. Je l'écrirai un jour. Yvonne m'avait prié d'aller voir son père, un des gros bonnets d'Anvers et qui se trouvait être, cette fameuse nuit, un des invités des quatre fils Aymon. C'était un homme terriblement sympathique…

6

Tous les polisseurs de verres de lunettes ne sont pas des Spinozas, mais Mandaïeff, celui chez qui j'avais envoyé Korzakow, était un intellectuel pur, qui s'adonnait aux mathématiques et avait l'amour des livres.

La proportion des intellectuels est étonnante dans la corporation des diamantaires. Par intellectuels je n'entends pas les jeunes produits issus d'une formation universitaire récente et se destinant à faire carrière plus ou moins officielle, mais des gens de métier, membres d'une grande famille artisanale, qui, par tradition vieille de deux ou trois siècles, tout en travaillant des mains pour assurer leur subsistance, pratiquent la logique, la dialectique, le rationalisme, ayant besoin d'y voir clair et d'avoir l'esprit libre et qui, issus des plus célèbres écoles rabbiniques de Pologne et du Sud de la Russie, à force de ratiociner sur des commentaires de commentaires (le *Talmud* est-il autre chose ?) ont perdu la foi, ne pratiquent pas les rites prescrits et sont athées de génération en génération depuis les tailleurs de pierres venus d'Espagne et les batteurs d'or du Portugal, les premiers habitants des ghettos des Pays-Bas. Tels sont les diamantaires d'Anvers, ou tout au moins un tout petit groupe, exclusifs, contempteurs de l'esprit saint et de la mystique, critiques de la raison pure. C'est un milieu très fermé. Tous appartiennent à des familles juives.

Diamantaires, c'est peut-être beaucoup dire. À Anvers, ils ne sont qu'exceptionnellement tailleurs de pierres. La taille des diamants se pratiquant plutôt à Amsterdam, les Anversois sont plutôt polisseurs

des pierres de couleur, rubis et émeraudes. Et c'est
en qualité de client leur apportant des sachets de
pierres précieuses à retravailler – surtout des vieilles
émeraudes biseautées de Chine et de trop grand ca-
libre, provenant du sac en 1900 de la Cité Interdite,
à Pékin, par une armée internationale, et que
Mandaïeff me travaillait au goût anglais et rédui-
sait à dimension courante dans le commerce – que
j'avais pu pénétrer, quelques années auparavant,
dans ce milieu très spécial où l'aisance est ancienne, les intérieurs cossus, pleins de belles choses,
tapis d'Orient, meubles, argenterie et tableaux, où
le travail se fait en famille et où partout dans les ateliers des livres traînent sur les établis.

Des livres...

Après la grande préoccupation de ma vie, la lecture désordonnée, préoccupation qui me vient probablement de cet ancêtre lointain, Thomas Platter
(né le 10 février 1499 à Grächen, Valais, et mort,
à Bâle, le 26 janvier 1582), ce petit chevrier qui descendit de sa montagne à l'âge de quatorze ans pour
apprendre à lire et à écrire en ville, fut écolier errant, vagabondant à travers les pays d'Allemagne,
à Francfort, à Heidelberg, à Breslau, à Munich, et
poussa jusqu'en Pologne et en Hongrie se fit cor-
dier et étudia et enseigna l'hébreu à Bâle et reçut
la visite d'Érasme de Rotterdam, fut garde du corps
de Zwingli, le réformateur, puis correcteur d'imprimerie, imprimeur et savant éditeur, en relation
avec Jean Calvin, dont il publia la première œuvre :
Christianae religionis institutio (mars 1536) et finit sa
longue carrière d'humaniste autodidacte et de ma-
gister comme recteur de l'École pédagogique, le
Gymnasium, le lycée de Bâle, propriétaire de l'un
des trois châteaux de Gundeldingen et est l'auteur

d'une autobiographie devenue célèbre (son fils, Felix Platter, 1536-1614, fameux médecin, mourut recteur de l'Université de Bâle), après cette grande préoccupation de ma vie, la lecture, qui se ramifie dans tous les sens et dont la prolifération faillit m'étouffer plus d'une fois, ma plus grande joie de l'esprit aura été mon application perpétuelle et désintéressée aux mathématiques. C'est mentalement la mer à boire. Peu d'hommes pratiquent cette ivresse. Elle me vient probablement de l'illustre mathématicien Léonard Euler, mon arrière-grand-oncle, qui devait finir sa longue carrière à la cour de Catherine II et dont je devais faire connaître l'œuvre à Mandaïeff et lui faire cadeau de ce chef-d'œuvre de clarté, écrit dans la plus haute vieillesse, alors que l'oncle de ma bisaïeule était devenu aveugle et qu'il dicta à son petit-fils Hans, âgé de douze ans, pour se rendre compte si en perdant la vue il n'avait pas perdu sa lucidité mentale : *ALGEBRA,* analyse éblouissante de la puissance des grandeurs et de la vie des nombres, Addition, Soustraction, Multiplication, Division, qui sont les quatre parties du livre, ouvrage qui se lit comme un roman. (... Mon père aussi avait débuté dans la vie comme professeur de mathématiques dans un collège : puis il s'était mis à brasser des affaires, à voyager et à boire à cause de ses grandes inventions et de ses plaies d'argent qui lui turlupinaient l'esprit...)

Mandaïeff était un esprit pénétrant et sceptique. Je le fréquentais quotidiennement quand je venais à Anvers traiter mes affaires de bijoux. C'était l'ouvrier le plus réputé de la place ; mais il était tuberculeux et travaillait fort irrégulièrement. Il était originaire de la Crimée. Il était fragile et délicat et de toute petite stature. Il vivait à Anvers avec sa sœur, guérisseuse ou plutôt éplucheuse de perles, au doigté et au toucher prestigieux, renommée dans tous les ateliers, et on lui envoyait des tas de perles malades ou défectueuses de Paris, de Londres et de New York. Elle gagnait très largement sa vie. C'était une fine Juive au teint laiteux, languissante et fiévreuse. Elle s'appelait Sephira. Elle avait vingt ans. Comme son frère elle était petite, menue et délicate et comme son frère elle aimait la lecture. Nous lisions souvent ensemble, des poètes de l'amour courtois, mais souvent nous n'allions pas plus loin pour faire une partie de touche-pipi. Et c'est pour cela qu'ayant pensé à son frère pour le taper, ou lui vendre mon petit Villon, ou le lui donner en gage, j'avais envoyé Korzakow, un compatriote, porter ma lettre, Korzakow qui ne revenait toujours pas… Il y avait bien trois, quatre ans que je ne les avais vus. Peut-être que Mandaïeff était mort et que Sephira s'était mariée?…

J'avais vidé une bouteille de porto *Sandeman*. Le restaurant s'était rempli. La plaisanterie avait assez duré. À tout hasard j'avais fait dresser quatre nouveaux couverts à ma table. Ma situation était saumâtre. Et, maintenant, je m'étais fait servir une bouteille de whisky et le niveau était en train de baisser à vue d'œil quand, tout à coup, Sephira fut là, devant moi, agitée, trépidante, et plus menue et plus frêle que jamais dans ses fourrures, deux renards argentés qui lui découvraient le cou pour mieux lui dévorer ses frileuses épaules, et sans me tendre la main, mais en rougissant jusqu'aux yeux, elle me dit :

— Il y a un grand quart d'heure que je vous guette de la rue, Grischa n'est donc pas arrivé ?

— Grischa ? Non… Mais qui est Grischa ? dis-je

comme dans un rêve en me levant péniblement pour
la saluer et lui céder ma place sur la banquette.

— Grischa?... dit-elle en prenant ma place
chaude de la demi-journée que je venais d'y cou-
ver. Grischa, mais c'est mon fiancé!...

— Tous mes compliments, fis-je en m'inclinant
pour lui baiser la main.

Elle tenait ses deux mains crispées sur sa bourse
comme si sa bourse, qui était de taille, eût contenu
une fortune, par exemple un lot de bijoux, des perles
malades, un stock à éplucher.

— Et le travail, vous êtes toujours contente? demandai-je pour avoir l'air de dire quelque chose.

J'étais de méchante humeur. Le garçon commençait à avoir raison d'avoir eu confiance. Et déjà
il apportait un verre!

— ... Il y a des mois et des mois que nous ne tra-
vaillons plus... Mon frère ne peut pas... Il est mourant... Et moi, je n'ai pas le cœur à l'ouvrage..., me
répondit Sephira distraitement.

On le devinait. Cela ne tournait pas rond. Elle
devait être à bout.

Elle était impatiente. Elle était inquiète. Elle
évitait de me regarder. Elle se penchait à droite, à
gauche comme si elle eût cherché quelque chose sous
les tables ou quelqu'un d'égaré au fond de la salle.
Elle regardait l'heure nerveusement, tantôt au carillon du restaurant, tantôt à une minuscule montre-
bracelet, un diamant taillé en boule qu'elle portait
sous son poignet, sur son pouls, attaché par un poil
d'éléphant.

— Et Grischa? demanda-t-elle. Vraiment, il n'est
pas venu?...

— Mais je ne connais pas Grischa, Sephira.

— Ne mentez pas, monsieur Cendrars. C'est votre

ami…, celui qui m'a apporté ce petit livre, tantôt,
à la maison… Il a une belle voix… Qu'est-ce qu'il
fait dans la vie?…

Et elle le tira de sa bourse de platine pour jeter
le petit Villon sur la table. Et elle me rendit mon
Villon.

Sacré Korzakow! Je ne savais même pas qu'il pos-
sédât un prénom en propre.

Dans l'intimité, c'est-à-dire rue Cujas, ses copains,
les tricheurs aux cartes, l'appelaient Paul, le grand
Paul.

J'allais répondre à Sephira en lui posant une question indiscrète sur ses fiançailles, quand je vis entrer Korzakow.

Le bougre était habillé de neuf.

Ah! le cochon!

Alors, je ne dis rien.

Nous dînâmes tous les trois sans parler, et c'est
Korzakow qui régla les additions.

C'était absurde, c'est le garçon du restaurant qui
triomphait!

Il était passé minuit.

Nous fîmes la tournée des grands-ducs.

Je ne disais toujours rien.

Alors, gênés, et n'ayant pas grand-chose à se dire
non plus, les fiancés allaient danser.

Nous fîmes tous les dancings d'Anvers. Parfait.
C'est Korzakow qui payait partout. J'éclatais de
rire…

Au petit jour, nous prîmes un taxi pour raccompagner Sephira chez elle. Nous montâmes trois minutes. Je passai dans la chambre du frère voir
comment Mandaïeff allait. Il était couché là. Il râ-
lait entre ses livres et des ballons d'oxygène dans
une petite pièce, sa tête décharnée surnaturellement

éclairée par une de ces boules d'eau comme en dis-
posent les diamantaires devant une source de lumière
pour réfléchir et faire se concentrer la luminosité
sur un seul point. Il tenait un livre à la main. Je ne
sais plus lequel. Je n'avais rien de particulier à lui
dire. Quant à lui, il était déjà tourné vers la mort.

   ... Et nous nous en allâmes par les rues désertes,
Korsakow m'entraînant *Chez Julia* où, avait-il tou-
jours prétendu depuis le soir de notre arrivée à
Anvers, il avait fait une touche.

   — Ce qu'on a bien pu bouffer, aujourd'hui ! fit-
il en entrant au bordel. Je m'envoie Rij.

7

   Rij était une pouffiasse, une femme-tonneau qui
devait peser dans les 110, les 120 kilos. Je n'ai jamais vu un tel monument de chairs croulantes, débordantes. Elle passait sa journée et sa nuitée dans
un fauteuil capitonné, fabriqué spécialement pour
elle et qu'elle ne cessait d'ornementer, d'enruban-
ner, lui tressant des faveurs, des nœuds, des lacets
d'or et d'argent, des broderies, des dentelles et,
comme le dossier empanaché en était très haut, débordant de beaucoup la tête par-derrière et qu'elle-
même était toujours débraillée dans ses lainages, elle
trônait là, dans cette espèce de berceau ou de
quincageon, comme une truie informe dans le
wagon enchanté, l'arche d'une cartomancienne, le
verbe haut, l'œil rieur, les paupières lourdes sou-
tachées de noir, entonnant d'innombrables bouteilles
de bière et fumant une longue pipe en gypse qu'elle

bourrait avec ses gros doigts tout saucissonnés par les bagues, les dents en or, les mollets pâles les jambes nues, le poil lui descendant plus bas que genou, les pieds chaussés de babouches de cuir rouge et bleu posés sur une chancelière qui dissimulait son urinal, le chignon monté de peignes à brillants, un miroir à portée de la main, une main de Fathma pendant au cou. Elle tenait de la mère lapine primée aux Comices agricoles et de l'idole hindoue. Mais elle avait un cœur sentimental et était toujours en train de s'inquiéter du tiers et du quarte. Elle exerçait une grande autorité dans la maison car elle avait une clientèle d'amateurs qui venaient *Chez Julia* spécialement pour elle, et, pour arriver à forniquer avec ce monstre croupissant, le mâle, comme un insecte, devait se mettre à croupetons, par en dessous, par-devant ou par-derrière, la femme, comme une reine termite, ne daignant se mouvoir.

— Heureusement que j'ai une grande vesse, avait-elle coutume de dire quand on retirait le paravent derrière lequel elle avait bossé, ne montant à aucun prix à l'étage, même pas pour un million. On ne peut pas me louper. Je ne suis pas un accent circonflexe, comme ces dames, moi. Je suis rondouillarde. Je loge à cheval et en voiture. Mais peu d'hommes ont l'attelage qu'il faut, et je n'aime pas les mendigots qui font des mines et du boniment, ça me donne la migraine, ça me fatigue. Si toutes les femmes étaient faites comme moi, l'amour ne serait pas une simagrée. Moi, c'est du solide. C'est de la viande. On baise. C'est sain. Regardez…

Et elle se claquait les fesses et se tripatouillait les nichons, mouvant le ventre, les hanches, montrant ses cuisses, ses genoux, ses chevilles phénoménales, vous faisant mesurer le tour de ses bras, palper sa nuque, son dos.

— C'est gras comme une savonnette, pas? disait-elle. C'est lisse et ça sent bon. Et puis, moi, je mousse. Je suis unique. Barnum voulait m'emmener en Amérique. Mais je suis d'Anvers. On a son orgueil de femme. On ne se montre pas comme ça...

Les autres filles de la maison – il y en avait dix-huit, c'était le chiffre du gros numéro sur la lanterne – faisaient cercle et écoutaient l'intarissable parole de Rij en tricotant placidement. C'était un bon recrutement de femmes à matelots, d'épaisses terriennes, vachères et bonniches. Elles étaient sans malice. On les sortait. On faisait des parties en barque, en amont ou en aval, on déjeunait sur l'herbe, on improvisait des sauteries dans les auberges; les jours de pluie, on les menait l'après-midi au cinéma ou l'on allait boire dans les autres estaminets du port, et le soir on les ramenait à leur thôle, et le cercle se reformait autour de la vaticinante Rij.

Le mois d'octobre s'écoulait. Cela devenait fastidieux à la longue. Quand on passait sur les quais, je recommençais à m'intéresser aux bateaux. J'aurais bien cherché de l'embauche. J'avais envie d'embarquer. Mais Korzakow était devenu mon banquier. Il me donnait tout l'argent que je lui demandais, cent sous, mille balles. Avec ce qu'il avait soutiré à Sephira le premier jour, il avait été dédouaner mes caisses de livres sans attendre leur mise aux enchères et, maintenant, il les revendait, un à un, filant jusqu'à Bruxelles et en Hollande pour relancer des collectionneurs, s'abouchant avec des bibliophiles. Je le laissais faire. Quel débarras! Nous n'avions plus grand-chose à nous dire. On se

connaissait trop. Et par ailleurs il me dégoûtait dans
son complet neuf et puant l'eau de Cologne comme
un commis de nouveautés. Que fichait-il encore à
Anvers ? Sephira, Rij. On avait enterré Mandaïeff.
Cela n'était pas sérieux, cela ne tenait pas debout.
Rij, Sephira. Qu'attendait-il pour lever le pied ?
J'avais envie de le plaquer. Partir seul. Mais heureusement que dans le lot de *Chez Julia* il y avait
une fille comme seuls la terre et le ciel des Flandres
savent en produire et que seul un Memling a su
rendre en collant le bleu du ciel dans la peau du
ventre et l'or des épis dans les tresses, les poils de
ses vierges sages et de ses vierges folles, aux yeux
lucides, extralucides, et qui se comportent dans la
vie quotidienne comme des chiots, parfaitement stupides et sympas.

Elle s'appelait Ledje.

Vouloir faire l'amour avec Ledje, c'était faire une
partie avec un chien courant. Quel joyeux petit animal ! Cela commençait par des courses, des jappe-
ments, des ébats, des élans, des coups de patte, des
morsures, des rires, une lutte à en perdre haleine.
Elle attaquait, je la repoussais. Elle fonçait, je la rem-
barrais. On se roulait par terre sens dessus dessous.
Elle s'échappait, je la rattrapais. On basculait sur
le lit où se livrait une bataille à la rigolade qui se
terminait par des claques et des taloches pour rire,
mais bien appliquées et bien senties comme on en
administre dans l'excitation du jeu à un jeune
chien, avec l'arrière-but d'un bon dressage, et non
pas des caresses à la manque.

Quand je lui demandais :

— Dis-moi, Ledje, tu ne te dépenses pas ainsi avec
n'importe qui, hein ?

Elle me répondait :

— Penses-tu ! Tu n'es pas le premier venu. Je te déteste, toi. Je n'aime que les saligauds. C'est pourquoi je me suis faite putain. Ah ! les hommes !...

C'est vrai. Quand elle montait avec un client anonyme, elle était tout autre. Elle se faisait revêche, désagréable. Elle grimpait l'escalier une serviette à la main mais raide comme une somnambule et, quand elle redescendait, elle était frigide, avec un sourire satanique dans les yeux comme si elle venait de faire subir au type la torture et l'eût avili et mortifié mille et mille fois en une seule séance, et neuf fois sur dix elle se moquait de lui avec orgueil et le flanquait à la porte en lui réclamant d'un ton rogue des sous et encore des sous. Si elle poussait à la consommation avant, jamais elle ne trinquait avec l'un de ses clients malgré toutes les politesses que l'on pouvait lui faire, mais après, et le type une fois dehors, elle s'enfilait des rasades d'eau-de-vie. Elle buvait tout son bénéfice. Elle n'avait pas d'habitués. «Qui s'y frotte, s'y pique», disait-elle. Elle s'appuyait tous les inconnus de passage.

Drôle de fille. Détraquée. Souvent, quand elle faisait tapisserie avec les autres, en bas, dans le salon, au lieu de se mêler au cercle qui écoutait Rij déconner, elle se faisait des grâces devant la glace qui la reflétait en pied, faisant trois pas en avant, quatre en arrière, se tirant cérémonieusement la révérence comme une petite fille qui se prend pour une princesse et s'imagine vivre un conte de fées et, tout à coup, battant des mains, sautant, dansant, pirouettant sur place à en tomber d'hystérie et à piquer une crise, elle se mettait à chanter de sa voix gracile, comme une fillette qui entre dans une ronde enfantine et se met en branle :

De Putte suis-je et je suis putain.
À Putt'serai-je enterrée demain.
Dis, ô Parpaille et Marmaille, dis :
　　De quel trou sort cet écu ?

　　Curé, curé, j'aurai ta maison !
Ton lit, mon cul, tu perds la raison.
Dis, ô Parpaille et Marmaille, dis :
　　De quel trou sort ce barbu ?

　　Papa, maman, frérot, p'tite sœur,
　　De quel trou sort le malheur ?
　　　Le boulanger sans pain,
　　　La fifill'fait la putain.

On trouv'ra bien plutôt un beau ciel sans nuage
Qu'un beau brin d'fill'de Putte ayant tout son puc'lage
C'est ainsi que l'on danse, danse, danse.
　　　　　Danse
　　　　Et danseront
　　　Filles et garçons
　　　Puceaux, putains
　　Jusqu'au matin...

De Putte suis-je et je suis putain.
À Putt'serai-je enterrée demain...

　　　　　　　　　　Etc.
　　　　　　　　(Ad libitum)

— Voilà que ça la reprend, foutez-lui à boire pour
la faire taire et enfermez-la dans un placard ! s'ex-
clamait Rij que cette sombre rengaine exaspérait
jusqu'aux larmes.

Puis, Ledje expulsée, elle expliquait :
— Si c'est pas malheureux ! Une fille sérieuse. La

seule, qui, comme moi, ne sort jamais, toujours au boulot, et qui vous vide un homme d'un seul coup de reins. Mais ça n'a pas d'avenir. Une alcoolique. Elles sont toutes comme ça à Putte…

— Vous avez dit Putte, comme dans la chanson. Ça existe donc, Putte? Où est-ce?

— C'est dans la banlieue d'Anvers. Un gros bourg. Rien que des distilleries. Les gosses boivent le genièvre dès la mamelle qu'il leur en pisse par les yeux, et on leur remet ça dans le biberon. Les putains de Putte, c'est proverbial. Elles entrent en transe… Elles deviennent folles…

8

On n'appareillait qu'à minuit. J'avais le temps, j'avais le temps d'aller boire un pot avec cette grosse pute de Rij qui m'avait fait avoir une chambre à l'œil *Chez Julia*, en novembre, quand ce salopard de Korzakow avait disparu et levé le pied sans crier gare, me plaquant dans la purée et la mistoufle.

C'était pour la troisième, la quatrième fois qu'on était venu jeter l'ancre à Anvers. C'est moi qui accompagnais les émigrants de Libau à New York et qui leur servais d'interprète. Le *Volturno* était une vieille baille noire tachée de minium qui allait chercher en Lettonie les émigrants les plus pauvres d'Europe pour les transporter à New York, en échange de quoi, au *pier* de Brooklyn ou de Hoboken, il prenait une pleine cargaison de bœufs américains pour l'Europe, des bestiaux mal foutus, auxquels on adjoignait un lot de malchanceux qui devaient prendre soin du bétail et vider le fumier des étables durant la traversée de retour, rien que des indésirables refoulés par la police américaine et que nous amenaient à bord, au moment de lever l'ancre, les vedettes des autorités d'Ellis-Island, cet enfer des misérables en rade de New York.

J'aurais bien voulu connaître le cerveau de singe qui avait conçu ce système d'échange d'émigrants européens contre des bœufs américains, d'hommes valides, de la main-d'œuvre vaillante contre un ramassis de tuberculeux, de syphilitiques, de minus habens, de prostituées, de voleurs, de criminels, d'accidentés du travail livrés en série par les aciéries de Pittsburg et de Bethléem, et souvent je me demandais ce qu'avaient pu investir dans un pareil trafic les capitalistes de l'*Uranium Steamship C°* et quels étaient leurs dividendes? Est-ce que cela «payait» réellement? J'avais peine à le croire. Mais il y a tant de trafics mystérieux en mer! Bref, nous, nous débarquions le tout à Anvers. Les bœufs étaient destinés à être mis en boîtes pour la nourriture des armées en formation, et ceux des indésirables qui avaient encore quatre sous sur eux profitaient d'une chaîne d'évasion pour échapper au contrôle de la police, et ils s'estimaient heureux; quant aux autres... les autres, hommes, femmes, enfants, de toute façon c'était du déchet.

... Rien n'est plus triste, la nuit, que les quais d'Anvers sous la pluie... Et voici les lanternes allumées... Les gros numéros... Le 18...

J'entre.

C'te vieille Rij! À part elle, je ne connais plus personne *Chez Julia*. En quelques mois tout le personnel a été changé car pour un oui pour un non les filles déménagent et vont au cloître d'en face. La bonne abbesse, elle est toujours là!

— Comment, c'est toi, petit!… Et que deviens-
tu?… Tu sais, cela ne m'étonne pas du tout de te
voir débarquer aujourd'hui. Justement, la semaine
dernière, j'ai eu une visite… Tu ne devines pas
qui?… Je te le donne en mille… On a parlé de toi…
Mais ton grand copain, voyons, M. Grischa, le Russe
qui avait disparu au mois de novembre et que l'on
se demandait ce qu'il était devenu?… Imagine-toi
qu'il s'est marié. Ils se sont établis à Liège. Sa femme
tient une boutique de bijouterie et lui, il a acheté
une manufacture, une usine, un laboratoire, je ne
sais quoi, enfin, il est savant et fabrique du papier
hygiénique. Il paraît qu'il est en train de faire fortune… Ah! si tu l'avais vu, bien nippé, avec une belle
voiture à la porte, et pas fier… Enfin, tu le connais…
Tu sais, il ne m'a pas fait de boniment, c'est pas son
genre, mais je lui ai confié toutes mes économies…
Tu crois que je n'ai pas eu raison, dis?

VIII

Gênes

L'ÉPINE D'ISPAHAN

Au R.P. BRUCKBERGER.
« *Mon bon Père, votre couvert est mis.* »
Blaise Cendrars.

C'est Kipling qui donne la recette dans *Kim*. Lorsque Kim descend épuisé des hautes montagnes du Thibet où il a accompagné son maître, le vieux lama possédé de la folie de la Roue, après avoir frotté, lavé, massé, claqué le jeune garçon et l'avoir restauré et revêtu d'une robe neuve, la vieille femme noble qui les a accueillis et leur donne l'hospitalité dans sa grande maison de la plaine envoie Kim se coucher dans le verger en lui recommandant de se faire un trou entre les racines et de s'étendre, et de se recouvrir de terre meuble, et de ne plus bouger, de dormir comme un mort, sur le dos, et de ne pas se retourner ni de s'agiter, mais de bien s'orienter pour bien laisser agir les courants magnétiques et telluriques qui vous compénètrent avec amour de la nuque aux talons pour reformer un être et lui redonner le jour comme si l'on était revenu s'abriter et reprendre des forces dans le ventre de sa mère, et au bout de huit jours Kim est debout, frais, rose, vaillant et prêt à raccompagner son maître dans de nouvelles pérégrinations. Moi, au bout de huit jours, j'étais aussi crevé que le premier jour quand j'étais venu m'échouer à Naples et avais trouvé asile dans le tombeau de Virgile.

Quelle aventure !
C'était en septembre 1906.

J'entrais dans ma vingtième année, l'âge d'être
soldat. Mais il ne s'agissait pas de cela. Depuis trois
ans je voyageais en Russie, en Chine, en Asie centrale avec mon patron, Rogovine, qui m'avait associé à ses affaires de bijouterie et qui, pour mieux
m'attacher à son négoce, voulait me donner sa fille
unique en mariage, dont je ne voulais pas, pas plus
que de devenir négociant ou être soldat. D'ailleurs,
ce n'est pas à cause de sa fille que nous nous
sommes chamaillés, brouillés et que, finalement, je
l'ai plaqué en Perse, Rogovine. Esther n'avait que
onze ans, et les projets de Rogovine avaient le
temps de prendre une autre tournure dans l'avenir
et ses souhaits s'adresser à un autre commis et son
choix tomber sur un autre gendre, plus qualifié, voisin, compatriote ou coreligionnaire, Rogovine étant
vieil-orthodoxe ou marrane comme la plupart des
orfèvres en Russie. Non, nous nous sommes chamaillés, brouillés et quittés ennemis, non pour
Esther, bien que l'affaire revînt souvent sur le tapis
et qu'elle s'envenimât, mais pour une épine creuse.

Un beau matin, deux types du Sud étaient venus
nous trouver au caravansérail de Téhéran et nous
avaient offert une épine d'Ispahan, une grande et
belle épine, aussi flexible et svelte qu'une jeune fille
et enrichie comme la baguette d'une fée, incrustée
qu'était la tige d'une fine résille d'or représentant
des feuilles et des boutons d'églantier, badine dont
j'eus immédiatement envie et que Rogovine se refusait d'acheter, et que je me procurai au prix fort
au bout de huit jours de marchandage, ce qui mit

mon patron en fureur, non pas parce que j'avais l'air de vouloir voler de mes propres ailes et venais de réaliser une affaire à sa barbe avec l'argent que j'avais gagné chez lui, mais parce que cette canne avait un secret que les deux types qui me l'avaient vendue nous avaient montré : en pressant sur un filigrane qui faisait ressort l'épine coulissait et découvrait une cache, un petit écrin contenant trois perles du plus bel orient – un parangon et deux princesses – pas des perles volées, certes, mais tout de même des perles de contrebande… La tentation était forte, et Rogovine, qui ne trafiquait pas de cette façon-là, ne me pardonna pas d'avoir cédé – et pour me donner une leçon, mais aussi par envie, scrupule, roublardise, désir de se venger, regret et jalousie, c'est lui qui alla me dénoncer aux autorités du bazar, une espèce d'artel des joailliers ou conseil de discipline, ce qui m'avait fait fuir et, après trois mois de poursuite mouvementée, m'échouer, dans quel état, non pas avec un couteau planté entre les omoplates, mais une loque ! à Naples où, d'instinct, j'étais monté au Voméro, l'ancien lotissement de mon père, pensant pouvoir me reposer à la ferme, me refaire chez Pascuali, notre ancien laitier, avec le fils cadet de qui j'avais comploté tant de folles parties dans la bouche de la solfatare quand j'étais petit.

Mais la ferme de Pascuali n'existait plus. À sa place s'élevait une maison de rapport, une caserne, et personne ne put me dire ce que Pascuali et sa famille étaient devenus. Depuis que mon père avait été exproprié, le lotissement du Voméro avait prospéré et les alentours de la solfatare s'étaient embourgeoisés. Des immeubles en terrasse étaient en construction et tout le terrain était divisé en petites

propriétés soigneusement entretenues, plantées
d'arbres fruitiers entre lesquels s'élançaient follement les pampres d'une branche à l'autre, et dans
les massifs luisants des orangers et des citronniers
ou suffocants des lauriers-roses on apercevait des
habitations, genre petites villas de banlieue, simples,
prétentieuses ou coquettes, la plupart avec des
noms ridicules qui avaient remplacé sur ce versant
les campagnes anonymes d'autrefois, avec leur mur
en ruine, leur perron éclaté sous la poussée des figuiers, leur vieille sur le pas de sa porte surveillant
la marmaille et ses poules, leur saint, leur sainte dans
sa niche, leur âne pelé ou deux, trois chèvres au piquet et ce bon gros lardon qu'est le petit paysan napolitain, Pascuali, Gennario, Mario, Bepino, Jesù,
faisant la sieste, vautré sur une brassée de cannes
fraîches de maïs, la *tagliora*, la ceinture de flanelle,
défaite, et souriant, hirsute, aux anges en attendant
le retour de sa femme qui est allée en ville, pieds
nus, ses paniers, ses vans en équilibre sur la tête, la
balance romaine à fléau à la main et poussant son
cri saisonnier de vendeuse de légumes, aubergines,
fenouil, poivrons, tomates, choux verts, fèves, de
marchande de fruits, amandes, raisin, figues,
pêches, arbouses, grenades, oranges, mandarines,
citrons, caroubes, et, au cœur de l'été, les belles pastèques dont l'âne descend le soir au Pausilippe une
double cargaison dans son bât après avoir été attelé toute la matinée à la grande roue des norias,
pastèques qui s'entassent en pyramides tout le long
de la route jusqu'au rond-point de la corniche où
les voitures des bourgeois font demi-tour, melons
d'eau que l'on fend, que l'on débite en tranches
rouges dans lesquelles tous les *lazzaroni* qui lézar-
dent au bord de la mer mordent à belles dents en

faisant de l'œil aux femmes et aux filles grasses et
rieuses, étalées sur les coussins des fiacres et des ca-
lèches dont la longue théorie qui défile au trot dans
les deux sens est escortée d'une nuée de petits mendiants, garçons et filles – et les plus misérables vont
tout nus mais habillés de croûtes et de scrofules ! –
qui font la roue dans la poussière, courent entre les
pattes des chevaux, se maintiennent à hauteur des
portières et chantent et supplient en faisant des grimaces essoufflées, une main sur le cœur et l'autre
tendue :

> *Mu-o-ïo di fame, signor !*
> *Date-mi un soldo,*
> *Caro signor !...*
>
> *Mu-o-ïo di fame, signor !*
> *Date-mi un soldo,*
> *Caro signor !...*
>
> *Mu-o-ïo...*

Sans répit. Jusqu'à ce que le soleil se couche et
que la lune se lève, et que les guitares se taisent, et
que les boutiquiers et les bourgeois sortent enfin des
restaurants du bord de l'eau, que les lampions
s'éteignent, et que tout le monde rentre en ville, aille
dormir, harcelé toute la nuit par les moustiques.

Mais il ne faut jamais revenir au jardin de son enfance qui est un paradis perdu, le paradis des amours
enfantines ! Encore quelques pas, et, à un tournant
du chemin, j'allais en faire l'amère expérience.

J'allais portant mon épine d'Ispahan comme on
le voit faire partout en Perse, l'ânier son bâton, le

marchand sa canne annelée d'or ou incrustée de
nacre ou d'argent, le magistrat ou le fonctionnaire
sa règle d'ébène ou de bois rouge sommée d'une
pomme d'ivoire ou d'une boule d'ambre ou de cor-
naline et le bas bout assorti, les jeunes gens, comme
moi, une épine de rosier sauvage à la main, qui ne
sont accessoires de vanité masculine ou d'élégance,
mais insignes de virilité (au Brésil, pour les nègres,
anciens esclaves, c'est un parapluie roulé, qu'ils tiennent sur l'épaule comme le licteur antique le fais-
ceau, symbole de l'autorité de la Loi!), et cela se
porte gravement devant soi, à hauteur des yeux,
comme une crosse d'évêque pour ne pas dire un
bâton de maréchal ou un sceptre, et ne se traîne pas
dans la poussière et la boue ni bat le macadam à la
mode des Français bavards qui, sacrilèges, gesti-
culent avec une canne comme avec un stick, des
Anglais, qui battent la mesure, scandent la nervo-
sité, le déguingandé de leur allure, marquent l'instabilité de leur humeur, de leurs soucis intimes, de
leurs refoulements sans arriver à régler leur démarche
précipitée. En Perse, on a le respect de soi, un
homme est calme et digne, marche avec componction, chacun s'imaginant être un personnage – et
je riais non pas d'avoir échappé à mes poursuivants
ni d'être l'heureux possesseur d'une badine aussi
précieuse ni d'être riche en secret de trois perles merveilleuses, je riais d'aussi bien singer un père noble
et j'allais portant mon épine d'Ispahan devant moi,
et je riais, et je maudissais mon père d'avoir eu le
premier l'idée de transformer ce coteau agreste, l'un
des mieux exposés du monde et des plus humains
et des plus beaux, un site célèbre depuis l'Antiquité
en un mesquin lotissement moderne, resserré, clô-
turé par des barbelés, ceint de hauts murs, délimité,

empaqueté, mis en prison, et plus j'avançais – je descendais par ce chemin creux qui des hauteurs du Voméro dégringole vers Pausilippe en suivant l'ancien tracé des ânes et qui était naguère un lieu de rêverie où des couples de grands poètes se sont volontairement égarés pour s'illustrer et qui était maintenant, depuis quinze ans que mon père avait eu cette idée absurde d'un lotissement en pareil lieu de méditation et de silence, tout raviné par l'incessant charroi des entrepreneurs qui montait les matériaux de construction et descendait des gravats (cela sentait encore le basilic, la résine de pin, le romarin par endroits et la riche odeur du crottin écrasé et non pas exclusivement l'essence et le mazout car l'on n'était pas encore à l'époque du machinisme intensif et des constructions de béton armé en série qui allait suivre sans tarder, et l'on dit que c'est le progrès!) – et plus je descendais le raidillon plus les grilles se multipliaient, les murs se rehaussaient qui entouraient des jardinets de plus en plus petits, léchés, ratissés, avec des plantes d'agrément dans des pots, des arbustes exotiques, un bassin, un jet d'eau imbécile, des poissons rouges, du rustique de luxe, une chaumière anglaise, une villa munichoise, un bungalow américain démontable (déjà les premiers faux des urbanistes!), tout cela ne rimant à rien, et plus j'approchais du Pausilippe, mieux je me rendais compte qu'un aussi mince personnage que moi, fugitif, loqueteux, vagabond, n'arriverait jamais à se faufiler là-dedans et trouver la solitude, un coin où se reposer et se refaire, et plus j'allais, plus je riais de moi, et plus je maudissais mon père car je me voyais avancer à contre-bas comme dans un miroir.

Or, qui maudit son père est un démon.

La condamnation de saint Cassien est formelle.

C'est aussi l'opinion des Pères du désert et le premier article de foi de la théologie.

C'est le péché de Lucifer.

L'orgueil.

J'avançais en me regardant comme dans un miroir, sans prendre garde aux échappées qui donnaient sur la mer, cette conque que dessinent la côte de Sorrente, le Vésuve, Ischia à l'entrée du golfe incomparable où plane, comme un flamant rose qui hésiterait à se poser sur les eaux bleues, l'île de Capri légèrement surélevée dans la brume papillotante. Mais tout le monde connaît cette carte postale tirée à des millions d'exemplaires ! Je me regardais avancer comme dans un miroir sans me laisser distraire par rien ni m'absorber dans le paysage grandiose mais trop vu, et je riais de moi, et je me demandais qui j'étais et ce que je faisais au monde ? Je riais et j'avais envie de me suicider. À quoi bon vivre ?

Le monde est un complexe formidable. Il est fait des mauvais exemples de nos semblables, des doctrines communément répandues, des idéologies contagieuses généralisées, des entraînements de toute nature contre lesquels chaque individu a à se débattre continuellement. Comment est-ce possible que le cœur de l'homme soit un champ de bataille ? Pourquoi ces contradictions intimes et inévitables qui sont en nous-mêmes, qui sont nous-mêmes ? Est-ce là notre état primitif ou cela s'explique-t-il par une catastrophe initiale, une déchéance, un drame caché dans les origines de l'espèce ? Les hommes sont-ils naturellement fous ou est-ce le travail, ce pain qu'il faut gagner à la sueur de son front, qui les rend fous ? Sont-ils des énergumènes et des possédés ? Des exaltés ? Des tristes ?

D'après Cassien, en dehors de Dieu, tous les êtres sont nécessairement composés, sinon de matière et de forme, du moins d'essence et d'existence, de potentialité et d'être en acte, de substance et d'accidents. Dieu est l'unique principe et tout, sans nulle exception, tire de lui l'existence et la possibilité même. Dieu seul est parfaitement «simple», ne comportant que «l'esprit pur», et comme devait dire saint Thomas d'Aquin, l'*acte pur*. Tous les autres ont besoin d'un support pour exister et ce support ne peut être que la matière corporelle, plus ou moins subtile. Nous appelons la matière la plus subtile l'esprit : *spiritus*. Ce mot veut dire : vent, ou air en mouvement. Notre âme serait donc *une sorte d'air*, sûrement pas la même que l'air que nous respirons mais beaucoup plus subtile encore. Et les anges, bons ou mauvais, seraient aussi des *puissances intelligentes* unies à un air encore plus ténu que celui qui constitue notre âme, ou en tout cas beaucoup plus insaisissable que notre corps...

Ne nous hâtons pas de trouver cette doctrine enfantine. Les anciens manquaient de termes de comparaison entre l'énergie spirituelle et l'énergie matérielle. Et nous-mêmes, savons-nous bien ce que c'est que la matière et en quoi elle diffère de l'esprit ?

... Dieu a donc créé, bien avant le commencement de notre monde terrestre, les puissances spirituelles. Il s'ensuit que la création des anges n'a pu avoir lieu que de toute éternité. La création des anges a précédé la création du genre humain. C'est par leur faute (le péché d'orgueil) que les démons sont tombés des rangs qu'ils occupaient dans la hiérarchie des esprits...

Et l'abbé Cassien de déclarer : « Certes, c'est une

loi spirituelle, celle qui nous ordonne de manger à la sueur de nos fronts, *non pas ce pain matériel que les riches obtiennent sans travail de leur part,* mais ce pain qui est descendu des cieux, que tous, riches ou pauvres, nous devons acquérir à grand effort. Mais si cette loi est spirituelle, nous sommes charnels, nous, en raison de cette "vente au péché", dont parle l'Apôtre : *"Je suis charnel, vendu au péché !"* »

Et le grand mystique matérialiste déclare : « Nous disons bien, il est vrai, qu'il existe des natures spirituelles ; telles que les anges, les archanges et les autres vertus célestes et aussi notre âme ou encore cet air subtil qui nous entoure ; mais il ne faut pas croire qu'elles soient incorporelles. Elles ont un corps par lequel elles subsistent, bien que beaucoup plus subtil que le nôtre, ainsi qu'en témoigne la parole de l'Apôtre : *"Il est des corps célestes et des corps terrestres."* Et cette autre : *"Il est semé corps animal, il ressuscite corps spirituel."* »

Et le vieux dialecticien pose la question : « Quelle est donc, je vous prie, la communauté de l'âme avec les esprits du mal, si étroite et si intime qu'ils puissent, je ne dirai pas s'attacher du dehors mais s'unir à elle ? Car ils lui parlent d'une manière imperceptible, se glissent dans son sein, lui inspirent tout ce qu'ils veulent, l'excitent à tel acte qui leur plaît, voient et connaissent en détail ses pensées et ses mouvements. Et telle est enfin l'unité qui existe entre eux et notre esprit qu'il est quasi impossible, sans une grâce de Dieu, de discerner ce qui procède de leur excitation et ce qui est de notre volonté. »

Et le vieux moine, ce grand connaisseur du diable et du cœur humain, répond : « Les démons ne peuvent pénétrer en nous. Ils ne connaissent nos pensées que par leur expression extérieure, par nos paroles, nos gestes, les jeux de notre physionomie qu'ils interprètent comme nous le faisons nous-mêmes à l'égard de nos semblables.»

Et il précise : «Il n'est pas étonnant qu'un esprit puisse se joindre imperceptiblement à un autre esprit et exercer sur lui, pour les fins qu'il lui plaît, une force secrète de persuasion. Entre eux comme entre les hommes, il y a similitude de nature et de parenté. La preuve en est que la définition de l'âme convienne aussi aux démons.»

Alors le saint passe aux énergumènes dont il trace le tableau clinique : «Saisis par les esprits immondes, ils parlent ou ils agissent contrairement à leur volonté ou bien ils sont contraints de proférer des choses qu'ils ignorent. À vrai dire, l'influence des esprits sur eux s'exerce de différentes manières, cela est très certain. Il en est qui sont poussés au point de ne pas comprendre ce qu'ils font ou ce qu'ils disent. D'autres au contraire le savent et s'en souviennent ensuite. Mais il ne faut pas s'imaginer que cela se passe au moyen d'une diffusion de l'esprit impur, pénétrant la substance même de l'âme possédée, en sorte que, ne faisant plus qu'un avec elle, il émette des discours ou des paroles par la bouche du patient. On ne doit absolument pas croire qu'il puisse aller jusque-là. Le raisonnement démontre au contraire que tout arrive au moyen de la débilité du corps. L'esprit impur, en effet, s'empare des membres où réside toute la force de l'âme, il les accable d'un poids écrasant et noie ainsi et étouffe, dans les plus épaisses ténèbres, les facultés intellectuelles. C'est du reste ce que nous voyons aussi se produire sous l'influence du vin, de la fièvre ou d'un froid excessif, et toutes les infirmités extérieures qui nous frappent [1].»

Il y a dans le traité que Jean Cassien, retour du désert d'Égypte, a consacré aux démons dont il énumère une grande variété, une théorie assez curieuse sur l'identité de certains animaux et de certains démons et possédés :

« Les Évangiles attestent qu'il y a des démons sourds et muets. Le prophète Osée nous apprend qu'il y a des esprits de libertinage et de luxure. L'autorité des Écritures nous enseigne qu'il existe des démons de nuit, de jour et de midi. Mais il serait sans fin, si l'on voulait parcourir toutes les Écritures, de donner une énumération complète des espèces indiquées par les prophètes : onocentaures, poilus, sirènes, lamies, hiboux, autruches, hérissons, aspics, basilics, lions, dragons, scorpions, et ceux que l'Apôtre appelle "le prince de ce monde", "les régents de ces ténèbres", "les esprits de malice". Et il ne faut pas croire que ces noms soient pris au hasard. Nous devons les considérer comme symboliques, en ce sens que ces diverses bêtes fauves, plus ou moins dangereuses ou nuisibles, nous indiquent les variétés de férocité et de rage qui distinguent, dans la similitude de méchanceté, les divers degrés des démons. »

Les diableries des bêtes, quelle révélation pour quelqu'un qui, comme moi, devait subir l'appel de la forêt vierge et qui, avec l'œil inhumain, insensible de sa caméra mais dont l'objectif gradué enregistre et fixe tout à n'importe quelle échelle, a pu surprendre des animaux sauvages qui n'avaient encore jamais senti l'homme. Le tamanoir du Brésil, le *tamandua bandeira* ou porte-drapeau, par exemple, est un diable comme Breughel le Vieux, dit le Drôle, n'aurait osé en imaginer un, et l'ornithorynque de la Tasmanie en est un autre, ridicule et muet d'étonnement devant l'œuf qu'il vient de pondre et à qui il va donner le sein. Mais que diable peuvent-ils bien manigancer dans leur solitude vertigineuse du fin fond des bois ou de leur effroyable désert surchauffé où ils halètent, ces deux diables-là? Et que penser de ce troisième larron, ce pauvre diable, le paresseux de l'Amazonie suspendu par les quatre pattes la tête en bas à la cime d'un arbre, qui mange les feuilles à portée de ses babouines à gauche et à droite de sa tête, qui a les yeux implorants de Marie-Madeleine et sa tignasse dans les yeux, qui se laisse dévorer vivant par ses parasites plutôt que de se gratter et de remuer une patte, et aussi par bonté d'âme, et qui se laisse mourir de faim plutôt que de faire un mouvement et de changer de branche, à qui peut-il correspondre dans la classification de Cassien?

Mais s'il ne savait rire et se moquer de Lucifer en lui jouant le bon tour de tracer des croquis irrévérencieux, voire humoristiques de sa descendance et de ses délégués, il ne serait pas de Marseille, Cassien, le fondateur de l'abbaye de Saint-Victor, sise en face du Vieux-Port! Oyez cette fine satire des *Bacuceos,* ces suppôts de l'enfer ou *Topazes* de l'Hôtel de Ville. Ne dirait-on pas une page, et une bien bonne, de Marcel Pagnol?

« Il en est d'autres que le vulgaire nomme les *Bacuciens* et qui infectent leurs prisonniers d'un vain orgueil. On les voit alors, s'efforçant de hausser leur taille, affectant des poses majestueuses et fières, ou d'autres fois, se courbant vers quelqu'un dans une posture affable et sereine, pour se faire simples et bons. Se prenant pour des personnages illustres et considérables, tantôt on les voit s'incliner corporellement devant les puissances supérieures, tantôt ils croient recevoir à leur tour des adorations et font tous les gestes, tantôt humbles tantôt superbes, des gens qui seraient réellement dans une telle situation. »

Et, au tournant d'une page, voici mon portrait comme tiré au *Photomaton,* car les machines patentées aussi et les automates d'aujourd'hui, qui portent des noms cassianites, sont les délégués de Satan :

« Nous avons trouvé d'autres démons qui se complaisent non seulement dans les mensonges, mais aussi dans les blasphèmes et les inspirent aux hommes. De cela nous-mêmes avons été les témoins, car nous avons entendu positivement un démon qui confessait que c'était lui qui avait enfanté l'impiété. » (Je tourne la page et j'en frémis. Je suis plongé dans la *Patrologie* de Migne. C'est à la Bibliothèque de Saint-Pétersbourg, hiver 1905. La grande salle de lecture est silencieuse comme un tombeau. Tout le monde est absorbé. Le garçon de service passe comme un fantôme sur ses semelles en caoutchouc. On n'entend que le froissement des pages que l'on tourne. Et c'est moi ! Je me reconnais. On me tend un miroir. Mon haleine le brouille comme le gel les vitres. Quelle émotion !) « Il est hors de doute qu'il existe, chez les esprits impurs, autant de goûts divers que parmi les hommes. Il en est en effet parmi eux, que le vulgaire appelle les Vagabonds – *Planos* – et qui sont avant tout des séducteurs et des bouffons. »

Et le savant chanoine Cristiani d'ajouter en note, en 1946, au bas de la page de sa traduction : « Le mot *planus,* qui se trouve dans Pline, avec le sens de *bouffon,* a aussi celui de vagabond, d'aventurier. »

Je me heurte au miroir.
Un tournant du chemin.
Et je pousse un cri et je me mets à courir !

Si je me mets à courir au tournant du chemin, je
ne me sauve pas. Personne ne me court après. Je
ne suis pas poursuivi. Au tournant du chemin personne ne me saute dessus comme l'aurait pu faire
mon double et comme le font certains *Planos* ou
Vagabonds, toujours selon Cassien, qui dit encore
d'eux : «Si certains se bornent à passer les nuits en
incubations inoffensives avec les hommes, d'autres
sont adonnés à une telle fureur et truculence que,
non contents de déchirer cruellement les corps de
ceux dont ils s'emparent, ils se jettent, même de loin,
sur les passants et se livrent, sur eux, aux voies de
fait les plus sauvages. Tels ceux dont l'Évangile a
parlé et dont on avait si grande peur que nul n'osait
passer par ce chemin.»
    Non, je ne suis pas attaqué, au contraire ! et si je
me mets à courir à ce tournant du chemin, c'est que
je cours à la rencontre de mon enfance.
    Une petite fille…

    Non, pas possible !
    Au tournant du chemin je vois une porte bâtarde
qui tient encore debout. Je la connais bien, elle est
toute rafistolée de pièces de bois et de morceaux découpés dans des plaques de zinc timbrées des
grandes marques de produits photographiques (on
ne disait pas encore photogéniques) : *Lumière,*
Pathé, Gaumont, A.E.G., Zeiss, Agfa, Kodak,
Eastman, Edison. C'est la porte de mon paradis. Il
suffit de mouvoir un bout de planche du vantail qui
pivote sur un clou à grosse tête, de glisser la main

dans la fente ainsi obtenue, d'atteindre le verrou à l'intérieur, de le faire glisser d'un effort du doigt en se tortillant et en se démanchant le poignet, de pousser du genou, et la vieille porte cède, tourne sur ses gonds, grince, on peut entrer.

J'entre.

C'est toujours la même chose.

Un choc.

Cigales étourdissantes, chaleur, chênes verts et lentisques. Clairière aromatique, silence soudain, solitude, présence physique de la solitude comme une énigme. Deuil. Asparagus. Herbe rare.

Qui te regarde? Élena et moi étions chaque fois saisis de cette présence que l'on devinait. Nous restions plantés là, hésitant sur le seuil. On n'osait pas entrer. Franchir le pas. Je tenais la petite fille par la main. Le cœur battait…

Je repousse du pied le vantail de la porte derrière moi qui tremble de toutes ses vieilles membrures comme un roulement de tambour funèbre, cependant que les gonds ont grincé, et je fais trois pas en avant.

Rien n'est changé dans l'enclos. À gauche, comme un nid de serpents, une maisonnette envahie par les ronces, les jets, les lances, les mille tiges, les épaisses ramures tourmentées comme des ceps, le tronc, gros comme la cuisse, d'un rosier grimpant furieux de sève et redevenu sauvage et dont les nœuds emmêlés et inextricables retombent du toit et des fenêtres crevés en une lourde masse sombre et parfumée qui se dénoue comme une chevelure broussailleuse sur une terrasse en balcon, à moitié effondrée, qu'elle écrase de tout son poids avant de rebondir dans une ravine, un vallon de verdure qui coule jusqu'à la mer; à droite, au sommet d'un petit épaulement, d'une espèce de butte artificielle, de motte crevée par d'énormes racines qui ont remué et mis au jour deux, trois blocs de pierre d'un monument antique enfoui sous terre, un pin millénaire, ce fameux pin parasol que le monde entier connaît puisqu'il figure au premier plan sur cette vue panoramique de Naples, de son golfe, des îles et du Vésuve tirée en carte postale à des millions et des millions d'exemplaires.

Dieu soit béni que ce coin immortel existe sur terre!

Immédiatement je me mets à l'ouvrage. Je fouisse, je creuse, je fais mon trou. Je le mesure avec mon épine d'Ispahan. Je me couche dedans. Je m'allonge sur le dos. Je l'élargis. Je tasse le fond des deux mains pour le rendre bien confortable. Je me fais un coussinet avec des aiguilles de pin et de la terre meuble comme je le faisais par jeu pour Elena, la petite fille qui venait s'allonger à côté de moi, sagement, bien sagement pour ne pas effaroucher les petits oiseaux que nous étions venus guetter dans l'enclos, et nous ne bougions pas de tout l'après-midi...

Aujourd'hui je veux guérir. Ma lassitude est trop grande. Comme Kim je n'en puis plus. Je suis épuisé. Mais avant de commencer la cure de Kim, je descends au Pausilippe, je vais me plonger dans la mer, je fais une pleine eau, et je remonte avec des vivres pour huit jours, du pain, du salami, de la mortadelle, un *cacio cavallo* ou cul de cheval qui est un fromage en forme de gourde de pèlerin ou double calebasse, une fiasque de vin, lourde et ronde comme une cloche. Mon épine creuse est mon bourdon. Je remonte tout joyeux et mourant d'impatience à mon ermitage. Je casse la croûte, Dieu soit béni! rien n'est changé dans l'enclos. Je prends mes

dispositions pour passer ma première nuit dans le
jardin de mon enfance, ce paradis perdu et, ce soir,
retrouvé.

Comme Kim je me couche sur le dos. Comme
Kim je me recouvre de terre jusqu'au menton.

La nuque renversée, mon œil grimpe le long du
fût multi-centenaire qui jaillit du sol perpendicu-
lairement à ma tête, et mon souvenir saute de
branche en branche dans son ombelle, volette, se
pose, se suspend, s'amuse comme un chardonne-
ret, une mésange ou un hoche-queue, comme du
temps d'Elena quand nous guettions les petits oiseaux, si rares dans la campagne napolitaine que,
lorsque l'un d'eux a le malheur de se montrer un
dimanche après-midi, cinquante coups de fusil par-
tent tous à la fois, tirés par des chasseurs embus-
qués, tous également friands d'une brochette
saignante pour améliorer leur polenta du soir; –
Elena, la petite fille tuée d'un coup de feu, un dimanche après-midi, dans ce même enclos, au pied
de ce même arbre, où nous avions placé des gluaux,
elle et moi, et que couchés dans notre trou entre
les racines nous guettions, le cœur battant, le premier petit oiseau qui allait s'y laisser prendre; – coup
de feu tiré par un chasseur invisible, un maladroit.
Je rêve. Mes amours enfantines...

Mais le vert paradis des amours enfantines,
. . . .

Mais le vert paradis des amours enfantines,
L'innocent paradis plein de plaisirs furtifs,
Est-il déjà plus loin que l'Inde ou que la Chine ?

Et voici que mon œil, distrait par la mélancolie

et qui erre dans le clos comme pour mieux ras-
sembler ma peine partout éparse, s'arrête sur une
planchette clouée à même le tronc du grand pin parasol universellement connu. Je n'avais pas remarqué cette planchette en entrant. Je me lève pour aller
voir ce que c'est.

Elle porte cette inscription au pochoir :

> Tombeau de Virgile
> À VENDRE
> S'adresser à ....

Le nom de l'agence était effacé.

À VENDRE.

Je ne puis retourner m'allonger dans le trou de
Kim et tâcher de m'endormir.

Je n'y parviendrais pas. Cet écriteau !...

Je fais les cent pas sous les arbres, entre la maisonnette en ruine et le bas de la butte.

Les mains dans les poches, je fais sonner une poignée de gros sous.

Une seule des perles dissimulées dans mon épine
creuse que j'ai laissée plantée au chevet du trou paie-
rait cent fois le prix demandé pour le tombeau de
Virgile.

Pour moi, il s'agit moins du tombeau de Virgile
que du paradis de mon enfance, et peut-on racheter le paradis et, en payant à l'entrée, retrouver son
innocence ?

À VENDRE.

Je ne suis jamais retourné au tombeau de Virgile, mais à une autre époque de ma vie, vingt ans plus tard, je faisais du cinéma à Rome et je lisais périodiquement dans les journaux italiens et à des dates plus ou moins espacées un placard de publicité qui prenait chaque fois plus d'importance annonçant la mise en vente du tombeau de Virgile, dont le prix était chaque fois majoré, et les détails de la propriété, du lieu, du site de mieux en mieux circonstanciés, certifiés par un notaire, et l'authenticité historique du tombeau affirmée, démontrée et garantie par des spécialistes, des érudits, des savants, archéologues ou historiens, dont le nom plus ou moins connu et les titres et l'illustre signature en fac-similé suivaient leurs déclarations, étaient énumérés ou étaient reproduits au bas du cliché comme s'il se fût agi d'un produit pharmaceutique à lancer ou d'une moutarde primée et hors concours dans toutes les expositions. Il ne manquait que des médailles d'or à cette publicité mais le buste du plus grand des poètes latins et des couronnes de laurier ne tardèrent pas à y figurer. J'ai lu la dernière annonce de ce genre dans un journal américain paru au lendemain du débarquement allié à Salerne, en septembre 1943, et l'annonce comportait une assez longue notice bio-bibliographique concernant Virgile. La spéculation de terrain était devenue d'ordre exclusivement littéraire. Je n'en ai jamais étudié le mécanisme ni les ramifications, mais j'ai la conviction que toute cette affaire de la mise en vente périodique du tombeau de Virgile est une escroquerie, soigneusement agencée puisqu'elle dure depuis une cinquantaine d'années et montée par une bande d'aigrefins comme il n'en manque pas à Naples parmi la noblesse locale, voire d'Église, qui veut paraître et bat la dèche de père en fils.

À VENDRE.

La nuit est avancée, et la route de Pausilippe doit être maintenant déserte, les pauvres, les riches rentrés chez eux puisque les lampions et les guirlandes électriques s'éteignent les uns après les autres.

(Mon trouble était si profond en retrouvant le clos que j'avais oublié de me ravitailler en cigarettes !)

Je suis remonté m'asseoir au sommet de la butte antique, les pieds dans mon trou et, adossé au tronc du pin unique, je contemple la mer laiteuse, le ciel argenté par un doux clair de lune, les lumières éparpillées de la ville qui clignotent, la masse estompée du Vésuve que je vois en transparence dans ses fumerolles comme un grand Bouddha assis dans son artichaut et comme voilé par les effluves des jardins nocturnes et des vignobles qui l'encensent, et de l'autre côté du golfe en forme de fleur de lotus, je lui fais face et le contemple, l'esprit perdu dans le ciel dont le crépuscule de l'aube efface une à une les étoiles, un point dans l'invisible, moins que rien.

C'est ainsi que je passe huit jours, la nuit, en contemplation, dormant quelques heures dans la journée d'un sommeil agité, où je me tourne et me retourne, me détends, me renoue, recroquevillé au fond du trou que je me suis creusé comme un ver dans un tombeau, et d'où me tirent, en me faisant maudire l'existence, des crampes dans les jambes qui me contorsionnent douloureusement et les mâchoires contractées qui me font me mordre la langue.

— M-M..., M-Ma..., M-Meûh

C'est intolérable.

Je n'arrive pas à desserrer les dents ni à éructer.

Ou la cure de Kim est de la foutaise ou je n'ai pas l'esprit sain, et l'imitation du tombeau est l'Enfer.

Une affreuse grimace de paramnésique, avec suggestion de sons, de mots sans rapport avec la pensée, de paraplégique, avec diminution considérable du sentiment du mouvement volontaire. L'horreur vous gagne, et une sensation de froid vous compénètre. Bientôt l'on est rigide.

Toutes les sorcières se plaignent que les étreintes de Satan étaient glacées et qu'il leur faisait descendre les premières marches du tombeau, aux antipodes de la volupté. On en a d'innombrables témoignages.

Dans quel vertige ne tombe pas l'esprit qui se complaît au spectacle de sa propre chute, ô Néant, bouche de l'anus, rose des acarus, fleur écarlate des boyaux et des intestins, grouillantes hémorroïdes, boucles, nœuds, serpentins, vermicelles, sanglant macaroni, sauce tomate, vomissure par en bas, serpent qui se mord la queue, s'avale, s'aspire, se vide, se remplit le ventre de vent, s'enfle, souffle, s'essouffle, cornemuse, cacade refoulée, zéro, zéro !

Quand j'y jouais, enfant, avec la petite Elena, l'enfant chérie, l'enclos appartenait à son père, Andréa Ricordi, un Milanais heureux de vivre, qui était le photographe attitré de la famille royale et qui avait gagné beaucoup, beaucoup d'argent, non pas en faisant le portrait du Roi, de la Reine, des Princesses et du Prince héritier qui attendait un fils (bébé qui ne devait naître à Raconnigi que dix ans plus tard)

et dont on exposa le berceau offert par la ville de
Naples, ce qui donna lieu à des manifestations
d'enthousiasme et de loyalisme de la part des
Napolitains et à des fêtes, pour moi inoubliables –
Ricordi avait gagné beaucoup, beaucoup d'argent
en photographiant cette fameuse vue tirée à des millions et des millions d'exemplaires sur cartes postales glissées par les touristes étrangers dans les boîtes
aux lettres, avant tout des couples en voyages de noce
qui adressent ce souvenir de leur lune de miel à tous
leurs parents, amis et connaissances, et que le service des postes distribuait dans tous les pays du
monde, et c'est justement pourquoi, parce qu'il avait
fait fortune – et aussi pour couper l'herbe sous les
pieds à tout concurrent photographe qui se serait
présenté d'improviste – Ricordi avait acheté le tombeau de Virgile et l'avait fait enclore et fermer
d'une vieille porte rapiécée, le photographe de la
Cour étant près de ses sous et ennemi de la dépense.

Néanmoins Ricordi commanditait mon père,
dont il était le grand ami et dont il subissait l'as-
cendant et pour qui il professait la plus fervente admiration depuis que mon paternel lui avait mis au
point un procédé de photographie en couleurs et
de décalquage direct sur des boîtiers de montre, des
pendentifs, des plaques d'identité et autres objets
ou bijoux métalliques ou en émail de piété ou de
bazar reproduisant les traits des souverains, des
images de sainteté, les portraits de clients de passage – mariages, baptêmes – et l'inévitable panorama
de Naples, la mer bleu perroquet, le ciel bleu-noir,
le Vésuve couleur chaudron avec des traînées de feu
surajoutées d'un coup de pinceau trempé dans
du vermillon (il y avait aussi une vue de nuit avec
des explosions d'obus sur les flancs du volcan et un

panache de fumée de locomotive traînant sur la mer
et brouillant la lune assombrie, d'un saisissant
effet !), et bientôt l'on mit en vente la série *Quo
Vadis ?* sur des batteries de cuisine émaillées en rose
tendre, un véritable cinéma, qui connut un succès
formidable avec ses scènes de martyrs, de bêtes féroces, de gladiateurs, d'arènes, de jeux, de courses
de chars, d'orgie romaine, ainsi que la série des
Musées, donnant des œuvres de Raphaël, de
Michel-Ange, des Antiques, des ruines de Rome et
de Pompéi, des monuments, des paysages, la cathédrale de Milan, la tour penchée de Pise, le
vieux pont couvert de Florence, les canaux de
Venise en trichromie sur des cafetières, des plateaux,
des cuvettes et jusque dans des pots de chambre !
– admiration reconnaissante pour cette excellente
affaire où le mauvais goût et la laideur avaient été
monnayés, admiration qui entraînait Ricordi à
vouloir se mêler plus intimement, s'associer, participer d'une façon active à la multiplicité des affaires qu'improvisait mon père, combinaisons,
spéculations, inventions, toutes plus ou moins gé-
niales, mais le plus souvent chimériques parce que
conçues dans un moment d'emballement et avec
beaucoup trop d'anticipation sur l'époque.

Par exemple : on en était encore à l'équipement
au gaz d'éclairage qui n'était pas distribué dans
toutes les villes d'Italie que déjà mon père achetait
les chutes d'eau dans les Alpes et rêvait de l'élec-
trification de la Péninsule !

Comme le lotissement du Voméro, beaucoup
d'autres spéculations et inventions de mon père ne
se sont réalisées ou n'ont trouvé leur application
qu'au bout d'un quart de siècle et d'autres spéculateurs ou financiers en touchèrent les bénéfices,

dont le photographe, mon père ayant depuis longtemps lâché la proie pour l'ombre.

Ricordi était un homme heureux, pas très intelligent, mais un bourreau de travail qui secondait
merveilleusement mon père dans l'organisation, le
montage, le lancement d'une affaire, sachant faire
intervenir ses relations officielles et, quand l'affaire
était mûre, il mettait le grappin dessus, non qu'il
fût foncièrement malhonnête, mais il se débrouillait
et il était chançard.

Mon père non plus n'était pas foncièrement
désintéressé, oh! loin de là; c'était tout simplement
un homme qui ne pouvait s'attacher longtemps à
une entreprise, même si cela rendait. Il avait le cerveau en ébullition, toujours sous pression, et, dès
qu'une de ses Sociétés était constituée pour l'ex-
ploitation de l'un de ses brevets, la chose, aussi audacieuse et nouvelle fût-elle, ne l'intéressait plus car
il avait déjà imaginé autre chose, d'un tout autre
ordre, dans un tout autre domaine et d'une tout
autre conception et portée, et, dès le début, il cé-
dait ses parts de fondateur à n'importe quel prix,
de préférence à ses associés, commanditaires ou
banques, mais aussi à n'importe qui, impatient
qu'il était de nouveaux capitaux, d'un apport d'argent frais pour mettre sur pied et voir fonctionner
sa dernière idée, à la consternation de maman que
l'incertitude perpétuelle du lendemain terrorisait et
rendait malade et pour le plus grand dam de son
mobilier qui en avait déjà vu et devait encore en subir
de bien drôles dans toute une série de déména-
gements de Suisse en Égypte, en Italie, puis à
Paris, à Londres, tantôt dans des demeures de
riches, tantôt dans des logis de pauvres, hauts et
bas qui faisaient ma joie d'enfant et mon principal

divertissement. «L'argent est fait pour être remué!», disait mon père. Tantôt on en avait trop à la maison et tantôt pas assez. Ma mère devenait folle. Et c'est pourquoi je tiens l'argent en mépris.

La vie est ailleurs.

Le tien, le mien, le mien, le tien, jamais le sien, sinon pour l'en dépouiller!

Je m'étonne que les gens se passionnent pour ce truc-là et s'empoisonnent l'existence pour laisser ou toucher un héritage.

La mort les cueillera tous à temps, selon l'apophtegme pragmatique des grands boss américains, ces idolâtres: *Le Temps, c'est de l'Argent!*

À Naples, nous habitions une immense propriété en forme de triangle rectangle dont le sommet occupé par notre grande habitation, fenêtres, balcons, terrasse encadrant de haut les rues étroites, les ruelles sombres, les venelles pleines de linge à sécher qui descendaient au Basso-Porto, se situait exactement au pied des murailles abruptes du fort Saint-Elme (le canon sonnant midi, son souffle chaud gonflait les rideaux de la salle à manger, ce qui faisait chaque fois tressaillir maman), dont la base était le tracé rectiligne du Corso Victor-Emmanuel-II et dont les deux côtés étaient dessinés, celui de gauche, par la voie à crémaillère du funiculaire, bordée d'une rangée de cactus à raquettes, à épines et à coutelas, figuiers de Barbarie, agaves, aloès portant leur fleur au bout d'un mât souvent brisé, celui de droite, par un vieux mur, et par endroits fort haut, plein de fougères, d'iris, de capillaire, grouillant de lézards qui couraient vivement se dissimuler dans les fentes sous ces touffes de petites fleurs bleues si fragiles qu'on les croirait

de porcelaine et que le vulgaire nomme des « ruines
de Rome », crêté de tessons de bouteilles et qui suivait tous les tours et les détours, les circonvolutions
de la Salita de San-Martino, une rampe très animée
qui montait au Voméro, doublé d'un soubassement
de ronces, d'épines et de broussailles, de coulées de
détritus, de gravats, de poteries et de vaisselles cas-
sées, d'ustensiles hors d'usage que le petit peuple
habitant la Calade jetait par-dessus le mur, et
d'éboulis comme un vieux rempart. Maman ne s'y
plaisait pas. Elle avait peur des voleurs. Mais les enfants, mes frère et sœur, et les quatre filles Ricordi
– mon père avait invité son ami à venir habiter chez
nous, ce que maman supportait avec mauvaise
grâce : elle trouvait le photographe sans gêne et mal
élevé, et c'était vrai qu'il l'était, mais c'était un si
gai convive à table, riant à l'italienne, bâfrant, buvant, déboutonné, en manches de chemise, et toujours en train de conter des anecdotes sur la Cour
et les grands personnages qu'il fréquentait, et pour
divertir ses filles, il mimait les scènes, gesticulait,
gesticulait ! – mais les enfants, surtout Elena et moi,
qui étions les plus petits, tenus un peu à l'écart, moi,
parce que maman faisait déjà de la neurasthénie et
avait trop de soucis, Elena, parce que son père eût
préféré avoir un garçon comme le Roi, son maître,
et le Prince héritier, son protecteur, le prince de
Naples qui annonçait déjà avoir assuré sa succession, la venue d'une fille l'avait déçu, les enfants vivaient dans l'enchantement du merveilleux jardin
dont maman avait formellement interdit de franchir
l'enceinte, toujours à cause des voleurs qui, d'après
elle, foisonnaient et étaient à l'affût des petits
enfants, et plus particulièrement des enfants des
riches étrangers, pour les enlever et rançonner les

familles. Je ne puis imaginer de qui elle tenait ces
idées absurdes sinon de miss Sharp, notre gouvernante anglaise, Lili vivant dans la hantise de la Main
Noire. Elle collectionnait les journaux qui parlaient de la *Maffia*, adressait des lettres de mise en
garde au *Times* et se sauvait à la vue du commis d'un
fournisseur pénétrant dans le jardin. On ne pouvait
mieux choisir pour déformer l'âme d'un enfant
que cette gouvernante stupide, vieille fille à mi-
graines, pleine de préjugés et de superstitions ridicules et qui tremblait comme une feuille. Les
parents commettent de ces erreurs-là, croyant bien
faire et par snobisme. Je ne sais qui nous avait recommandé Lili ; elle resta des années avec nous. Mais
mon père m'avait donné un chien, un mâtin jaune
et noir qui s'appelait *Leone,* lion en compagnie de
qui je ne craignais rien ni personne quand j'allais à
la chasse aux escargots le long du vieux mur qui bor-
dait la rampe malfamée de la Calade. D'ailleurs, la
grille du bas sur le Corso, l'entrée des voitures, était
surveillée par Ernest, notre portier, et la petite poterne du haut, qui donnait sur la placette de San-
Martino, à cent mètres de la maison, à droite, et à
laquelle se présentaient les fournisseurs – le matin
c'était Pascuali, notre laitier, qui sonnait le premier
et qui attendait au milieu de ses chèvres bêlantes,
amenant sa vache, Caroline, qu'on lui avait achetée pour moi et qu'il trayait devant la porte, souvent accompagné de Bépino, son dernier-né, un
garçonnet de mon âge à califourchon sur la bête,
ce qui me faisait envie, et j'aurais bien voulu descendre en ville, faire la tournée avec eux – la poterne était toujours fermée à double tour et triple
verrou et munie d'un judas et ne s'ouvrait qu'à
l'appel d'une grosse cloche qui s'entendait dans tous

les recoins de la maison et après constatation de
l'identité du sonneur.

Dans cet immense jardin, touffu comme un parc
et tout planté d'arbres des différentes essences du
pays et que prolongeait en bordure du funiculaire
un verger rempli de toutes les variétés des arbres à
fruit, dont les étages en talus étaient marqués par
des rangées de figuiers centenaires et les terrasse-
ments servaient de maçonnerie à des canaux, des
rigoles, des petites écluses, des fontaines aboutissant, tout au bas de la propriété, à un grand bassin
rectangulaire avec, aux quatre coins, des néfliers tordus, sis au milieu d'un quinconce ombragé de mû-
riers blancs dont les baies étaient douces comme
fraises écrasées, ce qui faisait que nous nous y at-
tardions gourmands, Elena et moi, assourdis par les
grenouilles, et d'où partait un mauvais chemin tout
encombré de grosses pierres rondes qui menait à un
fonds perdu, à une maisonnette enfouie sous le jasmin et l'héliotrope qui retombaient du toit, s'agrip-
pant aux volets toujours clos, derrière lesquels
brûlait une lampe en plein jour, s'entendait la musique d'un piano furibond, passait de temps en temps
une ombre entre les lamelles disjointes, une camisole blanche, un madras, *zia* Régula, une folle, qui
vivait là, enfermée, et que personne ne visitait jamais et qu'Elena et moi, qui étions inséparables, allions surveiller de loin en loin avec le secret espoir
de la surprendre, un jour qu'elle sortirait de son alcôve pour se mettre à sa fenêtre et fumer le cigare,
un long toscan, ou qu'elle ferait taire son piano pour
faire quelques pas dehors comme Benjamin, le
vieux jardinier, nous avait dit que cela arrivait parfois, et nous nous tenions en embuscade dans ce coin

le plus abandonné de la propriété, un véritable maquis, à contrebas, à l'extrême droite, faisant corne,
Benjamin y cultivant un carré en potager, séparé du
fouillis des mauvaises herbes par une barrière vétuste et branlante dont nous arrachions les lattes pour
nous faire sabres et poignards de bois et pouvoir
tailler en pièces les chardons, les orties, les longues
herbes gommeuses et collantes dont nous avions du
mal à nous dépêtrer quand nous nous cachions là-
dedans. Elena et moi, de l'autre côté de la barrière,
parce que cela était défendu – il y avait même un
poteau dans ce fond portant le mot *DANGER* et,
en effet, il y avait quelque part un puisard dans l'em-
méli-mélo des tiges poilues et des grandes feuilles
rugueuses et déchiquetées par les chenilles des
courges et des potirons et des candélabres poussiéreux des belles-de-nuit dont la fleur comme en
papier mâché a une odeur de beurre rance au soleil – et aussi pour faire enrager l'Anglaise armée d'un
alpenstock, qui nous cherchait partout dans l'immense jardin touffu et que nous entendions venir,
fourrageant les bosquets de lauriers, les taillis de ca-
mélias, les berceaux de verdure, les rideaux de
lierre qui ne manquaient pas dans le parc si heureusement mal entretenu, gloussant, appelant,
s'énervant, piquant une crise de larmes parce qu'elle
n'arrivait pas à nous dépister, ce qui nous faisait rire,
Elena et moi, qui l'observions à travers les herbes
folles ou de derrière les tournesols traçant la limite
du potager et les plants d'artichauts qui nous dé-
passaient de la tête, et nous nous glissions furtive-
ment dans l'épaisseur des feuillages et par des
sentiers connus de nous seuls nous grimpions par
des raccourcis pour déboucher, comme si de rien
n'était, sur la pergola, devant la maison, où Alfred,

mon grand frère, Elisabeth, notre sœur aînée,
Margarita, Iolanda, Mafalda, les sœurs d'Elena,
avaient déjà pris leur collation et faisaient leurs de-
voirs d'école, cependant que ma mère classait les
plantes de son herbier (c'était une attitude qu'elle
avait adoptée une fois pour toutes pour cacher son
angoisse intime et donner le change sur la maladie
nerveuse qui la minait) et que Signora Rosa, la
maman d'Elena, une douce femme molle qui était
encore une fois enceinte, préparait une layette, es-
pérant, cette fois, pondre un héritier, ce qui don-
nerait satisfaction au photographe de la Cour, et nous
nous avancions d'un air innocent mais les joues
rouges d'avoir couru, la main dans la main, Miss,
qui nous avait enfin rejoints, glapissant tout es-
soufflée dans notre dos et nous accusant de tous les
crimes d'Israël, Elena et moi, et avait des palpita-
tions de cœur, et s'effondrait dans un fauteuil, et
se trouvait mal, laissant choir son alpenstock décoré
d'edelweiss en pyrogravure qui lui échappait des
mains, et s'écriait :

— Ah! mon Dieu, mon lorgnon!...

Mais le lorgnon était déjà par terre, étoilé comme
une grosse larme, et même deux, quand il avait eu
la malchance de tomber bien à plat sur un caillou
méchant, notre gravier étant parsemé de pierres à
fusil bien pointues et dures comme fer, et qui battent des étincelles quand on les frotte et les cogne
l'une contre l'autre, et qui sentent l'ozone et l'aimant. J'en avais toute une collection, ainsi qu'une
ménagerie d'escargots, et des billes, et des toupies,
dont de ces napolitaines à long clou et en forme de
champignons multicolores, gros et petits, et que l'on
peut faire tourner sur la paume de sa main, comme
Dieu, le monde ou le Roi, son peuple, en équilibre

toujours instable. C'est bien amusant. Et cela cha-
touille. Mais il ne faut pas être maladroit, surtout
que *Leone* me sautait après en aboyant et que je devais lever ma main bien au-dessus de ma tête pour
mettre la toupie qui l'hypnotisait hors de sa portée
et sans laisser tomber le joujou ronflant qui le rendait fou.

— Coucher, Leone, va coucher ! Tu es trop bête,
mon vieux. Tu ne comprends pas. Le jeu, c'est sérieux. Regarde…

Mais *Leone* me faisait rire. Alors, pour rire, je lui
faisais partir cent toupies sous le nez, et *Leone* se
lançait sur le pavement luisant de marbre historié
du corridor de l'antichambre, comme vingt ans plus
tard, en 1915, je devais voir le *Vieux Charles* de
Guynemer s'élancer vrombissant parmi les étoiles,
les éclatements du front. Pour attraper quoi ? Des
nèfles ! À moins que le petit *Spad* de Guynemer ne
préfigurât alors, à l'insu de tous, l'ancêtre de l'avion
précurseur, la forteresse volante *Enola-Bay* du capitaine Paul W. Tibbets qui devait faire surgir, un
quart de siècle plus tard, exactement le 6 août 1945,
à 9 h 15 du matin, un champignon d'une monstrueuse réalité : éclair, nuages, fumées, vent, explosion, pluie diluvienne, flammèches, mort par
désagrégation, radiation, irradiation, mort continue,
mort lente, lèpre et chancres, plaies, brûlures, cre-
vaison. Voilà à quoi me fait penser mon chien,
aujourd'hui, à cinquante ans de distance. J'aurais
dû l'appeler *Bikim*, si j'avais su. D'un seul coup
150 000 êtres humains volatilisés en une fraction
de seconde. Pas le temps de dire *Merde* !… Et tout
autour du point de chute, sur une vingtaine de kilomètres à la ronde, 150 000 autres, gisant comme
des toupies sur le flanc. Pompéi, Hiroshima. Quel

progrès! On appuie sur un bouton... Et pour un
coup d'essai, cela n'est pas mal et cela promet. Il
paraît que l'on fera mieux la prochaine fois. Bravo!
Mais Franklin D. Roosevelt, champion de la
Démocratie et de la Paix, ne savait-il pas qu'il serait damné et maudit par les peuples pour avoir or-
donné, encouragé et financé «ça»? C'est bien l'acte
d'un paralytique qui se sent, le cerveau foudroyé,
basculer la tête en avant de son fauteuil à roulettes
dans son tombeau de famille et qui veut se raccro-
cher à n'importe quoi et qui entraîne tout avec soi.
(Tout comme Hitler, qui était un paranoïaque, un
fou furieux qui se sentait prisonnier du monde extérieur et lui envoyait des coups de pied entre deux
séances de délectation morose devant son armoire
à glace, et qui se mettait à trépigner de rage et à hurler, ne pouvant se libérer de son propre reflet!) Mais
quelle drôle de démocratie dans la paix des cime-
tières prônent les thuriféraires, candidats-imita-
teurs, épigones du président des U. S. A., tous ratés
et laissés-pour-compte du *Brain-Trust*!

Leone est mort écrasé par un tramway qui n'était
même pas électrique, mais attelé de mules. J'eus
beaucoup de chagrin. Il eut encore la force de traverser la chaussée se traînant sur le train avant, le
train arrière presque complètement sectionné. Il ne
comprenait pas ce qui lui était arrivé. Je caressais
sa bonne tête, il me léchait les mains et il eut une
convulsion et un dernier sursaut, et il coula une
crotte spongieuse de son derrière et un caillot de
sang de sa bouche. Pauvre bête! Mon chien était
trop gai, gambadeur.

L'enfant vint au monde, mais c'était encore une
fille, Monella, une gentille petite grenouille comme

celles du bassin, et elle fut vite oubliée car elle ne vécut que deux, trois jours, et le lendemain de ses funérailles, alors que la Signora Rosa, encore tout alanguie dans son lit, pleurait à gros sanglots, invoquait la Sainte Vierge et, les vocifératrices professionnelles parties, remplissait la maison de ses cris de désespoir, Ricordi emmena la maisonnée en calèche au Palais Royal, où tout ce qui comptait en ville de vieille noblesse, de notabilité honorifique, de célébrité à n'importe quel titre, depuis les cantatrices et les ténors du théâtre San-Carlo jusqu'aux fournisseurs de la Cour, et même des étrangers distingués qui avaient reçu une invitation, défilaient devant le berceau vide du petit prince de Piémont, le fils du Prince héritier, le prince de Naples, le futur Victor-Emmanuel III.

En attendant notre tour d'entrer, la voiture stationnant en face du palais, Ricordi, qui était de bonne humeur à l'idée d'approcher son protecteur et de lui présenter les siens, se livrait à des facéties et, pour amuser ses filles, il leur montrait les statues qui décoraient la façade et leur désignait du doigt à hauteur de l'entresol plus particulièrement celles de quatre généraux du temps de Charles-Albert, le neveu du roi de Sardaigne, chacun en pied dans sa niche, en grand uniforme, tête nue, le bicorne sous le bras ou dans la main gauche, fiers et bombant le torse, agissant de l'index, de la main, du bras droits, gesticulations et poses que Ricordi commentait de la façon suivante:

Le premier général, qui a le bras droit tendu devant soi et qui indique du doigt un point dans le vague, affirme sans crainte d'être démenti: «Quelqu'un a pété!» Le deuxième, le menton dans la main droite, l'index sur l'aile du nez, l'œil perdu,

a l'air de réfléchir et constate, soupçonneux :
«Vraiment, ça pue !» Le troisième, cabré, la main
droite sur le cœur, les doigts en étoile parmi ses décorations, impétueux et superbe, sachant qu'on ne
peut mettre sa parole en doute sans qu'il porte la
main à l'épée, déclare, défiant tout le monde, le regard de flamme : «Je jure que ce n'est pas moi !» Le
quatrième, le bras droit dressé en l'air et désignant
de son index tendu la fenêtre de la chambre à coucher de la reine qui se trouve juste au-dessus de sa
tête, les paupières closes, les narines dilatées, le buste
légèrement renversé en arrière comme pour une action de grâce, la bouche entrouverte, le visage ex-
tasié, remercie : «Tout vient d'En-Haut !»

Après cette plaisanterie des statues parlantes, du
plus pur humour méridional, toujours charnel,
souvent scabreux, qui frise la scatologie et n'est ex-
primable que parce qu'il déclenche un gros rire païen
sans finesse ni malentendu ni arrière-pensée, notre
tour était arrivé et l'irrévérencieux courtisan et
photographe zélé, soudain impatient et affairé plus
que la mouche du coche, nous poussant, se répan-
dant, saluant à la ronde avec importance, faisant
mille et mille courbettes pour ne pas passer inaperçu,
surveillant ses filles, renouant les rubans de l'une,
défroissant d'un revers de main la jupe de l'autre,
redressant les boucles de l'aînée, éventant Elena avec
une pochette parfumée qu'il sortait de son jabot,
tirant sur mon col en dentelle, faisant la roue
comme un paon, pressant, pressant mes frère et
sœur, nous fit gravir le grand escalier d'honneur où
des valets en culottes de satin et en bas blancs ajou-
rés étaient alignés ; défiler prestement dans la galerie entre une double haie de gardes impassibles,
uniforme de gala, hautes bottes vernies à l'éperon

d'or, culotte de peau, casque à crinière ou à léopard,
baudrier, crispins, la latte ou le sabre incurvé à hauteur des yeux, figés, immobiles ; traverser des salons
d'apparat pleins de chambellans chamarrés, de
chevaliers au mantelet brodé, d'aides de camp décorés, de personnages couverts d'ordres, de croix,
de crachats de diamant, de soleils en sautoir, un large
ruban coupant en deux leur plastron de chemise,
de grandes dames en robe à traîne, agitant leur éventail, la tête parée, les oreilles, les épaules, les bras,
les poignets, les doigts scintillants, les gants remontés
jusqu'au-dessus du coude, ou rabattus ou repliés
comme une peau d'ange parfumée et les yeux extraordinairement sévères ou sérieux ou profonds ou
fixes ou étonnés ou durs dans leur visage soucieux,
non maquillé, entre les aigrettes en brillants ou les
panaches à plumes qui tremblotaient dans leur
coiffure et les rangées de perles ou les lourds colliers antiques qui enserraient leur cou, et les autres
joyaux de famille retirés pour vingt-quatre heures
du mont-de-piété, tortil d'or, bourrelet, torsade
qu'elles portaient sur leur front ou les fanfreluches
à la mode de Paris qu'elles arboraient dans leur toilette en ce jour de réception ; pénétrer, ce qui était
considéré comme une faveur insigne, dans le petit
salon rouge et or, tout en cuir de Cordoue gaufré
d'écussons et d'armoiries, réservé aux courtisans les
plus familiers, et nous faire faire tous ensemble,
comme un général présentant un corps d'élite ou
une maîtresse de ballet ses élèves, la révérence au
prince de Naples, son patron sérénissime, qui dai-
gna interrompre une conversation engagée pour nous
sourire et le congédier d'un signe du doigt ; puis passer sur la pointe des pieds dans une pièce attenante,
la chambre de porcelaine, et faire l'un après l'autre

une révérence profonde à qui nous croyions être,
nous autres, les enfants, le prince de Piémont, un
petit bébé endormi que la duchesse de Caserte, dé-
guisée pour la circonstance en bonne grosse nou-
nou classique dans le costume typique et
somptueux de je ne sais quelle province paysanne
du royaume (et peut-être bien de la Savoie!) portait dans ses bras, entourée d'autres servantes bien
mignonnement accoutrées des costumes de toutes
les autres provinces, de Toscane, de Vénétie, de
Lombardie, de Calabre, de Sicile, de Pouille (mais
pas de la Romagne ni des États de l'Église!) et qui
étaient autant de dames d'atour, et le petit prince
du Sang dormait les poings fermés, *les pouces en dedans*, comme souvent les petits bébés font quand
on les empêche de les sucer et comme le grand
peintre Véreschtchaguine a escamoté les pouces de
tous les cadavres jonchant les champs de bataille de
ses tableaux historiques des guerres de la sainte
Russie, dont une grande toile oblongue, où tous les
morts dormaient comme le petit prince du Sang les
poings fermés, *les pouces en dedans*, et dont je ne pouvais détacher les yeux, occupait tout un panneau du
salon suivant, où se tenaient la mère du petit bébé,
la Princesse héritière, et sa grand-mère, la Reine,
l'épouse d'Umberto Iᵉʳ, le roi d'Italie, salon rouge
et bleu que nous ne fîmes que traverser à la queue
leu leu, faisant des plongeons répétés, comme le père
de ma petite amie faisait devant les augustes dames
en nous entraînant rapidement à reculons, sans nous
laisser le temps de nous arrêter devant la toile célèbre, ce que l'ami de mon père eut la mauvaise foi
de nous reprocher souvent par la suite pour se
plaindre du manque d'attention des enfants qui
n'écoutaient pas ce qu'on leur enseignait ; et, enfin,

nous pûmes satisfaire notre curiosité et admirer l'objet pour lequel nous étions venus, le berceau de l'Enfantelet que le peuple de Naples avait offert au fils de son Prince bien-aimé, et dont tous les journaux avaient donné la photographie en première page, et dont toute la société parlait comme de la septième merveille du monde depuis un an, et Ricordi qui l'avait photographié sous tous les angles, ce fragile berceau royal, tournait autour, pérorait, se rengorgeait comme s'il en eût été l'auteur ou le maître-d'œuvre. Vanité des vanités, tous les photographes sont ainsi qui se prennent pour des créateurs, comme le droguiste pour un savant, le pharmacien pour un médecin, l'infirmier pour un chirurgien, le marchand de couleurs pour un peintre, le souffleur pour un artiste, le libraire pour un écrivain, l'éditeur pour l'auteur immortel des ouvrages qu'il publie, et un Stokowski ou un Toscanini pour Beethoven, lui-même! mentalité stupide qui date du début du XIXe siècle, que Stendhal et Baudelaire ont été les premiers à dénoncer en daubant Franklin et l'américanisme, enflure qui prend les proportions et la virulence d'un cancer et qui étouffera le monde moderne si le machinisme et les techniciens ne l'ont pas avant foutu par terre en le sapant par en bas.

Ce berceau vide était un chef-d'œuvre d'orfèvrerie, une pièce montée, nacre, or et argent, ornée de coques mythologiques à double face, des inestimables camées, et jamais plus je n'ai revu de ma vie pareille richesse dans le travail et pareille débauche dans le choix des matières précieuses employées, dans aucun palais du monde ni dans aucune reproduction ou description de berceaux célèbres ni plus tard, en Chine, où j'ai vu maintes pièces aussi baroques que curieuses, et pas même, à Londres, quand passa en vente publique le lit de Gaby Deslys après sa mort, un immense lit de courtisane, tout en or massif ouvragé, de forme absolument ronde, où l'on pouvait se coucher en nombre, la tête au centre, les pieds vers la périphérie, et dont les matelas ronds, les oreillers ronds, les draps et les couvertures ronds étaient curieusement sanglés pour permettre les trente-deux positions. (C'est le marquis de Zuttes qui se paya ce lit extraordinaire pour l'installer dans l'un de ses nombreux châteaux d'Espagne ou d'Écosse et le produit de la vente a été versé aux pauvres des hospices de Marseille, selon la volonté formelle de la testatrice, Alice Caire, dite Gaby Deslys, étant originaire de cette ville.)

La visite au Palais Royal avait eu lieu dans la matinée. Vers midi nous allâmes rejoindre mon père qui nous attendait chez l'un des plus fameux traiteurs de la ville et où tout le beau monde s'écrasait; mais nous n'eûmes même pas le temps de faire honneur à ce bon déjeuner, Ricordi nous bousculant, tant son amour de se mêler aux grands était intempestif, et, avant le désert, il nous entraîna au galop vers les estrades officielles qui avaient été dressées au bord de la mer pour assister à la revue de la flotte, la première escadre des grands cuirassés dont l'Italie pouvait être justement fière, et au défilé des troupes qui s'ensuivit, l'armée d'Abyssinie – les pauvres soldats, c'est pour la première fois de ma vie que j'ai eu pitié des soldats ! – l'armée d'Abyssinie étant follement acclamée par une foule énorme, délirante et surexcitée. À la nuit venue éclata un fantastique feu d'artifice, la flotte ancrée dans le golfe bombardant la ville illuminée avec des milliers et des dizaines de milliers de fusées et de raquettes versicolores et les forts ripostant par autant de bombardes et de tonnerres du sommet de toutes les collines circonvoisines, puis, vers minuit, il y eut un bouquet monstre, un embrasement général du ciel et de la mer, de quoi reléguer le Vésuve dans l'ombre, et que seuls des artificiers comme les frères Ruggieri de Venise, qui le sont de père en fils depuis plusieurs générations ayant fait leurs preuves dans toutes les fêtes et réjouissances publiques à travers l'Europe et dès le XVIe siècle, pouvaient se permettre et risquer en suggérant une catastrophe qui se muait en apothéose… Mais je tombais de sommeil.

Personnellement, je ne m'en souviens pas ; mais pour notre petit groupe, il paraît que je fus le héros de la journée. On me l'a tellement raconté quand j'étais petit, qu'aujourd'hui je raconte l'incident à mon tour.

Ricordi nous avait installés dans la loge de Crispi, le célèbre homme d'État italien, fondateur de la Triplice, cette ébauche de l'Axe d'acier, mais une première ébauche en élastique (élastique qui n'était pas encore synthétique !) et le premier président du Conseil à avoir placé le Parlement sur cette pente savonnée d'où l'Italie se mit à glisser dans les bras de l'Allemagne, le Roi pelotonné dans le giron du Kaiser, pour faire la culbute, le Duce étreignant peureusement le Führer et l'entraînant dans le Néant, l'autre année, la Dynastie étranglée comme par une monstrueuse hernie, tous les personnages de la tragédie enlacés comme Laocoon et ses fils dans les anneaux, les nœuds du serpent.

Crispi, qui était un vieux monsieur, avec un gros nez tout piqué et vermiculé et de bons yeux un peu

larmoyants de chien fidèle, et qui connaissait mon
père, m'avait pris sur ses genoux, et, tout à coup,
je fis pipi sur ses genoux, non que les terribles moustaches, les sourcils broussailleux, le regard inquiet
du roi Umberto, assis dans la loge à côté et qui se
retournait souvent pour voir qui était ce garçonnet
à cheval sur les genoux de son Premier Ministre
m'eussent particulièrement impressionné ou ému,
les acclamations sans cesse renouvelées de la foule
qui se portait en masse au pied de la tribune royale,
soulevant un nuage de poussière qui nous piquait
les yeux et nous séchait la gorge, mais tout simplement parce que j'avais absorbé trop de sorbets
durant l'après-midi, que j'avais envie, que je ne savais comment me retenir, que j'étais las, que je me
laissai aller et que je m'endormis.

Il paraît que Crispi en avait ri, comme un grand-
père de l'innocence de son petit-fils ; mais sur le chemin du retour, tout le monde se moquait de moi
dans la calèche et arrivé à la maison, la façon dont
Ricordi sut raconter la chose en l'exagérant, en la
meublant, en la mimant à la napolitaine, en la co-
lorant de termes du cru pour en faire une comédie
improvisée où il jouait le rôle de plusieurs personnes,
Crispi, moi, le Roi, la foule, avec une telle verve indignée et un tel accent comique qu'il finit par faire
éclater de rire jusqu'à la Signora Rosa ! Seules miss
Sharp et maman ne riaient pas, Lili parce qu'elle
n'avait pas été invitée à la fête et boudait et faisait
«sa bougie», maman, maman qui avait passé la journée à la maison pour tenir compagnie à la pauvre
Signora Rosa, maman…, maman…

Je n'ai jamais pu savoir comment maman avait
pris la chose qui faisait une telle honte à ma gouvernante par la suite, quand Ricordi et mon père,

à tout propos, et surtout quand il y avait des visites
à la maison, me faisaient subir le récit de cette mésa-
venture, au point que cela devint une espèce de
gloire, à la longue, comme d'une bonne farce dont
ils se vantaient, maman, maman ne bronchait jamais, ne tiquait pas, bien que cette nuit lui rappe-
lât la première nuit qu'elle avait passée à attendre
mon père qui n'était pas rentré de la fête... première
nuit de fiévreuse attente qui devait se renouveler souvent par la suite... et la fête finie.

   Je n'insisterai pas. Shakespeare l'a dit :

> *Life's but a walking shadow, a poor player*
> *That struts and frets his hour upon the stage*
> *And then is heard no more : it is a tale*
> *Told by an idiot full of sound and fury,*
> *Signifying nothing...*

   La vie est une farce, une comédie, une tragédie
universelle, et le sort qui brasse tous les personnages
du drame à leur insu, qui les secoue comme un gobelet et les jette pêle-mêle sur le tapis comme des
dés du poker d'as : Elena qui allait être tuée d'un
coup de feu anonyme par un calme après-midi d'un
dimanche ensoleillé ; le vieux Roi assassiné l'année
suivante (et c'est peut-être parce qu'il attendait son
assassin qu'il se retournait sans cesse dans son fauteuil doré pour me dévisager, Umberto Ier les yeux
si chargés d'inquiétude le jour de la fête) ; maman
morte en moins de dix ans dans une solitude extrême, et mon père, au bout de vingt-cinq, rema-
rié et complètement ruiné, fils de vigneron qu'il était,
parti de rien ; Victor-Emmanuel le Petit qui, comme
Max Jacob qui était également de courte taille dans
ses escarpins, fourrait un jeu de cartes dans ses bottes

et qui plantait en plus un plumet démesuré sur son
képi pour se mettre au niveau d'un Mussolini, ce
«*César de Carnaval*» boursouflé et blanchâtre, lâche,
érotomane et menteur, qui fut ignoblement pendu
par un pied, la tête en bas, saigné comme un porc,
cependant que le petit Roi était dégommé et que
Max s'auréolait comme poète-martyr; le tendre
Enfantelet que j'avais vu dormir *les pouces en dedans*,
devenu pour huit jours Umberto II, chassé et obligé
de prendre le chemin de l'exil après avoir été tenu
des années à l'écart, s'ennuyant, vieillissant, pré-
maturément chauve, jauni, découragé, apeuré,
mou, n'ayant rien fait, n'ayant rien donné, lui, que
le peuple avait reçu avec tant d'amour et accueilli
avec tant d'espérance et de bons vœux; mon frère
devenu diplomate, ma sœur mariée en Italie, la famille Ricordi dispersée, et le vieux photographe de
la Cour vivant encore aujourd'hui, honoré et tout
près d'être centenaire, et que, moi, j'écris ces souvenirs d'enfance, tapant à la machine, me bar-
bouillant d'encre d'imprimerie, devenu écrivain, un
comble! car écrire c'est peut-être abdiquer...; qui
l'eût dit et comment ne pas admettre que le destin
qui avait joué avec nous tous au poker dice n'était
un barman ivre qui nous avait fait boire des sata-
nés cocktails, plus nombreux et d'une mixture
moins avouable que les sorbets qui circulaient sur
plateau d'argent et de vermeil dans la tribune
royale, ce jour de la Grande Fête, et qui eurent un
si déplorable effet sur moi [2]?

Une autre histoire de pipi nous mit sur la voie
de la différenciation des sexes, et ce fut Elena, les
petites filles ayant les yeux mieux ouverts et beaucoup plus tôt que les petits garçons sur ces ques-
tions-là, qui en formula la loi, peu de temps avant

que la pauvre chérie fût tuée, ainsi que je l'ai dit, par un misérable coup de fusil.

Pour si court qu'il fût et apparemment dénué de toute signification, je date du passage de Monella à la maison tous les changements apportés à nos habitudes après sa disparition.

J'ai déjà noté que mon père ne rentra pas après la fête. Ses absences se firent de plus en plus fréquentes au repas du soir et se prolongeaient même des journées entières, et sous prétexte de voyages d'affaires, Ricordi se mit bientôt à l'accompagner, et lui aussi, était le plus souvent absent. De leur côté, mes frère et sœur et les sœurs d'Elena, qui nous appelaient avec mépris, elle et moi, *I promessi Sposi* quand ils nous rencontraient bras dessus, bras dessous ou nous tenant tendrement par le cou dans la grande allée des cyprès, où ils passaient en voiture se moquant de nous, «les petits», qui n'étions pas de la partie, descendaient deux, trois fois par semaine en ville pour aller goûter ou assister à des réceptions chez des amis et amies de leur âge qui avaient également trouvé place dans les tribunes officielles le grand jour de la fête et dont les parents, fournisseurs de la Cour, fonctionnaires supérieurs, grands bourgeois, officiers, faisaient maintenant bande à part, s'invitant mutuellement et passant le dimanche dans telle ou telle propriété de famille des environs, à la campagne ou au bord de la mer. Naturellement, miss Sharp les accompagnait partout, chaperonnant «les demoiselles» (je comptais Alfred dans le nombre) et l'immense jardin touffu était à notre disposition et jamais nous n'y fîmes de plus beaux jeux, Elena et moi, nous égarant dans ses derniers recoins; mais le dimanche, à force d'avoir insisté et fait des scènes à maman – et aussi parce que maman et Signora Rosa préféraient leur solitude, le dimanche, maman pour s'adonner à son chagrin taciturne et soigner ses nerfs, Signora Rosa pour ruminer les reproches justifiés qu'elle allait pouvoir faire à son mari quand le photographe reparaîtrait, chacune enfermée dans sa chambre aux deux bouts de la grande maison vide – le dimanche j'avais obtenu que Maria, une vieille bonne napolitaine, couverte de médailles de dévotion, d'insignes et de scapulaires nous accompagnât au clos du Voméro, à deux pas, où nous passions l'après-midi, jouant autour du tombeau de Virgile, goûtant sur l'herbe, nous cachant pour guetter les petits oiseaux dont c'était la saison de passage, la vieille Marie faisant la sieste ou récitant son chapelet sur la terrasse de la maisonnette abandonnée, et jamais nous n'avions encore été aussi heureux, Elena et moi, que durant cette période où nous étions livrés à nous-mêmes et à notre propre inspiration.

Ma plus grande passion était le dressage des escargots. Bépino, le fils de Pascuali, notre fermier, m'avait montré comment on les tient éveillés en leur chatouillant le ventre avec la pointe d'un cure-dent. On en ramassait partout, des grands, des petits, des bruns, des blancs, des jaunes, d'autres dont la coquille est comme du corail moucheté et d'autres encore, sénestres ou transparents et fragiles, lisérés de bleu, de noir ou dont le sillon médian est dur comme de la nacre, et d'autres, collés par couples, bavant, écumant. Pendant qu'Elena, armée du cure-dent, les chatouillait consciencieusement sous le ventre, je tendais des ficelles en l'air, d'une branchette à l'autre, en ligne droite, en diagonale, en zig-zag, en rond, en étoile, et quand les escargots étaient bien éveillés, on les plaçait à la queue leu

leu sur ces ficelles, des centaines à la queue leu leu, et leurs lentes et amusantes processions se déroulaient dans tous les sens, à différents étages superposés, comme des pénitents, chaque bestiole dans sa cagoule et chacune portant en guise de cierge allumé ses yeux montés sur tentacules et qui se télescopent si drôlement et sont tactiles. Quand on leur avait fait faire une demi-douzaine de fois l'exercice, on tendait les mêmes ficelles par terre et les escargots suivaient tous les méandres compliqués des ficelles comme un train interminable les rails d'un réseau de chemin de fer, le long fil d'Ariane argenté s'entortillant plusieurs fois sur lui-même dans les tours et les détours d'un labyrinthe avant de mener à la sortie, et la sortie était marquée par un tas de feuilles de laitue fraîche où les bestioles bien dressées se reposaient et se régalaient, mais sellées, harnachées, caparaçonnées comme des chevaux de cirque à l'écurie, prêtes à une nouvelle représentation. Et on leur faisait refaire le numéro et Elena battait des mains.

Tous les dimanches je lui faisais cadeau d'une ménagerie bien dressée qu'Elena nouait dans le grand mouchoir de tête de Maria ou que la vieille Maria emportait à la maison dans son tablier retroussé, maugréant tout le long du chemin de notre fantaisie et faisant de nombreux signes de croix.

Je ne sais pas ce qu'Elena pouvait faire de tous ces escargots de cirque que je lui donnais, jamais je n'en revoyais un ; je supposais qu'elle jouait avec dans le secret de sa chambre, ne les montrant à personne et surtout pas à ses sœurs qui auraient poussé des cris d'horreur, qu'elle jouait en secret et se donnait la représentation, et j'étais fier et content de moi, et tous les jours j'en cherchais d'autres, mon

principal terrain de chasse étant le vieux mur de la
Salita de San-Martino, dont les fissures conte-
naient des exemplaires d'une grosseur phénoménale
et d'une grande variété, ceux du tombeau de Virgile
étant plutôt mesquins et vulgaires ; aussi tous les
jours de la semaine nous explorions le vieux mur,
elle et moi.

Un matin, c'était dans la semaine précédant le
jour de sa mort, nous nous trouvions tout en bas
de la Calade, à proximité du fonds dangereux, derrière le potager de Benjamin. La chasse avait été
bonne. Elena avait troussé sa courte jupe en gibecière pour emporter les escargots ramassés, et, moi,
j'en avais les poches pleines, des gros baveux.

— Si on allait voir *zia* Régula ? me dit Elena.

— Allons-y ! lui répondis-je.

Nous nous glissâmes dans les hautes herbes en
bordure de la barrière saccagée.

Maintenant que nous allions tous les dimanches
dans le clos de Virgile et que nous y placions des
gluaux, cela faisait bien longtemps que nous
n'étions venus dans ce coin perdu.

Ce jour-là, il n'y avait personne. Benjamin n'était
pas dans son carré de choux. Le jardinet devant la
maisonnette était désert, et le piano était muet. La
lampe était éteinte, et l'on ne voyait que du noir entre
les lamelles disjointes des volets tirés. Mais la porte
était ouverte, qui béait.

Une demi-heure se passa.

— La tante est peut-être morte ? chuchota Elena.

Nous nous étions assis dans l'herbe. Nous ne pouvions nous en aller tant la maisonnette nous paraissait mystérieuse avec le dénoué des jasmins et
les lacis des héliotropes qui se désenroulaient jusque
sur le seuil, traînant par terre.

Nous ne quittions pas le seuil des yeux.

Est-ce que la tante nous avait vus et ne nous guettait-elle pas du fond du corridor? Cela se pouvait bien, et nous commencions à avoir peur, légèrement peur. Une brise, moins qu'un souffle, agitait comme un tremblement ou un frisson passager le rideau des plantes odoriférantes.

Qui était *zia* Régula et de qui était-elle la tante? Nous nous l'étions souvent demandé et nous n'en savions rien. Pas plus maman que Signora Rosa ne nous en avaient jamais soufflé mot et quand j'interrogeais mes frère et sœur ou Elena ses sœurs, on nous riait au nez. «La tante, c'est la tante!», nous répondait-on. Et *zia* Régula ne pouvait être la tante de Benjamin puisqu'elle jouait du piano comme une bourgeoise. «C'est une folle!», répondait Benjamin quand on interrogeait le vieux jardinier.

«Elle fume comme un homme, mais elle n'est pas méchante. C'est moi qui m'en occupe et qui la surveille pour qu'elle ne se sauve pas. Elle a toujours habité ici. C'est une femme qui a eu des chagrins d'amour.» C'était peut-être l'ancienne héritière de la propriété?... C'était peut-être une fée?...

Et voici que la *zia* sort tout à coup de la maison. C'est une grande femme opulente, noiraude comme une gitane et habillée comme le sont ces vagabondes d'un caraco à fleurs et d'une longue jupe plissée qui traîne derrière elle sur le sol. Un mouchoir rouge lui enserre la tête. Elle fait quelques pas en avant et s'arrête au milieu du chemin. Nous étions près à bondir et à nous sauver, Elena et moi. Mais la *zia* reste debout au milieu du chemin sans regarder autour de soi, sans tourner la tête ni à droite ni à gauche, elle y reste un bon moment sans bouger, puis elle fait demi-tour et se retire dans la maison. Elle s'arrête un instant sur le seuil pour allumer un cigare et disparaît sans s'être retournée. Alors, nous nous mîmes à courir à en perdre haleine.

— Tu as vu? me demanda Elena quand nous nous arrêtâmes à bout de souffle dans la grande allée de cyprès, à proximité de la maison de nos parents. Tu as vu, elle a fait pipi comme un homme!

En effet, j'avais bien vu que de l'eau coulait et faisait flaque entre les pieds de *zia* Régula, quand elle s'était arrêtée debout au milieu du chemin, mais je n'avais pas réalisé la chose.

— Ce que vous êtes bêtes, vous autres, les garçons, me dit Elena, vous ne remarquez jamais rien!

Et elle m'expliqua:

— Nous autres, les filles, nous devons nous arrêter pour faire les deux commissions. Les chevaux, les vaches font la grosse tout en courant mais sont obligés de s'arrêter pour faire pipi. Au contraire, les garçons s'arrêtent pour faire la grosse, mais font pipi tout en courant. Crois-tu qu'il existe des êtres au monde capables de faire les deux sans être obligés de s'arrêter, en marchant ou en courant? C'est impossible! Même les oiseaux se posent pour lâcher leur crotte, les chéris, qui ne font jamais pipi. Mais la tante sait faire pipi debout, tout comme un homme, sans s'accroupir. Jamais je n'y arriverai.

— Qu'en sais-tu? lui dis-je. Essaie donc!

Alors Elena écarta les jambes, se tint debout au milieu de l'allée, mais au bout d'un moment la fillette laissa choir les escargots qu'elle tenait dans sa jupe nouée, rabattit vivement sa petite robe, me fixa, des larmes plein les yeux, et me dit:

— Je ne suis pas un garçon. J'ai honte!...

Et elle fit demi-tour et se sauva en courant.

— Elena, criai-je derrière elle, ne te sauve pas !...
Qu'est-ce qu'il y a ?... N'aie pas peur !...

Mais la petite fille se sauvait sans se retourner et
rentra à la maison en courant.

« ... Ce qu'elles sont bêtes, les filles ! » me disais-je.

Je ne comprenais pas. Je restais là, dépité. Et je
me mis à écraser les escargots qu'Elena avait laissés choir et je vidai mes poches avec dégoût car beaucoup de ceux que j'y avais mis se trouvaient avoir
été écrasés dans notre course éperdue pendant que
nous nous sauvions, et je retournais mes poches baveuses et gluantes d'écume et pleines de choses
molles. Puis, je redescendis jusqu'à la maisonnette
de la *zia* pour bien me prouver que je n'avais pas
peur comme une fille.

La lampe était allumée, et une musique insen-
sée se déchaînait derrière les volets.

La vieille Maria se lamentait, et les vociférations
funéraires des femmes de la Méditerranée sont à
nulle autre pareilles. Des imprécations païennes,
des cris, des menaces à l'adresse des saints, des appels à la Sainte Vierge et à l'Enfant-Jésus que l'on
prend à témoin, des rauquements infernaux et des
sanglots et des gémissements qui n'en finissent pas
tant ils sont longs et modulés, des prières ardentes
éructées, de la consternation composent ce lamento
funèbre, et il y a quelque chose de théâtral dans cette
explosion publique de la douleur. Déjà quelques rares
voisins, des flâneurs, des promeneurs dominicaux,
des chasseurs pénétraient dans l'enclos. La fureur
de la vieille servante redoublait. Je partis comme une
flèche à la ferme de la Solfatare chercher Pascuali.

— ... Pascuali, Pascuali ! Viens vite ! il faut la descendre à la maison, c'est déjà plein de monde.

— Oh! mon Dieu, quel malheur! Mais tu crois qu'elle est bien morte?

— Hélas! Pascuali.

— Mais comment cela est-il arrivé?

— C'est un chasseur. Un coup de fusil maladroit. Elle ne bouge plus. Mais dépêche-toi donc, Pascuali!

— Attends que je change de chemise, c'est aujourd'hui dimanche, et que j'enfile ma veste.

— Mais non, Pascuali, viens comme tu es, cela presse! Il faut la descendre à la maison.

— Pauvre petite...

Et Pascuali vint, débraillé comme il l'était car je l'avais surpris en train de remuer son fumier, et nous nous mîmes à courir, dévalant le sentier, moi devant. Pascuali derrière moi, un lien à la main, qu'il avait décroché en sortant de l'étable, un vieux licou, Bépino courant derrière son père et derrière Bépino venait Carminella, la femme de Pascuali, échevelée, se battant la poitrine et déjà poussant des cris, et derrière elle, des poules effarouchées qui sortaient par le grillage laissé entrouvert, et jusqu'à l'âne qui releva la tête et cessa de brouter pour nous suivre de l'œil, se mettre à braire.

Le clos était noir de monde. On se pressait autour du monticule, des bavards, des curieux que Pascuali dut bousculer, un cercle de chasseurs consternés qui discutaient le coup, et, au pied du grand pin parasol, au milieu d'un parterre de bonnes femmes à genoux qui reprenaient en chœur les lamentations de la vieille Maria penchée sur elle, était étendue l'enfant chérie, accotée par les racines antiques, sur un lit d'aiguilles de pin, belle comme un ange, déjà au Paradis, les mains jointes, une gouttelette de sang sur l'annulaire gauche, tombée de son œil gauche, au coin duquel, près de la tempe, perlait une légère mousse, comme de la sueur sanguinolente ou de la rosée. Un plomb avait dû l'atteindre au coin de l'œil et pénétrer jusqu'au cerveau, un plomb qui avait dû ricocher sur le tronc de l'arbre plusieurs fois centenaire. Maria lui avait fermé les yeux. Ma petite fille reposait, douce et ravie.

Aussitôt Pascuali s'affaira. Il courut arracher une planche à la vieille porte du clos, ligatura amoureusement Elena sur cette planche avec son licou, hissa le cher fardeau sur sa tête et se mit lentement en marche, gravissant la côte, moi et Bépino à sa gauche et à sa droite, Maria qui s'effondrait sur les genoux soutenue par Carminella, les autres femmes derrière ces deux-là, les chasseurs derrière les femmes, penauds comme si chacun d'eux avait été le coupable, tous les autres assistants faisant cortège avec ce sens inné pour le cérémonial que manifestent les Napolitains à chaque occasion, qu'il s'agisse de la procession de saint Janvier ou de la fête de Piedigrotta, des passants se joignant à nous nu-tête, les gens sortant des maisons comme nous atteignions le haut du Voméro, si bien qu'il y avait une foule mystérieusement prévenue quand nous débouchâmes sur la placette de la chartreuse de San-Martino où s'amorçaient les premières marches des escaliers de la Calade descendant vers la maison, à moins de deux cents mètres, et cette foule, à genoux par respect et par amour de la Mort, ne nous laissa pas continuer notre chemin, mais obligea Pascuali à entrer dans la chapelle pour y déposer son fardeau et exposer la petite morte devant l'autel, et déjà les cierges s'allumaient, et s'élevaient les oraisons, et la cloche du couvent sonnait le glas, et, soudainement, des va-nu-pieds, des paralytiques et des aveugles, comme il y en a partout en Italie aux abords des églises et des lieux de pèlerinage, partirent à fond de train comme un envol d'oiseaux de malheur, dégringolèrent les gradins de la grande rampe, saisis d'une folle émulation à qui porterait le premier la fatale nouvelle à la famille… et, malgré ma peine profonde et par trop réelle et par trop lourde, je ne pouvais m'empêcher de sourire en les suivant des yeux, ceux-là…, ces diables-là…, funambules de la Calade qui à chaque palier grouillaient, bossus, cagneux, mendiants, lépreux, avec femmes et enfants de sac et de corde, véritable cour des Miracles.

. . . .

… Je n'ajouterai rien, sauf un mot pour dire qu'au retour du *Campo-Santo* où il avait fait déposer la dépouille de sa fille dans le caveau de la famille RICORDI, le photographe se rendit au clos du Voméro, recloua la planche que Pascuali avait arrachée et condamna la vieille porte en y plaçant une autre planche en travers, dont il avait fait la dépense, et en tendant deux, trois bouts de barbelés à l'entrée – et depuis, aucun de nous n'est jamais retourné au tombeau de Virgile.

. . . .

Et pourtant j'y suis, moi, qui m'y cache par hasard depuis huit jours et sans y trouver la paix, et me tourne et me retourne et me tourmente, évoquant dans mes insomnies l'inoubliable passé et son optique trompeuse, fallacieuse, menteuse, mais aussi miraculeuse parce que ce n'est pas la seule mémoire qui se réveille et se met à fonctionner automatiquement, mais les yeux, les yeux de l'enfance qui s'ouvrent, et pour la première fois, et dans une lumière crue qui met tout en relief, et quand on possède cette vision impie de sa propre vie, en vérité, c'est que l'on n'espère plus rien. Tout vous coule entre les doigts, sable et cendres, contrairement aux mystiques qui possèdent Dieu et sont possédés en retour.

Il me revient encore, qu'un mois après la mort d'Elena, une affreuse odeur se répandit dans toute la maison. Cela sentait la charogne. On lava, savonna, frotta, récura, désinfecta, mais en vain ; alors on fit venir des ouvriers qui défoncèrent carrelages et parquets pensant trouver des rats crevés, mais il n'y en avait pas et l'horrible puanteur, loin de s'atténuer, s'intensifia d'une façon telle qu'un beau jour elle mena directement à la chambre d'Elena d'où, sans doute possible, elle infectait la maison. À force de chercher partout et de sonder les murs, on finit par découvrir un placard dissimulé dans la cloison, lequel placard était rempli du haut en bas de boîtes et de cartons qui s'empilaient les uns sur les autres, tous les emballages sur quoi Elena avait pu mettre la main ou dérober à ses sœurs, boîtes à chapeaux, cartons de chaussures, coffrets à gants, cornets peints ayant contenu des dragées ou des chocolats, boîtes de biscuits en fer-blanc, petits paniers multicolores en copeaux de bois tressés comme on en offre à certains anniversaires ou fêtes débordant de fruits confits, caissettes en bois blanc ayant apporté des menus cadeaux, cartons à poupées, et tout cela était rempli par des centaines et des milliers d'escargots soigneusement assortis et rangés selon leur taille, leur forme, leur couleur, et que la mort d'Elena avait laissés périr de faim, d'où l'abominable odeur. Personne ne comprit ce que cette étrange collection pouvait bien signifier, et moi, qui avais le cœur malade de joie et l'âme empoisonnée par cette découverte, je me taisais. C'était mon secret...

Maman me confia à un précepteur avec qui je devais aller faire du camping en Sicile. Ma sœur allait se marier. Mon frère préparait son départ pour aller suivre ses cours de droit à la Faculté de Bâle, en Suisse. Mon père parlait d'un nouveau déménagement. Excédée, ma mère annonçait son intention d'aller vivre à l'hôtel, à Florence, avec Lili comme dame de compagnie. Les Ricordi s'étaient installés dans une autre maison, et notre grande maison était une fois de plus à vendre. Déjà un écriteau se balançait à la grille de la porterie, et Ernest cherchait une autre place. Seule la *zia* restait derrière nous sous la surveillance de Benjamin. Je ne sais pas ce que la vieille Maria était devenue, elle était partie de son propre chef et avait disparu. Quand je revins de la Sicile, au bout de trois mois, pendant lesquels nous en avions fait le tour à pied, mon précepteur et moi, poussant Vert-de-Gris devant nous, un âne qui portait notre tente et nos impedimenta de campeurs, ma place était retenue à l'institution du docteur Plüss, à la *Scuola Internazionale*...

Mon précepteur était un Anglais. Aujourd'hui, quand je rencontre un zazou, cela me rappelle ce grand jeune homme indolent, tout couvert de taches de rousseur, le front rebelle singularisé par un épi de cheveux sauvages, qui, sous prétexte de m'inculquer comme en se jouant les premiers rudiments du grec et du latin, me tenait de longs discours mythologiques auxquels je crois ne pas avoir compris grand-chose. Mais Adrian Peake, bachelier ès arts et boursier d'Académie, chargé de me promener en Sicile et de m'ouvrir l'esprit, était surtout un fieffé ivrogne. C'est lui qui m'a enseigné le boire. Je lui dois aussi de savoir comment me débrouiller dans la grande nature de Dieu et c'est lui encore qui m'a appris à m'installer confortablement pour dormir à la belle étoile, n'importe où.

Quand je revins à Naples pour entrer chez le docteur Plüss, un Boche, j'avais neuf ans. J'entrais en prison. Mais ceci c'est une autre histoire, comme dirait Kipling.

J'imagine volontiers que pour ses contemporains Virgile devait être une espèce de Francis Jammes, c'est-à-dire que ses rivaux, les autres poètes officiels, tous durs citoyens de la Rome païenne, devaient se moquer des prétentions bucoliques et géorgiques du premier poète latin à vouloir se faire passer sérieusement pour un Berger (avec un grand «B»; mais son père l'était, un petit agriculteur de Pietola, près de Mantoue, au nord du Pô, saqué par la soldatesque).

Je me souviens qu'en 1927 conduisant dans mon auto Paquita [3] chez Francis Jammes, à Hasparren, auprès de qui la duchesse se rendait pour remettre au poète une enveloppe contenant 10 000 francs, pénitence que l'abbé Mugnier lui avait infligée, pour atténuer cette pénitence et comme il faisait une de ces belles matinées de printemps, alternées d'averses et de gloires ensoleillées qui font éclater les bourgeons et se déplisser les feuilles à vue d'œil, comme cela est fréquent dans les vertes vallées des Basses-Pyrénées, j'avais pris de Biarritz par la route des crêtes, celle de Cambo, et nous bavardions, Paquita et moi, roulant à petite allure sur cette route solitaire où les lapereaux couraient par douzaines

devant nous, la duchesse encore tout impression-
née par ce que l'abbé lui avait dit la veille au soir
de la repentance et de la pauvreté du poète, quand,
aux abords d'Hasparren, dans la descente, nous tom-
bâmes sur Francis Jammes qui battait les haies. Je
freinai brusquement.

« Tenez, Paquita, le voici votre grand poète. Mais
que peut-il bien faire ? Il déniche les petits oiseaux
comme un garnement qui fait l'école buisson-
nière !... »

Et je présentai la duchesse à Francis Jammes.

Le poète empocha l'enveloppe comme s'il y était
depuis longtemps accoutumé et qu'elle lui était due,
se confondit en remerciements à l'égard de la mes-
sagère en s'excusant du dérangement, ne demanda
aucune nouvelle de son vieil ami, le bon abbé opéré
récemment de la cataracte et en train de devenir
aveugle, et parut surpris, et même contrarié, que
j'eusse servi de véhicule dans cette affaire.

Francis Jammes avait une tête abîmée de vieux
faune, ressemblait beaucoup plus à ce sacripant de
Verlaine déambulant la jambe raide dans la cour de
l'hôpital Broussais qu'à saint François d'Assise tenant son discours aux oiseaux, était revêtu d'une
pèlerine verte, en lodden, genre « pèlerin de
Genève » comme cet autre hypocrite des lettres, le
pacifiste Pierre Jean Jouve, qui prône, après coup,
une *poésie armée (sic)*, tenait à la main un bâton se
terminant par un crochet et dénichait les petits oiseaux dans les haies printanières et les taillis d'acacias trempés pour en gober les œufs avec un sourire
goulu et barbouillé.

— Cela virilise plus que les œufs de vanneau, me
dit-il, l'air complice, alors que je ne lui demandais
rien.

— Quel affreux vieillard! me dit Paquita après que nous eûmes déposé le poète chez lui, au bas de la côte, en face l'église du pays entourée de son petit cimetière basque, et que Francis Jammes nous eut fait faire le tour de sa propriété de faux-riche que d'autres paroissiennes lui avaient offerte.

— Oui, c'est un vilain monsieur. Mais pensez à l'abbé Mugnier qui est un saint personnage mondain, dis-je à la duchesse indignée, et offrez cette belle matinée à Dieu. Vous ne connaissez pas les élégiaques. Ils ont la peau dure...

Et sur le chemin du retour, longeant l'Adour, je me mis à dresser pour Paquita un parallèle entre Jammes et Virgile, auquel l'auteur des *Géorgiques chrétiennes* dans sa vanité sénile adorait être comparé, parlant de l'égoïsme des poètes qui, trop souvent dans leur tour d'ivoire, se lavent les mains de tout, de leur insensibilité aux malheurs publics, de la pose qu'ils adoptent pour la postérité et, par association d'idées et de fil en aiguille, de la dureté des Romains, de Ponce Pilate, de Jésus, et, arrivés à Bayonne, je m'arrêtai chez un libraire pour offrir à Paquita les *Visions d'Anne-Catherine Emmerich*, en lui recommandant de lire plus particulièrement le Chapitre XXII du Quatrième Livre sur la flagellation de l'homme Jésus pour avoir une idée de ce que pouvait être le manque absolu de conscience et de sensibilité d'un *Civis Romanus*, comme Virgile, avant tout, en était un, et rappeler à la duchesse qu'en France les bergeries étaient également à la mode sous la Régence, à l'époque la plus sensuelle, la plus débauchée, la plus pervertie mais aussi la plus civique de notre Royauté, cette apothéose tardive de la Renaissance, donc de la civilisation païenne (le *Roi Soleil*), aux antipodes de la modernité et de ses nerfs.

Jammes et Virgile ont le butor en commun. Chez Virgile c'est l'homme éduqué, le citoyen de la cité antique, l'officiel (Virgile était le protégé non pas d'un mécène quelconque mais de Mécène lui-même aux sollicitations de qui il composa les *Géorgiques* pour rappeler à ses contemporains les bienfaits de l'agriculture et ranimer chez les Romains l'amour des travaux rustiques qui pacifient les âmes aigries et les esprits révoltés et les détournent de l'action politique – malgré tout le chiqué de ses thuriféraires et les appels, les tremolos du Maréchal de France à la Radio nationale, jamais Pétain n'a pu mettre la main sur un poète français assez bas pour rédiger ses manifestes et ses belles promesses du *Retour à la terre* – et Octavie, la sœur d'Auguste, fit donner au poète-patriote 10 000 sesterces pour chaque vers d'une pièce de circonstance qui en comporte 26 [4]; chez Francis Jammes (et je m'excuse d'avoir l'air de vouloir souligner la décadence), c'est l'ange-*Ersatz* à la porte de l'Église, l'Académicien refoulé, le petit-bourgeois sans *standing* de vie à la campagne. Ce qui n'enlève ni n'ajoute rien à leur poésie.

Mais j'aime toucher l'homme, moi.

Donc, j'aime à croire qu'à la table de Mécène et dans les antichambres d'Auguste où se distribuaient les faveurs impériales, ses amis et ses rivaux se moquaient de Virgile, ce poseur qui voulait se faire prendre pour un Berger; et c'est justement ce berger fabriqué pour la postérité qui est devenu, pour les poètes chrétiens, le conducteur et le guide immortel de Dante dans sa descente en Enfer (quoique Dante nous montre le personnage grand initié et assez inhumain); mais pour le menu peuple napolitain, comme durant tout le Moyen Age, Virgile, le poète, est resté un magicien et les voisins de son tombeau se plaignent des diableries qui s'y perpétuent et des visiteurs inquiétants, sorciers, mages, rebouteux, chercheurs de trésor, jeteurs de mauvais sort, noueurs d'aiguillette qu'une telle renommée y attire encore aujourd'hui. Les visites sont quotidiennes, surtout la nuit, les nuits sans lune, et à certaines dates fatidiques de l'année l'affluence est grande, et c'est, paraît-il, un véritable sabbat.

Je me hâte de dire que durant les huit jours que j'y ai passés je n'ai vu aucun visiteur et n'ai assisté à aucune orgie, Dieu merci, ayant assez à faire pour me tirer tout seul de cette satanée cure de Kim dans laquelle la fervente lecture d'un livre par trop aimé m'avait ridiculement fourvoyé, cure absurde qui prenait si mauvaise tournure pour moi que je risquais d'y laisser la peau, la vie et tout le reste, honneur, joie et santé. Mais à quelques années de là, parlant de mon aventure, du site et du tombeau, j'eus souvent de vives discussions avec mon ami Gustave Le Rouge au sujet de Virgile sorcier, et plus particulièrement en 1911, quand Le Rouge publia sa monographie de la mandragore, nous échangeâmes même une correspondance qui prit parfois allure de polémique (j'étais retourné chez Rogovine, en Russie, qui m'avait réclamé pour aller traiter une affaire à Tiflis), les deux amis s'accusant réciproquement, l'un, d'avoir lu trop de livres, l'autre, d'en avoir lu encore davantage mais d'en faire trop facilement fi! (Le Rouge ne savait pas que Korzakow venait de me débarrasser de mes bouquins les plus rares.)

— Mais enfin, Le Rouge, si dans un pareil sujet vous ne tenez pas compte de la superstition populaire et de la tradition orale, vous faites preuve d'absence de sens critique, de cet esprit scientifique qui doit tenir compte de tout, et même de l'erreur...

— Et vous, Cendrars, en vous en tenant au conte ridicule de votre fermier vous faites preuve de puérilité et de crédulité, ce qui, de votre part, est une pose indigne de vous...

La Mandragore de Gustave Le Rouge, une compilation, est un modèle du genre en ce sens qu'elle suit la tradition et épuise le sujet. Naturellement, le gros morceau dans cette monographie était l'affaire des homuncules du comte de Kueffstein que mon ami situait, selon la tradition livresque, dans un couvent de Carmélites en Calabre, et moi, selon ce que Pascuali m'en avait dit, dans la maisonnette en ruine attenante au tombeau de Virgile et située à deux pas de la chartreuse à l'abandon de San-Martino. Le Rouge, qui avait lu tous les livres, citait comme références deux, trois bouquins, et moi, je racontais cette même histoire comme je l'avais apprise de Pascuali dans mon enfance, de Pascuali qui était analphabète et avait une peur superstitieuse des livres.

— Pascuali n'a jamais eu un livre entre les mains. Comment voulez-vous, Le Rouge, qu'il eût connu cette histoire si soigneusement tenue secrète par les Cabalistes et nécromanciens autrement que par les racontars, une tradition orale de sa famille, transmise par son père, son grand-père, son bisaïeul, ce dernier contemporain du Rose-Croix Kueffstein, et si tout cela ne s'était pas passé dans leur voisinage immédiat, jamais ces paysans n'en eussent entendu parler à la ferme de la Solfatare ! Cela est évident...

— Je m'en tiens d'autant plus étroitement à la tradition que l'affaire n'est connue que des seuls initiés. Personne n'a encore publié le *Journal* de Kammerer, le valet de chambre du comte, qui relate les expériences.

— Pourtant vous en donnez de larges extraits, Le Rouge.

— Oui, d'après...

— Je sais, Le Rouge. Mais, dites-moi, où donc est conservé l'original de ce *Journal* qui s'intitule, entre parenthèses : *Livre des Comptes, tenu par Joseph Kammerer, serviteur de son Gracieux Seigneur, Monsieur le Comte de K...*

— Ah ! vous savez cela, Cendrars ?

— Oui, Haliphas Lévy le cite dans une lettre privée. C'est un livre de dépenses tenu au jour le jour. Même le prix des bocaux y figure dans lesquels on emprisonna les homuncules par trop démonstratifs...

— Décidément, on ne peut rien vous cacher. En tout cas, il n'est pas à l'Arsenal !

(Le cahier y était, et Le Rouge me mentait sciemment pour ne pas me mettre sur la voie. C'est une forme de l'avarice chez les érudits.)

— Je n'en suis pas sûr, Le Rouge. Je vous signale qu'il existe une copie du *Livre des Comptes* de Joseph Kammerer, une copie abrégée mais d'époque, une belle calligraphie de la fin du XVIIe, sur beau papier, à la bibliothèque de la Chambre des Députés, à la *Réserve*. Vous pouvez la demander de ma part...

— Cela n'a aucune importance, les homuncules n'ayant laissé aucune descendance.

— Ce n'était pas l'avis de Pascuali, Le Rouge.

— Encore ! s'écriait l'ami Le Rouge. Mais vous êtes ridicule, mon cher...

Je résume cette extraordinaire histoire des homuncules du comte de Kueffstein, un Rose-Croix voyageur, comme il en parut tant à la fin du XVIIIe siècle à la suite d'un Saint-Germain, d'un Mesmer, d'un Cagliostro qui faisaient florès dans les salons, d'après la tradition livresque. Je n'ai aucun livre sous la main, même pas *La Mandragore* de l'ami Le Rouge, mais j'ai toute l'affaire bien en tête pour m'en être occupé à différentes reprises, au lendemain de l'autre guerre, à Vienne, où je tournais un film à la Hofsburg, après la chute des Habsbourg, mais les archives de la loge maçonnique avaient été dispersées ; à Prague, en 1923, où j'ai vainement feuilleté les procès-verbaux de séance des Rose-Croix chez les descendants du comte de Thun et à Presbourg, chez le professeur Wilhelm Grosz, le fameux criminaliste, décan de la Faculté de Droit, qui possédait peut-être la plus belle collection en Europe de grimoires de sorcellerie ; nulle part je n'ai trouvé mention de Virgile ou de son tombeau dans cette affaire ; mais, néanmoins, je tiens pour exact le récit de Pascuali, tout au moins en ce qui concerne la localisation géographique du lieu où fut semée cette curieuse engeance des homuncules et où, quoi qu'en pensât Gustave Le Rouge, a proliféré leur progéniture.

Le comte de Kueffstein était un riche seigneur, occultiste ardent, qui, comme l'avait fait Paracelse, le démiurge d'Occident, parcourait les pays d'Europe à la recherche de la solution des grands problèmes de la philosophie et était l'hôte de tous les alchimistes, nécromanciens, Cabalistes et initiés, chez qui il se livrait non pas à des expériences de salon mais à des recherches de laboratoire. Il avait la science infuse, et Joseph Kammerer, son valet de chambre, a relaté dans son *Livre des Comptes* les aventures de son maître, certaines de ses expériences incroyables, parmi lesquelles la plus merveilleuse, celle de la génération spontanée ou «insolite», dit-il, la création artificielle des *Homuncules*.

Au cours d'un voyage en Italie du Sud, le comte rencontra l'abbé Geloni, comme lui Rose-Croix et disciple de Paracelse, dont il prétendait avoir pénétré les arcanes, et tous deux s'employèrent à mener à bien l'œuvre surnaturelle.

Ils s'enfermèrent durant cinq semaines dans un couvent de Carmélites en Calabre, se relavant pour surveiller les cornues dans lesquelles macéraient les plus étranges bouillons de culture. Après plusieurs échecs, des demi-réussites épouvantables, la génération d'avortons non viables, les véritables paroles cabalistiques furent prononcées, les formules ad hoc récitées et, au milieu des scènes de cuisson et des diableries qui se déroulèrent sous les yeux du valet de chambre terrorisé, au bout de cinq semaines, des petits êtres vinrent au monde. Ils étaient au nombre de dix. Il y avait un Roi, une Reine, un Architecte, un Moine, une Nonne, un Séraphin, un Chevalier, un Esprit blanc, un Esprit rouge et l'Homme sauvage. Au fur et à mesure de leur venue on les plongeait aussitôt dans un vaisseau rempli d'eau bénite, et ils furent baptisés et reçurent chacun un nom. On les transporta ensuite, nuitamment, dans un tas de fumier, au bout du jardin, fumier que Kammerer fut chargé d'arroser d'une liqueur inconnue, un élixir de vie.

Au bout de quelques jours, l'incubation ayant été jugée suffisante, le comte et l'abbé se rendirent en grande cérémonie un matin de très bonne heure au fond du jardin, Geloni revêtu de ses ornements sacerdotaux, Kueffstein chantant des psaumes, et, tandis que Kammerer encensait le tas de fumier, on déterra les homuncules que l'on transporta dans le laboratoire. Ils y demeurèrent encore trois jours, plongés dans un bain de sable chaud. Ce laps de temps fut suffisant pour les mener à leur plein développement d'adultes. Les hommes avaient de la barbe, les deux femmes étaient d'une grâce et d'une beauté accomplies. On les habilla selon leur état. Le Roi reçut un sceptre et de la pourpre, le Moine un bâton et de la bure. Les autres à l'avenant. Ces petits êtres ne tardèrent pas à faire preuve du plus mauvais caractère que l'on puisse imaginer et il fallut les enfermer séparément dans des bocaux que l'on dut recouvrir de parchemin. Kammerer, qui donne même le prix des feuilles de parchemin que l'on débita en rondelles comme pour les pots de confiture, raconte comment l'on trouva un jour le Roi en conversation galante avec la Reine, cependant que devenant enragé dans le sien, l'Homme sauvage tentait sérieusement de fracturer sa clôture et de s'évader de sa prison de verre, brandissant son membre de Priape hypertrichose!

Mais à l'encontre des vulgaires mandragores, ces petits golems vivants ne se nourrissaient pas de l'air du temps. Kammerer ne nous dit pas ce que ces créatures mangeaient, mais seulement que leurs aliments étaient cuits au bain-marie dans une timbale d'argent. Comme de bien entendu «les Dix» possédaient le don de la divination et le comte et l'abbé les interrogeaient à heure fixe pour connaître l'avenir.

Les homuncules de Kueffstein furent les hôtes de la Grande Loge de Vienne, où ils furent présentés solennellement en une séance mémorable. Le comte de Thun s'enthousiasma en les voyant. Il fit dresser procès-verbal de la séance (Stefan Zweig en possédait un exemplaire enluminé). D'illustres Francs-Maçons défilèrent devant eux leur posant

des questions saugrenues auxquelles ces petits êtres
malicieux répondaient en s'esclaffant, et pas toujours d'une façon très honnête. Mais en vieillissant
ces créatures devinrent acariâtres et il était de plus
en plus difficile de les tenir en discipline. La vie re-
cluse influait fâcheusement sur leur caractère.
Kueffstein et son fidèle serviteur furent souvent en
butte aux facéties les plus injurieuses, on leur pé-
tait sous le nez, on se déculottait, et plus d'une fois
les petits monstres se livrèrent sur la personne de
M. le Comte à des voies de fait, le pinçant, le mordant, le chatouillant, lui plantant les doigts dans les
yeux, se suspendant à ses oreilles, lui arrachant des
poignées de cheveux, lui bourrant les côtes, lui faisant des suçons dans le cou.

Un beau jour, on n'entendit plus parler des homuncules et nul ne sait ce que le comte de
Kueffstein en a fait.

Les initiés essayèrent longtemps d'élucider le mystère de la formation de ces êtres artificiels dont
l'existence ne pouvait pas être mise en doute puisqu'il
avait été fait procès-verbal de la séance solennelle de
leur présentation en Loge et que beaucoup les avaient
vus de leurs propres yeux. On s'accorda à dire dans
les milieux occultistes de Vienne qu'il s'agissait d'esprits élémentaires, de larves, ayant pris passagèrement
apparence humaine sous l'empire de certains maléfices. Et l'on n'en parla plus. Ce qui est une conclusion bien plate pour une aussi audacieuse expérience,
en somme, une réussite pleine d'avenir.

Mais Pascuali, qui ignorait tout des dates, des détails, des circonstances, des péripéties, des surprises, de la portée de cette expérience de
laboratoire et même les noms des personnages
mondains qu'agitaient de si délicats et si formidables

problèmes d'alchimie et de métaphysique, était arrivé à une tout autre conclusion. Sur un seul point
il était en accord avec Le Rouge, qui était également
un esprit libidineux, c'était à propos de la salacité
des homuncules, dont il se gaussait, en nous donnant force exemples qui nous faisaient rougir.

«Le clos Virgilii, racontait Pascuali dans son jar-
gon napolitain qui porte l'accent et traîne sur la dernière syllabe des prénoms familiers ce qui les latinise
comme un chant d'église et leur donne cette forte
saveur de terroir, le clos Virgilii a toujours été un
champ malfamé à cause du sorcier antique qui a été
enfoui là et des diableries qui s'y manifestent depuis le temps des païens. On nous l'a proposé cent
fois, et pas plus mon père que mon grand-père que
mon arrière-grand-père n'en ont jamais voulu, malgré la maisonnette attenante au tombeau, qui n'a
pas toujours été en ruine et qui aurait pu faire un
bon hangar, une remise bien pratique pour l'âne et
le charreton, placée comme elle l'est en bordure du
chemin carrossable, alors qu'on ne peut monter à
la ferme que par notre méchant sentier et que le charreton ne passe pas, que je dételle en bas dans la
broussaille, ce qui complique tout et m'empêche
d'approvisionner les marchés de la ville comme je
le voudrais et gagner beaucoup d'argent, et c'est
pourquoi nous sommes des pauvres gens, mais le
clos Virgilii est maudit, et cela n'a surpris personne
dans le voisinage quand cet effroyable malheur
s'est abattu qui a enlevé la pauvre petite fille du photographe. Nous en parlions encore l'autre soir avec
Carminella. Que Dieu, avec l'aide de tous Ses
saints qui n'ont rien d'autre à faire, que diable! ait
son âme en Sa sainte garde!...»

Et Pascuali d'ôter son feutre de Calabre et de se signer amplement.

Nous étions assis sur les marches branlantes du perron. C'était le dimanche soir. Bépino riait sous cape en harnachant l'âne qui allait me conduire comme tous les dimanches de la ferme de la Solfatare à la maison, Bépino était mon meilleur, mon seul ami. Bépino riait d'avance car, rendus chez nous, l'âne attaché à la porte de la cuisine, son père s'attardant à l'intérieur pour déguster un verre de *grappa* et allumer une *rotolata,* une feuille de tabac roulée autour d'un brin de paille, il savait que j'allais l'entraîner dans ma chambre non pas pour lui montrer mes jouets mais pour lui en donner, des billes, des toupies, des soldats de plomb, une loco à vapeur à laquelle je tenais beaucoup, en échange de quoi il m'expliquait le quartier, me jurant d'obtenir de son père la permission de les accompagner un jour dans leur tournée, ce qui était mon plus ardent désir depuis longtemps, et nous faisions des projets, nous promettant beaucoup de cette escapade. L'âne était prêt. Bépino venait s'asseoir à côté de moi et me poussait du coude. Il était impatient. Carminella filait sa quenouille. Les poules picoraient autour de nous. La terre sentait bon. Il avait fait chaud tout le jour. Des poivrons enfilés sur une ficelle séchaient devant la fenêtre ouverte de la salle commune et tout autour de la ferme bruissaient les longues tiges des maïs dans la brise du soir qui venait de la mer. On entendait Caroline, la vache, broyer des cannes fraîches à l'étable. Tous les dimanches c'était la même chose. Pascuali parlait, parlait. Je n'étais jamais pressé de rentrer. J'aurais bien voulu rester. Mais Bépino interrompait Pascuali :

— Père, disait-il, il se fait tard, la Dame étrangère va encore gronder mon ami, comme dimanche
dernier. Père, tu n'es pas raisonnable...

C'était durant cette période de quelques semaines qui s'écoula entre la mort d'Elena, la découverte des escargots que sa mort avait laissés périr,
mon départ pour la Sicile avec mon nouveau précepteur, période d'interrègne grâce au remue-ménage qui faisait des siennes chez nous, les préparatifs
du mariage de ma sœur, du départ en Suisse de mon
frère, du déménagement de mon père, de maman
qui bouclait ses malles, la mort dans l'âme, et, miss
Sharp donnant la main à chacun, discutant,
conseillant, se mêlant de ce qui ne la regardait pas
et ennuyant tout le monde; j'étais abandonné à moi-
même, avec mon lourd secret d'amour, dans le grand
jardin maintenant vide. Alors, pour ne pas me laisser périr à mon tour et terriblement excité et rendu
curieux par ce que Bépino m'avait déjà appris de
la Calade, et malgré l'interdiction absolue de
maman, au lieu de chercher comme naguère des escargots dans le vieux mur, je me hissais à son faîte
et tapi comme un chat de gouttières dans les épaisseurs des touffes de lierre, j'y restais des journées
entières, observant avec une émotion intense ce qui
se passait dans la ruelle malfamée et le spectacle que
je voyais se dérouler hors les murs me passionnait
au point que j'en oubliais l'heure des repas, malgré le canon de midi et les cloches des vêpres et de
l'angélus du soir. Alors je me faisais gronder par
maman. Pauvre maman, elle était nerveuse et c'est
avec soulagement qu'elle me voyait partir le dimanche matin avec Pascuali qui, sa tournée faite,
venait me chercher pour passer la journée à la

ferme, et tout le long du jour nous parlions du quartier, Bépino et moi.

J'avais vu des gosses jouer avec un rat, le tour-
menter, le flamber, le pendre et le noyer (et j'entends encore les petits cris suraigus du sale rongeur
qui s'entêtait à ne pas vouloir crever !) ; l'épicière
avait flanqué son gringalet de mari à la porte et elle
restait sur le seuil de sa boutique, troussée court,
les mamelles flasques, le chignon défait, un œil au
beurre noir, un poing sur la hanche, le balai à la main,
le visage tout déformé par les gros mots qu'elle éruc-
tait (des jurons napolitains qui frisent le blasphème
et que je n'ai jamais oubliés et qui me montent à la
bouche dans les moments de colère !) ; le marchand de poissons ambulant, un long maigre qui lou-
chait des deux yeux, à qui il manquait trois doigts
à la main droite, asticotait, avec une arête dorsale
de thon qu'il tenait entre l'index et le pouce qui lui
restaient, sa petite fille, une gamine de treize ans,
chargée de deux longs paniers de sardines fré-
tillantes aux bras et de cinq, six, sept bourriches sur
la tête, la dernière pleine de calmars, d'où lui dégoulinaient dans le cou des écailles de poissons, du
sang, de la colle gélatineuse, de la sueur, et son sa-
tyre de père la piquait dans les mollets et le crou-
pion ; des âniers montaient et descendaient les
larges marches des gradins avec leurs bourricots qui
disparaissaient sous leur chargement et qu'ils
rouaient de coups ; des mendiants passaient, des ri-
bambelles d'enfants pieds nus, morveux, les yeux
sales, les filles touchées de pelade et qui se grattaient
sous leurs haillons ; il y avait plein d'hommes qui
ne foutaient rien ou qui s'accotaient contre le mur
pour pisser, des beaux gaillards, débraillés, mais avec

un foulard de couleur autour du cou et des chaussures jaune serin, étroites et pointues, à tiges fantaisie ou à boutons de nacre aux pieds et le plus
souvent possible chapeautés de neuf. C'était un incessant va-et-vient de ménagères, de capucins, de
maritornes, de jeunes curés, maigres, maigres, mai-
griots, maigrichons, pâles, pas rasés et qui portaient
robe noire pour qu'on ne voie pas en transparence
l'Esprit-Saint qui leur rongeait la poitrine comme
une phtisie purulente, de dévotes, de mégères pas
apprivoisées du tout ; et s'en venait une rafistoleuse
de faïence avec une pile de cuvettes et de tians fêlés
sur la tête, que l'on voyait et que l'on entendait de
loin car la femme soufflait dans une conque marine
pour s'annoncer, elle bombait du ventre, elle était
outrageusement enceinte, j'avais toujours peur de
la voir tomber, mais ses orteils écartés tâtaient le pavé
à chaque marche et la femme se hissait de palier en
palier comme un lourd monument jusqu'au sommet des *gradoni* ; cette femme était toutefois moins
fantasque que le rempailleur de chaises, vannier et
marchand de sparterie qui s'avançait comme un char
de carnaval fait de fauteuils de jonc, de pliants, de
petits bancs et de petites tables de jardin, de carcasses de bois enchevêtrés, les pieds passés dans les
accoudoirs et les dossiers des uns des autres,
l'homme caché sous le tas, des tresses de raphia, des
verges de jonc, des guirlandes de brosses de toutes
formes et de toutes tailles ainsi que des jolies cor-
beilles mises les unes dans les autres accrochées partout, des stores déroulés battant au vent comme des
drapeaux, à gauche et à droite, un moïse couron-
nant le tout, et l'homme avançait à petits pas, se
heurtait à un chacun, lui-même bousculé par tout
le monde, et il jouait de la trompette pour faire faire

place à son encombrante personne. Un jour sur deux on montait un mort au couvent de San-Martino dans un grand remous ou une procession en descendait dans un grand déploiement populaire car c'était une fois de plus jour de fête, et les oremus et les litanies s'infiltraient dans les cris des marchands forains sans arriver à les assourdir comme les cierges allumés papillotaient dans la grande lumière du soleil, et seules les deux, trois putes dans les petites maisons peintes de la venelle étaient sensibles à cette fausse note et à ce contresens, elles, qui se tenaient tout le long du jour à leur fenêtre, en face de moi, et elles faisaient de l'œil aux passants, se mouchaient bruyamment dans un mouchoir de dentelle, s'éventaient, faisaient de la retape avec leur éventail, se signaient, déroulaient leurs jalousies qui claquaient, zyeutaient encore à travers les lames en accordéon, les yeux parlant dans la pénombre, passaient une main, faisaient du doigt un geste de racolage, obscène s'il n'eût été automatique, professionnel, tiraient leur moustiquaire dont j'entendais tinter les anneaux sur la tringle, disparaissaient dans leur alcôve, et je voyais un type monter quatre à quatre l'escalier extérieur qui menait à l'étage, et souvent la femme se portait à sa rencontre sur le balcon en terrasse qui donnait sur le côté de la petite maison peinte, entre cour et jardin, et j'entrevoyais un déshabillé flottant et des plaques de nu, ou un bras, ou une jambe, pris dans le rideau de clinquant qui retombait derrière eux quand le couple entrait dans la chambre, et je percevais le bruit des baisers, des claques, des rires, des soupirs, des gémissements, et souvent s'élevaient des discussions et l'on entendait des cris, des coups, des appels au secours, et, une fois, un type parut sur le seuil, le torse nu,

un couteau à la main (Dieu, si maman l'avait su!),
fit un bond dans la ruelle et se mit à courir dans ses
espadrilles et s'éclipsa vers le bas de la rampe, et
un *carabiniere* s'amena, et la foule faisait le vide autour de lui, et l'homme à bicorne paraissait très embarrassé sur ce qu'il devait faire, monter ou ne pas
monter à l'étage, et il lissait ses longues moustaches
et les entortillait autour de son doigt, et un canari
s'égosillait dans sa cage dorée accrochée à la fenêtre
de la prostituée saignée à blanc; et, d'autres jours,
j'apprenais des refrains et des chansons que je
chante encore aujourd'hui! J'enviais ce grouillement
du peuple dans la traverse passagère, ses gestes insouciants, son allure, sa gaieté, sa cuisine en plein
air qui sentait bon, la friture, l'ail, l'oignon, les tomates, les herbettes, ses étalages de coquillages décorés de citrons, ses marchands de vin déambulant
leur outre pleine, l'*acquaïola,* la marchande de
coco, et tous les gamins de mon âge lâchés en liberté, voyous, rétifs, batailleurs, et qui me paraissaient heureux, les plus heureux du monde, et qui
faisaient la nique ou la figue aux passants! J'aurais
voulu sauter le mur, me mêler à eux.

Est-ce cela la Roue des Choses à laquelle les
Hommes sont liés, semant le Mal, selon ce que le
vieux lama enseignait à Kim, cette Roue dont les
ornières sont les faubourgs des grandes villes, pleins
de mauvaise semence?

«Avant le photographe, le clos Virgilii appartenait
aux Datoma, les quincailliers, qui n'y sont jamais
venus, racontait Pascuali, et avant eux, aux barons
de Menichelli, une famille de riches banquiers, qui
venaient de temps à autre dans une voiture attelée

de mules blanches comme celle du Pape, et qui sous
prétexte de déjeuner sur l'herbe célébraient la
Pâque juive ou je ne sais quelle autre simagrée de
leur religion. Cela, c'était du temps de mon père,
quand il était petit garçon. Mais quand j'étais petit,
grand-père racontait que du temps de son père à
lui le tombeau servait de poste à feu où l'ancêtre et
des voisins de ce temps-là, tous des campagnards
comme nous le sommes restés, allaient s'embusquer
pour tirer les oiseaux au moment de leur passage,
au printemps et en automne. Ils y tendaient aussi
des filets car il y avait encore des cailles en ce temps-
là. Déjà le clos de Virgilii était un lieu abandonné
qui n'appartenait plus à personne, croyait-on, à la
suite d'une histoire que grand-père tenait de son
père, mais le père de celui-ci mettait les jeunes gens
en garde, disant que le clos appartenait toujours au
marquis dont j'ai oublié le nom, mais qui était un
grand prélat et pouvait revenir inopinément de
Rome, et qu'alors il leur en cuirait car c'était un
homme méchant, pis que cela, un sorcier, et, en effet,
le prélat revint un jour s'établir dans la maison du
clos... Attends, petit, j'ai son nom sur les lèvres...,
Terra..., Terra..., le marquis de Terranova..., de
Terrasecca,... rossa,... puzzosa, non, ce n'est pas
cela, cela ne me revient pas, ça n'a aucune importance, le nom ne fait rien à l'affaire, mais tu dois
savoir que le prélat ne revint pas seul, mais avec son
fils, un malin, d'aspect nordique, grand-père disait
que son grand-père disait, et le vieux était très ca-
tégorique, que monsignore l'avait eu d'une
Allemande. C'était un jeune homme blond et carré,
comme le sont beaucoup de peintres étrangers que
l'on voit rôder dans les environs et que nous,
pauvres gens, nous croyons être doux et intelligents

parce qu'ils sont artistes et ont les yeux bleus, mais
qui tôt ou tard se révèlent être des brutes qui se mettent soudainement en colère, on ne sait pourquoi,
pour des riens, malgré toutes les politesses qu'on a
pu leur faire et les menus services qu'on leur a rendus. Ce sont des barbares. D'ailleurs, ils ne croquent
pas les filles et sont toujours après les petits garçons,
méfiez-vous d'eux, Bépino, et toi aussi, petit, ce sont
des ogres. Le jeune marquis, on l'avait surnommé
Il Dommatore, ce qui en dit long sur son caractère.
Il était encore plus méchant que son père et, comme
son progéniteur, il était sorcier, mais d'une espèce
pas très courante par ici, tu vas voir. À peine installé au clos, le marquis fit paraître tous les hommes
des campagnes circonvoisines et leur fit donner des
étrivières pour avoir violé le tombeau de Virgilii. On
s'en souvient dans ma famille. Le père de mon tri-
saïeul, Antonio, y passa aussi, et son petit-fils,
Pino, mon arrière-grand-père, qui pouvait avoir alors
dans les quinze ans et était le cadet d'une famille
nombreuse, le vieux étant encore un chaud lapin,
malgré ses soixante-quinze ans et plus. Ces anciens
c'étaient des hommes et j'ai de qui tenir, pas vrai,
Carminella ? Ne rougis pas, ma femme ! C'est la vie.
Et c'est *Il Dommatore*, nom de Dieu ! qui exécuta
jeunes et vieux. Que Dieu ait en Sa sainte garde l'âme
de mon ancien, ce digne vieillard, et que tous Ses
saints l'empêchent d'avoir des regrets de la vie, mon
bisaïeul a tant trimé, et, eux, ils n'ont rien d'autre
à faire, Cristo-Santo !... »

Et Pascuali d'ôter son feutre de Calabre et de se
signer amplement.

D'un dimanche à l'autre j'avais de plus en plus
de choses à raconter à Bépino, et comment j'étais
maintenant en guerre avec les gosses de la Calade

qui n'avaient pas été longs à me repérer sur mon
mur, eux, me bombardant avec des trognons de
choux, des tomates pourries et toutes sortes d'or-
dures, les filles étaient les plus acharnées et déter-
rant des pierres, et, moi, ripostant avec les tessons
de bouteilles que j'arrachais de la crête du vieux mur
et à coups de fronde, et je plaçais des billes dans
ma fronde, et je visais longtemps, plus particulièrement les filles, et j'amochais l'une ou l'autre, et
elles piaillaient et ameutaient les gamins; alors les
gosses partaient pour l'assaut du mur et je les repoussais à coups de mon sabre de bois, et quand je
faiblissais sous le nombre, je battais en retraite, soit
en courant sur le faîte du mur jusqu'à un endroit
haut perché et inaccessible pour eux et d'où je les
narguais, soit en sautant du mur pour grimper à la
cime d'un arbre légèrement en retrait mais d'où je
plongeais d'autant mieux dans le passage et continuais à les arroser tranquillement à coups de fronde,
au petit bonheur la chance, tirant jusqu'à cinq, six
billes à la fois, cassant des vitres, ce qui mettait toute
la ruelle en effervescence. Des petits voyous qui
avaient pénétré derrière moi dans le jardin, soit en
ayant escaladé et sauté le mur, soit en se laissant couler par les éboulis, se faisaient pourchasser par
Benjamin qui brandissait son râteau ou son balai
et avaient bien du mal à rebrousser chemin, d'autres
se faisaient prendre à la grille du bas, et Ernest leur
bottait le derrière, d'autres encore ne pouvaient faire
autrement que de traverser le jardin dans toute sa
largeur et s'en sauvaient par la voie du funiculaire
et rejoignaient la Salita de San-Martino en faisant
un grand détour mais non sans avoir saccagé le verger. C'était passionnant. Un jour, on trouva une fille
effrontée dans la roseraie, qui se faisait une couronne

et que l'on mena à maman. Maman lui offrit le chocolat, du gâteau et lui donna des bonbons et je la re-
conduisis à la poterne, où elle m'embrassa sur la
bouche en se moquant de moi et en faisant un pied
de nez à Lili qui nous avait suivis pour s'assurer de
la fermeture du portaillon. De retour à la maison, j'appris que la pisseuse avait volé six cuillères à thé et,
ce soir-là, on m'envoya me coucher sans souper. Mais
Bépino n'était pas d'accord avec ma façon d'agir :

— Tu as tort, me disait-il, tu as tort de te mettre
mal avec les gosses du quartier. Quand tu viendras
un matin faire la tournée avec nous, ils te recon-
naîtront et on ne sait pas ce dont ils seront capables !

— Tu as peur, Beppo ? Je sortirai armé. Ma
fronde, un couteau, le revolver de mon père...
Je ne pensais pas si bien dire. En effet, il y eut
une victime, pas un de ces sales gosses, mes ennemis, envers qui je me tenais sur la défensive, mais
un lépreux qui avait un trou au milieu du visage et
qui me faisait peur, le premier homme que j'ai tué,
insidieusement, quelques jours avant de partir pour
la Sicile..., mon deuxième et lourd secret qui m'a
hanté durant des années... comme l'amour
d'Elena... et qui s'est transformé avec les années en
une étrange et horrifique attirance pour les lépreux, attirance qui me surprit et me fit les fré-
quenter, un quart de siècle plus tard, au Brésil, où
ces parias pullulent à l'intérieur du pays, des mufles
de lion, des sans-visage, des cloche-pied, des am-
bidextres à moignons purulents, des éléphan-
tiaques, des tribus de tachetés sans doigts de pied,
sans doigts de main, les extrémités réduites à une
pince de homard, des clans perdant des lambeaux
de peau, semant des pellicules grosses comme des
bourses, marchant à croupetons, sautant comme des

crapauds, se traînant comme des limaces en laissant des traces baveuses, crachant, éructant, les yeux nageant dans la sanie coulant de leur langue de chien, les oreilles en cornet, les doigts (quand il en restait) pendant au bout de longs fils qui parfois se détachaient (et les doigts restaient derrière eux sur le chemin comme des crottes pâles), les ulcères variqueux comme un tatouage de feu, et tout cela vivant avec des femmes invraisemblables emmitouflées dans des linges poisseux et des serviettes barbouillées, encore plus terrifiantes que les hommes, faisant des bouses, les seins éclatés, le ventre rongé, les fesses mordues par le mal des ardents, et tout cela procréant, mangeant, buvant, chantant, dansant dans les collines de Pira-Pora, leur sanctuaire, où ils se rendent une fois l'an en pèlerinage, conduits par un moine installé en amazone sur un ânon, une palme à la main, le Roi des Lépreux (cette année-là, c'était un moine belge), à qui l'on mène toutes les vierges captées en chemin et qu'il viole sur un tapis rouge pour guérir, au vu de tous ses suiveurs fanatisés qui crient au miracle, l'exclament, chantent, prient, hurlent, entrent en transe, dansent, claquent des mains, se trémoussent, éclatent d'un rire infernal, s'empoignent, se renversent, forniquent, hoquettent, écument, lâchent leur venin sous le soleil du tropique, puis mangent, bâfrent, ripaillent et se saoulent. J'avais quitté la civilisation et je me trouvais mêlé à eux.

Est-cela la Roue des Choses à laquelle les Hommes sont liés, semant le Mal, selon ce que le vieux lama enseignait à Kim, cette Roue dont les ornières sont les pistes et les sentiers qui se perdent dans les solitudes de la brousse sauvage, pleins de mauvaise semence?

Pour autant qu'il m'en souvienne, et je m'en souviens parce que plus le récit de Pascuali avançait d'un dimanche à l'autre plus il s'enlaçait, se nouait à mes propres aventures de la semaine et j'y prêtais de plus en plus d'attention malgré tout ce que j'avais à communiquer à Bépino, surtout quand, dans sa conclusion, Pascuali se mit à parler du *riome* de San-Martino et de ses habitants, pour autant qu'il m'en souvienne le récit de Pascuali tendait à prouver que les maléfices de monsignore et de son fils avaient perverti à jamais l'âme de la population du faubourg, et comment n'aurais-je pas établi plus tard, quand il m'arriva de découvrir dans les livres l'histoire des homuncules de Kueffstein, comment n'aurais-je pas établi, dites, un rapprochement entre cette histoire inouïe et ce que m'avait raconté notre fermier de la fricassée des petits enfants dans la cuisine de Virgilii ?

À l'en croire, monsignore était un vieux ladre qui cherchait des trésors et qui n'était pas fort différent des autres illuminés, pour la plupart des citadins fadas (mais on ne sait jamais !), qui aujourd'hui encore se livrent à toutes sortes de manigances certaines nuits autour du tombeau de Virgile. Mais il n'en était pas de même de son fils, *Il Dommatore*, un méchant sorcier, un damné que tout dernièrement encore on pouvait entendre tourner son orgue de Barbarie.

— Carminella peut en témoigner, disait Pascuali. C'était la nuit du Vendredi Saint, durant toute la nuit on entendit les pleurs et les gémissements de cet orgue maudit et ses longs sons flûtés et détraqués. Carminella n'en a pas dormi, elle a passé la nuit en consternation sur le carrelage de la chambre,

dévidant son chapelet, tremblant de tout son corps
et récitant des prières pour le repos des âmes des
trépassés.

— Et vous croyez que c'était *Il Dommatore* qui
tournait la manivelle? demandai-je.

— C'était lui!

— Mais comment cela est-il possible, Pascuali,
puisque le jeune marquis est mort depuis longtemps?
demandai-je encore.

— C'est qu'il n'est pas mort, je l'ai vu! me répondit sérieusement Pascuali. Je vais t'expliquer.

À l'en croire, monsignore voulait des ducats et
cherchait à fabriquer de l'or artificiel, et c'est pourquoi, sitôt après leur établissement, la maison du
clos se mit à ronfler comme une cuisine de tous les
diables et était tout illuminée la nuit. Mais il n'en
était pas de même du fils, *Il Dommatore* cherchait
le secret de la longue vie, et si on le voyait triturer
dans la cuisine, ce n'est pas seulement le feu qu'il
attisait, car il s'en échappait des cris et des longs
gémissements d'enfants, et le diable couvrait ces cris
en faisant aller, aller un orgue de Barbarie qui ne
s'arrêtait qu'au petit jour. En effet, peu de temps
après l'installation des seigneurs au clos, des enfants
du voisinage se mirent à disparaître mystérieusement,
garçonnets et fillettes, et le bruit se répandit dans
les campagnes apeurées qu'*Il Dommatore*, que l'on
surprenait souvent en conciliabules avec un moine
du couvent (par-derrière, le clos de Virgile donnait
sur le bas du jardin de la chartreuse de San-
Martino), un Père Mendiant, dit *Sagoma*, un vilain
tordu qui faisait peur à tout le monde depuis longtemps et que l'on avait surnommé ainsi parce que
s'il allait pieds nus il marchait à chaque pas sur le
visage de Jésus-Christ qu'il s'était fait tatouer sur

les talons, disait-on, et c'est le Père *Sagoma* qui volait les enfants, leur jetant un capuchon sur la figure et les ligotant comme saucisson, les fourrant
dans son bissac, sous sa robe, qu'il en paraissait enceint, le cochon ! Que pouvaient-ils faire des bambins ? On entendait les enfants hurler dans cette
cuisine de tous les diables. Les brûler à petit feu
n'était rien. Ils devaient les exposer au feu ardent
de la cheminée, les faire fondre, les mettre en
forme, en moule, les repeloter, les remodeler, leur
donner une autre figure, réduire leur taille, leurs proportions tout en les faisant repasser au four pour
les mûrir comme des adultes et les retirer à point,
avec de la barbe au menton et des muscles pour les
petits hommes et des hanches, des seins, du ventre,
des fesses et des longs cheveux pour les petites
femmes, et, en effet, quelqu'un vit un jour toute une
famille de nains sur la terrasse de la maison, des nains
bien conformés, bien habillés, qui se faisaient la révérence et évoluaient comme un menuet de poupées sous la conduite d'*Il Dommatore*, qui tournait
d'une main la manivelle de son orgue de Barbarie
qui vous fait grincer des dents et de l'autre brandissait sa férule, et les nains riaient, hélas ! Mais ce
résultat ne fut pas obtenu dès l'abord, il y avait eu
bien des ratés, des cuvées entières de fœtus, et les
voisins prétendent encore aujourd'hui que la folle
exubérance du rosier grimpant qui a fait sauter le
toit et a envahi toute la maison, déchaussant les dalles
de la terrasse et faisant crouler le balcon dans la ravine, lui vient de ce que les avortons du magicien
ont été déversés là, à son pied, comme des eaux
grasses. Cela dura ce que cela dura, le temps de se
livrer à toute une série de fournées pour pouvoir sélectionner les exemplaires les mieux réussis et, une

belle nuit, tout fut foutu par terre, tel qu'on peut le voir actuellement, non pas à la suite de l'explosion d'un chaudron dans leur satanée cuisine, mais à la suite d'un tremblement de terre qui éprouva toute la région et dont on peut voir trace sur la façade restée fendue de plus d'une ferme des environs.

— C'est Pino, mon arrière-grand-père, qui a consolidé ça et a remis la cheminée d'aplomb, me disait Pascuali en me montrant des fers scellés dans la façade de la ferme. Il les a forgés lui-même. La cheminée aussi avait dégringolé…

— Et alors, Pascuali?

— Alors, le clos Virgilii est devenu ce qu'il est resté un lieu maudit.

— Et le vieux marquis, et son fils, et les petits nains, Pascuali?

— Les nains, on en a enterré une bonne douzaine au cimetière du couvent et cela n'a pas été une petite affaire de les faire inhumer en terre sainte ; il a fallu d'abord les exorciser, et les autorités aussi s'en sont mêlées pour savoir qui ils étaient ; on a fini par les enfouir anonymement, personne ne désirant les reconnaître, et surtout pas les parents qui déploraient un enfant perdu, un chérubin, et qui avaient porté plainte. *Il Dommatore* avait disparu sans laisser de trace. De même, le Père *Sagoma* avait disparu, et sa cellule se trouva vide sans que personne sût expliquer comment. Quant à monsignore, il vivait encore. Le vieux marquis avait un trou au beau milieu du visage.

— Un trou, Pascuali?

— Oui, il était lépreux comme souvent les avares sont.

— Lépreux, Pascuali?

— Oui, tu peux le voir tous les jours, il vit encore, c'est le Roi de la Calade.

— Pas possible, Pascuali !

— Je te jure que c'est lui !

Alors je me mis à trembler.

Un trou au beau milieu du visage, avait-il dit. Et
c'était un lépreux, le Roi de la Calade !

C'était donc lui…

Rôdant depuis tantôt six semaines sur mon mur,
déplaçant tous les jours mon poste d'observation,
je connaissais maintenant la Salita de San-Martino
dans tout son déroulement. C'était une voie très pas-
sante, l'ancien chemin stratégique qui menait au fort
Saint-Elme, se défilant, zigzaguant dans le coteau
et qui s'était peuplé, formant faubourg, montant par
rampes successives de la ville basse à la hauteur du
Voméro, derrière la crête, le nouveau quartier de
Naples qui prenait une rapide extension. Malgré ses
rampes, dont la première et la dernière étaient très
roides et coupées de larges escaliers, malgré ses tours
et ses détours, ses passages resserrés entre les murs
où les passants se coudoyaient, ses tournants en-
combrés par les éventaires des petits marchands, ses
paliers en forme de placettes où le populaire stationnait, ses bandes de vauriens qui couraient dans
les jambes des gens, ses petits mendigots qui les
poursuivaient avec insistance, les ânes chargés qui
montaient et qui descendaient sans interruption les
escaliers et dont il fallait se garer, malgré le barrage
des âniers, en bas, en bordure du Corso, où les escaliers s'amorçaient, la corporation tenant à faire
faire l'ascension à dos d'âne à n'importe quel prix
et par point d'honneur (tous s'étant juré d'enlever
le plus de clientèle possible au funiculaire, qu'ils

avaient chansonné !), et les âniers couvraient d'injures et de menaces les gens passant outre, malgré le barrage des mendiants, en haut, à son débouché sur la place de San-Martino, devant la chapelle du couvent, où il fallait presque se battre pour pouvoir continuer son chemin, les mendiants qui étaient tous pickpockets et tire-laine vous pressant, vous étalant leurs plaies puantes sous le nez, vous retenant par vos vêtements (l'honorable confrérie, également par amour-propre s'étant juré de prélever la dîme sur chacun et de ne laisser poursuivre personne !), et ils maudissaient et crachaient après ceux qui passaient outre, la Calade était la voie d'accès la plus directe pour les habitants de Voméro qui ne voulaient pas prendre le funiculaire, ou n'en avaient pas encore l'habitude (le funiculaire était alors une nouveauté), ou n'en désiraient pas faire la dépense (cela coûtait quatre sous, et pour quatre sous on pouvait rouler des heures en fiacre, à l'époque ; seulement les fiacres ne pouvaient pas monter au Voméro, car il n'y avait pas de voie carrossable sur ce versant), et par ailleurs la Calade était un marché fort bien achalandé. En bas, il y avait de belles boutiques d'alimentation ; en haut, des maraîchers, avec un étal de fruits et de légumes à leur porte. Vers le bas, des petites maisons de rapport, au loyer bon marché, des logements de pauvres ; vers le haut, des petites campagnes, des cabanons ; en face de chez nous, les loges peintes de deux, trois filles publiques ; un peu plus bas, bastringues et marchands de vins, caves, fritures, cuisines en plein air, barbiers ambulants et perruquiers en boutique, le magasin étroit du spécialiste où tous les mauvais garçons du quartier venaient choisir leurs tatanes de couleur crue et, porte à porte, l'antre du «banquier» de la *rampa*, un Juif, prêteur à la petite semaine, avec des fausses pierres, des cailloux du Rhin, de la fausse bijouterie en montre, plaqué et doublé de Pforzheim, et des longs colliers de corail et des peignes d'écaille, et un coffre bardé, clouté, hérissé de fers, fermé par plusieurs cadenas et serrures à secret renfermant les reconnaissances du mont-de-piété que le receleur rachetait en sous-main, des billets de loterie et des petites coupures de billets de banque.

Mais vers le milieu de la Calade, presque à mi-côte, un palier s'évasait, formant rond-point, avec des restes de balustres isolant de la chaussée et de son trafic incessant un oratoire surmonté de la statue de la Madone, au pied de laquelle, accoté dans ses hardes, sa besace sous la tête et son escarcelle bien en vue, se tenait en permanence, les yeux clos, un vieillard qui n'avait plus l'aspect humain, défiguré qu'il était par un trou rond, bleuté, noirâtre qui lui rongeait la moitié du visage et que d'autres vieillards, tout aussi décharnés et effrayants et loqueteux, assis en cercle autour de lui, entouraient de leurs soins, appelant les vieilles mégères qui le faisaient boire au biberon, le dorlotaient comme un nouveau-né, lui essuyaient son visage troué par le lupus comme on torche un derrière d'enfant, et tout le long du jour on venait le consulter, des hommes, des femmes, tous des voleurs, et des jeunes messagers partaient en courant, et des chenapans revenaient avec des sacs que l'on se partageait et dont le contenu disparaissait comme par enchantement, des foulards, des châles, des mantilles, du linge de corps, des ombrelles, des bottines, des rideaux, des bourses que l'on secouait, des montres qui glissaient comme des morceaux de savon entre les mains tendues, des chaînes de montre en or, des colliers qui

restaient un instant comme suspendus aux doigts
crochus, des boucles d'oreilles, des boutons de
manchette, des épingles de cravate brillant un clin
d'œil au creux d'une main sale, des portefeuilles et
des porte-monnaie que l'on s'arrachait pour les ins-
pecter sous toutes les coutures, des trousseaux de
clés que l'on empochait avec le sourire, des victuailles
que l'on se partageait, et l'on faisait la part de l'ancêtre qui ne bronchait pas sûr de son peuple, d'horribles sorcières fourguant sa part dans ses hardes,
la glissant sous son séant, et lui ne soulevant même
pas les paupières, susurrant, faisant de rares gestes
avec ses deux moignons d'avant-bras taillés en bec
de sifflet, son entourage attentif à saisir ses ins-
tructions, ses directives, tout un micmac, et, le soir,
on l'emportait à deux pas, dans une cave. C'était
donc lui le vieux marquis, un lépreux, le Roi de la
Calade ! Et depuis que Pascuali m'avait appris cela,
j'emportais la lorgnette d'opéra de maman, je
m'installais sur un haut pan du mur, en casse-cou
mais bien dissimulé, et je braquais la lunette sur le
visage monstrueux de ce vieil homme qui me faisait peur, réglant la mise au point pour l'avoir le plus
près, le plus gros possible, tout contre moi, bouchant
mon univers, à en avoir le vertige.

Et un jour le lépreux ouvrit les yeux, et il me vit
comme je le voyais, et il leva la tête, et il me désigna de ses deux moignons, et il dut prononcer
quelque chose à haute voix car je vis sa langue, sa
glotte bouger au fond de son trou et toute la cavité
buccale se remplir d'un épais mucus sous l'effort
qu'il faisait pour parler, et il tomba à la renverse,
et toutes les têtes de chacals et d'hyènes, toutes les
têtes abominables de ses courtisans se tournèrent
vers moi, et je fus saisi d'une telle épouvante que

je me laissai tomber en arrière comme on tombe en rêve au fond d'un gouffre, lourdement, et dont on se réveille et sort, lourdement, sans comprendre ce qui vous est arrivé.

Oh! ce regard lourd que le vieux lépreux m'a jeté, lourd comme une malédiction! Toute la douleur de vivre...

Est-ce cela la Roue des Choses à laquelle les Hommes sont liés, semant le Mal, selon ce que le vieux lama enseignait à Kim, cette Roue dont le moyeu est l'œil animal de la souffrance, la Douleur de vivre, cette hypnose?

«Non, *Il Dommatore* n'est pas mort, racontait Pascuali. Deux, trois années après la fin de leur cuisine de tous les diables du clos Virgilii, il a fait sa première réapparition à la Calade et, depuis, il y revient bien régulièrement toutes les années bissextiles, et la preuve que c'est bien lui, c'est que tant qu'il est là le Roi de la Calade ne sort pas de la cave où ses partisans le tiennent enfermé et montent la garde autour du vieux lépreux. C'est une lutte d'influence entre le père et le fils et nul ne saurait dire ce qu'il arriverait si, un jour, les deux Antéchrists se trouvaient face à face. Et le jeune marquis abuse de la situation. Tant qu'il est là, il se tient en permanence devant la statue de la Madone, à la place même de son père et tourne et tourne la manivelle de son orgue de Barbarie, un orgue sans pareil, un instrument ancien, démodé, déglingué, émettant des sons déchirants et criards et, comme les flûtes sont en gros verre de Venise et que beaucoup sont fêlées, l'instrument saute des notes et il sort de la caisse des gémissements ou du vent que

l'on dirait une respiration entrecoupée de sanglots
et de soupirs et, le tour d'après, c'est un cri suraigu
qui s'échappe, suivi d'un râle ou d'un triolet ironique, et *Il Dommatore* impassible tourne la manivelle comme si de rien n'était, broie, broie des notes,
et les gens accourent de tous les coins et recoins du
quartier et entourent le satané musicien habillé à
l'arménienne, avec une robe de mage et un bonnet
carré sur la tête, ses cheveux filasse, qu'il a laissés
pousser, lui tombant sur les épaules, et comme l'instrument joue des airs anciens, avant tout des me-
nuets, les gens se souviennent, pris de mélancolie,
et le suivent partout, et quand le malin s'en va, dis-
paraissant deux fois tous les sept ans, il manque toujours du monde dans le quartier, des jeunes
hommes et des jeunes femmes entraînés, dont on
n'a jamais plus de nouvelles et les gens se demandent si le musicien du Diable ne les a pas menés
tout droit en Enfer ? D'ailleurs, à quoi bon chercher
si loin, aujourd'hui la *rampa* est un véritable enfer !
il n'en a pas toujours été ainsi, crois-le bien.
Autrefois le quartier de San-Martino était un faubourg paisible et quasi champêtre où, nous autres,
les paysans, venions tenir notre marché à jours fixes
et il n'y avait jamais grande affluence en dehors des
artisans, nos amis, le forgeron, le menuisier, le
charron, sauf les jours de pèlerinage où nous cédions
notre place aux malheureux qui montraient du
Basso-Porto, malades, dévots et mendiants, nos
frères des chrétiens et qui s'en retournaient chez eux,
dans les bas-fonds de la ville, la fête finie, guéris ou
comblés. Mais il n'en est plus de même, la foi s'est
perdue et, aujourd'hui que ton père s'est mis à lotir
jusqu'au Voméro, c'est pour nous la fin du monde.
Cela n'est plus tenable. Il ne nous restera plus qu'à

nous en aller. Naples est maudite et la Calade est une sentine de vices et d'horreurs sans nom depuis que l'ancien prélat lépreux est venu s'y établir, roi des voleurs et que monsignore a répandu sa maladie tout comme son fils, qui a perverti tout le monde avec sa musique sacrilège qui fait tourner la tête aux gens et qui met le faubourg en folie en faisant danser ses nains lubriques et en les louant pour la nuit. Comment te dire cela, petit, tu es trop jeune pour comprendre. Mais sache bien qu'*Il Dommatore* présente deux petits démons, pas plus hauts d'une coudée : *La Figliuola,* une danseuse lascive pour qui les hommes s'entre-tuent et se ruinent et se damnent pour coucher avec ; un poilu, *Barbarossa,* un bouc immonde qui fait perdre toute vergogne aux femmes et procrée des monstres, des jumeaux collés par la peau du dos, des palmipèdes, des becs-de-lièvre, des bébés à tête de chien ou à deux têtes ou à six doigts ou à trois pattes ou munis d'un rudiment de queue de cheval et que l'on expose dans les baraques de foire, vivants ou conservés dans des bocaux, et des êtres qui font rire les sages-femmes quand ils viennent au monde avec les deux sexes ou désespèrent les matrones parce qu'ils se présentent mal, les pieds en avant et sortent tortus, et souvent il faut les hacher menu dans le ventre de leur mère ou fendre ce ventre en deux parce qu'ils ont une trop grosse tête ou sont noués ; mais tu ne peux pas savoir cela, tout cela se passant la nuit, à la suite de désirs, d'accouplements insensés, de rêves, d'envies et de cauchemars. Je ne saurais te dire si ce couple de petits démons lubriques sont des nains échappés au désastre du clos Virgilii ou si le diable les a fabriqués depuis, mais que Dieu te préserve de jamais les rencontrer comme il m'a préservé de rencontrer *Il Dommatore* cette année, alors que je l'ai entendu tourner son orgue de Barbarie la nuit du Vendredi Saint, et si Carminella en a tremblé, comme je te l'ai dit, à moi, cela m'a donné la colique, malgré les prières de ma femme, à croire que les saints sont sourds ou qu'ils étaient malades, comme moi, jusqu'au matin, les lâches, eux, qui n'ont rien à faire, ô Cristo-Santo-la-Madona !... »

Et Pascuali d'ôter son feutre de Calabre et de se signer amplement.

La Calade la nuit, non, je n'y pouvais pas aller ; mais une nuit, vers les trois heures du matin, j'étais debout à l'extérieur de la poterne, entre mon père et signor Ricordi, chacun me tenant par une main, et nous regardions défiler la foule qui depuis la veille au soir montait sans arrêt au fort Saint-Elme, une foule morne qui piétinait dans le noir sans rien dire et sans se bousculer, ce qui m'impressionna beaucoup car à Naples la foule est habituellement gaie et bruyante et portée à la chanson. Il s'agissait d'aller voir exécuter un homme à l'aube, et je ne sais pas pourquoi la ville entière s'était passionnée pour cette affaire, et je ne me souviens pas s'il s'agissait bien d'un assassin qui avait massacré toute une famille, une dizaine de personnes, comme je le crois aujourd'hui ; mais je me souviens de ma surprise quand je vis l'homme couvert de chaînes, encadré de carabiniers l'arme à la main et dont quatre portaient une torche enflammée, escorté par une délégation de toutes les armes de la garnison de Naples, l'homme que l'on menait à la mort et qui trébuchait en s'avançant n'était pas un bandit farouche comme je l'avais imaginé, mais c'était un soldat, un petit soldat en uniforme, et c'est probablement pourquoi

toute la ville s'était passionnée pour son affaire, il
avait dû massacrer la famille de son capitaine ou de
son général, ou exterminer tout un état-major, bref,
ce ne devait pas être un assassin ordinaire pour qu'on
l'accompagnât au poteau avec un tel déploiement
de troupes et le concours de toute une ville; et nous
aussi nous nous joignîmes au cortège qui montait
lentement, mon père, signor Ricordi et moi, et nous
franchîmes l'enceinte du fort grâce au coupe-file du
photographe; et le photographe prit des photos de
tout le déroulement de la cérémonie, la lecture du
verdict de mort, la dégradation du militaire, le tirage au sort du peloton, le chargement des armes,
l'attachage du condamné au poteau planté dans un
fossé, le bandage des yeux, tout cela photographié
avec des éclairs au magnésium, le petit jour étant
lent à venir et la lumière étant mauvaise pour la
photo, expliquait Ricordi tout à son affaire, ce qui
le poussa à aller demander au gouverneur de la place
de Naples qui présidait à cette manifestation de justice sociale de bien vouloir reculer de quelques minutes l'exécution et d'attendre les premiers rayons
du soleil qui donneraient une auréole à toute la
scène, ce qui ferait grandiose avec le poteau noir à
contre-jour; et le gouverneur accéda à sa demande,
à condition que l'officier commandant les troupes
fût d'accord, et celui-ci fut d'accord à condition que
l'officier commandant le peloton d'exécution n'y vît
aucun inconvénient, et ce dernier se porta à la rencontre du photographe que l'on voyait courir portant son appareil et son trépied; et les deux hommes
se mirent à gesticuler, et Ricordi braqua son appareil, et l'officier consultait sa montre, et Ricordi ins-
pectait le ciel et faisait sa mise au point, et le ciel
rosissait, et le premier rayon de soleil jaillit comme

une flèche d'or, et Ricordi fit un geste, et l'officier
tira son sabre, et les tambours se mirent à battre sour-
dement et à rouler de plus en plus fort, et un com-
mandement retentit et une salve sèche, suivie d'un
coup de feu isolé; et le misérable petit pioupiou
s'était écroulé, la langue pendante, à moitié garrotté
par ses liens; et la troupe défila devant le cadavre
du supplicié, puis nous autres, mon père et moi, derrière les juges et le greffier, et derrière nous quelques
civils, probablement la famille car une femme âgée
poussait des cris et s'affaissait dans ses robes; et une
corvée s'avança pour enlever le corps, et il y avait
un prêtre qui avait béni tout ça, confessé le mort et
qui maintenant l'accompagnait au petit cimetière
du fort, un carré où il y avait des croix, les croix des
cholériques; tout cela avec un grand quart d'heure
de retard sur l'heure légale, à cause du photographe.

Est-ce cela la Roue des Choses à laquelle les
Hommes sont liés, semant le Mal, selon ce que le
vieux lama enseignait à Kim, la Roue qui supporte
le char de l'État, de Çiva et de Kali, le dieu de
l'Absurdité et la déesse de la Destruction, ce couple
uni qui procrée?
Mais la Roue tourne et cette semence universelle
est une raillerie...

J'ai le vertige comme quand j'étais assis dans la
sellette de supplice, montée sur le bras-AR, fait d'un
bout de ressort renforcé, d'une faucheuse-lieuse dans
les plaines à blé du Canada, du côté de Winnipeg,
et que j'attaquais un champ s'étendant à perte
de vue, engageant mes trois chevaux attelés de
front à grands coups de fouet, les stimulant de cris

gutturaux, et j'embrayais la damnée mécanique
qui commençait son bruit de crécelle et d'engrenages
cacophoniques (un match de boxe dans le carter!)
et son chuintement de mastiquage comme un cla-
potement d'eau courante, un froissis de robes ci-
saillées, tout le blé fauché s'écoulant à ma gauche;
et j'en avais pour huit jours à raser un immense rectangle de je ne sais combien de centaines d'hectares,
les poupées propulsées pirouettant, tombant sur le
flanc, dix mille gerbes, cent mille gerbes, un million de gerbes gisantes; et l'on avance au pas, abra-
sant du côté du rectangle, puis l'autre, puis le
troisième, puis le quatrième, tout le long du jour le
soleil vous cinglant la face, puis la joue droite, puis
la nuque, puis la joue gauche; et l'on continue à tourner, tourner sous la transparente calotte du ciel mais
suspendu au ras du sol, assis dans cette inconfortable sellette à supplice dont chaque cahot risque
de vous vider, le bras-ressort vous fichant des coups
de raquette au cul, en vache, en traître, à vous disloquer la colonne vertébrale, et l'on se fout des tours
de rein pour ne pas tomber sous l'affreuse mâchoire
d'acier qui bafouille, mastique et chuinte parfois sur
un caillou, douloureusement, comme si une dent
lui avait sauté. (*C'est bien fait, salope!* pense-t-on),
et l'on continue, stimulant les chevaux de la voix
et du fouet; et l'on tire sur les guides de toutes ses
forces, et l'on descend de son siège suspendu, et l'on
s'étire en gémissant, on se palpe les reins et les fesses,
et l'on allume une pipe la tête vide, et l'on évalue
le travail fait sans plaisir, et l'on a le vertige de constater qu'il en reste encore plus à faire et que dans cet
océan de blé le large ruban que l'on a tondu est à
peine perceptible, et l'on envie le lièvre fugace qui
traverse soudainement les éteules, et l'on torche la

lame d'acier, essayant du pouce le tranchant de ses
dents triangulaires ou on la déboulonne pour en
mettre une neuve à la place, et l'on huile les engrenages du dentier, et l'on resserre par-ci, par-là
un écrou, et l'on profite de cet arrêt pour changer
la bobine de la lieuse, et avant de remonter sur la
sellette dont on n'a plus envie tellement elle vous
a courbatu, secoué, malaxé, démoli que l'on a mal
jusque dans les moelles, on va encourager ses chevaux qui sont là, la tête pendante, moulus, fourbus,
les jambes raides et même ne quoaillant pas sous
les piqûres des milliers et des milliers de mouches
vertes et de taons qui les mettent en sang, et l'on
caresse leur encolure, et l'on applique de bonnes
claques d'amitié sur leur poitrail, et l'on parle aux
bêtes à haute voix pour leur faire entendre que l'on
partage leur fatigue, et l'on voudrait les dételer et
se coucher mais aux quatre coins de l'horizon
s'élève le même bruit de cliquette des autres mécaniques toutes pareilles à la sienne, c'est-à-dire un
insecte monstre, un engin qui ne ressemble à rien,
toujours en action, et l'on remonte, découragé, sur
son siège suspendu, esclave d'un monde industriel
qui a envahi les campagnes et qui minute et paie et
distribue des primes au rendement, et avant de ra-
masser les rênes et de faire claquer le fouet et de
donner de la voix l'on fait pivoter son feutre sur son
crâne pour ne plus avoir le soleil dans l'œil et l'on
ne sait pas quelle aile rabattre tellement l'on est
abruti, et l'on pousse un *Hue-ho!* et l'on a le vertige de ne pas reconnaître sa propre voix; et l'on
ne retrouve un peu d'entrain que le huitième jour,
quand il ne reste plus qu'un petit carré à faire, une
dernière mèche à tondre, et l'on émoustille les chevaux au risque de faire péter la damnée mécanique,

et l'on arrive presque au galop, comme un char romain, sur cette dernière touffe ébouriffée en se demandant ce que l'on va en faire jaillir, un vol éperdu de perdreaux, une bande de poules de prairie qui s'égaillent en sifflant de frayeur ou une nichée de dindons outrés, ricanants et méprisants; mais le plus souvent l'on fait chou blanc et ce dernier *rush* ne vous libère pas : on a l'impression d'avoir commis une vilaine action et que durant ces huit jours l'on a travaillé, à son insu, au service de la Mort tant le paysage est massacré, et ça vous donne le vertige d'avoir fait le vide autour de soi, table rase, surtout que l'on a rien bu d'autre que du jus d'érable ! Alors, on dételle et l'on rentre furieux à la ferme se faire donner sa paie, et l'on fout le camp, et l'on prend le premier train pour ne jamais revenir donner dans ce piège du travail bien rémunéré et de la vie sans joie en plein air. La chambre des supplices et sa sellette, oui !...

J'en ai encore le vertige.

Au bois, il y a un oiseau; son chant vous arrête et vous fait rougir.

Il y a une horloge qui ne sonne pas.

Il y a une fondrière avec un nid de bêtes blanches.

Il y a une cathédrale qui descend et un lac qui monte.

Il y a une petite voiture abandonnée dans le taillis ou qui descend le sentier en courant, enrubannée.

Il y a une troupe de petits comédiens en costumes, aperçus sur la route à travers la lisière du bois.

Il y a enfin, quand l'on a faim et soif, quelqu'un qui vous chasse.

Je descendais le chemin portant mon épine d'Ispahan devant moi, comme on le voit faire en

Perse. Je descendais vers Pausilippe. Je ne riais plus,
mais je n'avais pas envie non plus de me suicider.
J'étais à bout. Une loque. La cure de Kim ne
m'avait pas réussi. Je ne tenais pas debout.

    … Au matin j'avais le regard si perdu et la contenance si
morte, que ceux que j'ai rencontrés NE M'ONT PEUT-ÊTRE
PAS VU…

    « Cendrars, le ventre te sauvera ! » devait me dire
un jour Max Jacob qui avait tiré mon horoscope.
    En effet, j'avais la fringale.

    Je suis assis devant une auberge de Puzzoles, der-
rière le promontoire du Pausilippe, sous une treille.
Je bois. Je mange. Je fume. Je fume. Dans l'avant-
port, amarrée à une bouée, se balance une barque
au gréement étranger. La mer est déserte, la mer qui
roule des galets, la mer qui n'a pas de limites et qui
enrobe les cinq parties du monde. Je bois, je fume,
je mange. La mer nervalienne à travers les feuilles
de vigne. Je me tiens à l'ombre. Avec mon épine
d'Ispahan je trace distraitement des signes sur le
sable, des demi-cercles, des quarts de cercle, les parois d'un vagin, un trait perpendiculaire et alors je
fore un trou avec ma badine, un petit entonnoir qui
s'évase et que j'écrase d'un coup de talon. Ce bruit
d'osselets tout le long de la plage quand la vague se
retire. Le temps passe. Je mange, je fume, je bois et
je cherche au large. Au large, la mer est déserte et
fait un pli sombre. Je bois. Le vin de Puzzoles est
bon. Je fume et je me remets à tracer des signes sur
le sable, que j'efface immédiatement, et je me remets
à boire ce vin de Puzzoles, épais et noir comme de
l'encre d'imprimerie. À quoi bon écrire, tout s'imprime

en moi et c'est peut-être la pure poésie que de se laisser imprégner et de déchiffrer en soi-même la signature des choses. La mer et la poésie. La poésie
et la mort. Je m'en fous. Je fume. Je bois.

— Hé! là-bas, l'homme!...

Le soleil décline.

On m'interpelle.

— Hé!... l'homme!... oui, toi...

Je ne bouge pas.

Depuis un bon moment déjà je suis de l'œil le manège d'un homme qui godille debout à l'arrière d'un
canot débordant de la barque qui se balance lourdement dans l'avant-port. Le grand-mât très incliné
vers l'avant à long bout-dehors, la grande voile brassée sur la livarde amenée qui dépasse de beaucoup
l'arrière, une forte ferrure le long de l'étambot sup-
portant un petit mât d'artimon, reporté en tape-cul,
en arrière de la barre du gouvernail, presque en dehors du bâtiment, l'arrière pointu pour pouvoir être
déhalée plus facilement à la cordelle dans les étiers
et cheneaux étroits où les contrebandiers chargent
presque toujours, on dirait une barque de l'Archipel,
et l'homme qui godille à un quart d'encablure et qui
vient droit sur moi a l'air d'un marin grec avec son
long bonnet flottant en filoselle.

— Hé! là-bas, l'homme!... crie-t-il.

Mais je ne réponds pas.

Alors il vient s'échouer, saute à l'eau, tire sa chaloupe, jette le grappin sur le sable, court à moi :

— Dis, l'homme, tu embarques?

Je ne lui réponds pas et pousse ma *fiasca* vers lui.
Il en avale un long jet à la régalade, s'essuie la bouche
du revers de la main, repose le bouteillon sur la table,
le repousse vers moi, chasse les mouches, sourit et
dit :

— Il est bon, mais il ne vaut pas notre vin de Samos. Je suis Papadakis, de Samos, tout le monde me connaît, embarque...

C'est un homme gros, court, velu, avec des bacchantes frisées, une chevelure aile de corbeau, un anneau à l'oreille gauche, l'œil fier, les sourcils froncés, les dents éclatantes, une fossette au menton, les mains en forme de poings, plus larges que longues, les pieds courts, les orteils épais, les chevilles dodues, le pantalon de coutil roulé à mi-cuisse, mollets, genoux, cuisses font un seul bloc qui n'a pas l'air d'être articulé, le torse mamelu est moulé dans une espèce de bourre de laine, sans couture comme du feutre et de couleur marron, et dans ce sabir fait de turc, d'arabe, d'espagnol, d'italianismes et de termes francisques plutôt que de paroles françaises que parlent tous les marins du Levant, il m'explique avec volubilité la situation, faisant sonner les déclinaisons grecques au bout de chaque phrase comme s'il me récitait un poème.

Je comprends qu'il vient de Samos avec un chargement de vin, qu'il a mis deux mois faute de vent, se traînant de cap en cap, que ses lascars l'ont lâché parce qu'ils avaient trop bu ou qu'il les a débarqués, il y a trois jours, alors qu'il était une fois de plus encalminé, qu'il se refait un équipage mais qu'il ne trouve personne dans ce petit port désert, qu'il a embarqué un Bulgare, ce qui fait deux avec le mousse, son neveu, qu'il voudrait profiter de la brise qui se lève pour faire voile et ne plus perdre de temps, mais qu'il lui faut encore un homme au moins et qu'à la rigueur, avec moi, cela pourrait aller...

— Embarque, homme, dit-il, tu verras.

Je me lève sans rien dire et me dirige vers le canot mon épine à la main. Alors le patron de la barque

appelle le patron de l'auberge pour payer ma dépense ; ils tiennent un petit conciliabule, et le Grec
se met à me courir après en rigolant.

J'ai déjà poussé la chaloupe à l'eau et je la main-
tiens du nez tandis que Papadakis s'installe sur un
banc, tout réjoui, des miches de pain sur les genoux,
que le patron de l'auberge lui a cédées.

Je pousse et je saute à bord et je me saisis de la
godille.

— C'est tout ce que tu possèdes ? me demande
le Grec en désignant mon épine d'Ispahan que je
tiens toujours à la main et qui me gêne. Tu n'as pas
de sac ?

— Papadakis, lui dis-je, mets-toi bien en tête que
je n'échangerais pas ma badine contre ta barque et
sa cargaison.

Le patron me dévisage en clignant de l'œil.

— Passe-moi l'aviron, dit-il. Tu es bien maigre.
On dirait que tu n'as pas mangé depuis huit jours !
Et il éclate bruyamment de rire.

Je le sais bien, je suis une loque. Je ne tiens pas
debout. Mais je ne cède pas, et je godille, et je godille, gauche et emprunté, me mordant les lèvres,
serrant les dents.

— *Daté zémé diavel !* me dit le Bulgare comme je
me hisse à bord de la barque.

— Que le diable t'emporte toi-même, salaud ! lui
répondis-je.

— Ah ! tu comprends le bulgare ? me fait le type.
Attends, je vais te tuer...

C'est un sale type. Vautré sur le pont, il serre étroitement dans ses bras, comme s'il était en train de
prendre le pucelage d'une fille, un demi-muid de
vin de Samos, dont il a fait sauter la bonde et il liche

avec des cris de jouissance ce vin qui dégouline et qui gicle. Il est torse nu et a une peau blanche et malsaine. Une mince couronne de cheveux gris ceint son crâne chauve, mou et tremblotant et ridé comme une jatte de lait caillé au soleil. Au-dessous de ses fesses écartées et tendues qui ont fait craquer son fond de culotte, on voit se balancer son membre en forme de battant de cloche. Le bougre est tout éclaboussé de vin répandu.

« *Kallinecta*, mademoiselle », dis-je au mousse qui s'affaire à sa cuisine si l'on peut baptiser « cuisine » la grande cocotte de fonte tenue sur son trépied par un prodige d'équilibre et en dépit du tangage dans la sorte de caisse ou plutôt de paravent fait de l'assemblage de trois bouts de planches qui lui sert de bâti par le travers du panneau avant.

Le mousse me sourit. Dieu, quel beau gosse ! Il fait cuire des pois chiches dans de l'huile.

Papadakis a disparu par le capot de descente arrière qui s'ouvre devant le banc de quart et il serre les miches de pain frais dans sa cambuse. À l'avant, il n'y a pas de poste d'équipage, mais une large soute à voiles. Le mousse loge dans sa « cuisine », le Bulgare s'est arrangé un coin parmi les futailles à bâbord et à tribord, par le travers du grand panneau, on voit les emplacements que s'était réservés l'équipage qui a déserté, trois, quatre niches en bois brut avec de la paille de roseaux et des chiffons souillés. Le pont est sale et dégueulasse, maculé de vin, mais la coque est repeinte à neuf d'un bleu tendre avec un liston blanc. La barque jauge dans les quatre-vingt-dix tonneaux ; elle a vingt mètres de long, six de large et un creux de trois mètres. Mais comment s'appelle-t-elle donc ? Il n'y a aucune bouée à bord. Sur la poupe on peut lire,

tracée en lettres blanches, au pochoir, sur fond noir,
l'inscription :

```
             D
       A           A
   PA  P           K  IS
          Marina 17
       S           S
       A           O
             M
```

Je suis resté une quinzaine de jours à bord. Sous
voiles, sa livarde et son hunier hissés, son grand foc,
son petit foc, sa trinquette établis et sa brigantine
d'artimon déployée, la barque de Papadakis avait
grande allure, la voilure bien groupée et la grande
voile maintenue par la livarde, immense perche in-
clinée vers l'arrière qui se croise avec le grand mât
incliné vers l'avant et presque aussi longue que lui,
le bas bout fixé dans son encastrement. Les drisses
descendant de la corne de cette vergue auxiliaire per-
pendiculairement, la manœuvre des voiles se faisait
du banc de quart, et un homme y suffisait. Quand
on courait des bordées le mousse allait se percher
sur le gaillard avant pour s'occuper du foc et de la
trinquette munis d'une fausse écoute pour permettre
de les border plus aisément aux nouvelles amures.

Il n'y a pas de dunette à l'arrière. Le banc est tout
juste rehaussé d'une marche et demie. Sous ce banc,
la cage à poules qui n'a jamais dû enfermer des vola-
tiles contient un fanal masqué par un morceau de toile.

Je vais m'installer sur le banc de quart. La barque
tire sur son amarre. Le soleil décline doucement.
Il y a des risées sur l'eau. Le ciel est pur. La mer
déserte. Le large indigo.

Comme une cargaison de vin ne charge pas en lourd, un quart ou un tiers était mise en pontée et était tenue par des chaînes. Le vin de Samos s'embarque en muids, demi-muids et quarts pour faciliter l'arrivage et le chargement à bord, et les petits fûts arrimés sur le pont me confirmaient dans mon idée que j'étais à bord d'un contrebandier, mais l'inscription du tableau de poupe ou la marque de Papadakis reportée sur chacun d'eux, mais au pochoir noir sur fond blanc de gypse, n'était pas sans m'étonner. On n'a pas idée d'introduire des vins grecs en Italie! Mais peut-être que la cargaison était destinée à la France et que nous allions débarquer en fraude dans une calanque en deçà ou au-delà de Marseille, et je m'en réjouissais.

En principe, les chargeurs octroient aux équipages une provision suffisante de vin pour que les hommes ne soient pas tentés de se désaltérer à leurs dépens en en soutirant un peu partout dans les fûts en pontée facilement accessibles, gaspillant la marchandise. Néanmoins, la tentation est trop forte et les facilités de s'enivrer trop grandes pour qu'il n'y ait pas au début de chaque croisière du désordre et une absence quasi totale de discipline parmi les matelots; mais le patron d'une barque laisse faire, les hommes rassasiés de vin n'en absorbant pas plus qu'ils ne peuvent en supporter et finissant par cesser de boire. Ainsi, le Bulgare, embarqué depuis la veille et qui, après ses cris de jouissance, poussait maintenant des gémissements d'enfant malade, couché sur le dos, raide, immobile, vomissait, son visage bleu tourné vers moi. Il était ignoble.

— Hé! l'homme, avale ça, c'est du bon. Il est de chez nous!

C'était Papadakis, le torse émergeant de l'écoutille,

qui me tendait un récipient d'émail qui devait
contenir dans les deux litres.

Je vidai la mesure d'un trait.

— C'est du bon, dis-je. On appareille, patron?

— Tu es donc pressé?

— Non, dis-je, je ne suis pas pressé, rien ne m'attend. Mais je ne suis pas monté à bord pour
contempler le Vésuve. Je l'ai assez vu! D'ailleurs,
il me semble qu'il serait bon de profiter de cette brise
et d'appareiller avant la nuit.

Le soleil déclinait toujours. Les risées se succé-
daient, moirant l'eau, venant du large. Cela clapotait.

Papadakis se mit la main en visière sur les yeux,
inspecta le ciel, le large, huma le vent qui se levait.

— Tu as peut-être raison, dit-il, mais mêle-toi de
ce qui te regarde. Tu es marin?

— Oui…, non…, c'est-à-dire…

— Tu as déjà navigué?

— Oui.

— Où ça?

— En Suisse, sur le lac de Neuchâtel.

— Tu sais barrer?

— Bien sûr. J'avais un petit lougre qui filait
comme une flèche, remontant le vent au plus près.
C'est grand-père qui me l'avait donné pour mon
dixième anniversaire.

— C'est bon. Tu prendras le quart demain matin
avec le mousse.

— C'est que je préférerais être de quart la nuit.

— Pourquoi?

— Parce que je ne dors pas la nuit.

— Eh bien, on verra, dit Papadakis. Tu veux encore boire un coup?

— Merci, patron.

Le Grec redescendit dans son trou, rangea le récipient d'émail à sa place, fourragea encore dans sa
cambuse, remonta, rabattit la tabatière, fit glisser
le capot, le poussa, le ferma à clé, y mit un gros cadenas, avança sur le pont et s'écria :

— Allons, les gars, on appareille !

— On va en France ? lui demandai-je.

— Pourquoi ? me demanda Papadakis en me
plantant les yeux dans les yeux.

— Parce qu'on n'a pas idée d'introduire du vin
de Samos en Italie.

— Tu connais du monde à Marseille ?

— Non.

— Alors, mêle-toi de tes oignons, je te l'ai déjà
dit.

— Bien, patron. Mais on n'a pas idée de faire de
la contrebande sur ces côtes, dans un pays déjà trop
riche en vin.

— Ah ! tu crois ça, toi ?

Et Papadakis d'éclater de rire tout en me faisant
des gros yeux menaçants.

C'est vrai qu'il avait une tête de pirate avec ses
sourcils froncés et ses sauvages bacchantes.

J'éclatai de rire à mon tour. Le vin de Samos était
fameux. Je me sentais mieux.

Je m'étais passé mon épine d'Ispahan à la ceinture comme une épée et je halais des deux mains
sur une drisse qui pendait du mât. Dieu, que la
grande voile était lourde ! À quatre, c'est tout juste
si nous arrivions à la hisser centimètre par centimètre. Le mousse bondissait, se suspendant de tout
son poids au-dessus de nous ; le Bulgare soufflait
comme un rhinocéros, jurant, suant, sentant mauvais ; Papadakis, qui était d'une force peu commune,

tirait calmement, palmée par palmée, les mains
dures, les biceps saillants, faisant flexion sur les genoux, exerçant une pression continue, régulière
comme une machine et, de mon côté, je tirais de
mon mieux, m'arc-boutant, me raidissant sur les
pieds, écrasant les ripatons du Bulgare qui gueu-
lait, lui disant :

— Donne du mou, sacré diable !

Mais quand je vis la grande voile se déployer bien
au-dessus de nos têtes dans toute sa splendeur et
la livarde oblique dont la corne atteignait presque
la hauteur du mât, je compris le mal que nous avions
eu : la voile aurique faisait dans les soixante mètres
carrés de surface et la perche douze mètres de
long, sur laquelle le mousse courait déjà et montait dans les enfléchures capeler le hunier carré dont
la voile coulissait de haut en bas comme un rideau
de théâtre. Filer le grelin qui nous reliait au corps-
mort de la bouée, relever l'ancre de pic, établir foc
et trinquette furent un jeu d'enfants, et notre beau
navire, s'inclinant, se mit à s'animer et à tirer des
bordées pour s'élever dans le vent et sortir du golfe.
On s'éloignait de la terre ; mais il nous restait encore un gros boulot, hisser le canot à bord, ce qui
donna lieu à un incident.

Papadakis était à la barre. Le Bulgare était retourné se coucher et s'était remis à boire à l'aide
d'un bout de roseau plongeant dans le tonneau qu'il
maintenait entre ses genoux. Le mousse et moi
n'étions pas de force pour hisser le canot au palan.
J'appelai le Bulgare pour nous donner un coup de
main. Mais le sale bougre ne bronchait pas, faisant
le sourd, hilare et cynique, tirant sur son roseau,
aspirant son vin, le dégustant avec des mines et
des grimaces, se foutant de nous. Alors Papadakis

s'approcha par-derrière, il tenait une corde à nœuds
à la main et lui en porta un grand coup à travers le
visage. Je me portai au secours de l'ivrogne.

— Papadakis, prends garde ! criai-je brandissant
mon épine d'Ispahan, la lui faisant siffler aux oreilles
et faisant des moulinets autour de la tête du patron.
Tu n'as pas le droit de frapper cet homme ! Tiens,
regarde, il y a une dague au bout. Attention !…

Et je me fendis et lui portai une pointe au nombril.

Ma feinte était bonne. Les Levantins ont de
l'imagination, et d'émotion Papadakis tomba sur le
derrière, se tenant la panse des deux mains, s'imaginant avoir le ventre crevé. D'instinct je m'étais ac-
croupi, baissant la tête, et au même moment,
comme un boomerang, un couteau de cuisine passa
en tournoyant entre nous deux pour aller se ficher
tout vibrant dans le pont. C'était le mousse qui
croyait son oncle assassiné. Je relevai la tête. Le
mousse se tenait sous le palan de pied, frémissant,
les yeux colère. Il avait un deuxième coutelas à la
main, tout aussi long que le premier et il m'eût étripé
si j'avais fait un pas en avant. Il était superbe de passion.

— *Kallinecta,* mademoiselle ! lui criai-je en riant.
Calmez vos nerfs, sinon la batterie de cuisine va y
passer. Il n'y a pas de mal…

Et lui tournant le dos, j'allai m'asseoir à côté du
patron qui n'en revenait pas de ne pas voir couler
son sang.

— Regarde, Papadakis, je t'ai bluffé, ma badine
n'est pas une canne-épée. Elle est trop mince et
beaucoup trop flexible. C'est une simple épine de
rose. Il n'y a même pas une pointe au bout. Elle est
si fragile qu'on ne pourrait administrer avec, une

fessée à un ange. Regarde, la résille est en or. Elle
est infiniment précieuse. C'est du beau travail d'artiste. Je l'ai achetée au bazar de Téhéran. C'est un
souvenir. Mais, que veux-tu, mon sang n'a fait
qu'un tour. Tu n'as pas le droit de frapper cet
homme s'il ne veut pas travailler. Tu n'as jamais eu
la flemme, dis? Mais si tu veux t'en débarrasser, je
te donnerai volontiers un coup de main pour le balancer par-dessus bord et que le diable se débrouille
s'il sait nager, car il me dégoûte, et la terre n'est pas
loin.

Papadakis tournait et retournait ma badine dans
ses grosses pattes, et il la tortillait, et il la bandait
en arc, et il la tenait comme un fusil, visant le soleil dont le disque trempait à moitié dans l'eau, et
il me la rendit disant :

— Oui, c'est une belle épine, mais, l'homme, tu
ne devrais pas te mêler de ce qui ne te regarde pas,
je suis seul maître à bord.

— C'est entendu, excuse-moi, Papadakis. Mais
je ne puis voir battre les gens pour les forcer à travailler. Tu sais bien que le travail est une malédiction. Les Écritures l'affirment. Mais allons hisser le
canot...

Le Bulgare qui était tombé à la renverse s'était
ramassé et courait en maugréant après son tonneau
que le roulis faisait caramboler sur le pont, perdant
son vin. Quand il s'en fut enfin saisi, l'eut mis debout, fait rouler de champ et arrimé dans son coin,
je lui tapai sur l'épaule :

— Alors, tu viens maintenant nous donner un
coup de main, gros diable?

Le pauvre type avait un Charlot et un fameux.
Il me suivit inconscient. En me postant au palan,
je pinçai l'oreille du mousse :

— *Kallinecta,* mademoiselle !...

— Oh ! hisse ! criait Papadakis qui s'était joint à nous.

En un clin d'œil le canot fut hissé, viré, saisi sur le panneau de charge, au pied du «charnier», récipient tronconique en bois, contenant une cinquantaine de litres d'eau potable, derrière le treuil à main.

— Venez boire le coup, les gars, dit Papadakis en décadenassant le capot pour descendre dans sa cambuse et remonter, un broc rempli jusqu'au bord.

— J'ai eu chaud, dit-il.

Et il but une longue lampée et me passa le broc ; je bus à mon tour, longuement, posément et passai le récipient au mousse pour faire enrager le Bulgare, lui tapant avec ma badine sur les mains qu'il tendait déjà :

— Toi, triple diable, tu as assez bu, voilà ton tonneau...

Et du pouce je lui désignais par-dessus l'épaule le «charnier» peinturluré de jaune et de vert et cerclé de rouge.

— Je te tuerai... murmura le Bulgare en se levant pour s'allonger dans sa souille, auprès de sa chère barrique, qu'il se mit à bercer et à peloter tendrement avant de s'endormir.

On eût dit une nourrice suçant son nourrisson.

Il était une fois de plus ignoble.

Le soleil avait fait le grand plongeon. La mer était verte et incarnat. La frange du ciel d'un éclat diamantin à l'ouest et sa calotte d'un bleu de plus en plus sombre et presque noir à l'orient. La nuit montait de la terre embrumée. On sortait du golfe, doublant le cap Miseno. Papadakis qui était au gouvernail donna franchement un coup de barre. On montait plein nord. Il ventait frais. À la proue et à la poupe le mousse hissait le clinfoc et moi la flèche d'artimon. Ce vin de Samos était fameux. Cela allait bien. Je me sentais en forme. On naviguait sans feux, en conquérants, toutes voiles dehors. Les premières étoiles scintillaient et l'étrave bavardait, chantonnait, fendant l'eau.

La mer moutonnait.

Je me sentais libre.

À l'aventure...

— *Kalliméra,* mademoiselle !...

Nous étions maintenant grands copains, le mousse et moi, et tous les matins je quittais la barre pour venir bavarder avec lui cependant qu'il préparait ses cafés turcs, mettant au feu, dans la braise, une demi-douzaine de pipes de cuivre munies d'un long manche, qu'il astiquait le plateau assorti, torchait une fragile tasse de porcelaine habillée d'une housse polycolore de brins de joncs tressés en mailles géométriques et qu'il courait porter le moka accompagné de *mezzés* à son oncle, en bas, dans sa cambuse. Le café bu, il empoignait le faubert et moi le seau, et nous nous mettions à éponger le pont qui n'avait jamais connu pareille fête et nous riions aux éclats quand, arrivés à la souille du Bulgare, je lui déversais un seau d'eau sur la tête, lui criant :

— Hé ! décanille, salaud, grouille-toi ! Le jus est sur le feu, va prendre le quart, c'est l'heure...

Le bougre s'en allait comme une bête, s'arrêtant, se retournant, surveillant sa barrique, se grattant partout, nous montrant les dents, nous menaçant du poing en marmonnant je ne sais quoi à mon adresse, et il allait s'accroupir devant le feu de charbon de bois, avalait son jus et remontait prendre son quart à la barre en passant prudemment par l'autre bord pour nous éviter, nous jetant des coups d'œil par en dessous ou prenant son courage à deux mains pour quémander un *papyrosse*, et quand je lui avais jeté la moitié d'un paquet de cigarettes, il s'en retournait à la «cuisine», où il déchiquetait une cigarette pour bourrer une pipe, choisissait une braise incandescente, la tenant, le sacré diable, entre le pouce et l'index, allumait son brûle-gueule pas plus long que ça et il allait se planter à la barre sans dire mot, complètement abruti, couvant sa barrique des yeux, et il ne tardait pas à piquer un roupillon sur le banc, où il s'allongeait jusqu'à l'heure de la tambouille.

Inutile de surveiller la manœuvre de cette espèce d'ours mal léché et mal luné, il n'y avait pas de grains à craindre. Le temps était au beau fixe. La brise de terre tombait régulièrement vers les dix heures du matin et jusque vers les trois, quatre, cinq heures de l'après-midi, où nous changions d'amures pour capter la brise du soir qui venait du large, nous restions encalminés, les voiles battantes, et sans l'épatante présence du mousse cette navigation eût été fastidieuse.

Dans la matinée, Papadakis passait de temps à autre la tête par l'écoutille, crachait dans la mer, nous disait bonjour, jetait un coup d'œil sur la voilure, regardait le temps qu'il faisait, humait l'air, se mouillait le doigt pour se rendre compte de ce qui restait de force à la brise évanescente, paraissait satisfait, recrachait dans la mer et disparaissait dans sa cambuse, où il devait passer du rêve à l'anéantissement, sinon en fumant le narghileh du moins en égrenant le chapelet oriental aux grosses boules d'ambre jusqu'à l'heure de la tambouille qui nous réunissait tous les quatre autour de la cocotte de fonte, drôle de pirate !

La tambouille du mousse, si je m'en souviens ! Tous les jours, voire deux fois par jour, c'était la même chose : des *garbanzas* et encore des *garbanzas*, c'est-à-dire des pois chiches à l'huile, plein la fameuse cocotte dans laquelle on pêchait avec des quignons de pain les premiers jours, puis, le pain de Puzzoles épuisé, avec les doigts, car on vivait sur un pied d'égalité absolue quant à la nourriture. Ce n'est pas à bord de cette barque que j'allais prendre une once de graisse ! Un oignon cru, une gousse d'ail, six olives noires. À ce menu plus que frugal venait s'ajouter le poisson (des belles daurades) que le mousse prenait à la traîne ou du macaroni, du fromage, du ravitaillement en pain ou en biscuits de mer, des flopées de sardines fraîches et autres menues denrées d'alimentation quand nous avions la chance de tomber sur une flottille de pêcheurs (ce qui nous arriva deux, trois fois) et que nous mettions en panne pour échanger ces extra de boustifailles contre du café, du tabac, du sucre, dont la cambuse du Grec semblait regorger, pas du vin, les Italiens en avaient tous, mais des bouteilles de «résiné», un vin apéritif à la tisane de bourgeons de pin, et de «mastic», un autre apéritif à base de résine de lentisque, et de «raki», une anisette exotique dans laquelle flottait je ne sais quelle algue marine, bouteilles dont notre cale était bourrée jusqu'aux barrots et qui faisaient prime au troc, troc bienvenu et inespéré mais qui n'arrivait pas à nous rassasier, nous, l'équipage famélique.

Après la platée de *garbanzas* de la méridienne, Papadakis descendait généralement faire la sieste et le mousse ne tardait pas à aller le rejoindre en douce pour une heure ou deux, se faufilant sur ses pieds nus et comme honteux. C'était l'heure la plus chaude de la journée. Le Bulgare buvait, sirotait, sommeillait, délirait, rebuvait. Je m'étendais dans le canot, ne dormant que d'un œil car je me méfiais des lubies du pochard, et la barque, roulant mollement d'un bord sur l'autre, voguait à la grâce de Dieu, les voiles mortes, la voile aurique pleine de plis et de rides, retombante et flasque comme un sein tari. Au moindre frissoulis j'ouvrais l'œil. Mais ce n'était pas le vent qui venait chuchoter. Ce n'était pas encore son heure. C'étaient les pieds nus, les pieds nus du mousse qui se trottait plus rapide qu'une souris, et le gosse s'évanouissait comme une ombre et allait se dissimuler dans la soute à voiles ou se lover dans un rouleau de cordage du cabestan, sur le gaillard ou contre le beaupré, faisant le moins de bruit possible, se tenant coi, vergogneux. Mais j'avais perçu sa fuite et au bout de quelques instants je venais le rejoindre comme si de rien n'était, et pour l'amuser, le distraire, lui redonner confiance et lui faire oublier sa triste condition auprès de son oncle et pour lui faire entendre qu'il n'y avait pas de honte qui tienne aussi bas soit-on tombé, de malheur dont on ne puisse sortir et se tirer pour devenir un homme, et un homme libre ! Je faisais le pitre, des tours de passe-passe et de jonglerie avec mon épine d'Ispahan et des ustensiles de cuisine, des exercices d'acrobatie, le tour des reins et le grand écart, et je marchais sur les mains pour faire rire le petit, et je faisais un saut périlleux sur le pont comme un grand frère peut le faire pour instruire son cadet, l'enseigner, lui faire comme une démonstration, lui faire voir comment on peut toujours rattraper son équilibre, souvent d'un simple coup de reins, quand on glisse, fait un faux pas au risque de s'étaler et de se casser la colonne vertébrale et comment on peut aussi se laisser bouler pour ne pas se faire mal quand on tombe de trop haut ; et je lui racontais des épisodes de ma vie, et comment, à Anvers, un vieux Juif, laid, sale, avec une grosse verrue sur l'œil, un nommé Éliézer Lévy, un ancien courtier en bijoux qui avait eu des malheurs et aussi pas mal de malhonnêtetés sur la conscience, se moquait de ses confrères et de ses coreligionnaires qui l'avaient répudié, mis à l'index et l'auraient laissé mourir de faim, ne lui confiant plus aucun travail, ne lui laissant aucune chance, même pas celle, combien dangereuse, d'écouler des bijoux truqués, filoutés ou volés, Éliézer m'invitait de partir avec lui faire le tour du monde en toute sérénité, me disant, à soixante-douze ans :

— Venez donc avec moi, monsieur Blaise. Vous verrez, quand on sait comme moi faire deux, trois tours de prestidigitation, oh ! très simples, mais qui amusent et étonnent les gens, on est sûr d'être bien reçu partout, nourri, logé, blanchi, bien muni d'argent de poche, ce qui fait qu'on ne se prive de rien, et traité comme il se doit par ces dames, je puis vous l'affirmer, indistinctement dans tous les pays du monde, sans égard à l'origine ou à la religion. Les gens adorent le merveilleux. Mais il y faut du doigté, un entraînement quotidien, du bagou, de l'élégance, de faire semblant et de savoir faire rire !

Ce qui prouve que la vie n'est pas ce que l'on dit ou veut vous faire accroire ; aussi n'a-t-on pas le droit de jamais désespérer dans aucune des circonstances où le mauvais sort semble vouloir vous emprisonner. Il y a toujours une issue, une chance

dernière, une fuite possible, «la belle». La vie c'est
un amusement, c'est passionnant.

— Imaginez-vous, monsieur Blaise, me disait encore le vieil Éliézer, même les femmes me trouvent
plaisant sinon beau, à mon âge, parce que j'arrive
à les émerveiller avec un jeu de cartes ou le contenu
d'une boîte d'allumettes. Plus le truc est simple, plus
les gens sont épatés quand je le leur démontre, mettant le doigt sur leur bêtise, et loin de se fâcher, ils
rigolent ! Et moi-même je me laisse prendre à mon
jeu et j'oublie que je fais tout cela pour manger.
Avouez que c'est farce ! Mais, tout de même, je
contourne la loi et sa dure condamnation au travail
ennuyeux et contraint-contrit. Et ce n'est pas rien,
dites ?…

Tels étaient les enseignements d'une vieille cra-
pule de floueur pratique et philosophe, et le mousse
se tordait en m'écoutant et en me voyant faire des
grimaces et des contorsions d'homme-serpent,
suant à grosses gouttes, et le cher gamin allait tirer
une mesure de vin, pas du vin de pontée exposé au
soleil depuis deux mois et qui devait lentement surir,
mais du bon, qu'il allait quérir en bas, chez son oncle,
et qu'il me rapportait en se glissant sur la pointe de
ses pieds nus comme une danseuse, souriant, les
dents éblouissantes et l'air surexcité.

— Encore ! me disait-il. Racontez-moi encore des
choses…

Alors, pour confirmer les dires du vieux Juif anversois et lui prouver qu'Eliézer n'était pas un ima-
ginatif ni un menteur, je lui racontais comment, en
l'année 1500, Pedro Alvarez Cabral, l'amiral qui dé-
couvrit le Brésil, à la vue de la première de ses cha-
loupes lourdement chargée d'arquebusiers qui avait
viré de bord et faisait, les lâches, force de rames pour

se mettre à l'abri de la flotte portugaise, le rivage
se couvrant d'une multitude de sauvages armés de
flèches et de sagaies et de massues et qui hurlaient
et trépignaient et poussaient leur cri de guerre,
Cabral fit sortir des fers la plus mauvaise tête de l'escadre, un forçat irréductible, mais acrobate et
contorsionniste fameux à Lisbonne, et l'amiral
chargea cet homme banni d'aller prendre langue avec
les anthropophages, lui promettant sa grâce s'il réussissait dans sa mission, et l'on vit l'étrange ambassadeur se déshabiller tout nu, piquer une tête dans
la flotte et nager sans hésitation vers le rivage, et
l'amiral qui le suivait dans sa lunette vit le garçon
aborder, faire la roue, marcher sur les mains, faire
un double, un triple saut périlleux au plus grand éba-
hissement des sauvages qui faisaient cercle autour
de lui, le suivaient pas à pas pour finir par se pros-
terner et l'adorer, cependant que le pince-sans-rire
faisait le signal convenu et que Cabral put débarquer et planter le drapeau du roi du Portugal sur
cet immense territoire vierge et élever un *perdão* aux
armes de sa lointaine petite patrie pour en marquer
la possession comme les découvreurs lusitaniens en
ont tant élevé de ces pierres taillées, de la mer
Blanche aux mers de Chine et du rio Negro de
l'Amazonie au rio Verde du Mozambique, et le Père
Anchieta dresser la Croix, tout cela sans effusion
de sang et en faisant ami-ami avec le chef et les vieux
de l'aldée.

— Tenez, mademoiselle, vous avez de bons yeux,
n'est-ce pas ? disais-je encore au mousse. Eh bien,
regardez !... Je colle une petite bande de papier sur
une seule face de ce couteau... Comme ceci, na, vous
avez bien vu ?... Attention ! et une, et une, et une...
Il n'y a toujours qu'une seule bande de papier,

n'est-ce pas? et toujours sur une seule face de la lame?... Regardez bien!... J'accélère le mouvement, un simple mouvement de rotation du poignet... comme ceci et comme cela... et toujours plus vite... plus vite... et encore plus vite... une, deux, une, deux, une deux... et deux, et deux, et deux... deux, deux, deux,... Le plus vite possible!... Attention!... Combien de papiers voyez-vous maintenant? deux-deux-deux... deux, n'est-ce pas? deux... une bande de papier sur chaque face de la lame... et je ralentis... Attention!... et une, et deux, et une, et deux... une... je freine... Voyez, il n'y en a qu'une, une seule, toujours la même, l'autre face est toujours vierge... C'est bête comme chou, c'est simple, vous pouvez en faire autant... Essayez... Tenez... C'est encore un truc du vieil Eliézer... Cela rend les gens fous parce que cela se fait sous leur nez et qu'ils ne comprennent pas comment cela est possible... Essayez encore une fois... C'est déjà mieux... Tout le secret est dans le mouvement du poignet et de son accélération méthodique... Ce n'est pas malin... Essayez une troisième fois et vous y arriverez!...

Le mousse riait aux éclats. Il était heureux.

— Allons, mademoiselle, un peu de sérieux, s'il vous plaît, sinon vous n'y arriverez jamais... Ça y est!... Bravo!... Ça n'est pas malin, hein?

Les journées passaient sans autre, toutes aussi pleines, toutes aussi vides, et l'on ne sait jamais celle qui comptera, sinon on l'arrêterait! Mais c'est la vie. La joie, la tristesse, la santé, la maladie. Tout s'écoule. Il n'y a que l'enfance, la tendre enfance qui brille et que l'on voudrait revivre pour voir, pour mieux voir. C'est de la magie. L'innocence. Quand le monde est neuf, le vieux monde. Et la vie, cette pourriture perpétuelle, cette usure continue, cette renaissance comme le feu de ses cendres, jeune phénix mystérieux, vieux sphinx sans énigme. La Vie. La Mort. C'est tout comme. Équivalence. Équipolence. Un tour vertigineux. Je suis, tu es, il est...

Nous sommes !

Un tour d'horizon.

Aujourd'hui j'ai soixante ans, et cette gymnastique et cette jonglerie auxquelles je me livrais pour séduire le mousse, je les exécute maintenant devant ma machine à écrire pour me maintenir en forme, et l'esprit allègre, depuis les années que je ne sors plus, que je ne bouge plus, que je ne voyage plus, que je ne vois plus personne, glissant ma vie comme une feuille de papier carbone entre deux feuilles de papier blanc sous le chariot de ma machine à écrire et que je tape, je tape, au recto et au verso, et que je me relis comme un somnambule, intercalant dans la vision directe celle, réfléchie, qui ne peut se déchiffrer qu'à l'envers comme dans un miroir, maître de ma vie, dominant le temps, ayant réussi par le désarticuler, le disloquer et à glisser la relativité comme un substratum dans mes phrases pour en faire le ressort même de mon écriture, ce que l'on a pris pour désordre, confusion, facilité, manque de composition, laisser-aller alors que c'est peut-être la plus grande nouveauté littéraire du XXe siècle que d'avoir su appliquer les procédés d'analyse et les déductions mathématiques d'un Einstein sur l'essence, la constitution, la propagation de la lumière à la technique du roman ! *(Je fais l'âne pour avoir du son !)*

En d'autres termes donc, j'écris ma vie sur ma

machine à écrire avec beaucoup d'application comme Jean-Sébastien Bach composait son *Clavecin bien tempéré*, fugues et contrepoint, et je dis que j'en ai encore pour dix ans à orchestrer les trois, quatre grands livres (des romans) qu'il me reste à écrire en dehors de mes souvenirs personnels. Mais je partage ma vie en deux séries, mes aventures en Occident (les trois Amériques), mes aventures en Orient (en Chine, où j'ai fait mes débuts); et comme j'ai toujours été frappé par le fait historique que si les Blancs, qui se sont rués à la possession du monde, à partir du xvie siècle, et ont réussi à se partager le Nouveau Monde, occupant tout le continent, y faisant souche après avoir massacré les races Peaux Rouges, fait table rase des civilisations indiennes, bouleversé l'économie séculaire du pays en y introduisant les Noirs comme bêtes de somme, *trafic des bois d'ébène* qui plus que le trésor des Incas et le produit des mines d'or et de diamants est à l'origine des immenses sommes d'argent, finances publiques et fortunes particulières que les nations européennes ont investies, dès le début du xixe siècle, dans le machinisme et l'industrie lourde qui bouleversent le monde d'aujourd'hui et le font craquer, ces mêmes nations européennes, et les Portugais, et les Espagnols, et les Anglais, et les Français, et les Hollandais – les Russes, à l'insu des autres, conquérant pas à pas la toundra sibérienne, pénétrant par les déserts de la Mongolie jusqu'à la Grande Muraille de Chine où ce flot de hardis piétons fut détourné vers le nord-est et gagna le Kamtchatka, occupa Sakhaline, franchit le Pacifique par les Aléoutiennes, gagna l'Alaska, descendit la côte de l'Amérique, ses pionniers s'établissant en Californie, où ils se heurtèrent et finalement cédèrent aux aventuriers américains venus de l'Est, du Far East, peu de temps avant la ruée vers L'OR de 1848 et la fondation de la ville de San Francisco ! – les Blancs n'ont jamais pu gagner le cœur de l'Asie, bien que se cramponnant désespérément à de maigres établissements provisoires en bordure des plages, où ils ouvraient des comptoirs de troc et d'échange sur toute la périphérie de l'immense continent, sans arriver à exterminer ses multitudes d'autochtones comme ils ont pu le faire ailleurs, par le fer et par le feu, en Amérique du Nord et en Australie dans les temps modernes, ni effacer leurs civilisations antiques, ni entamer leur foi, leurs croyances, ni éteindre le culte de l'Ancêtre, ni avoir prise sur leur esprit passif de résistance malgré la supériorité des armes, l'ardeur des agents de propagande, Pères Jésuites, missionnaires anglicans et protestants qui allaient de l'avant jusqu'au martyre et l'emploi de poisons néfastes à dose massive pour l'avenir de l'intelligence et de la santé de la race jaune, l'opium, l'alcool, la tuberculose et la syphilis, l'introduction, ces dernières années et sous la pression des U.S.A., de l'enseignement obligatoire primaire, après celui si vain du catéchisme ! C'est pourquoi, tenant compte de ce fait historique, de l'échec et de la faillite des Blancs dans tout l'Orient, je dois employer une autre technique et un autre engin pour enregistrer cet autre cycle de mes souvenirs, ceux de mes jongleries chinoises, que je voudrais orchestrer non plus à la machine, dont les engrenages qui grasseyent (et la ridicule petite sonnette au bout de la ligne !) rendent si bien la crise de conscience grinçante avant-coureuse de la panne des Occidentaux, mais *au piano à écrire,* non pour poétiser mes sensations exotiques, mais pour mieux

rendre *le silence humain* dans la cacophonie orientale – les gongs, les cloches, le grand bourdon, les
flûtes aigrelettes, les trompettes bouchées, le crin
crin rance et les gammes et les criailleries en demis
et en quarts de tons chromatiques, tout ce que l'on
met en branle pour chasser les mauvais esprits – des
pestiférés, des coolies, des intouchables dont j'ai partagé la vie aux coins des rues grouillantes, quand
je crevais la faim à Pékin, en 1904.

Dieu ! quelle tête aurai-je quand je sortirai enfin
de ma solitude d'Aix-en-Provence (j'aurai alors
soixante-dix ans, l'âge de me payer un voyage à
Bénarès par l'entremise de l'agence Cook, un
voyage classique, avec appartement retenu d'avance
dans les hôtels les plus confortables, les services
d'une infirmière diplômée, *a training-nurse* en uniforme, et l'assurance d'un éléphant pas trop
brusque), aurais-je l'air émacié, comme hier à bord
de la barque de Papadakis, après ma cure ratée au
tombeau de Virgile et ma fuite de Téhéran à travers l'Anatolie pour embarquer clandestinement à
Smyrne à bord d'un vapeur de *Lloyd Triestino* à destination de Naples, ou arborerai-je enfin mon véritable visage, non plus de bagarreur ou de casseur
d'assiettes pour la galerie, mais de ce contemplatif
que je n'ai jamais cessé d'être, même pas dans les
pires moments de ma vie accidentée où j'ai pu me
dérober devant l'obstacle, ce brahmane à rebours
que je connais bien, ce boxeur qui s'entraîne en portant des coups à son ombre sur le mur, qui redouble
de vitesse tout en s'étudiant de près et qui corrige
méthodiquement sa technique, ses réactions, ses ré-
flexes, ses reparties, son doublé fulgurant, renouvelle la science de son coup de poing, mais qui sait
aussi encaisser car il y a des jours où il se livre à un

furieux adversaire, pas à son ombre, mais à son semblable, pas sur le ring, mais en pleine aventure et
loin de tout spectateur, et il s'en revient battu, rossé.
Comptez mes cicatrices! On ne les voit pas toutes
et il n'y a pas de quoi en être fier [5]. (*Jeux de main,
jeux de vilain.*)

Je rencontre un jour Picasso devant chez lui, rue
La Boétie, où il était venu se mettre dans la gueule
du loup, comme disait si drôlement le père Laffitte,
l'éditeur.

— Monte chez moi, me dit Picasso, je ferai ton
portrait. Je ne travaille plus que pour la postérité.

— Merde alors pour la postérité! lui répondis-
je. Je ne monte pas.

C'était en 1929, au début de la crise financière
mondiale. Je me sentais las et j'allais tomber malade, malade pour la première fois de ma vie.

En effet, toute une série de célébrités étaient ve-
nues poser chez Picasso. C'était après la période
«INGRES» où Picasso avait dessiné de si beaux portraits ressemblants (*horresco referens!*) : sa femme,
Olga, la danseuse; Bébé Errazuriz; Igor Strawinsky;
la belle Mme P..., «*a mais mimosa Paraguaya*», avait
gratté, avec la pointe de son épingle de cravate, une
perle d'eau douce, du lac Nicaragua (qui est aussi
le seul lac du monde contenant des requins, et
quels!), l'un de ses fervents admirateurs (un ambassadeur) sur un volet du grand Coromandel de
son salon. Maintenant Picasso s'adonnait à un
genre plus synthétique, plus composé, plus pom-
pier, ce qui devait l'amuser probablement mais qui
était un genre beaucoup moins pur parce que tendant à l'effigie, à l'immortalité, tendance que j'ai appelée l'époque «DAVID», et Cocteau avait posé pour
lui dans cette série, en peignoir de bain ou en péplum

éponge, ce qui est tout comme, mais une ode à la main, et Picasso l'avait fait ressemblant à Lamartine, car ce diable de peintre, à l'œil droit de jaloux Espagnol et, le gauche, en entonnoir, tourné en dedans, incisif, impitoyable et étrangement fixe quand il vous regarde, n'est pas démuni de sarcasme et de malice, et se laissant aller à son vice terriblement intelligent, ce démon de la peinture s'était emparé du sourire ricanant du vieil Arouet pour l'entortiller par je ne sais quel maléfice en forme de mèche de cheveux et coller ce postiche sur la tête de son modèle, si bien que ce pauvre Jean porte encore aujourd'hui cette moumoute cabalistique au milieu du front, sauf qu'il l'a décolorée et que cette mèche de mulâtre voltairien tire sur le rouge brique et que l'on ne voit plus qu'elle aujourd'hui, ce qui me rend tout triste quand je rencontre le prince charmant de Paris, comme si Jean portait un nœud de crêpe à son esprit, un deuil qui sent le roussi.

Qui a fait mon portrait à ce jour? Des jeunes peintres inconnus, alors des copains, qui sont restés inconnus ou qui sont devenus célèbres, comme Marc Chagall, quand Chagall avait du génie avant la guerre de 14, comme ce pauvre et chic type, Modigliani, qui a fait mon portrait en Poil de Carotte et ce portrait se trouve aujourd'hui au musée de la *Peinture moderne* de New York, comme Fernand Léger qui a fait mon portrait en culasse de 75. Léon Bakst, le maître des *Ballets Russes*, a peint, m'a-t-on dit, un admirable portrait de moi qui pour moi reste énigme car je n'ai jamais posé pour. Bakst aurait peint ce portrait peu de temps avant sa mort alors que dans une crise de démence il avait fait une fugue, courant se cacher dans un palace de Monte-Carlo où ce vaniteux de province,

un personnage des *Ames mortes*, vivait incognito mais
se prenant pour Moïse, et il avait laissé pousser sa
barbe rabbinique, ne se déshabillant plus, faisant
sous lui, lui, l'ex-beau, d'une élégance de daltonien,
complet bois de rose, chaussettes de soie genre Raoul
le Boucher et toujours tiré à quatre épingles, le coq
de chez Diaghilew, et il s'était établi avec son attirail de peintre dans un grand canapé en cuir de
Russie dont on ne pouvait pas le faire issir. Je me
suis toujours demandé pourquoi je l'avais hanté dans
un pareil moment et au point qu'en plus de mon
portrait on trouva après sa mort une trentaine de
caricatures de moi comme après la mort de Caruso
on devait en trouver une centaine d'autres chez le
fameux ténor, mais Caruso avait la manie de
crayonner ses hôtes et j'avais passé trois semaines
chez lui, à New York, en 1910, alors que Bakst, je
ne l'ai jamais fréquenté intimement et c'est à peine
si nous nous sommes vus une demi-douzaine de fois
au Châtelet, lors des répétitions des *Femmes de bonne
humeur* de Scarlatti, ce chef-d'œuvre inégalable ; mais
il est vrai que le beau Léon était un peu jaloux de
moi parce qu'il croyait que je lui avais soufflé une
danseuse, le pauvre, et nous nous en étions expli-
qué en riant, au *Canneton*, en buvant de la vodka,
et jamais je n'aurais pu croire que ce léger incident
pût avoir une telle importance pour lui au jour de
sa mort. C'est tragique, et de quoi aurai-je à répondre
au jour du Jugement dernier ? Misère de nous ! Un
très beau portrait de moi, romantique à souhait, avec
un grand chapeau de cow-boy et des longs cheveux
me tombant sur les épaules, que j'ai eu la surprise,
après trente-deux ans de séparation, de voir accroché dans le cabinet de mon frère à La Haye, est du
peintre Richard Hall, un membre H.-C. des *Artistes*

français, mort dernièrement et quasi centenaire à Buenos Aires. C'était le plus bel homme que j'aie connu. Il est probable que d'autres peintres m'aient croqué à mon insu, au café ou ailleurs, et il n'est pas exclu que tout comme Léon Bakst Paul Picasso ne m'ait peint, en cuistre, en singe, en amputé, en arlequin (certains ont cru me reconnaître de dos sur le rideau de *Parade*), en je ne sais quoi, en rien du tout, lors d'une de ses insomnies dont il souffre périodiquement, et ne m'ait projeté à travers son atelier de la rue des Grands-Augustins que j'ai surnommé le *Cinéma Poussière*, à cause du cafard du maître de céans, de ses tables d'anatomies en putréfaction, des mouches à viande qui grouillent, pondent et déposent dans ses natures mortes et de *Lucky*, son hibou, son dernier compagnon, si je dois en croire les journaux.

«Mon père coupait les pattes d'un pigeon mort, il les clouait avec des épingles sur une planche…», raconte Picasso. Pourvu que Pablo ne se mette pas à dessiner et à peindre le hibou qui hante son atelier, comme don José des dizaines, des centaines, des milliers de pigeons, des dizaines de mille, des centaines de mille de hiboux, et des millions et des millions de prunelles phosphorescentes! Le hibou, rapace de nuit, l'oiseau de Minerve, l'oiseau ennemi de la colombe, l'Esprit-Saint.

Maman, maman, les mouches et les troncs d'arbres, tel était le cri de terreur que je poussais dans mon berceau, en proie à je ne sais quel cauchemar.

J'avais dix-huit mois.

«Dors, dors, mon enfant!»

Les mouches étaient une réminiscence d'Égypte, où elles sont toujours une plaie; les troncs d'arbres, une impression de la journée, ma bonne adorant pousser ma voiture d'enfant dans un chantier où des scieurs de long débitaient des troncs de mélèzes et de sapins, et elle me couchait dans la sciure dont la forte odeur de bois vert me donnait une espèce de rhume des foins qui me faisait éternuer, larmoyer, mais la jeune bonne ne s'occupait pas de moi pour bavarder avec son amoureux, un beau gaillard, haut perché, le torse nu, une large ceinture de flanelle bleue maintenant son pantalon de velours, qui manœuvrait la grande scie avec son collègue, un bon vieux, placé par en dessous et qui me faisait risette chaque fois que le va-et-vient de la lame inharmonique et menaçante l'obligeait de s'incliner vers moi ou qu'il la graissait avec une couenne de lard.

C'était à Neuchâtel, en Suisse, où nous étions venus passer l'été chez grand-papa.

— Maman, maman, puis-je venir dans le tien lit? demandais-je.

On ne me répondait pas.

… Et comment ne pas rire quand je me vois, un petit bonhomme assis tout nu dans sa couverture, sur une terrasse, au bord de la mer, à Alexandrie, et à qui l'on a donné un dictionnaire ou un annuaire dépareillé du téléphone ou un code Bentley pour le faire tenir tranquille, et qui arrache les pages et qui rit et s'amuse en déchirant des bouts de papier que la brise entraîne et finit par faire voltiger comme des papillons, et le petit enfant rit et bat des mains et se renverse dans sa couverture et gigote de joie. Un peu plus tard, on lui donnera un livre d'images, et il se fera gronder par sa bonne, sinon fesser pour en avoir déchiré les pages ou les avoir barbouillées avec un morceau de charbon de bois, et j'apprends à mes dépens que l'on n'est pas venu

au monde pour s'amuser longtemps et que l'on vit
sur terre avec exubérance et en toute innocence,
mais qu'il faut être sage et savoir se taire, l'humeur
des grandes personnes, leur nervosisme se déchar-
geant sur les enfants, les parents les ayant fabriqués
en toute inconscience et en prenant leur plaisir, et
ils ne leur pardonnent pas de venir de bien plus loin
qu'eux-mêmes et de les déranger et de compliquer
leur vie.

C'est de la magie, et l'enfant participe plus sûrement de l'hypocrisie générale et des mensonges
et des conventions de ses parents qu'il ne se nour-
rit de la mamelle de sa mère.

La folie est le propre de l'homme.

… Que l'on est bien, la nuit, à la barre d'un bateau pour remonter le plus loin possible dans les souvenirs de sa plus tendre enfance et découvrir le feu
intermittent de la conscience qui palpite comme une
étoile perdue au fin fond du ciel et qui cligne et vous
envoie un message! Mais lequel?…

On est bercé… On rêvasse…

Ne peut-on remonter plus loin, plus haut encore,
franchir le seuil de la conscience embryonnaire et
retrouver des sensations prénatales, au moins une,
qui s'est inscrite à force de répétition, car le fœtus
est déjà un être vivant à partir du troisième, du quatrième mois de son incubation, donc bien avant la
fatale expulsion, et sa mère a souvenir de sa vie indépendante, de ruades, de mouvements, de torsions,
de succions, d'un insupportable chatouillement ou
prurit parasitaire, et toutes n'en sont pas attendries,
bien au contraire, elles ne voulaient pas ça, c'est
pourquoi elles vomissent, au début, puis elles se mettent à appréhender les douleurs qui vont suivre.
Pourquoi le petit n'en ressentirait pas autant par

réciprocité et ne garderait-il pas un souvenir abhorré
de son séjour dans le ventre de sa mère ?

J'ai vu le Diable dans mon berceau, sous forme
d'une boule électrique qui jetait des flammes et des
étincelles crépitantes, et je hurlais, hurlais de
frayeur !

J'avais un an. C'était le jour de mon baptême.
C'était à La Chaux-de-Fonds (Suisse). Maman
était venue présenter son dernier-né à son père.
Grand-père était mon parrain.

Cela se passait au vieil *Hôtel de la Balance*. On fes-
toyait dans la salle du bas. On valsait. On me laissait hurler dans ma chambre. Je m'en souviens bien.
Je hurlais, je hurlais ! Le Diable avait fini par disparaître, mais je continuais à hurler, m'entraînant
moi-même, puis par jeu.

Quelqu'un entrouvrit la porte dans le noir et m'envoya une énorme baffe pour me faire taire. Je tombai à la renverse dans mon oreiller et je ne sais plus...
En tout cas, je me taisais...

Petit Blaise, tu dors ou tu ne dors pas ? *(Aide-toi,
le Ciel t'aidera !)*

Aujourd'hui, c'est le 1er septembre 1947, c'est
le jour de mon anniversaire, j'ai soixante ans. Qui
suis-je ?

Les quelques portraits de peintres que je viens
d'énumérer dans le paragraphe précédent ne me ser-
vent à rien pour répondre à cette question, pas plus
que ne me sont utiles pour résoudre ce problème
de l'identité de soi les milliers de photographies pittoresques que l'on a pu faire de moi dans tous les
pays du monde, les instantanés, les bouts de pellicule, les chutes de films de montage et les négatifs
que l'on a pu collectionner quand je faisais du cinéma et parce que j'y figurais comme acteur, ou

comme metteur en scène ou auteur du scénario dans
le générique, les agrandissements et les clichés publicitaires et jusqu'à cette radiographie en relief que
l'on a faite de moi au lendemain d'un accident d'automobile, où l'on voit par transparence mon cœur
à l'aorte déviée, le docteur Dioclès, le grand spécialiste de l'Hôtel-Dieu, pointant de son stylomine
mes poumons, mon estomac, mes intestins, mon
foie, ma rate et me faisant toucher du doigt les vraies
et les fausses côtes de ma cage thoracique qui en-
cerclent ces organes comme dans un tonneau et
compter mes vertèbres, du sacrum, entre les os
iliaques, jusqu'à la pinéale, en avant du repli pos-
térieur du cerveau, cette documentation n'est
bonne à rien, ne me livre tout au plus qu'une image
fugitive, chronométrée en telle et telle année, tel
mois, tel jour, à telle heure, sous telle et telle lati-
tude, dans tel et tel rôle, tout cela ne répondant pas
à la question : en vérité, qui suis-je [6] ?

En vérité, je crois que je ne puis répondre à cette
question qu'en prenant pour échelle des valeurs les
vices connus sous l'appellation des *sept péchés capitaux* : la gourmandise, la luxure, l'avarice, la colère,
l'envie, la paresse et l'orgueil, en me mesurant par
rapport à eux, à la notion que j'en ai, à l'art, à l'usure
de leur pratique comme on vous fait passer successivement sous différentes toises pour prendre des
tests, remplir une fiche signalétique, établir une
carte d'identité avec poids, mesures, couleurs des
yeux, dentition, oreille droite, profil, face, pig-
mentation de la peau, groupe sanguin, empreintes
digitales et autres signes particuliers (des verrues,
des grains de beauté) ou distinctifs (des tatouages)
ou défectueux (bossu, pied-bot) ou accidentels

(par exemple : mon amputation du bras droit) ou
phénoménaux (nain, géant, femme à barbe, her-
maphrodisme), etc., tout ce fatras pseudo-scienti-
fique mais avant tout policier grâce auquel on croit
pouvoir numéroter un individu pour le ranger dans
une classification, afin de lui mettre plus facilement
la main dessus. Je veux bien, moi, mais quelle
main ? Une main sale. Et cela me répugne. Alors je
préfère m'en remettre à la main de Dieu, et voyons
ce que les diables ont fait de moi, et voyons comment je m'en suis tiré à soixante ans, car je n'existe
en vérité, car je ne puis me définir que par rapport
aux péchés que j'ai tous pratiqués. Et Dieu jaugera
et Dieu jugera.

Premier péché capital : LA GOURMANDISE. — Ce
n'est pas à cause de son nom de gargouille intesti-
nale et qui prête à rire en latin d'église : *gastrimar-
gia, quod sonat ventris ingluvies* (on a envie, comme
les Romains, de saluer chaque pet qui sort ou,
comme les Arabes, de s'incliner en souriant de satisfaction à chaque rot d'une digestion qui s'avère
être laborieuse !) que je ne puis prendre ce vice au
sérieux, quoique connaissant bien cette gloutonnerie
du ventre à laquelle les Pères font allusion dans leur
définition de la gourmandise, goinfrerie et ivrognerie
qui mènent aux pires excès où un homme puisse
s'avilir et tomber en esclavage, la coprophagie (j'en
ai connu deux cas, celui du naturaliste norvégien,
le docteur B…, un terrible Viking, mais décadent,
bien connu à Montparnasse, ainsi que sa garce,
Gabrielle, une repasseuse de fin, qui lui fournissait
cette complaisance, et une jeune fille de dix-huit ans,
Mlle S…, la fille unique d'un nouveau riche qui avait
payé *cash* quelques dizaines de millions – cent

quatre-vingts, je crois, les stocks alimentaires de l'armée anglaise en entrepôt sur le continent au lendemain de l'armistice du 11 novembre 1918, et qui avait réalisé quelques milliards – dix à douze, je crois – dans cette spéculation ; le père était Suisse, je ne sais de quoi il avait pu trafiquer avant d'avoir réussi cette mirifique opération de marché noir, la mère de la petite, une Badoise, était dactylo) et le delirium tremens (cas classique, les cabanons sont pleins d'alcooliques auxquels on passe la camisole de force) pour les brutes, les abus de la drogue et ses attirances toujours décevantes, son accoutumance jusqu'à la forte dose, la dose massive, le coup de boutoir dans le bas-ventre qui stupéfie, pour les raffinés et pour les délicats, qui deviennent finalement féroces vers la quarantaine, la sodomie, ainsi que le prouvent le procès de Gilles de Rais et le témoignage du prophète Ézéchiel apostrophant Jérusalem : «En quoi pécha ta sœur Sodome, si ce n'est qu'elle mangea son pain dans la satiété et l'abondance ? Et parce que ses habitants avaient été enflammés d'une ardeur inextinguible de la chair, par la satiété de pain, ils furent consumés par le jugement de Dieu, au moyen d'un feu de soufre tombé du ciel…» (Ézéchiel, XVI, 49), et le fulgurant ascète s'y connaissait en nourriture, lui, à qui Dieu a fait manger LE LIVRE (Ézéchiel, III, I, 2) [7].

De son côté, Léonard de Vinci constate froidement à différentes reprises et en des formules lapidaires : «Les hommes sont indignes de leurs organes, des rouages merveilleux de leur admirable machine. Ils ne pensent qu'à bourrer leur tube digestif par en haut et à le vider par en bas…», ou encore : «Les hommes ne sont que des remplisseurs de tinettes…»; et je pâlissais d'aise en lisant cela

tellement mon mépris pour les masses était radical
à dix-huit et à vingt ans quand, réchappé de la première révolution russe et des premiers traquenards
de la vie dans laquelle je m'étais jeté (en aveugle et
en imbécile) ; la révolution et l'aviation, triomphe
des fonctionnaires civils et militaires, sont les deux
grandes déceptions de ma vie, je raconterai cela
ailleurs, en temps et lieu, et aussi comment par
amour pour une lycéenne, qui fut pendue à Viborg
(Finlande), tout un été on a fabriqué des bombes
dans ma villa de Terrioki [8], je voulais composer une
symphonie sur le thème du *Déluge* en m'inspirant
du pessimisme intégral de de Vinci et des fonds géo-
logiques, voire cosmiques de ses tableaux sur lesquels se détache le portrait d'une Mona Lisa, car
avant d'être saisi par le démon de l'écriture je pensais devenir musicien, compositeur (j'étais très
doué pour la musique, on m'encourageait de différents côtés, j'ai poussé mes études musicales très
loin, ce sont même les seules études que j'ai pous-
sées presque jusqu'au bout, mon professeur était très
emballé par mon don comique, si extraordinairement rare en musique, affirmait-il en me prédisant
un grand avenir, et, justement, en débarquant à
Gênes du voilier de Papadakis, je pensais composer cette symphonie et conquérir Paris !) ; mais la
musique c'est la Chine, comme qui viserait l'autre
face de la lune, celle que l'on ne voit jamais (mais
que l'on devine être plastique grâce à une pipe
d'opium, n'est-ce pas, Dominique Combette ?), et
ma main coupée mit fin à mes velléités et à mon ambition et me fit brutalement sortir de cette ornière
d'esthète où j'allais probablement m'enliser à la suite
des poètes et des peintres des *Soirées de Paris*, en
1914. C'est la guerre qui m'a sauvé en me tirant de

là et en me jetant anonyme parmi le peuple en armes, un matricule parmi des millions d'autres. 1529. Quelle ivresse! La vérité est dans le vin. La vérité et la liberté. Vive le pinard et l'aramon dans le ventre, le gros rouge!

Il faut avoir eu une longue expérience de la vie et avoir bu beaucoup, beaucoup de petits verres de tord-boyaux avec l'homme du peuple dans les assommoirs à la Zola pour réapprendre à aimer les hommes fraternellement et non tenir, non pas le crachoir mais le micro au bureau de ses assemblées.

Le prolétaire qui se saoule le samedi soir «après le turbin» ou l'ouvrier agricole le dimanche matin, jours de paie, ce n'est pas tant pour oublier sa misère que pour protester contre le patron qui l'écrase, le politicien qui l'exploite, le militaire qui le fait baver, l'ordre établi, la loi, la police, l'État qu'il emmerde, ce régime d'usines, de bagnes, de prisons qu'il faut foutre par terre, comme ça!... – et il fait trembler le comptoir d'un coup de poing formidable, et il avale un dernier petit verre, et il flanque ses sous à la figure du bistroquet, et c'est lui qui se fout par terre, nom de Dieu!... Il n'y a pas de justice... «Mort aux vaches!... Mort aux bourgeois!... Taïaut! sus! haro!... Pille!... pille!... À nous les poules de luxe et les stars des capitalistes! Les gonzesses sont avec nous!...» Il voit rouge, l'homme, mais il voit clair. Et Dieu ne lui donnera pas tort qui a mis la révolte dans son verre, ni le Pape. L'Église est faite de ses saints, des ivrognes mystiques et transcendantaux, des enfants terribles qui foulent la vigne de Noé. Donc, si en plus des animaux mâles et femelles qui étaient à bord de l'arche de Noé, le Seigneur a caché un pied de vigne c'est que Dieu avait une intention lointaine..., la rédemption, le cep de la Croix:

«Prenez, mangez, ceci est mon Corps... Buvez-en tous, car ceci est mon Sang...» (Matthieu, XXVI, 26, 27, 28)... une lointaine atténuation à la malédiction du travail.

Néanmoins, malgré la mise en garde des Pères, l'apostrophe du prophète, la condamnation prononcée par le plus grand esprit et le seul misanthrope de la Renaissance, l'exemple des malades, des fous, des monstres, des possédés, des intoxiqués, des vicieux (je pense à cette femme dont parle Huysmans qui souillait des hosties consacrées pour apaiser sa faim utérine) et l'espoir des pauvres ivrognes dont je suis, j'ai peine à prendre la gourmandise pour un péché mortel car je suis d'une famille gourmande, tout simplement, et je ne puis croire que Dieu ait distribué tant de bonnes choses à manger de par le monde et épandu sa manne pour damner ou contaminer le genre humain, alors que tant d'autres tentations dans la nature pourraient le laisser croire. Et c'est pourtant par ce péché mignon, qui est encore, et cela est bien connu, celui des dévotes et de tant d'ecclésiastiques, qu'Ève s'est laissé tenter et a failli. Mais qui lui lancera la première pierre?... Sûrement pas ce ballot d'Adam !

Mieux que les fleurs des champs, les papilles gustatives de la langue et dégustatives du palais chantent la gloire de Dieu, et la cuisine des hommes qui fume sur toute la surface de la terre, ce miracle quotidien et qui se renouvelle sans cesse, ce mystère d'où a jailli toute la civilisation humaine, a son origine dans les sacrifices et les actions de grâces. C'est le seul moment où l'homme soit heureux de vivre. Dieu ne peut s'en froisser, malgré la chienlit du vin – *crapula* vini – et la turpitude de certains mets nationaux ou plats locaux – dans les steppes Kirghiz, *le*

bifteck tartane ; a banana de Paris, à Rio de Janeiro
et, chez les Zoulous, *le poisson des deux sœurs,* dont
parle Rémy de Gourmont dans sa *Physique de
l'Amour,* et sans oublier les festins des anthropophages. (Seabrook, le fameux reporter américain,
prétend avoir savouré de l'homme en Afrique et déclare que cela a un goût d'échine de porc ; mais déjà
les insulaires des Nouvelles-Hébrides appelaient
leurs victimes des «cochons longs» et préféraient les
Noirs indigènes aux Blancs, qui «ont un drôle de
goût», affirmaient-ils au capitaine Cook en faisant
la grimace. Ils n'étaient pas difficiles, les potes. Le
noble La Pérouse y a passé, à Vanikoro...)

Grand-mère, une sainte femme, était un cordon
bleu, et son mari, mon grand-père maternel, un
homme de cheval, parlait de sa cave comme un bibliophile peut le faire de sa bibliothèque, des bouteilles rares, voire uniques qu'elle contenait et de
ses crus sélectionnés, rien que des grandes années.
(Je m'étais fait faire une fausse clé et je tapais
parmi ces vénérables bouteilles pour les apporter
triomphalement aux copains les jours de football.
Sacré garnement, va, qui ne respectait rien !)

L'été, tante Claire, la seule vieille fille de la famille, se faisait pardonner sa momerie et ses sautes
d'humeur en confectionnant les confitures, les ge-
lées de fruits, les sirops et, l'hiver, les tisanes, les
infusions, les grogs épicés et les punchs au rhum.
(J'ai encore la recette de son vin chaud qui revigo-
rerait un mort !)

Mon oncle Alfred, chef du *Big-Salem,* se rendait
à sa cuisine comme une prima donna au théâtre dans
un coupé de ville attelé de deux gris pommelés, ce
qui faisait à l'époque sensation à Chicago, et
nombre de plats doux portent son nom.

J'ai mis des années à comprendre que la neurasthénie et les scrupules de maman étaient une gourmandise refoulée, des grignotements d'âme, une
délectation secrète comme quand on monte se
coucher avec une boîte de bonbons, des dragées aux
amandes ou à la pistache, des fondants au chocolat avec de la crème à la frangipane ou une coulée
de kirsch au cœur, des marrons glacés, des caramels
qui poissent les draps, des pralines.

Qu'il me suffise de dire que le père de mon père,
dont je ne sais rien d'autre, était vigneron (donc, il
devait être franc buveur !) et que mon père, qui a
été un moment président de la Société des cent kilos
parce qu'il en pesait cent cinquante, était non seulement un bambocheur gros mangeur et gros buveur qui tenait tête à n'importe qui à table, mais était
aussi un gastronome avisé et nombre de plats raffinés portent également son nom. (La dernière fois
que je l'ai vu dans sa petite usine de mécanique de
précision dans un village haut perché du Jura bernois, où il est mort à quatre-vingt-sept ans, solitaire
et sans le sou, il mangeait tous les soirs une pou-
larde à la crème et aux champignons, une timbale
de riz à la vapeur, buvait un magnum de champagne,
du Heidsieck extra-brut, faisait des dettes et passait la nuit au billard dont il avait été champion du
monde et challengeait, dorénavant, avec la mort.)

Moi aussi, j'ai deux plats qui portent mon nom
à São Paulo et qui m'ont été dédiés par Ernestine,
la cuisinière d'une amie, une matrone noire qui me
voulait du bien parce que je faisais honneur à sa cuisine et venais chaque fois la remercier devant ses
fourneaux, ce dont la fière créature était immensément flattée, le premier : un gâteau au chocolat, épais
de cinq doigts, contenant des tranches d'ananas et

des mangues écrasées; le deuxième: un cochon de
lait à l'estouffade, servi dans une feuille de bana-
nier, sur un lit de cannes à sucre, de bâtonnets de
cannelle, sa bridure faite d'une liane de vanille et d'un
brin de mancenillier. Quant à l'eau, je n'en ai jamais
bu de ma vie en souvenir des fessées que Lili a pu
m'administrer en Égypte pour bien me faire tenir pré-
sents à l'esprit les dangers de la fièvre typhoïde et je
partage absolument l'avis du vieux docteur
Bezançon, un maître qui cultive jésuitiquement le pa-
radoxe mais qui a écrit un si beau chapitre sur le coup
de foudre, une des plus belles pages sur l'amour, le
vieux docteur Bezançon prétend qu'elle est tellement
contaminée que l'eau est impropre à tout usage et
même à se laver; mais je n'avais nullement besoin
des arguments de Lili pour en être dégoûté pour toujours, notre grand jeu, quand nous étions enfants,
consistant à monter dans les étages et à tourner tous
les robinets des salles de bains du *Palace* désert
d'Héliopolis (cette première affaire montée par mon
père, trente ans trop tôt, à une époque où le tourisme
n'existait pas encore et qui se termina par une faillite
retentissante et le rachat de toute l'affaire par le baron
Empain), à tourner tous les robinets des salles de bains
à tous les étages et de voir tomber dans les baignoires
avant la venue d'une eau nauséabonde – c'était
pourtant de l'eau du Nil, le Père des Eaux – qui gar-
gouillait dans les tuyaux, des mille-pattes, des perce-
oreille, des scarabées, des lézards et des petits
serpents. Sinon, j'ai bu tout ce qui se fabrique
comme eaux-de-vie sur la terre, par curiosité, en
connaisseur, avec soif et si j'avais été contemporain
de Panurge je n'aurais pas manqué d'embarquer avec
lui à bord de la nef qui devait le conduire à l'île de
la dive Bouteille, où sonna l'oracle: *TRINK!*

J'ai beau avoir la tête solide, naturellement je me suis livré à beaucoup d'excès, mais dont je n'ai pas honte et je suis prêt à recommencer, sauf pour une époque dont, vraiment, je ne suis pas fier. C'était durant l'autre guerre, quand je rentrai à Paris, j'étais toujours entre deux vins et me mettais facilement en colère. Il est vrai que je ne mangeais pas tous les jours et que si je rencontrais à chaque pas des types qui payaient à boire à l'amputé, personne n'invitait jamais le poète à déjeuner. Paris était d'ailleurs moche, les nouveaux riches ignobles et il y avait de quoi se foutre en rogne. Cela n'a duré qu'un an, mais ç'a été une année terrible. Heureusement que l'on rencontrait beaucoup de pochards, surtout à Montparnasse, parmi lesquels Modigliani qui récitait des passages de la *Divine Comédie* au milieu de la chaussée et qui commentait Dante à coups de trique, et bientôt, nous deux, nous fûmes inséparables. C'est fou ce que nous avons pu boire, Modigliani et moi, et quand j'y pense, j'en suis épouvanté. Malheureusement pour Modigliani, son manager, Léopold Zborowski, un poète polonais plus ou moins épileptique qui, s'il ne craignait pas de doper son poulain en enfermant l'artiste dans une chambre de bonne où le peintre trouvait un chevalet, des châssis tendus, des couleurs à profusion, des pinceaux propres, une femme nue, le modèle qu'il avait désiré, et l'alcoolique dix bouteilles de vin blanc, deux d'apéritif et un litre de rhum, de fine, de marc, et, le soir, on lui ouvrait la porte comme à un fauve, et le pauvre, le génial Modi se ruait dehors, allait faire du pétard dans les rues ou du boucan à la terrasse des cafés, une pièce de vingt francs en poche ou un billet de cinquante, ce satané Zborowski qui ne craignait pas de commettre ce

crime pour faire fortune, avait peur des quelques
obus que la grosse Bertha lâchait sur Paris et n'avait
qu'une seule envie, celle de fiche le camp. Mais
comme Modigliani ne voulait quitter Paris à aucun
prix, Zbo eut l'astuce de mener son peintre chez un
toubib, lequel déclara à Modigliani qu'il n'en avait
pas pour trois mois s'il continuait à boire comme
il le faisait. Le médecin avait peut-être raison.
Modigliani s'arrêta net. Il se laissa conduire dans
le Midi par Zborowski et sa smala. Il ne buvait pas.
On pouvait le voir passer dans la foule sur la promenade des Anglais, à Nice, où il promenait sa tête
de mort, ses beaux yeux fixes au fond de ses orbites
creuses et bitumées. Je fus effrayé quand je le rencontrai un jour. Il n'était plus que l'ombre de lui-
même. Il était à plat. Manifestement l'alcool lui
manquait. Comme je tournais un film et que j'en
avais, je lui donnai mille francs pour qu'il aille immédiatement se saouler la gueule. Je ne demandais
pas mieux. Je l'aurais accompagné. Moi aussi, je
commençais à être las de mon travail régulier au studio. Mais Modigliani ne voulait pas, il refusa l'argent et moins de six mois plus tard il était mort,
d'une tumeur au cerveau, dit-on. Je raconterai une
autre fois les circonstances horribles de cette mort.
Aujourd'hui je voudrais raconter notre plus belle
soulographie.

Un après-midi d'été, je rencontre Modigliani
dans le bas de la rue Dauphine.

— Tu as de l'argent? me demanda-t-il.

— Cinquante balles. Et toi?

— Cent.

— Chouette alors, allons boire! lui dis-je.

Nous entrâmes chez un épicier acheter du vin et
nous allâmes nous installer derrière le Vert-Galant,

sur la berge de la Seine, en face du bateau-lavoir,
ou immédiatement nous décalottâmes deux, trois
bouteilles.

— Tu as de la ficelle? me demanda Modigliani.

— Non, pour quoi faire?

— Ben, pour faire tremper les bouteilles au frais,
il fait chaud.

Et Modigliani se leva pour aller négocier avec le
patron du bateau-lavoir le prêt d'un peloton de ficelle.

Nous coulâmes les bouteilles au fond de l'eau et
de temps en temps on en repêchait une pour la dé-
calotter et la vider, non sans avoir porté une santé
tonitruante aux vieilles lavandières qui battaient leur
linge, chacune agenouillée dans son baquet.

Les lavandières ont un bon bec et l'on pense bien
que tout cela ne se passait pas sans rires, sans pro-
vocations de toutes sortes, sans paroles et sans
gestes obscènes de la part des vieilles femmes, auxquelles nous répondions pour le mieux, sans bé-
gueulerie et de bonne humeur; l'ivresse aidant et
l'ivresse s'emparant de nous, à un moment donné
Modigliani offrit une bouteille à la plus laide à condition qu'elle se laisserait embrasser sur la bouche.
Sommé de le faire par toutes ces chipies et ne dou-
tant de rien, Modigliani se mit à vouloir marcher
sur les eaux pour rejoindre la sorcière choisie et coula
à fond. Ce fut un éclat de rire général dans tous les
seillons tellement la chose était inattendue, mais moi,
je piquai une tête pour sauver Modigliani qui naturellement ne savait pas nager. Quand je l'eus saisi
par les cheveux, je me trouvai très embarrassé,
n'ayant qu'un bras. Un vigoureux coup de talon me
fit remonter à la surface, et le patron du bateau-lavoir, qui avait sauté dans son bachot, nous repêcha.

Et ce fut la huée des vieilles diablesses qui se foutaient de nous pendant que l'on séchait nos vêtements à bord, que le patron nous enguirlandait et
que Modigliani, nu comme la main et beau comme
saint Jean-Baptiste, vidait la bouteille qu'il n'avait
pas lâchée et parlait de recommencer son exploit.
On finit par nous expulser. Il était temps. L'alcoolique était déchaîné et les vieilles rosières prêtes à
nous happer.

— Tu viens, Amédée?

Alors sa colère se retourna contre moi car
Modigliani avait horreur de son prénom.

C'est sur cette unique anecdote que je désirerais
clore ces considérations sur la gourmandise car j'aurais trop d'anecdotes à raconter, les compagnons de
table et de beuverie étant généralement des bons vivants, bavards, complaisants, tolérants, rieurs, magnifiques et s'amusant de tout. Et ce n'est que pour
mémoire que je mentionnerai que les pires excès de
la gourmandise sont les excès d'abstinence, un remède pire que le mal, ainsi que les anachorètes le
savent bien qui souvent en perdent l'esprit d'humilité
et de prière et sont distraits par leur estomac qui
les tiraille. Mais moi, qui n'ai pas la foi, qui ai souvent manqué de tout, et qui sais aujourd'hui me pri-
ver de tout, même de fumer et de boire, je puis
certifier que la pauvreté est une grande force spirituelle, à condition d'être réellement démuni de tout.
Une fois, je suis resté sept jours couché dans ma
mansarde de la rue de Savoie. Je n'avais ni à boire
ni à manger, même pas à fumer, et j'étais tellement
dégoûté d'être revenu vivant de la guerre que je
m'étais juré de n'aller quémander chez personne et
de ne plus sortir à moins d'un miracle. C'était en
juin 1916. Je restais donc couché dans mon taudis,

ayant fait un vœu, attendant le miracle. Et le miracle eut lieu et quel! Un pas pesant gravissait mes sept étages. On frappa lourdement à ma porte. C'était le facteur des recommandés et il fit une drôle de tête car je n'avais pas un sou de pourboire à lui donner. Le pli qu'il m'avait remis contenait un bon de caisse de cent mille francs et au *Comptoir d'Escompte,* rue Bergère, ni le caissier ni le directeur ne voulurent me dire de qui c'était. Ils avaient des ordres. J'appris cependant que cela venait de la Nouvelle-Zélande. Or, je n'y connaissais personne. Et ce n'est qu'en 1926 seulement que je finis par savoir, et encore par hasard, d'une de ses anciennes élèves rencontrée à bord d'un transatlantique, qu'une vieille demoiselle, Mlle Y. Soubeiran, professeur de littérature au lycée des jeunes filles de Bovril, Nouvelle-Zélande (Océanie), et qui avait lu un poème de moi, un seul et je ne sais lequel, était l'auteur du miracle. Je ne pus même pas remercier cette âme sœur, la vieille Française exilée était morte. Je me suis procuré la photo de son tombeau situé aux antipodes et je ne débouche pas une bouteille sans boire à sa santé. Bien des vieilles gaupes ont profité de ce miracle car, depuis, je ne puis en rencontrer une, la nuit, aux Champs-Élysées, sans l'inviter à venir gueuletonner et boire le coup, et ces vieilles édentées roucoulantes et combien, combien emmerdantes me racontent leur vie. Elles sont toutes plus menteuses les unes que les autres. La première a été La Goulue, qui rôdait autour du *Figaro* pour tâcher d'apercevoir son fils qui travaillait dans la boîte. Il y aurait un livre à écrire avec ce que La Goulue m'a raconté cette nuit-là. Mais, sait-on jamais?...

— Pourquoi est-ce qu'on t'a appelée La Goulue? lui demandai-je.

— Ce que tu es bête, tu n'as pas compris? me répliqua la vieille grosse femme. C'est que j'étais mince comme un fil et que j'avais toujours faim quand j'étais môme, et cela faisait tellement rire les vieux messieurs avec qui je marchais pour bouffer et que je n'arrivais pas à me rassasier, qu'ils m'ont appelée La Goulue. Je n'arrêtais pas de boulotter. Tu as pigé, maintenant? Dis, tu paies encore un Viandox? C'est bon.

— Et où habites-tu, maintenant?

— À Saint-Ouen, dans une roulotte, avec un bel Italien.

— On peut venir te voir?

— Ne t'y risque pas, petit, l'homme est jaloux.

Tel fut l'essentiel des propos d'une ancienne reine de Paris, sans rien dire de tout ce qu'elle me raconta sur ma demande de Toulouse-Lautrec, du prince de Galles, du dressage des lions, des nuits au *Moulin-Rouge*, à *Tabarin*, de Valentin le Désossé, de Grille-d'Égout, dans la journée clerc de notaire, etc., sans rancœur et sans un mot d'amertume, elle, qui mendigotait maintenant en tendant dans le creux de sa main sale un paquet entamé de *chewing-gum*.

— Tu comprends, hein, c'est pour la frime, me confiait-elle en rigolant. Tiens, donne-moi cent sous pour le premier métro. Tu es gentil.

— Tu ne veux pas que je te ramène à Saint-Ouen en taxi?

— Et que dirait mon homme, tu n'y penses pas?...

On a beaucoup écrit sur elle, mais pas ça.

Il n'y faut pas beaucoup de talent, mais l'amour du vrai.

Et le sens de l'être.

Ce n'est pas de *l'existentialisme,* ce pas de clerc qui ne veut pas être le pas de l'oie, malgré Heidegger, malgré Husserl. Mais déjà Schopenhauer, le dernier philosophe classique, enseignait : « Méfiez-vous des professeurs de philosophie. Ils n'ont pas d'originalité, manquent de talent et leur école est une école de platitude… »

On ne peut parler de ces choses et surtout comme je le fais, en y mêlant des gens connus, sans prendre immédiatement figure de pharisien ! Ce n'est pourtant pas mon genre : Je ne me compare pas à mon prochain. Je me mêle à mes semblables, en pauvre type, comme les autres, comme tout le monde ! Si j'ai introduit le nom de certains de mes contemporains dans certains de mes récits et leur y ai fait tenir un rôle passager, ce qui n'a pas eu l'heur de leur plaire et a paru surprendre bien des gens, c'est que ces contemporains sont des hommes publics et font comme tels partie du « climat » de l'époque au même titre que la tour Eiffel fait partie du paysage parisien. Or, si la tour est encore debout et si je l'aime toujours comme symbole de la Ville-Lumière, je n'ignore pas qu'elle est pourrie jusqu'au cœur et qu'un de ces quatre matins les Parisiens pourraient bien la recevoir sur le blair. Ce n'est pas par vertu qu'elle tient encore, mais c'est *parce que c'est la mode,* comme on dit dans le peuple, une veine ! et quand elle dégringolera ce ne sera pas par vice mais, tout simplement, parce qu'à l'époque de son édification on ne connaissait pas la trempe spéciale des métaux, ces aciers légers et inaltérables que l'on emploie aujourd'hui dans la construction des œuvres d'art, gratte-ciel, ponts suspendus gigantesques, et que la brave et trop lourde tour Eiffel, qui se tasse sous son propre poids, est en fer, en simple fer, en vulgaire ferraille à un sou les cent kilos, et que la rouille la ronge et l'a déjà rongée.

«C'est miracle», me disait un ingénieur spécialisé qui a eu à s'occuper d'elle, qui l'a auscultée, palpée, examinée, fait repeindre à neuf la dernière fois et a pratiqué sur elle des ponctions et des injections sans garantie dans sa vieille carcasse, «c'est miracle qu'elle ne soit pas déjà par terre. Elle est rouillée jusqu'à l'âme. Elle ne tient plus et va s'affaler. J'ai prévenu qui de droit. On ne veut pas me croire. Je m'en lave les mains. Mon rapport date de 1936. De l'Exposition...»

Et ainsi en va-t-il de nos grands hommes. Ils ont eu leur époque, leur jour, leur illumination, lampions, drapeaux, discours, mais eux pensent durer indéfiniment et, qu'après eux, tout est fini. C'est comique, et il serait par trop déraisonnable de vouloir prendre leur pose ou leur toise (même statufiée) comme terme de comparaison ou instrument de mesure, tout au plus comme guide-âne, oui, quand on se mêle d'écrire et que l'on fait le con. Écrire n'est pas mon ambition, mais vivre. J'ai vécu. Maintenant j'écris. Mais je ne suis pas un pharisien qui se bat la poitrine parce qu'il se met dans un livre. Je m'y mets avec les autres et au même titre que les autres. Un livre aussi c'est la vie. Je ne suis qu'un con. Et la vie continue. Et la vie recommence. Et la vie entraîne tout. Je voudrais savoir qui je suis?...

Perdu en mer, je me demandais souvent: «Et si je mets la mer en bouteille, continue-t-elle à être la mer ou n'est-ce qu'une bouteille d'eau sale et salée?» Mettez la vie en cercueil, est-ce la mort? Non, n'est-ce pas, mille fois non! C'est un redoublement de vie, une explosion, un éblouissement, un grouillement d'une véhémence telle que si le marbre du tombeau éclate sous la pression intérieure et se déchausse, se fend, s'éparpille, et disparaît dans l'anonymat les paquets des vers sont des myrophores, des pilules phosphorescentes, du pemmican pour explorateur athée, des millions d'années-polaires. (On change d'étoile polaire tous les 26 920 ans !) La Chose n'est pas la Foi et les Pratiques de la religion ne sont pas le Salut. Voyez les Dents. Vivantes, elles mastiquent – et mortes, elles se découvrent. Et c'est le Rire. C'est Dieu. C'est la Vie. C'est la Grimace. Ce n'est pas la Condamnation, mais c'est une chance de plus… La Chance. Merci de me la laisser tenter. Tout est dans tout. Et où commence le vice dans la conscience, où le péché, la sainteté, le crime, l'innocence, la peur, la force, la culpabilité, la gloire… et l'évasion ?

Quand on a tourné longtemps autour d'un sujet sans arriver à l'épuiser, comme je viens de le faire pour la gourmandise, le plus bénin des péchés capitaux, on se rend compte que l'on ne peut secouer un vice sans secouer tous les autres tellement cette broussaille vivace est passionnément enchevêtrée par les branches, les tiges, les troncs, la ramure et les racines plus longues et plus noueuses et plus emmêlées que le chiendent. J'y renonce. Je n'ai pas le temps. Et d'ailleurs, n'y a-t-il que sept souches capitales ? – une pour chaque sens, car selon je ne sais plus quelle théorie des mages en Babylonie, aux cinq sens classiques il faut encore ajouter la parole qui sort de la bouche et le sperme qui jaillit de l'organe de la reproduction, comme si l'homme n'avait pas assez de ses sales passions !

Et voici, d'après une tapisserie espagnole ancienne, accrochée dans le hall d'un château

d'Écosse, un château à revenants, un château à
vendre, l'arbre généalogique du pullulement des mauvaises passions, cet arbre est une forêt : « De la gourmandise naissent les excès de table et les actes
d'ivrognerie ; de la fornication, les propos honteux,
les bouffonneries, les railleries et les discours insensés ;
de l'avarice, le mensonge, la fraude, les vols, les par-
jures, l'avidité des profits honteux, les faux témoignages, les violences, l'inhumanité et la rapacité ;
de la colère, les homicides, les clameurs de l'indi-
gnation ; de la tristesse, la rancœur, la pusillanimité,
l'amertume, le désespoir ; de la paresse spirituelle,
l'oisiveté, la somnolence, la mauvaise humeur, l'inquiétude, le besoin de se déplacer, l'instabilité de
l'esprit et du corps, le bavardage, la curiosité ; de
la vaine gloire, les contentions, les hérésies, la jac-
tance, la présomption des nouveautés ; de l'orgueil,
le mépris, l'envie, la désobéissance, le blasphème,
le murmure, la détraction. »

Ouf ! il n'y en a plus ? J'ai pratiqué tout cela, tout
cela car tout cela c'est la vie. On ne se croirait pas
dans un château enchanté, mais au bagne.

L'homme qui pénètre dans ce maquis pour s'y
jeter enfonce dans un humus séculaire et bientôt il
y est jusqu'au ventre. Il patauge dans la pourriture.
Il s'accroche aux branches, il secoue les troncs et
il ne sait plus où il en est dans cet emmêlement et
tout ce qui tombe dessus à chaque pas qu'il fait en
proie à une idée fixe pour sortir de ce fouillis d'eau,
d'herbes, de feuilles, de mousses, de plantes para-
sitaires, les cheveux pleins de toiles d'araignée, des
chenilles brûlantes dans le cou, du pollen qui lui dé-
vore les yeux comme du poivre, les vêtements déchirés, les mains en sang, le corps pris dans les ronces
ou tailladé par les joncs, des baguettes lui fouettant

le visage, les pieds dans une termitière, engagé
comme un bagnard dans les marais du Maroni, et
si ce n'est pas «la belle» qu'il tente cette fois-ci c'est
un de ces superbes papillons rarissimes qu'il chasse
pour le compte d'un collectionneur, ce qui aug-
mentera sa planque en vue de «la belle» qu'il ten-
tera un jour ou l'autre. Il s'agit pour lui de profiter
d'une occasion, de s'en tirer coûte que coûte, de
faire peau neuve et d'émerger un jour de tout cela
et de se refaire une vie. Et voilà où nous en sommes
tous!
    Je n'ai pas le temps. Je renonce donc à mon pro-
jet d'analyse et de chercher une commune mesure,
qui prêterait d'ailleurs à confusion sans dégager ma
personnalité et qui alourdirait singulièrement mon
récit. La vie m'emporte et mon écriture me presse.
On ne peut faire l'analyse d'un grain de blé sans dé-
montrer l'univers, a dit un encyclopédiste. Ce n'est
donc que par acquit de conscience que je parlerai
des autres péchés capitaux, non plus pour voir qui
je suis, mais pour montrer ce que je ne suis plus,
comme un bagnard qui ouvre son mouchoir sur le
quai du petit port exotique où il débarque hâve et
crevé après son évasion et met en vente quelques
objets rapportés de Cayenne, un peigne, une pipe,
une cuiller à pot, une blague à tabac en peau humaine, une boussole fabriquée par un compagnon
de chaîne et dans une Bible maculée, la seule lecture autorisée là-bas, dans la «maison des morts»,
un volume dérobé non pas à l'Administration pé-
nitentiaire qui s'en bat l'œil mais à une œuvre de
bienfaisance, à un sergent de l'armée du Salut, ultime larcin du vieil homme, une photo jaunie d'enfant, un éblouissant papillon des tropiques, un ver
rouge en spirale dont la succion, qui le détend, est

mortelle parce que l'animal filtre dans le sang
comme un infusoire, une punaise qui se mimétise
en châlit et dont le crissement vous rendait fou en
cellule, des plumes d'oiseau-mouche rutilantes
comme des pierres précieuses et, pourquoi pas, mise
à sécher entre les pages, une fleur de la solitude, autant de signets et de souvenirs strictement personnels que l'on expose au public pour en tirer
quelques maigres sous, ce que le poète a appelé *Les
Fleurs du Mal*, et avec quelle joie ne bazarde-t-on
pas ce que l'on a été !... L'homme n'a plus d'amour-
propre. Il vit et il va encore une fois vivre. C'est la
liberté. Elle est gagnée. Peu importe dans quel état
et ce qui va suivre. Il a payé. Il se sent libre. Et il
l'est envers et contre tous.

Voici donc mon balluchon :

Deuxième péché capital : LA LUXURE *(fornicatio)*.
— Selon la parabole de l'Évangile : «Les premiers
seront les derniers et les derniers seront les premiers»
(*Marc*, X, 31), la dernière venue est pareille à la première venue, même cœur pur, même âme tranquille,
même sourire mais transfiguré par une passion
dont la flamme couve sous la cendre après trente
ans de vie commune (quand j'y étais !), et c'est pour
la dernière venue que je copie le sonnet du poète
qui s'écriait : «J'ai fait mes premiers vers par enthousiasme de jeunesse, les seconds par amour, les
derniers par désespoir. La Muse est entrée dans mon
cœur comme une déesse aux paroles dorées, elle s'en
est échappée comme une pythie, en jetant des cris
de douleur !»; car, moi, dès que je l'ai eu connue,
la dernière venue, ce fut le coup de foudre, et j'ai
tordu le cou à la Muse pour ne jamais l'entendre

crier, geindre et bonimenter. Le pôle de ma vie s'était déplacé.

La treizième revient… C'est encore la première;
Et c'est toujours la seule – ou c'est le seul moment:
Car es-tu reine, ô toi! la première ou dernière?
Es-tu roi, toi le seul ou le dernier amant?…

Aimez qui vous aima du berceau dans la bière;
Celle que j'aimai seul m'aime encore tendrement:
C'est la mort – ou la morte… O délice! ô tourment!
La rose qu'elle tient, c'est la rose trémière.

Sainte napolitaine aux mains pleines de feux,
Rose au cœur violet, fleur de sainte Gudule:
As-tu trouvé ta croix dans le désert des cieux?

Roses blanches, tombez! vous insultez nos dieux:
Tombez, fantômes blancs, de votre ciel qui brûle;
— La sainte de l'abîme est plus sainte à mes yeux [9]!

Une façon d'être charitable à l'égard de la dernière venue et pour éviter des curiosités malsaines, des inquiétudes, des tristesses, des perquisitions qui n'aboutissent pas, des questions à l'infini quand on lui ouvre sa maison, c'est de jeter au fond du puits la petite clé d'argent de la chambre noire de Barbe-Bleue, où sont serrées les chères victimes, décousues main; et une autre façon d'avoir été charitable à l'égard des chéries défuntes avant le retour de la première venue, c'est de les avoir rangées chacune avec sa belle robe, son chapeau extravagant, son manteau de fourrure, une paire de gants impeccables, son carnet de rendez-vous dans son sac à main avec l'adresse de son coiffeur et celle du pédicure chinois,

un grand flacon de son parfum, des bas de soie, une
paire de petits souliers de bal (les bijoux, il y a longtemps qu'ils ont été lessivés ou renvoyés à la famille
car les bijoux ne se conservent pas et se ressemblent
tous!) si bien qu'elles se réveilleront toutes avec le
sourire le jour du Jugement dernier et que l'on
pourra rapidement les identifier, même si l'on a oublié leur nom, et Dieu ne pourra être que compa-
tissant pour elles après un si long oubli si ces larves
redeviennent pour un jour des brillants papillons qui
se brûleront les ailes à sa Lumière...

   Troisième péché capital: L'AVARICE *(philargis, id
est avaritia sive amor pecuniae)*. – Il ne s'agit pas d'être
sorcier, malin ou savantasse, mais si les médecins voulaient s'en donner la peine, je suis convaincu qu'ils
trouveraient l'origine morale de toutes les maladies
du corps dans l'avarice: la restriction mentale, l'ado-
ration secrète du Veau d'Or, étant la mère de la peste
et du choléra. Comme dans l'ancienne Chine on devrait faire «trinquer» les médecins quand on tombe
malade ou tout au moins leur administrer cent
coups de bambou sur la plante des pieds, ou les faire
empaler comme chez les Vieux Turcs. Mais voilà,
le vice des morticoles est justement l'amour de l'argent, l'avidité des titres honorifiques, des décorations,
des distinctions, la jalousie de leur renommée, de
leur école, de leur enseignement, de leur pratique,
l'épate de leur *standing* de vie, l'officialité à tous les
degrés, il n'y a donc pas d'espoir possible ni de ré-
mission. Le capital prolifère comme le cancer en portant des intérêts. Heureusement que l'or n'est pas
potable; mais j'ai connu le cas d'un ami très riche
qui absorbait de l'or colloïdal et qui a été bien at-
trapé: il s'est vu transformé en bronze, El Dorado,

et il se faisait de la bile ! J'ai été deux fois malade dans la vie et chaque fois je n'avais pas le rond. C'est peut-être pourquoi. (J'en reparlerai.)

Quatrième péché capital : LA COLÈRE *(ira)*. – Et c'est bien là le scandale, c'est que l'on ne peut plus se mettre en colère tellement l'apathie est générale aujourd'hui que la guerre et les assassinats sont automatiques grâce à l'homme-machine, cette machine-outil, immatriculée mais irresponsable. C'est du propre ! J'ai tué. Des milliers de gens ont tué des millions de gens du haut des airs et ne s'en soucient pas plus que d'une balade en taxi.

(Dédié au Seigneur des armées et à ses prêtres en uniforme national, évêques, popes, pasteurs, rabbins qui l'invoquent des deux côtés de la ligne de feu ! Assez de cette hypocrisie, il y en a assez...)

Cinquième péché capital : L'ENVIE OU LA VAINE GLOIRE *(acedia, id est anxietas seu taedium cordis, et conodoxia, id est jactancia seu vana gloria)*. – C'est Monsieur tout le monde, l'homme de la rue, le parfait citoyen de la démocratie, celui qui s'habille en série, mange en série, baise en série, a une petite 5 HP de série et ne se distingue et ne se particularise en rien. Il vote. C'est Gogol qui l'a identifié comme la dernière personnification, ton frère. C'est le cocu du XXᵉ siècle ! Il est universel, dit-il. C'est le danger [10].

Gare à toi, Blaise, on parle beaucoup de faire les États-Unis d'Europe ou les Soïouz de l'Est, mais on n'en veut plus, des libres citoyens du monde, comme toi.

Sixième péché capital : LA PARESSE *(otiositas)*. – La grève sur le tas, le cul dans l'herbe, adossé à la

berge on regarde s'écouler l'eau derrière un rideau
de peupliers dont les milliards de feuilles sont
comme la trame d'un cliché par ailleurs vide, le ciel
d'été, le ciel à l'infini. J'ai tombé la veste et les doigts
de Dieu, qui me compte les cheveux pour voir s'il
ne m'en manque pas un sur la tête, peuvent me descendre beaucoup plus bas dans le cou, et je me
contracte à leur passage, et je me laisse aller à la renverse. C'est exactement le contraire de la lutte
avec l'Ange qui vous suffoque dans la touffeur de
ses ailes. Ma nuque est prise sous une aisselle
rasée, froide, diamantine, sans odeur, sinon celle de
l'escarboucle. Contemplation.

   Septième péché capital : L'ORGUEIL *(superbia)*. —
Un pur-sang en liberté, qui saute les haies, se cabre,
rue, hennit dans les herbages et part au galop, la crinière au vent, à longues foulées souples et gra-
cieuses, puis ventre à terre, tambourinant. Il m'en
a donné du fil à retordre, l'animal, un crack dressé
en secret, mais pas autant que Dufort, Roux et le
vieux Rimbaud, l'entraîneur, le jockey et le palefre-
nier, trois fiers Ardennais qui, voyant déjà triompher
les couleurs de l'écurie, dans leur superbe buvaient
l'avoine des chevaux, faisaient des dettes dans les boutiques du petit pays, violentaient les filles du canton et, flambards et provocants, me mettaient la
gendarmerie sur les bras, tout cela en l'honneur du
patron, malheur, car c'était moi le patron ! Et je ren-
trais à Paris dans ma cent-chevaux et les poches vides.
   Aujourd'hui que je n'ai plus rien et ne veux plus
rien posséder d'autre que ma plume, tout cela me
fait rire car j'étais alors propriétaire du cheval et
de la 100 HP. Mais il n'y a rien à faire : la 100 HP
passe encore de temps à autre dans mes phrases, et

l'étalon fait un temps de galop dans mon vocabulaire ! On a dû s'en apercevoir. Orgueil et vanité. Ah ! zut… Que c'est difficile !

Et LA TRISTESSE *(tristitia)*, ce huitième péché capital et le seul mortel car il n'y a pas d'autre remède que la prière, affirme saint Cassien qui analyse la tristesse, et personne ne sait plus prier, dans le monde entier, depuis juin 40, la France s'abandonnant, la fille aînée de l'Église.

… Je n'ai pas été touché par la grâce… Je n'ai jamais su prier… BLACK-OUT… NATCH UND NEBEL… LE RIDEAU DE FER… BIKINI… C'est une prière à rebours. Une litanie laïque… On entre dans une éclipse totale… La jeunesse meurt par asphyxie… La nuit noire… Une congestion par manque de lumière… LA RÉVOLUTION OU AMEN…

Mais ce n'est pas vrai. La vie n'est pas un dilemme. C'est un acte gratuit. Et l'action libère. C'est pourquoi Dieu est le Créateur. Son souffle donne vie. C'est l'évasion.

Vivez, ah ! vivez donc, et qu'importe la suite ! N'ayez pas de remords, vous n'êtes pas Juge.

(Durant les années de l'occupation, il n'y a que les novices du couvent que j'ai vus sauter à la corde, embarrassés de leur robe blanche, et entendus rire comme des jeunes filles dans le cloître de Saint-Maximin. Plus tard, ils s'abîmeront dans la prière pour ne pas être tristes.

Leur Révérend Père tenait le maquis, aumônier des F.F.I., et l'on se faisait du mauvais sang pour lui quand on lui faisait franchir la ligne de démarcation. Mais il revenait, même de prison, plein de joie. Il venait de découvrir les jeunes communistes. « Des gars, disait-il, des chouettes petits gars… »

Un soir, bêchant dans mon jardin suspendu des
environs d'Aix, je voyais défiler sur la vieille route
du Tholonet les Boches, en colonne par cinq. Leur
pas cadencé et leur chant sur commande, une espèce de cantique provocant, montaient jusqu'à
moi. Pauvres Michel, ils ne savent pas qu'ici même,
dans ce vallon de Provence, dans ces champs, dans
ces vignes, dans ces oliveraies des bords de l'Arc la
grande horde des Teutons a été massacrée et la toute
première invasion des Germains arrêtée par Marius
au pied de Sainte-Victoire, la montagne chauve, la
montagne de Paul Cézanne. À l'horizon brillait la
Sainte-Baume, la montagne de Marie-Madeleine,
et, derrière elle, l'à-pic du mont Cassien qui clôt
ces solitudes, un des hauts lieux du christianisme.
Messieurs les Nazis, vous vous fourrez dans une impasse.
Ici il n'y a pas d'issue. Vous crèverez! Et je me remettais
à bêcher et à semer et à arroser. Et j'allais déboucher une bouteille du *Jase de Bouffant* car le père
Cézanne, oui, le peintre, lui aussi faisait son vin. Et
j'avais soudainement le cœur gai. Et j'allais appeler un voisin qui sarclait ses asperges ou qui nouait
ses tomates et qui avait, lui aussi, un fils prisonnier.

— Tu as vu, vieux, maintenant ils sont foutus!
disais-je.

Et je remplissais deux verres.

— Il est bon, faisait l'homme en portant le verre
à son œil pour faire chatoyer le vin doré dans le soleil couchant qui incendiait le paysage grandiose.

Mais l'homme ne comprenait pas pourquoi j'étais
soudainement si gai et il me demandait:

— Tu as eu des nouvelles de tes fils?

— Non, lui répondais-je. Mais cela ne fait rien.
Maintenant je sais qu'ILS sont foutus.

La colonne allemande avait été mangée par la

poussière. On n'entendait plus leur bruit de bottes et, dans le lointain, leur chant tremblotait comme les bêlements d'un troupeau qu'on mène aux abattoirs.

Et je me réjouissais.

Les trois croupes saintes concentraient sur elles tous les feux du couchant.

La nuit tombait rapidement.

Tout cela comme une vision. En un clin d'œil. Mais j'avais le cœur desserré, et pour la première fois depuis juin 40 qui m'avait laissé stupide.)

C'était la nuit noire. Le vent était portant. Etant à la barre pendant que sommeillait le mousse, j'eus une sensation nouvelle, mélange de crainte et de fierté de la responsabilité encourue devant l'inconnu : mes yeux n'étaient pas assez grands pour scruter les ténèbres.

On a les yeux mangés par les ténèbres et à force de vouloir percer la nuit noire dans l'attente d'un abordage toujours possible, on a des visions ; on voit des voiles fantomatiques à bâbord et à tribord, les feux d'un cargo qui vous arrive droit dessus, un paquebot tout illuminé qui passe à contrebord, à vous frôler ; et si on lève les yeux au ciel, non pas tant pour y chercher sa route que pour se détourner des phantasmes nocturnes et des apparitions décevantes, c'est comme si l'on fourrait sa tête dans une fourmilière, tellement les étoiles grouillent et que cela pétille. Ajoutez à tout cela d'autres illusions, le plongeon d'un monstre marin dans votre sillage et, quand la lune se lève, les féeries, les mystifications du clair de lune, sa clarté trompeuse et les jeux des brumes qui montent de l'eau et s'évanouissent en tourbillonnant. La brise murmure entre haut et bas, les voiles chuchotent, le gréement siffle dans le vent quand la mer moutonne, la barque palpite comme un cœur lourd. Quelle angoisse! C'est la panique. Alors je poussais le mousse qui se réveillait en sursaut, craignant que ce ne fût son oncle qu'il savait jaloux, et le mousse se mettait à me parler de sa *marina* dont il avait la nostalgie, de son village natal qui s'accroche aux pentes abruptes de l'île, les chevreaux agiles broutant une herbe rare tandis que le gros du troupeau, entraîné par des boucs bruns aux cornes torves et aux clochettes sonores, circule sans discontinuer à la recherche de la nourriture dans la pierraille, de la ferme minuscule de sa mère occupée aux travaux domestiques et de sa petite sœur, à l'ample jupe de toile bleu clair bordée de couleurs vives et le caraco brodé, qui le remplace maintenant à la suite du troupeau, s'attardant à gober, comme lui faisait, les figues mûres dans les rangées des vieux arbres rabougris qui soutiennent d'étage en étage les murettes croulantes.

— Pourquoi avoir quitté tout cela?

— Pardine, c'est l'orgue de Barbarie jouant le dimanche dans l'auberge des pêcheurs sur le port qui m'a fait tourner la tête et finalement embarquer avec mon oncle.

— Et votre père?

— Mon père est mort.

Mais le mousse tombait de sommeil. Il posait sa tête sur mon épaule, ou se recroquevillait contre mon flanc, ou s'allongeait sur le banc de quart, la tête sur ma cuisse gauche.

— ... parfois on rencontre le matin un *papa* (un moine) dans les sentiers, les mains croisées dans ses amples manches, perdu dans ses méditations mais qui ne manque pas de vous rendre votre salut

d'une inclinaison de tête accompagné d'un sonore
« *Kalliméra,* paysan ! » (bonjour !) ou de ses bons souhaits le soir…

— *Kallinecta,* mademoiselle !… disais-je.

… Et le mousse souriait, dormant pour de bon.

Les illusions passées et le trouble et la panique
apaisés et l'angoisse tue que fait naître au fond de
vous-même la profondeur incommensurable de la
nuit, que l'on est bien à la barre d'un bateau pour
remonter le plus loin possible dans les souvenirs de
la plus tendre enfance et découvrir la lueur inter-
mittente de la conscience qui palpite comme une
étoile perdue et qui cligne et vous envoie peut-être
un message ! Mais lequel ?…

J'ai publié un jour un poème, *Le Ventre de ma
mère* [11], où je décrivais mon premier domicile sur
la Terre et m'évertuais de préciser comment à la
suite d'une sensation extérieure, toujours la même
et fréquemment répétée, a jailli la première étincelle de ma conscience. J'étais encore fœtus. Ce
poème a scandalisé les femmes. Je ne voulais scan-
daliser qui que ce soit ; mais je cherchais à locali-
ser cette sensation externe, toujours la même et qui
se répétait du fait des bourrades de mon père,
m'ébranlait le crâne dont les soudures n'étaient pas
encore faites, me touchait le cerveau, sensation si
désagréable que je finis par l'intérioriser et en
prendre conscience, au point de m'en être souvenu
et d'avoir pu l'exprimer en poésie. Il n'y a pas scandale. Ce poème est le seul témoignage connu
jusqu'à ce jour de l'activité de la conscience chez
un fœtus ou, tout au moins, de l'ébauche d'une
conscience prénatale.

Puis-je conclure, comme pour les taches so-
laires, que la mémoire obscure est une frange qui

ronge la matière grise mais témoigne d'un grand feu
intérieur en pleine activité d'ignition et de fusion?

Si oui, toute pensée serait de nuit.

Généralement, Papadakis faisait son apparition
deux, trois heures avant l'aube, donnait un coup de
barre, larguait, abattait vers la terre, relevait un cap,
un phare, la croupe d'une montagne éloignée, re-
donnait un coup de barre, serrait le vent, remontait grand large, plein nord.

La maintenance de cette direction me surprenait.
Elle nous menait en pleine gueule du loup, à Gênes.
Mais je ne disais rien. Le patron n'était pas causant.
Il ne m'adressait presque jamais la parole, et, quand
il avait la lubie de prendre le quart de minuit, après
avoir réveillé le mousse d'une claque et l'avoir envoyé coucher à l'avant, nous restions des heures côte
à côte sans souffler mot, lui, plongé dans je ne sais
quelle sombre méditation, dont il ne sortait que pour
aller cracher et, moi, qui m'étais taillé un poncho,
un trou rond pour y passer la tête dans un carré de
toile à voile car l'humidité est pénétrante la nuit,
fumant cigarette sur cigarette.

Je commençais même à me méfier de Papadakis
qui avait dû revenir sur l'incident qui nous avait mis
aux prises le premier jour et qu'il devait considérer maintenant comme un affront. Je m'attendais
donc à ce que le Grec prenne sa revanche. J'avoue
qu'à reconsidérer la chose j'avais dû mettre son autorité et son amour-propre de patron de bord à une
dure épreuve, et pour qui, grands dieux? – pour un
chien de Bulgare! Quant à ce dernier, il ronflait
toutes les nuits auprès de son tonneau, la face aux
étoiles, avec l'ombre des agrès qui lui marbrait la
peau du ventre selon le roulis et l'ombre portée de

la pomme du mât qui lui faisait comme un trou noir
au beau milieu du visage. Il était immonde.

Une fois, Papadakis, qui avait perdu sa faconne
de Puzzoles quand il s'était agi de me convaincre
d'embarquer, me dit d'improviste :

— Hein ! l'homme, tu as été bien content de me
rencontrer pour pouvoir embarquer et t'en tirer en
douce. Tu avais donc fait un mauvais coup ?

— Pourquoi, Papadakis ? C'est toi qui dois te fé-
liciter de m'avoir à ton bord comme homme de
confiance. C'est pas vrai ?

— C'est pourtant vrai, fit Papadakis en crachant
par-dessus bord. Mais...

— Mais quoi ?

— Rien, fit le patron.

Une autre fois, c'est moi qui lui demandai :

— Je ne comprends pas. Pourquoi filons-nous
droit sur Gênes ? Je croyais que tu faisais de la contrebande, Papadakis ?

— Hé ! l'homme, je t'ai déjà dit de t'occuper de
tes oignons, me répondit le Grec en me tournant
le dos.

Puis, ayant craché dans l'eau, il se retourna pour
m'expliquer :

— Si l'on construit des ports modernes qui prennent une immense extension, c'est que l'administration des Douanes se réserve la contrebande. Les
plages désertes et les gabelous ont fait leur temps. Nous
autres, nous débarquons directement dans les bureaux
des fonctionnaires, à compte à demi. Tu as compris ?

— Ah ! bon, fis-je.

Mais je n'étais pas convaincu. Le patron me paraissait trop fruste.

Une autre nuit, Papadakis m'interrogea :

— Il était riche, ton grand-père ?

— Grand-père, pourquoi donc?

— Pour t'avoir payé un bateau.

— Ah! mon lougre? *L'Albatros?* Oui, grand-père était millionnaire.

— Mais pourquoi t'avoir payé un bateau. Il était donc marin?

— Tu veux rire, Papadakis! Grand-père était un homme de cheval, il n'a jamais mis les pieds sur un bateau. Mais voilà, il faisait mes trente-six mille volontés, et je lui avais demandé un bateau.

— Un lougre?

— Penses-tu? Un jouet mécanique que j'avais vu dans la vitrine d'un bazar et qui me faisait envie. Mais comme grand-père m'adorait et qu'il était fier de moi, il m'a fait construire *L'Albatros.*

— Un vrai bateau?

— Comme tu le dis, Papadakis, un vrai et un fameux! C'était chic, hein! pour mes dix ans! J'étais capitaine! Grand-père est le seul homme que j'aie jamais aimé.

— Mais je ne comprends pas. Pourquoi ce bateau?

— Pourquoi? Mais grand-père ne faisait pas les choses à demi. Tu vas comprendre. Grand-père est mort à cent seize ans, grand-mère, six mois plus tard à cent un. À eux deux ils avaient eu sept fils et trois filles. À part tante Claire, qui vivait avec ses parents, tous se sont mariés, ont fondé une famille, ont eu des enfants, si bien que le jour de sa mort, nous étions quatre-vingt-deux à sa table, rien que ses enfants, petits-enfants et arrière-petits-enfants, et grand-père est mort le verre à la main. Nous étions réunis pour je ne sais plus quelle cérémonie et, à la fin du repas, grand-père a fait servir le champagne, s'est levé, a prononcé quelques paroles, a élevé sa flûte, a trinqué avec grand-mère, s'est rassis dans son fauteuil et, tout à coup, quelqu'un a dit : «Chut ! grand-père dort…» Comme il lui arrivait de s'endormir à la fin des repas, on fit sortir les enfants, mais grand-père ne dormait pas, il était mort. Il n'avait jamais été malade. C'était un gaillard. Le seul coup de fusil tiré à la révolution de 1848 l'avait été par lui et sur les Prussiens qui fuyaient la principauté de Neuchâtel. Il avait une chevelure bien touffue, or pâle, décolorée plutôt que blanche car il était blond de nature. C'était encore un bel homme. Il ne lui manquait qu'une dent qu'il avait eu la coquetterie de faire remplacer. Il sciait du bois une heure tous les matins et pour ses cent ans il avait fait un malheur à grand-mère, l'accusant de l'avoir mal soigné, parce qu'il n'avait pu monter à cheval ce jour-là, ayant une jambe raide, son premier accès de goutte ! C'était un ancien hôtelier, mais il avait l'allure d'un lord anglais, toujours élégant et bien soigné. D'ailleurs, son père était d'origine écossaise. C'était un homme terriblement autoritaire devant qui tout le monde tremblait, surtout grand-mère, sa sainte femme, à qui il en avait fait voir de toutes les couleurs. De tous ses enfants, petits-enfants et arrière-petits-enfants, j'étais le seul à pouvoir lui adresser la parole et lui demander et obtenir tout ce que je voulais. Il avait un faible pour moi et il me gâtait. Ça ne s'était encore jamais vu dans la famille, et tout le monde savait en profiter, en me poussant en avant quand ils avaient une faveur à demander à grand-père, et le premier de tous, mon père, dont les besoins d'argent étaient toujours pressants et que grand-père détestait cordialement depuis qu'il avait mené sa fille aînée à l'étranger et lui avait mangé plusieurs fois sa dot. Maman, qui intercédait pour ses frères et sœurs et obtenait gain

de cause pour eux, me laissait faire, son père lui re-
tirant sa confiance dès qu'il s'agissait des affaires de
son mari qu'il ne pouvait pas plus prendre au sérieux que l'homme, «l'inventeur», comme il disait
avec mépris, et cela dura jusqu'au jour où je pris parti
pour grand-père. Alors ce fut la brouille avec mon
père et l'éloignement de maman. Et maintenant tu
vas comprendre pourquoi grand-père avait un tel
amour pour moi et pourquoi quand je lui ai demandé
un bateau comme jouet il m'a acheté un vrai bateau
pour mon anniversaire. C'est que grand-père m'a
toujours traité en homme. Je t'ai dit que grand-père
était un homme de cheval. Quand un de ses fils atteignait l'âge de deux ans, il avait coutume de placer le petit bonhomme à cheval sur le dos d'un
coursier de son écurie, de faire détaler la bête d'un
grand coup de fouet et si le bambin avait le malheur
de tomber à terre, jamais plus grand-père ne lui
adressait la parole, sauf dans les grandes occasions
comme la réunion de famille le jour de sa mort. C'est
ainsi qu'il avait traité ses fils, ses petits-fils et ses ar-
rière-petits-fils. Or, il se trouva que parmi ces douzaines d'enfants, un seul petit garçon ne roula pas
sur le sol et, m'a-t-on dit, ce fut moi. Naturellement
je ne me souviens pas de la séance, mais il paraît que
lorsque grand-père m'eut installé à califourchon sur
le dos de l'animal, un fougueux alezan, et qu'il eut
fait claquer le fouet, je ne tombai point de cheval
et je réussis à m'agripper je ne sais comment à la
crinière de la bête qui galopait ventre à terre. Bref,
je restai en selle. Pour un temps, mon père rentra
même dans les bonnes grâces de son beau-père,
quant à maman, elle fut portée aux nues.

— Enfin, tu as fait un fils, disait grand-père. Et
c'est un homme!

Bien qu'il ne chiquât pas, Papadakis salivait beaucoup et, une fois de plus, il me tournait le dos pour cracher dans la mer. Quand il eut craché, il se retourna vers moi et me dit, au bout d'un moment:

— Je me demande ce que tu es venu faire à bord de ma barque?

— Pour une fois, tu as raison, patron, je me le demande aussi, et même je me demande souvent ce que je suis venu faire dans la vie?... C'est comme les autres...

Je jouais avec ma badine que je faisais tourner entre mes doigts.

— Oui, les autres, pourquoi sont-ils là? Et toi-même, Papadakis...

— Moi?

— Oui, toi, qu'est-ce que tu fous dans la vie? Ça rime à quoi ton fourbi, tu le sais?

— Mais je...

— Ne cherche pas la réponse, patron. Il n'y a pas de réponse. Et ce n'est déjà pas mal de savoir cracher dans la mer, comme tu le fais. Dis voir, qu'est-ce que tu vises, une étoile ou la pleine lune?...

Je jetai mon épine d'Ispahan en l'air et je la rattrapai au vol, tournoyante.

— ... Heureusement que l'on peut toujours en sortir! ajoutai-je à mi-voix.

— Hé! l'homme, qu'est-ce que tu dis là? demanda Papadakis.

— Rien, patron, rien.

Le Grec paraissait courroucé.

Il se tortillait les bacchantes entre le pouce et l'index.

Il était pensif, sombre.

Il cracha dans l'eau.

«Il va sûrement te jouer un sale tour», pensai-je.

Une autre nuit que j'étais seul à la barre, je suivais distraitement de l'œil les mouvements du grand mât, qui, se déplaçant comme une sphère céleste, me montrait successivement toutes les étoiles du doigt, et il me revint à l'esprit l'histoire du *Fœderis Arca*, une histoire fort connue dans le Midi et qui m'a été racontée pour la première fois, à Longages, par mon ami Marcellin Castaing, dont le père était un gros négociant en vins de la région de Toulouse. Il y a longtemps que je voulais tirer une nouvelle de cette sombre histoire, nouvelle que j'aurais intitulée *Une romance de la mer,* quand, l'autre jour, je la trouve résumée de la façon suivante dans l'un des bouquins passionnants du capitaine Louis Lacroix, un vieux de la marine à voile [12] :

« ... En ce qui concerne les vins, ils avaient le gros désavantage d'offrir trop de facilité aux équipages pour s'enivrer s'il leur en prenait fantaisie et c'est un chargement de cette nature qui causa l'un des plus terribles drames de la mer dont on ait gardé le souvenir dans les annales de la marine de commerce française sous le nom de tragédie du *Fœderis Arca*. Ce navire, affranchi du port de Nantes et commandé par un capitaine de cette ville, avait chargé des vins à Cette au dernier tiers du siècle dernier. Dès le départ, l'équipage, qui s'était ménagé un passage secret dans la cale, puisant à même dans le chargement, but plus que de raison, se montra indiscipliné puis finit par refuser obéissance au capitaine et au second qui prévinrent les mutins que des sanctions seraient prises contre eux dès l'arrivée à destination. C'est alors que sous l'influence de la boisson l'équipage assassina les deux officiers en les torturant, coula le navire et se réfugia dans les embarcations afin de se faire passer pour des naufragés. Toutefois, avant d'arriver dans les parages où ils étaient susceptibles de rencontrer des navires pouvant les recueillir ils jetèrent à la mer le mousse qui avait assisté à la tragédie et aurait pu les trahir. Trouvés peu après par un voilier, aux hommes duquel ils racontèrent une fable soigneusement apprise d'avance, ils auraient échappé à tout châtiment si le novice du bord, épargné par eux, pris de remords, n'avait tout raconté à sa mère à son retour en France. Retrouvés presque tous après de longs mois, emprisonnés et condamnés à mort, ils furent guillotinés à Brest. »

... Et les femmes, qu'est-ce qu'elles font sur terre ? Peut-on réellement les considérer comme du genre humain ? On en douterait parfois. Et si oui, alors c'est une sacrée variété de vermine..., une femme dans chaque port.

Un grand soupir venait de la terre lointaine.

C'était par une autre nuit. Nous étions une fois de plus encalminés, par le travers de l'île d'Elbe, en dehors, *fuero da ilha* comme notaient les vieux nautoniers portugais pour marquer qu'il y avait du danger et qu'ils ne s'étaient pas engagés dans le bras de mer entre l'île et le continent mais passaient au large.

La lune était en son plein et la mer paraissait d'autant plus irréelle que sur toute sa surface venaient crever en glougloutant des millions de globules je ne dirai pas d'hydrogène sulfuré mais dégageant cette odeur de rouille et de pourriture organique indéfinissable relevée d'une pointe d'alcali qui caractérise certaines eaux thermales, celles de Capvern, par exemple, dans les Pyrénées, ou celles de Montecatini, en Toscane, ou celles de Chichana, en Andalousie, qui sentent de loin la lessive moite, sur place les dessous sales, et sont nauséeuses quand on les prend, et que l'on dit radioactives – des vesses, oui, pour les grandes dames de la bourgeoisie qui ont besoin d'une étiquette médico-légale pour tremper leur délicatesse !

Cela sentait donc subitement la mort, cette nuit-là, et le pont, avec ses futailles en jonchée et leur fond blanc de gypse portant la marque de Papadakis

```
              D
          A       A
     PA  P       K IS
          Marina 17
          S       S
          A       O
              M
```

comme une inscription sur une pierre funéraire et les ombres perpendiculaires faisant cyprès, évoquait un petit cimetière musulman sous la lune, la grande voile comme le dôme renflé du tombeau d'un émir ou la coupole d'un marabout. Et abandonné comme au milieu des décombres le Bulgare, étendu comme un mort boursouflé, le réseau du gréement nattant son corps de cordes, de nœuds et de mailles indécises et l'ombre portée de la pomme du mât tombant à pic sur son visage bouffi, tranchante, lui dessinant un masque, un loup étroit qui lui descend des arcades sourcilières en pointe jusqu'au menton, découvrant les joues enflées, les pommettes enduites de lune qui saillent, et je ne puis détourner les yeux de ce triangle noir, à l'emporte-pièce, qui me rappelle le trou lingual du lépreux qui me faisait si peur, le vieux Roi de la Calade que j'ai tué à neuf ans et dont le faciès horriblement ravagé et le calamiteux regard ne s'effaceront probablement jamais de ma mémoire.

Et voici que l'ivre mort bouge, se tourne, se retourne, se met sur son séant, éternue, éternue, hume l'air de la nuit, regarde éploré autour de soi, se dresse péniblement debout et, voyant que personne ne vient à son aide, comme Lazare entravé sortant à cloche-pied du tombeau, se met en marche, m'arrive droit dessus, s'arrête devant moi en cherchant son équilibre, les jambes molles mais trouvant un point d'appui derrière lui, contre le «charnier», la tonne d'eau douce contre laquelle il s'adosse, se laisse aller, glisse, s'affaisse soudainement, et je crois bien qui si l'insane m'eût étranglé je me serais laissé faire tant sa venue était macabre et les quelques pas qu'il avait pu parcourir en titubant sur le pont avant de retomber assis contre la cuve étaient cauchemardesques, dans un monde monté d'un cran, machiné, où les velléités sont les ficelles du Grand-Guignol, la barque transportée dans une mise en scène truquée, les voiles battantes, et le grand éclairage nocturne comme celui du théâtre aussi mensonger et trouble que les paroles préméditées que l'ahurissant personnage prononce d'une voix éraillée :

— *Iebi, iebi*, me faisait-il. Viens ici, viens ici que je te tue, *iebi*…[13].

Non, ce n'était pas une attaque de delirium tremens car, tombant à quatre pattes, il s'approcha encore plus près et levant sa tête vers moi, il ne se met pas à hurler à la lune comme un lycanthrope et comme je m'y attendais, mais me récite avec désolation, en catimini, un rôle appris d'avance et tout bafouillant :

— *Iebi*, tu n'as pas connu le beau Boris, mon maître, ni Oleg, le meilleur ami de mon maître ? Dans la journée Boris était lieutenant dans son régiment

et son ami, Oleg, était lieutenant dans le même régiment; mais, le soir, ils étaient poètes et ils se ren-
daient bras dessus, bras dessous au Club de la
Noblesse où, assis à une table jumelle, chacun de
son côté écrivait un long poème d'amour que j'allais porter au journal car si j'étais le cocher de Boris,
mon maître, j'avais ordre de tenir la voiture à la disposition de son ami Oleg, et les poèmes paraissaient
le lendemain matin dans les deux journaux rivaux
de la ville et toute la ville s'en gaussait car les deux
poèmes étaient adressés à la même femme, une
femme sans cœur, Jasmine, la danseuse, dont les
deux amis étaient également et éperdument amoureux, et comme pour la politique la ville se scindait
en deux, et il y avait les partisans de Boris et il y
avait les partisans d'Oleg, et les paris s'engageaient
sur celui des deux amis inséparables qui allait toucher et enlever la belle; mais Jasmine se moquait
des lieutenants. Cela dura des mois et, un beau
matin, les deux amis se trouvèrent sur le terrain,
ayant décidé d'un duel à mort, chacun poussé par
ses partisans. On tomba la tunique d'uniforme
dans un pré et l'on se battit d'abord au sabre de ca-
valerie puis au parabellum, une arme de guerre. Ni
l'un ni l'autre ne fut tué. Mon maître eut le nez emporté d'un coup de sabre et je ramenai son ami dans
la voiture avec une balle dans l'aine. Mon maître
défiguré mais guéri, son ami en convalescence en
province, Jasmine interdite de séjour dans la capitale par décision des autorités, les partisans des deux
amis ayant ri à leurs dépens et ayant trouvé autre
chose pour se divertir, plus personne ne pensait à
cette vieille farce, les deux amis s'étant réconciliés
sur le terrain et les deux journaux rivaux ne publiant
plus de poésies d'amour, quand un soir, Boris me

remit trois cents levas en billets de banque et un *bull-
dog*, un gros petit revolver à barillet et me dit :
«Cocher, tu vas prendre le train de nuit et demain
matin, avant l'aube, tu vas surprendre ce cochon
d'Oleg dans son lit et lui déchargeras le barillet dans
la tête, à bout portant, tu as compris ? Et si jamais
il n'était pas seul, tu serviras deux, trois balles à sa
compagne, c'est un revolver à douze coups. Allez,
marche, imbécile, et sois prudent, et que jamais je
ne te revoie en ville, tu es congédié. C'est ton copain Youssip qui te remplace. Je l'ai déjà engagé.
Ne t'inquiète pas des chevaux. Tu n'as pas besoin
de revenir ici, tu as compris ? Rompez !...» J'avais
parfaitement compris. J'ai pris le train et au petit
jour, sans avoir été vu de personne, j'ai proprement
rempli la mission dont mon maître m'avait chargé.
J'ajoute qu'Oleg, le fidèle ami de mon maître, était
seul au lit ; c'est donc lui qui reçut tout le lot dans
le crâne, mais une balle aurait suffi, la première, qui
lui fracassa la tempe. C'est alors que mon embarras commença. Que devais-je faire ? Boris m'avait
donné trois cents levas. Le train ne m'avait coûté
que cent quatre-vingts et quelques. Il me restait un
billet de cent, deux pièces d'argent, une de cinq et
l'autre de deux levas, et je ne sais combien de sto-
tinki, de la menue monnaie de nickel et de bronze.
Alors, comme je ne suis pas un voleur, je suis retourné dans la capitale pour rendre cet argent à mon
maître et pour ne pas dilapider la fortune de mon
maître, j'ai fait le chemin à pied. Mais quand Boris
me vit rentrer chez lui, il se mit en fureur et sans
vouloir écouter mes explications, il me chassa à
coups de cravache, me poursuivant jusque dans la
rue, hurlant à tue-tête : «Imbécile ! Disparais et ne
te présente jamais plus à ma vue. Va-t'en, te dis-je,

et que le diable t'emporte !... » Cela n'est pas juste,
hein ? Cela ne lui remettait pas le nez en place, n'est-
ce pas ? Je comprends bien qu'il était exaspéré
d'avoir perdu sa beauté virile et pour toujours.
C'est tout comme ce damné vin qui me rend malade, tu n'aurais pas un peu d'alcool, *iebi* ? Je préfère l'alcool. Alors, donne-moi un *papyrosse*...

Des années et des années plus tard, dînant un soir
chez Max Hyène [14] dans son rez-de-chaussée de l'avenue du Bois, j'avais raconté à table ma croisière à bord
de la barque de Papadakis chargée de vin de Samos,
quand Max m'interrompit pour me demander :

— Cela vous ferait plaisir, Blaise, de boire une
bouteille de vin de Samos ?

— Certes, Max, lui répondis-je, d'autant plus que
je n'en ai pas bu depuis lors.

Et Max d'appeler John, son *butler* dévoué qui était
depuis toujours à son service et qui avait accompagné
partout le grand ingénieur dans ses voyages, même
les plus aventureux, et Max lui remit la clé de la cave
en lui recommandant de choisir la bonne bouteille
dans tel et tel casier.

— Je sais, dit John majestueusement. Que
Monsieur soit sans inquiétude, il n'y a pas d'erreur
possible. C'est le vin du Grand Turc.

— C'est ça, fit Max.

Et Max de nous expliquer :

— Vous savez que je ne bois pas, mais ce vin doit
être fameux car il vient des caves de Yildiz Kiozk,
de la réserve personnelle du Sultan. J'ai là cinquante
bouteilles de vin de Samos qui m'ont été données
par Abd-ul-Hamid, le Sultan Rouge, lorsque je
construisais le chemin de fer de Bagdad...

Et Max de nous parler du Padishah, un vieillard

au teint cireux, au nez aquilin, aux longues moustaches grises, aux yeux clignotants, chagrin et voûté, toujours engoncé dans un gros pardessus couleur tourbe quand il se promenait dans les jardins du Vieux-Sérail car le Chef des Croyants était frileux, et, comme il avait toujours peur d'être assassiné, il se promenait avec deux pistolets chargés passés dans sa ceinture à l'orientale. Un jour, un très vieux jardinier qui travaillait derrière un massif se releva brusquement à son passage et Abd-ul-Hamid n'hésita pas, il tira et abattit le jardinier comme un chien! Puis la conversation se fit plus générale, et nous parlâmes d'autre chose, mais je ne voyais toujours pas venir la fameuse bouteille.

À la fin du repas, Max me demanda:

— Mais vous ne me dites rien de mon vin de Samos, Blaise, comment le trouvez-vous?

— Mais, Max, je l'attends toujours. On ne l'a pas servi!

— Excusez-moi, dit Max. Je suis distrait. C'est l'âge. Où avais-je la tête?

Et il fit revenir son loyal serviteur.

— Alors, John, et ce vin pour M. Cendrars, vous avez trouvé la bouteille?

— Que Monsieur me pardonne, dit John avec émotion, je suis désolé, mais il n'y en a plus!

— Comment ça, John? Ce n'est pas Dieu possible! Je n'y ai jamais touché et je n'en ai jamais fait servir, n'y pensant pas.

— C'est justement pourquoi, hélas! fit John avec componction, car c'est moi le coupable. J'avais pris l'habitude d'en boire une bouteille tous les ans, le jour de mon anniversaire, et aujourd'hui j'ai pu constater avec stupeur qu'il n'en restait plus. J'avais oublié que j'étais au service de Monsieur depuis cinquante et un ans. Comme le temps passe!...

Nous éclatâmes tous de rire.

— Il ne me reste plus qu'à m'excuser, Blaise, dit Max en souriant. Allons prendre le café au salon et je vous ferai déguster une fine Napoléon... s'il en reste.

— Mais oui, Monsieur, à votre service, dit John en poussant cérémonieusement les deux battants du salon. J'ai un magnum des Tuileries, et ce n'est pas le dernier.

Depuis trois, quatre jours Papadakis prenait le quart de minuit. Il était nerveux. Il s'approchait de la terre au plus près pour prendre ses points de repère et faire ses relèvements, amers, feux et alignements. Dans la journée nous croisions des navires de plus en plus nombreux. Nous arrivions à destination. Mais, la nuit, nous naviguions toujours sans feux. Le patron était irritable ; il voulait avoir tout le monde sur le pont, aux postes de veille. C'était heureux, car depuis la séance louftingue avec le Bulgare, j'étais plutôt distrait, je pensais au vieux lépreux de Naples, que j'avais tué.

Aujourd'hui, je ne vais pas chercher à me disculper. Et même si l'on me prouvait qu'une jatte de lait n'est pas forcément fatale aux lépreux comme je l'avais entendu dire et comme je le croyais alors – et depuis j'ai vu en Amérique du Sud des lépreux boire du lait de vache, d'ânesse, de jument, de chèvre, de brebis et même de vigogne sans en ressentir aucun effet contraire – cette démonstration ne changerait rien au fait que j'ai fait servir au Roi de la Calade du lait dans une mauvaise intention et avec l'arrière-pensée de me débarrasser de lui, de cet infâme lépreux qui me donnait le frisson, pour toujours. J'ai donc commis un crime. Et j'en avais la conviction, et c'est ce sentiment secret de ma culpabilité qui a bouleversé toute mon enfance en me nouant le caractère, nœud que je ne pouvais dénouer sans l'aide de personne, nœud gordien que je n'aurais pu que trancher en me suicidant ; ce qui me familiarisa de très bonne heure avec l'idée de la mort comme d'une délivrance, et c'est cette familiarité avec l'idée de la mort volontaire que l'on a toujours à sa disposition qui m'a forgé ce caractère sauvage, fier, indépendant, rétif qui est le mien, dur envers moi-même, qui ne se paie pas de mots, et pénétrant, inquisiteur et affûté à un point inimaginable et révoltant pour les autres ; ce qui fait que des tas de gens ne peuvent pas me supporter et que d'autres ont peur de moi ayant l'impression que je lis au travers d'eux-mêmes, et que je ne suis pas dupe ; ce qui fait que bien peu ont gagné mon amitié, mais ceux qui l'ont, la tiennent. Chose extraordinaire : ce sont plutôt des femmes (les hommes, avec leur raison, voulant se faire disciples d'un solitaire : les femmes ont les raisons du cœur pour meubler ou trahir la solitude – elles n'en font pas un système).

Et voici comment j'ai tué mon premier homme :

La cloche de la petite poterne donnant sur la Salita de San-Martino retentit un matin plus tôt que de coutume.

— C'est Pascuali ! dis-je à la cuisinière qui se hâtait avec son pot au lait.

C'était Bépino avec Caroline, la vache, et une dizaine de chèvres seulement.

— Pascuali est malade, il a la colique, il ne viendra pas ce matin, dit Bépino. Il n'y a pas du lait pour tout le monde. Mais demain matin il y aura des fromages, je vous en mets un de côté ? C'est Carminella qui les fait.

— Bépino, tu veux bien ? je viens avec toi ! lui

dis-je quand il eut servi notre cuisinière. Depuis le temps que j'ai envie de faire la tournée du quartier! Profitons de l'occasion...

Et je calai la poterne avec une grosse pierre pour pouvoir rentrer sans sonner et à l'insu de tous. Et c'est ainsi que je me trouvai tout à coup en plein cœur du pays ennemi, conduisant la vache, Bépino, son petit troupeau de chèvres fantaisistes et cabriolantes, alors que je m'étais toujours figuré être équipé sur pied de guerre et armé jusqu'aux dents, avec le revolver de mon père, ma fronde, des billes plein les poches, et un bon couteau à cran dans ma manche, le jour où je me risquerais de tenter cette folle aventure!

Comme je l'ai dit, il était de grand matin, il n'y avait pas encore trop de monde dans la ruelle mal-famée et je passais inaperçu, bien qu'on eût pu facilement me reconnaître à ma casquette anglaise, striée de bleu, de noir et d'orangé. Mais tout se passait bien, on allait de porte en porte, et Bépino annonçait partout aux gens qui venaient, qui avec une tasse, un verre à boire, une bouteille, un carafon, une jatte, un saladier, une écuelle, un petit tian, un biberon ou une saucière :

— Pascuali est malade, il a la colique, il ne viendra pas ce matin. Aujourd'hui il n'y a pas du lait pour tout le monde. Mais demain il y aura des fromages, je vous en mets un de côté? C'est Carminella qui les fait.

Et il trayait Caroline devant chaque porte ou tirait sur le pis des chèvres, remplissant à moitié les récipients les plus divers qu'on lui tendait et encaissant attentivement les sous, vingt sous pour le lait de vache, trois sous pour le lait de chèvre, et les bonnes gens de bougonner parce que personne n'avait son compte.

— Il n'y en a pas pour tout le monde ce matin, répétait Bépino. Demain il y aura les fromages de Carminella. Je vous en mets un de côté?...

Et nous descendions lentement les longs gradins de la Calade, moi, conduisant la vache et Bépino, sa dizaine de chèvres, et tout allait bien et se passait sans incident, quand nous débouchâmes au grand tournant, à mi-côte : le lépreux y était ! Et je me mis à trembler...

Le vieux était à sa place habituelle, son escarcelle bien en vue exposée sur un balustre, et le Roi, entouré de ses mendiants feudataires, au pied de la statue de la Madone, accoté dans ses hardes, son trou horrible tout palpitant au beau milieu de son visage, la respiration chargée de mouches, et les yeux grands ouverts.

— Bépino, chuchotai-je, il est là ! Tu le vois ? J'ai peur... Jamais je n'aurai le courage de passer devant lui... Voilà ce que tu dois faire... Tu vas lui porter une jatte de lait et pendant qu'il la boira, je passerai en trombe avec le troupeau... Tu as compris ?

— Bon, fit Bépino. Tiens, voici mon fouet. Mais je n'ai pas de bol.

— Prends ma casquette, lui dis-je, et apporte-la-lui...

Bépino traya Caroline et apporta à petits pas comptés ma casquette débordante de lait écumeux au Roi de la Calade, cependant qu'après avoir fait claquer le fouet, cramponné au collier de Caroline, je tapais sur le flanc de la vache avec le gros bout du manche pour la faire détaler, et comme nous prenions le tournant en trombe, les chèvres semant la panique, bondissant autour de nous avec leurs diaboliques sonnailles, j'eus juste le temps d'apercevoir le vieux lépreux tomber à la renverse, le visage inondé de lait, et les dignitaires de sa cour se porter

vers lui dans un mouvement d'épouvante, et quand
Bépino m'eut rejoint vers le bas de la ruelle, hors
d'haleine et le cœur battant, sa première parole fut
pour me dire :

— Tu sais, tu l'as tué !...

Puis il ajouta avec ce bon sens napolitain que ces
sortes de choses ne prennent jamais au dépourvu :

— Je vais remonter chercher ta casquette, c'est
une pièce à conviction ! Et puis tu rentreras chez toi
par le Corso, Ernest t'ouvrira la grille. Surveille les
bêtes en attendant, hein ?

— Mais non, je remonte avec toi. Maintenant je
n'ai plus peur...

Et, en effet, je n'avais plus peur, maintenant que
je savais le vieux sorcier vulnérable.

Nous remontâmes donc, sans nous presser,
comme si de rien n'était, sauf que Bépino refusait
de satisfaire sa clientèle.

— Il n'y a plus de lait, annonçait-il aux retarda-
taires. Mais demain il y aura des fromages, je vous
en mets un de côté ?...

Et nous prîmes le grand tournant. Le lépreux avait
disparu, ainsi que son conseil de mendiants. La place
était nette comme si la cour des Miracles n'y eût
jamais siégé. Devant l'oratoire de la Madone, il y
avait une flaque de lait répandu ; mais nous ne retrouvâmes pas ma casquette.

Je rentrai à la maison satisfait et je fis cadeau à
Bépino d'un magnifique fouet esquimau qui lui faisait envie depuis longtemps, dont le manche trapu
était fait de barbes de baleine et la longue lanière
tressée de cuirs de différentes couleurs.

... L'angoisse ne devait naître que plus tard,
beaucoup plus tard, et s'épanouir petit à petit, et
me travailler insidieusement, en secret, m'entraîner

dans un monde de rêves insensés, d'affabulations, de raisons déraisonnantes, d'actes gratuits, d'épreuves de force mensongères, de voyages inutiles en risque-tout, et me dérégler l'esprit et me détraquer les nerfs pour me munir d'un sang-froid imperturbable dans les drames qui me permet d'en savourer l'essence comique ou l'humour, et mettre ma sensibilité à vif, au point que, certaine nuit, je vis à l'avant de la barque le vieux marquis napolitain donnant la main à Elena, qui tendait l'autre à Lénotchka, la douce lycéenne pendue à Viborg l'année précédente, et la jeune étudiante me faire signe… et je me suis vu aller les rejoindre, une fleur rouge à la tempe et un revolver fumant à la main… me mêler à leur ronde… entre les vagues…

— Patron, les Alpes!

C'était un quart d'heure avant l'aube. Très haut dans le ciel j'observais une crête neigeuse se détacher à l'horizon, blanche comme une traînée de lait, rosir rapidement et disparaître avec la naissance du jour.

— Tu es complètement fou, l'homme! me dit Papadakis qui n'avait rien vu.

— Mais je t'assure, patron, il n'y avait pas moyen de s'y tromper. C'est ce qu'on appelle en Suisse *l'alpenglühn*. C'était le mont Blanc ou le mont Rose.

— Penses-tu! C'était la barre du jour. Une couche de nuages…

— Je te dis que c'était les Alpes, patron!

— Alors, l'homme, si tu as vu juste, demain soir nous serons à quai, dit Papadakis.

J'avais vu juste, et Papadakis avait dit vrai, le lendemain soir nous pénétrions dans le port de Gênes, GÊNES, avec ses deux bassins arrondis en forme de rognons.

Nous étions amarrés au fond du bassin parmi les écraseurs de crabes, les vieilles bailles, les vieilles pataches, des pontons et autres débris qui avaient jadis navigué, entre le *Confundulum,* un cargo panaméen, plus rouge qu'il était avec ses écailles de rouille et ses tôles passées au minium qu'une écrevisse ébouillantée, et le *Pathless* de Londonderry, un grand trois-mâts, avec une chaudière auxiliaire sur le pont et une longue et étroite cheminée noire montant jusqu'à la hauteur des vergues salies et dont l'étambot, curieusement encorbellé, nous dominait en plein, au bout d'un quai en construction ou en voie de démolition, encombré de bétonnières et de matériaux.

À peine à quai, Papadakis s'était éclipsé en courant pour arriver avant la fermeture des bureaux, avait-il dit, fourrant dans sa ceinture les papiers du bord. Mais malgré sa hâte d'aller se mettre en règle, il s'était retourné deux fois, une première fois comme il grimpait les échelons de fer scellés dans la muraille du quai et qui menaient de niveau, une deuxième fois dans sa course même ; comme s'il eût oublié quelque chose à bord, la première et la deuxième, comme si méditant un mauvais tour il eût voulu s'assurer que l'équipage restait bien à bord ; et comme je me méfiais de lui, ces deux hésitations m'avaient paru suspectes.

— Hé ! cocher, dis-je au Bulgare, tu restes à bord ? À ta place je foutrais le camp.

— Et pourquoi, *iebi ?* fit le Bulgare.

— Et si le patron revient avec la police ?

— Ah ?... fit le Bulgare.

— Eh ! oui, couillon, tu n'y avais pas pensé ! Allez, habille-toi, enfile tes bottes, moi, je suis prêt. On ne sait jamais..., lui dis-je.

Et au mousse :

— Mademoiselle vient avec nous ? On part.

— Comment cela? fit le mousse.

— Oui, lui dis-je. Le Bulgare et moi, on se trotte. Remarquez ce quai mal fichu, sans aucune manutention. Très peu pour nous de virer à la main les palanquées et d'élever les charges au treuil à bras et de coltiner les tonneaux durant des jours et des jours! On n'est pas des esclaves. Le Bulgare et moi, on se trisse. Allez, venez avec nous. Vive la liberté! Papadakis peut se passer de nous. Papadakis...

Et comme le mousse discutait, défendant les intérêts de son oncle, nous accusant de lui faire du tort, une voix tomba du haut de la poupe en balcon du *Pathless* qui nous dominait:

— Ohé! du bateau! Vous n'avez pas fini de vous chamailler, en bas? Vous avez du pinard à bord?...

Et un bidon de pétrole descendit au bout d'une corde jusqu'à nous, une touque de cinq gallons au moins.

— Remplissez-la bien! criait la voix. Je vous donnerai les dernières nouvelles de la ville. J'ai le meilleur tuyau...

Le corps à moitié passé hors de la rambarde du trois-mâts un homme se penchait vers nous, le torse nu, un maigriot, velu et vif comme un écureuil, un rouquin d'Irlandais qui nous souriait et nous faisait des grimaces d'encouragement pour nous décider, et qui tenait l'autre bout de la corde des deux mains, prêt à haler:

— Allez-y, les petits gars, disait-il. Il fait soif à bord et le vôtre doit être bon. Vous arrivez de Grèce, n'est-il pas vrai? Alors, vous ne pouvez pas savoir: il y a à Gênes un orchestre de femmes! Ça ne vous dit rien? et je vais vous y conduire si vous êtes généreux! Le temps de me mettre en tenue comme le gros père, là, qui passe sa chemise...

Je lui remplis son bidon de vin. Le Bulgare, qui

avait enfilé ses bottes, nouait en effet sa chemise, une chemise brodée, par-dessus son pantalon, à la russe.

— Viens avec nous! dis-je au mousse. On se sauve. On déserte…

«Allez, grouille, fis-je au Bulgare. Passe devant…

«Alors, tu ne viens pas, petit? répétai-je au mousse, le pied sur le premier échelon.

«Tu aurais pu coudre ton fond de culotte, salaud! criai-je au Bulgare en m'engageant derrière lui sur les crampons de fer qui montaient à pic au quai. On te voit tout…

D'en haut, je me penchai encore une fois sur la barque. Le mousse étreignait le mât. Des sanglots lui secouaient l'échine. Ma parole, le gosse pleurait.

— *Kallinecta,* mademoiselle! lui criai-je en brandissant mon épine d'Ispahan en guise d'adieu.

Et nous nous mîmes à nous cavaler le Bulgare et moi.

— Attendez-moi, je viens avec vous! Ne courez pas si vite, nom d'une bite, les femmes ne vont pas s'envoler!… criait derrière nous le rouquin du *Pathless* qui, tout en remuant diablement ses quilles pour nous rattraper, enfilait un maillot sans manches par-dessus sa tête.

— Attendez, fit-il quand il nous eut rejoints, attendez que je vous guide. C'est au *Gambrinus* et vous ne savez même pas où c'est! Vous n'êtes rien pressés, vous deux. Vous m'en direz tant! Je m'en souviendrai. Ah! les femmes pour les marins…

Et, s'insinuant entre nous, il nous prit chacun par un bras et il se mit à chanter:

Dandle, dandle, dandle…

— Tu en as une belle épine, me fit-il. Bats donc la mesure avec! On va rigoler...

Et il reprit sa chanson natale et esquissa un pas de gigue :

> *Dandle, dandle, dandle...*
>
> *I am not Mahomet!*
> *Far from it,*
> *This is the mistake*
> *You all seem to make...*

Il y avait cinq femmes sur une espèce de podium décoré de petits drapeaux, d'ampoules versicolores et de plantes vertes, quatre s'étaient mises en rang pour nous accueillir par ce premier couplet de la chanson, le violon, la celliste, le trompette et la contrebassiste, toutes les quatre se trémoussant, longues jambes noires, hauts talons, jupe pailletée et rigide ne leur arrivant même pas au genou, longs bras nus, étoiles de clinquant dans le chignon, ailes de libellules sur fil d'archal battant dans le dos, tandis que la cinquième, une grosse mémère, en robe du soir outrageusement décolletée, attaquait avec une grâce d'éléphant au piano le fameux et ridicule et attendrissant refrain :

> *I am a sailorman!...*

C'est dire que notre entrée fit sensation au *Gambrinus,* une brasserie ouverte la nuit, débordante de petits-bourgeois italiens qui venaient s'initier aux mœurs internationales... et je rigolais *in petto*, car le *Gambrinus* était encore une de ces fameuses affaires de mon père qui avait introduit et lancé en 1894 la bière de Munich, pasteurisée et glacée

selon un procédé à lui, et avait ouvert une semblable
brasserie dans chaque grande ville d'Italie parce
qu'avec sa corpulence et la chaleur du pays il suait
beaucoup et avait toujours soif, et avant l'idée qu'il
avait eue de sa pasteurisation, on ne trouvait pas de
bière potable en Italie, pas plus que dans les autres
pays du bassin de la Méditerranée, où le *Gambrinus*
ouvrit partout des succursales et fit des affaires d'or
(mais papa n'en faisait plus partie, étant allé s'établir à Londres pour lancer et mettre à la mode la
publicité lumineuse!), et je rigolais en pensant au
destin de mon père quand la grâce alanguie d'une
petite Anglaise qui s'émoustillait, les pommettes
rouges de fièvre, le teint pâle, les yeux bridés de fatigue, me toucha droit au cœur et m'attendrit in-
diciblement, c'était le premier violon, qui n'avait pas
vingt ans, que je surnommai illico la môme Fil de
Fer tellement elle paraissait fragile et qui ressemblait comme une sœur à ma gentille petite cousine
Rosy, de Londres, qui se mourait dans un sana à
Arcachon, et, comme ma chère petite cousine Rosy,
la môme devait être tuberculeuse jusqu'aux os.

Les femmes vinrent à notre table. On commanda
des bouteilles. J'avais la môme Fil de Fer sur les genoux. Ses mains, ses tempes étaient moites.

Dandle, dandle, dandle...

chantait le rouquin du *Pathless* qui était monté sur les
planches et esquissait un pas de gigue, une bouteille
de gin en équilibre sur la tête, cependant que très entouré par les autres femmes, à l'autre bout de la table
que nous avions occupée d'autorité en bordure de l'orchestre, le Bulgare ne sortait pas de son mutisme et
s'envoyait coup sur coup des verres d'alcool.

— ... Mamy, disais-je à la grosse pianiste venue s'asseoir dans un fauteuil à côté de moi et qui ressemblait à une de ces damnées pochardes comme on en rencontre tant dans les *pubs* de Londres à la nuit tombante mais qui voulait se faire passer à mes yeux pour une lady respectable ayant eu des malheurs et ayant maintenant charge d'âmes et des responsabilités, Mamy, c'est entendu, on vous enlève toutes les cinq. Vous avez bien une carrée? On monte. On boira. On fera de la musique...

— Impossible, *dear*. Nous avons un engagement. Nous sommes de service jusqu'à deux heures du matin. Mes filles sont des filles sérieuses...

— Mais oui, Adélaïde, vieille adorée, tout le monde le sait que tu n'as jamais trinqué sur le cœur d'un homme. Attends que je te remplisse le ventre de whisky, on verra bien s'il ne te giclera pas par les yeux comme du champagne. Dépêchez-vous, on attendra le temps qu'il faut et puis, on se saoulera, tous...

L'orchestre remonta en loge, et les cinq femmes jouèrent avec brio l'ouverture de *Guillaume Tell*, dont les harmonies imitatives mais poétiques et l'expansion de grands sentiments exagérés enthousiasmeront toujours un public petit-bourgeois. Les beautés réelles de cette musique savante passent en silence.

Dandle, dandle, dandle...

chantait le rouquin du *Pathless* à chaque entracte et à chaque entracte les femmes venaient boire à notre table. Le public applaudissait aux excentricités du rouquin qui ne perdait jamais l'équilibre de sa bouteille de gin. Puis le public réclamait encore de la musique. Après une autre symphonie, il y eut une séance de harpe, un solo de violoncelle,

du Chopin, un solo de la môme Fil de Fer, une page
de Paganini, diabolique et enragée, dont la petite
se tira fort bien, mais exténuée, avec une angoisse
cardiaque à la clé, et, à la demande générale, Mamy
éructa des vocalises au piano, des chansons sentimentales ou naturalistes ; puis, le vide se faisant petit
à petit autour des tables, l'heure avançant, on réclama encore quelques numéros à la trompette et
le trompette, une blonde, chevelue, bouclée, ma-
melue, joufflue s'exécuta jouant comme un clown
virtuose de la trompette, de la clarinette, de la flûte,
du basson et nous fit mourir de rire avec les sons
éplorés qu'elle réussissait à tirer du cor anglais et
des effets coulissés et rétrogradés de vents. Enfin,
l'heure ayant sonné, on put monter, la contrebassiste, une bossue, soutenant le Bulgare.

Les femmes habitaient dans l'immeuble, dont les
trois derniers étages étaient occupés par un hôtel,
L'Albergo del Vapore. Nos musiciennes perchaient au
dernier étage qui, comme beaucoup de vieilles maisons de Gênes, se composait d'une immense salle
formant loggia à triples arceaux sur la façade, et c'est
là que nous nous installâmes, sur cette terrasse aé-
rienne qui donnait sur le port et avait vue, au large,
sur la mer, femmes folles, matelots ivres, bouteilles
pleines qui se vidaient, instruments concertants qui
mieux que les bouteilles déversaient amour, sentiment, poésie et faisaient déborder l'âme, le cœur,
le corps, également insouciants et fantaisistes, orgie
sonore et bruyante qui devait durer huit jours,
quinze jours, trois semaines, un mois, et à laquelle
tout amateur de bel canto, de rire, de vin, de musique instrumentale, de gourmandise et de gais
propos ou d'histoires salaces pouvait monter de la
rue pour y participer, et que paya, ainsi qu'un gros

dédit pour le quintette, l'incomparable parangon de mon épine d'Ispahan, cependant que les deux autres perles, les deux princesses au bel orient, montées en boucles d'oreilles, reluisaient doucement à gauche et à droite du visage détendu de la môme Fil de Fer, enfin reposée, heureuse, que j'avais fait habiller en pensionnaire des Dames de Sion, dans une simple petite robe prune, le petit chapeau rond sur le front, ses beaux cheveux nattés avec un grand nœud dans le dos, un étroit petit col blanc autour du cou, des bottines montantes et qui se tenait bien sagement dans le fiacre qui me menait à la gare (car, moi, une fois de plus je partais !) et dont la ressemblance avec ma chère petite cousine Rosy, de Londres, était à chaque tour de roue de plus en plus troublante.

— Chérie, promets-moi de ne jamais te défaire de ces perles, non pas en souvenir de moi, mais parce qu'elles te porteront bonheur.

— Oh ! oui, mon cœur. Je sais qu'elles me porteront chance.

Je prenais le train de Paris.

Passant par Monte-Carlo, j'allai tâter la chance au Casino.

La chance s'étant montrée contraire, je remontais le lendemain matin dans le train de Paris. Ce n'était plus le même. C'était le train de jour. J'avais joué jusqu'à mon sleeping, et mon épine d'Ispahan, qui ne contenait plus rien, était réellement une épine creuse, et mes poches étaient vides, comme mon cœur, comme ma tête...

. . . .

Et dire que je pourrais consacrer tout un chapitre à la description de mes perles, du parangon et des

deux princesses, énumérer sur des pages et des pages
tous les noms des femmes que je connais, et que
j'ai beau descendre au plus profond de moi-même,
là où tout est sincérité, et que je ne retrouve pas le
nom, le vrai nom de la môme Fil de Fer qui ressemblait comme une sœur à ma petite cousine de
Londres, et que l'on pourrait me battre à mort sans
que son nom chrétien, son simple petit nom de baptême me revienne !... *sweet, sweetheart*... Une fille
que j'ai aimée...

De la musique.

Adieu, adieu !

Adieu, adieu à la musique !...

Ce n'est pas encore cette fois-ci que j'allais
conquérir Paris.

Qu'est-ce que j'en savais ?... Depuis quelque
temps j'étais de plus en plus en proie à la poésie et
je déchirais mes poésies, et je déchirais mes poèmes
au fur et à mesure que je les écrivais. Que pouvais-
je savoir ?... [15].

À Toulon monta dans le train le lot habituel des
permissionnaires de la marine qui se répandirent
dans les wagons, chantant, buvant, s'interpellant ;
à Marseille ce fut comme toujours la bousculade ;
à Avignon vint s'installer dans le compartiment une
jeune femme, avec des dizaines de petits colis éparpillés et un beau bébé dans les bras. À Lyon et à
Laroche je ne vis rien d'autre que cette jeune
femme installée sur la banquette en face de moi qui,
avec mille tendres précautions, des petits gestes
d'une pudeur infinie et un sourire divinement humain, donnait le sein à son enfant, ses petits colis
éparpillés et déficelés contenant des langes, des com-
presses, des biberons, des choses de toilette intime,
éponge, boîte de talc, coton hydrophile, pommade,

bandes Velpeau, épingles de nourrice, une bouteille d'eau de Vals...

... Moi, j'ai eu comme sein le bout noir d'une fellah d'Égypte et je me demande jusqu'à quel point le lait d'ânesse de cette plantureuse nounou ne m'a pas incorporé le goût de la mort antique, de son culte et de ses mystères? Je dis le *goût*, c'est-à-dire ce qu'il y a de plus inconscient dans l'hérédité d'une race, une race pigmentée à laquelle, comme Moïse (mais l'Hébreu n'en a pas bu le lait!), je suis resté étranger...

... Paris... Paris...

— Tout le monde descend!

Quel livre n'y aurait-il pas à écrire sur tous ces jeunes gens inconnus qui viennent conquérir Paris, de Victor Hugo à Juliette Drouet, de la Païva à Offenbach, du capitaine Dreyfus ou de Mata-Hari au maréchal Joffre, de Willy à Colette et de Coco Chanel à Pierre Reverdy, de monsieur Ritz, de Saint-Exupéry à l'Étoile à Matelas cousue dans le ciel de Paris, cette crèche, que même un avion à réaction ou supersonique ne saurait franchir, du *Petit Chose* à *Sapho*, de la poésie à l'action! Ce n'est pas de la littérature, c'est la vie. Ma vie. Leur vie. Notre vie à tous. *De profundis.*

NOTES

(pour le Lecteur inconnu).

1. Jean Cassien, né en 360 (?), à Marseille (?), mort vers 435 (?) dans le couvent de Saint-Victor, qu'il avait fondé, pour les hommes, à Marseille, une vingtaine d'années auparavant, ainsi que celui de Saint-Sauveur, pour les femmes, dont sa sœur semble avoir été la Supérieure.

Tout ce qui concerne saint Cassien, dans ce paragraphe, ainsi que dans le paragraphe suivant, résumé, traduction et citations, est tiré du beau livre que le chanoine Léon Cristiani, doyen de la Faculté catholique des Lettres de Lyon, vient de consacrer au grand maître, au théoricien de la mystique cénobitique en Occident. – *Cf. Chanoine Léon Cristiani : Figures monastiques, Cassien, Éditions de Fontenelle, Abbaye Saint-Wandrille,* 1946, 2 *vol. in-8°.* – Pour les *Œuvres* de Jean Cassien *v. Migne : Patrologie latine, t. XLIX-L.*

2. En me relisant, je me demande, la mémoire d'un enfant n'étant pas une synchronie, jusqu'à quel point j'ai pu confondre et embrouiller les dates et les événements ? Au contrôle, il s'avère que la défaite d'Adoua est de 1896, l'assassinat du roi Umberto Ier de 1900 et la naissance du prince de Turin de 1904. Les souvenirs de mon enfance napolitaine vont de 1891, 1892 à 1897, c'est-à-dire de ma quatrième ou cinquième à ma dixième année ; en 1900 j'habitais Paris et en septembre 1904 je débarquais en Chine ! J'admets, mes souvenirs d'enfance étant pour moi plus vrais que vrais dans leur innocence, j'admets un décalage dans le temps, au maximum un décalage d'un an ou deux pour certains détails ou scènes accessoires. Ainsi l'assassinat du Roi a pu me frapper

en 1900 et j'ai pu inconsciemment l'intégrer par la suite à mes
souvenirs personnels bien que j'eusse quitté l'Italie quand l'événement historique a eu lieu. Mais comment expliquer l'erreur
que je commets en situant la naissance du fils du prince de Naples
avec une telle anticipation dans le temps – près de dix ans d'avance?
Je ne sais que répondre et cela me stupéfie.

À la réflexion, je me dis que mes souvenirs d'enfance ont
formé une cristallisation autour de la famille Ricordi et du petit
frère d'Elena qui devait venir et que toute la famille attendait
chaque fois, et dont tout le monde parlait sans cesse en famille
comme on devait s'entretenir du prince du Sang à venir dans
la famille royale et tenir propos officieux au Palais, propos qui
se répétaient et suscitaient tant d'espoir et de déception à la Cour
et à la ville et que le photographe avait à cœur de faire connaître,
en les exagérant selon son habitude, dans son foyer, non pour
excuser, mais pour fortifier et multiplier les exigences de sa pa-
ternité ; si bien que, pour moi, enfant étranger, l'héritier futur
de la Couronne n'était qu'un pâle reflet, le double, du petit frère
d'Elena que nous attendions tous et qui, quoique jamais venu
au monde, était tous les jours présent à la maison.

La cristallisation de mes souvenirs autour d'un fantasme peut
avoir faussé le sentiment que j'ai du déroulement chronologique
des événements de mon enfance napolitaine mais non pas me
tromper sur la réalité de ces événements ; or, la réception à la
Cour, la revue de la flotte des cuirassés, le défilé des troupes,
dont les pauvres soldats partant pour ou revenant de l'Abyssinie,
la grande fête populaire nocturne et son terrifiant feu d'artifice
ont réellement eu lieu ce jour-là et comme je le raconte, bien
que je ne puisse en préciser l'année – et je reste vexé si je me
dis que le berceau vide mais tant admiré était peut-être celui
d'une fille, et je suis singulièrement déçu si je m'avoue que le
bébé solennellement présenté et qui dormait les poings fermés,
les pouces en dedans, n'était après tout qu'une princesse, encore
une Mafalda, une Iolanda, une Margarita, comme chez les
Ricordi, et les mêmes noms propres que les prénoms des sœurs
d'Elena,... et ma déception et ma vexation me font croire aujourd'hui que je n'ai pas commis d'erreur de date, mais, après
coup et par amour sublimé, une erreur de sexe pour qu'on ne
baptisât pas ce bébé ELENA! Étrange inhibition, en vérité, si
je ne me trompe pas moi-même aujourd'hui...

P.-S. – Cette question me préoccupant et ayant trouvé dans un dictionnaire que Iolanda, l'aînée des enfants de Victor-Emmanuel III, est née en 1901 seulement, si je renonce à vouloir démêler l'embrouillamini chronologique de mes souvenirs d'enfance, qui tiennent plus de l'almanach que du calendrier, je continue à me pencher sur le berceau vide du Palais Royal et à vouloir mettre un nom sur cette entité ou fausse couche qui dormait *les pouces en dedans*. Qui était-ce ? Peut-être que la réception n'était qu'une répétition générale en vue de l'événement que l'on attendait à la Cour comme chez les Ricordi : l'Héritier ? Quoi qu'il en soit, nous étions venus voir le berceau exposé. Et nous l'avons vu et il était féerique, et, comme il était vide, Elena et moi aurions bien voulu avoir un petit bébé pour le mettre dedans et jouer à la poupée, et au papa et à la maman comme tous les enfants font. Naturellement j'aurais été le Roi et Elena, la Reine, et comme dans les contes de fées *notre enfant* eût été une princesse belle comme le jour et infiniment malheureuse et, aussi, le prince charmant qui, après des aventures... L'avenir de la Maison d'Italie ne nous intéressait pas particulièrement, mais ce berceau vide rempli de rêve...

Peut-on parler d'ambivalence ? Les jeux de l'enfance sont la seule réalité. Ils viennent du cœur. C'est une création. Les historiens ont tort de ne pas en tenir compte. À quoi pouvait bien jouer Hitler quand il était petit garçon ? Et Napoléon ? Et Mahomet ? Je vois très bien l'enfant Jésus nouant en croix les copeaux qui jaillissaient du rabot de son père, le charpentier, et je l'entends répondre à saint Joseph, qui lui demande ce qu'il fait : – *Rien, papa !...*, et l'enfant de s'absorber dans les mystères célestes et de s'entretenir avec son *autre* Père et improviser :

> *Notre Père, qui es aux Cieux,*
> *Que ton Nom soit sanctifié,*
> *Que ton Règne vienne,*
> *Que ta Volonté soit faite...* (Mat., VI, 9 à 13.)

Quelle énigme que le cœur humain ! Il a sa mémoire propre. Un abîme.

3. Cf. *L'Homme foudroyé* (Éditions Denoël, 1946).

4. En France, lors de l'inauguration de l'Exposition de

1936, seul un Paul Valéry connut pareil tarif pour trois lignes posées au double fronton du palais «retapé» du Trocadéro.

5. Cf. ma plaquette: *Vol à voile* (Éd. des cahiers romands, Lausanne, 1932), où j'ai amorcé ce cycle de mes souvenirs chinois.

6. À titre de complément, je donne mon portrait astrologique tel que je le trouve dans l'hebdomadaire *La Bataille* du 3 septembre 1947: *Sous le signe de la Vierge.*

«La Vierge, signe de beauté, qui rend les femmes singulièrement belles et fait souvent les hommes bien de leur personne, occupe dans le Zodiaque, cercle immense où roulent nos destins, la sixième Hiérarchie qui gouverne le travail et ses fruits, la moisson représentée par l'Épi, *le Grand-Œuvre* en un mot.

«Ce signe, de nature magnétique, attirante et féminine, favorise les femmes. Il appartient à l'élément Terre. Il est représenté par une divinité, celle de la terre féconde, dont les attributs, le Soleil et l'Épi de blé, sont précisément ceux de la résurrection.

«Ces attributs que la haute antiquité savante attachait à l'Épi nous expliquent les rites funéraires alors en usage, lesquels consistaient à placer près des restes des morts des grains de blé contenus dans les urnes dont des fouilles archéologiques ont révélé la présence dans les pyramides d'Égypte, et dans les nécropoles mycéniennes. C'est ainsi que, dans l'attente de leur résurrection, les morts reposaient sous la garde de la Terre nourricière que les civilisations anciennes représentèrent successivement par l'Isis égyptienne, la Démèter grecque et la Cérès romaine.

«Dans l'hémisphère nord, le signe de la Vierge influence la période de l'année comprise entre les 23 août et 22 septembre, celle où la terre a produit ses fruits.

«À une époque reculée, ce signe a personnifié l'Age d'Or, celui du règne de Saturne, le Temps, représenté sous la forme d'un serpent qui se mord la queue, comme s'il retournait d'où il vient, pour montrer le cycle perpétuel de la vie.

«Le signe de la Vierge est représenté par un symbole ayant approximativement la forme de la lettre "m" au troisième jambage de laquelle la lettre "p" est accolée. Ce symbole est une altération des lettres hébraïques *Koph* et *Tau* qui, en se lisant de droite à gauche comme dans toute écriture orientale, lui ont donné naissance.

«En Kabbale, la lettre *Koph* représente l'esprit de Jupiter. Elle correspond à l'arcane XIX, celui de l'Intelligence planétaire, de la Vérité, de la Lumière resplendissante. La valeur numérique de cette lettre est 100, nombre du Soleil, symbole de l'individualité, de la force positive, de l'unité. Ses significations sont : la joie de vivre, l'extase, le début du Grand Œuvre, la Lumière et la Vérité.

«Quant à la lettre *Tau*, esprit planétaire du Soleil, elle correspond à l'arcane XXII, celui du résultat, du succès, de la fortune par le travail. Ses significations sont la réintégration universelle, le royaume divin sur la terre, la grande initiative, *la réalisation du Grand Œuvre*. Sa valeur numérique est 400, nombre qui correspond à l'affirmation de la volonté.

«Telle est la "Généalogie" des natifs de la Vierge.

«Ayant de qui tenir, on comprend que les hommes appartenant à ce signe détestent la vulgarité, aiment avant tout à garder leur rang, à ne pas se commettre.

«Au contact assez froid, ayant envers autrui une certaine rudesse, peu familiers en général, ramenant tout à eux, ils ne se livrent guère.

«Leurs travaux sont pratiques, utilitaires, de caractère parfait. Il faut en voir l'origine dans leur grande persévérance intellectuelle. Ils possèdent d'heureuses dispositions pour les affaires des autres.

«Actifs et vifs dans leurs pensées, ces natifs apprennent avec une facilité étonnante. Ils ont sur autrui une force redoutable, celle de la persuasion ; mais étant eux-mêmes sensibles aux influences extérieures, faiblesse à laquelle leur nature magnétique les prédispose, ils seront toujours conduits dans une mauvaise voie chaque fois que leur jugement les abandonnera.

«Aspirant le savoir sans effort, ils s'adaptent merveilleusement aux situations nouvelles. En général, ils changent fréquemment d'emploi ou alors leur métier, qui est sous le signe de la "transformation", se renouvelle constamment dans ses applications. Brillante réussite dans la tenue d'un restaurant.

«Ces natifs n'ont jamais une hérédité financière puissante. Souvent ils sont pauvres au début de leur vie ; cependant leur intelligence les conduit toujours au sommet de leur carrière. L'argent leur viendra par les emplois au service d'autrui, notamment les grandes administrations, de préférence celles de l'État, les situations aux colonies, la marine de guerre, le haut professorat, la littérature, les arts, le journalisme, les usines mécaniques, la danse, ainsi que les entreprises comportant de longs déplacements à l'étranger. Ils feront de hauts policiers, les hommes qui tiennent entre leurs mains les fils invisibles qui remuent le monde.

«Les natifs de la Vierge n'ont pas accès à l'or, soit par eux-mêmes, soit en dehors de tout travail. Le jeu, les spéculations boursières, les "combines", les conseils d'administration, les opérations de finances en général leur sont néfastes. S'ils passent outre, c'est la ruine fatale et totale.

«Par contre, leur clientèle étant heureusement configurée au regard de l'argent, sera riche, de bonne paie, se renouvellera à un rythme rapide, tout en demeurant fidèle.

«Il y a toujours présage pour ces natifs de gains élevés dans les travaux où leurs mains, prolongement de leur cerveau et de leur intelligence, interviendront.

«Leur vie est basée sur ces quatre mots: Savoir, Vouloir, Oser, se Taire.

«Abel Leiga.»

7. Cette façon de voir est confirmée par l'étymologie du mot *tente* (sodomite, tapette, tata) que le maître argotier Émile Chautard, un simple prote d'imprimerie, donne dans *La Vie étrange de l'argot*, ce dictionnaire à nul autre pareil du langage secret des malfaiteurs. (Denoël et Steele, éditeurs, Paris, 1931.)

8. Cf. *Moravagine* (Grasset, 1926).

9. Cher Gérard de Nerval, homme des foules, noctambule, argotier, rêveur impénitent, amant neurasthénique des petits théâtres de la capitale et des grandes nécropoles de l'Orient, architecte du temple de Salomon, traducteur du Faust, secrétaire intime de la reine de Saba, druide et eubage, tendre vagabond de l'Ile-de-France, dernier des Valois, enfant de Paris, bouche d'or, tu t'es pendu dans une bouche d'égout après avoir projeté au ciel de la poésie, devant lequel ton ombre se balance et ne cesse de grandir entre Notre-Dame et Saint-Merry, les *Chimères* de feu qui parcourent ce carré du ciel en tous sens comme six comètes échevelées et consternantes. En faisant appel à l'Esprit nouveau tu as troublé pour toujours la sensibilité moderne: l'homme d'aujourd'hui ne pourra plus vivre sans cette angoisse:

L'aigle a déjà passé, l'esprit nouveau m'appelle...
                    (Horus, str. III, v. 9.)

Qu'il me soit permis de citer encore une strophe qui, avec d'autres vers épars dans les *Chimères,* est une des clés secrètes du présent récit :

> *Dans la nuit du tombeau, toi qui m'as consolé,*
> *Rends-moi le Pausilippe et la mer d'Italie,*
> *La fleur qui plaisait tant à mon cœur désolé,*
> *Et la treille où le pampre à la rose s'allie.*
>   (*El Desdichado,* str. II, v. 5 à 8.)

10. Cf. Dmitri Merejkowsky : *Gogol et le Diable* (Gallimard, éd., 1939).

11. V. p. 280 des *Poésies Complètes de Blaise Cendrars* (Denoël, Paris, 1944).

12. Je profite de l'occasion pour rendre hommage aux bons, gros bouquins du capitaine Lacroix, cap-hornier, qui a bourlingué sur les sept mers du globe et qui a fourré dans ses livres, en plus des mirobolantes photographies et des documents que l'on ne trouve nulle part ailleurs, tout ce qu'il a pu apprendre et voir de ses yeux durant ses longues croisières et ses dures campagnes de mer, sans parler des aventures de mille navires et des mille et un secrets du métier dont les marins ne sont jamais chiches. Ses livres constituent l'épopée de la marine à voile, et qu'importe son tour de plume puisque le vieux loup de mer a tant de choses à nous dire et à nous apprendre, et qu'il est profondément humain ! Le capitaine Lacroix est en train d'écrire, sans s'en douter dans sa bonhomie, l'Histoire de la marine marchande française, la vraie, et dont tout le pays se désintéresse ! C'est déjà un monument, et ça n'est pas fini...

Quel malheur qu'il n'y ait pas quelque part, perdu dans sa province natale, un retraité colonial qui ne soit en train d'en faire autant pour les Colonies, dont tout le pays se désintéresse également ! Je pense à un trafiquant ou à un planteur, plein de verve, d'expérience, d'anecdotes vraies, de choses vues, d'aventures vécues pour nous donner une idée de conquête pacifique, de lente pénétration de la civilisation, et non à un militaire de plume.

Voici la liste des ouvrages du capitaine Louis Lacroix, tous sont copieusement illustrés et ont paru *Aux Portes du Large*, à Nantes, entre 1936 et 1946 : *Les Derniers Grands Voiliers; Les Derniers Cap-Horniers; Baye de Bretagne; Les Derniers Voyages de Bois d'Ébène, de Coolies et de Merles du Pacifique; Les Derniers Voyages de Forçats et de Voiliers en Guyane et les Derniers Voiliers Antillais; Les Écraseurs de Crabes sur les Derniers Voiliers caboteurs; Les Derniers Clippers* (en préparation).

13. *Iebi,* en bulgare : *Foutre!*

14. Cf. Dan Yack (Éditions de la Tour, 1946).

15. L'autre jour, j'ai eu soixante ans, et ce n'est qu'aujourd'hui seulement, comme j'arrive au bout du présent récit, que je commence à croire à ma vocation d'écrivain

IX

Rotterdam

LA GRANDE RIXE

À HENRY MILLER, en souvenir de la dèche qu'il battait à Paris quand je l'ai connu, au début du deuxième tiers du XXᵉ siècle, et pour lui rappeler l'enfer grouillant d'une capitale et ses bas-fonds, dans le désert de Big Sur, Californie (U.S.A.), où il se tient confiné depuis son retour de Grèce en 1940, désert aussi affreux et minéralisé que celui de Nitrie, en Égypte, où les Pères ont inauguré la vie d'anachorète, au IVᵉ siècle, pour tenter « l'escalade de Dieu », conduits par SAINT-ANTOINE, en l'an 340, à Pispir, lequel solitaire s'écriait dans sa prière : « Ô SOLEIL, POURQUOI ME TROUBLES-TU ? »

Avec ma main amie,
Blaise Cendrars.

1

Toutes les capitales du monde ont leur jour de
liesse ou leur nuit de folie : la semaine du Carnaval
à Rio de Janeiro ; les trois jours de la San Pedro à
Mexico ; la nuit du Nouvel An à New York et à Pékin
quand les nègres de Harlem envahissent Broadway
avec leurs cloches et leur sonnaillerie, qu'amplifient
les échos des gratte-ciel, et que les Chinois, riches
et pauvres, font partir leurs pétards et lâchent sur
la campagne extra-muros qui ressemble à un immense
cimetière englouti dans la boue leurs montgolfières
incendiaires en l'honneur du Dragon du Ciel ; le jour
et la nuit de Piedigrotta, à Naples, qui est le grand
concours des chansons, une fête populaire, avec défilé, tarentelles, retraite aux flambeaux et qui ne se
termine jamais sans un assassinat retentissant ; à
Marseille et à Limoges le Vendredi Saint et la Saint-
Martial, le jour des garçons bouchers qui font alors
la bombe et célèbrent ripailles ; toutes les nuits que
le Bon Dieu a faites, à Montmartre, à Miami, à la
Nouvelle-Orléans, à Chicago, à Shanghaï, dans les

bars et les dancings éclairés *a giorno* et plus nombreux que les saints du calendrier, quand, d'impromptu, entre leurs mouvements de danse, les
constellations des seaux à glace, le débouchage pé-
taradant des champagnes et le glouglou du whisky
frelaté, éclatent les sanglants règlements de comptes
entre danseurs, soupeurs, gangsters, entraîneuses,
drogués, souteneurs, prostituées et apprentis voleurs
et jeunes marlous vendeurs de came dans le noir soudain de l'électricité ; jours et nuits de folie où il est
bon de sortir avec un revolver dans sa poche, et c'est
ce que me recommandait encore Peter Van der Keer,
l'écrivain du bord, comme le cargo venait à quai à
Rotterdam, en cette veille de Noël :

— Tu viens avec moi. On ira réveillonner chez
ma sœur. Mais n'oublie pas de fourrer ton revolver
dans ta poche car, au retour, il faudra traverser le
Jordaan, et le quartier sera en liesse, voire en effervescence, c'est de tradition, cette nuit, la rixe, la
grande rixe, la rixe de Noël ! Il faudra peut-être se
battre pour rentrer à bord !...

C'était mon dernier voyage à bord du *Volturno* à
destination de New York, où je devais mettre sac à
terre et quitter le bord.

Nous avions été les derniers à sortir de la Baltique
avant la formation des convois derrière les brise-glace
russes, à Libau, notre port d'embarquement, et l'offensive du froid avait été telle en haute mer et puis en
mer du Nord, où nous avions été déroutés sur
Rotterdam pour charger je ne sais quoi, que nous arrivions maintenant à quai comme le vaisseau d'une expédition arctique, émergeant d'un épais brouillard,
l'avant caparaçonné, le pont couvert d'une sale couche
de glace, tous les agrès du cargo noués de stalactites
dégoulinantes, l'équipage gelé et maugréant, des

civières massées à la hanche bâbord car il y avait eu des jambes et des bras cassés parmi les émigrants à qui je servais d'interprète à bord, et les éclopés, dont deux, trois membres de l'équipage qui avaient fait des chutes, sacraient, juraient, grognaient dans le froid, impatients qu'ils étaient de prendre place dans les voitures-ambulances rangées sur le quai et de quitter le damné bateau pour la quiétude de l'hôpital.

Il était quatre heures du soir.

La nuit tombait rapidement. Les lampes à arc s'allumaient par saccades. On mettait les projecteurs en place. Des filins, des câbles se déroulaient. Les haussières étaient jetées. Déjà montaient à bord les débardeurs de l'équipe de nuit qui s'engouffraient dans les cales ouvertes et dégageant une haleine chaude et pestilentielle. Il fallait faire vite. On appareillait à quatre heures du matin. Il n'y avait pas une minute à perdre. À l'échelle, la bousculade était grande. Derrière les docks, les grues, les mâts, les cheminées d'usines et par-dessus les toits se diluait un brouillard jaunâtre, véritable purée de pois qui gouttait de la suie mêlée à des emplâtres de neige tombés des fenêtres et à des tuiles et des ardoises soufflées des pignons par les premières rafales du suroît. C'était le début du dégel. On pataugeait dans la boue glissante. Les pans des imperméables et des manteaux, les rubans des bonnets, les capuchons des vareuses et les ailes tronquées des pèlerines battaient au vent comme pataugeaient dans la crasse en suspension et s'arrachaient au ciel des pannes de nuages bas qui se déchiraient en pissotant.

Rotterdam, un des ports les plus maussades et les plus noirs qui soient, était plus rébarbatif que jamais. Seul Van der Keer avait le sourire car cela faisait des années qu'il n'avait pas eu l'occasion de

remettre les pieds dans son pays, passant toujours
au large, et, d'Anvers, notre port d'attache, cela lui
paraissait trop compliqué d'aller voir les siens ; et
puis, il aurait eu alors à prendre le train, ce qui aurait été une humiliation pour lui qui avait quitté son
village à quatorze ans pour aller faire le tour du
monde et devenir marin.

— Tu comprends, me disait Peter, cela va faire
tantôt dix ans que je ne suis pas retourné chez nous.
Les vieux sont morts entre-temps. Je n'ai plus
qu'une sœur, et elle s'est mariée, et elle a eu des enfants, son mari travaille au chemin de fer, et à chaque
escale j'achetais des joujoux pour les gosses sachant
bien qu'un jour je reviendrais pour voir mes neveux ;
mais je ne sais pas combien elle en a eu, des petits,
et même si Hanna en a fait plus d'une demi-douzaine, nous serons bien reçus, tu peux être tranquille,
car j'en ai plein mon sac, des joujoux, et pas des
jouets ordinaires, des trucs exotiques, des poupées
japonaises et des santons mexicains, des grands fétiches polynésiens et des idioties de nègres avec un
bout de miroir dans le ventre, et des colliers de coquillages et de la verroterie, et des oiseaux indiens
dans leur touffe éblouissante de plumes ébouriffées
que l'on suspend à un fil invisible et qui semblent
voler tant ils sont sensibles au moindre courant d'air,
et des grenouilles du Guatemala qui ont un élastique entortillé dans le ventre et qui coassent et se
culbutent quand on les lâche sur une table, et des
chouettes petites mécaniques à ressort que j'ai
achetées la dernière fois à New York pour les garçons. Ah ! sais-tu, on va bien rigoler, et je me ré-
jouis d'aller voir la famille. Dépêche-toi, tu viens ?…

Et Peter Van der Keer d'allonger le pas tellement
il était pressé d'aller vider son sac à surprises.

Nous avions contourné les bassins et franchi les grilles du port et passé le pont d'un canal pour pénétrer dans le Jordaan, le vieux quartier de Rotterdam aux ruelles chaudes que nous devions traverser pour aller prendre le tramway d'Overschie, une lointaine banlieue, où habitait la sœur de mon camarade, à une heure de marche du terminus, en rase campagne.

— Ce sont des gens pauvres, m'expliquait Peter. Ils élèvent sûrement un cochon. Ma sœur s'occupe d'une petite ferme qu'elle tient de mes parents. Mes frères et sœurs sont morts aussi. Elle possède peut-être deux, trois brebis, marquées d'une raie bleue sur le dos, et peut-être aussi deux, trois pommiers rabougris, le bas du tronc également enduit d'une bande bleue, à cause de la vermine que c'en est une misère. C'est en plein polder, tu vas voir. Une hutte. Pas plus haute qu'un tas de tourbe. Un enclos bordé de bouts de planches goudronnées. Tout fout le camp. L'eau suinte de partout. J'ai bien fait de m'en aller. Pauvre Hanna! Mais je me demande combien elle a pu faire de gosses? Cinq ou six d'après ses lettres. Et peut-être même sept. Je ne sais pas trop. Quelle vie! C'est une honte. J'aurais peut-être mieux fait de lui adresser un mandat de New York...

Et l'écrivain du bord de changer son sac d'épaule et de se dégourdir les mains en soufflant entre ses doigts et de remonter le col de sa vareuse et de raffermir sa casquette.

Il bruinait.

Les coups de vent se faisaient rageurs.

Nous avions passé un deuxième pont enjambant un autre canal étroit et très encombré.

Nous passions au cœur du Jordaan.

Le fameux quartier réservé n'était pas brûlant du

tout, ou alors ce n'était pas encore l'heure. Les maisons étaient lépreuses dont les assises plongeaient
dans l'eau noire du canal et les hautes façades à pi-
gnon et à deux ou trois fenêtres accouplées semaient
leurs briques désagrégées qui s'écrasaient sur la
chaussée comme des chiques molles et juteuses.
L'odeur cancéreuse du canal faisait flaques dans une
nuée verdâtre nourrie des eaux mortes et les quintes
de toux convulsives des pianolas automatiques ou
les crises sonores de coqueluche des orgues pneuma-
tiques s'échappant par la porte vivement rabat-
tue des estaminets et les lamentations enrouées des
orgues de Barbarie s'élevant des arrière-cours tour-
noyaient misérablement dans les goulées du vent.

Une foule taciturne et plutôt triste, mais bruyante
des pieds car tout le monde allait chaussé de sabots
et de socquettes de bois qui claquaient sur les pavés
en rondebosse, traînaillait dans les rues étroites autour des petites voitures des poissonnières et des mar-
chandes des quatre-saisons, faisant son marché du
samedi soir, dont beaucoup de ménagères, pas du
tout tirées à quatre épingles ce soir de veille de fête
sainte, mais débraillées, en pilou, sans fichu, les
mèches moisissantes dans le crachin, la jupe crot-
tée, les bas défaits, trempés, qui retombaient sur les
chevilles, le cabas ou le filet à provisions au bras, le
porte-monnaie à la main, faisant la queue, boulscu-
lées par toute une marmaille, devant les charcute-
ries particulièrement bien approvisionnées pour le
Réveillon, avec des choucroutes copieusement gar-
nies en montre, des grands plats de galantine truf-
fée et des monceaux de pâté décorés de fleurs en
papier, de guirlandes, de petits drapeaux, des écheveaux de gros boudins noués d'une faveur, des que-
nouilles de saucissons de foie succulents, des chaînes

de saucisses rouges suspendues à tous les crocs de la boutique écrasée de lumières et des jambons joufflus empilés en pyramides luisantes jusqu'à hauteur du plafond, des ampoules électriques allumées dans les interstices entre les étiquettes des spécialités renommées, les inscriptions publicitaires, les bons vœux de *Joyeux Noël !* givrés d'or et d'argent, les cochonnets hilares en terre cuite, le dos tendu faisant tirelire, que l'on offrait en prime aux enfants et les chiffres, dessinés avec des encres de couleurs dans des écussons fantaisistes, des prix, prix toujours par trop pharamineux pour la bourse, quels que soient le cours du porc et l'envie et l'appétit du client, et que le boutiquier doit adorner et savoir présenter pour y faire croire et les rendre séduisants, ô subtile jonglerie métaphysique escamotant la dure, la prosaïque réalité ! Plus un quartier est pauvre, plus la publicité donne, insidieusement.

Aux coins des ruelles baguenaudaient des groupes de matelots fanfarons, les mains dans les poches, ce qui dessinait leurs fesses en faisant se tendre le drap de leur pantalon, et devant la porte des bars stationnaient des types, la casquette sur leurs yeux fureteurs encadrés de rouflaquettes ou le chapeau melon en arrière sur la nuque dégageant leur face rasée, ébouillantée, porcine et rose, aux lourdes mâchoires nerveuses et comme crispées sur le long cigare qu'un tic fait et refait valser d'une commissure des lèvres à l'autre, un foulard de soie jaune autour du cou, leurs mains énormes bosselées de bagues, une ou deux dents en or qu'ils découvrent pour cracher droit devant soi après s'être longuement raclé la gorge en vous toisant d'un air provocant. Les cabarets et les brasseries se remplissaient et l'on voyait, violemment éclairés à l'intérieur, mais à travers les

vitres embuées qui les déformaient, les costauds et
les fortiches du port assiéger les comptoirs, avalant
alternativement des petits verres d'eau-de-vie et des
grandes chopes écumeuses, mêlés à des travailleurs
en blouse bleue, à des mariniers en caban qui buvaient debout, mangeaient sur le pouce, les joues
pleines, s'empiffraient, entonnaient et, d'autres,
rêveurs, accotés aux cloisons enfumées des brasseries et des tavernes pour échapper à la bousculade
des gros buveurs de squidam et de bière et à la rage
masticatoire des mangeurs insatiables, comme des
Orientaux, allumer et suçoter amoureusement leur
pipe, pétuner et souffler de la fumée.

— Viens boire le coup ! dis-je à mon compagnon.
C'est ma tournée.

— On n'a pas le temps, me répondit Peter. Il ne
faut pas rater le tram. Tu sais, c'est loin chez ma
sœur...

Et il mania encore une fois son sac pour se le fourrer sous le bras, sur la hanche.

Ça pleuvait.

La rue débouchait sur un large canal, un des nombreux bras de la Meuse, et nous tournâmes le coin
pour longer un quai balayé par le vent qui éteignait
les réverbères et faisait s'entrechoquer les branches
des arbres dénudés dont une rangée mal venue bor-
dait les maisons, les soudaines rafales gonflant la toile
de tente des baraques foraines plantées en bordure
de l'eau. Ce n'était pas encore l'heure. La kermesse
ne commençait qu'à six heures. Le quai était
sombre. Le vent violent qu'il fallait vaincre, en se
penchant parfois en avant pour progresser, chassait
devant lui des feuilles de platane pourries et de journaux, de la paille en balle, des menus débris d'emballages, du sable qui venait on ne savait d'où et

jusqu'à des fragments de coquillages et des brins de
varech. La pluie cinglait par paquets, par flagelles,
ses tornades remontant au nord. Nous aurons sûrement la tempête, pour appareiller, cette nuit, et
nous nous trouverons au petit jour pris dans l'ouragan, au large. Dieu sait ce que cela promettait en
mer du Nord et dans l'Atlantique ! Nous hâtions le
pas. Les péniches et les barcasses qui sont censé-
ment les roulottes d'eau des forains qui font les foires
dans ce pays de canaux qu'est la Hollande, tiraient
sur leurs amarres et la voile mal entortillée autour
de la longue guigue se déroulait, claquait dans le vent.
Par les hublots on voyait les gens des baraques à table
dans leur habitacle, à l'arrière de leur bateau, et, suspendu à une membrure, le bec d'acétylène ou la
lampe à pétrole qui éclairait la famille se balancer,
s'incliner, se déplacer par rapport à la soupière. Les
passerelles grinçaient contre la berge. L'eau morte
clapotait. Les dos arrondis des chalands, les coffres
ventrus des pontons à l'hivernage dans le coude de
ce canal mis à l'abri comme dans un bief, roulaient
lourdement leur masse plongeante et l'on entendait
des chocs et des contrechocs et des coups sourds qui
se répercutaient entre les carcasses immergées, ainsi
que la friction des caissons contre le quai.

À part une bande de galopins qui soulevaient la
bâche frissonnante des manèges pour admirer les
chevaux de bois ruant dans le noir, des vauriens qui
élargissaient les déchirures de la toile d'une boutique de pains d'épice et de nougats ou les trous dans
le rideau abaissé d'un stand de tir, probablement
pour y allonger le bras dans l'espoir plein de convoi-
tise d'arriver à s'emparer d'une friandise problé-
matique ou d'une poignée de pipes, la tête de Turc
dressée sur son échafaud, qui allait être tout à

l'heure assommée à coups de maillet et qui pour l'instant faisait seule face à la bourrasque, le quai semblait
désert ; mais à chaque fenêtre des rez-de-chaussée
et sous chaque embrasure des portes comme nous
passions, s'agitait un rideau, flottait une jupe, des
têtes blondes ou brunes s'engageaient dans les fenêtres à guillotine, des corps maigres ou gras faisaient un pas en avant dans la lumière clignotante
des réverbères, des femmes nous interpellaient, les
prostituées au repos et tout de même à l'affût bien
que l'heure fût creuse ; et les têtes ingénument far-
dées se retiraient des fenêtres, et les femmes en peignoir rentraient dans l'ombre des portes sans
insister, et les filles se sentant à l'abri se remettaient
à tricoter, les bras charnus ou fluets, les seins exposés, les croupes en devanture, les jambes tendues
vers la cheminée ou écartées devant le feu pour les
veinardes qui étaient assises à l'intérieur et, au
contraire, croisées, serrées, contractées chez les
pauvresses en station debout dans les passages, fri-
leusement nues sous leur imperméable ou drôlement
emmitouflées, rien que des jeunesses, les unes et les
autres veules, étrangement placides et passives à un
degré inimaginable, toutes suggérant des voluptés
ensommeillées et maternelles, des jeux de poupées
plutôt que des fiévreuses débauches comme à
Marseille, par exemple, ou à Alexandrie, ou à
Cristobal où les putains piaillent comme perruches
en volière, jouent des griffes, des yeux, de l'éventail, de la lame plantée dans leur chignon, se trémoussent sur un air de *cucaraja*, sont métissées,
malsaines, stupides, mais diaboliques, la plus dangereuse des escales pour un jeune marin, après la
fièvre jaune et le *vomito negro*.

Au bout du quai il y avait une confiserie.

— Tu permets? dis-je à Peter. Je voudrais acheter quelque chose pour les enfants de ta sœur.

— C'est une bonne idée, dit-il.

Sortis de la confiserie, nous passâmes encore un pont, lui, son sac de jouets sur l'épaule, moi, un fragile carton aux doigts et bien encombrant, et nous nous mîmes à courir pour rattraper un tramway qui démarrait justement sur la place du Marché-Vieux, un tramway à courbes gémissantes, et qui se mit à accélérer dès qu'il eut atteint les faubourgs, et qui avait l'air de foncer au hasard en rase campagne, dans la brume, la pluie, le vent, la nuit, et qui sentait les lainages mouillés, le suint, les sabots, la neige fondue.

2

— Comment t'appelles-tu?

— Jantje.

C'était le plus grand, un garçon de neuf, dix ans, qui tenait sur les genoux son petit frère, le dernier-né, dont on voyait la quéquette, un poupon d'un an, à qui il donnait le biberon.

— Et cet innocent, comment s'appelle-t-il?

— Sjanke.

— Et toi? dis-je à un autre.

— Fons.

— Et toi?

— Peer.

— Et toi?

— Flip, me répondit un petit morveux assis par terre dans son pipi et qui se mit à pleurer.

— Et cet autre, quel âge a-t-il et comment s'appelle-t-il ?

— Ça, c'est Guust et il a deux ans, c'est un rigolo, me répondit Jan, l'aîné des garçons.

En effet, le petit, couché à la renverse dans une
vieille caisse à savon et enveloppé d'un châle déchiré,
une tétine au cou nouée au bout d'une ficelle, me
suivait des yeux en souriant, la bouche ouverte, montrant ses tendres petites quenottes, me tendant les
bras, les mains potelées, les doigts écartés.

— C'est entendu, tu es une mignonne petite canaille ! dis-je au bébé en lui faisant une papouille,
ce qui le fit gigoter, se pâmer.

— C'est une fille ?

— Mais non, voyons. C'est encore un garçon, me
dit le grand.

— Dis-moi, Jantje, combien êtes-vous ? Attends,
je vais compter sur mes doigts et voir si je me rappelle tous vos noms. Toi, Jantje, l'aîné..., et d'un ;
Sjanke, le tout petit..., et de deux ; trois, Fons, le
costaud ; quatre... Peer, qui a une grosse tête
comme son oncle, le navigateur, et qui sera marin
comme lui ; cinq...

— Fons et Peer sont jumeaux, s'écria Jan, goguenard, et c'est l'oncle Peter qui est leur parrain,
mais eux ne veulent pas naviguer, ils disent que c'est
trop dangereux !

— C'est vrai ? demandai-je aux jumeaux.

Mais Fons et Peer ne me répondaient pas, l'air
hostile.

— Et toi, qu'est-ce que tu veux faire plus tard,
Jantje ?

— Je ne sais pas encore, me déclara le garçon.
En tout cas, je ne veux pas rester à la maison à faire
la servante, et à m'occuper des petits !

— Tu veux peut-être travailler au chemin de fer avec ton père?

— Non, c'est trop éreintant et par trop bête! Je veux… je veux…

— Quoi?

— Je ne sais pas encore, dit le garçon avec un sourire malicieux. On verra bien…

— Bon, fis-je, on verra. Voyons, où en étions-nous? Cinq… Cinq et six, Flip qui pleure et Guust qui rit. C'est bien ça, n'est-ce pas, vous êtes six…?

— Non, nous sommes sept! Tu bisques, hein? s'écria l'aîné en me faisant la nique.

— Sept?

— Il y a encore Tontje, la vipère noire!

— Et où est-il?

— Oh! celui-là! Il est allé se cacher, comme font les serpents, quand tu es entré. Il est méchant, tu sais. Tu devrais aller le chercher. Il est dans les fagots, tiens, là!…

J'appelai Tontje et j'allai le tirer des fagots. C'était un mioche de cinq, six ans; mais alors que tous ses frères étaient blonds, d'un blond pâle, et avaient les sourcils comme faits de bourre soyeuse et les cils faufilés de duvet de chanvre argenté, les yeux bleu héliotrope posés comme deux œufs de colibri dans un nid, lui était un noiraud aux yeux de braise et il était mince, souple et dégingandé, alors que ses frères, tous faits sur le même moule, étaient trapus, râblés, courts de taille et empâtés comme leur oncle Peter, l'écrivain de bord, mon copain, qui ne m'arrivait qu'à l'épaule, et comme leur père était, que j'avais entrevu en arrivant, et c'est peut-être de cela que Tontje avait honte, de ne pas ressembler à ses frères, et c'est peut-être pourquoi il se débattait, hurlait, m'envoyait des coups de sabots dans

les jambes, me mordait la main comme je l'entraînais par le bras sous le quinquet du sombre réduit
où j'avais trouvé les sept frères enfermés et où les
plus grands se tenaient à croupetons autour d'un
fumeux feu de tourbe sur lequel chauffait de l'eau
dans un chaudron, M. Tontje ne voulait pas se montrer.

— Entre là-dedans, m'avait dit Peter, tu y trou-
veras les petits. Mon beau-frère m'annonce que
Hanna est en train d'accoucher. On n'a pas de
chance. Tiens, prends le sac, tu distribueras les trucs
pendant que je vais embrasser ma sœur. J'en ai pour
une minute et l'on se trottera.

Et derrière son beau-frère, le cheminot que nous
avions trouvé en train de scier du bois dans la cour
et qui en emportait une brassée à la maison, Peter
avait disparu dans la petite ferme perdue entre
digue et polder, autour de quoi la tempête, maintenant déchaînée et fonçant comme un express
lancé à toute vitesse dans le tunnel de la nuit, des
nuées qui tombaient du ciel, ces vapeurs qui montaient du sol en décomposition et sursaturé d'eau,
ne rencontrant pas d'autre obstacle dans toute
l'étendue que cette misérable petite ferme isolée autour de quoi l'ouragan aboyait de furie – et je sai-
sissais le drame des pauvres paysans des Pays-Bas
obligés de vivre quasiment sous terre, de ne
construire que des taupinières et de s'y tenir cois,
entre digue et polder.

— Ne crie pas, Tontje, dis-je au gosse hurleur.
Tais-toi. Regarde, ton oncle t'a rapporté des beaux
joujoux pour la Noël. Approchez tous, voyez, il y
en a pour tout le monde. L'automobile rouge des
pompiers de New York et la grande échelle..., ça
c'est pour toi, Tontje... Calme-toi, donc !... Et

voici des grenouilles qui sautent et qui coassent…,
je vais les donner à Flip qui pleure et à Guust qui
rit… Tiens, voici des masques d'Afrique pour Peer
la Grosse tête ; l'arc et les flèches sont pour toi, Fons,
tu es costaud, et ces statuettes te serviront de
cible… Vous n'avez pas une petite sœur, Jantje ?

— Non, pourquoi ? Nous ne tenons pas à avoir
une petite sœur !

— Parce que j'ai encore des poupées, des colliers,
des anneaux, des bracelets, des bagues, et de la verroterie. On va donner une poupée à Sjanke et encore une autre à cette autre petite canaille de
Guust, et tu remettras ces peignes d'écaille et ces
longues épingles de corail et tous ces petits machins
qui brillent à ta maman pour qu'elle les mette de
côté, ça lui fera sûrement plaisir, ainsi que ces
mouchoirs imprimés et ce châle…

Et je vidai le sac à même le sol en terre battue,
alignant les fétiches d'Océanie et de Guinée, mettant les poupées en rang, poussant la menue camelote et la bimbeloterie féminine en tas pour
qu'elle ne s'éparpillât pas, remontant et faisant
rouler les petites autos américaines. Les enfants
étaient sidérés, mais Tontje ne se taisait toujours pas
et ne voulait rien voir.

— Regardez tous, dis-je, regardez les oiseaux de
feu qui volent la nuit !

Et je suspendis les oiseaux des Indiens du
Guatemala au quinquet, où ils se mirent à planer
et à tournoyer dans la fumée. Cela tenait du prodige. Jamais la misérable cahute n'avait été illuminée d'une pareille féerie.

— Et voici encore la crèche, et ses bonshommes
et ses bonnes femmes et les animaux, et son petit
Jésus de Mexico, je donne encore tout cela aux

jumeaux; et je ne t'oublie pas, Jantje, pour toi, puisque tu es l'aîné et que je suppose que tu aimes bricoler, voici pour toi la grande boîte du *Meccano* et tout un attirail de clés anglaises et d'autres ou-tils, une pince coupante, des limes, un marteau, un fer à souder, du fil de cuivre bobiné, un tournevis, un vilebrequin, des mèches dans ce sachet, des bou-lons de toutes dimensions dans ces boîtes, un fil à plomb, un niveau, une équerre, ramasse tout ça et tu pourras construire des grues, des ponts, des gares, des wagons, un gros camion, un grand na-vire, un aéroplane, tout ce qui te passera par la tête… Et ce n'est pas tout, mes enfants, moi, j'ai pensé au ventre. Tenez, servez-vous !…

Et j'ouvris l'encombrant carton de confiserie qui n'était pas trop abîmé quoiqu'un peu gondolé par la pluie, et qui contenait des tartelettes, des cornets à la crème, des meringues, des millefeuilles, des gâ-teaux fourrés au chocolat ou semés d'amandes, de cannelle, de vanille, d'angélique, de guignes confites, saupoudrés ou glacés de sucre, des babas au rhum, des puits d'amour – j'avais dévalisé la bou-tique, et c'était une belle confiserie parisienne ! Mais les gosses n'y touchaient pas. Ils n'avaient ja-mais vu ça. Ils ne savaient pas ce que c'était. De même, les jouets étalés les épataient trop, pour ne pas dire qu'ils les épouvantaient. Tontje leur envoyait sournoisement des coups de pied. Flip, qui n'avait cessé de pleurnicher, se mit soudainement à brailler et Fons et Peer l'imitèrent, poussant des sanglots à fendre l'âme. Je ne savais que faire. Même le petit Sjanke, que Jantje avait déposé dans son berceau pour s'intéresser aux jouets, réclamant sa tétée, criait à tue-tête. Sur le feu l'eau bouillante débordait et la vapeur qui s'en dégageait trempait et ternissait

le brillant plumage et les ailes délicates des oiseaux
du tropique. Seul Guust dormait paisiblement dans
sa caisse, une Japonaise entre les bras. L'aîné, Jan,
me défiait. Il serrait les poings, et je crois bien qu'il
se serait jeté sur moi pour me sommer d'avoir à ra-
masser «toute cette saloperie déballée» si, au moment même où il allait bondir, exaspéré, la porte
ne s'était ouverte et que Peter Van der Keer ne m'eût
dit :

— Foutons le camp. Tu viens… ?

Je sortis.

Dans la cour, ce n'est pas l'ouragan qui me sai-
sit et me fit tourner et me retourner comme une toupie que l'on fouette avant que je me misse à courir
après Peter qui avait déjà atteint la chaussée pleine
d'ornières débordantes, au bout de l'enclos, mais
des imprécations, des cris suraigus, des onomato-
pées et des gémissements, des plaintes jaillissant du
logement de la petite ferme, comme si l'on eût saigné le cochon à la cuisine.

— Qu'est-ce qui se passe ? demandai-je à Peter
quand j'eus rejoint mon compagnon.

— C'est ma sœur qui accouche. C'est atroce…
épouvantable… on n'a pas idée…

Nous courions comme des voleurs.

Une fois installés dans le tramway qui nous ramenait en ville, mon camarade reprit :

— On n'a pas idée… Will… Oui, le mari de
Hanna… C'est une brute… Sans imagination…
Insensible… Incapable de participer aux souffrances
de ma sœur… Il restait là… Il regardait… Il m'a dit
qu'il avait l'habitude… un moment à passer… que
ce n'était rien…

Et jusqu'à l'arrivée en ville, Rotterdam, une frange
de pignons, de dômes, d'usines au fond de la plaine,

les lumières de la grande kermesse de Noël faisaient rougeoyer par en dessous les nuages menaçants qui s'amoncelaient sur la mer, Peter ne desserra plus les dents.

Le navigateur n'avait même pas vu ses neveux pour lesquels il était venu de l'autre rive des océans leur apporter un monde de joujoux.

Il ne me réclama pas même son sac vide que j'avais oublié dans la remise et auquel les marins tiennent comme à un chien fidèle.

Il était en colère.

Tout comme tout à l'heure Jan.

Ces gosses...

Un coup de tonnerre retentit. Les écluses du ciel s'ouvrirent, et tout s'assombrit d'un cran. Il se mit à pleuvoir de l'eau tiède, étrange, jaunâtre, saumâtre, entraînant des particules d'écailles de harengs, comme s'il se fût déversé du sauris.

3

Curieux pays, drôles de gens ! Nous étions entrés au *Middernacht's-Tango* et comme notre bateau n'appareillait pas avant quatre heures du matin et qu'il était loin d'être minuit, assis au fond d'un box nous mangions sans nous presser, Peter et moi, un vrai gueuleton de réveillon, dont j'avais pris la charge. Dans ce vieux quartier malfamé du Jordaan le *Tango de Minuit* était le seul immeuble moderne, un cube en béton armé, trois, quatre, cinq, six étages au milieu des tortueuses ruelles avec une enseigne lumineuse sur le toit et d'innombrables globes électriques devant chaque fenêtre et chaque baie. C'était le restaurant à la mode cette année-là. L'intérieur était soigneusement compartimenté selon les catégories et les prix, étage par étage, les richards soupant au dernier, dans un jardin d'hiver ayant vue sur le delta du port, le tout-venant, le vulgaire en bas, mais même cette salle du rez-de-chaussée était compartimentée comme il se doit en une série de petites cases séparées par des cloisons arrivant à hauteur de poitrine, les Hollandais, et même le populaire, adorant s'isoler et rester entre soi, même à table et dans un lieu public comme ce dancing, et c'est, je pense, par esprit de puritanisme que l'architecte de l'endroit ou je ne sais quel diabolique metteur en scène hypocrite et opportuniste avait eu l'idée, que je n'ai vue appliquée nulle part ailleurs au monde, d'installer l'orchestre de la boîte de nuit dans un ascenseur qui dans un incessant va-et-vient desservait successivement chaque étage, où il ne stationnait que le temps de faire danser les soupeurs de chaque catégorie, cette cage acoustique, ce kiosque à musique baladeur s'encastrant hermétiquement entre parquet et plafond, divisant ainsi les salles de danse superposées en autant d'isoloirs, où chaque classe pouvait s'en donner à cœur joie, sans immixtion, entre soi, à l'insu des autres, à l'abri des curieux, des indésirables. Il faut croire que l'idée était bonne et que le patron connaissait bien son affaire car le *Tango de Minuit* ne désemplissait pas et toutes les tables étaient occupées.

Naturellement, notre box était dans la salle du bas et c'est d'un œil amusé que je suivais le manège des clients, des gens qui me paraissaient paisibles, les hommes endimanchés, les femmes dans leurs plus

beaux atours, tous gros mangeurs, copieux buveurs, attablés sans parler, le nez sur les plats et ne
le relevant d'un air visiblement satisfait que quand
ils avaient saucé leur pain, torché leur assiette, et,
sans ironie, quand c'était à notre tour de bénéficier
de l'orchestre, l'ascenseur s'immobilisant pour un
petit quart d'heure au rez-de-chaussée où il siégeait
le plus longtemps, des couples se levaient, à peu près
tous du même acabit, en tout cas tous également
lourds et démodés, et ils se mettaient à danser devant le damier des cloisonnements, sans charme, sans
élégance, sans aucun sens du rythme, pénétrés de
la seule langueur sensuelle des tangos argentins qui
sont pourtant orchestrés comme de la musique de
Bach et qui, comme elle, sont en contrepoint et vont
s'accélérant comme le tracé serpentin des trois,
quatre fugues *glissando* qui s'entrecroisent, et j'avais
du mal de ne pas rire de ces patapoufs et de ces
femmes lentes et sentimentales abandonnées aux bras
de leurs cavaliers traînards qui, l'orchestre disparu
par la trappe du plafond, ramenaient les danseuses
à leur place, à table (où un nouveau service avait été
dressé pendant que les dégourdis s'ébaubissaient),
et ils se rasseyaient sans rien dire, sans épanchement,
sans expansion, et se remettaient à boire et à manger (le menu de Réveillon était abondant!), le ventre
à l'aise, la ceinture désagrafée d'un cran, la serviette
au menton, la fourchette plantée dans leur poing,
et devant cette absence manifeste de passion, cette
passivité de tout le monde, je me demandais si mon
ami Van der Keer n'avait pas exagéré en parlant de
rixe possible, de la rixe traditionnelle, la grande rixe
de Noël, m'ayant même recommandé de ne pas oublier de fourrer un revolver dans ma poche, ce que
je n'avais naturellement pas fait puisque nous

devions, ce soir-là, réveillonner chez sa sœur et célébrer la Noël en famille, parmi les enfants, rixe qui
éclata soudainement comme un coup de tonnerre
et se déchaîna avec une telle brutalité dans cette ambiance de simili-luxe et de véritable bonhomie que
le restaurant à la mode fut à moitié démoli en un
clin d'œil, qu'il y eut beaucoup de casse, des morts
et des blessés dans les rues et que nous dûmes nous
battre, et comment! et avec quelle joie! (moi, parce
que j'adorais la bagarre et aimais me tabacer à
l'époque, j'étais jeune, c'était en 1911, j'avais vingt-
quatre ans; Peter, parce qu'il était exaspéré depuis
sa visite chez sa sœur et qu'il devait manifester sa
révolte contre les injustices de la vie, coûte que coûte
et d'une façon ou de l'autre!), et que nous dûmes
cogner tous les deux durant des heures pour percer
et regagner notre bord, d'où Peter fut renvoyé à l'hôpital, les deux poignets foulés, sinon démis ou cassés tellement il avait tapé dur (il n'aurait pu tenir sa
plume, ce qui le rendait impropre d'assurer son service d'écrivain à bord), et d'où je débarquai trois semaines plus tard à New York, la tête encore enflée
et enveloppée d'un pansement qui faisait ressembler
ma boule à celle mirobolante de *Je Sais Tout*, le précurseur de *Bibendum* ou du *Bébé Cadum* dans la famille des macrocéphales, et dont je sortis, quand on
me débarrassa enfin de ce ridicule rembourrage, la
face couturée de cicatrices, dont une profonde qui
me coupe encore la lèvre supérieure et qui me fait
rire quand, au souvenir de la façon dont je fonçais
la tête en avant sur tous ces épais Hollandais du
Jordaan pour me frayer un chemin et gagner le bord,
je me regarde dans une glace et pense au *Volturno*,
le damné cargo sur lequel j'ai tant bourlingué avant
de mettre sac à terre à New York.

Une semblable bagarre ne se raconte pas, de même qu'on ne peut rien dire de l'origine d'une rixe. Cette nuit de Noël il y avait eu de l'orage dans l'air et durant toute la soirée le Jordaan avait été secoué par les rafales du suroît. Même dans les solitudes du Far West les cow-boys savent que les nuits où il y a de l'orage dans l'air et que souffle le vent du Sud qui vous met les nerfs en pelote et vous trousse à rebrousse-poil, les bêtes sont inquiètes et les bergers montent à cheval et tournent toute la nuit autour de leurs immenses troupeaux en chantant pour éviter la panique, car même les bœufs sont sensibles. Tout marin qui a tant soit peu bourlingué sait combien les quartiers bas des ports sont inflammables et combien facilement les ruelles chaudes prennent feu sans qu'on sache jamais comment ni pourquoi. Il y a des nuits fatidiques. Ce ne sont pas toujours les mauvais garçons qui ont, certes, la lame facile, qui en sont cause, ni la soulographie des marins qui est inhumaine, monstrueuse, histrionne, spectaculaire et pousse au néronisme. Si cela éclate avec la soudaineté et la violence d'un typhon dévastateur, c'est qu'il y a trop de misère, donc trop d'électricité contraire dans les quartiers vieux ou les baraquements tout neufs qui circonvoisinent les ports sous toutes les latitudes, et maints et maints navigateurs y ont laissé la peau, poignardés au coin des ruelles fameuses ou étranglés dans les barbelés anonymes d'un settlement. La police le sait bien dont les enquêtes n'aboutissent pas après coup ; il ne s'agit qu'exceptionnellement d'histoires de femme, ou de règlements de comptes, ou de crimes crapuleux, car la vie des uns et des autres est bien assez dure comme ça et cela n'en vaut réellement pas la peine, quoi que les journaux puissent raconter, mais neuf fois sur dix, de folie collective, de panique, de tristesse, de cafard, de coup de bambou qui dégénèrent en émeute, voire en révolte gratuite. On n'y peut rien. C'est la misère des hommes qui veut ça et qui les pousse avec mégalomanie. C'est irrésistible et infreinable. Les individus n'y sont pour rien. C'est tout ce que l'on en peut dire.

Cette nuit de Noël, au *Middernacht's-Tango* l'orchestre s'était tu, et tous les convives s'étaient levés pour observer, tête nue, une minute de silence et écouter les cloches du Dôme qui célébraient la Nativité, comme cela se pratique en Hollande, et c'est à cette minute solennelle que la rixe sans nom éclata. Un homme était debout une chope à la main, prêt à trinquer avec une femme. Un autre lui tapa par-derrière sur le bras. La bière se répandit sur le devant de la femme. Celle-ci poussa un cri indigné. L'homme qui allait trinquer avec elle cassa le fond de sa chope sur le marbre de la table et avec les tessons qui adhéraient encore à l'anse du pot qu'il avait au poing, il envoya un grand coup en pleine figure de sa compagne. Mais était-ce bien sa compagne? N'était-ce pas celle de l'autre? Je n'en sais rien et n'eus pas le temps de me le demander. Déjà Peter cognait comme un sourd et les verres, les bouteilles, les assiettes, les plats, les couverts de voltiger. Quelle fête! Quelqu'un coupa l'électricité. Alors retentit un rugissement énorme et la bagarre générale de se déclencher. Les tables s'effondraient dans un grand bruit de vaisselle, les chaises volaient, un lustre s'abattit sur la tête des gens, les glaces, les miroirs éclataient d'un rire hystérique, fracassés par les pots de fleurs qui tapaient dedans, lancés comme par catapulte. Les femmes piétinées hurlaient de terreur. Les dressoirs, les dessertes cascadaient et je ne sais comment je me trouvai tout à coup porté dans la rue, déjà en pleine révolution, les lampadaires démolis, les becs de gaz renversés, les vitrines défoncées, les devantures pillées par toute une vermine de gosses qui arrivaient à fond de train par toutes les ruelles, et nous fûmes happés, Peter et moi, par une colonne de marins qui remontait la rue principale et à laquelle se ralliaient tous les pauvres types portant défroque de navigateur, bleu de chauffe, bonnet, vareuse, bottes gommées, ciré huileux, qui s'échappaient des bordels et des estaminets du quartier et sur qui tapait toute la population du Jordaan. Donc, la rixe n'était pas née de l'incident du restaurant, tout le quartier du port était déjà en effervescence et mis à sac. On marchait sur du verre pilé. Il n'y avait plus de vitres aux fenêtres. Les portes étaient défoncées. On se servait de leurs montants comme de battoir et de massue. On s'assommait. Tout le long de la colonne qui progressait sous la huée des putains qui nous bombardaient des étages avec tout ce qui leur tombait sous la main dans les chambres, pots à eau, poubelles, fers à friser, flacons de parfum, fers à repasser, pots de chambre, nécessaires de toilette, seaux à charbon, disques de gramophone, bouteilles de mousseux, ce n'était que distribution et échange de coups. En tête et en queue de colonne les mecs du Jordaan nous barraient la rue et les mecs étaient durs. On n'avançait que pas à pas. Il y eut des reflux et plusieurs fois nous fûmes refoulés dans les ruelles latérales, cependant que le populo s'ameutait et que loin de se fondre le nombre des bagarreurs grossissait à vue d'œil dans les deux camps. À un moment donné je me trouvais en pointe devant un mur de poitrines qui barraient la rue et je

fonçais avec méthode la tête en avant dans le ventre
de nos adversaires, forant mon trou, cependant qu'à
ma droite Peter cognait dur des deux poings, visant
consciencieusement les mentons, et qu'à ma gauche
un inconnu, un grand matelot américain, armé de
deux fragments de disque ramassés sur le pavé et tran-
chants comme des rasoirs, faisait des moulinets avec
ses longs bras, tailladait des visages, fendait des nez,
entamait des joues, coupait des oreilles. Le sang pis-
sait de ces vilaines balafres. On reculait devant l'es-
cogriffe. Et c'est alors seulement que les couteaux
furent dégainés, que les revolvers se mirent à claquer
et qu'il y eut de la débandade.

Le plus dur fut de conquérir le passage d'une passerelle, donnant sur une des grilles du port, de l'autre
côté d'un canal, et où la bataille fut particulièrement
sanglante et que nous n'aurions, je crains, jamais
réussi à gagner tellement la mêlée était inextricable
à cet endroit et dégénérait en tuerie, si, tout à coup,
un piano n'était venu tomber au milieu de nous, venant d'un troisième étage et creusant un vide, dont
nous sûmes profiter, Peter et moi, pour franchir cette
maudite passerelle jetée sur le canal et escalader les
grilles du port qui étaient fermées comme de bien
entendu, suivis d'une bande de lascars qui couraient
avec nous et qui n'appartenaient pas à notre bord.
Le bateau était sur le point d'appareiller, nous
nous étions donc battus plus de trois heures.
Comme toujours police et gabelous s'étaient terrés.

J'ai déjà dit que Peter fut évacué sur l'hôpital, avec
d'autres types plus ou moins grièvement touchés.
Je n'ai jamais revu Peter Van der Keer. Je ne puis
donc dire comment cette affaire tourna pour mon
copain ni comment elle se termina pour les autres
et quel en fut le bilan définitif, stupide et inutile.

C'est la rixe la plus chaude à laquelle j'aie jamais pris part. *A windy corner*. On oublie tout. Mais je ne pourrai jamais oublier ce que c'est qu'un piano venant se fracasser au sol, tombant d'un troisième étage. Mille chats qui miaulent dans la nuit faisant l'amour sur le rebord d'un toit ou mille chattes en chaleur menant leur sarabande parmi les gargouilles sur la façade d'une cathédrale n'existent pas et comptent pour rien par rapport à un piano dont toutes les cordes se rompent d'un coup en faisant éclater le ventre de la caisse de résonance et miaulent en arpège toutes les notes, du grave à l'aigu et de l'aigu au grave. C'est aussi assourdissant mais exactement le contraire que le *boum!* d'un coup de canon parce que l'explosion d'un piano reste malgré tout inscrite dans une échelle harmonique.

J'ai parlé d'une fête. C'en était une. J'ai souvent la nostalgie de réentendre ce piano providentiel. Mais qui inviter parmi les plus fameux virtuoses pour faire sonner et résonner ce foutu piano-forte ? Je ne vois que Rubinstein capable d'improviser sur cet instrument tombé du ciel, Arthur Rubinstein, l'infatigable globe-trotter qui a fait plusieurs fois le tour du monde avec son piano comme *le Voyageur et son Ombre* et qui répand de la joie partout, dans les salons, chez les banquiers, à la cour d'Espagne, au Vatican, en avion, à bord des cinglants paquebots, dans les glaciales salles de concert où il déchaîne l'enthousiasme ou le délire dionysiaque, mon bon ami Rubinstein, Arthur le bon vivant, ou encore Oscar, l'homme-canon de *Luna-Park*, s'il est pianiste, cet athlète qui tombe également du ciel et qui est entraîné, ou Savinio, le charlatan [1].

NOTE

(pour le Lecteur inconnu).

1. Le pianiste Savinio, le frère de Chirico, le peintre de la mauvaise conscience qui voulait intenter un procès au *White Horse* et au *Black and White* parce qu'il venait de découvrir à New York que les célèbres marques de whisky exposaient dans tous les bars des statuettes de chevaux et de chiens blancs et noirs et qu'il était persuadé que cette publicité plastique était l'œuvre de Salvador Dali, dont il était mortellement jaloux, l'accusant de concurrence déloyale et les marques universellement connues du whisky de plagiat. Ceci en 1936 ! En 1914, Savinio se troussait les manches et s'ensanglantait les doigts sur les touches du grand *Erard* de la Baronne, l'amie d'Apollinaire, celle qui avait accroché dans son studio *La Noce* du Douanier Rousseau, l'Égérie des *Soirées de Paris*. J'ai la mémoire du ventre. La noble Polonaise m'a fait manger pour mon Réveillon 1918 des oignons farcis, des gros, d'Espagne. Il n'y avait pas deux mois que ce pauvre Guillaume était enterré. Elle voulait refaire les *Soirées de Paris*. Elle signait Roch Grey…

Comme si l'on pouvait faire revivre les choses ! Les corps peut-être, oui. Mais pas l'esprit. Et même s'il ne manquait pas aujourd'hui Max Jacob dans la ronde, la deuxième guerre mondiale l'a encore prouvé. Ça n'est plus ça.

…Les garçons sont pour les filles,
Les filles pour les garçons…

Serrons-nous. Bouchons les trous. Ou écartons-nous et tendons les bras pour laisser entrer les nouveaux venus dans la ronde. On aura beau faire. C'est une danse macabre.

J'ai trop vécu.

Mais je veux vivre encore l'entrée de l'actuel, du nouveau moyen âge et ne pas rater l'époque atomique. J'ai même retenu ma place dans le premier train en partance pour la Lune !...

Ô Mort, vieux capitaine, il est temps ! levons l'ancre.
Ce pays nous ennuie, ô Mort ! Appareillons !
Si le ciel et la mer sont noirs comme de l'encre,
Nos cœurs, que tu connais, sont remplis de rayons !

Verse-nous ton poison pour qu'il nous réconforte !
Nous voulons, tant ce feu nous brûle le cerveau,
Plonger au fond du gouffre, Enfer ou Ciel, qu'importe !
Au fond de l'Inconnu pour trouver du NOUVEAU !

Baudelaire : *Les Fleurs du Mal.*
Introduction de Blaise Cendrars
1 vol., Collection Vox ; Paris, 1946.

X

Hambourg

CHOC EN RETOUR

*Au cousin BLAISE (du Jura), passeur émérite,
son correspondant, l'autre cousin, qu'il
n'a jamais vu*

Blaise
(de Provence).

« Qu'est-ce qu'ils leur mettent aux Boches, vos amis anglais ! » me dit le patron du *Restaurant de l'Opéra* comme je m'installais dans sa cuisine à la fameuse « table ronde » où durant quatre ans, jusqu'à la Libération, j'ai pris tous mes repas et où, malgré le contrôle économique, défilèrent tant de petits et de grands plats cuisinés, le patron de *l'Opéra* étant avant la guerre le chef de prédilection de Gustave V quand le roi de Suède venait en résidence à Menton et descendait toujours à *l'Ermitage,* à cause de Félicien, son chef préféré, qui réussissait si bien le poisson dont le roi était fort friand.

— Il est venu un type ce matin casser la croûte et il va revenir pour déjeuner. C'est un S.T.O., ou je ne sais quoi, en fuite, en perm', en convalo, je ne sais pas trop, mais qui arrive tout droit d'Allemagne, et qu'est-ce qu'il ne raconte pas des bombardements ! Vous devriez l'interroger et le faire parler. Il paraît qu'il y a eu plus de deux cent mille morts, l'autre jour, à Hambourg...

— Deux cent mille ? Il exagère...

— Non, je vous assure, c'est ce que le petit gars disait. C'est un cheminot. Il conduit les locomotives.

Son train ne pouvait plus passer. Il s'est planqué.
Il a assisté au bombardement. Toute la ville était
en flammes. Le port de Hambourg est détruit. Il a
profité du désordre pour se carapater. Il n'a pas l'air
d'un menteur. Au contraire, il cherche quelqu'un
qui le tuyauterait. Il veut prendre le maquis. Il ne
veut pas retourner en Allemagne. Il a compris. Il
dit que les Boches sont foutus. Les avions anglais
viennent toutes les nuits et détruisent les villes les
unes après les autres. Partout où il est passé ce
n'étaient que ruines et décombres.

— C'est bon. Faites mettre son couvert à côté du
mien et que Renée lui dise de venir à ma table, on
verra ce qu'il a dans le ventre, ce type. Mais qu'est-
ce qu'il y a au menu?

— C'est plutôt maigre aujourd'hui. Des fricandeaux...

— Peuh! fis-je. Je n'aime pas ça. Si encore vous
me les faisiez à la grecque, nageant dans l'huile
d'olive et la farce pimentée, grains de poivre alter-
nant avec des raisins de Corinthe et des câpres. Et
puis, j'ai horreur de la crépine. En Grèce, on les roule
dans des feuilles de vigne et des aromates, laurier
et muscat. Sont-ils à la viande ou au poisson, vos
fricandeaux?

— Hélas! vous savez bien qu'on ne trouve plus
de poisson, monsieur Cendrars...

— Comme s'il n'y avait plus de poissons dans la
Méditerranée!...

Drôle d'époque! On risquait l'amende ou la prison pour consommer cent grammes de pain en trop
ou un bifteck les jours sans viande. Trois fois dans
les vingt-quatre heures la radio de Vichy bourrait le
crâne des Français pour les convaincre de manger du
soja, comme les coolies chinois, et les émissions,

qu'elles fussent de Londres, de New York ou de
Paris, prônaient des sous-produits et des synthèses
chimiques où il s'agissait moins de nourrir les gens
à l'écoute que de les tromper avec des statistiques
et des additions de calories. La belle jambe ! Je me
souviens d'un savant de Chicago prétendant que
l'herbe de la Prairie était la plante la plus riche en
vitamines et recommandant aux peuples des dé-
mocraties d'aller paître, comme si depuis la nuit des
temps l'humanité n'avait pas su tirer de l'herbe sauvage et le blé et les asperges, et un journal suisse
avait publié l'information selon laquelle, je ne sais
plus où en Hongrie, un villageois avait été
condamné à mort pour avoir continué à cultiver des
roses dans son jardin et ne pas avoir voulu y planter que du rutabaga et des choux-raves, comme cela
avait été prescrit par les autorités locales ! Voilà où
en était arrivé le monde moderne dirigé par les savants en guerre, et la stupidité triomphait jusque dans
les pays neutres impressionnés par tant de propagande. Cependant les Boches se gobergeaient en
France, mangeaient notre cuisine, prenaient du
ventre, buvaient nos vins, avaient bonne mine. On
était fin juillet 1943. Je ne savais pas trop comment
allait la guerre ; il n'y avait plus beaucoup d'espoir,
sauf les Russes ; mais depuis que les Boches avaient
envahi la zone Sud, c'est-à-dire depuis le mois de
novembre précédent qu'ils occupaient Aix-en-
Provence, je ne mangeais plus qu'une seule fois par
jour, non pas tant à cause de la disette générale et
de la pauvreté, mais parce que je ne tenais pas à me
montrer trop souvent dans la rue ; je ne descendais
donc qu'une seule fois par jour au restaurant et n'y
prenais qu'un seul repas, mais je tenais à ce qu'il soit
bon, par esprit de contradiction, par goût, pour

pouvoir tenir jusqu'au bout, mais aussi pour maintenir une tradition essentielle, et loin de se plaindre d'avoir un client difficile à contenter, le patron de l'*Opéra* était ravi de mon assiduité, dégoûté qu'il était de la tambouille qu'il se voyait contraint de servir à sa clientèle d'étudiants, de petits commis, de demoiselles de magasin dont la bourse était mince et qu'il s'évertuait à nourrir honnêtement malgré la pénurie, les imbéciles prescriptions économiques, la surveillance bébête de la police et les prix astronomiques du marché noir depuis juin 1940, date à laquelle il avait été évacué d'office de Menton, «après le coup de poignard dans le dos des Italiens». Félicien avait tout perdu, maison, meubles, vaisselle, batterie de cuisine, vêtements, linge, sa barque avec quoi il allait pêcher de nuit (Félicien était un pêcheur passionné!), ses viviers pleins de langoustes et sa situation hors rang au palace de l'*Ermitage.* Il était venu se réfugier à Aix avec femme et enfant, avait ouvert ce restaurant où il se crevait devant son fourneau à vouloir faire manger le monde décemment et y réussissait à force de travail, d'astuce, de dévouement, de risques réels et disproportionnés, et aussi par amour, j'en suis témoin, non pas de la clientèle affamée, ingrate, râleuse, pingre, jamais satisfaite, portée à la délation, mais par amour de l'art et pour ne pas perdre sa renommée de chef incomparable. J'aimais bien Félicien. C'était un bon Français. Comme beaucoup de cuisiniers de l'Histoire, c'était un scrupuleux, un consciencieux. Il se tourmentait beaucoup. Il avait eu une jeunesse difficile et avait dû traîner ses grolles un peu partout pour apprendre son métier et se faire une situation. C'est ainsi qu'il avait bourlingué juste dans les mers de Chine à bord des long-courriers, et qu'en plus des bonnes recettes dont nous discutions à l'infini et de

la grande cuisine dont nous ne nous lassions pas de
parler, d'autant plus que le moindre petit plat tant
soit peu raffiné était pour le moment une immense
réussite, quelque chose de miraculeux, pour lui, qui
le faisait, pour moi, qui le dégustais avec gourmandise, nous avions quantité de souvenirs communs à
échanger, d'escales en Orient et en Extrême-Orient,
Djibouti, Ceylan, Shanghaï, Yokohama, danses du
ventre, bayadères, bateaux de fleurs, geïshas, où
nous avions erré, jeunes et à la même époque, où nous
étions initiés, que nous avions goûtés, émerveillés, et
où nous aurions pu mais nous n'étions jamais rencontrés, lui, ayant été mis par son père à la rue à l'âge
de dix ans et, moi, m'étant sauvé de chez mes parents
à dix-sept, lui, atteignant le Japon par le sud et, moi,
la Chine, par le nord, puis, tous les deux, ayant pas
mal roulé notre bosse par la suite, bourlinguant, rôdant, vagabondant plus ou moins dans les mêmes parages, lui, apprenant son métier et, moi, perdu,
gagnant ma vie avec des hauts et des bas, dont une
plonge, hiver 1904, dans les sous-sols de l'*Hôtel des
Wagons-Lits* à Pékin, tous les deux partant du même
niveau, c'est-à-dire à zéro... et ayant faim.

— Voilà le jeune homme. Alors je le mets à votre
table ? annonça Renée, la plus jolie serveuse d'Aix,
une fille de Saint-Martin-de-Crau, rieuse, travailleuse, infatigable, toute à son boulot et qui gagnait sa dot.

— C'est ça. Amène-le, dis-je à Renée.

Et au patron :

— Tâchez de nous faire un bifteck, il n'y a pas
moyen ?

— Non, pas aujourd'hui. Mais je vous servirai une
côte de porc, ça va ?

— Avec un pot de cornichons ?

— Pas de cornichons.

— De la moutarde ?

— Pas de moutarde.

— Ah ! zut ! Des frites ?

— Si vous voulez.

— C'est parfait. Et une bonne bouteille, une pelure d'oignon. Encore une que les Boches n'auront
pas !

— ... Je suis mécanicien de locomotive. J'appar-
tiens au dépôt d'Arles. Je suis parti volontaire pour
l'Allemagne. Je voulais voir du pays. Et puis, on parlait beaucoup de la relève. J'y ai cru. Je m'appelle
Albarelle, Louis Albarelle, matricule 212/731. Je suis
des Cévennes, de Fonterault, où mon père est toujours garde champêtre. C'est du côté de Saint-
Germain-de Calberte. Tout le monde nous connaît
dans le pays, me dit le type quand la femme de Félicien
nous eut servi en douce un pâté de campagne dissimulé sous une serviette, et des cornichons !... la bou-
gresse, et eut débouché une bouteille de vin, pas de
la pelure d'oignon, elle n'en avait plus, mais un malicieux petit vin du Roussillon, qui se laissait boire...

— ... Non, ce que l'on est bien en France !... disait le type.

Il avait une chemise à fermeture Éclair qui dégageait son cou. C'était un jeune homme aux tempes
pâles dans son visage adulte comme chez ceux habitués au port de la casquette à longue visière en usage
à bord des locomotives pour protéger les yeux des
escarbilles, aux joues creuses, aux traits tirés. Il était
rasé de frais, sortant de chez le coiffeur, et avait une
belle chevelure ondulée. Il était visiblement fatigué
ou surmené et m'eût paru inquiet, mal assuré, peu
à l'aise n'eût été son regard qui reposait franchement
sur le mien quand il parlait et qui voulait moins

convaincre qu'il n'était émouvant par tout ce qui se
dégageait ou se laissait deviner de manque de sommeil, d'errance, de foi perdue, de trouble, je ne dirai
pas de mauvaise conscience, mais de longs débats
de conscience, d'erreur lentement reconnue, d'hésitation pénible, de trébuchets intimes, de piétine-
ments, de trac. Il y avait quelque chose de
pathétique, non pas dans ses paroles mais dans ce
qu'il refoulait et s'exhalait malgré lui de toute sa personne, son corps d'athlète épuisé, habillé d'un méchant complet civil, gris, plein de grands cercles de
déteinte verdâtre et trois fois trop grand pour lui. On
le sentait prêt aux aveux. Il avait encore aux pieds
ses gros souliers de mécanicien, charbonneux, au cuir
cuit et recuit par le foyer de la chaudière.

— Cela doit vous sembler drôle d'entendre un
jeune avouer qu'il radine tout droit d'Allemagne où
il était parti volontaire pour travailler pour les
Allemands ; mais, que voulez-vous, c'est la vérité,
je ne puis dire autrement. Je me suis trompé.
Maintenant j'ai compris. Je ne me suis pas évadé,
non. Je me suis sauvé. J'ai profité du désordre pour
les mettre. Je ne veux pas y retourner. Et comme
je ne puis pas paraître à mon dépôt, en Arles, à cause
des copains qui doivent m'avoir à la merde, je voudrais rejoindre le maquis. J'aime mieux recevoir une
balle dans la peau si l'on me juge mal que de crever en Allemagne. J'ai longuement débattu la chose.
Sauf erreur, je ne crois pas avoir démérité. Le patron m'avait laissé entendre que vous pourriez
peut-être...

— N'allons pas si vite en besogne, petit. D'où
viens-tu ?

— De Hambourg.

— Tu es parti quand ?

— Il y a cinq jours.

— Comment, pas à pied ?

— Non, par le train.

— Rive gauche, rive droite du Rhin ?

— Rive gauche.

— Tu as pris un billet ?

— On ne délivre plus de billets, il y a un tel désordre partout !

— Tu avais un laissez-passer, des papiers, tu as été contrôlé en cours de route ?

— J'ai déchiré mes papiers, on ne contrôle plus en cours de route, il y a un tel désordre. Vous n'avez pas idée de ça. Tout est détruit en Allemagne, des villes entières.

— Tu sais l'allemand ?

— Non.

— Alors, comment as-tu fait ?

— Je n'en sais rien. Personne ne s'occupe de vous. Chacun pour soi. J'ai passé. Il y a trois jours que je n'ai rien mangé.

— Tu as de l'argent ?

— Des marks.

— Et par où es-tu entré en France ?

— Par Strasbourg. Et puis je suis arrivé à Lyon, où j'ai changé de train pour Grenoble, Veynes et c'est ainsi que j'ai débarqué à Aix. J'ai préféré prendre le train des Alpes pour ne pas passer en Arles, toujours à cause des copains. J'avais peur qu'on ne me reconnaisse. Je suis connu tout le long de la ligne.

— Tu as honte ou tu as la trouille ?

— Ni l'un ni l'autre. Et si vous voulez, je suis prêt à me rendre en Arles et tant pis pour moi si les copains ne comprennent pas qu'on peut se tromper ! J'y ai pensé. Je suis prêt. Mais je voudrais d'abord me rendre utile. Le maquis…

— Dis-moi, on peut aller aux renseignements à Arles ?

— Je suis inscrit au Syndicat. J'y ai mon dossier. Vous pouvez vous renseigner.

— Tu peux être assuré qu'on ne manquera pas de le faire ! Dis-moi, tu avais une adresse à Strasbourg ? Qui t'a donné ton habit civil ?

— Non, je n'avais pas d'adresse. Je suis allé voir un prêtre. C'est lui qui m'a donné la défroque que je porte. Mais il n'avait pas de chaussures. J'avais entendu dire que les curés d'Alsace aidaient les évadés.

— Bon. Et l'argent de ton billet en France ?

— J'ai vendu mon ciré.

— Et alors ?

— J'ai changé de train à Lyon.

— Et comment as-tu franchi la ligne de démarcation ?

— Je ne sais pas. Je ne m'en suis pas aperçu. J'ai passé. J'étais dans l'express de Strasbourg. Personne n'est descendu à l'arrêt. Il n'y a pas eu de contrôle. À Lyon j'ai changé de train.

— Tu en as de la veine ! Mais je te crois. Les Boches deviennent négligents. C'est un signe. Il y a quelque chose de changé. Je me méfie. Ils ne vont pas tarder à devenir enragés. Je les connais. Dis-moi, pourquoi n'es-tu pas allé directement chez ton père ?

— Je voulais y aller. Mais j'y ai renoncé.

— Et pourquoi n'y retournes-tu pas d'ici ?

— À cause des gens. On doit savoir que j'ai été volontaire pour l'Allemagne.

— Tu as donc peur ?

— Je vous ai déjà répondu que non. Mais je suis embêté pour le vieux. Je préférerais aller me battre.

— Ça n'est pas toujours facile.

— Pourquoi ?

— Parce que.

— ...?...

— Oui, lui dis-je, il y a des traîtres...

Le type paraissait navré.

Félicien, qui secouait sa lèchefrite sur le feu, n'avait l'air de rien, mais il tendait l'oreille et clignait de l'œil.

— Vous exagérez, monsieur Cendrars, me chuchota-t-il en se penchant sur moi quand il vint à notre table servir les frites brûlantes et découper la côtelette dans mon assiette avec son grand coutelas de cuisine comme il était accoutumé de le faire. Vous ne vous rendez pas compte que le jeunet est à bout. C'est un brave petit mécano ! Je m'y connais. Il avoue qu'il s'est trompé. Il faut le tirer de là. Souvenez-vous, nous aussi nous avons fait des conneries à son âge. On ne rigolait pas tous les jours...

Je me rendais parfaitement compte de la fausse situation dans laquelle le pauvre type se trouvait et je comprenais très bien les transes par lesquelles il avait dû passer avant de prendre la décision de rentrer en France. Mais en rentrant en France, il était venu se fourrer dans un guêpier. C'est facile de vouloir aller rejoindre le maquis, mais le maquis ne voudrait peut-être pas de lui. C'était un cas. Non, il ne devait pas rigoler...

Je remplis les verres.

— De quelle classe es-tu ? demandai-je au type.

— De la classe 40, me répondit-il. J'ai été mobilisé sur place, dans les chemins de fer. J'étais chauffeur.

— Et les Boches t'ont engagé comme mécanicien

de locomotive. Tu prenais du galon, hein? Elles sont belles, leurs locos, pas vrai?

— Bien meilleures qu'en France et beaucoup moins fragiles. Mais ce qui m'a tout de suite épaté, c'est leur entretien. On n'est pas plus tôt entré en gare qu'une équipe monte à bord. On n'a plus à s'en occuper. On peut aller se coucher, se détendre au réfectoire et quand on reprend son service, la machine est parée, tout est astiqué, rien ne cloche, et ce sont des femmes qui font ça! C'est incroyable. En Arles...

— Je sais, dis-je. Chez nous les locos sont dégueulasses et aujourd'hui elles sont déglinguées. Combien de temps es-tu resté en Allemagne?

— Pas tout à fait un an. Je suis parti en septembre. Le 21...

— Et où travaillais-tu à Hambourg? À la gare d'Altona?

— Vous connaissez?

Et je vis le type sourire, pour la première fois depuis que je l'interrogeais, et respirer avec soulagement.

— Si je connais Hambourg? J'y suis allé plus de vingt fois! Le patron aussi. C'est une belle ville, pas vrai, Félicien? gaie, animée, propre, c'est la seule ville d'Allemagne où l'on ne s'embête pas, à cause du port. Ah! le port, et Hagenbeck, et le populo. Les Hambourgeois ne sont pas des Prussiens, ils ne sont pas embochés pour un sou, c'était une ville libre, et les charpentiers de la marine, qui sont tous communistes et qui ont fait la révolution en 18-19, en 21 et 23, sont les seuls gars dans toute l'Allemagne qui ont tenu tête aux nazis et se sont débattus jusqu'à la dernière heure. On en rencontre encore dans les rues, de ces compagnons, avec leur grimpant ballonné,

leur chapeau de velours et leur grosse canne nouée ?
ce sont des joyeux drilles !

— Je n'en ai jamais rencontré.

— Et le cimetière de la marine, tu connais ?

— Je n'en ai jamais entendu parler.

— C'est le vieux cimetière qui entoure l'église,
justement dans le quartier des charpentiers, à
Stefani, il est toujours désert, mais il n'est pas
comme les autres. Un enclos y est réservé pour les
hommes perdus en mer et il est tout encombré
d'ancres vétustes, de chaînes rouillées, d'épaves,
d'avirons cloués en croix, de bordées, de fragments
de barques, de tableaux de poupe peinte, de monuments hétéroclites faits des débris incrustés de
coquillages et des planches pourries par leur trop
long séjour dans l'eau de mer et des membrures noir-
cies recouvertes d'algue élevés par les marins en mémoire d'un naufrage, et le sol est jonché des
bouteilles contenant le modèle réduit des bateaux
perdus corps et biens, avec le nom du bâtiment sur
un parchemin et le rôle de l'équipage, du mousse
au capitaine ! C'est émouvant au possible et je ne
manquai jamais de visiter le cimetière de la marine
quand je n'étais pas devant les cages de chez
Hagenbeck, à Hambourg ! Une fois, j'y ai rencontré un petit mousse étendu dans le sable et qui pleurait à chaudes larmes. Je croyais qu'il pleurait l'un
des siens, parent ou camarade ; mais quand je l'in-
terrogeai, il me répondit qu'il venait de signer son
premier engagement, qu'il embarquait à bord d'un
quatre-mâts, le schooner *Markus* qui allait charger
du nitrate au Chili, qu'il n'avait encore jamais navigué et qu'il pleurait de frayeur. Pauvre gosse ! J'y
ai encore d'excellents amis, les Wœhrman, les ar-
mateurs, mais tu ne dois pas connaître. Et tu dis

qu'il ne reste plus rien de Hambourg ? Quand donc
est-ce que cela est arrivé ? Raconte-moi ça ! Alors,
il paraît que tout serait réduit en cendres ?
Comment cela ? Les journaux n'en ont pas encore
parlé, ni la radio de Londres. Et tu dis qu'il y aurait deux cent mille morts ? Ça se saurait !

— Les Allemands ne laissent rien filtrer de ces
nouvelles, mais c'est partout pareil en Allemagne.
C'est une catastrophe. Toutes les villes y passent.
Les unes après les autres. C'est la fin. Tout le monde
en est convaincu, dit le type. Les avions anglais viennent chaque nuit.

— Peut-être que la B. B. C. attend d'en avoir le
détail pour l'annoncer, dit Félicien, réjoui et surexcité.

— La coventrisation d'un port comme
Hambourg, vous appelez ça un détail, Félicien ! Mais
c'est la plus formidable nouvelle de la guerre depuis la fin de la bataille de Stalingrad, à Noël, le
Verdun des Russes. C'est le tournant de la guerre.
Si c'est vrai, les Boches sont foutus. Et si c'était vrai
les Anglais n'auraient pas pu se taire, pas plus que
les Fritz en septembre 40 quand ils annonçaient de
Blitz dans le ciel de Londres et la destruction des
docks. Souvenez-vous, leur radio jubilait ! Sale
radio, à laquelle nous sommes voués, on lui fait dire
tout ce que l'on veut de par le monde. Je n'en crois
plus aucune et je les écoute toutes. J'y passe mes
nuits. C'est par trop décevant. J'en ai marre...

— ... C'était vendredi dernier, dit le type en s'ac-
coudant sur la table, se penchant en avant et baissant la voix comme s'il eût encore été en Bochie et
que des oreilles ennemies eussent écouté la nouvelle
sensationnelle dont il était porteur.

... La patronne servait le café, un *ersatz* de café,

le café des Borgia comme j'appelais cette mixture
à laquelle je ne goûtais pas, jamais, malgré l'insistance de la femme de Félicien qui était vexée et m'as-
surait chaque fois que son café était pur, sans
chicorée, sans ingrédients, ni orge, ni glands, ni racine de chiendent, baies de sureau, graines de
pavot, écorce de frêne, brou de noix, haricots d'aca-
cia, et Dieu sait quoi encore et quelles autres herbettes, brindilles ou févettes que les gens allaient
glaner dans les collines pour faire le jus.

— Oui, madame, lui disais-je, je sais. Mais que
voulez-vous, il sent le Boche, et je n'aime que le café
noir qui sent le nègre du Brésil! Attendez la fin de
la guerre et je vous en ferai goûter, du café du Morro
Azul, le café de Sarah Bernhardt, et qui vient directement de la plantation!

L'heure du déjeuner tirait à sa fin. Dans la grande
salle du restaurant la clientèle des habitués sortait,
était partie. Renée entassait sa vaisselle dans un tian
et versait de l'eau bouillante, lavait, curait, essuyait,
toute à son travail, se fichant pas mal de ce que nous
pouvions raconter à «la table ronde», pensant à son
fiancé, le violoniste. Félicien, en revanche, s'était installé à califourchon sur une chaise, s'essuyait les mains
à son tablier, un bout de chiffon à l'un ou l'autre doigt
car il s'était coupé, roulait, allumait une cigarette,
se balançait en équilibre instable, les manches re-
troussées, son haut bonnet de chef planant sur sa
tête comme une émanation mais collant au front, un
ou deux boutons manquant au col de sa blouse
blanche, le cou, la nuque en sueur, les pieds nus dans
des savates. Il faisait une chaleur irrespirable dans
l'étroite cuisine. Et les mouches agonisantes adhé-
rant aux bandes ignobles du papier tue-mouches qui
était suspendu au plafond ou à moitié engagées dans

le fin treillis métallique de la moustiquaire tendue sur un châssis mobile devant la fenêtre susurraient, tandis que celles qui avaient échappé aux pièges s'abattaient par paquets sur la table, dévorantes, agaçantes, faisant l'amour bref, en piqué, s'envolaient étourdiment se faire prendre. De *La Mule Noire,* l'hôtel de l'autre côté de la rue, réquisitionné par les Boches qui y avaient installé les bureaux de je ne sais quel service d'intendance et un corps de garde, nous parvenaient des éclats de voix, des rires grossiers, un bruit de bottes, de vaisselle, de bancs remués, de bousculades ; eux aussi avaient fini de déjeuner et de temps en temps passait devant la fenêtre ouverte un gros ventru, toujours le même, un officier qui déboutonnait et reboutonnait son uniforme, allant ou revenant des chiottes, le cigare au bec ; les autres, plutôt des hommes âgés, dont beaucoup du service des chemins de fer en campagne, déjà sur le rang dans la rue, répondant à l'appel rogue d'un *Feldwebel* ou d'un sous-off', puis ayant reçu leur consigne ou leur feuille de route, s'en allaient par deux ou trois vers la gare, la tête comme entraînée par le poids de leur pipe en porcelaine, un panier noir au bras ou une sacoche pendante, s'en allaient prendre leur service de nuit, taciturnes, vannés d'avance et pas rassurés du tout car on commençait à faire sauter les trains en France.

— Regardez-les, ceux-là, il y a des chances pour qu'on ne les revoie pas demain matin, faisait Félicien exalté et en suçotant son mégot, l'œil vache. Ils n'ont pas l'air mariol. Peut-être qu'ils sont de Hambourg et qu'ils savent déjà. Oh ! vous pouvez parler à haute voix, jeune homme. Moi, j'ai envie de leur courir après et de leur annoncer la nouvelle et de leur botter le cul, à ces pieds-plats !

Mais le jeune homme ne se laissait pas distraire et nous racontait le bombardement :

— C'est la fin. Tout le monde le croit en Allemagne. C'est la fin de la guerre... Ils disent qu'ils l'ont perdue... Les avions anglais viennent toutes les nuits... Mais vous ne pouvez pas savoir... C'est l'enfer... Hambourg n'existe plus...

... Aujourd'hui, 1947, je lis dans un rapport anglais : « C'est au printemps de 1942 que les Nations Unies passèrent à l'attaque sur le front aérien. Depuis, cette offensive s'est poursuivie sans arrêt. Au cours d'une série de raids violents, Lubeck, Rostock, Kiel et Tronthjem furent bombardées tour à tour. Le 30 mai, mille avions britanniques, c'est-à-dire beaucoup plus que les Allemands n'en avaient jamais envoyé en une seule fois sur la Grande-Bretagne, bombardèrent Cologne.

« En 1940 et 1941, les usines anglaises, travaillant jour et nuit, avaient fabriqué des milliers de puissants avions *Lancaster, Sterling, Hallifax* et *Wellington*, et les appareils construits aux États-Unis arrivaient en nombre croissant. Avant même l'entrée en guerre de l'Amérique, l'Angleterre était devenue un immense aérodrome, et les Alliés y concentrèrent le plus gros de leurs forces de bombardement, pour l'attaque des centres industriels et des bases de sous-marins de l'Allemagne.

« Les bombardiers anglais, volant de nuit et à basse altitude, portèrent des coups terribles à plusieurs centres industriels soigneusement choisis. Les Allemands, escomptant une victoire rapide et croyant leur pays à l'abri des raids, avaient négligé leur défense antiaérienne. En hâte, ils s'efforcèrent de réparer cette erreur. À cet effet, ils transportèrent certaines industries en Pologne, en Bohême et en Autriche; celles qu'ils ne pouvaient transporter furent entourées de batteries contreavions. Les bombardements devinrent plus coûteux aux Alliés, mais ils continuèrent de plus belle. Des *Liberators* et des *Forteresses Volantes,* fabriquées aux États-Unis pour les vols à haute altitude, se joignirent à ces attaques. À partir du 27 janvier 1943, quelques jours après la clôture de la conférence de Casablanca, les raids diurnes et nocturnes des aviations anglaise et américaine pilonnèrent systématiquement et sans interruption la *forteresse sans toit* d'Hitler. Et bientôt les Russes se mirent à bombarder l'Allemagne, venant de l'est.

«Ville après ville, la région industrielle de la Ruhr fut embrasée par les bombes incendiaires et réduite en ruine par des projectiles d'une puissance inouïe. Les objectifs étaient choisis avec soin: usines de guerre, chantiers navals, docks, voies de communication, centrales électriques et aérodromes. Presque chaque nuit, depuis le printemps de 1942, des avions alliés, pilotés par des Américains, des Anglais, des Belges, des Tchécoslovaques, des Français, des Polonais, des Norvégiens, des Hollandais, déversaient des pluies de bombes sur les rouages de la machine de guerre allemande.

«Au cours de raids audacieux effectués le 17 mai 1943, la R.A.F. détruisit deux grands barrages allemands, celui de l'Eder, près de Hamfurth, et celui de la Moehne, près de Soest. Des tonnes d'eau envahirent la vallée de la Ruhr, inondant les usines, arrêtant les génératrices et paralysant les transports. Les bases de sous-marins furent ensuite l'objet de bombardements systématiques. Puis ce fut le tour des grandes villes industrielles de Cologne, Hambourg, Brême, Dusseldorf, Hanovre

et Mannheim. En juillet 1943, dix raids, dont trois
très violents, détruisirent complètement Hambourg,
le plus grand port d'Allemagne... »

Je ne vais pas raconter à mon tour ce que le jeune
mécanicien de locomotive qui avait dû assister à l'un
des premiers de ces dix raids mentionnés dans le
résumé anglais au sujet de la destruction de
Hambourg nous racontait, le cheminot parlant
comme halluciné encore par le terrifiant spectacle.
Son train stoppé en avant de la gare d'Altona avait
été volatilisé. Ce qu'il ne comprenait pas, c'est que
les avions anglais venaient de la même direction que
lui, c'est-à-dire de l'est, comme si c'est lui qui les
eût amenés, les eût guidés, et que son convoi commença à se liquéfier par le wagon de queue, et, tout
aussitôt, tout entra en fusion. Il avait l'impression
que Hambourg avait été attaqué dans le dos, en traî-
trise, et leur besogne faite, les escadrilles anglaises
s'enfuyaient au large, vers la haute mer, chaque
groupe de bombardiers laissant derrière soi des navires flambant sur l'Elbe, grésillant le long des estacades, leur gréement enduit de phosphore, les
vaisseaux fusant, explosant. Le port n'était plus
qu'une mer de feu qui se déversait sur le centre de
la ville. En un clin d'œil des quartiers entiers étaient
engloutis, les églises se tordaient comme des torches
et tout disparaissait dans un brouillard rose-rose,
soudainement envahi par les nuages d'une épaisse
fumée noire, vivement éclairée par en dessous et par
en dessus, son plafond crevé par les gigantesques
« arbres de Noël » enflammés qui descendaient en
se dandinant du haut des nues, une pluie d'étincelles
et d'éclats tourbillonnant, les essaims vertigineux
des balles traçantes, la culbute, la course, les moulinets, les coups de faux des projecteurs, les globules

de la *Flak* qui montent, le plongeon des chasseurs de nuit qui virent du ventre, noir et or dans le sillage rougeoyant des bombardiers abattus dont la coque s'ouvre et lâche son tonnerre en percutant au sol. Cela était démesuré, les bombes s'ébattaient comme des joyeux marsouins et l'élément humain comptait pour rien. C'est ainsi que le mécanicien mentionna incidemment et comme une vision furtive, un détail, une anecdote le sort des milliers et des milliers de prisonniers russes et français qui travaillaient cette nuit-là à l'établissement d'un pipeline en bordure de la voie ferrée et qui, dès le début de l'alerte, s'étaient réfugiés dans les tuyaux de fonte qu'ils accouplaient en les mettant en place dans une tranchée et dont il ne restait rien, aucune **trace**, même pas poussière, quand lui-même, cherchant abri, voulut se glisser à l'intérieur de l'une de ces bouches, l'immense conduite ayant été aspirée d'un bout à l'autre par le souffle brûlant des bombes faisant le vide, la tranchée se refermant comme une mâchoire automatique sur cette horreur. Mais ce qui semblait l'avoir le plus frappé dans ce spectacle sans nom de la destruction d'une grande ville et d'un grand port et de la convulsion du ciel et de la terre, c'était son aspect de féerie.

— Je ne puis plus fermer l'œil, disait-il. Il y a huit jours que je ne dors pas. Cela tenait de la fête et, au petit jour, des milliards de feuilles d'argent jonchaient les ruines, voltigeaient parmi les morts, flottaient accrochées aux décombres, montaient au ciel portées par la fumée des incendies, et, malgré la tragédie, on se serait cru au lendemain d'un carnaval tant la zone ravagée était recouverte de confetti et de serpentins argentés...

— Drôle de carnaval ! dis-je.

— Mais qu'est-ce que c'est que ces feuilles d'argent? demanda Félicien.

— Je ne sais pas, répondit le rescapé accablé. Ce sont des feuilles de papier argenté, des grandes et des petites, et d'autres embobinées et qui se déroulent dans le vent exactement comme des serpentins. Je ne sais pas à quoi cela peut servir. Les gens prétendent que ce sont les avions anglais qui les jettent. Elles ne portent aucune inscription. C'est peut-être un désinfectant contre les épidémies, car il y a des milliers, des dizaines, des centaines de milliers de morts, soufflés en tas et abandonnés comme après un raz de marée, et c'est peut-être un poison. On dirait du papier de chocolat. En tout cas, personne n'y touche…

Cela nous laissait rêveurs. Moi-même, je n'avais encore jamais entendu parler du *radar*. Je savais qu'il y avait des avions brouilleurs d'ondes, hérissés d'antennes qui tissaient un rideau mouvant de signaux incompréhensibles autour de chaque formation de bombardement survolant l'Allemagne ; je connaissais bien l'*asdic*, le détecteur de sous-marins, pour l'avoir entendu fonctionner jour et nuit lors d'une longue patrouille en mer du Nord que j'avais effectuée, en qualité de *War-Correspondent*, à bord d'un contre-torpilleur de Sa Majesté, en mars 1940 ; mais j'ignorais tout du *radar* et ne savais pas qu'à chaque raid les avions anglais jetaient par-dessus bord dans le ciel allemand des millions et des millions de rubans de papier argenté propre à brouiller toute détection par *radar*.

— Faites circuler le flacon de rhum, dis-je à la patronne.

Et au jeunet :

— C'est gai, ce que tu racontes ; mais, en somme,

tu nous apportes une bonne nouvelle puisque tu nous annonces la fin de la guerre et la défaite du Boche. Voici ce que je puis faire pour toi, petit. Écoute bien et que Dieu t'aide! Tu vas repartir illico par la ligne des Alpes. Tu as un train à cinq heures. Tu n'as pas une minute à perdre. Va-t'en. À Veynes, tu demanderas au guichet un billet pour chez le *cousin Blaise*, c'est dans le Jura. Et si l'employé te demande d'où tu viens, tu lui diras de chez le *cousin Blaise*, de Provence. C'est tout. Tu n'as pas besoin d'en savoir plus long. Et ne te frappe pas si l'on ne te reçoit pas à bras ouverts. Je crois que ça peut coller. Vas-y. Grouille.

— Merci, monsieur…, monsieur…

— *Le cousin Blaise*, c'est tout. Tu n'as pas besoin d'argent?

— Non, monsieur.

— Alors, bonne chance!…

— Pauvres jeunes gens! s'exclama la femme de Félicien.

— Vous auriez dû lui donner un casse-croûte à emporter, il n'est pas encore arrivé et ce n'est pas encore cette nuit qu'il pourra dormir! dis-je à la patronne.

— S'ils sont tous comme lui, au maquis!… remarqua Félicien. Il est vrai que ce n'est pas rigolo d'avoir vingt ans aujourd'hui. Quelle époque de merde!…

Renée chantonnait en cousant sur une chaise.

— Tu fais ton trousseau, ma belle? lui demandai-je.

Et brusquement:

— Au revoir! dis-je aux autres. Peut-être à ce soir, très tard…

Et je sortis de l'*Opéra*.

— Satanée époque ! murmurais-je en rentrant chez moi.

C'était l'heure du facteur.

— Il n'y avait pas de lettres.

Et depuis juin 40 mon fils aîné était prisonnier à Ziegenhain, de Kassel, dans le Hesse.

Impossible de le faire évader.

Et il ne revenait pas…

Ce soir-là je n'allai pas à l'*Opéra* voir si le type était bel et bien parti, n'avait pas manqué son train et n'était pas revenu par hasard se remettre à table.

Il y avait alerte.

L'électricité fut coupée.

J'allumai une bougie.

Pas de radio.

— *Licht ! Licht !* criaient les patrouilles allemandes en bas, dans la rue, et les sacripants tiraient des coups de fusil dans les fenêtres mal camouflées qui laissaient filtrer le moindre rayon de lumière.

Des vitres volaient en éclats.

Impossible de lire quoi que ce soit, et je me mis à tourner en rond dans ma chambre comme tournent les prisonniers entre quatre murs et comme ils devaient tourner en effet, à cette même heure, par centaines de mille dans tous les cachots de la *Gestapo,* aveuglés par l'œil électrique vissé au plafond de leur cellule, les malheureux au secret et dont la présence m'obsédait.

De guerre lasse j'allai m'étendre tout habillé sur mon lit.

Encore une nuit où je ne dormirais pas !

Je soufflai ma chandelle.

On entendait le ronron des avions Alliés qui passaient très haut dans le ciel. Des gens descendaient à la cave. Qu'allaient-ils bombarder, nos amis, Arles, Avignon, Lyon, Marseille, le viaduc d'Anthéor, Grenoble, Toulon ou Turin, de l'autre côté des Alpes ? Ils n'en finissaient pas. Il devait y en avoir beaucoup.

— *Licht ! Licht !* criaient les Boches.

Comment avait-il dit, le type ?... *du papier de chocolat, auquel personne ne touche par crainte du poison, du papier d'argent...*

Et je me mis à imaginer Hambourg recouvert d'un suaire en papier d'argent et, alors, je me mis à revivre avec intensité mon dernier séjour en Angleterre, quand j'y fus envoyé à titre de Correspondant de Guerre et que parcourant la grande île de l'est à l'ouest et du sud au nord, je visitais les nouvelles manufactures d'armement, les arsenaux royaux, les écoles de guerre, les camps d'entraînement, les bases de sous-marins, les canonneries, les avionneries et avais des rendez-vous avec des ministres et des généraux [1]. C'était à la fin du terrible hiver 1939-1940. J'arrivais de la ligne Maginot. Les falaises de Douvres étaient plus enneigées que les montagnes des Vosges. Je ne reconnaissais pas le pays. Où étais-je ? Au Spitzberg ? L'Angleterre était enveloppée d'un suaire de neige et de frimas. Les brouillards flottaient comme des feuilles de papier argenté. Qu'allait-il advenir de la «drôle de guerre» ? Nul ne le savait. Mais les Anglais s'apprêtaient à subir le choc et à porter un coup terrible en contrechoc, et tout le monde s'y préparait sans rien dire. KEEP SMILING, disaient des pancartes accrochées partout, dans les ministères comme dans les chaumières, aux mess des officiers comme

à bord des destroyers et des sous-marins, chez les
tankistes et les aviateurs, et dans tous les *pubs* populaires de Londres comme dans les cabarets à la
mode, les théâtres, les dancings et le hall des grands
hôtels et des palaces pour milliardaires, comme celui
du *Dorchester,* où l'on m'avait royalement installé,
on pouvait lire des affiches d'une infinie variété de
présentation et d'impression disant toutes la même
chose : *Taisez-vous. Méfiez-vous. Les oreilles ennemies
vous écoutent !* C'était le secret et le sourire aux lèvres.
Il me fallait tenir les yeux grands ouverts pour que
rien ne m'échappât de ce mauvais rêve éveillé d'un
peuple entier s'attendant à vivre un cauchemar et
ne laissant rien percer de ses craintes et de son espérance et s'adonnant, surtout dans les hautes
sphères, à son insouciance apparente et traditionnelle et si énigmatique pour un étranger qui sait,
pour avoir beaucoup voyagé de par le monde, combien les Britanniques sont âpres au gain, possessifs
et procéduriers sous leur air bien-pensant et
conventionnel de grands garçons sportifs, élégants,
ou de vieux messieurs bien soignés, qui ne manquent
jamais le sermon du dimanche.

Qui n'a lu *Alice in Wonderland*, son voyage à travers le miroir et ses aventures au pays, je ne dirai
pas de la quatrième dimension, mais au pays de la
féerie qui est l'univers des enfants, le seul vrai, car
rien n'y est impossible ? Le livre de Lewis Carroll
est un livre clé qui ouvre toutes les portes, toutes
les âmes de l'Angleterre. On dit communément
qu'*impossible* n'est pas français, mais je crois que pour
les Français cet «impossible» reste surtout sur le plan
moral, alors que pour les Anglais l'*Impossible* est une
victoire quotidienne, une victoire matérielle, une réalisation puisqu'ils ont édifié l'Empire britannique,

et Dieu sait avec quelle foi dans les puissances du rêve !

Depuis ma plus tendre enfance, et chaque fois que j'y suis allé, la Grande-Bretagne m'a toujours paru être le pays des contes. Son paysage semble se situer hors du temps et ses habitants, qui obéissent comme des initiés à une loi non écrite, semblent mener une vie inattendue, car chaque citoyen, fort d'une longue tradition de civisme et de liberté, cultive sa personnalité à outrance, si bien qu'aux yeux d'un étranger chaque Anglais de marque prend facilement figure d'amateur ou d'excentrique, et, sur le plan historique, de héros ou de conquérant car toutes les réussites anglaises, et même les plus terre à terre et les plus intéressées dues à l'esprit de concurrence ou d'entreprise de simples marchands ou négociants, comme par exemple, récemment, entre les deux guerres, la conquête du marché du caoutchouc dans le monde des affaires, ou celui de la viande en Argentine, se racontent comme des légendes.

Je me faisais ces réflexions dans la petite voiture militaire qui me transportait de la côte ouest vers la côte est, d'un chantier naval à un centre d'essai de torpilles. Les glaces de la voiture se givraient. Une tourmente de neige effaçait le paysage. Sous la neige, la route était dérapante. Comme chauffeur j'avais un fantaisiste d'Écossais qui faisait faire de la haute école à sa voiture légère, qu'il poussait à fond. Ce n'était pas pour me déplaire. Mais nous étions perdus dans une lande déserte. Le chauffeur ne savait pas où l'on était. Et je m'impatientais, ayant le soir même rendez-vous avec un ministre, à Londres.

Cela tient de la magie, me disais-je. Dans son état d'alerte perpétuel, avec son blocus, ses raids lointains, ses ordres transmis par T.S.F., sa radio

de propagande, ses engins qui volent ou qui plon-
gent, avions et sous-marins, ses écouteurs, ses dé-
tecteurs, ses rideaux de fumée noire que l'on tend
à la surface de la mer, ses usines qui se mimétisent
selon leur entourage ou qui rentrent sous terre, avec
tous ses trucs de camouflage et sa machinerie ultra-
moderne, la guerre actuelle tient de la magie des *Mille*
et une Nuits et c'est pourquoi les Anglais, qui ont le
goût inné de la féerie, s'y installent si bien et ont réussi
le *black-out* total de Londres qui se répand sur tout
le pays, d'une côte à l'autre, comme le mauvais génie,
le géant noir échappé de la bouteille du pauvre pêcheur dans l'histoire de Sindbad le Marin.

Tout à coup, mon phénomène de chauffeur
donna un brusque coup de volant. Où étions-nous ?
J'essuyai la glace. Je vis à un poteau indicateur planté
de travers que nous bifurquions sur Londres. La
neige avait cessé de tomber avec abondance. Les derniers flocons planaient. Mais bientôt je poussai
une exclamation de surprise. Des centaines de saucisses flottaient dans l'atmosphère. Il y en avait à
tous les niveaux, à quelques mètres du sol et très
haut, très haut en l'air. Celles qui étaient le plus
proches, luisantes et paisibles, ressemblaient à des
grosses vaches au piquet dans un clos, mais les plus
hautes, arrêtées dans les nues au bout de leur câble
surtendu, avaient quelque chose d'irrité, d'agité,
d'impatient et semblaient prêtes à rompre leur attache et à foncer, bondir. Ce troupeau suspendu en
l'air offrait un spectacle inattendu et assez extraordinaire ; mais, un peu plus loin, quand au détour
de la route la voiture passa devant la bergerie de ces
bêtes instables d'un nouveau genre, je me crus trans-
porté au pays de mon enfance tellement l'usine devant laquelle nous ne nous arrêtâmes pas et où se

fabriquent les ballons captifs dont le barrage établi dans le ciel assure la défense des villes et des ports anglais, tenait de la vieille boîte à joujoux et du miracle de l'anticipation scientifique.

Imaginez des hangars hauts comme les tours de Notre-Dame mais dont les portes à glissière grandes ouvertes nous laissaient voir à l'intérieur des centaines et des centaines de saucisses toutes neuves, rangées comme des jouets dans un bazar, des centaines et encore des centaines de saucisses toutes brillantes, vernies qu'elles étaient à la poussière d'aluminium, chacune munie, non pas de son étiquette et de son prix, mais de son matricule car ces beaux joujoux sont tout de même des engins de guerre, et leur nombre est menaçant, chacune logée dans un des alvéoles superposés qui montaient jusqu'au faîte de ces immenses ruches en tôle ondulée ou blindée car la bergerie est tout de même un arsenal, chacune inquiétante comme la larve endormie d'un monstre antédiluvien ou d'un insecte géant appartenant à une autre époque, mais que l'on voyait ressusciter et les flancs prendre forme et se mettre à battre au gonflage comme la gorge d'un lézard du tertiaire qui vient de perdre ses branchies externes, et le tout avoir une allure de bête tout à la fois étrange et familière quand on les extrayait l'une après l'autre de leurs cellules pour leur donner vie dans le vent et les mener au bout d'une corde en pâture, haut, très haut dans les prairies du ciel.

Ce spectacle m'enchantait par sa nouveauté, mais aussi par ce qu'il réveillait en chacun de nous des réminiscences de son enfance, jeux, rêves, lectures, pour moi, Jules Verne, et pour mon Écossais volant, si le phénomène savait lire, ce dont je doutais car il ne savait déchiffrer une carte routière, Wells.

Où étions-nous ?

Cette usine de la défense passive ne figurait pas dans mon programme. Je ne l'ai pas visitée. Nous n'avons fait que passer devant. J'ai toujours soupçonné mon fantaisiste de chauffeur de m'avoir fait faire un crochet pour me montrer ça et voir l'effet de surprise. Il me semblait qu'il me surveillait du coin de l'œil et s'amusait. Et à un nouveau détour du chemin, et la bergerie et ses bêtes argentées en pâturage au ciel disparurent comme par enchantement. Mais longtemps je restai dans l'étonnement de la chose vue.

Où étions-nous ?

Bien sûr, sur la route de Londres dont nous approchions dans le *black-out* et que rien ne laissait deviner, quand mille canons se mirent à carillonner. Ce n'était pas encore le *Blitz* et les habitants de Londres devaient en voir bien d'autres d'ici peu, du crépuscule à l'aube. Mais déjà la veille au soir nous avions roulé deux heures durant sous les feux croisés des projecteurs qui tigraient, zébraient le ciel nocturne et faisaient des taches et des ronds de ventouses dégorgeantes, de maladie à vilaine et lente évolution comme un métachromatisme sur la peau d'un léopard anémié et captif. Je m'attendais donc à tous les spectacles, mais tout de même pas, quand mon chauffeur me déposa, en passant, au ministère des Fournitures ou de l'Armement, à Adelphi, à Londres, où le ministre m'avait fixé rendez-vous pour un entretien d'une heure, je ne m'attendais pas à visiter un ministère shakespearien. On n'a de ces surprises-là qu'en Angleterre !

À Adelphi le spectacle est à l'intérieur. Extérieurement le *Ministry of Supply* ressemble beaucoup plus à une grande banque new-yorkaise qu'à un palais de Babgdad. Mais à l'intérieur de ce

cossu et puissant bâtiment, il y a tout de même une
féerie et ce n'est pas tant le ministre, qui a la puissance d'un grand vizir, que ce qui sort d'étonnant
et de prodiges de la bouche de ce fonctionnaire qui
était probablement depuis la déclaration de la
guerre l'homme le plus occupé de la Grande-
Bretagne car il assumait l'écrasante responsabilité
de ravitailler les armées et la population civile, de
les habiller, de les équiper, de les armer, de mettre
tout l'Empire sur pied de guerre, de transformer les
anciennes industries de paix, d'accélérer, de modi-
fier leur production, de faire naître des industries
nouvelles, de faire construire des usines géantes et
des arsenaux, de les faire mettre en marche dans un
délai donné, puis de veiller à ce que rien n'arrêtât
la bonne marche et la cadence de ces milliers et milliers d'ateliers qui tournent jour et nuit pour produire dans les vingt-quatre heures des milliers de
kilomètres de tissu kaki, des dizaines de milliers de
paires de chaussures, des centaines de milliers
d'obus, des millions de balles, des milliards de ri-
vets et de contre-écrous, des millions de fusils, de
sabres, de baïonnettes, de revolvers, de couteaux de
poche, de clés à ouvrir les boîtes de conserve, de
bouteilles de bière, des centaines de milliers de mitrailleuses, des douzaines de milliers de canons, de
tanks, d'avions, une escadrille de sous-marins par
semaine, une flottille de destroyers ou de vedettes
rapides par mois, une flotte de haut-bord au bout
de l'année, et il devait assurer la consommation en
huile et en pétrole de tous ces engins motorisés, com-
penser à leur usure, prévoir leur destruction dans
la bataille, il devait penser à tout, même à stocker
du lait condensé pour les nouveau-nés, car rien ne
doit venir arrêter, ni une crise de main-d'œuvre ni

une épidémie la terrible cadence industrielle que cet homme a imposée au pays et dont dépend la vie des armées, c'est-à-dire l'existence même de la nation ou, mieux, l'existence du *Commonwealth* britannique et de ses Alliés... et peut-être aussi du monde entier, car c'est des cinq parties du monde que l'on s'adresse quotidiennement par câble et par téléphone à cet homme qui préside aussi le comité des Dix, qui siège à Adelphi, et dont dépend la distribution des matières premières aux neutres.

Il suffit de l'écouter parler pour se rendre compte de la complexité des problèmes qui se posent cent fois par jour à cet homme qui doit les résoudre séance tenante, sans une seconde d'hésitation, le demandeur étant neuf fois sur dix au bout du fil, et il doit savoir tenir à ses décisions et savoir les imposer envers et contre tous, quelles que soient les solutions, souvent d'une audace folle ou pour le moins inattendues, qu'il a trouvées à ces problèmes qui touchent à toutes les questions et qui se renouvellent sans cesse. On tremble pour la responsabilité de cet homme. Mais M. Leslie Burgin, le ministre du *Supply* qui me recevait, est un homme souriant, affable, qui n'a nullement l'air d'être écrasé par sa tâche. C'est un homme fin, cultivé, qui parle cinq langues, dont excellemment le français. Son discours n'est pas dénué d'humour, et son œil est malicieux. On le sent très en forme, maître de soi.

— Déjà les seules demandes en aluminium de l'aviation dépassent de beaucoup les stocks existants dans le monde et même les possibilités de production en aluminium dans le monde entier...

Tous les problèmes qui se posent à M. Burgin sont de cet ordre de grandeur et l'on devine qu'il a l'habitude de raisonner sur le plan mondial.

C'est un plaisir de l'entendre car c'est un esprit vif.

— De 1914 à 1939 l'indice de la vie est passé de 3 à 5. Mais dans le monde entier tout a progressé dans les mêmes proportions : la vitesse des avions et des autos, mais aussi la consommation des moteurs ; la rapidité du tir des mitrailleuses ou la portée des canons, mais aussi leur consommation en munitions et leur usure ; la cadence des industries, mais aussi le prix de revient, sans parler de l'amortissement des machines-outils. Voyez-vous, il n'y a que les effectifs en ligne qui aient diminué ou qui soient restés stationnaires par rapport à 1914 car dans la guerre actuelle il faut sept hommes à l'arrière pour alimenter, équiper, armer un homme en première ligne et subvenir à tous ses besoins, mais cette légère déficience du nombre des combattants sur la ligne de feu est largement compensée par l'efficacité et la puissance de feu des armes automatiques dont, dans cette seconde guerre mondiale, les combattants sont dotés.

Mais le ministre est aussi un enthousiaste.

M'interrogeant sur les nouvelles usines de guerre que je venais de visiter et sentant combien était sincère mon admiration pour ce que j'avais vu et mon étonnement et ma stupeur devant tant d'inventions secrètes, comme je lui demandais comment tout cela avait été possible en si peu de temps, M. Leslie Burgin me confia :

— C'est que j'ai la chance d'avoir auprès de moi un homme extraordinaire, une espèce de visionnaire, comme il n'en paraît pas un par siècle. C'est mon directeur des arsenaux. C'est un ingénieur qui, si on le mène dans une lande déserte où nous avons l'intention d'édifier une de nos grandes usines de

guerre, voit déjà tourner en imagination des machines-outils qui ne sont pas encore commandées
en Amérique et qui, immédiatement, se met à ja-
lonner le terrain, indiquant l'emplacement des
chaudières et des fours dans ce site écarté, la suite
des marteaux-pilons, des tours et de tout l'ou-
tillage qui constituera la chaîne et par laquelle passera la production en série de l'usine envisagée. Si
on lui demande combien de temps il lui faut pour
construire cette usine et la mettre en marche, il répond qu'il lui faudra par exemple trois mois et quatre
jours. Et si on lui demande : «Pourquoi ces quatre
jours?...» il répond : «Mais qu'est-ce que ça peut
vous faire? J'en ai besoin. Accordez-les-moi...» Et
le plus extraordinaire, c'est que ce mathématicien
ne se trompe jamais et qu'à la date indiquée, à l'heure
dite, l'usine commence à fonctionner. Il est vrai que
souvent les murs ne sont pas encore édifiés ou le
toit pas encore posé et que les machines ronflent
en plein air, mais cela n'a aucune importance
puisqu'elles sont là, sur leur fondation de béton, chacune à sa place dans la chaîne et exactement dans
l'ordre jalonné le premier jour dans la lande déserte
et exactement à l'endroit choisi, et qu'à la date indiquée elles marchent et produisent. Les murs, les
toits, s'édifieront, s'achèveront plus tard. C'est une
grande chance pour moi d'avoir un pareil homme
comme collaborateur et de pouvoir en disposer dans
un pareil moment, alors que nous n'avons pas le
droit de perdre une minute, vu que nous luttons tous
contre la montre pour rattraper le temps perdu à
écouter master Hitler vociférer, tempêter et proposer
tour à tour à chacun des pays Alliés secrètement la
paix, pour les lanterner et les avaler finalement l'un
après l'autre.

— Pardon, monsieur le Ministre, peut-on savoir le nom de ce personnage shakespearien et aurai-je le droit de le publier?

— Mais certainement, me répondit M. Leslie Burgin. Il s'agit de mon ami Mac Claren, un visionnaire, mais un grand réaliste. « Tenez les Allemands par la marine, détruisez-les par les avions, a-t-il coutume de dire, mais laissez-moi le temps de fabriquer le nombre d'engins qu'il faut. Ce ne sont pas les bombes qui manqueront! » Je vous assure qu'il ne perd pas son temps. D'ailleurs, vous avez vu ses usines. Le choc allemand produira un choc en retour, tant pis pour eux... Mac Claren en a calculé l'effet.

La destruction de Hambourg n'était que l'illustration de cette théorie du choc et de son choc en retour.

... Et, cette nuit, j'entendais le ronron des avions Alliés qui repassaient très haut dans le ciel, retour de leur mission de destruction. Ils n'en finissaient pas. Il devait y en avoir beaucoup. Je ne sais pourquoi Aix était leur centre de ralliement, où ils tournaient longtemps en rond avant d'aller rejoindre leurs bases à tire-d'aile, en Afrique du Nord, en Sicile et peut-être déjà en Italie méridionale ou en Corse. Mais d'où revenaient-ils?... Pauvre France!...

— *Licht! Licht!* criaient les Boches dans la rue.

C'était exactement la parole de Goethe sur son lit de mort; mais contrairement à leur grand homme, les salauds d'en bas ne réclamaient pas *plus de lumière* en tirant des coups de fusil dans la camoufle.

Je rallumai ma chandelle.

Des vitres volaient en éclats.

NOTE

(pour le Lecteur inconnu).

1. V. Blaise Cendrars : *Chez l'Armée anglaise,* reportage de guerre, avec des photographies (I vol., Corrêa, éditeur, Paris, 1940) édition saisie et détruite par les Allemands.

XI

Paris, Port-de-Mer

LA PLUS BELLE BIBLIOTHÈQUE
DU MONDE

À toi, vieille branche, vieille vache,
vieux copain,
      William S. KUNDIG,
        libraire à Genève.
Tu as mille fois mérité ta croix de la Légion
d'honneur pour ton amour de la France, et de ses
livres, et de ses tableaux, et de ses virus, et de sa
table, et de ses fleurs, et de ses théâtreuses, et de
ses filles, et de ses fils de toutes les provinces que tu
n'as pas hésité à aller rejoindre, en 1914-1918,
accomplissant certaines missions pas tout à fait de
tout repos, ainsi qu'en 1940, et en 1944-1945,
franchissant la frontière suisse, allant faire le coup
de feu en Savoie pour participer à la Libération.
(Je n'oublierai jamais, au milieu de ta collection
de livres rares et rarissimes, ce casier secret que tu
m'as montré, plein de Colt, de parabellums et de
mitraillettes, SUB VITRO *mais usés* IN ANIMA VILI.
Quelle expérience !...) Tu es mon pote, mon frère

                Blaise.

1

Comme le serpent de mer, Paris, Port-de-Mer, est encore un de ces sujets qui passent en première page, les jours creux, au mois d'août, quand les journaux n'ont rien à monter en vedette (on ne peut avoir tous les ans une gué-guerre, la der-des-ders à annoncer comme vacances!) et que l'équipe des rédacteurs restée au boulot et qui dénigre et envie les copains en villégiature sur les plages ou en excursion dans les montagnes, et attendant impatiemment son tour de partir aussi, ne sachant que mettre ni que faire pour se tirer d'ennui, se bat les flancs et finit par succomber à la routine (aussi paradoxal que cela puisse paraître, même cette profession alerte de mise en pages, d'improvisation, de chasse à la sensation, de concours de manchettes et de titres quotidiennement renouvelés, a sa routine!) et au sommeil devant un dernier demi, tout le monde en bras de chemise, la visière verte ou les lunettes noires sur les yeux, bâille, s'étire, s'allonge, les pieds sur le bureau, les chaises à vis et les fauteuils tournants dangereusement inclinés en arrière, la tête renversée, la bouche ouverte, les pipes éteintes ou, même, roulant sur le sol, toute la salle de rédaction écrasée par la chaleur et ronflant du sommeil du juste malgré les rotatives qui impriment les mensonges et les histoires d'été à dormir debout et qui ébranlent tout l'immeuble, des sous-sols à la terrasse du dernier étage.

Paris, Port-de-Mer!

J'ai souvent ambitionné d'aller faire ce reportage. Mais j'y ai chaque fois renoncé, me disant qu'au ministère des Travaux publics j'allais trouver la même ambiance qu'au journal, c'est-à-dire des bureaux aux trois quarts désertés, le directeur absent, les ingénieurs et les chefs de service compétents qui eussent pu répondre à mon interview et me renseigner, en vacances, les fonctionnaires sommeillant sur les dossiers poussiéreux dans les locaux par extraordinaire aérés, portes et fenêtres ouvertes pour établir un courant d'air, une mouche à viande dansant dans un rayon de soleil que laisse filtrer çà et là dans la pénombre la déchirure ou l'emboîtement défectueux d'un store, tous abaissés, les honorables ronds-de-cuir suant, sans faux col, déboutonnés, plus morts que vifs, cependant que monterait de la rue de Grenelle ou du boulevard Saint-Germain l'odeur lourde de digestion des égouts au mois d'août et passeraient, dans un bringuebalement de ferrailles qui ébranle tout le quartier, le roulement des autobus sursautant sur les pavés et le camionnage des autocars de touristes ahuris visitant la capitale, du tombeau de Napoléon à celui de Victor Hugo.

Pourtant, quel joli scandale, et que de colles à poser à ces fonctionnaires et des questions bien indiscrètes sur ce port inexistant dont on parle de puis cent ans et qui, en dehors des journaux, figure périodiquement dans des discours officiels, déclarations du gouvernement, interpellations, vœux des Chambres de commerce, programmes des maires de banlieue au moment des élections, promesses, assurances formelles, chiffres à l'appui, main sur le cœur, discussions de crédits aux Finances, et, depuis le temps, les sommes astronomiques émargées aux différents budgets, de l'État, du Département, de la Ville, des Communes intéressées n'ont pas toutes été dépensées en épures, bleus, graphiques, projets contradictoires, études économiques, techniques rivales, travaux chimériques, inutiles, amorcés, annulés, recommencés, stoppés, poussés, abandonnés sur le terrain mille et mille fois jalonné par les géomètres et les experts, toute l'affaire revenant une fois de plus aux bureaux du ministère sous forme d'un nouveau flot de paperasses et de dossiers ; mais c'est aussi une affaire politique et de partis, une bonne combine, et depuis cent ans qu'on en discute des générations de requins, sénateurs, députés, conseillers, édiles, spéculateurs de terrain, propriétaires riverains, entrepreneurs se sont rempli les poches de bon argent et ont eu le temps de grossir, sans parler des fonctionnaires de tous grades qui, à l'abri des contingences mais bien arrosés, ont eu, eux, le temps de se multiplier à l'infini, de faire carrière, d'avoir de l'avancement à l'ancienneté et prendre enfin leur retraite méritée pour avoir su défendre les prérogatives de l'Administration et veiller à ce que cette conception grandiose ne déborde pas de leurs cartons verts et ne devienne une réalisation bouleversante, Paris, Port-de-Mer !

Certes, il y a des amorces, des ébauches de travaux exécutés sur le terrain, des tranchées, des bassins, des pilotis, des murs de soutènement coulés en béton armé, de la ferraille en tas, des canaux sans débouché, des lacs artificiels et des étangs asséchés, des pylônes, des seuils, des portes d'écluses non assemblées, des rails, des wagonnets, des aiguillages en épis qui mènent nulle part, des tracés, des pistes de roulage parmi les flaques de boue datant des inondations du printemps, des montagnes de matériaux avariés ou qui se déglinguent sous les intempéries de l'hiver, des baraquements montés, lumière et force, des lignes à haute tension, des palissades et des barbelés éparpillés dans la nature et envahis par les mauvaises herbes, dans un immense secteur qui s'étend tentaculaire d'Argenteuil et Gennevilliers à Ivry et jusqu'aux approches de Villeneuve-Saint-Georges, mais cet immense chantier de travail sans lendemain et d'entreprise sans échéance est la plupart du temps à l'abandon, les dragues, les maries-salopes, les chalands envasés dans les eaux noires de rouille où mijote et se détériore une machinerie en panne, les poteaux de mine, les barrières, le toit des baraques inoccupées renversés ou croulant sous le monceau des détritus de la grande ville que les bennes automobiles y déversent chaque fois que les excavatrices sont à l'œuvre ; et chaque fois que j'ai visité au mois d'août ces lieux sinistres, dont le paysage à jamais désespéré eût enchanté J. -K. Huysmans – sa promenade préférée était d'errer sur les grèves de la Bièvre ou sur les buttes pelées des fortifs – j'ai trouvé s'ébattant sur ces plages de galets rapportés ou faisant trempette dans l'eau pestilentielle suintant on ne sait d'où, tout un monde de clochards venus de Paris, ceux des Halles, et ceux du Maubert, ceux de Bercy et ceux de Javel qui logent habituellement sous les ponts, se pouiller, boire, se chamailler, faire le gros dos et le ventre au soleil d'été, soigner leurs plaies, leurs chancres, vider une querelle ou en train de faire l'amour avec des chineuses en vacances et des radeuses sur le trimard, ou roupillant parmi les champs de chardons de carde atteignant deux mètres de haut, les avoines folles et toute une floraison de plantes exubérantes dont j'ignore le nom vulgaire et que je signale à Alexandre Arnoux, à lui qui a su tracer l'histoire et la migration d'une mousse exotique qui fleurit annuellement dans les interstices de l'Obélisque, place de la Concorde! Et je m'en revenais le cœur joyeux de ces expéditions hasardeuses dans la banlieue parisienne qui n'aura jamais fini de me livrer ses secrets, émerveillé, comme si j'avais assisté tout le long du jour aux ébats de lézards, de salamandres, de têtards et des batraciens chers à Jean Lorrain et aux étranges libations et cérémonial que font ces tortues qu'on appelle la bête à deux dos et n'est celle de des Esseintes, précieuse et casanière, mais, tout au contraire, qui se roulent en ricanant odieusement dans les touffes d'orties et les herbes piquantes, la tête pleine d'images, me disant : « Quel film! Quel film cocasse il y aurait à faire, une cascade de gags inépuisable et saugrenue, avec les enflés du ministère, les fielleux de la politique, les combinards, les profiteurs, cette faune et cette flore de Paris, autour d'un sujet aussi sérieux et pathétique et gros d'avenir économique et révolutionnaire : PARIS, PORT-DE-MER, dans un décor de bled industriel, un cimetière de machines, des gazomètres défoncés, des pyramides dégringolantes de tonneaux de goudron

éventrés, des vannes flottantes, des pistes de cen-
dré, une étendue de tessons de bouteilles, des monticules de bidons déchiquetés, des remblais criblés
de ressorts à matelas et autres débris sans nom de
la civilisation, et jusqu'à une énigmatique machine
à coudre échouée sur une digue et à une poussette
d'enfant abandonnée, se mettant à rouler d'elle-
même au bas d'un talus pour culbuter dans un trou
de rat, et l'on se demande comment ces objets usuels
sont là et pourquoi, dans cette solitude, devant cet
horizon de cheminées d'usines en herse qui les en-
cercle, les fumées empuantissant l'atmosphère.

Paris, Port-de-Mer !

Je ne pensais plus à un reportage pour imaginer
un film. Et il me revenait le triomphe de Jouvet dans
La Folle Journée d'Émile Mazaud, lors de la création
de cet acte, une tragédie à allure de farce psycholo-
gique amère, inénarrable, catastrophique, le grand
Jouvet remarquable et remarqué, et inoubliable
dans le rôle de Truchard, au *Vieux-Colombier,* ce
théâtre ingrat, avant la guerre de 14, et je voyais
Jouvet entraîner mon film, Jouvet, l'animateur. J'en
parlai un soir à Jouvet, lui vidant mon sac d'em-
brouillaminis et de cocasseries, traçant à grands traits
mon sujet, campant son personnage, inventant des
gags qui saillaient au fur et à mesure de mon exposé.
Jouvet riait aux éclats. Mon histoire de Paris, Port-
de-Mer l'amusait. Nous bûmes des verres fort avant
dans la nuit. Nous étions *Chez Francis,* à la porte de
son théâtre et à deux pas de chez moi, Jean
Giraudoux devait y situer *La Folle de Chaillot.* Le
Tout-Paris a défilé dans ce *grill-room* à la mode, un
ancien bistrot de cochers de fiacre qui s'appelait vers
1900 *À la Vue de la tour Eiffel,* les soirs de première
à la *Comédie des Champs-Élysées.* Quand l'ami

Francis nous mit à la porte, car il se faisait tard, très tard, nous nous quittâmes en riant. J'avais parlé à Jouvet de M. Friede, agent rabatteur, de Mlle Margoline, agent producteur, de M. Pérez, agent commanditaire prêt à risquer des millions pour le lancer au cinéma, et autres Juifs apatrides, parlant à peine français, avec des noms à coucher dehors, Zuckor, Nathan, Kastanienbaum, Szmigelsky, Baranowitz, Himmelfarb, tous associés pour faire la publicité mondiale d'une vedette et sortir un grand film à succès international, tous venus d'Allemagne et des pays limitrophes de l'Est-Europa, fuyant les bandes assermentées des nazis et Hitler qui se révélaient, tous disparus depuis dans la tourmente de juin 40, en Amérique ou du côté d'Auschwitz ou de Buchenwald (le Iéna de Hegel, le Weimar de Goethe!), les malheureux (qui me rendra mes Champs-Elysées et leur belle insouciance cosmopolite de l'Entre-Deux-Guerres?) ; mais Jouvet ne paraissait pas s'intéresser à mon affaire. Louis Jouvet n'avait pas encore fait de cinéma aussi invraisemblable que cela puisse paraître aujourd'hui. Et pourtant cela est. C'était à l'avènement du parlant, donc en 1930-1931, peu de temps après le beau film de René Clair, *Sous les toits de Paris,* film sentimental qui venait de remporter un succès fou. Jouvet ne croyait pas au parlant. L'affaire en resta là. Quinze jours plus tard j'embarquais pour l'Amérique du Sud tourner des bêtes sauvages. Je n'y pensais plus.

Paris, Port-de-Mer!

Un interminable éclat de rire. Et j'en ris encore, rien qu'à l'évocation de la bobine qu'auraient faite les officiels. Les meilleurs films sont ceux qu'on ne tourne pas.

2

Néanmoins, malgré la carence de la Commission du Port, il y a des bateaux de haute mer qui viennent se mettre à quai à Paris, et pas en banlieue, mais en plein cœur de la ville. En effet, des petits steamers, dont la tête de ligne est au Tower-Bridge et le terminus aux Guichets du Louvre, assurent régulièrement la liaison directe entre Londres et Paris, descendant la Tamise, traversant la Manche, remontant la Seine et viennent s'amarrer discrètement dans cette perspective royale que forment la façade du Louvre, la terrasse des Tuileries du front de l'eau, rive droite, la coupole de l'Institut, les vieilles maisons du quai Voltaire, rive gauche, le rideau des plus beaux peupliers argentés du monde et les premiers à jaunir au déclin de l'été se resserrant, masquant le fleuve en aval, plantés que sont ces trembles centenaires à contrebas des quais sur les berges des deux rives, le tronc incliné dans le sens du fil de l'eau, les branches pendantes sur les remous qu'elles criblent, à la moindre brise, de feuilles roussies qui accrochent – et se dorent et se cuivrent ! – les derniers rayons du soleil couchant qui perce à travers les hautes branches dénudées, toute cette gloire aveuglant les yeux éblouis du spectateur qui contemple du haut du pont des Arts le panorama grandiose, l'écoulement majestueux des eaux dans le lit étale du fleuve, la dégradation émouvante de la lumière dans un ciel immense et découvert, le passage des choses de la lumière agonisante à l'ombre qui se

libère, des gens que gagnent les ténèbres envahis-
santes comme si gens et choses s'engageaient déjà
de leur vivant dans l'histoire, dans la légende de la
Ville, un pied dans la beauté éternelle de Paris
comme on a un pied dans la tombe de toute éternité, tandis que les premières étoiles s'allument, que
reflètent les premiers lumignons des quais que l'on
voit comme en transparence dans une buée cré-
pusculaire faite de poussières et de miroitements et
que l'on devine au fond du siècle et tout au fond de
l'eau la nuit qui vient, trop pleine, trop mûre, trop
riche, trop habillée, trop profonde, débordante et
d'une beauté qui vous imprègne de volupté, tristesse
angoissante dont on reste amoureux pour la vie.

Je n'ai personnellement jamais emprunté cette ligne
de bateaux, ni dans un sens ni dans l'autre, mais les
rares amis anglais à qui je l'ai signalée débarquaient
enthousiasmés comme s'ils avaient fait la plus merveilleuse des croisières à bord d'un yacht, alors que
ces petits vapeurs de fret ne comportent aucun
confort, même pas une cabine, et qu'il faut la croix
et la bannière pour monter à bord. Ce furent, les premiers, successivement trois jeunes poètes, comme il
n'y en a qu'à Londres, les derniers tenants d'Oscar
Wilde, pour qui la vie était un art, un art appliqué,
et ils s'y appliquaient consciencieusement ; deux
musiciens séraphiques et délicieusement ridicules ;
un peintre de talent qui publiait des sketches hon-
nêtes dans un quotidien à gros tirage, un homme qui
avait beaucoup voyagé et qui adorait Paris ; et, le dernier en date, le septième, un radio-reporter, encombré de valises et de sacoches, de tout un matériel
d'enregistrement et d'émission, un abruti, un damné
pochard, bon enfant et sympathique comme il y en
a, et qui connaissait son métier, le bougre, pour qui

j'avais retenu une chambre à l'*Hôtel Lotti*, rue
Castiglione, et qui n'en revenait pas de débarquer
à deux pas de son hôtel, en pleine cour du Louvre
et d'avoir découvert la France par cette voie royale :

— J'ai l'impression d'avoir remonté l'aorte et
d'avoir pénétré en plein cœur, me déclarait-il
comme si j'avais été son public à l'écoute. C'est une
sensation inexprimable. Et Paris ! Toute cette
beauté de la vallée de la Seine qui aboutit à Paris…

— Mais non, lui disais-je, moqueur. Cette beauté
se jette, se noie dans la mer. Tout est à jamais
perdu…

— Mais jamais de la vie ! répliquait-il. C'est une
purification. Le sang remonte au cœur. C'est royal.
J'en ai plein le plexus solaire…

— Allons boire !… disais-je. Sinon, vous risquez
la congestion, une angine de poitrine, un transport
au cerveau.

— Allons boire !… disait-il. Et vive la France !…
Mais Paris… Cette beauté… Cette émotion…

Et il recommençait son dithyrambe. Il ne trouvait pas ses mots. Son enthousiasme n'avait plus de
borne et il était comme soulevé de terre. C'était pourtant un lourd Irlandais qui devait peser dans les 200
livres. Il bafouillait. Il chancelait. Et nous n'avions
pas encore bu ! Alors, plutôt que de le pousser dans
un bar, rue de Rivoli, boire des cocktails, je le menai
chez la Veuve Moreau, rue de l'Arbre-Sec, au coin
du quai du Louvre, place de l'École.

— Tenez, lui dis-je. Voici ce que la France produit de plus raffiné. C'est un bistrot unique au
monde, sans pareil, vous n'avez pas ça à Londres.

Et je lui montrais les bocaux, les bouteilles, les
carafons rangés sur les étagères et lui énumérais tous
les beaux fruits conservés dans les alcools parfumés :

les pêches à la fine champagne, les cerises à l'eau-
de-vie, les quetsches, les mirabelles, les reines-
claudes chatoyant dans l'alcool de framboise,
l'alcool de fraise, l'alcool de myrtille, les grains de
raisin mûrissant dans leur marc de bourgogne, les
pruneaux d'Agen tout ruisselants de vieil armagnac
et les brugnons imbibés de cherry-brandy; mais ce
qui déchaîna l'ivrogne glouton qui avait voulu goûter à toutes ces gourmandises à bouche que veux-
tu et sans même prendre le temps de les déguster
comme il se doit, ce fut de découvrir tout à coup
la carafe de calvados avec, à l'intérieur, une berga-
mote en suspension. L'Irlandais n'arrivait pas à comprendre comment on avait pu introduire cette poire
charnue par le goulot étranglé. Le beau fruit prisonnier et combien il était tentant! Le fanatique voulait acheter toute la boutique. La mère Moreau était
à la joie. On alla chercher un taxi pour conduire le
bouillant impatient, qui avait eu les yeux plus gros
que le ventre et qui commençait à avoir mal au cœur,
à son hôtel. Ses emplettes étaient déjà dans la voiture. Mais mon ami ne voulait pas sortir et réclamait maintenant de la bière comme les Anglais ont
coutume de faire quand ils ont un peu trop bu.

— Taisez-vous, dis-je à l'intempérant qui s'était
emparé d'un jeu complet de mesures d'étain, soufflait dedans et demandait, le damné pochard, ce que
chacune de ces burettes pouvait contenir d'Esprit-
Saint. Un petit séjour à Paris vous fera comprendre
la contenance de ces pots et leur usage qui ne sont
pas les mêmes que les pintes anglaises. Ici, on ne
débite pas de bière et ce n'est pas de la pale-ale que
l'on boit!...

Il était plus que pompette.

Je fis servir du ratafia.

Le petit groupe des habitués de la maison et des
amateurs étaient outrés du tapage que nous menions,
nous deux, glorieux au comptoir de zinc, eux, qui
dégustaient paisiblement leur verre de liqueur extra
où nageait du fruit de chez nous, sans rien dire des
exotiques de nos Colonies, cédrat de la Réunion,
pamplemousse, ananas, cacao-chouva ou fèves de
la Martinique, et à petites gorgées, assis chacun à
son guéridon de marbre, chacun pour soi, chacun
comblé et devenu méfiant comme Robinson Crusoé
dans son île déserte, des gardiens du musée du
Louvre, des artisans en blouse longue et en savates,
des coloniaux frileux et neurasthéniques, des ar-
chivistes sortis comme des chats rêveurs de la bibliothèque de la Marine, alors tout proche, et des
pipelettes du quartier qui sirotaient debout leur
crème de cassis ou sifflaient leur arquebuse, vul-
néraires alcoolisés, spécialité de la maison dont la
Veuve Moreau avait un choix considérable, savamment dosé, ainsi que des toniques, vin de noix
de Mirefleurs, vin cuit de Palette, quinquina de sa
fabrication, sans souffler mot des astringents et des
emménagogues réservés aux employées de *la
Samaritaine* et aux midinettes de l'Auxerrois, l'eau
de la Reine de Hongrie servie dans un siphon, le
«triple sec» de l'Echaudée, une limonade fusante,
bleue, qui écumait dans les coupes, et le *foutouille*
de coing dont la recette est, dit-on, de Restif de la
Bretonne et qui restitue le pucelage aux filles, ni,
sous le nom d'un digestif, chartreuse, bénédictine,
ou l'étiquette d'un vulgaire apéritif, un petit
quelque chose d'encore plus rare et beaucoup plus
secret, un électuaire pour vieux messieurs, décorés
ou non mais portant beau, dont l'un ou l'autre s'at-
tardait toujours en faisant beaucoup d'embarras dans

l'arrière-boutique et s'éclipsait discrètement avec son achat, le «Saint-Antoine», un élixir, un aphrodisiaque vendu dans un cruchon, que l'on réchauffe au bain-marie et qui donne la crampe.

Je dis à la mère Moreau de nous servir également un doigt d'arquebuse. Cette distillation pharmaceutique était diaboliquement pailletée d'or et avait un arrière-goût de camphre. Puis je fis servir de tous les toniques le plus étrange, une tisane dans laquelle macérait un bouquet de plantes des Alpes et trempait une racine ou un rameau chargé de cristallisations comme une branche de corail noir de ses pendentifs en griffe et que contenait un bouteillon biseauté, à facettes. Cela était épais, sirupeux, poissant comme j'imagine qu'est le jus filandreux des mandragores et cela avait la saveur de la gentiane. C'était d'un amer déconcertant. Personnellement, j'ai horreur de la gentiane, et cela nous acheva, tous deux. Moi aussi, je commençais à voir double. Alors, je fis servir à mon ami un «cintième» de noyau pour rétamer le gars, et ce fut le coup de grâce! Je voulais partir. Mais le satané Irlandais ne voulait pas s'en aller avant d'avoir fait déboucher le grand flacon contenant le Christ en Croix, entre les deux larrons, le Bon et le Mauvais, ce Golgotha en miniature et grotesquement bariolé, grossièrement taillé dans un bois de santal et noyé dans un liquide clair comme de l'eau, flacon cubique, aux angles dorés de feuilles d'acanthe, muni d'un tout petit goulot en forme de mitre d'évêque ou de tiare papale sommée d'un cabochon en couronne d'épine pour mieux assurer la prise du pouce et de l'index et qui faisait office de bouchon à l'émeri, flacon que je croyais être une chose purement décorative et que j'avais toujours vu trôner au centre du bistrot, au-dessus de la

caisse, et jamais encore je n'avais vu la mère Moreau
servir de cette eau à un client et qui se trouva être,
quand le bouchon eut crissé et que l'eau se mit à
glouglouter, non de l'eau lustrale comme sa transparence aurait pu le laisser croire, mais une eau-de-
feu capable de ressusciter un mort et qui nous fit
faire une sacrée grimace quand nous nous en jetâmes
un gobelet dans la figure.

— *Goddam !*... Pourquoi est-ce que ce feu de
l'Enfer n'est pas teinté au rouge de sang ? cria mon
radio-reporter en titubant comme foudroyé. C'est
de l'eau du tonnerre de Dieu, elle devrait être
rouge, Sang de Dieu ! Je la veux rouge, c'est de la
foudre !... Donnez-m'en encore !... Versez-m'en
encore un verre... que je crache cent mille bougies,
comme ça, d'un coup !... Je sens mon sang entrer
en ébullition, par saint Janvier !... Passez-moi l'ampoule, par Barabbas !... Je l'achète... On l'exposera
Fleet Street [1], au bar de la Presse...

Mais le flacon n'était pas à vendre. Je ne sais plus
comment l'affaire se termina. Probablement très
bien, car nous sommes toujours amis, après une légère brouille, toutefois, brouille due au fait que le
lendemain de cette cuite mémorable l'Irlandais
avait la langue paralysée et ne put jamais parler à
la radio ni faire son reportage. Mais son enthousiasme se maintint et dure encore aujourd'hui. Le
garçon a la nostalgie de Paris et déplore avec moi
que la veuve Moreau soit morte et que sa boutique
paradisiaque (l'adjectif est de lui, le menteur, c'est
le métier qui veut ça !) n'existe plus. *Sic transit gloria mundi*. Ainsi se perdent les traditions. Autres
temps, autres mœurs.

3

Par un bel après-midi de fin d'été je flânais le
long des quais. J'allai m'accoter entre deux boîtes
de bouquinistes, suivant dans son mouvement un
homme qui, à son insu, me traînait à sa suite depuis un bon moment déjà et qui était allé s'installer dans cette espèce d'embrasure donnant sur le
fleuve, accoudé sur un in-folio, genre antiphonaire à reliure cassée, qu'il venait de dénicher
dans un fatras d'imprimés. Un touilleur, ces sortes
de remorqueurs qui circulent en embobinant et en
désembobinant sur leur roue à aubes comme sur
un cabestan central inclus dans leur machine à vapeur une chaîne sans fin coulée au fond du lit de
la Seine et le long de laquelle ils se hissent en
quelque sorte à contre-courant, faisait grand tin-
tamarre et beuglait en rabattant sa cheminée pour
passer le pont des Arts. J'avais le cœur qui me battait dans la gorge tellement j'étais ému d'être là,
tout contre cet homme célèbre qui s'était rangé de
mauvaise grâce pour me faire place, comme s'il eût
craint une indiscrétion. Le fleuve encaissé était cri-
blé de soleil et les feuilles tourbillonnantes des
trembles tombaient par essaims à l'eau à chaque
rafale d'un vent aigrelet qui comme le train des chalands remontait à contre-courant, troussant la
fumée du remorqueur et des vaguelettes cracho-
teuses, couleur de vert-de-gris. Je me serais fait
écharper vif plutôt que de me permettre d'adresser la parole à cet écrivain que je vénérais entre tous
et que je mourais d'envie d'apostropher, et qui ne
soufflait mot, suivant des yeux le train clapotant des

barges – à bord de la dernière, très haute sur l'eau, flottait une lessive à la corde et le marinier et sa femme, lui, les cheveux au vent, elle, les jupes battantes, étaient debout à l'arrière, s'arc-boutant contre la longue barre du gouvernail poussée toute, faisant effort pour éviter de justesse une des piles du pont, le remorqueur donnant fortement de la bande bâbord pour se redresser, amorcer la courbe de la Cité et s'engager correctement sous le Pont-Neuf; puis, le regard de mon voisin se porta sur la rive d'en face, Port-du-Louvre, où l'on manutentionnait des centaines et des milliers de caisses de liqueur par le panneau avant, les hommes faisant la chaîne à bras, du quai jusqu'à l'un de ces petits steamers, que j'ai dits, de la ligne de Londres, qui complétait son chargement en embarquant des dizaines et des dizaines de pianos à queue, des immenses caisses que lui amenaient des camions et qu'un treuil pivotant transbahutait dans le panneau arrière.

«Il va lever l'ancre cette nuit. Il a son plein. Les liqueurs sont pour l'Angleterre, mais les pianos sont pour la Chine, où les pianos à queue viennent à la mode, maintenant que les Chinois se font couper la natte et se modernisent. J'en ai beaucoup vendu à Pékin...»

On passerait des heures à regarder travailler les autres, surtout au bord de l'eau, quand un bateau doit appareiller. J'avais parlé dans le vague, à haute voix, poussant des paroles devant moi, comme malgré moi, sans avoir l'air de rien, pensant, par ce détour, obliger mon voisin, non pas à s'intéresser à ce que je disais mais à me regarder; j'aurais tant voulu saisir au moins une fois son regard depuis le temps que je le suivais sur les quais quand je le rencontrais,

fouinant dans les boîtes des bouquinistes, tout à la
fois absorbé et distrait, ne prenant garde à personne,
le nez dans un livre, les yeux dissimulés derrière un
lorgnon ; mais le grand homme accoudé sur l'antiphonaire faisait le sourd et ne tourna même pas la
tête à mon propos. Il n'était pas complaisant. On
le sentait seul. C'était un bourru et il n'avait pas l'air
commode. Il resserra d'instinct le foulard blanc noué
autour de son cou, les pans fixés par un camée représentant une tête de Méduse. Des mains étaient
gantées de filoselle noire et usée au bout des doigts.
Son bouc était mal planté, les poils rares et des cheveux raides, mal fichus, débordaient par-derrière
d'un petit chapeau tout rond, cabossé, d'un feutre
noir et léger comme en portaient à l'époque les collectionneurs d'estampes japonaises à la Goncourt
et les intellectuels parisiens. Il était boutonné
jusqu'au menton dans un long manteau noir, à pèlerine retombant des épaules jusqu'aux hanches, plus
longue par-devant et par-derrière, lui couvrant le
ventre, qu'il avait arrondi, lui dégageant la taille, qu'il
tenait voûtée. Plissé dans le dos, cambré au bas des
reins, mal porté, le drap tendu par-devant et tiré sur
les côtés par les poches déformées, toujours pleines
de livres que l'inlassable chercheur savait dégotter
sur les quais, se terminant vers le bas en soutane,
ce long vêtement avait quelque chose de recherché
et de démodé ecclésiastique qui me faisait penser
par contraste à la redingote raide et tuyautée de
Barbey d'Aurevilly, le connétable des lettres, dont
la tenue provocante et les manières de duelliste sont
restées légendaires. Mais le corps soufflé, enflé, spon-
gieux, mou plutôt que gros et bien portant qui se
devinait sous cette drôle de vêture, se remarquait
par son effacement voulu et mon taciturne voisin

n'avait rien d'un conquérant, malgré sa rigueur. Il avait l'air d'un misanthrope. Un méchant pince-nez en équilibre instable venait compléter sa silhouette de vieux faune malade faisant la moue et corriger ce qu'il y avait en lui de trop orgueilleux. Mais je n'osais pas trop le dévisager. Il avait le teint brouillé. Je n'arrivais pas à saisir son regard lointain. Il avait l'air conscient de sa valeur. Je le guettais du coin de l'œil. Il avait l'air d'une gargouille accoudée, conscient de sa force, de son prestige, mais une gargouille. Je parlais sciemment de la Chine pour allumer en lui sa curiosité bien connue dont des milliers de lecteurs, dont j'étais depuis des années, attendaient mensuellement la flambée, se demandant avec impatience et une joie anxieuse quelle serait la prochaine proie et la victime de cet esprit sans préjugés, dévorateur, destructeur, universel, sceptique, vulgarisateur, irrespectueux, érudit et philosophique, dissociateur d'idées, transmutateur des valeurs qui lâchait de si belles fusées, et exprès je montais en épingle comme autant d'apostrophes et d'interjections des images populaires de la Chine actuelle, un choix d'instantanés, des photographies faisant voir les contradictions paradoxales entre les coutumes traditionnelles et les mœurs révolutionnaires apportées par l'américanisation de l'Empire du Milieu : les pieds mutilés des Chinoises montant en taxi, la robe d'un juge-mandarin rembourrée pour l'hiver avec le supplément illustré et épais d'un doigt de *Shanghaï-Times* du dimanche, les vélos de femme faisant fureur, les cyclistes chinois faussant leur nouvelle monture nickelée dans les ornières creusées depuis des millénaires profondément dans les dalles en granit des chaussées historiques des invasions par l'incessant charroi impérial, les gramophones remplaçant les rossignols dans les volières et faisant danser le pi-hi [2]. Il était méprisant. Je parlais de la Chine moderne et de toujours pour ne rien dire, mais en le surveillant. Il ne tiquait pas. Comment la guillotine n'avait pas encore remplacé le bourreau mandchou, mais que le rustre avait tendance à se servir de plus en plus de la mitrailleuse, et à bout portant, pour décapiter un homme ou le clouer d'un coup de revolver dans la nuque ! Il ne tournait même pas la tête. Aucune réaction apparente. Alors, pour violer cette indifférence que je devinais être affectée, je me mis à raconter, toujours dans le vide, comment tous les matins j'allumais le calorifère du chauffage central de l'*Hôtel des Wagons-Lits,* dont j'avais la charge à Pékin durant le terrible hiver 1904, avec une collection complète du *Mercure de France* et autres imprimés provenant du pillage du Consulat par les Boxers en 1900. Sa réaction fut alors aussi spontanée qu'inexpectée : le grand homme fit demi-tour et s'en alla sans rien dire, son lourd antiphonaire sous le bras. Je l'aimais. J'aurais voulu lui courir après pour lui demander la faveur de me laisser porter le gros bouquin qui paraissait beaucoup trop lourd pour lui. Je le suivais des yeux. Il traversait la chaussée en aveugle, fonçant droit devant soi, sans s'occuper des voitures, et je le regardais s'éloigner par la rue des Saints-Pères, têtu, mais allant d'une étrange démarche, mal articulée, mal équilibrée, hésitante et difficile dans sa progression, le poids du corps mal réparti, déjeté, les jambes en coton, faible comme une chèvre malade. L'endroit est très passant. La rue étroite était retentissante des teufs-teufs et des coups de pompes. Le crépuscule venait. J'avais beau tendre l'oreille. Je n'entendais pas une voix s'élever pour crier : *Le grand Pan est mort!* et pourtant, cela ne m'eût point surpris en plein Paris. J'avouerai même que je m'y attendais, tellement l'aspect physique du plus illustre de mes contemporains, l'écrivain que j'admirais le plus au monde, tenait de la Bête : Rémy de Gourmont. Mais ce n'est là que la carcasse.

J'aurais pu l'être, mais je n'ai jamais été des intimes de Rémy de Gourmont. Et pourtant, depuis quarante ans, je ne crois pas avoir publié un livre ou un écrit sans que son nom y figure ou que je ne le cite d'une façon ou de l'autre. C'est dire combien profondément j'ai subi l'emprise du maître que je m'étais choisi à vingt ans. Tout ce que j'ai appris dans les livres c'est à ses livres que je le dois car j'ai lu tous les livres qu'il cite, mais j'ai surtout appris dans la fréquentation de ses propres ouvrages l'usage des mots et le maniement de la langue. Un livre comme *Le Latin mystique* a été pour moi une date, une date de naissance intellectuelle. Je la célèbre tous les ans en m'achetant un tome de la *Patrologie,* mais aussi en souvenir de l'antiphonaire qu'il portait ce jour-là sous le bras et qu'il emporta chez lui, 71, rue des Saints-Pères, où je le vis disparaître. Mais l'ex-conservateur de la Bibliothèque nationale était trop homme de lettres pour pouvoir m'enseigner la vie, malgré *Le Joujou patriotique* qui venait de lui coûter sa place à la Nationale, j'y étais déjà plongé jusqu'au cou, enragé, pas dans la politique, mais luttant, emporté par le grand rythme de la vie. Et c'est pourquoi, le lendemain, quand je le rencontrai encore une fois sur les quais, je l'abordai franchement et il me suivit au cinéma, place Saint-Michel. Rémy de Gourmont n'avait encore jamais mis les pieds dans un cinéma ! On y donnait entre autres choses un documentaire sur les chutes du Zambèze et plus que par les porteurs nègres et les négresses Rémy de Gourmont parut intéressé par une branche d'arbre coincée entre deux pierres qui résistait dans le courant et il me demanda si je croyais que les terribles rapides finiraient par l'arracher. C'était un enfant. Le surlendemain, c'est lui qui m'entraîna chez lui et je vis la tanière du maître tapissée de livres du haut en bas, sa table furieusement en désordre, une pile de papier blanc à gauche du sous-main où il passait ses nuits à écrire et une pile de papier noirci à la droite. C'était sous les toits, un étroit grenier, pas commode et inconfortable. C'est curieux comme les écrivains ont besoin de se fourrer dans une trappe où ils ne sont pas à l'aise comme pour mieux se contraindre d'écrire et comme pris à leur propre piège, ce qui prouve que l'écriture n'est pas un don naturel mais une longue discipline qui s'acquiert. Tous ceux que j'ai connus étaient logés à la même enseigne et, aujourd'hui, c'est mon tour de m'être mis à l'étroit. En montant à son septième étage Rémy de Gourmont m'avait demandé de retirer mes chaussures pour ne pas faire de bruit. Il était à peine six heures du soir. Lui-même avait retiré ses souliers de curé et c'est en tapinois que nous pénétrâmes chez lui. Je me demandais s'il avait quelqu'un de malade. Son logis sentait la pharmacie ; mais cela sentait aussi le pissat de chat, la valériane ou l'huile de Harlem. Comme chez l'ami Lerouge j'avais hâte de filer pour aller me rincer la gorge au bistrot du coin. Je lui donnai mon épine d'Ispahan que j'avais apportée pour lui et j'eus à insister pour qu'il l'acceptât. En échange, il me donna un exemplaire de *La Vie des mots* d'Arsène Darmesteter tout rempli d'annotations de sa main. Je sortis confus et j'oubliais de retirer mes chaussures en redescendant. Au bruit que je fis en passant, la porte donnant sur le palier du sixième s'entrouvrit, une femme passa son buste dans l'entrebâillement et éclata d'un rire méprisant. Elle n'était plus toute jeune, outrageusement maquillée et recouverte de faux bijoux. Mais elle avait dû être belle. Était-ce la fameuse Mme de C..., son égérie, dont je connaissais l'existence ?

Je ne suis jamais retourné chez Rémy de Gourmont. J'étais trop occupé de mes amours avec Antoinette, la fille du scaphandrier [3]; puis je suis encore retourné en Russie et ai mené MA vie. Je ne lui avais pas donné mon nom. Je ne lui ai jamais écrit. Il n'a donc jamais su qui j'étais. J'avais trop de respect pour lui faire adresser les petites revues auxquelles il m'arrivait de collaborer sous tel ou tel faux nom, *La Foire aux chimères*, *Les Actes des poètes* et un journal estudiantin dont j'ai oublié le titre qui publiaient des poèmes dont j'étais immensément fier et qui ne valaient rien ; de même je ne lui ai pas adressé davantage mes premières plaquettes signées, par discrétion et par un absurde sentiment de pudeur. Je m'étais détaché de lui, mais je restais sous son influence morale comme on reste longtemps fidèle, tout au moins dans le souvenir, à un vieil amour qui a démérité. Je n'ai commis aucune indiscrétion. Je ne devais revoir Rémy de Gourmont que sept ans plus tard, à la veille de la guerre de 14, au *Café de Flore*, comme je l'ai mentionné dans *La Main coupée* [4] et je lui ai alors raconté comment j'avais tué un lépreux. Si le policier, présent à cette dernière entrevue, savait peut-être qui j'étais, Rémy de Gourmont ne s'en est jamais douté. Je sais qu'une indiscrétion a été faite alors que j'étais au front et, naturellement, par une femme, ma femme, trop heureuse de soumettre au maître les plaquettes que j'avais publiées, dont la grande édition du *Transsibérien,* et de papoter et d'intriguer avec la maîtresse et avec l'amie de Rémy de Gourmont, sa vieille égérie de toujours et sa plus récente inspiratrice, Mme de C..., et miss B..., une richissime Américaine, bas-bleu et tout et tout, et d'intéresser de si grandes dames de lettres au sort de son mari-soldat. On ne sait jamais ce que cela aurait pu donner que ce mélange détonant de mondanité et de littérature si je n'avais été victime d'un autre genre d'explosif. Voici le type même de l'offense secrète qui empoisonne lentement la vie de deux êtres et qu'aucun juge présidant une affaire de divorce ne veut reconnaître, qualifiant cet impondérable qui rend la vie à deux désormais impossible d'inconsistant. Comme s'il n'y avait pas des atomes crochus ! Il lui faut des griefs caractérisés, des sévices graves. Il y faudrait un prêtre ou l'aide de Dieu. Mais..., tout est depuis longtemps entériné.

... *pardonnez-nous nos offenses comme nous pardonnons à ceux qui nous ont offensés...* Rien n'est aussi étranger à la nature de l'homme que le pardon de l'offense et le pardon le plus sincère s'arrête en bordure de l'offense mortelle et se situe en marge de sa démangeaison cuisante. Qui se gratte longtemps s'envenime.

J'ai été très impressionné d'apprendre que Rémy de Gourmont est mort le jour où j'allais perdre mon bras, le 27 septembre 1915.

Il avait cinquante-sept ans.

Il était lépreux...

Quelle était la couleur de ses yeux ? C'est curieux, je n'arrive pas à me le rappeler, mais je vois briller, comme jamais je ne l'ai vu de son vivant, son regard

désespéré, l'œil animal de la souffrance, la Douleur
de vivre, ce même regard d'hypnose que m'avait déjà
jeté le vieux lépreux de Naples…

Je pense aussi à la farine de fatigue intellectuelle
qui poudrait ses cils atrophiés. Exactement vingt ans
après sa mort, en 1935, arrivant un samedi soir, très
tard, après une longue journée d'automobile, d'impromptu chez des amis, à Carpentras, je passai la
nuit chez eux. Le dimanche matin de très bonne
heure, quelqu'un vint déposer un pain à ma porte,
un pain fait spécialement pour moi, à la fine fleur
de froment. Je croyais à une erreur, mais mes amis
me firent remarquer que ce pain m'était dédié et
lorsque je demandai comment cela était possible,
vu que je n'avais prévenu personne de mon arrivée
à Carpentras, mes amis me firent savoir que le boulanger de Carpentras n'était pas un boulanger ordinaire, mais le plus grand poète provençal vivant
et que rien ne lui était impossible, car il était visionnaire, c'était connu dans tout le Vaucluse. J'allais donc trouver maître François Jouve à son *Four
des Blondins,* fondé par son arrière-grand-père en
1825, Jean-Joseph, dit le Blondin, et je tombai en
arrêt devant le plus émouvant portrait de Baudelaire
que je connaisse, accroché entre les deux portes du
fournil. Mais le maître fournier aussi avait un visage émouvant, tout enfariné de fatigue, des cils
jusqu'au plus profond de ses rides qui couraient de
son visage émacié trois fois autour de son cou
maigre et descendaient comme une corde de péni-
tent tout le long de son échine aux poils gris. Le boulanger était le torse nu, le tablier noué à la ceinture
et il n'était plus d'âge à passer la nuit à son pétrin,
même pour faire le pain du poète voyageur! J'en étais
gêné et le vieil homme était ému de me tenir dans

son fournil. Nous bûmes le vin laure et nous rom-
pîmes mon pain blanc. La dédicace disait :

> *Quau fai fortuno dins un an,*
> *Sièis mes après vai en galèro…*

Cela sonnait plein. Ce proverbe était le début d'un
très beau poème.

Jouve m'en récita tout ce dimanche après-midi,
me disant ses poèmes par cœur, ses mains nettes de
boulanger voltigeant autour de son regard perdu
dans le fournil vide et s'en venant de temps à autre
se poser sur des cahiers d'écoliers entrouverts sur
la table, comme des oiseaux du ciel venus picorer
du grain entre les lignes inégales de sa grosse écriture appliquée de vieil ouvrier, et ses mains enjouées
repartaient, laissant un blanc sur la page, emportant au doigt un tortil de poésie, un vers, comme
la colombe le rameau d'olivier. Mais l'homme était
triste. Jouve, le pétrarquisant, allait prendre sa retraite de boulanger et il n'avait pas de fils pour
prendre sa succession. Je crois qu'après le mien, il
n'a plus cuit de pain.

… Ainsi tourne la Roue des Choses.

4

Que de livres, que de livres ! Il passe plus de livres
dans les boîtes des quais qu'il ne coule d'eau sous
les ponts de Paris. C'est décourageant. Des esthètes
imbéciles demandent s'il faut brûler le Louvre ? Ils
le demandent par envie, par jalousie, pour faire de

la place pour y entrer de leur vivant, car ce sont tous
(il suffit de voir les signatures au bas de leur bruyant
manifeste pour être fixé !), ce sont tous d'ignobles
ratés de la peinture. D'ailleurs, comme ils sont fort
bien renseignés sur la valeur des tableaux anciens,
tous s'empresseraient de liquider ces tableaux au
marché noir et de faire de l'argent, avant de faire
le vide. Brûler le Louvre, moi, je veux bien, mes enfants, si c'est un feu de joie, mais patientez, attendez les premières bombes atomiques qu'on nous
promet et qui vous feront passer le rire en vous déchaussant les dents et ne laisseront à bord de la nef
Paris, si sa fière devise flotte toujours à la pomme
du mât, qu'un équipage de chiens misérables frappé
d'un mal mystérieux, cent fois pire que le scorbut.
Je ne sais plus qui m'a raconté que l'on avait brûlé
publiquement *La Physique de l'amour*, en 1910,
dans la cour d'un collège à Cambridge ou à Oxford.
Je ne sais quelle a pu être la réaction de Rémy de
Gourmont à cette nouvelle, ni si le fait est exact ;
mais j'ai vu brûler deux fois la bibliothèque de
Louvain, en août 1914 et en mai 1940, sans en ressentir le moindre soulagement et toute notre génération m'est témoin que nous n'avions pas besoin
d'assister au triomphe sophistiqué et domestique du
XX⁰ siècle pour connaître combien la civilisation est
périssable, les progrès mêmes de sa technique, les
fouilles et les ouvrages archéologiques, les films et
une abondante documentation illustrée nous
l'avaient déjà démontré. Plutarque a menti, la destruction des capitales antiques est l'œuvre des militaires et l'autodafé des livres dans les temps
historiques est le produit de l'officialité, de l'into-
lérance, de l'intransigeance, du fanatisme, quel
que soit le régime ou l'idéologie de l'État moderne

qui veut ça, et non de la barbarie. Je regrette l'in-
cendie de la bibliothèque d'Alexandrie et celui de
la Tour des livres à Mexico, ces bouquins me manquent, et pourtant, chaque fois que je pénètre dans
une des grandes bibliothèques du monde, à la
Nationale à Paris, au British à Londres, à la
Bibliothèque Impériale à Saint-Pétersbourg ou à la
Royale à Berlin, à la Carnegie à New York, à la
Congress-Library à Washington ou à la Livraria de
Don Pedro à Rio de Janeiro, dont on est obligé de
tremper le million de volumes deux, trois fois par
an dans un bain de paraffine tellement les vers du
tropique sont virulents et y font de sinistres ravages,
le papier devenu fragile, et la chose imprimée, à force
de triturations, j'évoque malgré moi les nécropoles
de la Mésopotamie dont j'ai parcouru les décombres immenses et dont les couches de briques
agglomérées et couvertes de caractères d'écriture
sont cimentées les unes à côté des autres comme
sont rangés les livres sur les rayons dans les immenses
salles de lecture de nos bibliothèques contempo-
raines qu'on se lasse de parcourir à la fin et dont le
catalogue ne peut être tenu à jour à la longue, tellement il paraît de livres. Que serait-ce au Louvre
si l'on obligeait les peintres de faire également un
dépôt légal ! Sortant de la Nationale, Pierre Reverdy
me disait un soir d'hiver (la nuit vient de bonne heure
à la Nationale qui n'avait pas d'éclairage mais était
chauffée, et c'est pourquoi nous y avions passé la
journée et nous y étions rencontrés, lui et moi,
pauvres poètes !) Pierre Reverdy me disait que
chaque fois qu'il entrait dans la salle de lecture, il
avait une sensation d'étouffement et qu'il était pris
d'une envie de faire son trou dans cet amas de livres,
de s'user les ongles, les doigts, les mains jusqu'à ce

qu'il ait réussi comme une taupe à force de gratter
à faire une fissure, une prise d'air, à se dégager de
ce capitonnage de livres, à percer les murs de la bibliothèque et à retrouver la lumière ! C'est peut-être
pourquoi il a publié une plaquette, *La Lucarne
ovale*, pour respirer ; mais aussi mince soit-elle,
cette plaquette aussi fait bloc, avec d'autres plaquettes, tout aussi minces, et qui ne laissent pas
toutes passer, comme la sienne, un rayon de lumière
par une lucarne. Mais voilà, Pierre Reverdy est cardiaque. Comme nous arrivions place du Théâtre-
Français, sur le terre-plein de la rue Saint-Honoré,
un bon endroit pour semer quelqu'un en ville,
comme Reverdy m'avait déjà fait le coup, j'en pro-
fitai, sous prétexte d'aller chercher quelques cigarettes *À la Civette*, pour m'éclipser en abandonnant
le poète à ses transes, devant son *gouffre*, car
Reverdy comme Pascal a le sien, pensant à ce qu'il
venait de me raconter de son travail de taupe à la
Nationale, ce qui me remit en mémoire par asso-
ciations d'idées et d'images les fameuses taupes de
Rémy de Gourmont qui m'ont tant fait rire, ces
jeunes taupes femelles dont parle le notoire amo-
raliste dans sa préface à *La Physique de l'amour*, justement, qui fuient devant le mâle, s'usent les griffes,
les pattes jusqu'au sang en creusant un tunnel sous
terre pour ne pas se laisser prendre, ce qui n'est pas
d'une stricte rigueur scientifique de la part d'un auteur qui se piquait de normaliser tous les gestes de
l'amour en les replaçant dans la nature et qui devenait aussi ridicule que ses adversaires quand,
dans sa haine, de toute interprétation morale en la
matière, il s'écriait sans ironie : «Quelle est la vierge
chrétienne enfermée dans les sous-sols d'un château
fort, qui s'userait les mains jusqu'aux coudes, les

bras jusqu'aux épaules pour creuser un souterrain
et fuir l'approche de son ravisseur qui veut s'en
prendre à sa vertu?...» (Je cite de mémoire, très, très
approximativement.) Les bons et les mauvais livres
échouent sur les quais. Ce n'est, certes, pas un pi-
lori. Mais il faut savoir oublier ce que l'on a appris
pour mieux savoir. Pour cette phrase unique le livre
de Rémy de Gourmont méritait d'aller au pilon ou
de subir sa condamnation réelle ou fictive à Oxford
ou à Cambridge. Grands dieux, je sais bien que ce
n'est pas pour cela qu'il a été condamné, s'il l'a été
par ces hypocrites d'Anglais. Mais que de livres, c'est
de la folie, que de livres sur les quais! Paris, Port-
de-Mer, donne sur des livres. *La plus belle bibliothèque
du monde!* devait écrire Rémy de Gourmont, qui
connaissait les quais et qui avait inventorié chaque
boîte des bouquinistes. Et là, il disait vrai. C'est une
bibliothèque en plein air. Pierre Reverdy aurait dû
y venir pour lutter contre son vertige. Je ne l'y ai
jamais rencontré. On peut lire, flâner, se balader,
rêvasseur, faire le gros dos au soleil, zyeuter les pas-
santes, apprendre tout sans avoir l'air de rien ou aller
boire en face, chez la grosse Félicie. *Au Rendez-vous
des Mariniers.* Mais Reverdy préférait son trou, au
fond duquel roulait le métro, dont il tira *Nord-Sud,*
sa revue de poésie, qui le mena à Saint-Benoît chez
Max Jacob, lequel l'aiguilla sur Ligugé ou Solesmes,
je ne sais trop, dont il sortit converti pour entrer chez
Coco Chanel avec l'équipe du comte Étienne de
Beaumont qui mettait des bijoux en vente, bijoux
faits avec des fragments de miroirs taillés en petits
morceaux pour refléter à l'infini tout ce joli monde
d'élégantes et de dandys, le fin du fin pour les
hommes étant dorénavant de se faire habiller chez
les grandes couturières, comme on a pu le voir à la

mobilisation de septembre 1939, une Jeanne Lanvin
ayant ouvert un rayon d'uniformes pour officiers
d'état-major, et ces grands dadais s'amenaient au
front en kaki mauve, ou bleu pastel, leur haut képi
amidonné trempé dans des teintes d'aquarelle, les
basanes crayeuses, les galons en tresse vieil-or
comme ceux sous-cousus et faufilés des figurantes
au Châtelet, infiniment précieux et passéistes (lui-
même, Étienne de Beaumont, mis en scène par
Édouard Bourdet dans *La Fleur des pois* et dans *Le
Bal du comte d'Orgel* par Raymond Radiguet, a une
voix de fausset et une effigie effacée de timbre-poste
estampillé !). J'étais resté près de vingt ans sans revoir Reverdy lorsque je le surpris habillé comme un
milord, dans une boîte de nuit, *La Boule Blanche*,
où il pérorait, entouré d'une bande de métèques da-
daïstes attardés à Montparnasse, s'écoutant parler
de poésie, se prenant pour le nombril du monde, pon-
tifiant. Comment cela se fait-il que Pierre Reverdy
ne soit pas encore académicien ? Cette nuit-là, il ressemblait à Sainte-Beuve, il était gras, mauvais, avait
la dent venimeuse et j'eus du mal à reconnaître le
poète. À vingt-cinq ans il ressemblait à Victor Hugo
jeune et j'ai toujours parié qu'il serait le premier de
nous tous à entrer à l'Académie, bien avant Cocteau
pour qui les autres tenaient, car il y faut une certaine
candeur, et Cocteau est beaucoup trop intelligent
pour parvenir, et puis, on ne la lui fait pas, Jean à la
Houppe est de Paris ! Il n'y a pas de justice. Je tiens
à gagner mon pari, ne serait-ce que pour vider une
bouteille à la santé de Reverdy. Hélas ! pas chez la
grosse Félicie, car elle est morte en buvant son fonds
avec les mariniers, ses amants. C'était un tempérament. Elle riait des histoires que je tirais du livre célèbre de Rémy de Gourmont. Je ne lui rapportais que

les faits, pas la morale ni la contre-morale. Un jour,
je l'ai menée au Jardin des Plantes voir les tortues
géantes de la Nubie faire l'amour. Je lui expliquais
la physiologie et l'anatomie bizarres de ces reptiles
chéloniens, le trident du mâle, le cloaque de la fe-
melle, et loin de lui répugner, le spectacle la passionnait comme un tour difficile du métier.

— Pauvres de nous, femmes, s'exclamait-elle,
nous n'avons que les ennuis!

Elle avait des yeux pour voir et ne savait pas lire,
mais elle jaugeait très bien les hommes. Elle n'a jamais
été dupe. Si elle le voulait, c'est qu'elle le voulait bien.

— Je n'emporterai pas mon fonds de liquoriste
au Paradis, n'est-ce pas? avait-elle coutume de
dire. Alors, buvons-le. C'est mon défunt qui me l'a
légué. Il y a du bon. Il s'y connaissait. Je ne suis
qu'une bistrote d'occasion. À la mienne! à la vôtre!

Et elle entonnait sa chanson préférée:

> *Pan, pan, pan, qui frappe à la porte:*
> *Je crois bien que c'est mon mari...*

Et les mariniers d'enchaîner au refrain

> *... Si c'est lui, oui, oui, oui!*
> *Si c'est lui, non, non, non!*
> *Si c'est lui, que le Diable l'emporte!*

Les gars étaient du Nord et du Pas-de-Calais. La
grosse Félicie était de Dunkerque. Ils chantaient tous
en chœur et faisaient un boucan de tous les diables,
auquel je mêlais volontiers ma voix et participais en
tapant, comme eux, avec les culs de bouteilles sur
les tables. Les voisins protestaient. Alors, on ac-
crochait les volets, on fermait boutique, même en

plein jour, et nous partions tous faire la bringue dans des lointaines banlieues, danser, festoyer, boire dans les estaminets du bord de l'eau, des bouchons que seuls les mariniers fréquentent, des moulins abandonnés, comme celui de Ballancourt, et qui sont des rendez-vous galants qu'ils atteignent et où ils demeurent amarrés après des jours et des jours de voyage fastidieux à bord de leurs péniches, et où les taxis (les taxis de la Marne !) nous menaient en une petite heure. Souvent, le bistrot du quai restait clos pour un jour ou deux et, en belle saison, pour une ou deux semaines quand il avait pris à Félicie la fantaisie d'aller faire un tour à bord d'une barcasse qui remontait par les canaux dans le Nord, car comme toutes les filles des Flandres la pétulante bistrote qui scandalisait par son inconduite tout son voisinage de paisibles boutiquiers, quai des Grands-Augustins, avait le mal du pays. Loin de me détourner d'elle, que je jugeais être une maîtresse femme, et de sa bande de rigolboches, mon amour des livres et de la lecture me faisait participer à la noce de ces insouciants avec frénésie, à croire que l'on m'a sevré en me mettant un livre à la main et que je suis resté sur mon appétit. Il est vrai que c'est maman qui m'a appris à lire et que pour cela elle me prenait sur ses genoux. C'est tout ce que j'ai eu d'elle. Son cœur était ailleurs. Et depuis…, comme la grosse Félicie, je veux vivre, et j'ai soif, j'ai toujours soif… L'encre d'imprimerie n'étanchera jamais cette soif. Il faut vivre d'abord. Si aujourd'hui je me dépêche d'écrire c'est que je veux le faire tant qu'il me reste du feu dans l'esprit, car l'âge vient et je veux me libérer des deux, trois gros bouquins que je porte en moi et que je nourris depuis toujours, comme Charles Baudelaire *Mon cœur mis à nu,* qu'il n'a jamais écrit,

ce qui est à la base de tous ses malheurs. J'ai dit que
je pensais en avoir pour dix ans. Durant ces dix ans,
le monde aura fait peau neuve, j'en suis convaincu,
et je veux encore en être. Je suis d'une famille où
l'on vit vieux. La souche est solide. Je pense à ma
vieillesse et je serai un homme comblé si je puis aller
mourir, le jour dit, au point choisi et disparaître anonymement, sans aucun regret du monde, à la source
même du monde, en pleine mer des Sargasses, là où
pour la première fois la vie s'est manifestée et a jailli
des profondeurs de l'océan et du soleil.

Si Deus quizer, amanha…, inscrivaient dans leur
livre de bord les découvreurs portugais qui les premiers ont navigué dans ces parages peu fréquentés.
Oui, *si Deus quizer, demain…* demain nous aborde-
rons au nouveau monde ; déjà les flots ont changé
de couleur, des oiseaux volent à notre rencontre et
les courants qui viennent de l'ouest nous apportent
les détritus d'une végétation inconnue, dont un vieux
tronc rongé, peut-être par le feu du ciel, mais où
certains veulent voir le travail de la main de
l'homme, prétendant que c'est une pirogue. Nous
avons vainement essayé de le repêcher. La nuit venait. Nous changeâmes d'amures pour la première
fois depuis que nous étions établis dans l'alizé du
sud-est. Nous en profitâmes pour louvoyer et tâcher
de découvrir un cap de cette terre inconnue, encore
invisible, chargée de lourds nuages et qui nous envoyait une brise chaude, fortement épicée. Était-ce
une île ou le continent de Cathay [5] ? On en discuta
longtemps ; certains affirmaient avoir vu des feux
mouvants ; ce sont toujours les mêmes, et la question
de cette pirogue reste toujours obscure…

Des hommes.

Ils avaient la chance de découvrir des hommes

nouveaux en partant à l'aventure et en naviguant droit devant soi.

Je ne compte pour rien. Mes livres non plus. Mais on ne dira jamais assez la part du féminin dans l'écriture. On croirait par moments que la Psyché de Platon se reconstitue, et c'est cette rencontre inopinée de l'Hermaphrodite endormi ou Éros qui donne une sensation de plénitude au lecteur et qui fait le charme et la séduction de la lecture, ce qui expliquerait la terrible passion dont sont possédés les hommes pour le monde imaginaire. C'est de la magie. Que de livres, que de livres! *Il n'y a pas de fin à faire beaucoup de livres*, dit l'Ecclésiaste (XII, 14). Pas un livre qui n'émette un rayon de lumière. Même le plus mauvais. Une lumière sous le boisseau. Alors, c'est un cône d'ombre.

5

Un, que ne dérangeait pas le boucan que l'on pouvait faire chez Félicie, c'était, porte à porte, son voisin Chadenat, le roi des libraires, que rien, sauf l'arrivée intempestive des pompiers chez lui, n'aurait pu distraire de sa passion. C'est que Chadenat n'était pas un libraire comme les autres, il lisait ses livres et je me suis toujours demandé s'il ne tenait pas boutique pour acheter les livres plutôt que pour les vendre, les acheter de peur de manquer de lecture, les acheter tous et toujours, et de plus en plus anciens, et les plus rares, et les plus introuvables, et des exemplaires uniques qui ne se trouvent pas, même pas dans les plus grandes bibliothèques du monde, non pas pour les posséder comme un avare une collection inestimable, mais pour les lire, pouvoir lire, lire, lire, lire du matin au soir et du soir au matin. C'était un personnage balzacien.

Le Figaro du 13 novembre 1947 annonce dans sa chronique des ventes à l'Hôtel Drouot, chronique signée André Fage :

«... La bibliothèque Chadenat est en train de devenir légendaire. Est-elle enfin épuisée ? Le sera-t-elle jamais ? En tout cas, voilà la quatrième année qu'on le vend et elle semble intarissable. La semaine dernière, Me Etienne Ader en a entamé la onzième partie avec son entrain coutumier et ce sont encore 300 volumes de géographie et de voyages, sans luxe mais introuvables, relatant des explorations très anciennes dans des pays inconnus, qui ont fait le bonheur des bouquinistes.

«Çà et là on rencontre dans le catalogue quelques gros prix : 37 000 francs pour la traduction allemande de la relation publiée en 1550 par Fernand Cortès sur ses découvertes ; 30 000 francs pour un curieux ouvrage de Guillaume Guéroult contenant les «pourtraitz des villes les plus renommées d'Europe» (notamment Paris, Lyon, Tours et Perpignan) au XVIe siècle ; 68 000 francs pour l'*Opéra Mathematica* de Johannes Schoner, paru en 1551, avec planches coloriées, sur la navigation de Colomb, de Vespuce et de Magellan ; 51 000 francs pour un manuscrit persan à miniatures du début du XVIIIe siècle, *Histoire des prophètes musulmans ;* 68 000 francs pour l'édition originale rarissime des neuf traités publiés en 1552 à Séville par Las Casas pour la défense des Indiens.

«Tous ces ouvrages ne s'adressent évidemment qu'à un public très restreint mais ils sont probablement uniques au monde...»

C'est ainsi que j'ai appris la mort de Chadenat car je ne pouvais croire qu'il eût laissé disperser ses livres de son vivant, même par voie de ministère ou

contraint par un huissier. Il y aurait plutôt mis le
feu et serait mort avec eux, dans les cendres !

D'après l'information du *Figaro,* Chadenat a dû
mourir en 1943, donc durant l'occupation, et je n'en
ai rien su, les journaux parisiens ne parvenant pas
dans la zone «nono» et les journaux de la zone sud
ne publiant que des actualités d'un parisianisme
éphémère, plus que superficiel, alléchant, dis-
trayant, souriant, passé au crible le plus fin, posé
sur velours, fardé pour ne laisser paraître qu'une
image séduisante, un *pin-up girl* propre à servir de
modèle à la province comme si les Boches n'eussent pas été là et que la capitale bâillonnée ne se
fût pas débattue hagarde dans les affres de la torture, je ne les lisais pas, tant cela était outrageant ;
d'autre part, comme je ne suis pas «remonté» à Paris
depuis que je me tiens prisonnier volontaire dans
mon taudis d'Aix-en-Provence et m'adonne à mes
écritures, je ne sais pas comment ni de quoi
Chadenat est mort. Cependant, j'ai eu la curiosité
de me procurer les neuf ou dix catalogues des
ventes précédentes et j'ai eu la joie, comme je le pensais, d'y voir figurer tous les livres que Chadenat
avait pu acquérir dans sa longue carrière et de me
dire qu'il en avait donc pu jouir jusqu'à sa dernière
heure, j'ai eu le chagrin de constater qu'aucune notice introductive, pas plus professionnelle que sentimentale, ne présentait l'homme, rien, pas un mot,
ni sur sa formation ni sur ses origines, comme s'il
se fût agi d'un libraire obscur et non pas d'un roi,
d'un fonds quelconque de boutique et non pas d'une
librairie unique en son genre par les pièces rares et
rarissimes qu'elle contenait, composée avec amour,
science, érudition, patience, longues recherches,
temps perdu en correspondances, soucis de tous les

instants, mais aussi et avant tout parce que choisie
et entretenue avec une passion qui frisait la frénésie et défendue envers et contre toutes sollicitations,
convoitises et tentations d'honneurs et d'argent,
d'une succession ordinaire et non pas de la fin pathétique d'un être, d'un caractère comme on n'en
fait plus, tout d'une pièce, bourru, pas accueillant,
peu aimable, certes, vous flanquant facilement à la
porte, un esprit méprisant, exclusif, une âme d'une
autre époque, entièrement adonnée à sa passion
unique, la lecture. M'est-il permis de souhaiter que
la mort qui est venue le tirer de sa boutique l'ait fait
doucement et que Chadenat soit mort paisiblement
de vieillesse?

Chadenat était sans âge. Sa santé n'a jamais été
très bonne. Je l'ai toujours connu cacochyme et cra-
choteux. Sa vessie aussi lui donnait pas mal de tin-
touin. Comme Montaigne, il souffrait de la pierre.
Il devait peser dans les soixante kilos et était très
négligent de sa personne, mangeait n'importe quoi,
couchant je ne sais où. Comme mon boulanger de
Carpentras, c'était un homme plutôt triste et encore comme le pétrarquisant Jouve il se plaignait de
n'avoir personne pour prendre sa succession, son
fils et son gendre n'aimant pas les livres, l'un employé à Bercy et l'autre tenant un négoce de vins
en gros, je crois, dans le Poitou, tous les deux bien
décidés à mettre la bibliothèque aux enchères après
sa mort, et Chadenat de se faire du mauvais sang
sur le sort qui attendait ses livres et leur dispersion
qui risquait de les faire tomber entre mauvaises
mains, c'est-à-dire d'aller aux gens à qui il n'avait
jamais voulu les vendre de son vivant, et il ne manquait pas d'amateurs, dans tous les pays, dont Maggs
Brothers, les fameux libraires de Londres spécialistes

des grandes ventes publiques, qui raflaient tout et à n'importe quel prix, dont le nom seul faisait bondir Chadenat, leur firme étant sa bête noire, car il détestait les Anglais, les rendant responsables de la décadence de la France pour avoir machiné tous ses malheurs, depuis le bûcher de Jeanne d'Arc jusqu'aux récents revers de Charleroi, les Anglais nos ennemis héréditaires...

> *... Merde pour le roi d'Angleterre*
> *Qui nous a déclaré la guerre !...*

chantonnait-il, la seule fois que je l'ai entendu chanter [6].

Ce jour-là, il était guilleret et rageur, allait et venait dans sa boutique, soulevant des traînées de poussière. C'était le jour de la visite de Leurs Majestés britanniques à Paris, en juin 1938.

– S'ils sont ici, disait-il, c'est que la guerre est décidée. Mais, cette fois, ils ont peur de recevoir la pile. Et c'est encore la France qui trinquera, car ils sont forts en intrigue... Pauvres petits Français ! Je pensais louer une maison à Cabourg pour mettre mes livres à l'abri, avec ces histoires d'avions, on ne sait jamais... Mais c'est sur la route de l'Angleterre et je préfère rester à Paris. Quand je pense qu'on déménage déjà le musée du Louvre. C'est une honte ! Pauvres gens, qui n'ont plus la foi en leur destin et ne veulent pas courir de risques... Nous serons battus, ignoblement battus...

Si ma mémoire ne me trompe pas, t'Serstevens a publié, en mai ou juin 1921, en première page de *Comœdia*, un grand article entièrement consacré à Chadenat ; il a donc été le premier à parler de ce libraire extraordinaire, dont il a tracé le portrait en

pied, à la manière des peintres historiques, drapant
le personnage pour en faire le seul connaisseur actuel de la mer des Caraïbes, comme s'il se fût agi
du dernier successeur vivant des pirates qui ont
écumé en tous sens ce secteur de l'océan et y ont
fait régner leur loi durant tout le XVIIIe siècle, du
Grand-Maître, non pas de l'Ordre de Malte, mais
de l'Ile de la Tortue, et le portrait était juste,
quoique un peu trop poussé, dans une seule attitude ou pose, comme on pouvait s'y attendre de la
part d'un écrivain qui a une préférence marquée pour
une certaine époque, un certain secteur de livres et
une vue de l'esprit optimiste et colorée, le Flamand
qu'il est ayant subi une greffe latine ; j'aurais donc
pu écrire à t'Serstevens pour me renseigner sur la
fin du grand bonhomme en boutique, savoir s'il
n'avait pas écrit un article nécrologique et lui demander des précisions et des dates d'ordre biographique, t'Serstevens ayant la curiosité de ces sortes
de choses, étant aussi annotateur et chercheur scrupuleux, les marges des livres composant la bibliothèque du romancier sont couvertes de remarques
et de renvois pertinents dont j'ai souventes fois tiré
parti ; mais l'ami t'Serstevens séjourne actuellement
aux Marquises, où il bourlingue d'île en île, d'Hiva-
Oa à Nuku-Hiva, à Va-Pou, à l'atoll de Napuka, s'est
marié le 4 février 1947 à Papeete avec Amandine
Doré, m'écrit-il, fait frère avec les doux indigènes
qui l'ont surnommé TETEVINI et lui ont offert un *ta-
maara* ou festin monstre, paraît heureux, et j'aurais
scrupules d'empoisonner sa lune de miel en lui posant fortuitement des questions inopportunes d'ordre
professionnel susceptibles de lui rappeler
qu'il possède en l'île Saint-Louis une riche bibliothèque où il a passé studieusement son existence, ce

qui serait capable de lui fiche le cafard et de le faire
rentrer dare-dare à Paris, ce que je me reproche-
rais comme attentatoire à sa liberté. Pour une fois
qu'il a secoué le joug de la civilisation et vient de
découvrir la grande nature vierge, des hommes et
des dieux, qu'il en profite tant qu'il pourra !
t'Serstevens, non plus, n'est plus jeune. Et la fin de
sa dernière lettre est toute chargée de mélancolie : « ...
ces admirables Marquises, où je finirais ma vie si je
n'étais un incurable civilisé, avec quatre mille ans de
lectures dans le ciboulot. Comme nous voudrions,
Amandine et moi, t'avoir avec nous !... » Curieux
chassé-croisé ! Pour moi il ne saurait en être question, maintenant que mes écritures montent au premier plan pour boucher toutes les issues de ma vie
et que me voici un homme de cabinet, comme on
dit. Drôle de cabinet ! Il est vide et serait morose si
j'employais une plume d'oie. Heureusement que retentit le cliquetis de ma machine à écrire et sonne sa
sonnette au bout de chaque ligne, très sportive-
ment. Les livres, depuis que Korzakow m'a débar-
rassé de ma bibliothèque, il y a longtemps que je les
ai semés tout le long de mes itinéraires, les distribuant
aux amis de toujours et de rencontre car c'est un bagage beaucoup trop encombrant pour un voyageur ;
mais ils me manquent parfois, par exemple quand
je veux faire une citation comme celle, à l'autre page,
de Rémy de Gourmont, et je suis furieux, car, comme
Schopenhauer que cela rendait malade, j'ai horreur
des citations approximatives ou faites de travers. Que
le lecteur m'excuse ! Rien n'est aussi difficile que de
ne pas porter un pli ou un faux pli mental et les citations sont un plissé à la mode scolastique. C'est du
galon que l'on se donne. C'est de la vanité. Comme
une plume surnuméraire qu'une femme plante dans

son chapeau déjà trop bien garni, de paradis, d'au-
truche, de coq de roche ou un couteau de corbeau.
Madame a son idée. Une idée de derrière la tête. Elle
veut plaire. Au risque du ridicule. C'est inconscient
et de bon goût. La Parisienne adore courir ce risque,
surtout quand elle vole rejoindre un nouvel amant.
Regardez-la passer. Elle est cent fois mieux et beaucoup plus brillante que les oiseaux qu'elle porte sur
la tête. L'une d'elles était peut-être la mère de
Chadenat. Ah! ces Français, on ne sait jamais d'où
ils sortent, et Chadenat l'était jusqu'au bout des
ongles, et peut-être bien de Paris 100%, comme on
dit à Chicago, où il n'y a pas de doute possible. Il
était tout en vif-argent. Il était pur. Et sensible
comme un thermomètre. La sensibilité à fleur de peau.
Et par là, il était moderne. Mais il suffisait de la rencontrer deux fois pour se rendre compte qu'il était
un homme d'un autre âge, à cheval sur son ressen-
timent, l'esprit braqué sur la rivalité entre la France
et l'Angleterre. Je suis convaincu qu'il eût été en-
thousiasmé par le maître livre de Jean de La Varende
s'il eût connu *Guillaume le Bâtard, conquérant* [7], et
bien qu'il eût reproché à l'auteur de n'être pas allé
toujours jusqu'au bout de sa pensée intime pour qui
sait lire entre les lignes, il lui aurait certainement dé-
cerné des points pour l'anglophobie de ses notes ven-
geresses au bas des pages, notes qui désignent toutes
du doigt une actualité récente et des faits révoltants,
telle que l'exorbitante destruction de l'ancienne capitale du duché de Normandie et de ses sanctuaires,
qui n'était pas inévitable et restera dans l'histoire
comme un exemple typique de l'esprit de revanche
anglo-saxon exercé avec des siècles de retard et pas
tout à fait comme un *fair-play,* mais comme l'expression prévoyante d'une concurrence économique

à très longue échéance, la destruction totale de nos ports sur l'Atlantique, tels que Cherbourg, Brest et Le Havre. Et il en a été de même dans le passé, dans d'autres domaines et en terres lointaines.

La haine de l'Angleterre est la clé secrète du caractère de Chadenat. Mais ce sentiment de l'ennemi héréditaire est beaucoup plus vivace chez le peuple anglais à l'égard de la France qu'il ne l'est chez nous à l'égard de notre voisine, l'Angleterre ; le peuple français étant beaucoup plus oublieux des fastes de son histoire, il s'est affranchi, et la haine totale d'un Chadenat, loin d'être typique, est un sentiment exceptionnel en France, à peine partagé par une poignée de marins qui se souviennent, un clan de militaires qui ont de la tradition et quelques orgueilleux hobereaux de province, relégués dans leur manoir et qui ne jouent plus aucun rôle, ne tiennent aucun rang, boudent, ainsi le plus grand d'entre eux qui ait de la branche, le dernier des Biron, dont un ancêtre fut décapité par le roi de France, un autre par le roi d'Angleterre, en veut à mort à la République, qui n'habite plus son château féodal en plein Périgord noir, dans un site incomparable, à la crête des eaux, entre la Garonne et la Dordogne, un des plus beaux et grandioses châteaux de France, mais une petite pension bourgeoise, avenue des Sycomores, à Genève, Suisse. Quelle fin pour une lignée qui remonte à Eudes d'Aquitaine, lequel porte le titre de *Rex Francorum* dans l'inscription de l'an 710 découverte lors de l'invention des reliques de sainte Madeleine à l'abbaye de Saint-Maximin, le jour de l'ouverture du sarcophage de saint Sidoine, le 12 septembre 1279 ! Le dernier rejeton ressemble physiquement à ce fantoche, créature de Jules Romains, Monsieur Le Trouhadec, comme une

noix creuse ressemble à une noix pleine, et c'est Le
Trouhadec qui fait pencher la balance...

Ce n'est donc point pour son pittoresque ni
pour sa variété que le monde entier coulait dans la
bibliothèque de Chadenat et se reconstituait dans
sa boutique, continent par continent, mais parce que
l'irascible libraire, en proie à son idée fixe, traquait
l'Anglais, plaidait une cause et constituait le dossier de la longue rivalité franco-anglaise pour la domination du monde ; ce qui l'avait amené à ajouter
au secteur des livres racontant la guerre de course
des pirates et des Frères de la Côte dans la mer des
Caraïbes et l'Amérique centrale, de Campêche à
Darien, mis en évidence par t'Serstevens, tous les livres
traitant de la découverte, de la lente pénétration, de
la conquête pacifique et de la perte, jouée à la fortune des armes et des alliances, du Canada par les
Français (la capitale devait s'appeler primitivement
Villemarie-en-l'Isle, m'apprenait Chadenat, qui avait
tout lu et savait tout, et qui me racontait à propos
de la fondation et la première église en l'île de
Montréal que l'huile venant à manquer pour l'entretien de la lampe du tabernacle, comment, selon
une Vie anonyme de Jean-Jacques Olier, le fondateur de Saint-Sulpice et le cousin du chancelier
Séguier, qui s'intéressait vivement au Canada, «*on
ramassa des mouches luisantes, on les enferma dans un
petit lustre environné de réseaux*» pour signaler aux premiers colons l'heureuse arrivée et la présence du saint
sacrement, etc. ; de la perte par les Français, insouciants et contrits, de la Virginie et des Bouches
du Mississipi, la Louisiane et sa capitale La
Nouvelle-Orléans (et c'était à mon tour, à moi qui
en revenais, de lui raconter combien l'influence française est encore vivante dans cette ville malgré les

Yankees, et de vouloir lui citer mille traits populaires à l'appui de mon dire, mais Chadenat avait tout lu et savait tout, et il me faisait feuilleter un album d'estampes représentant les fêtes du carnaval à La Nouvelle-Orléans, etc. ; de la perte par les plus vaillants officiers de la marine du Roi des Indes et de l'île Maurice, de l'abandon de la propagande de la foi en Chine par le roi Très-Chrétien qui ne soutenait plus l'œuvre des Jésuites, oublieux de sa promesse et de la perte de prestige du Roi-Soleil au Siam comme aux Échelles du Levant et dans les Antilles sous l'effet de la pression des troubles intérieurs nés de la religion ; des efforts éparpillés et non suivis par Versailles des colons et de la marine en Océanie et dans la grande île royale de Madagascar, ce bastion avancé sur la route des Indes qui faisait échec au Cap comme la batterie flottante du prince de Nassau, un temps l'amant de la Clairon, ce chérubin des courtisans qui divertissait tout Versailles en donnant des nouvelles des feux de sa passion et de son artillerie, a tenu un temps le Roc, Gibraltar, sous ses bombardes ; de la conquête et du partage en zones d'influence souvent illusoire et plus souvent encore décevante du continent noir (et nous passions la nuit à bavarder et à parler du trafic des «Bois d'Ébène» qui est à l'origine des plus grosses fortunes de l'Angleterre et du développement du port de Liverpool, mais Chadenat avait tout lu et savait tout, même quelles étaient les qualités des nègres exigées par les planteurs du Nouveau Monde et les races qui faisaient prime sur les marchés d'esclaves à Bahia, à la Jamaïque, à Galveston, etc., transplantés dont j'avais étudié sur place et *de visu* l'origine et le destin aux ports d'embarquement et de débarquement, etc.) ; de Suez et de Panama, à cause des

Lesseps, dont le baron Jean-Baptiste-Barthélemy
avait fait le tour du monde avec Lapérouse et était
rentré, portant à la cour la nouvelle du succès de la
circumnavigation en un voyage express qui fait date
et bat tous les records du Kamtchatka (départ de la
forteresse de Pétropavlowsk), à l'Ile-de-France (arrivée à la ferme de Trianon), de la mainmise de la
City sur le premier canal et de la présence des
Anglais en Égypte et au Soudan, du scandale financier du second canal, savamment orchestré dans les
coulisses, à Londres ; naturellement de la chute de
Napoléon et du rôle occulte de la Loge écossaise à
Paris durant la Révolution ; de la France antarctique
ou équinoxale qu'a été le Brésil, sa capitale occupée
sept ans (sept années de malheur !) par Villegaignon
sans ressources, abandonné par les bureaux sans esprit de suite, sacrifié aux intrigues de ministres sans
parole ; du littoral du Chili, la dernière plage (Ultima-
Speranza, je m'y suis rendu avec le lieutenant
Errazuriz y Errazuriz, à bord de sa canonnière garde-
côte. «Grand merci, pour le voyage, Eugenio !»), où
sont morts de misère, de froid, de scorbut, les derniers chasseurs de baleines de chez nous, des
Basques, de la province du Labourd, qui jouissaient
de franchises séculaires ; de Kerguélen, de la Guyane
(je parlais de Galmot, que j'avais connu, mais
Chadenat avait lu mon livre, c'est le plus mauvais,
etc.), du Mexique et des expéditions désastreuses des
futurs Maréchaux de 70, là-bas et en Crimée, de la
politique de petite grandeur de Napoléon III qui aboutit à Sedan, de l'abdication de la IIIe République devant l'impérialisme anglais à Khartoum et de
l'humiliation de Marchand et de son escouade de héros
devant Kitchener, quand le trois-couleurs fut définitivement mis en berne, voire amené à Fachoda [8].

Avouez que si tout cela devait constituer une fameuse
bibliothèque, il y avait de quoi broyer du noir et qu'un
esprit moins vigoureux y eût succombé, surtout qu'à
tous ces livres de guerre, d'histoire, de diplomatie secrète ou désavouée venait s'ajouter de proche en
proche et à force de lectures qui se multipliaient selon
une progression géométrique tout ce qui a été écrit
sur chacune de ces contrées du globe, les relations
des missionnaires et des religieux français établis dans
l'Extrême-Nord chez les Esquimaux comme dans les
léproseries des mers du Sud, les ouvrages scientifiques
des explorateurs et des géographes les plus modernes comme les chroniques, les mémoires, les
lettres, les livres de bord des navigateurs, les confessions des aventuriers les plus oubliés du passé, les publications économiques, ethnographiques, les
bulletins, les revues, les rapports financiers, les statistiques, les grammaires, les traités du langage, les
dictionnaires, les encyclopédies, l'histoire des religions,
les considérations philosophiques sur l'origine des
races humaines, les atlas, les estampes, les gravures
de costumes et de modes, les photographies et
jusqu'à des cartes postales illustrées, tout était bon
pour alimenter la haine qui le dévorait et Chadenat
savait tirer parti du moindre document pour entretenir le feu qui l'alimentait et le faisait flamber, sa haine
de l'Angleterre, un brasier, sa passion, et c'était
beaucoup plus pathétique que la charge des moulins
à vent par don Quichotte, qui était un illuminé, l'esprit faussé par les hauts faits des romans de chevalerie, alors que Chadenat se battait avec des milliers
et des dizaines de milliers de bouquins qu'il recher-
chait partout, faisait venir à grands frais, payait de
sa poche et dont il faisait lui-même tourner les pages
fébrilement, soufflant de colère, désespérant d'avoir

raison et dont chacune, plus elle était lucide et pro-
bante, lui endeuillait le cœur et l'esprit. Il n'en dé-
mordait point. Il était d'une humeur noire. Une
langue de chien sortant d'une nuée de livres, tel était
l'univers de ce pessimiste, une langue pendante de
chien enragé. O féroce ironie! Un vrai *bull-dog*. En
somme, digne d'être Anglais...

Faisons la part des choses et tenons compte de
l'entraînement auquel me voue mon comporte-
ment d'écrivain qui laisse courir les cinq doigts de
sa main gauche sur le clavier de sa machine à écrire
dans la solitude d'un meublé, loin de toute contin-
gence, mais l'esprit extra-lucide, le portrait est synthétique, donc déformé. Mais je jure que je
n'exagère pas, ou à peine... Cependant, comme j'en
ai déjà noté quelques-uns au début du présent paragraphe en introduisant le personnage, je vais encore ajouter quelques traits familiers dans les deux,
trois anecdotes qui vont suivre pour corriger ce que
ce portrait a de trop abstrait. On ne vit pas dans l'absolu. Nul homme n'est coulé d'une seule pièce.
Même un robot connaît la panne. Sans contradictions il n'y a pas vie. Le cœur, le corps, l'âme, l'esprit, le souffle, tout peut être en contradiction dans
le même individu et jusque dans son entêtement,
l'intelligence est en contradiction avec la nature profonde de l'homme. La vie n'est pas la logique, l'art
du portrait, la perspective, la création de l'écrivain,
la ressemblance. Le monde est ma représentation
et c'est pourquoi les journaux paraissent toutes les
vingt-quatre heures, avec leurs fautes de français et
leurs bourdes et leurs coquilles. Nous ne connaî-
trons jamais d'autres traces de vie – vie de la planète, vie de l'individu – que ce qui monte à la
conscience sous traces d'écriture. Des pattes de

mouche. Parlez-moi de beau langage, de style et de grammaire. Et c'est pourquoi l'écriture n'est ni un songe ni un mensonge. De la poésie. Donc, création. Donc, action. Et l'action seule libère. Sinon, il se forme un court-circuit, l'univers flambe et tout retombe dans la nuit de l'esprit.

6

Quai des Grands-Augustins. Un porche. Une voûte. Sous la voûte, à main droite, une plaque de marbre de la dimension d'une carte de visite et presque invisible parce que jamais épousselée depuis plus de cinquante ans qu'elle était apposée dans le passage, portant un mot, un mot gravé et quasi indéchiffrable sous la crasse accumulée : *Americana*. On traverse une cour. On gravit trois marches.

Le porche vétuste, la voûte affaissée, la cour caillouteuse, verdie de flaques de mousses maladives, la façade de la vieille maison toute noircie par la suie qui tombe des cheminées circonvoisines et l'humidité qui monte des quais, les trois marches déchaussées par lesquelles on entre dans la maison, l'escalier aux pierres usées qui mène à un rez-de-chaussée surélevé, le palier obscur, sans aucune prise de lumière, même pas un carreau sali, qui donne sur une porte sans aucune inscription et que l'on pousse sans que retentisse, contre toute attente, une maigre sonnette avertissant de l'entrée d'un visiteur, tel était le cadre auquel Balzac aurait consacré un de ces chapitres dont il avait le secret pour recréer l'atmosphère qui se dégage d'un vieil hôtel parisien, construit entre cour et jardin, tombé en quenouille et dont il racontait avec minutie la longue, la lente déchéance, sans vous faire grâce d'un panonceau d'atelier ou d'artisan, zinguerie, plomberie, vitrier, plumassière, modiste, couturière en chambre ou à la journée aveuglant à moitié les fenêtres donnant sur la cour et qui se complaisait à décrire les voussures et les derniers beaux restes d'une architecture d'époque, hélas! condamnée par les dégradations et les détériorations des siècles, des hommes et des intempéries, les chéneaux crevés pissant, dégueulant des toits; et tels étaient le décor et l'entrée de la librairie fameuse dans le monde entier: AMERI-CANA, l'antre de Chadenat. Mais la porte repoussée, on était perdu. On entrait dans un univers à part, sans dimensions, sans repère. On craignait de s'y engager. Des livres, des livres, des livres. On hésitait. On restait sur le seuil.

Ce qui vous frappait d'abord c'est qu'aucune sonnette n'avait fonctionné pour signaler votre présence et qu'il n'y avait personne, personne pour vous recevoir. On se tenait sur le seuil d'une salle immense, ou qui paraissait telle à cause de l'infinité des livres, trois fenêtres en façade, très haute de plafond, avec des traces de dorures anciennes un peu partout, sur les volets intérieurs qui se repliaient, sur le chambranle et les battants des portes ouvertes, dont deux ou trois donnaient sur des pièces adjacentes et qui paraissaient tout aussi grandes que la première et infiniment vastes parce qu'également remplies, débordantes de livres. Pas âme qui vive. Silence. Rien que des livres.

On était impressionné. Du parquet au plafond, en rangs serrés sur les rayons, en piles branlantes et de tous les formats, surtout des livres anciens aux

belles reliures et des épais in-folio cousus dans leur
parchemin, et des montagnes de portefeuilles bour-
rés d'estampe, un déluge de catalogues de librairie
de toutes provenances et rédigés en toutes les langues
étalés sur les tables et, dans les coins sombres, une
coulée d'imprimés et de papiers par terre, des revues,
des brochures, des tomes dépareillés, tout un fouillis,
un désordre fou, et de la poussière partout. Pas un
bruit. On devinait une présence, mais on ne voyait
personne, même pas un matou endormi, roulé en
boule dans les paperasses ou vous contemplant mystérieusement de sa niche préférée entre les vieux bouquins. Personne. Pas un souffle. Et si l'on faisait un
pas en avant, on reculait d'émotion car les lames
criardes du parquet gondolé se mettaient à bruire
comme des castagnettes ou comme si l'on eût eu des
claquettes aux pieds, et l'on reculait encore d'un pas
tellement ce bruit de danse semblait absurde et funèbre en pareil lieu de recueillement et de silence.
Et l'on se tenait sur le seuil de l'entrée devinant une
présence énigmatique.

On regardait. Toujours rien. Personne ne bougeait.
Un grand poêle de fonte, genre *Godin*, mais monu-
mental, obstruait de sa masse noire le centre de la
grande salle. Quelle que fût la température extérieure,
il était allumé, été comme hiver, et sa tiédeur rayon-
nante créait dans la pièce une atmosphère de serre
chaude, malsaine, un voile de fumée jaunâtre traînant toujours dans la librairie, à mi-hauteur, fumée
qui vous picotait les yeux à la longue et dont l'âpreur
vous raclait la gorge à la fin, et vous donnait envie
d'éternuer, de tousser. On devenait inquiet. On était
sur le point de se retirer. Une pile de livres ou de papiers s'éboulait dans la poussière. Et l'on toussait ou
l'on éternuait... ; alors venait du poêle comme un écho

et l'on remarquait seulement alors comme une petite vapeur d'eau écumeuse giclant comme par une
fissure imperceptible, un jet continu de mince salive
qui tombait dans un crachoir de dimension respectable que l'on avait d'abord pris pour le cendrier du
poêle, mais qui était rempli jusqu'aux bords d'un fin
poudré de sable dont la surface s'humectait, formant
tache : c'était Chadenat qui crachotait et toussotait
derrière le poêle et que l'on découvrait enfin, perdu
dans un grand fauteuil Voltaire, engoncé dans un gar-
rick à carreaux, les pieds dans une chancelière, un foulard autour du cou, un plaid sur la nuque, une toque
en tête, des besicles sur le nez, le nez dans un livre
que tenaient ses mains habillées de mitaines, ses
longs doigts nus, les manches d'un lainage usagé dé-
passant sur ses poignets maigres, plongé dans sa lecture, en proie à sa passion et qui ne s'occupait pas
plus de vous que si vous n'existiez pas. Pourtant, il
avait ses têtes, et s'il bondissait pour jeter à la porte
un fâcheux, il était d'une patience et d'une affabilité
extrêmes envers le visiteur qui, le tirant de sa lecture,
savait l'intéresser par une conversation adéquate qui
ne le distrayait pas trop de sa passion exclusive et lui
demandait des renseignements ou un livre rentrant
dans le cadre de ses préoccupations habituelles.

Étaient considérés comme fâcheux les simples
curieux qui venaient de tous les pays du monde visiter la célèbre collection, et il y en avait tous les jours ;
les collectionneurs qui collectionnent pour collectionner, ces maniaques, et il n'en manque pas, qui
dépensent une fortune pour ranger sous vitrines
aussi bien des boutons de culotte que des livres rares,
peu importe ; tous ceux qui parlent, vous interrogent,
ne vous écoutent pas, et pérorent, et pérorent pour
ne rien dire, et Dieu sait si la satanée engeance en

est répandue qui prend plaisir à vous faire perdre votre temps ; les amateurs de fadaises et les pieds-plats, parmi lesquels Chadenat classait, en premier, ses confrères, qu'il traitait d'ânes ignares et honorifiques, et, en second, les spéculateurs, qui ne pensent qu'à placer, planquer leur argent et faire une bonne affaire.

En vérité, Chadenat n'aimait pas vendre ses livres et ne le faisait que contraint par les circonstances, neuf fois sur dix en rechignant et toujours à bon escient et comme une grâce, conscient de rendre service à l'un ou à l'autre de ses bons et loyaux clients de toujours, mais spécifiant des conditions et prêt provisoire et d'échange ou de compensation et encore, en choisissant entre les doublets qu'il pouvait posséder l'exemplaire le moins détérioré ou le plus complet ou avec des encartages et des notes marginales ou provenant de tel ou tel cabinet de savant ou muni de tel ou tel ex-libris célèbre ou portant l'estampille d'une des grandes bibliothèques du monde et d'une vente fameuse ou une première édition ou un premier tirage pour le garder pour soi, ne cédant le doublet qu'à bon prix et se refusant par principe à tout marchandage. Je n'ai connu qu'un autre marchand aussi difficile et toujours prêt à rembarrer le client. Ambroise Vollard, cet ours mal léché que j'ai également beaucoup fréquenté, qui aimait tellement la peinture contemporaine qu'il rachetait par la suite les tableaux qu'il avait été contraint de vendre pour faire de l'argent afin de pouvoir nourrir son écurie de peintres à ses et à leurs débuts et que j'ai vu racheter trois cent mille des Cézannes qu'il avait vendu trois mille, dix ans auparavant pour assurer une rente de trois cents francs par mois au vieux maître d'Aix, déboursant la forte somme sans sourciller, non par lucre ni pour se livrer à une

spéculation *up to date* et profiter d'un *boom* avec le
sourire, mais par amour, et les peintres qui ne pi-
paient mot de son vivant et le laissaient faire esto-
maqués, trop heureux d'être mis sous contrat par
un tel *supporter,* ont eu le front de se plaindre de lui
après sa mort ! Voyez le procès Rouault ; j'en parlerai ailleurs et une autre fois... Mais moi, je me
croyais en Chine, où j'ai encore connu Ma [9], le chef
de la caravane transcontinentale du thé, qui aurait
plutôt vendu son harem, toutes ses femmes et remis
son fils aîné en esclavage plutôt que de céder un tapis
de prière auquel il tenait et dont il était amoureux.
Voilà les marchands qui font la grandeur du monde
et assurent la pérennité de l'art et d'une époque.
Quoi qu'en pensât Chadenat, les Anglais d'aujourd'hui n'en sont pas exclus. Au contraire, et les
docks de Londres le prouvent où s'accumulent
tous les trésors du monde et ses traditions vivantes,
la race des chiens, le pedigree des pur sang, la taille
des diamants, la trempe d'une noble lame, le fini
d'une *Rolls-Royce,* la qualité de tout ce qui est bon
à manger, à fumer et à boire et qui rend la vie des
hommes supportable, et non pas seulement, comme
dans un musée, les œuvres mortes. Les Russes, qui
usinent, n'ont pas ça, ou pas encore, et les
Américains, qui s'apprêtent à prendre la succession
de la civilisation, n'en sont encore au stade que du
faux luxe et du brillant et du chichi des empaque-
tages en papier de cellophane. Le cœur me dole
d'avouer qu'aujourd'hui la France est hors-rang, en
tant que pays, son prestige restant assuré, comme
au Moyen Age, par quelques rares et fortes indivi-
dualités, dans tous les domaines, mais plus particulièrement dans celui de l'intellectualité, de la
pourpre sur la fin du monde occidental.

7

Pour mon ami Paulo da Silva Prado, un Brésilien, qui était l'un des bons et fidèles clients de l'*Americana* depuis une trentaine d'années déjà quand je l'ai connu en 1924. Chadenat était un tout autre homme que j'ai dit. Nous parlions de lui quand nous sortions de la librairie du quai et que je raccompagnais Paulo Prado à son hôtel, au *Claridge*, avenue des Champs-Élysées ; nous parlions encore de lui à bord de l'*Almanzora* quand je raccompagnais Paulo Prado chez lui, au Brésil, avenida Hygienopolis, à São Paulo, et pas un jour ne se passait à San Martinho, la fazenda où Paulo Prado avait eu la bonté de m'inviter en permanence, sans que nous parlions encore et longuement de Chadenat.

Pour mon ami brésilien, dont j'ai beaucoup connu et aimé le père, le vieux conseiller de l'empereur, Antonho Prado qui, frais émoulu de la Sorbonne, où il était venu faire son droit, avait défriché la forêt vierge pour y planter du café et avait créé cette plantation de San Martinho qui à peu de chose près a la superficie de la Suisse, le plus grand des *cafezals,* cinq millions de caféiers d'un seul tenant plantés en quinconce, avait imposé par son exemple la monoculture du café qui fit la fortune de l'État de São Paulo au moment même où il faisait sanctionner en conseil privé de Don Pedro la loi proclamant la liberté du ventre et en 1887, l'année de ma naissance, la suppression de l'esclavage au Brésil, sut organiser l'immigration italienne

pour procurer la main-d'œuvre nécessaire à la révolution économique dont il était l'instigateur dans
le pays, les Blancs venant remplacer les Noirs dans
l'intérieur des terres, puis les Jaunes les Blancs,
quand la prospérité générale due à la culture in-
tensive du café et à la construction des voies fer-
rées fit refluer les Italiens dans les villes nouvelles
qui s'édifiaient partout dans la province, où ils ouvraient boutiques et négoces, ou dans les deux capitales, à Rio et à São Paulo, qui se modernisaient
avec rapidité et prenaient une extension explosive,
cinémas, gratte-ciel, usines, théâtres, casinos, où les
Italiens enrichis vivaient maintenant de leurs rentes,
ou spéculaient sur les terrains, ou jouaient à la loterie, ce qui obligea le grand vieillard, lui-même
entre-temps devenu le roi des chemins de fer et de
bien d'autres sources de richesses auxquelles il
n'aurait jamais pensé, qu'il n'aurait su prévoir et qui
jaillissaient de partout sous ses pas et se faisaient
valoir l'une l'autre en se multipliant du fait du progrès général, de l'évolution en flèche du Brésil et
de la grande consommation du café dans le monde
entier dont São Paulo détenait le monopole de production et de vente, ce qui obligea le patriarche d'organiser l'immigration des Japonais sur ses vieux jours
pour ne pas voir péricliter l'œuvre enthousiaste de
sa jeunesse, la plantation du café et sa création personnelle, sa propriété particulièrement chérie, San
Martinho, remettant l'administration de la fazenda
entre les mains de son fils aîné, mon ami, bombardé
du coup roi du café, lui qui avait mené jusque-là le
train insouciant d'un jeune millionnaire lancé à
Londres et à Paris ; pour Paulo Prado, l'heureux président de la *Companhia Prado-Chavez* à Santos le
port d'embarquement, spécialement outillé pour la

manutention du café, Compagnie familiale ou
«concerne» de vente du café à la tête d'un réseau
mondial de succursales plus ou moins affiliées ou
affichées dans tous les ports de distribution (le
cousin de mon ami, Géo Chavez, comme Santos-
Dumont un des pionniers de l'aviation en France,
s'est tué en atterrissant après son premier survol du
mont Blanc et de la traversée de la chaîne des Alpes,
une stèle, commémorant cet exploit, se dresse à
Domodossola; les fils des vieilles familles patri-
ciennes paulistes sont ainsi, dont les ancêtres ont
parcouru dès le XVIe siècle les solitudes sauvages de
l'immense continent sud-américain et pénétré dans
les forêts inhumaines qui s'étendent du Parana à
l'Amazone, ont reconnu le cours des fleuves géants,
ont conquis ce monde perdu de l'hinterland, lui ont
donné son unité de langue, de mœurs, de coutumes
et de religion, ont proclamé l'indépendance du
Brésil et ont arraché leur nouvelle patrie, le plus beau
fleuron de la couronne du Portugal, à la domination tyrannique et réactionnaire de la métropole
colonisatrice, les jeunes paulistes ne sont pas dé-
générés, toujours à l'affût d'un acte gratuit et par
vieil esprit d'aventure toujours à l'affût d'une nouveauté pour s'en emparer et s'en parer, proclamer
son droit à la vie, jouer l'avenir sur une seule carte
par goût atavique du risque et générosité naturelle);
pour Paulo Prado, signataire avec Paul Claudel des
conventions réglant l'entrée en guerre du Brésil aux
côtés des Alliés, en 1917, à l'un des tournants de
la guerre, à l'heure la plus pathétique de la guerre
sous-marine, ce qui permit aux Alliés de récupérer
le tonnage de la flotte commerciale allemande ré-
fugiée dans les ports brésiliens et aux planteurs de
São Paulo de vendre aux armées Alliées les millions

de sacs de café accumulés depuis 1914 dans les docks
de Santos, cette flotte de transports inespérée n'allant pas traverser l'océan sur lest ; pour Paulo
Prado, agent financier du gouvernement brésilien
depuis que les récoltes du café garantissaient les em-
prunts d'État de la Banque fédérale, les banques de
la City et de la Wall Street (Schroeder, Morgan) pré-
levant un shilling-or de nantissement sur chaque sac
de café sortant des docks de Santos pour entrer dans
le circuit des exportations ; pour Paulo Prado, soudain homme d'affaires et qui se révéla être un esprit réaliste d'une singulière audace, mais qui était
dans le fond un esprit fin, distingué, cultivé, lettré
comme on l'est de tradition dans certaines familles
latines et qui en tant que patricien pauliste avait une
dévotion exclusive pour son ex-petite ville natale
dont il connaissait l'histoire par le menu et ne se
lassait pas d'en explorer les archives, ainsi que le
prouvent plusieurs ouvrages qu'il a publiés, dont un
Ritrato do Brazil, synthèse unique en son genre d'histoire et de psychologie et dont la portée va loin dans
le sens des investigations sur la formation profonde de l'âme des *bandeirantes, descobritores* et
conquistadores, cette poignée de braves Paulistes
qui firent souche avec les filles des chefs, des
princes, des rois des Indiens et disparaissaient en
forêt pour aller «minéraliser» et peupler tout le continent de vaillants rejetons, et sans lesquels colosse
de Brésil ne tiendrait pas debout ; pour l'éminent
Paulo Prado, homme du monde, courtois, désin-
volte, mais qui s'ennuyait un peu quand il restait
trop longtemps sans aller faire un tour à Paris et à
Londres, São Paulo sentant malgré tout sa province
pour un galant homme charmeur qui avait fait ses
débuts dans la vie avec la jeunesse dorée des clubs

et des salons, des courses et des garden-parties, des
théâtres des boulevards à Paris et des saisons wag-
nériennes à Londres, à l'époque du prince de
Galles, le futur Édouard VII, et des grands-ducs de
Russie qui devaient être décimés à la suite du Tsar,
de Lanthelme et de la Goulue, d'Oscar Wilde et
d'Erça de Queiros, des casinos de Spa, d'Aix-les-
Bains, de Saint-Sébastien, avant le lancement de
Trouville et de Deauville et la découverte des plages
et de la vertu des bains de mer et de soleil à Cannes,
à Nice et jusqu'à Monte-Carlo, époque des débuts
de Robert de Montesquiou, de Proust, de la belle
Otéro, de Liane de Pougy, de Cléo de Mérode, de
Lina Cavalieri, d'Ève Lavallière, de Polaire,
d'Émilienne, de Cécile, de Marthe, des *Claudine,*
de Gaby Deslys, de Gina Palerme, leur cadette, de
beaucoup la plus belle, la plus connue, la plus
mystérieuse des Françaises de Londres, Mlle Irène
de M.ll...t (c'était curieux de voir la Grande
Démocratie nord-américaine et les Républiques
sud-américaines produire des rois, le roi de la bi-
doche en boîtes, le roi du blé, le roi du coton, le roi
du tabac, le roi du sucre, le roi des diamants, le roi
de la frigo, qui venaient épouser des bergères à Paris
ou de leur faire danser le *french-cancan* aux *Folies-
Bergère !*) ; pour le séduisant Paulo Prado, un peu
en exil chez lui, bibliophile, ce qui est un art de meubler le temps quand le temps commence à durer
trop, ainsi que de collectionner les chroniques anciennes qui parlent de la fondation de l'antique ca-
pitainerie parmi les Indiens Penteados (les Pictes,
peints, barbouillés, tatoués), sise au confluent de
l'Anhangabahù et du rio Tiété, sur une roche,
Ipiranga, le São Paulo actuel, comme mon ami faisait pour donner le change car il se sentait vieillir

avec peine, et il meublait sa bibliothèque de tous
les livres ayant trait au Brésil, depuis la première
lettre du Père Anchieta jusqu'au dernier roman à
la mode carioca de Benjamin de Castellar, le
Simenon de Rio de Janeiro, éditait une revue de poésie moderne pour secouer un peu tous ses neveux
et les fils de ses neveux et tous les jeunes bourgeois
de la Faculté et intellectuels paulistes qui l'entouraient, ces jeunes gens particularistes l'ayant sacré
arbitre de toutes les modes et de l'élégance, orga-
nisait une exposition de peinture cubiste pour faire
un petit scandale dans la société des nouveaux
riches de l'avenida Paulista, amusettes et passe-
temps qui le délassaient des affaires, des finances,
des soucis internationaux, de ses responsabilités de
président d'un trust de café et de ses propres travaux et recherches qui l'avaient fatalement amené
à se mettre en rapport avec le savant libraire du quai
des Grands-Augustins pour sa documentation et sa
bibliographie, grâce à qui Paulo Prado, aidé des
conseils et du concours dévoué de Chadenat, venait de publier, quand je l'ai connu, une édition en
fac-similé de l'ouvrage introuvable de Claude
d'Abbeville, ce Carme déchaussé auteur de la première description de la *Terre du Brésil*, terre qu'il
compare à une harpe penchée sur la mer océane et
dont il donne un tableau encore inégalé aujourd'hui
tant sa description est complète du pays étrange, de
ses montagnes, de ses forêts, de ses fleuves, de sa
faune et de sa flore, de ses habitants, de leurs
mœurs, coutumes, chasses, pêches, guerres, fêtes
et religion, de leur langage, le toupi, dont il a
dressé le premier vocabulaire, notant même les
chansons des anthropophages, chiffrant leur musique,
décrivant leurs danses et cérémonies funèbres,

dont la plus inattendue était, assurément, d'un ami étranger accueilli dans une tribu, le *chôro-chôro (Chante, pleure, ô jeune fille!)* ou «deuil de bienvenue» auquel se livraient les sauvages en larmes, ce qui jette une étrange lueur sur la mélancolie foncière des Brésiliens d'aujourd'hui, une vue à vol d'oiseau si complète et si profonde et si étendue et si pénétrante, à croire que le moine français a passé sa vie au Brésil et qu'il s'est enfoncé fort avant dans l'intérieur des terres, alors que Claude d'Abbeville n'était que de passage et n'a fait qu'effleurer les côtes du littoral, mais la vue du Nouveau Monde était alors un événement au XVIe siècle et un tel bonheur que ses témoins étaient comme spirituellement transportés, ravis comme des visionnaires, et le cas de Claude d'Abbeville n'est pas unique, il en va de même du Père Anchieta, l'aumômier de la flotte de Cabral et l'apôtre du Brésil, dans sa lettre fameuse adressée au roi Jean pour lui annoncer la découverte du Brésil, la *Carta al Rey,* également éditée en fac-similé par Paulo Prado sur l'original et pourchassée pour lui par Chadenat dans une vente faite chez Maggs Brothers à Londres (ce qui fit traverser le Channel à Chadenat, on devine dans quel état de protestation et de hérissement intérieur, mais revenir avec le sourire et tout attendri de reconnaissance envers Paulo Prado qui lui avait remis un chèque en blanc pour enlever le morceau et rapporter l'original et qui avait ouvert une souscription publique à São Paulo, disant à cette occasion aux planteurs de l'*Automobile-Club*:... *Vous avez gagné assez d'argent avec le café pour vous payer votre unique lettre de noblesse...,* document historique conservé aujourd'hui au Musée Pauliste d'Ipiranga et jusqu'alors inédit), le Père Anchieta parle du chant

des oiseaux aussi minutieusement qu'il décrit le ciel
aux étoiles inconnues, dont il dessine en post-
scriptum à l'intention du Roi, et bien maladroite-
ment (*la barque bouge*, s'excuse-t-il), la constellation
de la Croix du Sud, relevée alors pour la première
fois et qui figure dans le drapeau national du Brésil,
dans l'orbe, au-dessus de la devise fournie par
Auguste Comte, le positiviste, *Ordre et Progrès*;
pour mon ami brésilien, Français de cœur, d'esprit
et de formation comme on l'était partout à l'étranger depuis sa plus tendre enfance dans les familles
de la société qui se respecte et a des manières:
bonnes, institutrices, précepteurs, modes, revues,
journaux, livres de cuisine comme les savonnettes,
les parfums, les romans de Paul Bourget sont de
France (et c'est pourquoi la France n'avait pas besoin comme l'Allemagne et les autres arrivistes ou
parents pauvres jaloux de son passé d'un service officiel de propagande, et depuis que le système officiel fonctionne et que les propagandistes sont sur
place, le prestige baisse, la fonction étant à double
tranchant, et malgré les millions dépensés les fre-
luquets qui s'en chargent étant les premiers à donner le mauvais exemple de la montre-bracelet, du
stylo, du goménol, du clair de lune en auto, du cinéma, de la radio, des loisirs forcés, des vacances
payées, des flirts sportifs, des divorces à la chaîne,
des naissances en série, eugéniques et sans père, gy-
nogènes, de la drogue, du short, de l'impuissance,
de l'américanisation et de la bolchévisation des
mœurs comme si les jazz endiablés des anciens esclaves du Mississipi qui l'entraînent et les orchestres
infiniment tragiques des Noirs brésiliens libérés par
le conseiller Antonho Prado qui retentissent toutes
les nuits au cœur même de la capitale, du haut des

mornes de Rio de Janeiro, du Morro do Favella, le Haricot, le piton sacré de la *macoumba*, n'étaient pas la malédiction annonciatrice de la fin de cette brillante société des Blancs qui les ont exclus ! – c'est du moins l'opinion des Pères du Saint-Esprit, une congrégation spécialement affectée aux nègres dans le monde, composée en majorité de religieux français qui administrent les deux paroisses catholiques de Harlem, le Congo à New York, qui vont faire leurs premières passes d'armes de missionnaires en Afrique centrale et qui reviennent du cœur du continent noir, en prétendant tous «*qu'on y sent*» indubitablement le Diable, le Diable qui souffle dans ses cornes d'antilope comme dans des tubas, ses adorateurs enfonçant des clous dans la tête du Grand Fétiche, et je crois bien volontiers à cette forme précipitée, syncopée, dansante, accélérée, coulissée, en tam-tam de la fin du monde moderne avec la *batuta* et la *maraca* des bombes atomiques : c'est l'âme de l'Homme invoquant les forces élémentaires de la Nature pour se livrer à la Magie, comme avant le Déluge et l'invention du Péché, quand l'Homme primitif se rendait maître du Feu d'où découle toute civilisation et y retourne, cendres et braises !) ; pour mon ami vieillissant, Chadenat était un de ces Français sceptiques et distraits comme il y en a tant eu, de l'inventif Jules Verne au délicieux Montaigne, un érudit incomparable à la manière d'Anatole France et qui n'avait qu'un seul tort, celui de ne pas écrire (et c'est là que le vernis français du Brésilien craquait sous la pression de l'époque : la page avait été tournée à Paris !). Quant à la passion antianglaise de Chadenat, sur laquelle j'ai tant insisté, Paul ne pouvait la prendre au sérieux et la considérait comme une simple phobie d'homme de cabinet, et s'en amusait.

C'est une opinion.

Chacun a la sienne.

Par goût et tempérament l'ami t'Ser avait fait du libraire du quai un corsaire du roi ; mon ami Paul, par admiration (ou secrète envie) et pour se débarrasser du poids des affaires qui l'entraînaient et de ses obligations de toutes sortes, un original sympathique ; et moi, par cynisme et parce que je le deviens de plus en plus quand je me laisse aller à vouloir me juger à travers les autres, ou vice versa, un pessimiste malade de la peste.

Il ne faut point vouloir juger. On peut à peine comprendre son prochain. En se penchant sur son semblable tout n'est que reflets ou leurre, vu que chaque homme a sa vérité propre et qu'aucune vérité n'est de ce monde.

Mais je ne puis m'empêcher de sourire à la malice de la vie quotidienne qui avait fait sympathiser deux hommes aussi peu faits pour se rencontrer et pour s'entendre que l'ami Chadenat et que l'ami Prado (moi, je me compte pour rien, je suis un passe-partout, un *calender,* comme disait Gobineau), le reclus du *Puits qui parle,* comme j'étais tenté de surnommer Chadenat et sa boutique AMERICANA et le grand outsider du monde des affaires, très las, succombant à une goutte de *tædium vitae* due à la corruption qu'entraîne une goutte d'argent en trop, celle qui fait déborder la coupe de la fortune, en somme intimement empoisonné comme l'était Paulo Prado continuant à sourire tout en se défendant de vieillir. On ne pouvait imaginer plus grand contraste que ces deux-là, le bougon misanthrope, s'emportant, tempêtant, s'abandonnant dans sa librairie en désordre et le cosmopolite de grande classe refoulant subtilement une gagnante neurasthénie.

J'en ai assez dit sur Chadenat. Qu'on juge de mon
ami brésilien par l'instantané que voici, pris sur le
vif et qui a saisi le charme, la désinvolture, la cor-
rection, la race, l'impertinence fatiguée d'un viveur
secrètement revenu de tout mais qui ne veut pas abdiquer en public et qui révèle comment Paulo
Prado exerçait sa séduction, car il n'y a pas de doute,
Paul était avant tout un séducteur et, chose rare,
pas sec, sinon ce milliardaire n'eût jamais été de mes
amis.

Un jour, chez *Meyer & Mortimer*, les tailleurs du
roi d'Angleterre, M. Paulo da Silva Prado, esq., dit
au maître coupeur qui était en train de lui prendre
les mesures pour tout un jeu de vêtements comme
chaque fois qu'il était de passage à Londres :

— Samuel, je ne sais pas ce qu'ils ont vos vêtements, ce n'est pas que j'en sois mécontent, ils ne
sont ni trop larges ni trop raides et ne me gênent
nullement aux entournures. Mais pardonnez-moi,
je ne sais pas ce que c'est, sinon que ce n'est pas
ça qu'il me faut…

— Mais qu'est-ce qu'il vous faut, Sir ? Dites-le,
vous savez bien que nous ferons l'impossible pour
vous donner satisfaction…

— Venez, dit Paul Prado, je vous ferai voir ce que
je veux.

Et il entraîna le maître de l'atelier qui l'habillait
depuis toujours sur le seuil de la boutique. Et lui
désignant un passant anonyme qui traversait Regent
Street :

— Voilà ce que je désire, dit-il. Les vêtements de
cet homme ne se distinguent en rien, ni par la coupe
ni par le drap. Et du premier coup d'œil on recon-
naît un Anglais. Un gentleman. Il est habillé comme
tout le monde et c'est parfait. Croyez-vous que l'on

puisse jamais obtenir ça d'un sauvage sud-américain, même au prix de l'Argent?...

— Oh! Monsieur Prado!... protestait Samuel.

Cette boutade d'humour noir porte bien la signature de l'esprit de mon ami. Un homme de cour et d'autrefois. À la Balthazar Graciân. Et c'est en ce désenchantement ultime que gisait peut-être son point de contact moral en contradiction avec Chadenat.

Comme Chadenat, Paulo Prado est mort en 1943 et comme pour Chadenat je n'en ai rien su à cause de la guerre (sale guerre!). Il paraît qu'il est mort d'un accès de goutte au cœur.

Parlant de ce curieux accès de goutte qui se porte au cœur à un vieux médecin chinois qui est venu, l'autre soir, me faire ses adieux à Aix avant de s'embarquer à Marseille pour s'en aller mourir dans son pays qu'il n'avait pas revu depuis plus de vingt-cinq ans à cause des deux guerres sino-japonaises et de la triple révolution, des xénophobes, des internationalistes communistes, du Kuomintang du général Tchang Kaï-chek, le Rénovateur de la Patrie (sales guerres et sales révolutions, mais pauvre, pauvre, pauvre peuple chinois, depuis la nuit des temps plongé dans le même malheur: l'existence!), le vieux savant qui avait passé sa vie à Paris laborieusement penché sur un microscope dans un des laboratoires de l'Institut Pasteur et qui maintenant s'en retournait en Chine, comme il se doit de la part d'un fils, d'un Céleste, finalement fidèle à la terre des Ancêtres, et obéissant à sa discipline d'homme de science moderne, en dernière analyse de la question sanguine de la Race convaincu de la justesse des vues et de la vérité de l'antique Tradition, ayant reconnu la sagesse de la Doctrine, mais n'étant pas redevenu un sage fumeur de pipes en exil, le savant médecin me dit, cependant qu'une rafale de mistral par terre et sur les toits faisait s'envoler les feuilles mortes des platanes centenaires du cours Mirabeau, les branches qui s'entrechoquaient couvrant la voix chevrotante du vieil homme chinois et que la fumée de ma cheminée qui refluait dans la chambre me brûlait les yeux, réveillant en moi des lointaines réminiscences de calorifère allumé à potron-minet, de cave, de poux, de misère, de faim, de haillons et ce fumet subtil de purin humain partout épandu et qui imprégnait jusqu'à l'*Hôtel des Wagons-Lits* le jour de son inauguration en 1904, le premier-né des hôtels européens dans la capitale merveilleuse de Cathay décrite par Marco Polo, dit *le Million*, hôtel confortable et flambant neuf dans les sous-sols duquel j'avais la charge d'entretenir le feu de la chaudière du chauffage central, parfum écœurant qui est pour moi l'odeur même de Pékin et de la Chine :

— Oui, je connais. C'est le *lychen,* une forme de goutte paralysante qui n'attaque que les mandarins et les coolies, ceux qui ont été privés de tout et ceux qui ont abusé de tout, les milliardaires et les sans-le-sou, maladie connue sous le nom du *Mal impérial,* maladie assez mystérieuse et peu répandue car ceux qui ont été démunis et ceux qui ont mésusé de tout, au sens absolu du terme, sont heureusement fort rares. Depuis quelques décades on en a décelé quelques cas en Occident. Les premiers. C'est nouveau. Il est vrai que le monde occidental est tellement malade...

La vie est une hallucination congénitale.

Mais dans ses mille réincarnations et ses cent mille, le Bouddha Vivant reste un être humain.

Plantez vos bâtonnets d'encens devant son sourire !

Allumez-les.

LUI sait.

8

— Vous souvenez-vous, Blaise, de ce début de chapitre qui dit : *J'étais alors en Allemagne…*

Comment ne pas parler de lui ? Il faisait une chaleur étouffante sous la véranda.

— Je vois où vous voulez en venir, Paul, vous allez encore me parler de lui. C'est cette chaleur qui vous fait penser à Chadenat et son poêle allumé en plein été à celui de Descartes. Je me souviens vaguement… je crois que cela se trouve au début du *Deuxième Livre…*, mais comment est–ce ?… … *Je demeurais tout le jour enfermé dans un poêle…* ou quelque chose d'approchant… En somme, de la culture en serre chaude, si je me souviens bien :… *Et j'avais tout loisir de m'entretenir de mes pensées…*

Ni l'un ni l'autre n'avions envie de bouger pour aller chercher le livre dans la bibliothèque à côté. Il faisait trop chaud. C'était l'heure de la sieste. On luttait avec le sommeil. Chacun allongé dans son hamac sur la véranda, Paul Prado grillait menu-menu une cigarette turque à pétale de rose et moi, je fumais voluptueusement un long cigare de Pernambouc. On avait bu le café. Pas un bruit ne venait des différents bâtiments de la fazenda. Le soleil écrasait tout. Le travail ne reprenait qu'à trois heures, après la méridienne. On suffoquait. Sur les crêtes, cinq millions de caféiers, comme passés au sécateur et enduits de caoutchoutine sombre, reflétaient le ciel d'acier bleu du tropique. C'était trop. On n'en pouvait plus. Cela était écrasant. Les paupières retombaient d'elles-mêmes, lourdement. On ne pouvait lutter. Des gouttes de sueur vous coulaient entre les omoplates, dures et chaudes comme billes d'agate chauffées à blanc le long de la colonne vertébrale.

Cela était inconfortable. On se tassait dans le hamac pour trouver une position douillette. On se balançait pour respirer. De temps en temps j'étendais le bras pour tamponner les narines de Sandy, un magnifique bleu d'Écosse, qui avait été mordu par un serpent à sonnettes le matin même à la chasse et que j'avais fait installer par terre sur un matelas, à bonne portée de ma main. De la morve écumait de ses narines. Il avait les pupilles vagues quand je lui ouvrais les yeux du doigt. Il ne réagissait pas. Il y avait peu d'espoir de le sauver. Il avait été mordu derrière la nuque. Son train arrière était paralysé. Je lui avais fait une piqûre intraveineuse et j'hésitais à lui administrer une deuxième dose du sérum universel de Boutantàn. Un relent d'éther se répandait dans la véranda comme le parfum aigrelet d'un régime de bananes sures ou l'odeur de la pellicule de cinéma chaque fois que je débouchais le flacon pour imbiber un tampon d'ouate. J'étais navré. J'aimais mon chien. Il avait des frissons. Les derniers.

— Il n'y a plus d'espoir, dis-je à Paul. Il a des contractions. Son poil est aride. Il fiente…

— Augustus! cria Paul, appelant son valet de chambre.

Augustus était un obtus Portugais qui ne savait ni lire ni écrire. Paul employait avec lui un langage

conventionnel fait de brusquerie sur le mode d'ono-
matopées monosyllabiques dures et violentes pour
lui indiquer quel titre et l'emplacement du livre qu'il
désirait dans la bibliothèque qu'Augustus lui allât
quérir, et Augustus qui avait l'habitude de ce langage de sauvage ne se trompait jamais et rapportait,
fier comme une bête savante un journal, le bouquin
quémandé. C'est donc par une série d'aboiements
que Paul désigna à Augustus *Le Discours de la
Méthode* que nous désirons compulser.

Depuis quelque temps Augustus nous faisait
rire. Sa femme, Ermeline, une Portugaise ahurie mais
bonne cuisinière, venait de le quitter pour suivre un
boxeur nègre et tous les matins elle lui apparaissait
dans le plat quand Augustus nous préparait des œufs
au bacon pour le petit déjeuner, et on l'entendait
pousser des cris épouvantés dans sa cuisine. Quand
il revint apportant l'in-4° de Descartes, l'édition de
Leyde, 1637, Sandy avait expiré.

— Donne-moi un coup de main, dis-je à
Augustus, nous allons sortir le chien et tu iras ré-
veiller le veilleur de nuit pour lui dire d'enfouir immédiatement la carcasse.

Or le veilleur de nuit était nègre et depuis l'aventure toute récente arrivée à sa femme, Augustus
s'était buté.

— Je n'en veux pas au vieux Dongo qui, avec sa
tête blanche, il doit être centenaire, est un brave type.
Mais j'aime mieux rendre mon tablier au docteur
Paulo plutôt que d'adresser la parole à un sale nègre!
me déclara Augustus.

On appelle «docteur» au Brésil tout garçon qui
est pour le moins bachelier comme on appelle «coronel» les planteurs qui n'ont pas fait d'études, mais
ont fait fortune.

— Tu ne vas pas faire cet affront au docteur Paulo. Ton Ermeline te reviendra, c'est moi qui te le dis, et avec un bébé noir. Tout cela ne serait pas arrivé si tu avais su la contenter. Ermeline est une femme saine, elle avait envie d'un bébé, répondis-je à Augustus en me moquant de lui.

— Vous croyez ? me fit le valet de chambre. Vous avez peut-être raison. Pourvu qu'elle me revienne ! Je les recevrai à bras ouverts, elle et son bébé, même si le petit est noir, comme vous dites, car sans ma femme ce n'est plus une vie. Mais je n'irai pas parler à Dongo.

— Ça va, lui dis-je, connaissant l'entêtement proverbial des Portugais, j'irai. Et toi, rentre à la maison. C'est l'heure de la sieste. On en reparlera plus tard.

Et j'allai enfouir le beau chien courant avec le vieux nègre à tête blanche.

Dongo était également hanté par une femme. À lui, c'est la *Dame blanche* qui lui apparaissait sur le coup de minuit quand il faisait sa tournée dans la plantation. Sous le prétexte de me tenir compagnie et de me mettre en garde contre les vampires, mais claquant des dents parce qu'il avait vu le fantôme et qu'il lui avait encore fait signe de le suivre, le veilleur de nuit venait me tenir compagnie sur la véranda où je passais souvent la nuit pelotonné dans mon hamac, ne me lassant pas de contempler le ciel fulgurant d'étoiles du Capricorne, écoutant la respiration tropicale de la nuit, les soupirs venant du profond de la forêt vierge, le grelot égaré des ophidiens *fuero do matto* comme celui intermittent d'une bicyclette perdue, le zézaiement et le bourdon des milliards d'insectes inconnus, un écho tout proche dans une des écuries de la fazenda, ruée

furibonde d'un cheval ou braie équivoque d'un
mulet, les rapaces nocturnes rasant les toits ou venant se poser sur une clôture en déchirant leur vol
de velours ou, dans un long froissement d'étoffe,
enfin un peu de brise dans les feuilles en carton des
eucalyptus :

— C'est malsain de dormir en plein air, Senhor,
me disait le vieux nègre heureux d'avoir à qui parler après la grande frayeur de sa rencontre avec la
Dame blanche, et puis, c'est dangereux, à cause des
vampires. Ils sucent le sang. Je l'ai encore vue, du
côté des moulins, blanche comme farine de manioc...

Je lui donnais de quoi bourrer sa pipe et lui ver-
sais un coup de *parati,* du marc de canne à sucre
qui sent l'alambic, pour le remonter et je le faisais
parler jusqu'au petit jour, jusqu'au réveil assourdissant des perruches et au glapissement réjoui des
singes qui saluaient de mille gambades le premier
rayon de soleil levant, de ses rencontres nocturnes
et des aventures de sa longue existence [10]. Pour une
fois, il ne me serait pas venu à l'idée de prendre
un livre à la main. Je n'avais pas le temps. À
l'aube, Dongo m'amenait Canari, et je partais
ventre à terre sur le barbaresque, je partais pour la
chasse, précédé, suivi, entouré des bonds et des jap-
pements joyeux de Sandy qui rempaumait les
voies.

Le limier enterré, je revins sur la véranda, Paul,
renversé sur le dos, s'était mis le livre ouvert sur les
yeux, en bonnet d'âne.

— J'ai trouvé le nom que je cherchais, dit-il en
bâillant, c'est un *Godin*... et il se retourna et s'en-
dormit soudain, le noble bouquin glissant à terre.

J'allais lui répondre. Je retournai m'étendre dans

mon hamac. J'allais lui répondre, j'allais lui dire…,
mais qu'allais-je lui dire ?… je l'ai oublié…, j'allais
lui dire à propos des émanations du poêle de
Chadenat…, j'allais lui dire que le poêle de
Descartes devait également avoir eu des fuites im-
perceptibles qui lui picotaient les yeux à longueur
de journée, ce qui avait sûrement amené le philosophe à s'occuper de dioptrique dans ses réflexions,
comme Spinoza polissait des verres de lunettes pour
y voir logiquement plus clair et le jeune Privat-
Dozent Schopenhauer, qui était myope et souffrait
des yeux, avait été amené à s'intéresser à l'optique
et à bouleverser la théorie des couleurs du vieux
Goethe, ce qui scandalisa l'Olympien qui ne le pardonna jamais à Arthur…, mais soudain je plongeai
dans le sommeil et jamais plus je n'ai retrouvé cet
enchaînement qui m'avait paru lumineux, quoique
accidentel de la physique et de la métaphysique modernes, si lourd de conséquences…, comme la
pomme de Newton…, petite cause, grands effets
ou petit effet, grandes causes…., loi, nature, univers…, on a souvent une lucidité transcendante
avant de sombrer dans le sommeil…, ivresse spirituelle… les yeux émerveillés comme sous l'influence d'un narcotique… reflux d'images…
congestion de lumière, comme dit Balzac… bella-
done… et je me mis à mon tour à ronfler…; et
quand je me réveillai au bruit des chars qui montaient dans les cultures et au bruit des pieds nus
dans la poussière des petites Japonaises qui se ren-
daient à la cueillette, le chef de chaque équipe armé
d'un sabre ou d'un coupe-coupe pour se défendre
des serpents, et qui nous saluait d'une inclination
profonde en passant devant le portique, les rieuses
mousmés avec un gosse dans le dos, un râteau à la

main et leur tablier de serpillière noué en forme de
besace, toute l'année durant chaque brindille de ca-
féier porte à la fois des cerises jumelles acaudes et
des fleurs et des bourgeons, c'est du 1er janvier au
31 décembre que l'on ratisse, émonde et retrousse
la jupe retombante des arbustes toujours verts du
rubiacée, m'étirant, rallumant un autre cigare, je
dis à Paul :

— Ce n'est pas un *Godin*… Depuis que j'ai entretenu le calorifère de l'*Hôtel des Wagons-Lits* à Pékin
j'ai l'habitude de repérer les marques de fabrique
des appareils de chauffage… Celui dont parle
Descartes devait être un poêle de faïence, à l'allemande, grand comme la chambre, et consommant
du bois et de la tourbe ; et celui de Chadenat n'est
pas un *Godin* mais un *Guise,* ce premier type de poêle
économique qui consomme tout et qui était fabriqué en série dans les ateliers du comte de Saint-
Simon, pas le mémorialiste, mais l'autre, le
fouriériste, qui avait monté deux, trois phalanstères
d'ouvriers dans la région de l'Aisne, si bien que le
poêle de Chadenat est un des premiers produits de
l'industrie des ouvriers communistes en France et,
à ce titre, c'est un meuble historique ; quant au duc,
le grand Saint-Simon, l'homme de cour, je le considère comme le précurseur de Balzac, ses *Mémoires*
étant plus formidables et beaucoup plus roma-
nesques que *La Comédie Humaine.* C'est mon second maître après Rémy de Gourmont, pour l'usage
des mots et le maniement de la langue, sans rien
dire de ses histoires vraies…

— Blaise, j'ai noté une pensée pour vous, me dit
Paul en feuilletant le Descartes qu'il avait ramassé
en se réveillant. Écoutez :… *Lorsqu'on emploie trop
de temps à voyager, on devient enfin étranger à son*

pays... Qu'en dites-vous? Vous ne craignez pas pour vous? Vous ne voyez pas le danger? Déjà vous êtes à moitié Brésilien. Prenez garde! Mon pays est anthropophage. Il en a déjà absorbé bien d'autres que vous...

— Au contraire, Paul. Je ne connais pas un autre pays dans le Nouveau Monde qui ressemble autant à la France. Attendez qu'il soit ratissé et polissé. Déjà vos plantations me rappellent nos vignobles en Champagne ou en Corbières, dans l'Aube, dans le Gard, l'aramon, le cépage répandu dans tout le Midi, et dès que la forêt vierge est écornée par une de vos modernes autostrades on se croirait pénétrer dans un vieux parc abandonné. Naturellement, tout est à l'échelle du continent et à la grandeur exubérante du Tropique, et ce n'est pas encore du Le Nôtre, mais tout est harmonieux chez vous et je n'en veux pour preuve que la baie de Guanabarà où Rio peut élever des gratte-ciel cent fois plus hauts que ceux de New York et qui ne feront jamais «en dentier» comme ceux de Manhattan si disgracieux sur le ciel vide parce que ceux de Rio de Janeiro seront toujours proportionnés et en harmonie avec les montagnes qui les dominent, le Corcovado, la Gavéâ ou la chaîne en dents de scie des Orgues. C'est grandiose. Je n'insiste pas. Mais dites-moi, Paul, pourquoi est-ce que chacune des fazendas du Brésil s'est placée sous la tutelle d'un saint, San-Martinho, Santa-Veridiana, Santa-Clara, San-Bento, comme en France les villages au moment de leur édification, du peuplement et du cadastrage des terres? Y voyez-vous simple coïncidence historique dans le temps, à mille ans de distance, ou ne croyez-vous pas à une ressemblance profonde dans la formation de même civilisation, à une manière d'empreinte dans l'histoire, à un signe de prédestination? Tous les Brésiliens que j'ai rencontrés, même le plus perdu à l'intérieur et coupé de tout, croient à la mission désintéressée du Brésil dans le monde. Je suis personnellement persuadé que sa mission sera de relayer la France quand les temps seront venus. On dit communément que chaque libre citoyen du monde a deux patries, la sienne et puis la France. Je précise que chaque Français qui connaît le Brésil en a également deux, la France et puis le Brésil. On ne pourrait guère vivre ailleurs, hors de France... et puis, vous avez vos femmes, l'autochtone, l'Indienne, avec qui les vieux Paulistes ont fait souche, la Sud-Américaine qui est réellement un type de femme pré-excellent et le produit d'une haute et neuve civilisation. C'est aujourd'hui la femme la plus raffinée du globe...

Paul souriait. Je savais lui avoir fait plaisir en faisant allusion aux derniers gratte-ciel pour la construction desquels il avait fondé une société immobilière et fait venir d'éminents architectes d'Europe et des États-Unis. Maintenant, il riait franchement.

— Vous vous emballez, Blaise. Tout le monde sait que vous avez le béguin, m'interrompit-il.

Comme moi, Paul aimait la France, et d'un amour physique, tout comme moi. Mais il me corrigea de sa voix désenchantée.

— Vous oubliez le calendrier des saints laïques qu'Auguste Comte nous a officiellement légué en même temps qu'il nous dotait de la devise de notre drapeau: *Ordre et Progrès*. Le Brésil est positiviste.

— L'introduction du rationalisme au Brésil c'est comme en France le mariage de Voltaire avec la

Pucelle, cela ne compte pas dans le temps. C'est
une mode pour intellectuels et, comme toutes les
autres modes, essentiellement passagère. D'essence la civilisation est femme, elle reçoit plus
qu'elle ne donne, elle absorbe, elle transmet, d'où
sa lente, très lente évolution. C'est une valeur
stable. Une constante et non pas une spéculation.
Ce qui m'a toujours frappé dans la conquête du
Nouveau Monde c'est que les *conquistadores* ont été
conquis par les femmes indigènes, Cortez par
Marina, Marina qui a trahi les signes du zodiaque
aztèque pour les saints de notre calendrier, Pizarro
et sa poignée de farouches aventuriers par les prê-
tresses des Incas ; les Espagnols égarés parmi les
volcans dans les Cordillères des Andes par les gar-
diennes des temples élevés au culte du Soleil sur
les plus hauts sommets de Bolivie, comme vos fan-
tassins portugais (et souvent je les évoque, morion
en tête, soufflant, suant sous la cuirasse ou le hau-
bert, grimpant exténués le dur raidillon du
Caminho de Mar, inextricablement embringués
avec leur espingarde et peut-être une couleuvrine
dans la brousse de la côte qui monte de Santos à
São Paulo, où même nos 6-cylindres peinent !) par
les filles peintes de vos Indiens d'Ipiranga ; à quoi
j'ajouterai pour mémoire les servantes guaranis des
Missions du Paraguay, aujourd'hui encore célèbres
pour leur beauté, mais pays qui n'est pas encore
entré dans le circuit de la civilisation blanche sud-
américaine, ainsi que le Mexique, le Pérou, la
Bolivie, le Brésil, les quatre pays d'avenir et de vieille
civilisation indianiste. Les Anglo-Saxons de
l'Amérique du Nord n'ayant pas conquis mais ex-
terminé les Indiens, la civilisation des États-Unis est
factice et ne peut être que passagère et destructrice

comme celle de Babylone qui était consommatrice
et d'essence pédérastique, donc sans lendemain
dans le temps malgré ses conquêtes dans l'espace.

— Et vous avez eu des Indiennes en France ? in-
sinua doucement Paul.

— Mais, parfaitement, les femmes celtes, vous
savez bien ces druidesses mystiques qu'on représente
une faucille d'or à la main et qui avaient des visions
et prophétisaient dans la forêt de Brocéliande, dont
ont tant abusé les romantiques influencés par les romans noirs d'Ann Radcliffe et de Walter Scott et les
cours et les lectures publiques d'Edgar Quinet et
d'Augustin Thierry. Comme Marina a trahi le
Serpent à Plumes pour son «Dieu Blond», ainsi
qu'elle appelait Cortez, elles ont trahi les dieux de
leur race pour assimiler les dieux étrangers et
conquérir leurs vainqueurs, comme plus tard, à
l'époque des grandes invasions, les femmes françaises
ont su civiliser les barbares de tout acabit, Teutons,
Franks, Vikings, et leur apprendre le «doulx parler» de France qui coule comme un miel de leur
bouche. La femme est à la base de la civilisation.
Son giron est un berceau. La Vierge Marie reçoit
dans son tablier l'enfant Jésus qui tombe du Ciel.
Ce n'est pas seulement un mythe et, sur un autre
plan, presque exclusivement spirituel, le même rôle
social était attribué par l'Antiquité aux pythies et
aux sibylles, de Delphes et de Cumes, qui transmettaient la tradition humaine par l'initiation civi-
lisatrice.

— Et que faites-vous des sorcières dont parle
Shakespeare ? Je crois qu'elles étaient d'origine
celte, comme vos Françaises, non ? me dit Paul.

— Demandez-le à votre ami Chadenat, il est inépuisable sur l'hystérie anglaise et leur histoire !

Certes, les vierges de l'Isle-of-Man, le dernier
sanctuaire des Celtes, étaient folles et sanguinaires, et comment ne pas croire à leur hystérie
quand on songe à l'établissement, à la succession,
au partage, à l'unification discutée de la couronne
du Royaume-Uni entre les princes, les roitelets, les
ducs, les chefs des clans montagnards, les descentes
périodiques et les razzias politiques effectuées par
les plus redoutables pirates de la mer, les Norges,
les Danois qui bataillaient à mort autour d'une
Reine, et la possédaient tour à tour, et Shakespeare
a raison de leur faire jouer les sorcières. Mais
n'empêche que sans ce collège sacré des folles de
l'Isle-of-Man, qui détenaient une tradition secrète,
Colomban ne serait pas venu d'Irlande et d'au-delà
avec ses moines savants, prêchant officiellement le
christianisme et cachant Platon sous leur robe de
bure, pacifiant, baptisant, initiant, pérégrinant sur
le continent, et cette science venait d'où dans les
îles de la mer d'Irlande – c'est une énigme, mais
Platon connaissait l'Atlantique et les pirates scan-
dinaves l'Amérique ! – sinon de ces femmes folles
de religion qui se la transmettaient oralement, de
bouche à oreille, comme un grand secret venu de
la mer – quand l'Atlantique était une Méditerranée
– runes de la nuit des temps, la Poésie, le secret de
l'Amour, de l'amour Divin, bien entendu. (Le secret de l'oreiller, c'est encore autre chose, j'ai assez
bourlingué pour le savoir, et c'est inouï ce qu'une
femme peut confier à un étranger de passage, je vous
le garantis, Paul !) Sans toutes ces vierges sages et
sans toutes ces vierges folles, ni l'Angleterre ni la
France ne seraient ce qu'elles sont aujourd'hui, c'est-
à-dire les deux seuls pays de l'honneur en Europe,
d'où leur rivalité jalouse et leur lutte à mort, comme

dirait Chadenat en vous en administrant des preuves manifestes et multiples…

— *Qué calor!* fit Paul après un long silence comme il en tombait souvent entre nos deux hamacs quand nous devisions ainsi à bâtons rompus sur la véranda et qu'on devenait hébété de chaleur. Il y a quelque chose de vrai dans tout ce que vous agitez là. Mais ce n'est pas tout. C'est l'heure. Au travail. Aujourd'hui j'ai des rendez-vous au téléphone avec Londres et Chicago, où nous allons inaugurer *The Rubis C°*, la plus grande et la plus perfectionnée torréfaction de café du monde, un… un *inguenho* comme on disait autrefois chez nous pour désigner toutes les installations industrielles d'une plantation de canne à sucre au temps de l'esclavage, une ingénieuserie, une machinerie quasi automatique. Un jour, vous devriez aller visiter ça, Blaise. On ne va pas tarder à m'appeler.

Et se remuant, se levant, se secouant, allumant une cigarette turque à bout de pétale de rose, consultant sa montre, fourrant le précieux volume sous son bras, Paul me demanda :

— Et Descartes, que devient-il dans votre théorie, Blaise ?

— Descartes et les femmes = zéro. Tout ce que l'on sait, c'est qu'il a fait un enfant à sa bonne. Je le regrette pour sa mémoire. Mais on n'en sait pas plus. J'eusse préféré apprendre qu'il eût fait un enfant par exemple à Christine de Suède.

— Comment, à ce dondon ! s'esclaffa Paul.

— Et pourquoi pas ? Mieux vaut pour un philosophe coucher avec la fée Carabosse qu'avec une bonniche, comme un étudiant pauvre.

— Oh ! Blaise, vous me ferez toujours rire ! Il n'y a que vous pour inventer des choses pareilles.

— Je n'invente rien du tout, Paul. Voyez l'aventure de la reine avec un peintre dans la galerie de Fontainebleau. Elle a été la risée de la Cour. Le cardinal de Retz raconte l'anecdote dans ses *Mémoires*.

— Et que faites-vous, ce tantôt?

— Je vais prendre la *Ford*. Dongo doit me mener à un gué où les tapirs font baignade.

— Je connais. C'est le gué de Bebedouro. Faites attention, Blaise, l'endroit est dangereux.

— Dangereux, Paul?

— Oui, il y règne la fièvre jaune.

— À tout à l'heure, Paul.

— *Atè logo.* Soyez prudent, Blaise. Mais vous êtes un diable d'homme...

9

En fin d'année, nous avions coutume, Paul et moi, de nous adresser des *Christmas-Cables* que l'administration de la *Western* met gracieusement au service de sa fidèle clientèle. On peut même y ajouter, à tarif préférentiel et à condition qu'elles soient rédigées en *clair,* d'autres indications que celles officiellement suggérées de souhaits et de bons vœux. Une année, après la formule d'usage de *Best Wishes* ou de *Happy New Year*, vœux qui sont câblés «groupés» selon leur ville de destination, ce qui représente une sérieuse économie pour la compagnie qui n'a qu'à transmettre l'adresse individuelle, j'ajoutai en post-scriptum :

MON CHER PAUL — DONNEZ VOTRE DÉMISSION DE
PRÉSIDENT DE L'INSTITUT DE DÉFENSE DU CAFÉ.
QUAND ON EST LE FILS DE SON PERE ON N'A PAS LE
DROIT DE DÉTRUIRE LE PRODUIT DE LA CRÉATION ET
DU TRAVAIL HUMAINS. UN GRAIN DE CAFÉ PLANTÉ EN
TERRE MET SEPT ANS POUR PRODUIRE UN ARBUSTE
QUI PORTE SON FRUIT. SI A CAUSE DE L'INTÉRET A
COURTE VUE DES BANQUIERS, L'IMBÉCILLITÉ NOTOIRE
DES EXPERTS, DES TECHNICIENS, DES SPÉCIALISTES
QUI SE MELENT DE VOULOIR DIRIGER L'ÉCONOMIE DU
MONDE ET DONT CHACUN A UNE RECETTE A L'AL-
LEMANDE MIRACULEUSEMENT CACHÉE DANS SA CER-
VELLE, LE BAVARDAGE INTARISSABLE DES POLITICIENS
PROFITEURS ET ARRIVISTES, DES MINISTRES BETES ET
INCOMPÉTENTS MAIS AVIDES ET VANITEUX, DES
HOMMES D'ÉTAT POURRIS ET MENTEURS QUI SONT
EN TRAIN DE PERVERTIR LA RICHESSE RÉELLE DE LA
PLANETE DANS TOUS LES PAYS, SI A CAUSE DE CES MÉ-
DECINS MOLIÉRESQUES LE CAFÉ NE PAIE PLUS, NE LE
JETEZ PAS AU FEU. RIEN N'EST PLUS FAUX QUE LA
THÉORIE DE LA STABILISATION DES PRIX. LES PRIX
ÉTANT UN INDICE ET NON UN ABSOLU, DONC ES-
SENTIELLEMENT VARIABLES, DE ZÉRO A L'INFINI,
AINSI QUE L'ENSEIGNE L'ARITHMÉTIQUE ÉLÉMEN-
TAIRE. EN SOI UN CHIFFRE N'EST RIEN. IL MARQUE
UN RAPPORT, AIGUILLE DE LA CAUSE A L'EFFET ET
VICE VERSA. DE MEME LES PRIX, EN PERPÉTUELLE MU-
TATION. C'EST IDIOT QUE DE VOULOIR EN FIXER LE
BAREME POUR TOUJOURS OU POUR UNE DURÉE PLUS
OU MOINS PROVISOIRE, C'EST CONTRAIRE A LA LO-
GIQUE DES MATHÉMATIQUES ET A LA NATURE DES
CHOSES. PLUSIEURS FOIS DÉJÀ CHEZ NOUS ON A
VOULU DÉFONCER LES TONNEAUX ET ARRACHER LES
CEPS AU PRORATA DU CUBAGE DES CAVES ET DE LA
SURFACE DES VIGNOBLES A CAUSE DES CRISES, MAIS

CELA N'A JAMAIS RIEN DONNÉ, LES VIEUX VIGNERONS ET LES IVROGNES MENAÇANT DE SE RÉVOLTER PLU-TOT QUE DE CÉDER AU CHANTAGE INEPTE ET PLUS DÉVASTATEUR QUE LE PHYLLOXERA DU GOUVERNE-MENT, DE LA BOURSE ET DE LA POLITIQUE. SI LE CAFÉ NE PAIE PAS, RÉDUISEZ-LE EN POUDRE, EN CUBES, EN MATIERE PLASTIQUE SOLUBLE DANS L'EAU MAIS IM-PUTRESCIBLE ET STOCKEZ-LE EN VUE DE LA GUERRE QUI VIENT ET VOUS LE VENDREZ TRES CHER AUX AR-MÉES : SI VOUS NE RÉUSSISSEZ PAS CHIMIQUEMENT OU SI VOUS NE CROYEZ PAS A LA GUERRE POUR DE-MAIN RÉTABLISSEZ LE TROC ET L'ÉCHANGE, DONNANT DONNANT, CAFÉ CONTRE MARCHANDISES, DES ARMES, DES MACHINES, DES BATEAUX, DES AVIONS, DU DRAP, DE LA VERRERIE, DES SOULIERS, DES PRO-DUITS PHARMACEUTIQUES, DES LIVRES SCOLAIRES, DONT VOUS MANQUEZ, VOIRE DES PARFUMS DE LUXE ; SI VOUS NE SAVEZ PLUS QUE FAIRE DE TOUT VOTRE CAFÉ DISTRIBUEZ-LE GRATIS AUX PEUPLES QUI N'EN ONT PAS, A TITRE DE PROPAGANDE OU DE PUBLICITÉ ET VOUS RÉALISEREZ UNE MEILLEURE AFFAIRE D'AVE-NIR QUE D'ÉVENTRER LES SACS OU D'ARRACHER LES PLANTS. LA STABILISATION DES PRIX EST LA RUINE. POUVEZ-VOUS ME DIRE COMBIEN LE GOUVERNE-MENT A PLANTÉ DE PIEDS DE CAFÉIERS ? DEUX, EXACTEMENT, ET EN POT, A GAUCHE ET A DROITE DE LA PORTE D'HONNEUR DE L'INSTITUT DE DÉFENSE DU CAFÉ A RIO, CONTRE LES MILLIONS DE CAFÉIERS PLANTÉS PAR LES BRAVES PLANTEURS PAULISTES. VIVE LEUR INDÉPENDANCE ET LEUR ESPRIT TRADI-TIONNEL D'INITIATIVE ! DÉMISSIONNEZ SÉANCE TE-NANTE PAR AMITIÉ POUR MOI, SINON LE FILS DE SON PERE SERA L'HOMME LE PLUS IMPOPULAIRE DU BRÉ-SIL, ET LE PLUS HAI. – SAUDADES   Blaise.

Je venais de rater une occasion unique d'écrire un chef-d'œuvre dada. Quand je remis mon formulaire au préposé derrière son guichet, l'employé du télégraphe me regarda, ahuri, puis il consulta ses tarifs et transmit finalement mon message insolite mais autorisé en application des règlements exceptionnels en vigueur en fin d'année. Il paraît que mes souhaits et mes bons vœux font date et que l'on me cite encore comme modèle de rédaction à ne pas suivre dans le monde de la transmission électrique qui truste les mots épluchés. Peu importe ce que cela me coûta, même au tarif préférentiel, à vingt-deux francs rien que le signe de ponctuation transmis en toutes lettres. Il paraît que ce qui épata ces gens-là, c'est que je n'avais pas employé une seule fois le mot STOP. L'important c'est que Paulo Prado donna sa démission. Il vint à Paris. Il paraissait soulagé d'un grand souci, m'a-t-on dit. Je n'y étais pas. C'était en 34. La révolution battait son plein à São Paulo. J'étais en Amazonie. Après sa démission, je ne devais plus revoir Paul. Quand il revint en 36, j'étais à Hollywood. En 37, il y avait chez nous menaces de guerre. En 38, il y eut la mobilisation de Munich. En 39, ce fut la guerre et je partis chez l'armée anglaise, en qualité de correspondant de guerre, mener une campagne télégraphique [11].

Quelle torrée que la dernière guerre ! Les généraux ont trouvé cette astuce de faire brûler vif les populations civiles ! C'est le progrès, disent les militaires et de se complimenter entre eux...

Paul était mon aîné d'un quart de siècle. C'est l'homme avec qui j'ai poussé l'amitié le plus loin. De 1929 à 1934, durant les années cruciales de la crise financière mondiale, l'«I.D.C.» a détruit trente-six millions de sacs de café. On a jeté des cargaisons de café à la mer. On a brûlé le café dans le foyer des locomotives. À Santos, une montagne de sacs de cafés empilés les uns sur les autres a brûlé jour et nuit durant toutes les années de la crise et peut-être jusqu'à la déclaration de la guerre. Mettons cinquante millions de sacs. Attila, Tamerlan n'ont pas fait mieux. C'était absurde. On s'en rend compte aujourd'hui. Mais cela n'a servi de rien. On s'apprête à mettre le feu à la planète comme on torréfie un grain de café.

Mais au goût et à l'usage de qui?... car c'est la torréfaction qui donne l'arôme au grain ou l'exalte.

Une nouvelle torrée !

Ainsi va le monde.

Absurdités sur absurdités.

On a honte.

Peut-on s'en consoler en se disant que la Terre tourne ?

Chère Raymone ! C'est sa formule quand un événement la dépasse et qu'elle n'arrive pas à comprendre les mobiles d'un cœur humain tellement les gens savent être moches et souvent mesquine leur conduite. « ... *Et dire que la Terre tourne !...* » s'exclame-t-elle en touchant du bois. Puis elle entre en prière et s'entretient avec ses saints.

La vie des saints aussi est un tissu d'absurdités, ces poètes de l'action, de l'acte gratuit.

Ce n'est que contrainte et forcée que l'Église a adopté ces enfants terribles de l'Église.

— *Voglio cantar una stoltitia nuova !...* chantait Jacopone dans son *in pace* où le détenait le Pape.

Mais pour autant, le poète populaire, précurseur de Dante Alighieri quant à l'emploi de la langue vulgaire, lui, le dialecte ombrien dans la canzonette, ne se taisait pas, en proie à sa folie, une folie nouvelle...

Je veux chanter une folie nouvelle…
  C'est la folie du Ciel !…

chantait-il tous les matins dès qu'il voyait la robe du Pape, qui prenait l'air dans la cour, flotter devant son soupirail. Et le pauvre petit Franciscain de se mettre à l'invectiver du fond de son *in pace :*

— Sur cette pierre tu construiras, mais tu ne peux construire ni édifier sans te livrer, Clément ou Alexandre, ô profane ! à de sordides calculs temporels !…

Et cela durant une dizaine d'années [12].

Sombre poésie de l'esprit, les mathématiques pures aussi sont une mystique, une vérité qui n'est pas de ce monde, sinon sous forme spirituelle. Seule compte ici-bas l'erreur, c'est-à-dire le calcul intéressé, produit des mathématiques appliquées en vue de l'aménagement du monde idéal, qui n'est plus qu'une planète après analyse, que l'on pèse et que l'on mesure et que l'on bombarde à l'aide de chiffres qui fixent aussi bien la trajectoire que la visée des obus qu'ils fixent l'échelle des assurances de toutes sortes, sociales ou sur la vie. Pour l'individu c'est tout comme : *post mortem.*

10

Et moi aussi j'ai fait ma torrée ! J'ai brûlé des livres. Et comme c'étaient des livres espagnols, j'ai eu mon autodafé.

C'était le jour de l'Assomption, à Biarritz, à

l'*Angostura,* chez l'Indienne. Dehors, il pleuvait, mais
comme il pleut l'été à Biarritz, une fine petite pluie
chaude, comme venant d'un vaporisateur, mais
dont les gouttelettes sont suffisantes pour rouiller
les pétales en chair blanche des magnolias. Tout autour de la maison les magnolias étaient en fleur et
leurs lourdes corolles épanouies se détachaient une
à une soulevant un parfum d'embaumement et remuant de la pourriture en tombant. Un grand feu
brûlait dans la cheminée du salon car l'*Angostura,*
construite sur l'emplacement d'un ancien lavoir public, la maison était glaciale, les murs imbibés de
salpêtre qui gagnait et l'Indienne, soigneuse de ses
meubles anciens qu'elle adorait et soucieuse des
Picassos qui avaient rendu sa maison biarrote célèbre et dont plusieurs s'écaillaient déjà sous l'action de l'humidité, entretenait un feu en
permanence dans son salon.

Nous étions assis par terre, parmi les tapis, les
fourrures de vigogne, les réseaux, les rideaux de
plumes exotiques tendus en filigrane devant les fenêtres, des robes, des voiles de cérémonie ayant ap-
partenu à des reines et à des déesses Incas, quelques
échantillons des plus fins et des plus délicats et des
plus exquis de cet art des plumes précolombien, *Arte
plumaria,* que sa fragilité même a exclu des musées et des collections [13], ce qui fait qu'il est à ce
jour presque inconnu bien que sa matière en soit
précieuse, les rets tissés de cheveux d'or et d'argent,
l'entrecroisillon des mailles noué d'une perle d'eau
douce du lac Titicaca comme autant de gouttelettes
de rosée prises dans une chevelure d'ange, le tout
calamistré, dense, lumineux, reluisant, métallique,
fourré, épais, duveteux, profond, chatoyant, léger,
fuyant, zéphyrien au moindre rayon qui s'agglutine

et joue à sa surface comme le vol éblouissant des
colibris baise-fleurs, cet émerveillement des yeux et
de la raison, qui paraît être cousu sur place tant le
battement des ailes est ultra-rapide, et l'oiseau file
en étincelle solaire, aura vibrante de la lumière, pu-
pille, flèche de l'arc-en-ciel, tous les deux en robe
de chambre et nous devisions en riant de notre mésa-
venture.

Comme deux sots nous n'avions pas pensé au
pont du 15 août. Les domestiques étaient de sortie et avaient emporté les clés de la cuisine, du bûcher et de la cave, et, en ville, tout était fermé, les
banques, les boutiques, ou envahi, les bars et les restaurants, par la foule des congés-payés, et nous
n'avions aucune envie de sortir n'ayant pas cent
francs à nous deux. Force avait été de passer
l'Assomption à la maison, d'improviser une dî-
nette en pillant les placards où toute Sud-
Américaine tient des boîtes de *dolce de leite* et de gelée
de *goyabada,* des sucreries et des chocolats derrière
des piles de lingerie intime, et de nous pocharder
gentiment avec les quelques bouteilles de whisky,
de mançanilla, d'*Anis-del-Mono* trouvées au garage
(et un litre de Pernod d'avant guerre oublié dans
ma voiture, l'autre jour, en rentrant d'Espagne), et
l'après-midi s'écoulait gaiement, l'Indienne astiquant
ses meubles anciens qu'elle faisait reluire à l'en-
caustique anglaise, ce luxe plus cher que la cire
d'abeille, lavant ses tiroirs au *N° 5 Chanel*, vidant
dans une cassolette de l'*Eau de Coq* de chez *Guerlain*
pour les désinfecter une fois de plus, comme cela
lui arrivait quand elle ne savait que faire ou faisait
de la neurasthénie larvée ainsi que toute femme qui
se fane et sent se flétrir sa beauté, ce drame muet
à retardement et à plusieurs épisodes, me racontant

des histoires et, moi, triant un lot de vieux livres espagnols et jetant au feu les tomes dépareillés et les
volumes par trop avachis, dont des douzaines et des
douzaines de catéchismes inutiles et des livres pé-
rimés de prières, remplissant les verres, secouant le
shaker, dosant les mixtures, laissant parler ma vieille
et chère amie, qui sautait d'un sujet à l'autre comme
un oiseau bavard de son pays où les essences sont
très mélangées, du palmier au rhododendron et de
la mousse des neiges éternelles au papyrus tropical,
d'un arbre à l'autre, d'une essence à l'autre, des cactus dans les jonquilles, parlant de Paris, de Londres,
de Rome, de Bayreuth, du Caire, de La Paz où elle
était née, car la grande dame était Bolivienne d'origine, des maisons qu'elle avait eues à Chelsea et avenue du Bois, car elle avait été une femme à la mode,
des gens qu'elle avait connus, elle avait vu des lords,
des grands d'Espagne, des ambassadeurs, des banquiers à ses pieds et toute sa vie durant elle avait
jeté les millions par les fenêtres (comme à moi, l'argent lui brûlait la paume des mains), des grandes
modistes et des grandes couturières dont elle avait
été la cliente extravagante mais celle qui donnait le
ton, des peintres qui avaient fait son portrait
(Sargent, Boldini), des hommes célèbres qu'elle avait
fréquentés (elle me montra, ce jour-là, Guy de
Maupassant inaugurant officiellement la plage
d'Étretat, comme m'avaient parlé avec émoi, et
presque dans les mêmes termes, Jacques Truelle et
Gouy d'Arcy, alors des parfaits jeunes gens du
monde et à la mode, de Marcel Proust, les jeunes
Parisiennes émoustillées d'étrenner les vagues, en
costume de bain à jupe, soudainement émues non
pas de faire trempette, mais de voir s'approcher et
passer au bord de l'eau, escorté du sous-préfet, le

fameux don Juan du faubourg Saint-Germain, tout habillé de noir, sa moustache à scandale au vent, humant l'air du large comme un étalon et laissant tomber de haut un regard stupide sur le troupeau des tremblantes cavales, puis s'éloignant d'un pas lent, le corps las, écrire pour *Le Gaulois* du dimanche ou le supplément illustré du *Gil Blas* le premier «papier» sur les plages à la mode!)

Était-ce l'effet des alcools ou des mixtures qui vous jouent de ces mauvais tours, ou la mélancolie, celle qui s'élève du passé ou celle qui tombe avec le crépuscule, ou ma vieille amie se sentait-elle soudain particulièrement fatiguée ou gagnée par les regrets, mais ce qui me frappa le plus vers le soir fut de constater que l'Indienne ne parlait ni de son mari ni de ses enfants, comme une vieille retombée en enfance qui remue ses souvenirs plus personnels, des rêves, ceux qui sortent de la *nursery* quand la porte de cette chambre secrète s'entrouvre et laisse passer l'âme d'une innocente en longue chemise de nuit qui se faufile comme un somnambule silencieusement dans le monde des grandes personnes, exploration et découvertes qui marquent un être pour la vie, quels que puissent être cette vie, et les événements mondains par la suite. Il est vrai que la chère femme était très âgée. Ayant eu à peu de temps de là à m'occuper de faire renouveler ses passeports, j'eus l'occasion de constater que mon amie aurait pu être ma mère, voire ma grand-mère et aujourd'hui qu'elle a atteint et dépassé le terme fixé par l'impératrice Eugénie, qu'elle a passé outre, je suis enclin d'admettre qu'elle eût pu être mon arrière-grand-mère.

À un moment donné, et comme la nuit venait, l'Indienne alla s'étendre devant le feu, et je jetai dans la cheminée une brassée de vieux livres qui se mirent à flamboyer, si bien que je n'eus point à donner l'électricité quand la nuit tomba complètement.

Elle avait été la cadette de six sœurs, disait-elle, et l'enfant gâtée de son père. L'aînée était morte au couvent des Carmélites, d'un cancer au sein, croyait-on, mais le cœur rongé d'amour mystique. La seconde avait été ambassadrice au Japon. C'était la mère de son neveu, ce garçon extraordinaire, l'orgueil de toute la famille et qui était venu se suicider dans ma chambre à Paris, et sur lequel *Dan Yack* [14] avait exercé une grande influence, prétendait-elle. La troisième était la mère de cet autre neveu, que je connaissais également, celui qui habitait un château en Écosse, cet homme sombre, ce veuf inconsolable, qui enchaînait sa fille unique sur son lit et qui la battait avec des verges tous les vendredis. La quatrième était restée vieille fille. C'est elle qui s'entourait de servantes indiennes, des naines qu'elle faisait venir d'une certaine tribu perdue dans la montagne, des jouvencelles goitreuses et dévergondées, ce qui faisait scandale à La Paz, comme elle me l'avait déjà raconté, mais qui initiaient sa sœur aux rites de leur religion, très semblable à celle des Diablesses du Thibet, avait-elle entendu dire par Lord Carnarvon, le directeur des fouilles de Toutankhamon, qui s'y connaissait et à qui elle en avait parlé un soir de bal au *Savoy*. La cinquième était morte lors d'une épidémie d'influenza en Angleterre, alors qu'elles étaient toutes deux en pension. C'est avec cette dernière qu'elle s'entendait le mieux.

Sortie de pension, elle-même avait été mariée et avait mené cette vie étourdissante et vide qu'octroie une grande fortune dans le monde des salons et des ambassades où l'on ne rencontre que des êtres

brillants, certes, entraînants, séducteurs, mais terriblement superficiels et blasés, malgré leurs
grandes et charmantes manières. Tout cela ne
comptait pas, à la fin, pas même les fêtes inoubliables dont on a été la reine, disait-elle. Le
monde, et plus il est grand, c'est le triomphe de
l'égoïsme. Ce qui comptait, c'était la vieille maison de La Paz, quasi déserte, dans une rue abandonnée, une espèce de palais de bois presque aussi
sonore qu'immense, de guingois sur la rue en
pente, sa façade dorée et digne du vice-roi toute
surchargée de balustres et de balcons ouvragés
comme les jalousies d'Orient, où elle entraînait, es-
piègle, ses sœurs en des parties folles, chacune son
babiche sous le bras et la bouche pleine de sucreries, à ne pouvoir parler, étouffant de rire ; la bâ-
tisse vertigineuse donnant par-derrière comme une
lamasserie sur un à-pic de plus de mille mètres de
profondeur, chaque fenêtre, et il y en avait des centaines, grandes et petites, percées au hasard dans
cette effrayante surface de planches obliques glissant dans le vide et toute barbouillée de soleil,
chaque lucarne découvrant les montagnes nues d'en
face, un ciel en entonnoir où tournait toujours un
condor et d'où l'on guettait, en saison, sur le sentier en lacet qui descendait de la cordillère la
longue file de la caravane des Andes qui venait des
lointaines plantations, leur père, monté sur un
cheval blanc, en tête de centaines et de milliers de
mules, pas plus grand que ça dans le paysage, et
lui tirait des coups de fusil en l'air pour signaler son
arrivée. On guettait parfois de si longs jours qu'on
en était désespéré. Il y avait bien des détonations,
mais c'était des pierres qui se détachaient des
sommets pour rouler dans le précipice. Il y avait

bien des silhouettes sur le sentier, mais c'était le
vent, le vent des hauteurs, le méchant vent qui faisait danser des tourbillons de poussière et qui les
rabattait en sifflant. Quelle désolation ! Et là-haut,
le condor tournait, tournait toujours, solitaire.

   Leur mère était une femme très douée mais taciturne, qu'on ne voyait pas beaucoup, occupée
qu'elle était avec ses servantes indigènes à des mystérieuses broderies compliquées qui n'en finissaient
pas et sur lesquelles elle s'usa les yeux sans en venir
à bout, devant mourir aveugle, très âgée, dans une
grande pièce sombre, sentant le cuir vert et l'encens et tout encombrée de métiers à tisser, de canevas, de tambours à broder, d'écheveaux de
laine, de soie, de bobines, de pelotes, de cordelettes,
de tresses, de pièces d'étoffe enroulées, de draps
pliés, de boîtes et de cartons pleins de verroterie
et de clinquant, de monceaux de fourrures, de
feutres, de pailles, de raphia colorés, de plumes
nouées dans des sièges, d'édredons, de fleurs ar-
tificielles, de cages d'oiseaux, de bijoux en vrac dans
des caissettes en bois blanc, de cierges et de bougies, immense chambre aux boiseries craquantes,
reléguée au bas bout de la maison, où les six
sœurs n'avaient pas le droit d'entrer, sauf par faveur exceptionnelle quand elles avaient été sages
toute une semaine, car elles y créaient trop de
désordre, disait leur mère, et distrayaient les
Indiennes de leur tâche en leur faisant raconter des
contes et des légendes ou en leur faisant chanter
en chœur des hymnes nostalgiques en quéchoua,
ce qui les faisait pleurer, toutes, les matrones et
les plus jeunes, qui se mettaient en rang, en branle
et entraient dans la ronde. Oh ! que c'était triste !
Mais durant les trop brefs séjours de leur père, la

maison était en fête, aussi bien à l'aller qu'au retour.

La caravane venait des lointaines plantations deux fois par an, à dates fixes. En descendant, elle ne restait que deux, trois jours, histoire de laisser souffler les bêtes, puis elle repartait, plus loin, plus bas, livrer les précieuses récoltes et autres denrées rapportées des hauts plateaux, allant jusqu'au Chili des tremblements de terre, s'arrêtant dans les ports du Pacifique, poussant jusqu'à Valparaiso. Les bêtes de charge trimbalaient dans des petits sacs de cuir du café en tout petits grains et d'une qualité unique au monde, ainsi que des graines de cacao, des ballots de laine, de crin végétal, des chargements de coton, des peaux de vison et de chinchilla fourrées dans des longs sacs de toile en cacolet sur l'échine, des fourrures de vigogne, des lainages précieux dans des housses, et jusqu'à des boules de caoutchouc venant des forêts du Matto Grosso et de l'Amazonie dans des cageots, de la farine de manioc, du maïs en des paniers tressés fin, du coca, de la quinine en fagots d'écorces ou *quill's,* des piments plus recherchés que ceux de Tucuman, de la cochenille, des cantharides, des champignons de longue-vie en poudre dans des calebasses cachetées, du miel sauvage en barillets, des pains de sucre, de la cire, de la résine odoriférante, de la gomme en barres et en morceaux et en mottes, et il y avait toujours dans le convoi quelques bêtes lourdement chargées de blocs de cristal de roche ou de quartz qui faisaient crever leur bât. En tête venait le père, dont les arçons étaient remplis de petites bourses en maroquin pleines de poudre d'or, de perles blanches et de menus diamants, de saphirs, d'émeraudes, de grenats, et les baculs des montures des Indiens qui

l'entouraient, un peloton de jeunes, sélectionnés
pour leur intelligence ou leur taille, armés d'une
lance et deux ou trois d'une carabine, comme lui à
cheval et bien assis dans leur haute selle à San Bento,
les pieds nus, le gros orteil passé dans l'étroit étrier
et à l'un ou à l'autre talon l'éperon à l'espagnole,
très long et à grosse molette tribranche acérée ou
se terminant en croc dangereux comme un ergot de
coq de combat, étaient gonflés de lingots d'argent.
Derrière ce groupe trottinait la Santa-Maria ou
Madre, la Mule-Mère, la maîtresse bête de la caravane, toute caparaçonnée de grelots de cuivre et de
bronze et habillée de lambeaux de flanelle rouge et
de rubans, la crinière, la queue tressées, les sabots
dorés, les oreilles ornées d'un plumeau d'aigrettes,
les yeux faits, maquillés au bleu, à l'ocre, à la craie
jaune, une campane d'argent sous le menton dont
le carillon entraînait les autres bêtes et portant sur
son dos une image de Santa Rosa de Lima. En
queue, les *arrieros* criards, montés sur des mulets
de rechange, poussaient devant eux les bêtes éclo-
pées et celles qui ployaient sous les charges de four-
rage, une équipe munie de frondes, et de sarbacanes
qui veillait à la bonne tenue en ligne du troupeau
et à la marche régulière de la caravane, frappant les
bêtes de loin d'un coup de pierre pour les faire rentrer dans la file ou envoyant dans la tête à longues
oreilles de celles qui avaient tendance à s'arrêter en
chemin ou à s'écarter du sentier, d'un puissant coup
de souffle, de la grenaille de plomb. D'une façon
générale ces muletiers sont des taciturnes, mais il
y avait toujours dans cette équipe un métis qui racontait des blagues tout le long du voyage, un
jeune berger musicien qui jouait de la flûte ou un
vieux péon apostolique qui avait dressé pour les filles

du maître une nichée de bêtes sauvages, lémures, écureuils volants, rats palmistes, un drôle d'échassier à tête de philosophe, une tendre vigogne ou tout simplement un bon chien, et qui sortait de la solitude oubliée de son *sitio* après tant et tant d'années écoulées qu'il ne savait plus à qui rendre hommage, les filles étant déjà mariées. Oh! que de mélancolie indicible dans le regard du pauvre homme qui avait l'air de tomber de la lune et qui ne comprenait pas comment cela avait été possible qu'il se fût à ce point perdu dans son rêve et, tirant des nuits entières sur sa pipe, se complaisant dans son intention de séduire et de venir un jour en ville faire plaisir aux petites!

— Comment, disait-il, *las niñas* ont déjà quinze ans?

L'enfer est pavé de ces bonnes intentions-là! Les petites n'avaient pas quinze, mais dix-huit, vingt et vingt-deux ans. Certaines étaient déjà en Europe. D'autres étaient déjà mariées. L'une ou l'autre était bien morte. D'ailleurs, personne ne savait au juste de quelles petites le bonhomme entendait parler et à qui il destinait son cadeau. On l'envoyait déconcerté faire un tour aux cuisines. On lui servait un coup d'*aguardiente*.

— Pauvres de nous! s'écriait-il en se signant au nom du Père, du Fils et du Saint-Esprit, et il jetait le fond de son verre dans le foyer.

Une flamme de punch lui pouffait au nez. Les servantes se moquaient de lui, se gaussaient, et il sortait ne sachant plus que faire, se sentant vieux, d'un seul coup. Quelle tristesse! Beaucoup ne retournaient jamais plus dans la montagne libre ou leur *estancia* isolée au fond d'un vallon à l'écart. On les voyait quelque temps encore rôder aux abords de la maison, puis on les retrouvait plus tard sous le porche de la cathédrale, accroupis sur leurs talons, enroulés dans leur *poncho,* le grand chapeau conique entre les genoux, leur tignasse dans les yeux, tirant sur leur courte pipe, perdus dans leur rêve, des vieux mendiants. O mon Dieu, toute la fortune du père n'y aurait pas suffi car ces vieux avaient de la marmaille et de la marmaille, à n'en plus finir... Quelle misère !

Mais au retour des bas pays c'était tout autre chose et durant une bonne quinzaine la vieille maison était en fête. Les fontes du père et de son petit escadron étaient pleines de piastres, de doublons, d'écus d'or et d'argent, des dollars chinois, des Marie-Thérèse, thalers d'Abyssinie, et les bêtes éreintées de la longue remontée de la côte du Pacifique à La Paz rapportaient des meubles, des caisses et l'on déballait des lampes à suspension, des batteries de cuisine en émail, des horloges, des boîtes à musique, des cache-pot, de la faïence, de la vaisselle, des livres, des tableaux, de la verrerie, de la coutellerie, des rideaux, des tapis, des portières, des rocking-chairs, des causeuses, des poufs, des bergères, des fauteuils dorés, des chaises cannelées, des meubles anglais pour la salle à manger, un secrétaire pour le boudoir de maman où elle ne mettait jamais les pieds sauf durant les brefs séjours du père, des chiffonniers ou des tables à ouvrage pour nous, les filles, et les belles robes et les chapeaux de Paris que nous espérions depuis si longtemps et que nous brûlions d'impatience d'essayer séance tenante, mille bibelots tous plus amusants les uns que les autres, et des savonnettes et des parfums ! Durant ces quinze jours papa invitait les notables à sa table et c'étaient des festins servis dans la vieille argenterie de famille, armoriée et lourde. La maison était sens dessus dessous durant ces quinze jours et les servantes et les domestiques n'étaient pas oubliés, pas plus que les muletiers, les bergers, les péons du voyage et les Indiens qui travaillaient dans les plantations ou qui gardaient les troupeaux dans la montagne. Des messagers partaient porter le salaire des ouvriers et distribuer le pantalon de coutil et les deux courtes chemises aux hommes, deux longues chemises et un jupon de toile aux femmes, habillement auquel les uns et les autres avaient droit deux fois par an, et il était également coutume durant ces quinze jours de célébrer les mariages, les baptêmes, de faire dire les messes des défunts, de régulariser les unions, d'enregistrer et de tenir à jour les états civils avant le départ des gars et des jeunes ménages, les tenanciers des *rancios* nouvellement redistribués ou des nouveaux défrichements ou herbages, et c'était un défilé de tabellions et d'ecclésiastiques avant le départ de la caravane des Andes, de parents, d'amis et de connaissances, la maison regorgeait de monde et tout le monde était à la joie. Mais les plus heureuses de tous, c'étaient nous, les filles, qui tenions enfin notre père.

— Dieu, ce qu'il était beau, mon père ! Le matin, de bonne heure, lorsqu'il faisait ses ablutions sur son petit balcon, le seul qui donnât sur le précipice derrière la maison et qui était suspendu dans le vide, mes sœurs et moi, chacune passant la tête par une lucarne, nous suivions le cœur battant chacun de ses mouvements et nous poussions des cris de frayeur quand il se vidait des litres d'eau de Cologne sur le corps et se frictionnait énergiquement, craignant voir le balcon vermoulu et qui tremblait à chaque mouvement de papa, s'effondrer en l'entraînant dans le vide ; mais papa levait la tête, souriait, nous faisait des gestes de menace et nous ordonnait, roulant des gros yeux et faisant la grosse voix, d'avoir à nous cacher et de disparaître ! Mais il n'en pensait pas un mot, le cher, et, à moi, il m'envoyait un baiser...

Ne sachant pas comment le père est mort et s'il ne s'est pas finalement rompu les os en tombant au fond du précipice, le frêle balcon s'étant effondré un matin sous le poids d'un si bel homme, je ne vais pas m'improviser le barde de l'épopée de cette famille. Chaque famille patricienne du Nouveau Monde en a autant à raconter et j'espère bien que *Les Géorgiques Andines* seront chantées un jour par un poète du cru, un enfant du pays, élevé dans une *hacienda,* de préférence à l'un de ces bacheliers comme il y en a tant dans toutes les capitales de l'Amérique du Sud qui singent de loin et avec quelques lustres de retard les derniers surréalistes de Montparnasse ou de Saint-Germain-des-Prés, un garçon simple et ignorant qui aura eu comme nou-nou une Indienne et comme maître un berger solitaire qui tire des augures du vol en cercles plus ou moins resserrés d'un condor et qui inventera un rythme adéquat à quatre siècles de civilisation familiale, ce que chaque adolescent de là-bas a présent à la mémoire pour l'avoir entendu dire et redire, cette épopée, épopée dont je ne veux relater qu'un unique épisode (un épisode inédit quoique historique, et que je savais faire plaisir à Chadenat en le lui rapportant). Je le conte sous la forme d'anecdote et non sur le ton épique.

Le voici :

— Lorsque grand-père fit son coup d'État et se proclama président de la République, il ne tarda pas

à être très mécontent des notables de La Paz, ses
partisans, réactionnaires ou libéraux se montrant être
beaucoup trop timorés, et dans un mouvement
d'humeur il déménagea la capitale du pays de La
Paz à Sucre, me racontait l'Indienne. Alors, il
convoqua à la Présidence le ministre de Grande-
Bretagne avec qui il avait depuis longtemps un différend et lui dit :

«Excellence, ce n'est pas pour vous remettre
l'ultimatum dont je vous ai menacé à diverses reprises en cas de mon accession au pouvoir que je
vous ai convoqué, mais bel et bien pour vous déclarer la guerre en bonne et due forme. Je considère,
donc, que nous sommes, la Bolivie et le Royaume-
Uni, en état de guerre légitime et que les hostilités
sont ouvertes à partir de la présente minute. J'ai
l'honneur de vous remettre vos passeports. Une escorte de l'armée nationale vous reconduira à la frontière avec tous les égards dus à votre rang, passé la
porte de mon cabinet. Mais comme la Bolivie n'a
pas d'accès à la mer, ne dispose pas de flotte, est
un pays pauvre et comme, d'autre part, je me demande avec pitié comment *the Great-Fleet* de Sa
Majesté pourrait bien faire pour pénétrer dans nos
montagnes et venir bombarder ma capitale, j'ouvre
le feu en vous priant de bien vouloir prendre
connaissance de ce document qui est depuis ce matin
le seul atlas officiellement en usage dans toutes les
écoles de la Bolivie et sera dorénavant le seul qui
aura officiellement cours jusqu'à la conclusion de
la paix. Veuillez le remettre à votre toute gracieuse
souveraine S. M. la Reine Victoria.»

Et en congédiant le ministre de la Grande-
Bretagne, le grand-père de mon amie lui remit un
atlas scolaire dans lequel l'Angleterre et toutes les

possessions britanniques dans le monde avaient été
effacées.

— Que Son Excellence m'excuse, disait le vieux
renard, mais je ne dispose pas d'une autre arme.
Votre flotte peut toujours venir, je suis bien tranquille, on ne verra point flotter l'Union Jack par ici…

— Dommage que la graine n'en soit pas plus répandue, mais le grand-père de votre amie est un fameux lapin! s'écria Chadenat enchanté de
l'anecdote. Je vais immédiatement écrire à mon correspondant de La Paz car je ne possède pas et n'ai
jamais vu cet atlas. Comment vous remercier de me
l'avoir signalé, cher ami?

— Écrivez plutôt au ministère de l'Éducation nationale, à Sucre, capitale actuelle de la Bolivie. La
Paz est exactement à 3 645 mètres d'altitude, à la
hauteur de l'Aiguille du Goûter, et l'air est si raré-
fié que cela vous grise et que l'avion qui m'y a déposé la première fois, un *Morane,* n'y trouvant plus
d'appui, n'a jamais pu décoller ni se réenvoler et qu'il
a fallu le démonter et le descendre en pièces déta-
chées à dos de mulets! Peut-être qu'en cherchant
bien ils en trouveront encore un exemplaire dans
leurs archives à Sucre car cet atlas n'a fait qu'un
temps. Je sais qu'il est rare.

— Et vous ne savez pas quel était leur différend?

— Oh! vous savez, répondis-je, une question de
finances, probablement une affaire d'emprunt, vite
réglée.

— N'empêche, s'ils exagèrent, ces dictateurs
sud-américains sont des gens d'esprit! dit Chadenat
en se frottant les mains.

Il était content.

11

Tout ce qui touche aux livres est magique.

Ruand je faisais le nègre à la Mazarine, copiant à la main (de mon écriture de chat !) les épais romans de chevalerie en vue d'une nouvelle collection de la *Bibliothèque Bleue*, modernisant l'orthographe (moi, qui n'ai jamais pu me fourrer l'orthographe en tête !) de la vieille prose de la Table Ronde, unifiant la ponctuation (moi, qui venais de supprimer la ponctuation dans mes plus récents poèmes !) des grimoires du Roi Arthur, remettant ma copie in extenso à Guillaume Apollinaire qui se bornait à y pratiquer des coupes sombres (ce qui avait le don de me mettre en rage !) et de signer le texte (ce qui me laissait absolument indifférent, les romans du fameux cycle de la quête du Graal n'étant tout de même pas de lui, pas plus que *Perceval* n'est allemand et de Richard Wagner !) et de l'apporter à son tour à Pierre-Paul Plan, un érudit (hum ! oui, son *Rabelais...*, mais quel pauvre homme !) qui le signait aussi et assumait la responsabilité de la collection vis-à-vis du négrier qui lui donnait généreusement quatre cents francs par volume, somme que Pierre-Paul Plan partageait honnêtement, je veux croire, avec Apollinaire, et Guillaume partageait, toujours honnêtement, je veux bien le croire encore (une foutue école pour faire ses débuts dans les lettres !), la moitié avec moi, bien entendu à l'insu de l'éditeur qui eût été capable de ne pas être d'accord et de leur couper les vivres, si bien qu'il me revenait un transparent billet de cent francs comme salaire pour un travail absorbant qui

me prenait plusieurs mois par volume ; et il y aurait eu de quoi désespérer [15] si, chaque jour, je ne
m'étais fait apporter par le garçon de la bibliothèque
à la table de la «Réserve», où ma place était retenue, un incunable que j'ouvrais toujours au même
signet, perdant, grâce à ce malheureux billet de cent
francs, prodigalement mon temps à contempler un
bois gravé en pleine page représentant *Fortunatus
à cheval, avec sa Bourse et son Chapeau,* et je me revoyais chevauchant de compagnie avec mon patron
Rogovine dans les montagnes de la Petite et de la
Grande Arménie, troquant notre camelote contre
des antiquités, des gramophones, des horloges,
des coucous de la Forêt-Noire, des réveille-matin
à peigne à musique ou à sonnerie, des montres, des
faux bijoux de Pforzheim, des articles de Paris
contre des aiguières et des plats en argent repoussé,
des vases cloisonnés, des coupes à cabochons, des
tapis précieux, des émaux, de l'orfèvrerie, des miniatures érotiques persanes, des poignards damas-
quinés, des armes, des pistolets d'arçon, des longs
fusils incrustés de nacre et d'argent, des mors de
cheval, des éperons, des étriers, des heaumes en
bronze, en airain, en un alliage d'or, en argent bleuté
à l'antimoine, des harnachements et des trousse-
quins enrichis de pierres de lune, topazes et tur-
quoises, des tissus, des voiles arachnéens de
Boukhara, de l'essence de jasmin et de rose – et des
perles de contre bande dans une épine ! – trafic passionnant, prenant, intéressant, amusant, qui re-
querrait toute mon attention, un esprit vif et
calculateur, prompt à prendre une décision, apte à
saisir l'occasion au vol, quitte à courir un risque,
dissimulateur et posé pour savoir encaisser une
tromperie avec le sourire tout en me réservant la

revanche et la belle, ce qui ne réussissait pas toujours sans quelque discussion hasardeuse et des démêlés plus ou moins aventureux, je chevauchais, un
livre de classe à la main et, en selle, préparais mon
bachot et mes examens, sciences et lettres, en vue
de mon admission à la Faculté et j'avais choisi la
Faculté de médecine pour épater mon père qui avait
voulu me tenir dans ses bureaux !) et, depuis ma plus
tendre enfance, depuis que maman m'a appris à lire,
j'avais besoin de ma drogue, de ma dose dans les
vingt-quatre heures, n'importe quoi, pourvu que cela
soit de l'imprimé ! C'est ce que j'appelle être un in-
guérissable lecteur de livres ; mais il y en a d'autres,
d'un tout autre type, la variété en est infinie, car
les ravages dus à la fièvre des livres dans la société
contemporaine tient du prodige et de la calamité
et ce que j'admire le plus chez les lecteurs assidus,
ce n'est pas leur science ni leur constance, leur
longue patience ni les privations qu'ils s'imposent,
mais leur faculté d'illusion, et qu'ils ont tous en commun, et qui les marque comme d'un signe distinctif
(dirai-je d'une flétrissure ?), qu'il s'agisse d'un savant érudit spécialisé dans une question hors série
et qui coupe les cheveux en quatre, ou d'une mi-
dinette sentimentale dont le cœur ne s'arrête pas
de battre à chaque nouveau fascicule des interminables romans d'amour à quatre sous qu'on ne cesse
de lancer sur le marché, comme si la Terre qui
tourne n'était qu'une rotative de presse à imprimer.

Un des grands charmes de voyager ce n'est pas
tant de se déplacer dans l'espace que de se dépay-
ser dans le temps, de se trouver, par exemple, au
hasard d'un incident de route en panne chez les can-
nibales ou au détour d'une piste dans le désert en
rade en plein Moyen Age. Je crois qu'il en va de

même pour la lecture, sauf qu'elle est à la disposition de tous, sans dangers physiques immédiats, à
la portée d'un valétudinaire et qu'à sa trajectoire encore plus étendue dans le passé et dans l'avenir que
le voyage s'ajoute le don incroyable qu'elle a de vous
faire pénétrer sans grand effort dans la peau d'un
personnage. Mais c'est cette vertu justement qui
fausse si facilement la démarche d'un esprit, induit
le lecteur invétéré en erreur, le trompe sur lui-même,
lui fait perdre pied et lui donne, quand il revient à
soi parmi ses semblables, cet air égaré, à quoi se re-
connaissent les esclaves d'une passion et les prisonniers évadés : ils n'arrivent plus à s'adapter et la
vie libre leur paraît une chose étrangère.

   Au Moyen Age, le chevalier croisé de l'Occident
qui tombait prisonnier entre les mains d'un janis-
saire hongrois et qui ne pouvait payer sa rançon,
le boyard Polonais prisonnier de guerre d'un co-
saque zaporogue, l'hetman des Cosaques prisonnier d'un Tartare, le prince tartare d'un Kirghiz ou
d'un Kalmouk, le khan Kirghiz ou Kalmouk d'un
Mongol, les chefs des brigands mongols, d'un soldat chinois, fils du Ciel, partout la soldatesque in-
cisait la plante des pieds du captif pour lui fourrer
entre la chair et la peau du crin de cheval haché
menu-menu, et on lui recousait la semelle de la
plante des pieds, et on le relâchait sous les risées,
et le captif avait toute liberté d'aller disputer sa pitance parmi les chiens, licence de barboter dans la
boue en dehors des remparts, autour du camp volant, aux abords de l'aoul, sur la place du village,
dans la cour de la caserne, et l'on voyait le malheureux pour ne pas avoir à poser les pieds à plat
sur le sol faire des efforts désespérés pour arriver
à faire le grand écart et s'entraîner à marcher de

champ, les pieds tordus en dehors, avançant péniblement sur les chevilles pour éviter les piqûres
absolument intolérables de ces milliers et de ces milliers de petits poils de crin qui, sinon, se plantaient
dans ses chairs tuméfiées, comme on peut encore
rencontrer aujourd'hui des libérés politiques qui ont
les pieds tordus pour avoir trop longtemps traîné
le boulet dans les bagnes de Sibérie, les entraves
dans les camps concentrationnaires du IIIe Reich,
les chaînes dans la cellule des condamnés à mort
de Fresnes et faire la grimace en marchant comme
s'ils subissaient la torture, et avoir tous cette démarche clownesque qui faisait déjà rire le soldat de
l'Empereur, à la haute époque des Ming, et qui s'appelait *le pas du canard chinois,* pas chancelant, commun à tous les lecteurs tant soi peu prisonniers de
leur vice comme si on leur avait introduit entre l'in-
fundibulum et l'hypophyse des imprimés hachés
menu-menu qui leur démangent comme un mil-
liard de fourmis rouges les replis de la cervelle, car
bien rares sont les humains qui sont assez solides
pour supporter sans fléchir, ainsi que des caryatides,
un balcon énorme et délicat, de la tête, le poids
d'une bibliothèque.

Chadenat, par exemple, était un lecteur pur, qui
lisait pour lire, sans jamais broncher, un athlète de
lucidité, mais il avait le vice de la collection ou une
déformation professionnelle de libraire et ne pouvait vivre hors de sa bibliothèque ; Rémy de
Gourmont, qui ne pouvait également pas vivre hors
de sa bibliothèque, lisait pour faire le vide, non pas
autour de soi, mais en soi, comme s'il eût été la proie
de je ne sais quel vertige moral qui le tourmentait secrètement et le retournait comme saint
Laurent sur le gril ; Paul Prado, réaliste, cosmopolite,

mondain et pas désintéressé pour un sou, lisait entre
autres dans le but de doter sa petite patrie pauliste
de ses titres de noblesse et son immense fortune
lui permettait d'acheter les documents originaux,
les exemplaires uniques, les livres rarissimes, tout
un passé oublié, pour constituer une bibliothèque
orgueilleuse et en faire don à sa ville natale;
t'Serstevens lit, prend des notes marginales pour
éclairer sa lanterne, comparer, comprendre, s'instruire, rire, n'être pas dupe et, bien équilibré
comme il l'est, jouir, mieux jouir de la vie, des sens
et de l'esprit, mais lui aussi possède une bibliothèque
et ne peut vivre longtemps séparé d'elle; quant à
moi, j'ai déjà dit que je suis un intoxiqué de l'imprimé et qu'il me faut ma dose journalière. Si
cette brute de Korzakow m'a amputé de bonne
heure de ma bibliothèque, il ne m'a pas guéri de
mon vice, et je dois lire, et c'est pourquoi, depuis
qu'il a vendu mes caisses de livres, je rôde de par
le monde, tombant d'improviste chez des amis qui
se demandent ce que je viens faire chez eux, m'enfermant tout le jour dans ma chambre ou me reti-
rant dans les bois à la campagne ou au fond du parc
pour dévorer leur bibliothèque avec frénésie, surtout si elle contient la collection des *Mémoires* de
l'histoire de France ou des *Chroniques* de navigateurs lusitaniens et des *Œuvres complètes* car j'ai le
sadisme de vouloir épuiser un auteur en lisant
non seulement tout ce qu'il a pu écrire, depuis A
jusqu'à Z, mais encore tout ce qu'on a pu écrire
sur lui !

C'est de la folie. Il n'y a pas de fin à la lecture.
Certains lisent méthodiquement. D'autres oublient
de vivre pour prendre des notes savantes dont ils
ne savent que faire et accumulent et oublient par

la suite. D'autres encore vivent dans la fiction.
Tous, nous sommes dans l'imaginaire et quel drôle
de cortège qui défile clopin-clopant et parade, des
esprits très divers, mais tous avançant *au pas du canard chinois* et barbotant du bec à la recherche de
Dieu sait quelle maigre pitance mentale, sous les
huées, sous les risées, mais fier chacun de son in-
firmité particulière et chacun gardant son quant-à-
soi, captifs libérés, prisonniers d'une noble cause,
chacun a son idée, chacun a son image de la Vie.
Un livre, un miroir déformant, une projection
idéale. La seule réalité ou c'est tout comme.

«*Comme si...*», tremplin de toute métaphore, littérature, et je bourrais le foyer avec, le foyer de la
chaudière de l'*Hôtel des Wagons-Lits* à Pékin, et je
lisais le *Mercure* et ses publications avant de bourrer la chaudière avec, et je lisais encore le *Mercure
de France* à bord de l'*Almanzora*, vingt ans plus tard,
la section française de la bibliothèque du bord de
ce luxueux paquebot anglais ne comportant que la
collection de la revue mauve, de son premier à son
plus récent numéro, et je souriais de constater que
notre rencontre avait tout de même compté puisque
Rémy de Gourmont parlait de moi dans l'une ou
l'autre de ses chroniques, à propos d'un homme qui
pouvait rompre tous les liens sociaux, partir, sans
jamais plus donner de ses nouvelles, même pas envoyer de l'autre côté du monde une simple petite
carte postale illustrée, ou encore mentionnant notre
visite au cinéma, sans citer mon nom, bien entendu,
puisqu'il ne le connaissait pas, contrairement à
Guillaume Apollinaire qui, sachant mon nom, ne
l'écrivait pas en consacrant une chronique entière
de *La Vie anecdotique* à *L'Errant des bibliothèques* [16]
– or, apprenez chère madame Louise Faure-Favier

que cet errant c'était moi, puisque le personnage vous a intriguée et la chronique amusée, dites-vous dans votre petit livre de souvenirs gentils et que vous avez soulevé la question [17]; et la bibliothèque du bord du *Volturno* ne comportait que les *Œuvres complètes* de Goethe, en allemand, et durant l'année que j'ai passée à bord du sinistre cargo d'émigrants, je n'ai lu que du Goethe; et à bord d'un autre j'ai lu tout Kipling, en anglais; et à bord d'un autre encore Dostoïewsky, en russe, ou saint Jean de la Croix, en espagnol, que je m'amusais à traduire; ou Jack London; ou Zola; ou Balzac que je relisais en entier pour la *nième fois* depuis que je l'avais lu pour la première fois, à dix ans, chez mon père; choisissant à bord de chaque navire les auteurs les mieux représentés, bourlinguant, voyageant, achetant partout des livres (le libraire de Libau n'avait pas d'autres livres français que les romans de Mme Colette et celui d'Ouro-Preto, à Minas Gerais, ne tenait pas d'autres éditions que celles du *Sagittaire*, non par choix mais parce qu'il n'avait pas pu cette année-là se procurer un autre lot de littérature moderne que les étudiants de la Faculté de droit lui réclamaient, et je fis à ces étudiants avides et curieux, et qui me l'avaient demandé avec insistance, une conférence sur Philippe Soupault et quelques jours plus tard, à Divinopolis, toujours à Minas Gerais, au terminus de la voie ferrée de pénétration en direction de Diamantina, les chauffeurs de taxi nègres m'offraient dans leur Club un banquet monstre et j'étais bien embarrassé de répondre avec la même envolée aux discours en latin qui comblaient de fleurs de rhétorique et d'hyperboles «le célèbre *romanciste de Paris*», ces Noirs étaient tous des anciens élèves des Jésuites, et je ris encore

aujourd'hui en me demandant quel groupe de ces
jeunes gens *Mineiros,* des Blancs ou des Noirs, de
ces fils de *fazendeiros* ou de ces fils du peuple, était
le plus près de la vérité Dada et eût eu l'approba-
tion de son Pape, ce petit provincial d'André Breton
qui singe Lamennais comme un B. O. F. (beurre,
œufs, fromages) le vieux Rothschild!), et j'achetais
tout ce qui me tombait sous la main, et je distribuais
mes livres tout le long de mon chemin pour ne pas
m'encombrer d'un trop pesant bagage; et c'est ainsi
que je me suis déréglé ou réglé l'esprit, comme on
voudra, ayant toujours le petit volume de Villon, que
Sephira m'avait rendu, dans ma poche, voisinant avec
la vie exemplaire de Schopenhauer (encore un lecteur impénitent!), et ayant plus tard dans le souf-
flet de mon auto, ainsi que je l'ai raconté dans
L'Homme foudroyé, une petite bibliothèque portative
faite de quelques milliers de pages arrachées dans
les ouvrages les plus divers, enveloppées dans une
peau de chien et maintenues par une sangle. Ce n'est
que vers la cinquantaine que j'ai réussi à mettre un
frein à cette folie, en même temps que je découvrais,
aussi paradoxal que cela soit, la chasteté à
Hollywood. Une nouveauté assez étonnante! C'était
en 1936. Mais cela est une tout autre histoire. «*The
Big Ziegfeld.*» J'y ai fait allusion à l'époque [18]. Et c'est
peut-être pourquoi j'écris aujourd'hui, j'écris...

N'empêche qu'il a fallu une deuxième guerre
mondiale pour me couper définitivement de mes derniers bouquins, en pillant ma maison des champs
au Tremblay-sur-Mauldre (Seine-et-Oise) et en
dispersant tous mes autres papiers en juin 40,
cendres et braises!...

Foin des livres!

C'est grotesque...

12

La mère d'un ami très cher qui m'invitait pour
la première fois à dîner me disait avant de passer à
table :
— J'ai lu tous vos livres, monsieur. C'est très beau,
mais je n'y ai rien compris…

J'avais de la peine pour elle, à cause de son fils,
et quelques minutes plus tard, à table, elle renver-
sait la salière, et j'avais encore de la peine pour elle,
à cause des superstitions. Tout le monde sait que
le sel renversé porte malheur et que les écrivains sont
le sel de la terre.

Berthe, elle, la préposée à la perforation des tickets au Trocadéro, Berthe ne s'en faisait pas.
Agrafée, boutonnée dans son long fourreau de toile
grise, son calot, à mince filet d'argent, enfoncé sur
ses cheveux gris qu'elle portait en bandeaux, ses
pieds, déformés par les oignons, chaussés de bottines à boutons qu'elle ne boutonnait pas de la journée à cause de ses chevilles enflées, reposant sur une
coussinière, confortablement installée sur son stra-
pontin rembourré, accotée dans un angle de la
barrière derrière le portillon automatique, cette
lourde Auvergnate moustachue, mafflue, un mégot
de crayon-encre au coin de la bouche, la photo de
son homme défunt en broche, le corps comme un
double sac de sciure faisant bosse par-devant et par-
derrière, la pince perforatrice distraite, l'esprit
ailleurs, Berthe passait toutes les heures de son service en train de lire et même aux heures de la plus

grande affluence, cette employée de métro trouvait
moyen de conserver un œil sur le roman qu'elle était
en train de lire et dont elle barrait d'un coup de
crayon ému les passages les plus pathétiques.

— Vous n'avez pas l'air de vous en faire, madame,
lui dis-je un jour. Que lisez-vous là ?

Elle releva sur moi ses yeux d'une couleur passée et qui revenaient de je ne sais où et me répondit :

— Je ne sais pas. C'est un roman. Mais ne croyez
pas, monsieur, je me fais beaucoup de mauvais sang
pour ma petite sœur. Imaginez-vous que j'ai fait venir
Josette du pays pour la caser au Métro et que malgré mes relations et mes démarches je n'arrive pas
à lui faire avoir une station sous terre. Ici, on est
bien, regardez, à trente mètres sous terre, à l'abri
des courants d'air, bien au chaud et tranquille, et
personne ne me dérange dans ma lecture. Et dire
que cette pauvre Josette est à Cambronne ! Vous ne
connaîtriez pas par hasard quelqu'un qui pourrait
la faire muter ? Vous savez, c'est une jeunesse et elle
a son certificat d'études. C'est une honte !...

Une rame entrait en gare, je sautai dans un
wagon et descendis à Cambronne.

Au bout du quai, un double courant d'air, as-
cendant et descendant, faisait tourner quasi automatiquement les pages d'un livre qu'une jeune
personne tenait à la main, ventelet qui avait tendance
de faire voltiger les jupes maintenues par un élastique au-dessus des genoux aigus de l'adolescente.

— Bonjour, mademoiselle Josette, dis-je. Je viens
de voir votre sœur au Trocadéro.

— Ah ! Vous m'apportez ma mutation ?...

C'était une pimbêche, longue, maigre, épilée, les
yeux décolorés, les cheveux coupés, une hermine

en peau de lapin autour du cou, le calot sur l'oreille, des bagues vitreuses à tous les doigts, les ongles faits, taillés en pointe d'amande et passés au rouge et elle marquait d'un coup d'ongle en marge les passages captivants du roman qu'elle était en train de lire car, comme Berthe au Trocadéro, l'employée de Cambronne lisait tout le temps de son service, laissant passer la moitié des voyageurs, dédaignant de se salir le bout des doigts avec sa pince nickelée qui les noircissait en fin de journée et l'encre humide des tickets.

— C'est une honte ! Me planter ici, en plein air, comme une gardeuse d'oies. Et je suis à Paris ! Ah ! si j'avais su ! Dire que je me suis esquinté le tempérament pour passer mon certificat d'études et quitter le village…

— Et que lisez-vous toute la journée, mademoiselle ?

— Je ne sais pas. Des romans…

Je fis des démarches, sans résultat, car l'enfant était plutôt mal notée pour sa distraction, et puis c'était une débutante, elle devait faire un stage, dans n'importe quelle station, les places de fond étant très recherchées, m'expliqua-t-on à la direction du personnel du Métro. Je me demande pourquoi ? Peut-être par atavisme lointain ? Tous ces paysans qui abandonnent la terre pour venir porter le faux col en ville et des bas de soie, mener une existence précaire et se rendre le soir en masse au ciné se sentent perdus dans la capitale, ils s'associent comme des moutons à l'heure du travail nouveau pour lequel ils ne sont pas faits, en se réfugiant d'instinct sous terre, pensant se faire oublier, comme les tribus des premiers culs-terreux au fond des cavernes se tenaient cois au moindre danger extérieur et

bavardaient et discutaillaient à n'en plus finir en se
serrant les coudes. Quoi qu'il en soit de ce monde
du métro, employés ou voyageurs, habitués des ban-
quettes dans les stations ou mendigots et clochards
hantant les galeries, mœurs nouvelles ou retour
d'âge, durant mes trop brefs séjours à Paris je four-
nissais mes deux Auvergnates en romans, leur faisant lire du Mauriac, du Maurois, du Montherlant,
du Morand, les quatre «M», du Marcel Proust, les
poulains de *Chez Grasset* et de la *N.R.F.*, tous les
candidats au prix *Goncourt* ou à celui des *Deux-
Magots* qui me faisaient leur service de presse, des
tonnes de littérature par petits paquets. On ne
voyait que moi dans le métro.

Chadenat, l'impavide lecteur, avait une mémoire
genre Inaudi. Il suffisait de lui donner un nom d'auteur ou un titre et il vous récitait une fiche bibliographique complète : marque de l'éditeur, firme de
l'imprimeur, année de la parution, format, nombre
de pages et autres caractéristiques de n'importe quel
ouvrage, et cela sans jamais consulter une fiche, un
classeur ou un catalogue. Quand je partis pour
Washington me documenter pour écrire une Vie de
John Paul Jones, le fondateur de la Marine américaine, Chadenat me signala non seulement toute une
série d'ouvrages à consulter mais me donna
jusqu'aux cotes de la célèbre bibliothèque du
Congrès pour avoir eu une fois entre les mains un
catalogue ou «un calendar» des archives! Retour des
États-Unis je lui fis cadeau du *Log-book* ou *Journal
de bord du «Bonhomme Richard»*, la frégate du célèbre marin, un petit volume rarissime que la
Nationale ne possède pas, pas plus que la
Bibliothèque de la Marine, et que lui-même,
Chadenat, n'avait jamais pu se procurer durant sa

longue carrière de libraire, et, immédiatement, se
saisissant d'une échelle, il alla chercher sur un des
rayons du haut de sa boutique un volume dont il
me fit cadeau, sachant bien me faire plaisir. C'était
*La Théorie complète de la construction et de la manœuvre
des vaisseaux,* l'édition originale *Paris* (1776), de l'ouvrage introuvable de mon arrière-grand-oncle,
Léonard Euler. Alors, je m'enhardis à lui poser la
question que j'avais envie de lui faire depuis des années, chaque fois que je passais le seuil tangible de
sa boutique :

— Dites-moi, Chadenat, comment vous y re-
connaissez-vous dans votre fouillis ? On ne vous a
jamais rien volé ?

— Si, trois fois, me répliqua Chadenat, et,
chaque fois, je m'en suis immédiatement aperçu,
ressentant comme un coup au cœur. Ce n'était
d'ailleurs pas sérieux, presque des innocents, des
kleptomanes comme on dit aujourd'hui, autrement
dit des imbéciles ! Mais je dois vous faire un aveu.
Je suis relié comme par une membrane à chacun de
mes livres...

C'est aussi ce que devait me dire Ambroise
Vollard, qui recevait beaucoup de monde à sa table,
qui faisait dîner ses invités parmi ses tableaux en pa-
gaïe et qui fut victime d'un vol de la part d'une amie.

— Il était passé minuit. J'avais raccompagné
mes hôtes chez eux avec la voiture et déposé Mme
de J... à sa porte, derrière Montmartre. Rentré chez
moi, j'allais introduire ma clé dans la serrure quand
je ressentis un coup au cœur. Je sautai dans la voiture et me fis reconduire immédiatement chez
Mme de J...

— «Chère amie», lui criai-je à travers la porte
qu'elle tardait à ouvrir et que moi je battais des

poings dans mon impatience, «c'est moi. Ouvrez!
Il y a des blagues qui ne se font pas. Rendez-moi
mon...

«Je ne m'étais pas trompé d'adresse. Mme de J...
entrouvrit sa porte et me tendit en riant une petite
toile qu'elle avait emportée, la dissimulant dans son
corsage...

— Qu'est-ce que c'était?

— Oh! pas grand-chose, un petit Renoir, un bouquet de roses.

— Et comment pouviez-vous savoir, Vollard,
que parmi vos milliers de tableaux en vrac cette dame
vous avait justement dérobé celui-là?

— Je dois vous dire, Cendrars, que je suis relié
comme par une membrane à chacun de mes tableaux.

— Et vous avez revu votre voleuse?

— Ce n'était pas une voleuse... Mme de J... revint le lendemain et elle m'expliqua qu'elle avait depuis longtemps envie d'un manteau de fourrure et
qu'elle ne savait pas comment faire pour se le faire
offrir. D'où le tour pendable qu'elle m'avait joué,
comptant sur ma reconnaissance.

— Et vous lui avez payé un manteau de fourrure?

— Séance tenante, du moment que j'avais récu-
péré mon Renoir. Mais de toute façon, habillée ou
non, Mme de J... était une vilaine grenouille...

Comme le libraire Chadenat, Guillaume
Apollinaire avait une mémoire bibliographique phénoménale, mais je ne l'ai jamais vu lire un livre, ce
qui s'appelle lire. Il attrapait un bouquin comme un
prestidigitateur, faisait courir la tranche entre le
pouce et l'index comme un Grec un jeu de cartes biseautées, ne le feuilletait pas, le posait à plat devant
soi sur la petite table en bois blanc de sa cuisine, où

il se tenait de préférence pour écrire, y apposait les
mains et au bout de quelques minutes il était capable d'en faire la recension et d'en écrire, allant
jusqu'à citer des passages entiers du livre dans son
article et de le critiquer savamment. Apollinaire était
un écrivain pour qui écrire était une fête (je connais
une femme qui possède plus de cinq cents lettres
de Guillaume!) et qui prenait une joie d'enfant à
se lire et à se relire. Comme un gosse il était fier de
voir son nom imprimé au bas d'une page et chaque
articulet, il le redécouvrait avec la même surprise
et le relisait avec le même orgueil enfantin, la même
joie, le même bonheur, il en était comme endi-
manché. Quand je le revis après sa terrible blessure
et avant sa trépanation, au Val-de-Grâce, où on
l'avait conduit directement du front, il me montra
son casque troué par un gros éclat d'obus et m'expliqua :

— J'étais en train de lire devant ma cagna, en
deuxième ligne. Je ne l'ai même pas entendu venir.
Je n'ai rien ressenti. Et tout à coup j'ai vu mon sang
pisser qui me coulait de la tête et me retombait sur
les mains. C'est alors seulement que je me suis senti
mal, Blaise.

— Et que lisais-tu, Guillaume, pour être pa-
reillement absorbé ?

— Le *Mercure de France*, ma dernière chronique
de *La Vie anecdotique*. Tiens, regarde...

Et le lieutenant Apollinaire me tendit un *Mercure*
tout maculé de sang. Il avait rapporté le numéro !...

À cause de ce sang du poète, je n'ai jamais lu cette
chronique d'Apollinaire. C'était au printemps 1917.
Cocteau donnait *Parade* au Châtelet, dont Picasso
avait dessiné les costumes et brossait les décors et
le rideau des *Ballets russes*. Le cubisme triomphait.

Pauvre lieutenant, infortuné soldat que l'on transportait à l'hôpital italien du quai d'Orsay, puis à la *Villa Molière* pour être trépané, une fois, deux fois ; et Guillaume se remit à écrire, mais pas pour longtemps.

Un tout autre type, voire un type inédit de lecteur, que j'ai rencontré sur les quais, mais qui courait plutôt le dimanche matin la foire aux puces de Saint-Ouen et a fait ses plus belles trouvailles à la foire aux jambons du boulevard Richard-Lenoir, était l'avoué de la rue Murillo, celui qui fut mon avoué dans mon affaire de divorce, lequel collectionnait les vieux rouleaux de dictaphone, rouleaux auxquels personne ne pense et qu'il écoutait le dimanche après-midi avec componction comme d'autres écoutent le dimanche matin les sermons du Père Fessard à Notre-Dame ou les panégyriques du Père Riquet à la radio d'État. Et c'est ainsi que mon avoué m'a fait entendre le vieux M. Michelin (des pneus) dictant son courrier ou le vieux M. Duval (des bouillons) ses menus, tous ces grands bonshommes du commerce et du négoce français à l'Exposition, et à plus d'un titre rois de Paris vers 1900, quoique provinciaux d'origine, les Lebaudy, les Bornibus, etc., étant déjà bien modernes, c'est-à-dire des chastes, se méfiant des séductions d'une dactylo, d'où leur réussite en affaires, contrairement à la génération suivante, plus sportive et plus industrielle, et contrairement à ce qu'on a toujours dit d'elle, plus passionnée, des Citroën et compagnie, par exemple, qui n'ont jamais su faire que la culbute en affaires, à force de singer les businessmen américains, de voir grand et de se compromettre comme eux, qui sont les hommes les plus sentimentaux de l'univers, avec une dactylo en fourrures, en peau, à poil sur les plages, aux sports d'hiver, dans les casinos. Ces premiers usagers du dictaphone devaient être des sordides protestants, d'où le solide crédit dans les banques de tous ces vieux messieurs, et leur réussite et leur fortune au gagne-petit.

Encore un autre type de lecteur était le père d'un ami, également un avoué, le doyen de Tours. Ce très digne officier ministériel s'était fait sur le tard au Palais une renommée de Nemrod depuis qu'il était devenu l'acquéreur d'une chasse célèbre dans la région, chasse qui avait ruiné tour à tour ses précédents propriétaires ; et tous les confrères du sac, de la gibecière à chicane de se réjouir. Traversant en fin d'année Blois, j'eus la curiosité de passer la Loire pour faire un crochet en Sologne et pousser une pointe dans les bois et les marais pour aller surprendre le fameux fusil qui fournissait généreusement la basoche tourangelle envieuse de bécasses, de faisans, de canards sauvages, d'un cuissot de chevreuil mais qui n'invitait jamais personne. Les bois étaient blancs de givre et les marécages gelaient à souhait. Partout il y avait des traces de gibier et des empreintes dans la neige et les canards et les poules d'eau s'ébattaient dans les joncs. Je roulais à petite allure. Je dressais l'oreille pour entendre l'aboi des chiens lancés sur les laisses fumantes d'un sanglier ou des lointains coups de fusil et à chaque tournant du mauvais chemin je m'attendais à voir déboucher une bête noire, mais seul mon moteur ronronnait sous le ciel bas et seule ma voiture se déplaçait dans ces solitudes. Arrivé à destination la barrière était fermée, la maison semblait déserte, et je dus klaxonner longtemps. À gauche et à droite du pavillon des centaines et des centaines de faisans picoraient comme les poules d'une basse-cour le grain dans des mangeoires *ad hoc* et derrière la maison, dans un clos, je voyais des biches et un fringant broquart dresser l'oreille en me regardant, prêt à détaler, une patte en l'air. Je n'en croyais pas mes yeux. Enfin, parut un garde-chasse guêtré, engoncé dans une canadienne, la casquette à oreilles nouée sous le menton, le pif rouge et soufflant une haleine puant le vin.

— Monsieur est là?

— Ouais, me dit le garde.

— Il n'est donc pas à la chasse?

— Le patron ne va jamais à la chasse, me répondit le garde.

— Ah! dis-je. Et que fait-il?

— On n'sait pas. Il lit.

— Tout le long du jour?

— Toute la journée et toute la nuit. Ce n'est plus une vie. Je lui ai foutu ma démission.

Manifestement le garde était de mauvaise humeur.

— Il me semble que vous ne manquez pas de gibier dans la région, dis-je au garde en lui désignant la faisanderie et le clos aux biches, pensant le radoucir.

Mais l'homme éclata:

— C'est justement pourquoi je fous le camp. Ce n'est pas un maître! Il n'a jamais tenu un fusil de sa vie. Tout le canton rabat pour lui, et lui, il achète tout ce qu'on lui apporte. Si vous voulez visiter, c'est pis qu'une ménagerie. Même ma femme en a mal au cœur de dégoûtation. On s'en va, et pourtant c'était une bonne place...

— Allez m'annoncer, dis-je au garde-chasse, et ouvrez-moi la porte d'une remise. Je passe la nuit ici...

Je trouvai le père de mon ami installé confortablement au coin du feu dans un profond fauteuil de cuir. Le maître de maison était en robe de chambre ouatinée, les pieds dans de gros chaussons, une couverture sur les genoux, un plaid sur les épaules, un foulard autour du cou, une toque de lièvre sur ses cheveux blancs, des piles de livres autour de lui, un livre à la main, ses grosses lunettes sur le nez, la pièce, aux parois de laquelle étaient accrochés comme il se doit dans tout pavillon de chasse des trophées, dix-cors, hure de sanglier, pattes de chevreuil, un aigle de mer empaillé, éclairé *a giorno* par des globes au butagaz...

— Ah! c'est vous?... me dit-il, relevant la tête et enlevant ses lunettes.

— Et que lisez-vous?...

— Comment, ce butor de garde-chasse vous a déjà prévenu! Bientôt tout le pays va me prendre pour un vieux fol! Tant pis. Je prends ma retraite. Je viens d'adresser ma démission au Palais. Imaginez, je me suis découvert une passion pour le roman policier. Je lis jour et nuit. J'achète tout ce qui paraît. J'en ai déjà dévoré des milliers et j'en fais venir d'Angleterre et d'Amérique. J'en ai pour des années. Je me sens rajeunir. Ah! si j'avais vingt ans, je me ferais policier! J'ai raté ma carrière de Conan Doyle...

Les yeux du vieil homme pétillaient de malice.

13

C'est Balzac, faisant un tour d'horizon comme il lui arrivait d'en faire, émettant des prophéties si vraisemblables quand il braque son œil sur l'avenir

et qui paraissent si probantes quand il le dirige sur
le passé, c'est Balzac, le visionnaire, qui, à propos
de Paris, Port-de-Mer, précise quelle fut l'erreur des
Valois d'établir la capitale du royaume dans le bassin de la Seine et non pas sur les bords de la Loire,
à Blois ou à Tours, «… accessible aux vaisseaux de
commerce et aux bâtiments de guerre… à l'abri des
coups de main et des invasions…, pas de places du
Nord à entretenir aussi coûteuses que Versailles…»,
et d'évoquer ce qu'eût pu être la grandeur, le destin de la France : «… la révolution de 1789 n'aurait pas eu lieu…»

Citant ce passage, tiré de *Catherine de Médicis*, à
Chadenat, qui ne lisait pas les romans, l'irréductible
ennemi des Anglais me dit :

«Votre maître Balzac n'y entend rien. C'est un
romancier. Mais la flotte anglaise qui faisait le blocus de La Rochelle et prêtait main forte aux
Huguenots, serait remontée par la Loire, aurait bombardé Tours ou Blois et les Anglais auraient pris d'assaut la capitale des Rois deux siècles avant la prise
de la Bastille par le peuple souverain !…»

Chadenat avait raison. Balzac, mon maître, mon
troisième maître, Honoré de Balzac et tous ses
personnages !… Jusqu'au jour où je l'ai pris, lui aussi,
en défaut quand il se plaint de Mme Hanska qui
lui faisait perdre trop de temps par son indécision,
ses hésitations et les rendez-vous qu'elle lui fixait
à travers l'Europe, et qu'il note dans ses tablettes :
*Ah ! cette femme !… Encore un livre que je n'aurais pas
écrit à cause d'elle…* Comme si l'on était sur terre
pour écrire des livres !… Et puis, il aimait vraiment
par trop le bric-à-brac. La description par Victor
Hugo de l'intérieur, genre garde-meuble national,
qui entourait Balzac sur son lit de mort, cette page

de journalisme, ce modèle de grand reportage, achève de me détacher de l'homme. Non, ce n'est pas possible, ce goût, ce mauvais goût des hommes de lettres désargentés. Et sa platitude et sa petitesse pour arriver à baiser sa femme du monde, comme si les femmes du monde ne se baisaient pas tout comme les autres!...

Ai-je dit que ce qui m'a détaché de mon second maître, le duc de Saint-Simon, c'est la fureur, l'intrigue que met le ménage, Mme la Duchesse et lui, à défendre leur rang, leur fortune à la Cour, et leurs prérogatives?...

L'homme est trop petit.

Il faut vivre.

«J'aime mieux vivre avec des gens ne sachant que vivre, plutôt qu'avec ces gens du monde qui savent beaucoup trop de choses, excepté cela!» s'écria un jour Liszt excédé en se mettant au piano pour faire danser un salon de comtesses et de vicomtes. Et il improvisa une *csardas* endiablée de son pays, fermant les yeux, laissant courir ses doigts, plaquant les accords, changeant de rythmes, déroutant, contrariant la brillante société des snobs de Paris. Mais, si comme tous les musiciens il était obligé d'aller dans le monde, Liszt avait du génie.

Du génie.

Le propre de la musique.

14

La musique.

Le grand jeu des orgues.

L'esprit souffle où il veut...
J'écoute.
Je ne souffle mot.

Aix-en-Provence
20 août 1946
3 février-13 août 1947.
Monte-Carlo
15 août 1947.
Aix-en-Provence
3 septembre
26 oct. -31 déc. 1947

NOTES

(pour le Lecteur inconnu).

1. *Fleet-Street,* la rue où s'impriment les journaux à Londres, comme à Paris, la rue du Croissant.

2. *Pi-hi,* danse lascive entre femmes.

3. Cf. *L'Homme foudroyé* (Denoël, 1946).

4. (Denoël, éd., 1947).

5. Khitaï, la Chine que les premiers navigateurs portugais cherchaient à gagner à la suite du *Voyage* merveilleux de Marco Polo plutôt que d'atteindre les Indes en contournant l'Afrique – cabotage qui les mena en premier aux États du Prêtre Jean, en Abyssinie, toujours sur les traces du Vénitien, Marco, dit *Le Million.*

6. *Note pour mes amis anglais.* Refrain d'une chanson de marche du XVIIᵉ siècle comme *Auprès de ma blonde...,* qu'ils aiment tant.

7. Union Bibliophile de France, 1946. Collection Vox.

8. *P.-S. du 5 décembre 1947.* – Peut-on concevoir bassesse plus grande que celle du gouvernement de la IVᵉ République s'imaginant pouvoir acheter (ou vendre) le peuple français pour la somme de 100 milliards?...   B.C.

9. V. *Vol à Voile* (Éd. des Cahiers Romands, Lausanne, 1932).

10. *Dongo* n'est pas un nom de baptême; c'est un titre. De son nom de baptême le vieux nègre s'appelait Emilhano. Dongo signifie quelque chose comme prince de la *Lune,* titre qui prouve que l'humble veilleur de nuit était de descendance royale, comme beaucoup de captifs, prisonniers de guerre en Afrique ou victimes de révolutions ou d'intrigues de palais ou de harem.

Leurs congénères leur conservaient leur titre d'origine en Amérique. C'était comme une chevalerie, qui a dégénéré en maçonnerie et autres confréries occultes. Vu son grand âge, Dongo avait vécu un demi-siècle en esclavage au Brésil. Il en parlait avec regrets.

11. Cf. *Chez l'Armée anglaise* (Corrêa, éd., 1940).

12. Jacopone da Todi (1230-1306), auteur présumé du *Stabat Mater dolorosa…*

13. Quelques très beaux et très rares spécimens, mais dans un état miteux, sont conservés à la *Kirchneriana* à Rome, cette mine abandonnée de richesses précolombiennes.

14. Éditions de la Tour, 1946.

15. Sinistre épisode de ma vie, dans lequel je ne m'entêtai pas, bien entendu, plaquant la Mazarine après avoir mis au point six volumes de la *Nouvelle Bibliothèque Bleue*, dont un seul a dû paraître à ma connaissance : *Perceval le Gallois* (Payot, éditeur, Paris, 1913).

16. Cf. Guillaume Apollinaire : *Le Flâneur des Deux-Rives,* dont j'ai été l'éditeur à *La Sirène* (1918) et dont j'ai corrigé les épreuves au lit de mort du pauvre Guillaume et donné le bon à tirer à sa place.

17. Louise Faure-Favier : *Souvenirs sur Guillaume Apollinaire* (Grasset, 1945).

18. Blaise Cendrars : *Hollywood (La Mecque du Cinéma),* reportage illustré ; chez Grasset, 1936.

VIE DE CENDRARS

Alors que l'œuvre de Cendrars se présente, pour l'essentiel, comme une vaste autobiographie, le rêve et la vie s'y mêlent si intimement qu'écrire sa biographie relève de la gageure. Entre les écueils de la légende et du démenti, on s'en tient donc aux points de repère indispensables.

1879 20 juin : mariage de Georges Frédéric Sauser (né en 1851) et de Marie Louise Dorner (née en 1850), à La Chaux-de-Fonds, en Suisse.

1887 1er septembre : naissance de Frédéric Louis Sauser (le futur Blaise Cendrars) à La Chaux-de-Fonds, dans une famille bourgeoise d'origine bernoise, mais francophone. Le père est un homme d'affaires instable. La mère, neurasthénique, néglige son cadet. Deux aînés : une sœur et un frère qui, sous le nom de Georges Sauser-Hall, deviendra un éminent juriste suisse.

1891 Enfance mal connue, mais itinérante : séjour à Héliopolis en Égypte ?

1894-1896 Séjour à Naples.

1897-1899 Pensionnat en Allemagne, puis Gymnase à Bâle. Fugues (?).

1901 Études à l'École de Commerce de Neuchâtel.

1904 Septembre : de mauvais résultats scolaires font envoyer Freddy en Russie, à Moscou, puis Saint-Pétersbourg, comme apprenti bijoutier chez le joaillier Leuba. Il y séjourne jusqu'en avril 1907 et en datera son « apprentissage en poésie ». Sur la fin, rencontre mal connue avec une jeune fille russe, Hélène Kleinmann.

1907 Avril : retour à Neuchâtel où il apprend la mort d'Hélène, brûlée vive le 11 juin, probablement par suicide. Désespoir de Freddy, aggravé par la mort de sa mère en février 1908.

Publication à Moscou, sous le nom de Frédéric Sauser et en russe, de *La Légende de Novgorode*, plaquette que Cendrars fera toujours figurer en tête de sa bibliographie mais considérée comme perdue jusqu'à sa découverte à Sofia, en 1995.

1908 Période mal connue. Séjour dans une clinique ?

1909 Études dispersées (médecine, littérature, musique) à l'université de Berne, où il rencontre Féla Poznanska, jeune Juive polonaise qui devient sa compagne. Lectures boulimiques (philosophie, histoire des sciences, patrologie latine...).

Premiers essais d'écriture, marqués par le symbolisme finissant (Dehmel, Spitteler, Przybyszewski, Gourmont).

1910 En Belgique. Figurant au théâtre de la Monnaie à Bruxelles.

Au cours d'une tournée à Londres, dit avoir rencontré Charlie Chaplin. Séjour à Paris.

1911 Retour à Saint-Pétersbourg, dans la famille d'Hélène. Été à Streilna où il commence *Aléa, roman d'apprentissage*.

21 novembre : s'embarque à Libau pour rejoindre Féla à New York. Tient un Journal à bord : *Mon voyage en Amérique*. Arrivée le 12 décembre.

1912 Avril : New York. Au cours de la nuit de Pâques, écrit *Les Pâques*, son « premier poème » qu'il signe d'un pseudonyme, Blaise Cendrart, puis Cendrars. Juin : retour en Europe. S'installe à Paris, 4, rue de Savoie, VIᵉ, où il fonde les Éditions des Hommes Nouveaux pour publier son poème.

Fréquente les milieux d'avant-garde : Apollinaire (et *Les Soirées de Paris*) et les peintres (Chagall, Léger, les Delaunay...). Sympathies anarchistes.

1913 Novembre : publie la *Prose du Transsibérien et de la petite Jehanne de France*, poème-tableau sous forme de dépliant, avec des compositions simultanées de Sonia Delaunay. Jusqu'à la guerre, polémique sur l'emploi du mot « simultanéisme ».

Ses *Poèmes élastiques* paraissent en revues. Écrit *Le Panama ou les aventures de mes sept oncles*.

Apparition de la figure de Moravagine.

1914 29 juillet : signe avec l'écrivain italien Ricciotto Canudo un « Appel » aux étrangers résidant en France et s'engage comme volontaire dans l'armée française. Une année au front (Somme, Champagne...), sur laquelle il reviendra souvent (*J'ai tué*, *La Main coupée*...). Cesse d'écrire.

16 septembre : permission à Paris, où il épouse Féla dont il aura trois enfants, Odilon, Rémy et Miriam.

1915 27 septembre : mort de Remy de Gourmont, son « maître » en écriture.

28 septembre : grièvement blessé devant la ferme Navarin, au cours de la grande offensive de Champagne. Amputation du bras droit (son bras d'écrivain) au-dessus du coude.

1916 « Année terrible. » Période de désarroi. N'écrit plus.

16 février : naturalisé français.

Rencontre Eugenia Errazuriz, grande dame chilienne qui deviendra son amie et mécène, et le recevra fréquemment dans la société mondaine de Biarritz jusqu'à la drôle de guerre.

Décembre : *La Guerre au Luxembourg*, poème avec six dessins de Kisling (Dan. Niestlé).

1917 Hiver à Cannes et Nice, sous la hantise croissante de Moravagine.

Printemps : retour à Paris. Retrouve Apollinaire au café de Flore. Amitié avec Philippe Soupault.

Fin juin : été à Courcelles et à La Pierre, par Méréville, près d'Étampes (Seine-et-Oise). Tournant décisif pour Cendrars, qui explore son identité nouvelle de gaucher : *Profond aujourd'hui* (À la Belle Édition, 1917), *L'Eubage*, une commande du couturier Jacques Doucet, et *Les Armoires chinoises* (gardé secret) témoignent de ce renouveau créateur. Entreprend un « grand roman martien », *La Fin du monde*, d'où sortira *Moravagine*. Songe à *Dan Yack*.

Le 1er septembre, la nuit de ses trente ans, écrit *La Fin du monde filmée par l'Ange N.-D.* Orion, « son étoile », oriente désormais un mythe personnel de renaissance.

26 octobre : rencontre à Paris Raymone Duchâteau, jeune comédienne à qui un amour idéalisé le liera jusqu'à sa mort. Décide de vivre seul.

Fin novembre : conseiller littéraire aux Éditions de la Sirène auprès de Paul Laffitte. S'y lie avec Jean Cocteau. Rencontre Céline.

1918 Juin : *Le Panama ou les aventures de mes sept oncles* à la Sirène (couverture de Dufy).

Automne : figurant dans *J'accuse* d'Abel Gance.

Novembre : *J'ai tué*, avec cinq dessins de Léger (À la Belle Édition).

9 novembre : mort d'Apollinaire.

Délaisse l'écriture pour l'édition à la Sirène et le cinéma.

1919 Juillet : recueille ses trois grands poèmes dans *Du monde entier* (NRF).

Août : *Dix-neuf poèmes élastiques* (Au Sans Pareil).

Octobre : *La Fin du monde filmée par l'Ange N.-D.*, avec des compositions de Léger (La Sirène).

Dans *La Rose Rouge*, « Modernités », série d'articles sur les peintres.

1920 Réédite *Les Chants de Maldoror* de Lautréamont à la Sirène.

Assistant d'Abel Gance pour le tournage de *La Roue*.

1921 Juin : *Anthologie nègre* (La Sirène).

Engagement dans les studios de Rome grâce à Cocteau : le tournage de *La Vénus noire*, film perdu, s'achève par un fiasco. « La Perle fiévreuse », son scénario, est publié dans *Signaux de France et de Belgique.*

1922 De février à décembre, *Moganni Nameh* (version remaniée d'*Aléa*) paraît dans *Les Feuilles libres.*

1923 25 octobre : au Théâtre des Champs-Élysées, les Ballets Suédois de Rolf de Maré créent *La Création du monde*, livret de Cendrars, musique de Darius Milhaud, décors et costumes de Léger. Amitié avec Nils et Thora Dardel.

1924 12 février : s'embarque pour le Brésil sur le *Formose*, à l'invitation de Paulo Prado, homme d'affaires et écrivain. Découverte de son « Utopialand ». Amitiés avec les modernistes de São Paulo : Tarsila, Oswald de Andrade, Mario de Andrade. Visite à la fazenda du Morro Azul dont il date son « apprentissage de romancier ».

19 août : retour en France sur le *Gelria*.

Publie dans *Kodak/Documentaires* des poèmes « découpés » en secret dans *Le Mystérieux Docteur Cornélius*, roman-feuilleton de Gustave Lerouge.

Septembre : *Feuilles de route*, son dernier recueil de poèmes (Au Sans Pareil).

À la fin de l'année, écrit en quelques semaines *L'Or/La merveilleuse histoire du général Johann August Suter*, un projet ancien brusquement resurgi.

1925 Mars : *L'Or* (Grasset) offre au poète d'avant-garde un succès de grand public et fait de lui dans les années 20 un romancier de l'aventure, tenté de faire fortune au cinéma.

10 juin : conférence à Madrid sur la littérature nègre.

1926 7 janvier : deuxième voyage au Brésil à bord du *Flandria*. Rencontre Marinetti à São Paulo.

Février : publie *Moravagine* (Grasset), dont le projet date de l'avant-guerre. Travaille à un roman sur John Paul Jones, héros de l'Indépendance américaine.

6 juin : retour en France sur l'*Arlanza*.

En septembre, *Éloge de la vie dangereuse* et, en octobre, *L'ABC du cinéma*, tous deux aux Écrivains réunis.

Décembre : *L'Eubage/Aux antipodes de l'unité* paraît Au Sans Pareil après dix ans de tribulations éditoriales.

1927 Février : mort de son père près de Neuchâtel.

Printemps : séjour à La Redonne, près de Marseille, où il travaille au *Plan de l'Aiguille*.

12 août : troisième et dernier départ pour le Brésil à bord du *Lipari*.

1928 28 janvier : retour en France sur le *Lutetia*.

Entreprend *La Vie et la mort du Soldat inconnu*, roman inachevé.

Juillet : *Petits Contes nègres pour les enfants des Blancs* aux Éditions du Portique.

1929 Février : *Le Plan de l'Aiguille*, suivi en septembre des *Confessions de Dan Yack*, Au Sans Pareil.

Une nuit dans la forêt, « premier fragment d'une autobiographie » (Éditions du Verseau).

1930 *Comment les Blancs sont d'anciens Noirs* (Au Sans Pareil), contes nègres.

Rencontre John Dos Passos à Monpazier (Dordogne), le village de Jean Galmot.

Décembre : *Rhum/L'aventure de Jean Galmot*, reportage publié dans *Vu*, est recueilli chez Grasset. Cette vie d'un affairiste tenté par la politique amorce un mouvement vers le journalisme.

1931 Avril : *Aujourd'hui* (Grasset), recueil de proses poétiques et d'essais.

Travaille au *Soldat inconnu*.

1932 *Vol à voiles, prochronie* (Payot).

Pendant deux ans, Cendrars, malade, travaille peu. Tente en vain de relancer *John Paul Jones*.

1934 « Les Gangsters de la maffia », reportages pour *Excelsior* recueillis dans *Panorama de la pègre*.

13 décembre : à Paris, 18 villa Seurat, rencontre

Henry Miller qui vient de lui adresser *Tropic of Cancer*.

1935 23 mai-3 juin : participe pour *Paris-Soir* au voyage inaugural du *Normandie*, entre Le Havre et New York. Été : lance Henry Miller en France par un article dans *Orbes*.

Panorama de la pègre (Arthaud).

Vers cette époque commence « Le Sans-nom », récit qui amorce les Mémoires.

1936 Janvier : départ pour Hollywood où il rencontre James Cruze qui adapte *L'Or* au cinéma. Reportages pour *Paris-Soir* recueillis dans *Hollywood/La Mecque du cinéma* (Grasset).

Sortie simultanée à Paris de *Sutter's Gold* de Cruze et de *Kaiser von Kalifornien* de l'Allemand Luis Trenker, auquel Cendrars intente un procès en plagiat interrompu par la guerre.

Période « parisienne » où ses amitiés et des sympathies franquistes le font pencher à droite.

1937 Voyages en Espagne et au Portugal. Traduit *Forêt vierge* de Ferreira de Castro.

Rupture douloureuse avec Raymone.

Décembre : *Histoires vraies* (Grasset).

1938 Juillet : *La Vie dangereuse* (Grasset), deuxième recueil d'« histoires vraies ».

Rencontre Élisabeth Prévost (qu'il surnomme « Bee and Bee »), chez qui il séjournera souvent jusqu'à la guerre, aux Aiguillettes, dans les Ardennes.

1939 Juillet : publie ses souvenirs sur la Sirène dans *Les Nouvelles Littéraires*.

Songe à un livre sur Villon.

Un projet de voyage en voilier autour du monde avec Élisabeth Prévost est interrompu par la guerre.

S'engage comme correspondant de guerre « chez l'armée anglaise ».

1940 Mars : *D'Oultremer à Indigo*, troisième recueil d' « histoires vraies » (Grasset).

Chez l'armée anglaise, reportages de guerre (Corrêa), est détruit par les Allemands.

La débâcle de mai 40 l'accable.

14 juillet : quitte Paris et le journalisme pour Aix-en-Provence, 12, rue Clemenceau, jusqu'en 1948.

Réconciliation avec Raymone qui travaille à Paris dans la troupe de Louis Jouvet.

1943 21 août : après trois années de silence, retour à l'écriture après une rencontre avec Édouard Peisson. S'ensuivent quatre volumes de « Mémoires qui sont des Mémoires sans être des Mémoires », et renouent avec l'expérience de l'été 1917 en refoulant *La Carissima*, projet d'une vie de Marie-Madeleine.

13 octobre : mort de Féla.

1944 Mai : parution de ses *Poésies complètes* (Denoël) par les soins de Jacques-Henry Lévesque.

1945 Août : *L'Homme foudroyé* (Denoël).

26 novembre : mort de son fils Rémy dans un accident d'avion au Maroc.

1946 Novembre : *La Main coupée* (Denoël).

Commence une vie de saint Joseph de Cupertino.

1948 Janvier : installation à Villefranche-sur-Mer, où il travaille au *Lotissement du ciel*.

Mai : *Bourlinguer* (Denoël).

1949 Juillet : *Le Lotissement du ciel* (Denoël), dernier volume des Mémoires et testament poétique.

27 octobre : mariage avec Raymone à Sigriswil, village originaire des Sauser dans l'Oberland bernois.

La Banlieue de Paris, avec 130 photographies de Robert Doisneau (Seghers et La Guilde du Livre).

1950 Retour à Paris.

14-25 avril : enregistrement de treize entretiens avec Michel Manoll à la R.T.F., diffusés du 15 octobre au 15 décembre et largement remaniés dans *Blaise Cendrars vous parle...* (Denoël, 1952).

Installation 23, rue Jean-Dolent, XIVe, en face de la prison de la Santé.

Entreprend *Emmène-moi au bout du monde!...*, dont la longue rédaction l'épuisera.

1951 15 août : « *Moravagine* : Histoire d'un livre », *La Gazette des Lettres*.

1952 Mars : dans *La Table Ronde* publie « Sous le signe de François Villon », préface à un recueil de « prochronies » en chantier depuis 1939, mais qui ne paraîtra pas.

Juin : *Le Brésil*, avec 105 photographies de Jean Manzon (Monaco, Les Documents d'Art).

Octobre : « Partir » (version remaniée du « Sans-nom ») dans *La Revue de Paris*.

1953 Avril : *Noëls aux quatre coins du monde* (Cayla). *La Rumeur du monde*, recueil resté inédit.

1954 27 octobre : *Serajevo*, pièce radiophonique écrite avec Nino Frank et recueillie dans *Films sans images*.

1955 Préface aux *Instantanés de Paris* de Robert Doisneau, Arthaud.

17 août : mort de Fernand Léger.

1956 Janvier : *Emmène-moi au bout du monde!...* chez Denoël.

Mars : *Entretien de Fernand Léger avec Blaise Cendrars et Louis Carré sur le paysage dans l'œuvre de Léger*, Galerie Louis Carré.

Avril : édition augmentée de *Moravagine* (Grasset).

Été : première attaque d'hémiplégie.

1957 Avril : *Trop c'est trop* (Denoël), recueil « presse-papiers » de nouvelles et d'articles.

1958 *À l'aventure* (Denoël), « pages choisies ».

Été : seconde attaque d'hémiplégie. Cendrars n'écrira plus.

1959 Mars : *Films sans images* (Denoël), recueil de trois pièces radiophoniques en collaboration avec Nino Frank.

1960-1965 *Œuvres complètes* en huit volumes chez Denoël.

1961 21 janvier : mort de Cendrars à Paris. Il est enterré au cimetière des Batignolles.

1968-1971 *Œuvres complètes* au Club français du livre, en quinze volumes précédés d'un volume d'*Inédits secrets*.

1979 Mort d'Odilon Sauser, fils aîné de Cendrars.

1986 16 mars : mort de Raymone.

1994 Transfert des cendres de Cendrars au cimetière du Tremblay-sur-Mauldre (Yvelines), près de sa « maison des champs ».

1995 Découverte à Sofia (Bulgarie) d'un exemplaire de *La Légende de Novgorode*. Traduction en français chez Fata Morgana (1996, révisée en 1997).

DU MÊME AUTEUR

Aux Éditions Denoël

ŒUVRES COMPLÈTES (1960-1965)

I. DU MONDE ENTIER AU CŒUR DU MONDE (Poésies complètes), ANTHOLOGIE NÈGRE, SÉQUENCES, AMOURS.

II. LA FIN DU MONDE FILMÉE PAR L'ANGE N.-D., L'EUBAGE, L'OR, MORAVAGINE, PETITS CONTES NÈGRES POUR LES ENFANTS DES BLANCS.

III. LE PLAN DE L'AIGUILLE, LES CONFESSIONS DE DAN YACK, RHUM, HISTOIRES VRAIES.

IV. LA PERLE FIÉVREUSE, MOGANNI NAMEH, COMMENT LES BLANCS SONT D'ANCIENS NOIRS, AUJOURD'HUI, VOL À VOILE, PANORAMA DE LA PÈGRE, HOLLYWOOD, LA VIE DANGEREUSE.

V. Préface par Henry Miller, L'HOMME FOUDROYÉ, LA MAIN COUPÉE.

VI. BOURLINGUER, LE LOTISSEMENT DU CIEL.

VII. UNE NUIT DANS LA FORÊT, CHEZ L'ARMÉE ANGLAISE, EMMÈNE-MOI AU BOUT DU MONDE !...

VIII. D'OULTREMER À INDIGO, TROP C'EST TROP, FILMS SANS IMAGES, textes inédits en volumes, BLAISE CENDRARS VOUS PARLE... Bibliographie générale par Hughes Richard.

IX. CORRESPONDANCE AVEC JACQUES-HENRY LÉVESQUE, 1924-1959 (édition de Monique Chefdor, 1991).

LA BANLIEUE DE PARIS, photographies de Robert Doisneau.
LE PLAN DE L'AIGUILLE, roman.
LES CONFESSIONS DE DAN YACK, roman.
AUJOURD'HUI suivi de ESSAIS ET RÉFLEXIONS (édition de Miriam Cendrars, 1987).

CORRESPONDANCE AVEC HENRY MILLER, 1934-1979 : 45 ANS D'AMITIÉ (édition de Miriam Cendrars, Frédéric Jacques Temple et Jay Bochner, 1995).

Aux Éditions Gallimard

AU CŒUR DU MONDE, Poésies complètes : 1924-1929, *Poésie / Gallimard*.

DU MONDE ENTIER, Poésies complètes : 1912-1924 (préface de Paul Morand), *Poésie / Gallimard*.

BOURLINGUER, *Folio* n° 602, mémoires.

D'OULTREMER À INDIGO (édition présentée et annotée par Claude Leroy), *Folio* n° 2970, nouvelles.

EMMÈNE-MOI AU BOUT DU MONDE!..., *Folio* n° 15, roman.

L'HOMME FOUDROYÉ, *Folio* n° 467, mémoires.

LE LOTISSEMENT DU CIEL (édition présentée et annotée par Claude Leroy), *Folio* n° 2795, mémoires.

L'OR / LA MERVEILLEUSE HISTOIRE DU GÉNÉRAL JOHANN AUGUST SUTER (préface de Francis Lacassin), *Folio* n° 331, roman.

L'OR / LA MERVEILLEUSE HISTOIRE DU GÉNÉRAL JOHANN AUGUST SUTER (texte intégral, dossier par Jean-Pierre Renard), *Folio Plus* n° 30.

LA MAIN COUPÉE, *Folio* n° 619, mémoires.

PETITS CONTES NÈGRES POUR LES ENFANTS DES BLANCS, *Folio Junior* n° 55.

PETITS CONTES NÈGRES POUR LES ENFANTS DES BLANCS, *Folio Cadet* n° 224.

Sur l'œuvre de Blaise Cendrars :

Claude Leroy commente L'OR DE BLAISE CENDRARS, *Foliothèque* n° 13.

Miriam Cendrars : BLAISE CENDRARS / L'OR D'UN POÈTE, *Découvertes* n° 279.

Chez Grasset

MORAVAGINE, *Cahiers rouges*, roman.

LA VIE DANGEREUSE, *Cahiers rouges*, nouvelles.

RHUM / L'AVENTURE DE JEAN GALMOT, *Cahiers rouges*, reportage romancé.

Le Livre de Poche

RHUM / L'AVENTURE DE JEAN GALMOT, *biblio.*

Aux Éditions Fata Morgana

BRÉSIL / DES HOMMES SONT VENUS... (1987).
JOHN PAUL JONES OU L'AMBITION (préface de
Claude Leroy, 1989), roman.
LA LÉGENDE DE NOVGORODE (restitution en fran-
çais sous la direction de Miriam Cendrars, illustrations de
Pierre Alechinsky, 1997), poème.

Aux Éditions Champion

L'EUBAGE / AUX ANTIPODES DE L'UNITÉ
(édition de Jean-Carlo Flückiger, 1995), roman.
LA VIE ET LA MORT DU SOLDAT INCONNU
(préface de Claude Leroy, édition de Judith Trachsel, 1995),
roman.
LA CARISSIMA (édition d'Anna Maibach, 1996).
CAHIERS BLAISE CENDRARS, 10 numéros parus.

Aux Éditions Buchet-Chastel

ANTHOLOGIE NÈGRE.

Aux Éditions L'Âge d'Homme

VOL À VOILE suivi de UNE NUIT DANS LA
FORÊT, *Poche suisse*, récits autobiographiques.
LE PLAN DE L'AIGUILLE, *Poche suisse*, roman.
LES CONFESSIONS DE DAN YACK, *Poche suisse*,
roman.

Aux Éditions Méridiens-Klincksieck

19 POÈMES ÉLASTIQUES (édition de Jean-Pierre
Goldenstein, 1986).

Aux Éditions Hughes Richard

N'KII, L'ATTRAPE-NIGAUDS (1985), conte nègre.
PARTIR (postface de Hughes Richard, 1986), récit auto-
biographique.

Chez Canevas Éditeur

JÉROBOAM ET LA SIRÈNE (préface de Hughes Richard, 1992), souvenirs.

À la Bibliothèque des Arts

PARIS MA VILLE, avec des lithographies de Fernand Léger (1987).

À La Quinzaine Littéraire. Louis Vuitton

VOYAGER AVEC BLAISE CENDRARS, édition bilingue de poèmes traduits et illustrés par John Dos Passos (1994).

Aux Éditions Joca Seria

MADAME MON COPAIN / ÉLISABETH PRÉVOST ET BLAISE CENDRARS : UNE AMITIÉ RARISSIME, avec 31 lettres de Blaise Cendrars (édition de Monique Chefdor), 1997.

Impression Société Nouvelle Firmin-Didot.
le 17 novembre 1998.
Dépôt légal : novembre 1998.
1ᵉʳ dépôt légal dans la collection : juillet 1974.
Numéro d'imprimeur : 44996.
ISBN 2-07-036602-2/Imprimé en France.

88137